刑事ファビアン・リスク

顔のない男

おもな登場人物

ファビアン・リスク――ヘルシンボリ警察の犯罪捜査課刑事
ソニア――ファビアンの妻
テオドル――ファビアンの息子
マティルダ――ファビアンの娘
アストリッド・トゥーヴェソン――ヘルシンボリ警察の警視。ファビアンの上司
イレイエン・リーリャ――ヘルシンボリ警察の犯罪捜査課刑事
スヴェルケル・〝クリッパン〟・ホルム――ヘルシンボリ警察の犯罪捜査課刑事
イングヴァル・モランデル――ヘルシンボリ警察の鑑識捜査員
エイナル・グレイデ――検視官
ヨルゲン・ポルソン――技術科教師。ファビアンの同級生
リナ・ポルソン――ヨルゲンの妻。ファビアンの同級生
グレン・グランクヴィスト――ヨルゲンの親友。ファビアンの同級生
クラース・メルヴィーク――ファビアンの同級生
インゲラ／エルサ／カミラ／セス／トニー／ステファン――ファビアンの同級生
ルーヌ・シュメッケル――外科医
メデ・ルイーセ・リースゴー――デンマークのガソリンスタンド店員
モーデン・スティーンストロプ――デンマークの警官
キム・スライズナー――コペンハーゲン警察の警視
ドゥニヤ・ホウゴー――コペンハーゲン警察の犯罪捜査課刑事

プロローグ

三日前

裸の腹に留まったカラスが、鋭い爪を肌に喰いこませた。何度かそうされたのち、彼はカラスの重みで目を覚ました。数回威嚇して追い払ったが、今度は簡単にはいかなかった。カラスは動じることなく身体の上を歩きまわり、しだいにいらだちと空腹を募らせていった。じきに少しずつ肉をついばみはじめるだろう。彼ができるかぎりの大声で叫ぶと、カラスはカーと鳴きながらようやく飛び去った。

はじめこれはすべて悪夢で、目覚めればなにもかも元どおりになっていると思っていた。だが目を開けたとき、彼に見えたのは暗闇だけだった。目隠しをされていたのだ。優しく温かい風に吹かれて、外にいるのだとわかった。なにか硬く冷たいものの上で、レオナルド・ダ・ヴィンチの人体解剖図よろしく手足を広げ裸で縛りつけられている。たしかにわかっているのはそれだけで、頭にいくつもの疑問が渦巻いている。だれにここに縛りつけられたのか、そしてなぜ？

再び手足を自由にしようとしたが、力を入れれば入れるほどストラップのかかりが手首や足首に喰いこみ、全身を電流で貫かれたような激痛が走った。九歳のころ麻酔が効いていないことを伝え損ねたまま受けた歯科手術を思い出す、想像を絶する痛みだった。

だがいまの苦痛はあのときとは比べものにならない。たいていは日に一度、数時間にわたってゆっくり溶接バーナーで素肌を焼かれるような痛みが続く。それが突然止まり、また唐突に始まることもあれば、まったく起きないこともある。痛みの原因はなんだろうと何時間も考えた。だれかがそばに立っていて、自分を痛めつけているのか？　どうしてこんなことが？　だがそれ以上考えるのはやめて、エネルギーはすべてこの苦痛に耐えるために使うことにした。

あらんかぎりの声を振り絞って助けを求めた。自分の声が弱々しいのに驚き、もう一度もっと力をこめて叫ぶ。声はしだいに消えていったが、自分自身の必死の叫びはいつまでも耳に残った。だがやがてあきらめた。だれも聞いている者はいない。あのカラスを除いてほかには。

すでに何度もやったように、頭のなかでこれまでの経緯を見直した。なにかカギとなる些細なことを見逃しているのにちがいない。仕事が始まる四十五分前、午前六時過ぎに家を出た。天候が許すかぎりそうしているように、車は家に置いて。公園内を歩いていっても十五分とかかることはなく、始業までに充分な時間があった。

家を出てすぐ、なにかおかしいと気がついた。

立ち止まってあたりを見まわしてみたが、いつもとちがうところはなにもなかった。その朝はふたりの人間としか出会わなかった。ガタのきたフィアット・プントをなんとか発進させようとしている隣人と、スカートと美しいブロンドの髪を風になびかせて自転車に乗っている女性。自転車のかごはデイジーの造花で飾られていて、すれちがう人たちに笑顔を浮かべさせるためだけにペダルを漕いでいるかのようだったが、彼にはなんの効果もなかった。

不安感は消え去ることなく、信号は赤だったがかまわず足を速めて通りを渡った。ふだんは信号無視など決してしないが、あの朝は別だった。公園に入って半分あたりのところでだれかにつけられていると確信し、全身が硬直した。背後で砂利道を踏みしめる足音はテニスシューズのものにちがいない。

ひどく早足で歩いていることに気づき、ペースを落とそうとした。足音がしだいに近づいてくるのがわかり、うしろを振り向きたい衝動と闘った。心臓が高鳴り、全身に冷汗が噴き出した。気を失うかと思った。とうとう我慢できずに振り返った。うしろを歩いていた男はたしかにテニスシューズを履いていた――黒いリーボック。ポケットがいくつもある黒ずくめの服を着て、バックパックを背負い、手に布きれを持っていた。

男が顔をあげ、目が合ってようやく相手の顔がわかった。

その後、すべてはあっという間に起きた。腹に拳がめりこんだ瞬間、全身の神経に痛みが走った。息をするのもやっとで、膝から崩れ落ち、顔に布が押しつけられた。

次の記憶は、腹に喰いこむカラスの爪に目を覚ましたことだ。

頭上に浮かぶ一片の雲が太陽をさえぎり、砂の城のようにはかない解放の瞬間が訪れた。だが雲が流れて消えてしまうと、スウェーデンでは夏の日だけに見られる完璧な青い空が現れた。考え抜かれた位置に設置されたレンズに向かってまっすぐ陽光が降りそそぎ、縛りつけられた男のそばにある焦点に向かって光線が放たれる。あとは地球の自転に任せておけばいい。

最後に彼が耳にしたのは、自分の髪がチリチリと燃える恐ろしい音だった。

第1部

2010年 6月30日～7月7日

2003年秋、心理学者キップリング・D・ウィリアムズは社会的排除に関する実験を行なった。三人の被験者に〝サイバーボール〟というオンライン上のキャッチボールをさせるもので、一定の時間がたったのち、三人のうちふたりだけでボールをまわす。ボールをまわされなくなったプレイヤーは、あとのふたりが人間ではなくコンピュータであることを知らなかったものの、強い疎外感と拒絶感を覚え、MRIによる測定で脳のある部位に大きな反応があったことが認められた。肉体的苦痛があったときに活性化する部分とまったく同じ場所だった。

1

ファビアン・リスクはこれまで何度となくこの道のりを運転してきたが、いまほど心浮き立つような思いを感じたことはなかった。今朝早くに家族そろってストックホルムを出てきたおかげで、グレンナではゆっくり昼食をとることができた。

故郷の町に戻るにあたり、当初感じていた不安はすでに消えはじめていた。ソニアは機嫌がよくほとんどはしゃいでいて、昼食にニシンを食べているとき、運転を代わってあげるからビールを飲んでいいわよと言ってくれた。なにもかもが完璧すぎて、すべては見かけだけなのではないかと思わずにはいられなかった。問題から逃げて新しくやり直すなんてほんとうにうまくいくのだろうか、というのが正直な心情だ。

子どもたちも予想どおりの反応をみせていた。マティルダは新しい学校で四年生を始めなければならないが、この引っ越しをわくわくする冒険ととらえている。一方テオドルはまるで喜んでおらず、ひとりでストックホルムに残ると脅す始末だった。とはいえグレンナで昼食をとったあとは、さすがのテオも考え直すことにしたらしく、みなが驚いたことにイヤホンを外して何度か会話に加わった。

だがなによりよかったのは、頭のなかの叫び声がついに止まったことだ。この半年間、ファビアンの頭のなかで命乞いをする人々の悲鳴がやむことはなかった。寝ているあいだはもちろん、起きている時間の大半は聞こえていた。それがやんだことに最初に気づいたのは、ストックホルムの南西にあるセーデルテリエのあたりだった。初めは気のせいだと思っていたが、ノルショーピングを過ぎたころ、一キロ走るごとに声が小さくなっていることはまちがいないと思うようになった。そして五百五十六キロを走って到着したいまは、すっかり聞こえなくなっていた。

ストックホルムでの生活や昨冬のできごとは遠い過去のように感じられた。ファビアンは新たなスタートを切るのだ、と思いながら新しい我が家の玄関の鍵穴に鍵を差しこんだ。ポルシェー通りに面したイギリス風の赤煉瓦造りのテラスハウスに足を踏み入れたことがあるのはファビアンだけだったが、みながどう思うかはまったく心配していなかった。この家が売りに出ているのを見た瞬間、新しい生活を始めるのはここしかないと確信したのだ。

ポルシェー通り17番地はトーガボリィ地区にあり、町の中心からもポルシェー森からも歩いてすぐのところにある。ファビアンは毎朝森のなかをジョギングし、近くのクレーコートでテニスを再開するつもりだった。海岸もごく近くで、ハラリードの坂道を降りていけば、子どものころ泳ぎに行っていた公共ビーチのフリーア・バードにたどり着く。あのころはダールヘムの黄色いアパートではなく、まさにこの地区に住んでいるふりをしていたが、三十年たったいまついに夢がかなったのだ。

「父さん、なにしてんの？　電話に出ないの？」テオドルが言った。

ファビアンがもの思いから覚めると、子どもたちと妻が歩道に立って、彼が電話に出るのを待っていた。電話の主はアストリッド・トゥーヴェソン。ヘルシンボリ警察犯罪捜査課における、ファビアンの新しい、というより未来のボスだ。

彼は書類上、あと六週間はストックホルム警察の所属になっている。表向きは自身の決断で辞めたことになっているが、同僚のほとんどは実情を知っていた。あそこにもう一度足を踏み入れられるとは思っていない。

そこで不本意ながら六週間の休暇を得たわけだが、だんだんこれが魅力的に思えてきた。最後にこれほど長い休みを取ったのはいつだっただろう――学校を卒業して以来なのはまちがいない。プランとしてはこの六週間で新しい家や街に慣れるつもりだった。天候と気分によってはどこか暖かいところに旅行に出かけるのもいい。いちばん避けたいのはストレスでイライラすること。アストリッド・トゥーヴェソンはよくわかっているはずだ。それなのに電話をかけてくるとは。

なにか事件が起きたのだろうが、ファビアンとソニアは互いに約束していた。この夏ふたりは再び家族になって、親としての責任を分かち合うと。秋の展覧会に向けて、ソニアがあと数点の絵を完成させるエネルギーが残っていればいいのだが。

ヘルシンボリには休暇中でない警官はいないのだろうか？

「いや、あとでいい」ファビアンはポケットに携帯をしまった。鍵を開け、いちばん乗りを競っているテオドルとマティルダのためにドアを開ける。「裏庭を見てみないか？」iPodのスピーカーを手に階段を上がってくるソニアに向かって言った。

「だれだったの？」

「たいした電話じゃない。それよりなかを見てくれ」

「ほんとに？」

「ああ。大丈夫だ」妻の目を見て信じていないのがわかったので、ファビアンは携帯を取りだして相手がだれだったかを見せた。「未来の上司だよ、きっとおれたちが引っ越してきたのを歓迎する電話さ」そしてソニアの目をふさいで家のなかに連れていく。「じゃーん！」手をどけて、彼女が空っぽのリビングルームを見まわすのを眺めた。暖炉があり、隣接するキッチンからは小さな裏庭が望める。マティルダが大きなトランポリンでジャンプする姿が目に浮かぶようだった。

「わあ。これって……とってもすてき」

「じゃあ合格か？　気に入ったかい？」

ソニアはうなずいた。「荷物は何時ごろ届くと言っていたかしら？」

「今日の午後か夕方だ。明日まで来なくてもいいのにな」

「それはどうして？」ソニアは夫の首に手をまわしながら言った。

「さしあたって必要なものはすべてそろってる。きれいな床、ろうそく、ワイン、そして音楽」ファビアンは引っかき傷のある古いｉＰｏｄクラシックを取りだし、ソニアがアイランドキッチンに置いたスピーカーにセットした。ボン・イヴェールの『フォー・エマ、フォーエバー・アゴー』――この数週間のお気に入りのアルバムだ。ボン・イヴェールの魅力に気づいたのはここ最近のことで、はじめはこのアルバムも退屈だと思ったのだが、二度目に聴いたときにすばらしい傑作だと気がついたのだ。

ソニアに腕をまわして踊りはじめる。彼女は笑ってファビアンの即興のステップに合わせてくれた。妻のハシバミ色の瞳を覗きこみながらヘアクリップを外し、茶色い髪を垂らす。セラピストの指導で行なっている運動は、精神的にも肉体的にも確実に効果をあげ、彼女は五キロほど痩せた。決して太っていないしむしろ痩せているほうだが、顔つきがシャープになりそれが似合っていた。ファビアンはさっと回転してソニアを深く沈みこませた。妻の笑い声を聞いて、それをどれほど聞きたかったかを思い出した。

ヘルシンボリに落ち着く前、ふたりはいくつもの解決案を検討した。ソドラ駅に近いアパートを出て、ストックホルム郊外のどこかの町に家を買う案、もう一軒アパートを買って別居をはじめ、交代で子どもたちの面倒をみる案。どれもしっくりこなかった。離婚に至るのが怖かったからなのか、心の底ではほんとうは愛し合っていたからなのかいまでもわからない。

だがポルシェー通りの家を見た瞬間、すべてが納まるところに納まった。ファビアンはヘルシンボリ警察の警部補の職を提示され、トーガボリィ学校に空きがあり、ソニアがアトリエにするのにもってこいの、広い屋根裏部屋のあるこの完璧な家が見つかった。まるでだれかが自分たちを気の毒に思い、最後のチャンスをくれたかのように。

「子どもたちはどうするの？」ソニアが耳元で囁いた。

「たしか鍵のかかる地下室があったから、そこに閉じこめておけばいいさ」

なにか言おうとしたソニアの口をファビアンはキスでふさいだ。玄関のベルが鳴ったとき、ふたりはまだダンスを踊っていた。

「もう荷物が届いたのかしら？」ソニアは身体を引いた。「ちゃんとベッドで眠れそうね」

「床を楽しみにしてたのにな」

「床はまだいきてるわ。わたしは〝眠れる〟って言ったの。それ以上の意味はないわ」そしてキスを再開し、手を滑らせてファビアンのズボンのなかにもぐりこませた。

すべてがうまくいって、おれたちは永遠に幸せに暮らすだろう、ファビアンがそう噛みしめていると、ソニアは手を引き抜いてドアに向かった。

「こんにちは、アストリッド・トゥーヴェソンといいます。ご主人の新しい同僚です」戸口に立った女性はソニアに向かって手を差し出し、もう片方の手でサングラスをウェーブのかかった金髪の上に押しあげた。カラフルなワンピースを着こなし、日焼けした細い脚にサンダルをはいた彼女は、五十二という年齢より十歳は若く見えた。

「まあ。初めまして」ソニアがこちらを向いたので、ファビアンは近寄ってトゥーヴェソンと握手をした。

「未来の同僚ですね。勤務は八月十六日からですから」彼はそう言いながら、トゥーヴェソンの左の耳たぶがまったくないことに目を留めた。

「では未来の上司ということね、細かいことにこだわるなら」彼女は笑いながら髪で耳を隠した。けがのせいか、それとも生まれつきなのだろうか。「ごめんなさい。休暇の途中で邪魔をしたくはなかったんだけど、おふたりとも移動で疲れているでしょうし――」

「いいんです」ソニアがさえぎった。「お入りください。荷物が届いてないので、なにもお出しできませんが」

「けっこうです。ご主人を二、三分お借りするだけだから」

ソニアは黙ってうなずいた。ファビアンはトゥーヴェソンを裏のデッキに連れ出し、ドアを閉めた。

「わたしも根負けして子どもたちにトランポリンを買ってやったの。何年もおねだりされてついに買ったんだけど、そのころにはもう大きくなりすぎてたのよね」

「すみませんが、なんの用件でここに？」ファビアンは新しい上司と世間話をして休暇を過ごすつもりはまったくなかった。

「殺人事件よ」

「そうですか、それは残念だ。余計な口出しかもしれないが、休暇中でない同僚と話したほうがいいんじゃないですか？」

「ヨルゲン・ポルソン。聞き覚えは？」

「被害者ですか?」

トゥーヴェソンはうなずいた。

聞き覚えのある名前だったが、考えたくもなかった。いま仕事をするつもりはさらさらない。自分が満タンのオイルタンカーで、たったいま海賊にハイジャックされ、楽園のような島から移動を余儀なくされているような気がしはじめていた。

「これで記憶を呼び起こせるかしら」トゥーヴェソンは写真の入った透明の袋を取りだした。「被害者の身体の上に置かれていたの」

写真を見た瞬間、ファビアンは楽園など存在しないことを悟った。なんの写真かすぐにわかったが、最後に見たのがいつだったか思い出せない。基礎学校の最終学年、九年生のときのクラス写真だ。みんなで撮った最後の写真。ファビアンは二列目、ヨルゲン・ポルソンはそのうしろにいた——その顔には黒いマーカーで×印が記されていた。

2

ドアベルが鳴るまでにファビアンが新居で過ごせたのはわずか一時間だった——たったの一時間。トゥーヴェソンが訪ねてきた理由は理解できる。彼なら捜査に役立つなにかを思い出し、場合によっては最終的に何人かの命を救えるかもしれないと考えたのだろう。だが基礎学校のときのことはほとんど覚えていなかったし、あの時代のことなど思い出したくもなかった。

ファビアンはトゥーヴェソンとともに家の向かいに停めてあった彼女の白いカローラまで歩いていった。犯罪現場まで送り迎えしてくれるという。そのあいだに車に積まれた荷物をソニアが降ろすことができるように。「あらためて言うけれど、一緒に来てくれて感謝するわ、休暇の最中なのに」

「最中？　まだ始まってもいませんよ」

「一時間以上はかからないと約束する」トゥーヴェソンはキーを差しこんでまわした。「オートロックなんだけど、ドアが開けづらいから力を入れなくちゃならないの」ファビアンが力ずくでドアを開けると、助手席は空のマグボトル、開いたマルボロの箱、鍵束、食べ残し、使用済みのペーパータオル、タンポンの箱などで埋めつくされていた。

「ごめんなさい。ちょっと待って……」トゥーヴェソンは鍵と煙草以外のものをすべて床に払い落とすと、ファビアンが乗りこむのを待って、車を発進させた。「吸ってもかまわない？」彼が答えるより早く、煙草に火をつけ、窓を開ける。「やめようとしてるの。みんな続きっこないって言うけれど、ほんとうにやめるつもりよ――ただ、いまじゃないけど」そして深々と吸い、左に曲がってトーガ通りに入った。

「かまいませんよ」ファビアンはクラス写真から目が離せなかった。ヨルゲンの×印がされた顔。なぜヨルゲン・ポルソンという名前を思い出せなかったのだろう？　あの時代のだれかを覚えているとすれば、それはヨルゲンのはずだった。もちろん彼のことは好きではなかった。だからかもしれない。ただ単に記憶を抑圧していたのだろう。「遺体が見つかったのは？」

「フレドリクスダール校よ。彼はそこの技術科の教師だったようね」

「かつてはそこの生徒でもあった」

「みんながストックホルムに出られるわけじゃないのよ、ファビアン。ヨルゲンについて知ってることは？」

「ほとんどなにも。つるんでませんでしたから」ファビアンは当時のことを思い起こした。男子はみな〈ライル・アンド・スコット〉のセーターを着て、スキー選手インゲマル・ステンマルクの活躍を見るためにテレビが急速に普及していった時代だ。「正直に言うと、彼が嫌いでした」

「そうなの？　どうして？」

「クラスのいじめっ子で、問題児だった。やりたい放題だったんです」

「わたしの学校にもそんな子がいたわ。授業を妨害して、ほかの子のランチのトレーをひっくり返したり。その子に逆らう人間はだれもいなかった、教師ですらね」トゥーヴェソンは最後に残ったニコチンをあますことなく吸い、窓から吸殻を投げ捨てた。「ＡＤＤ（注意欠陥障害）とかＡＤＨＤ（注意欠陥多動性障害）とかいう大文字の病名ができる前の話ね」

「ヨルゲンはＫＩＳＳとＳｗｅｅｔしか聴かなかった」

「ＫＩＳＳとＳｗｅｅｔのなにが問題なの？」

「なにも。いいバンドです。でもおれがそれに気づいたのは数年前のことなんです」

　ファビアンは車を降りて、フレドリクスダール校を見つめた。赤煉瓦造りの二階建て校舎で、うしろにひと気のない校庭が広がっている。アスファルトの地面からボロボロのネットのついたバスケットゴールがふたつ突き出ているのを見て、ここはふだんは子どもたちのための場所なのだと思い出した。刑務所のような小さな窓がずらっと並んでいて、この建物のなかでよくも三年も生き延びられたものだと思わずにはいられなかった。

「第一発見者は？」

「その点に入る前に話しておくと、一週間前、先週の水曜日に奥さんから夫が帰ってこないという届け出があったのだけど、その時点でこちらにできることはなにもなかった。彼はその前日に夏至祭のためにドイツまでビールを買いに行っていて、その日の夜に戻ることになっていた」

「ビールを買いにドイツまで？　まだそんなことをする意味が？」

「たくさん買えばね。一ケース四十クローナよ、それに滞在が三時間以内だったら帰りのフェリーの運賃は払い戻してもらえるの」

車をビールでいっぱいにするためにわざわざドイツまで行く？　そのことについて考えていると、ヨルゲンという男の人となりがしだいに思い起こされてきた。ヨルゲンと、悪友のグレン。「ほんとうにドイツまで行ったんですか？」

「それはまちがいないわ。オーレスン橋の料金所で調べたところ、予定どおり火曜の夜に戻ってきてる。でもそこで足取りは消えてるの。次の手がかりが現れたのが昨日で、ガラス会社から移動クレーンをふさいでいる車があるから、移動させてほしいっていう電話があった」

「それがヨルゲンの車？」

トゥーヴェソンはひとつうなずき、角を曲がって校舎の裏側にまわりこんだ。二十メートルほど先で、移動クレーンの隣にシェヴィのピックアップトラックが停まっている。すでに充分な余裕をとって立入禁止のテープが張られており、ふたりの制服警官が警護にあたっていた。

使い捨ての青いつなぎ服を着た中年男性が近づいてきた。髪は薄くなりかけ、眼鏡はずり下がっている。

「ふたりとも紹介するわね」とトゥーヴェソン。「イングヴァル・モランデル、うちの鑑識捜査員よ。こちらはファビアン・リスク、正式には八月からのスタートだけど」

「そんなこと気にするのか、こんなにおもしろい事件があるのに？」モランデルはいっそう眼鏡をずり下げ、手を差しだしながらファビアンをじっと見た。

「それは楽しみだな」ファビアンは思ってもいないことを言い、モランデルの手を握った。

「そいつはまちがいない。がっかりさせないと約束する」

「イングヴァル、彼はちょっと見に来ただけよ」

モランデルがトゥーヴェソンに向けた表情に、心ならずもファビアンの好奇心が刺激された。モランデルに校舎まで案内され、つなぎ服を渡された。

学校内に入るのは、およそ三十年ぶりだった。記憶にあるとおり、廊下の壁は赤い煉瓦造りで、天井には吸音タイルが貼られていた。廊下を歩いて突き当たりの技術室に向かう。ファビアンは自分でスケートボードを作れることに気づくまで大工仕事に興味を持ったことはなかったが、その一学期後には数えきれないほどのベニヤ板を熱し、折り曲げ、切っていた。そしてそれを売りさばき、本物の〈トラッカー〉のパーツを買えるほどの金を貯めた。

「これまでお目にかかったなかで、まちがいなくトップテンに入る最悪な殺人現場へようこそ」モランデルはファビアンとトゥーヴェソンをドアの向こうに案内した。「幸いなことに犯人はエアコンをいちばん低い温度に設定しておいてくれた。でなければ、一週間以上ここに放置されていたわけだから、トップファイブに入っていただろう」

モランデルの言うとおり、技術室は冷えきっていた。温度計は十二度と十三度のあいだを指しているのに、冷凍庫に足を踏み入れてしまったかのような寒さだ。ほかに三人のつなぎ服を着た捜査員が部屋の写真を撮ったり、床を調べたり、証拠を採取したりしていた。

木やおがくずのなじみ深い匂いに甘ったるい腐敗臭が混じりあうなか、ファビアンはヨルゲン・ポルソンの遺体に歩み寄った。ドアのすぐ脇に広がる乾いた血だまりのなかに横たわっているが、鍵穴のあたりとドアの取っ手にも血がべったりとついている。ヨルゲンは体格がよく、ジーンズと血まみれになった白いシャツを着ていた。

ヨルゲンがこんなに大柄だったとは意外な気がした――乱暴で威張ってはいたが、これほど厚みのある身体をしていた記憶はない。簡単に倒せる相手ではないはずだ。それなのに、犯人は彼のタトゥーのある腕を両方とも手首のところで切り落としていた。切り口はギザギザで血まみれだ。どれほどの痛みを伴ったか、想像すらできない。だが、なぜ手なんだ？

「ご覧のとおり、床に残った血痕を見ると、被害者があそこにある作業台から、いまわれわれが入ってきたドアまで移動していることがわかる」モランデルが言った。「鍵はついてないが、反対側がベンチや椅子、テーブルでふさがれていたことは知らなかったんだろうな。そこで今度はこっちのほうへ来て、このドアから逃げようとした。だが手がないのにどうやって取っ手をまわす？」

ファビアンは血まみれの取っ手を見つめた。

「鍵穴は調べた？」トゥーヴェソンが尋ねた。

「瞬間接着剤が塗りこまれていた、それで被害者の口のなかの状態が説明できる」モランデルは医療用ペンチを手に取り、ヨルゲンの上唇を持ちあげて、折れた前歯をあらわにした。

「口でまわそうとしたの？」

モランデルはうなずいた。「生存本能とはこのことだ。おれは歯はきれいなまま死にたいね」

「でもわからない。抵抗したはずでしょう？」

「そう、いい質問だ。したかもしれないが、薬を盛られていたのかもしれない。まだわからない。〝三つ編み〟が遺体安置室《モルグ》でなにか見つけてくれるだろう」

「どれくらい苦しんだの？」

「三時間か四時間ってとこかな」モランデルは部屋の向こうにある作業台を示した。やはり乾いた血痕に覆われている。「犯人は被害者の腕をあのシャコ万力で締めつけ、この片手のこぎりで切断したんだ」と床に放置されている血まみれののこぎりをペンチで指した。

「トラックの移動を頼んできたというガラス会社のことは調べましたか？」ファビアンが口を開いた。

「どうして？　彼らもからんでいると言いたいの？」とトゥーヴェソン。

「おれに言わせれば、これは偶然に委ねるタイプの人間の仕業には見えない」ファビアンが言うと、トゥーヴェソンとモランデルが顔を見合わせた。

「会社の電話番号はわかる」トゥーヴェソンは携帯電話を取りだし、スピーカーをオンにして電話をかけた。変わった呼び出し音ののち、この電話番号は使われていないというアナウンスが流れた。「あなたが正しかったみたいね。移動クレーンをレンタルしたのがだれか突き止めないと。イングヴァル、クレーンに手がかりが残っていないか調べてみて」

モランデルはうなずいた。

「手のほうは？」トゥーヴェソンが続けた。

「まだ見つかってない」とモランデル。

トゥーヴェソンがファビアンのほうを向いた。「それで？　どう思う？　なにか思いついた？」

ファビアンは作業台、血まみれの片手のこぎり、床に点々と残る血痕、手が切断された遺体に順に目を向けたが、トゥーヴェソンとモランデルの顔を見て首を振った。「残念ながら」

「なにも？　クラスのだれかを思い出せない、なぜヨルゲン・ポルソンがこんな目にあったのか？」

ファビアンは再び頭を振った。

「仕方ないわね。もしなにか思い出したら、電話をくれるか署まで来てくれるわね？」

ファビアンはうなずいてトゥーヴェソンのあとから部屋を出た。答えを得るまで平穏は訪れないだろう。

なぜ手なんだ？

八月十八日

母さんからクリスマスにきみをもらったのはもう二年前のことだけど、こうして書くのは初めてだ。考えたことを忘れないように書いておくのはいいことだと母さんは言っている。きのう部屋を大掃除して、いらないものを黒いゴミ袋に詰めた。母さんもすごい喜んだし、一年以上行方不明だったＣ‐３ＰＯのフィギュアが見つかった。

今日はみんな学校に来ていた。ハンプスを除いて。新しい教室や新しい本にみんな嬉しそうだったけれど、ぼくはちがう。今度はぼくの番で、それは数学の時間になるとすぐに始まったから。なにもしてないのにみんながぼくを見る。ぼくはふつうにして、なにも気づいてないように振る舞ったけど、それでもぼくを見る。どういうことかはわかってる。みんな知ってる。こうなるってわかってた。ハンプスが引っ越すと聞いてすぐに。思い過ごしだといいと願っていたけれど、そうじゃなかった。夏じゅうずっと恐れていたとおりになったんだ。

英語の時間、じろじろ見られるのが目に入らないようにいちばん前の席にすわった。みんながメモをまわしているのにも気づかないふりをした。振り返らなかった。一度も。

イェスペルがメモを声に出して読んだ。ぼくが不細工で臭いって。そんなことありえない。いつもシャワーで身体をごしごし擦っているし、去年から汗の臭いが気になってデオドラントも使ってるのに。母さんはみんなそうなのよって言う。ぼくは自分の体臭を嗅ぐようにしている。臭うとは思わない。でも不細工だ――すごくみっともない。

P.S. 明日はラバンの誕生日だから、回し車と給水ボトルとおがくずを買いに行こう。

3

ファビアンが家に帰ると、引っ越し作業が進んでいた。トラックを覗くと、すでに半分以上が空になっている。だがまだ段ボールの山や古い電気スタンド、ホッケーのスティック、イケアで買ったしみのついたソファ、イミテーションのアントチェアと〈エリプス〉のテーブル、テオドルの自室用に譲ったもののまったく使っていない古い大型テレビ、クロス・カントリー用のスキー板、自転車、ガラスが一枚割れている飾り棚、それから黒いビニール袋の山が残っていた。

これがほんとうに四十三年かけて集めたもののすべてなのか？　くたびれたソファ数点と埃っぽい電気スタンドが？　ファビアンは作業員に運び入れるのをやめて、全部ゴミ捨て場に持っていってくれと言いたくなった。まるで買ったばかりの新しいコンピュータに、古いファイルやウィルスまでも一切合切移しているような気分だ。ほんとうに望んでいるのはもう一度やり直すことなのに。今回ばかりは金のことは考えずすべて新品のものを買いたかった。ビニールカバーをはぎとって、未使用の家具の匂いを吸いこみたかった。

作業員たちが、ファビアンが十二歳のときに買ってもらったアボカド・グリーンのキャビネットを運びこんでいた。ひどく重そうで、ふたりがかりで運んでいる。なかになにが入っているのだろうと考えたが、最後に開けたのがいつだったかすらも思い出せなかった。この二十年、アパートの屋根裏部屋に追いやられていたはずだが、なぜそんなに重いのだろう？

一時間後、キッチンで段ボールを開けているソニアを手伝っていたとき、あのキャビネットの中身を思い出し、慌てて駆けつけた。ソニアの指示で地下室に運ばれていたが、そこに向かう途中でまだ一度も地下室には足を踏み入れていないことに気がついた。真剣な買い手ならいちばんに気にするところだが、最高の物件だと保証してくれた不動産業者を疑いもしなかったからだ。特に心配はしていなかった。なんといってもしっかりした煉瓦の壁と自然通風の古い家だ。マリアスターデン地区にあるような最近の過度に断熱性の高い住宅ではない。

家の売り主であるオットー・パルディンスキーに会うチャンスは結局なかった。真の完璧主義者である彼は、家族とともに三十年暮らしたこの家をわが子同様に大切にしていたが、個人的な事情で早急に売却する必要に迫られたとかで、かなり値を下げてくれた。不動産業者が言うには、宝くじに当たったようなものらしい――千載一遇のチャンスだと。

すでに買うつもりだったので説得される必要はなかったが、〝個人的な事情〟とはなんなのか気になった。業者にも尋ねてみたが、彼は顧客のプライベートには立ち入らない主義だと言い、うまく話題を変えてこの家の利点を並べ立てた。ファビアンは笑顔でそれを受け入れ、それ以上詮索しないことにした。

アボカド・グリーンのキャビネットに歩み寄り、いちばん上の引きだしを開けると、捜していたものがすぐに見つかった――九年生のときのイヤーブックだ。腰をおろし、自分のクラスのページを探す。写真は犯人が殺害現場に残したのと同じものだった。ただし、この写真のなかではだれにも×印はついていない。

一九八二年という時代をもっとも表しているのは髪型だろう。みんな大きく膨らませたボリュームのある頭をしている。少しずつ同級生のことが思い出されてきた。セス・コールヘーデンとそのベルベットのような口ひげ。ステファン・ムンテとニクラス・ベックストレームはファビアンと同じアパートに住んでいて、同じようにスケートボードにはまっていた。ブロンドの巻き毛のリナもいた。ヨルゲンですら一九八〇年代に流行ったサイド分けの髪形をしている。真のオタクの集まりのようだ。特にファビアンはそうだった。自身の写真によくよく目を凝らす。シャツをハイウェストのズボンにたくし込み、自宅で切った髪はところどころ跳ねている。

ストックホルムに移って以来、クラスのだれとも――リナとすら連絡をとっていないことにファビアンはあらためて驚いた。まるで子ども時代のすべてを引っ越しの段ボールに詰めて、ずっとヘルシンボリに置きっぱなしにしていたような気がする。蜘蛛の巣に覆われていままで忘れ去られていたのだ。

「ここにいたのね……」

ソニアが目の前に立っているのに気づいて、ファビアンははっと驚いた。

「ごめんなさい、驚かせるつもりはなかったの」

まずいところを見られたというようにイヤーブックを閉じた。「きみが来るのに気づかなかったよ」

「ひと休みしてピザでも食べに行かない？　子どもたちがお腹を空かせてるわ」

ファビアンはイヤーブックを置いて立ちあがった。「いい考えだ。数ブロック先にうまいピザ屋がある――少なくとも昔はね」階段のほうへ向かおうとすると、ソニアに腕をつかまれた。

「あなた大丈夫？」

ファビアンは妻の顔を見てうなずいたが、彼女が信じていないのがわかった。

〈トーガボリィス・ピッツェリア〉で買ったピザを手に、遊歩道を歩いて太陽で温まった塀の上にみんなで腰をおろした。オーレスン海峡の眺めは美しく、デンマークまでも見わたせる。ファビアンの記憶にあるよりずっと美しかった。遊歩道はいまでは拡張され、夕暮れどきに散歩を楽しむ人々でいっぱいだった。ビーチに向かう途中にあった更衣室はレストランに改築され、古い線路があったあたりはすっかりボッチボールのコートやバーベキュー設備のある芝生に変わっていた。そのうえ、遠くには一九九九年の建築博覧会で初めて植えられたヤシの木が見える。聞いた話によれば、ヤシの木はすっかり根づいて毎年緑の葉を茂らせているらしく、かつては見向きもされない砂地だった場所がいまでは〝トロピカル・ビーチ〟と呼ばれ、ヘルシンボリでもっとも人気のあるビーチのひとつとなっているのだ。ファビアンはまったく知らない街へ引っ越してきたような気がしていた。

「こんなにおいしいピザ初めて！」マティルダが歓声をあげ、ファビアンもうなずいた。ピザがこれほどうまく感じられたことはない。

しばらくそこにすわって、ヘルシンボリからデンマークのヘルシンオアに渡るフェリーを眺めていた。ほかのヨーロッパの国の近くにいるというまぎれもない証拠だ。ファビアンはあと一メートルでも北側には引っ越さないとあらためて誓った。テオドルのほうを見ると、無表情でオーレスン海峡を見つめている。「ピザはどうだ？　おまえもいちばんうまいと思ったか？」

「ううん、でもすごくおいしかった」

「四点、それとも五点？」

「三・五」

「じゃあ、あたしの食べてみて。絶対六点はいくから」マティルダがそう言って、一切れ差し出した。

テオドルは思いきりかぶりついた。「うん、四点だな。でもそれ以上じゃない」

「信じられない、超うるさいのね。ママ、お兄ちゃんて味に超うるさくない？」

ソニアはうなずいてファビアンと目を合わせた。彼はできるだけ隠そうとしていたし、彼女もトゥーヴェソンの用はなんだったのかと聞いてこない。どこかおかしいとソニアが思っているのはまちがいない。いつものとおり、心ここにあらずという心境を必死に隠そうとしている夫の試みを簡単に見抜いている。それでも彼の見え透いた演技につき合い、温かい遊歩道の塀に腰をおろして、岩に打ちつける波音を聞きながら沈みゆく赤い太陽を見つめているというふりを続けていた。

その晩ふたりは昼間ファビアンが想像したとおりに愛し合った。

床の上で。

ワインとキャンドルを用意して。

『フォー・エマ、フォーエバー・アゴー』を聴きながら。

4

マティルダは、両親がなぜリビングルームの床に寝ているのだろうと思いながら、その上に四つんばいになってふたりを起こした。父と母はしどろもどろでベッドの調整がすんでないからだと説明した。テオドルも降りてきて、テーブルをデッキに出すのを手伝い、そのあいだにソニアとマティルダで朝食を買いに出かけた。そして朝日のなか一緒に食事をした。足りないのは新聞だけで、ソニアは買い忘れたと言った。

「今日はなにするの？」マティルダが尋ねた。

「荷ほどきの続きをして……」

「ベッドを調整しないと！　そうすれば床に寝なくてすむよ！」

「そうね、それもしないとね！」ソニアは笑いながら答えた。「午後は泳ぎに行くのはどうかしら？」

「やった！」

「父さん、シュノーケルの道具を買ってもいい？」テオドルが言った。

「悪いが、今日は一緒に行けないんだ」

「ええっ、どうして？」とマティルダ。「お休みじゃないの？」

「そうよ、でもパパはいくつか用をすませなくちゃならないの。それにパパもわたしたちと同じくらいがっかりしてるわ。早く用事が終わるようにお祈りしましょう」その目を見て、彼女が食料品店で新聞を見たのだとわかった。

ファビアンは最近建てられたばかりの警察署の白い建物に入っていった。高速道路Ｅ４号線からすぐのところにあり、ベルガの城のような刑務所からも目と鼻の先だ。受付デスクには四種類の新聞が積まれていた。『ヘルシンボリ・ダグブラード』、『キュヴェルスポステン』、『ダーゲンス・ニュヘテル』、『スヴェンスカ・ダーグブラーデット』。いちばん上にあった新聞の第一面が目に入った。〝技術科の教師、教室で拷問のうえ殺害〟

ソニアもこの見出しを目にしたのだろうか。このうちの二紙はほぼ同じ写真を使っている。遠くから撮られたもので、校舎の裏に停まっている移動クレーンとヨルゲンのピックアップトラックが写っている。トラックのナンバープレートにはぼかしが入っているが、赤い建物、ずらりと並んだ小さな窓を見ればどの学校かはすぐにわかる。それに技術科教師が何人学校にいるだろう？

ファビアンは受付デスクの向こうにいる男性に名を名乗り、事情を説明した。実際に働きはじめるのは八月からだが、技術科教師の事件でトゥーヴェソンに協力を頼まれ、なにか思いついたら立ち寄ってほしいと言われていると話したのに、三十代の制服姿の受付係はやおらキーボードを叩きはじめた。

「お名前をもう一度お願いします」

「リスクだ。ファビアン・リスク。だが名簿には見つからないだろう。さっきも言ったとおり、八月にならないと正式な異動にならないんだ」

受付係はそれを無視してマウスを操作し、キーを打ちこみ、画面を見つめ、不審そうな顔をした。「すみませんが、お名前が見当たりません」

「見つからないと言ったはずだが、トゥーヴェソンに電話――」

「アストリッド・トゥーヴェソンは現在捜査会議中です、そのようなときに邪魔をすることはできません」

「その会議に出るんだ！　おれが来るのを待っているはずだ」ファビアンは嘘をついたが、必要以上に口調が荒くなっているのに気づいた。「おれから彼女に電話してもいいか？」

「あなたがだれに電話しようがわたしには関係ありませんが、彼女が出ないことはお約束できます。会議中は絶対に受話器を取りませんから」

この男の言うことはおそらく正しいのだろう。ファビアンはすでに彼女に電話しているが、応答はなかった。

「ではどうすればいい？」

「わかりません。わたしに聞かないでください。わたしは入りたいという人をただ通すわけにはいかないんです。どう思われるか考えてみてください」

「ファビアン・リスクね」うしろから女性の声が聞こえた。

振り向くと三十代半ばの女性が立っていた。スタイルがよく、チェックの半袖シャツとデニムのショートパンツを身につけている。黒っぽいショートヘアで片耳に少なくとも二十個のピアスがついていた。

「あなたがきっとここでなかに入ろうとしてるはずだって、トゥーヴェソンから聞いてたの。勤務は八月からだと思ってたけど」

「おれもだ」アストリッド・トゥーヴェソンは、どこまで自分のことを把握しているのだろう。

　ふたりは握手を交わした。

「イレイエン・リーリャよ」

「ここを通してくれるよう彼を説得してくれるかな」ファビアンは受付係を指さした。

「彼の名前は名簿に載っていないし、わたしはいかなる状況でも無関係な人間を入れるなという命令を……」

「いいのよ。一緒に来てもらうわ、あとで記帳してもらう」リーリャはファビアンにあとをついてくるよう示し、ガラスのドアを通ってエレベーターに向かった。「わたしが遅刻してラッキーだったわね。受付のフロリアンは熱心すぎるところがあるのよね」

　エレベーターに乗りこむと、リーリャがファビアンに向き直った。

「なにか思いついたの？」

「申し訳ないが、なにも」

「じゃあどうしてここにいるの？　たしか引っ越してきたばかりで、すごく忙しいんじゃない？」

　ファビアンが答えを探していると、エレベーターのドアが開いた。

　リーリャのあとから会議室に入っていった。広々とした部屋からは、ヘルシンボリの街並みやオーレスン海峡、さらにその先の景色まで見渡せた。真ん中に楕円形のテーブルが置かれ、白い壁はホワイトボードと天井から下がったプロジェクターのモニターの両方の役割を果たしている。ファビアンはこれほど明るくモダンな会議室を見たことがなかった。

これまで会議といえば、いつも換気装置も窓もない部屋で行なわれていた。

「ちがうわ、彼に犯人がわかったわけじゃない、だからまた息をしても大丈夫よ」リーリヤが会議室にいる三人に向けて笑いながら言った。

「もしよければ同席させてもらって、これまでにわかったことを聞きたいんだが」ファビアンは言った。

「もちろんかまわないわ。さあ、すわってちょうだい」トゥーヴェソンが言い、ほかのメンバーを紹介してくれた。

ファビアンが会っていないのはひとりだけだった。スヴェルケル・〝クリッパン〟・ホルム、五十過ぎの大男だ。「フーゴ・エルヴィンは抜きでやらないといけないの。ケニアに出かけたばかりでひと月は戻ってこないから」

「ケニアか」クリッパンがつぶやいた。「ほんとうに休暇がほしけりゃあそこまで行かなくちゃならないわけだ」とファビアンのほうを向いて言う。「リスク。そうだったな？」

ファビアンはうなずいた。「これは警告だ。どうしてもその椅子にすわりたいって言うなら、休暇にはおさらばだぞ。もし休暇がほしいなら、ケニアに行け――それかもっと遠いところに。おれもこの夏はコスター島の義理の両親の家で過ごす予定だったんだが、このザマだ」と両腕を広げてみせた。

「休暇をキャンセルして捜査に加わったのはあなた自身の選択よ――それには大いに感謝しているけど」トゥーヴェソンは壁に貼られた犯行現場の写真の上にヨルゲン・ポルソン

の写真を貼った。

「選択？　こんな胸くそ悪くなるような殺人鬼が野放しになってるのに、デッキに寝転んでじっとしてられると思うか？」

「あら、あなたいつも義理のご両親のことで文句ばかり言ってるじゃない。あそこで過ごすのは休暇じゃなくてむしろ仕事だって」リーリャが口をはさんだ。

「確実に言えることがひとつある。あんたたち全員とこの会議室にいるより家族と一緒にいるほうがずっといいね。だからおれの休暇中は深刻な犯罪が起きることは許されていないんだ！」

「その法律を変えるには動議を提出する必要があるでしょうね」トゥーヴェソンの口調はおしゃべりの時間はこれで終わりだとはっきり告げていた。「それからファビアン、心配する必要はないわ。いくらそうしたくてもあなたの休暇は取り消せないから。ストックホルムで取ったものだもの」

ファビアンは腰をおろした。

「警告しなかったとは言わせないぜ、リスク」とクリッパン。

「ひとつ聞きたいんだが——ヨルゲンの手はまだ見つかっていないのか？」ファビアンは切り出した。

「ちょうどその点に入るところだったの」トゥーヴェソンが合図すると、モランデルが立ちあがってリモコンのボタンを押した。天井に取り付けられたプロジェクターが光り、血まみれの白いタイルの上に置かれた、切り落とされた二本の手が映しだされた。

「この写真は体育館の隣にある男子シャワー室で撮影された」

「同じ学校ってことでいいんだな?」クリッパンが言うと、モランデルがうなずいた。

「プロファイルは始めているのか?」ファビアンは尋ねた。

「おれはなんと言った?」とクリッパン。「この男はもう働きはじめてるぞ! しかも、それに気づいてもいない」

「プロファイルにはまだ取りかかってないわ」とトゥーヴェソン。「でも犯行の性質からして、わたしたちが相手にしているのは最悪のタイプの犯罪者よ——なにか主張のあるいかれた単独犯。計画を立て、それを実行できるだけの知性のある」

「どうして単独犯だと断定できるんですか?」リーリャがコーヒーに口をつけながら尋ねた。

「あまりに苛烈な犯行だから」トゥーヴェソンは犯行現場の写真を示した。「それと同時に綿密な計画のもとに実行されていて、複数の人間が関わっているとは思えない。この手の異常な行為を複数の人間で行う場合はたいてい衝動的なもので、ドラッグの強い影響下にあることがほとんどよ。必ずミスがあり、多くの手がかりや物証を残していってくれる。でもここではそれが起きていない。指紋も毛髪も見つかっていない。なにもないわ。おまけにガラス会社のことはファビアンの言うとおりだった——存在しない会社だったの。移動クレーンはPEAB建設という会社のものだったのだけど、なくなっていたことに気づいてもいなかった。言いかえれば、ヨルゲン・ポルソンの殺人は激情に駆られての犯行ではなく、綿密に計画されたものよ。犯人は時間をかけて、どこで行なうか、どうやって成し遂げるか、いつ発見させるか決定したのよ」

「でも、なぜ？」とモランデル。

「いい質問だわ」とリーリャ。「なぜ手を切り落としたの？」

「なにか盗んだとか」クリッパンが言った。「イスラム法ではそれが窃盗に対する罰だ」

「犯人はムスリムだということ？」

「おかしくないだろ？」クリッパンはクラス写真を手に取り、ひとりの少年を指さした。「こいつはムスリムに見える。どう思う、ファビアン？　なにか覚えてないか？」

「ヤファール・ウマル。ヤッフェと呼ばれていた。とてもひょうきんなやつで、クラスの道化的なところがあった。あいつがジョークのネタにしないものはほとんどなかったよ」

「今回の犯人像には合わないみたいね」リーリャが言った。

「手の切断は多くの文化圏で共通して見られる行為だ」とモランデル。「ルワンダでの戦争を思い出してほしい。捕虜となった者たちは、二度と闘えないように両手を切り落とされた」

「村全員の手が切り落とされることもある」クリッパンが口をはさんだ。「身元を明らかにして投票できないように、男も女も子どもたちもだ」

「どういうこと？」とリーリャ。「投票って匿名でするものでしょ」

「ああ、だがまずは投票用紙をもらうために身元を明らかにする必要がある、それには指紋が使われるんだ」

これがイスラム教における窃盗に対する懲罰だとはファビアンには思えなかった。ヨルゲン・ポルソンの手癖が悪かったという記憶はない。乱暴者だったが、泥棒ではなかった。切り落とされた手はシャワー室に置かれていた。これはどういう意味だろう？　犯人がメッセージを送っているのは明らかだ。

「ファビアン。なにを考えてるの？」

顔をあげるとトゥーヴェソンが興味深げにファビアンを見ていた。「犯人はなにを言おうとしているのか？　犯行場所がヨルゲンの職場だったことは重要な意味があるのか、それともただの偶然なのか？　彼はたまたま通っていた学校と同じ場所で働いていたわけだから」

「犯人は生徒だって言いたいの？」

「わかりません。教師かもしれない。おそらく彼が凌辱した相手」

「凌辱？　どういう意味だ？　レイプとか？」とクリッパン。

「レイプの復讐が動機だったら、切り落とされるのが手なのはおかしくない？」リーリャが言った。

「もうひとつ」ファビアンは〝凌辱〟という言葉がなぜ浮かんだのか自分でも不思議に思いながら続けた。「ヨルゲン・ポルソンがほんとうにオーレスン橋を渡っていたのなら、それを証明する画像があるはずですね？」

「向こうに渡ったことはたしかだ」クリッパンがプリントアウトを差し出した。「リエルナッケンの料金所で往復ともに正確な時刻が記録されている」

「それでも画像で確認するのは無駄ではないわ。ファビアン、その線をたどってもらうのは大歓迎よ」とトゥーヴェソン。

「了解」ファビアンは答えて、クリッパンの言葉は完全に正しかったと悟った。休暇という言葉がだんだん遠のいていく。

「クリッパンとイレイェンはクラス全員の現住所を突きとめて。まずは直接連絡をとらずにできるだけ情報を集めてちょうだい。犯人はそのうちのひとりかもしれないから、もう少し状況が把握できるまでこちらの関与は伏せておきたいの。わかった？」

リーリャとクリッパンはうなずいた。

「ファビアンのことは？　彼はどうすればいい？」とリーリャ。「彼もクラスの一員よ」

全員が彼の顔を見た。

「彼のことは任せて」とトゥーヴェソン。

「それに被害者の妻もいるぞ」クリッパンが口をはさんだ。「あー……未亡人。だれが連絡する？」

「リナ・ポルソンのこと？」とトゥーヴェソン。

「リナ？　妻の名前ですか？」ファビアンが聞き返すと、トゥーヴェソンがうなずいた。

「彼女ですか?」×印で消されたヨルゲンの隣にいる、長い巻き毛のブロンドの少女を指さした。「この当時からつき合ってたんだ。信じられない。もしよければおれから連絡しますよ」

「だろうな」クリッパンが写真を見つめながら言った。「たしかにかわいい子だ」とファビアンの肩をつかむ。

「この写真と現状が一致するとは残念ながら言えないだろうがな」とモランデル。

「そうね、ファビアンを見ればわかる」リーリャが言うと、全員がどっと笑った。それから書類を片付けて、会議室を出た――トゥーヴェソンを除いて。

「もし手伝ってくれたらとても助かることは言うまでもないわ。でもご家族との休暇を優先したいというならもちろん理解できる。それは完全にあなたしだいよ」

「喜んで手伝いますよ」ファビアンは明るく答えたが、彼女はわかっていないと思わずにいられなかった。

この状況を考えればほかにどんな選択肢があるというのだろう。用意周到な犯人にあたったのは初めてではない。だが今回はまったく話がちがう。かつての同級生が惨殺され、その数日後、自分が家族とともに帰郷したまさにその日に遺体が発見されたのだ。もちろん偶然かもしれない。だが、そんな偶然は手のない死体にぶつかるのと同じくらいの確率だとなにかが告げていた。

「もうひとつはっきりさせておきたいことがあるの」トゥーヴェソンはファビアンの目を

じっと見て言った。「ストックホルムでどういうやり方をしていたかは知らない。でもここではわたしたちはチームなの、一丸となって事件に立ち向かう——それはあなたにもあてはまる」

ファビアンはうなずいた。

「よかった。今日から給料が支払われるように手配しておくわ」

「おれの名前を名簿に加えてもらえると助かります、フロリアンという受付係にすんなり通してもらえるように」

「もちろん。通行証も発行しておくわ。デスクはまだ用意してないけれど、しばらくはフーゴ・エルヴィンのを使ってちょうだい。さっき話したとおり、数週間は帰ってこないから。いま場所を教える」

ファビアンはトゥーヴェソンのあとに従ったが、彼女の言葉は耳に入っていなかった。完全に別のことを考えていた。ヨルゲン・ポルソンが殺害されたことを知ってからというもの、なにかが意識下に訴えかけているのに、それがはっきりしなかった。けれどもこの感覚は会議のあいだにいっそう強くなっていった。犯人の動機について話し合っているときに、〝凌辱〟という言葉が出てきたのも偶然ではない。

当時の記憶がしだいによみがえってきた。ヨルゲン・ポルソンは報いを受けたのではないかという気がしてならなかった。

5

ファビアンがフルネームを名乗り、基礎学校でずっと同じクラスだったと説明しても、リナ・ポルソンははじめ彼のことがわからなかった。公平を期して言うと、直接会ったのではなく電話で話をしたのだったが、それでもまったくわからないようだったので、ファビアンはほんとうにあのリナなのかといぶかしく思いはじめた。そこで〝ファッベ〟というニックネームを出すとやっと思い出してくれ、すぐさま午後一時にコーヒーを飲みにこないかと招待された。それまでに新しいデスクに慣れ、オーレスン橋のオフィスに連絡をとる時間は充分あるだろう。

フーゴ・エルヴィンのデスクチェアは見かけ重視の試作品のようだった。つまみとレバーがいくつもついているが、残念ながらすわり心地はあまりよくなかった。率直に言ってすわりにくい代物で、オーレスン橋の中央オフィスに電話をかけながらレバーで椅子を調節した。電話が転送され、呼び出し音が鳴っているあいだ、どうにかぴったりくる按配を探る。フーゴ・エルヴィンはどんな体格をしているのだろう。

「あんた、クルト・ヴァランダーみたいな人？」受話器の向こうの女性が突然言った。呼び出し音が止まっていたのに気づかなかったファビアンは、とっさにヴァランダーは自分より上の階級だと答えた。もっとも、ヴァランダーが実在の人物であれば、彼より上に行っているだろうが。

「あんたたちは現実世界でもあんなに頭がいいの？」と彼女は続けた。

五分後、ファビアンはどうにかクルト・ヴァランダーから話をそらし、自分が質問をする側で相手がそれに答えるほうだとわからせることに成功した。彼女はリエルナッケンの料金所を通る車両はすべて二台のカメラによって撮影されていることを教えてくれた。一枚はナンバープレートをとらえるため正面から、もう一枚は上から車両の長さを測り、正しい料金が支払われているかどうかを確認するためだ。支払いを免れた者がいれば証拠としてその写真が使われた。

ファビアンは、ナンバープレートＢＪＹ５０９のシェヴィのピックアップトラックを捜していることを伝えた。六月二十二日火曜日の午前六時二十三分にデンマーク側に向かう料金所を通過し、同じ日の午後十一時十八分に戻ってきている車だ。電話口の女性はそのときの画像を捜して、Ｅメールで送ると約束してくれた。ファビアンはまだ自身のメールアドレスがなかったので、トゥーヴェソンのアドレスを伝え、礼を言って電話を切った。それから署を出てリナ・ポルソンに会いにいった。

ＧＰＳの指示に従い、ファビアンはエードオークラで幹線道路を降りた。ありふれた郊外の住宅地を抜け、テー通りまで来ると、９番と書かれた家の前に車を停めた。車を降りて、フレドリクスダール校と同じ赤煉瓦の二階建ての家に近づいていく。ヨルゲンとリナが三十年以上連れ添っていたとは信じがたいことだった。当時はふたりのつき合いが一学期以上続くとは思っていなかった。

ドアベルを鳴らしながら、初めてリナの自宅アパートのベルを鳴らしたときのことを思い出した。四年生だったファビアンにそのまま留まっている度胸はなく、彼女の父親が出てくる前に上の階に逃げたのだった。

ファビアンとリナは朝一緒に学校まで歩いていく約束をしており、それ以来毎朝彼女の家のベルを鳴らすようになった。学校までの道のりがその日のハイライトだった。彼女を独り占めできるのだ。おしゃべりをし、笑い、できるだけゆっくり歩くためにできることはなんでもした。

クリッパンの言葉を思い出した。リナはクラスで断トツにかわいい子だったが、いまもそうだろうか。

太めの大柄な女性がドアを開けた。だぼっとした茶色のワンピースを着て、髪は黒いが根本は白くなっている。疲れてやつれているようすだ。なによりも、四十三という年齢よりずっと老けて見えた。歳をとることについてモランデルが言ったことは正しかったんだろう、とファビアンは考えた。

「ファビアン・リスクね」と彼女が言った。ファビアンはうなずき、握手を交わした。

「アグネータよ。リナのいとこ。彼女がひとりにならないように交代でそばにいるの。入って」

ファビアンはあとについてなかに入った。リビングルームをざっと見まわす。外観から想像していたより魅力的だったが、リナの姿はない。

「ここで待ってて、コーヒーを持ってくるから」アグネータはそう言ってキッチンに消えた。

ファビアンは書棚に歩み寄った。電子書籍の時代にあっても、書棚は家庭のなかでもっとも秘密を抱えた場所のひとつだ。

ここにはお決まりの本や文化的アイテム、オブジェが並んでいた。カラフルな酒瓶やさまざまなサイズのクリスタルグラスのコレクション、ギリシャやカナリア諸島の土産物がガラス扉の向こうにぎっしり並んでいる。CDはコンピレーション・アルバムが数枚、DVDの半分はディズニーで、もう半分がスウェーデンの刑事もの。蔵書はヤン・ギィユー、ヘニング・マンケル、ジョン・グリシャムの小説が四分の三を占め、あとはどの家の本棚にも必ずあるアウグスト・ストリンドベリ、ウィリアム・シェイクスピア、チャールズ・ディケンズが並んでいる。凡庸という絵を壊すのは――あるいは高めると見るかは見方しだいだが――ポール・オースター、コーマック・マッカーシー、そしてジョナサン・フランゼンだ。これらの本はリナのものにちがいない。いちばん下の棚にアルバムが数冊あった。一冊目はヨルゲンとリナの結婚写真で、ふたりはほんとうに結婚したのだと実感せざるをえなかった。次のアルバムにはクリスマスや誕生日、ザリガニパーティに洗礼式などさまざまな行事が記録されていた。そのうちの数枚でヨルゲンは上半身裸になり、タトゥーのある分厚い筋肉を誇示している。

「おもしろいものは見つかった？」

アルバムからはっと顔をあげると、そこにリナが立っていた。「なんだ、いたのか」ファビアンはアルバムを置き、ハグをすべきかどうか悩んだ。すでに手のひらが汗ばんでいたが手を差し出すことにした。「久しぶり」

「ハグしてくれないの？」

「もちろんだよ、悪かった。ただ……」そう言って、おそるおそるリナに腕をまわした。

「一瞬わからなかったわ。ストックホルムに引っ越したって聞いてたけど」

「ああ、でも戻ってきたんだ。こっちはすぐにわかったよ。きみは全然変わっていない」

「ありがとう」

気まずい沈黙を避けて、ここからどう話を持っていけばいいのか、ファビアンは途方に暮れた。リナの家のベルを鳴らした直後の少年に戻った気がした。が、逃げて隠れる時間はない。そのときアグネータがコーヒーの乗ったトレーを持って現れ、テーブルの上に置いた。

「リナ、ここにいてほしい？」

「いいえ、大丈夫よ。ありがとう」

アグネータは再び姿を消し、リナとファビアンはソファに腰をおろした。

「あなたがこの件を捜査するの、警官として?」リナはコーヒーを注ぎながら尋ねた。手元がおぼつかなく、ポットを取り落としそうになる。

「おれにやらせてくれ」ファビアンはポットを受けとり、彼女のカップに注ぎ入れた。

「ごめんなさい」リナの目から涙が溢れ出した。「でも理解できないの。だれかがあんなひどいことをヨルゲンにしたなんて。彼はみんなに好かれていた。まったくわけがわからないわ」

ファビアンは身を寄せて彼女の震える肩に手を置いて慰めたいと思ったが、そのまま動かないことにした。自分は警官としてここに来ているのであって、それ以上ではない。

「リナ、辛いのはわかってるが、だれの仕業か心当たりはないか?」

リナは首を振った。「だれも思い浮かばない。さっきも言ったように、彼はみんなに愛されていた。学校の生徒たちからは崇拝されていたわ。子どもの扱いはよく知っていたから、特に問題児の子は」

「ああ、それはよくわかる。なんといっても、ヨルゲンは少し……なんと言えばいいかな、当時はやんちゃだったから」

リナが顔をあげてファビアンの目を覗きこんだ。「どういう意味?」

記憶を抑圧しているか、いまは向き合えないのだろうと思い、ファビアンはガラステーブルにカップを置いた。「リナ、犯人を捕まえるためにはあれこれ聞かなくちゃならないんだ」

リナは視線をそらしたが、ファビアンは自分から沈黙を破ろうとはしなかった。やがて彼女はあきらめてうなずいた。

「たしかヨルゲンはビールを買いにドイツに行ったんだったたね。だれかと一緒だったか知らないか？」

「いつもひとりで行っていたわ」

「今回はちがうということはないだろうか」

リナは首を振った。「だれかを乗せたりしたらビールを積む場所が少なくなるじゃない」

「おしゃべりのためでも？」

「そんなことしたい人がいる？　ドイツまで車で行って、なにも買うこともできずにまた戻ってくるの？」

ごもっとも、とファビアンは思った。そもそも自分はわざわざそんなことをする意味がまったく理解できないのだ。「だれか友だちが行きたがったとか？　クラスのだれかと連絡は取っていたかい？」

「いいえ、グレンだけ。グレン・グランクヴィスト」

ファビアンはうなずいた。グレンとヨルゲンはファビアンが記憶しているかぎりずっと親友同士だった――ふたりは同類だった。次はグレンに話を聞かねばならない。

「写真からすると、ヨルゲンはほとんど体型が変わっていなかったようだね」

「ええ、彼はいつも気を遣っていたから。子どもたちが小さかったころは、家にいるよりジムにいるほうが長い感じがしたわ」

「じゃあ、よく鍛えてたんだね？」ファビアンは尋ねた。ここからは一か八かの質問だ。

「彼が筋肉増量を助けるものをなにか摂っていたかどうかは知らないかな？」

この質問だけは予期していなかったというように、リナはファビアンの顔をまじまじと見つめた。「なにを言ってるかわからないわ。ステロイド剤とか？　そんなことするわけないじゃない」

ヨルゲンがステロイドを使っていたのはまちがいないと思われるが、ポイントはそこではなかった。重要なのはリナの答えかたであり、彼女が嘘をついていることだ。

「きみを殴ったりしたか？」

この質問には心づもりをしていたらしい。リナは落ち着いて冷静だった。鼻を鳴らし、首を振る。「なにを言いたいのかさっぱり理解できないわ。ヨルゲンはだれよりも優しい人で、わたしを傷つけたことなどないし、それを言うならほかの人もよ」

「リナ、おれはヨルゲンの評判をぶち壊したいんじゃない。でもきみだって彼が学生時代どんなだったか知ってるだろ、おれが知りたいのは彼が――」

「もう帰って」リナが立ちあがった。「お願い、帰ってちょうだい」

「悪かった。侮辱するつもりは――」

「アグネート！　来てちょうだい！　話は終わったわ！」

6

ファビアンは車に乗りこみ、イグニッションにキーを差しこんだ。目的は達成し、昨日から感じていた予感は正しかったと確信した。ヨルゲン・ポルソンは自ら悲劇を招いたのだ。とはいえ、夫を亡くしたばかりのリナへの配慮が足りず、強引に話を進めたことは悔やんでいた。

自分は折り合いをつけられていないのだろうか？　リナがヨルゲンと一緒になっただけでなく、よりによってあのふたりが長年にわたり添い遂げていたことに？　彼女の選択を問いただすどんな権利が自分にあるだろう？　まるで彼女にとってなにが最善かをわかっているとでもいうように。

グローブボックスを開け、最新の整備書類を取りだすと、その裏にリナへの手紙をしたためた。気持ちを傷つけたことをひたすら詫び、なにか困ったことがあればいつでも連絡してほしいと書いた。住所と携帯の電話番号を書いてサインをし、紙を折りたたんで郵便受けに入れた。

そのあいだずっと分厚いカーテンの向こうからリナの視線を感じていた。車に乗りこむ前、振り返って笑顔を向け軽く手を振った。

それからほどなくして電話が鳴った。だが相手はトゥーヴェソンだった。

「リエルナッケンから写真が届いたわ」

「なにか見えますか？」

「直接見てもらったほうがいいと思う」

料金所から送られてきた画像は全部で四枚だった。トゥーヴェソンはそれを署のサーバーにアップロードして会議室の壁に映し出した。

「またミルクを切らしてるなんて言わないでよね」淹れたてのコーヒーが入ったカップを手に、リーリヤが言った。

「クリームならいつでもあるだろ」クリッパンが自身のカップに入れながら言った。「ほんの二、三年前はだれも文句なんか――」そこで彼の携帯が鳴りだした。電話を取りだし、番号をチェックする。

「出ないの？」とリーリヤ。

クリッパンはため息をついてから応答した。「やあ、ダーリン。いま会議の最中なんだ……なんだって？　またか！」再びため息。「だがベリト、何度も言ったじゃないか。トイレットペーパーを山のように使うわけにはいかないって……」いまや全員がベリトの声を聞いていた。「わかった。おれがなんとかする。だれかに電話するから……。いや、いますぐはだめだ。時間ができしだい……。ダーリン、切らないと。じゃあ」クリッパンは電話を置き、なにも言わずに両手を広げた。

「始めましょうか？」トゥーヴェソンが言って、プロジェクターの電源を入れた。

最初の写真は正面から撮られたもので、ヨルゲン・ポルソンのシェヴィがデンマークに向かう橋を渡るのを待っているところをとらえている。下の隅に10・06・22　6：23ＡＭと日時が印字されており、ハンドルを握っているのはまちがいなくヨルゲンだ。次の写真は上から撮られていて、クレジットカードを差しだしているヨルゲンのタトゥーのある腕が見える。

「少なくともこのときは、手はくっついていたわけだな」クリッパンが言った。

「おもしろくなってくるのはここからよ」トゥーヴェソンは10・06・22　11：18ＰＭと印字された三枚目の画像を示した。最初の二枚よりもかなり暗く、ヨルゲンの顔は陰になっているが、運転席にいるのはまちがいなく彼だ。白いシャツが暗闇のなかで反射板のように光っている。

刑事たちの関心を引いたのはヨルゲンだけではなかった。隣の助手席に男がすわっていた。黒っぽい服を着て、帽子を目深にかぶっているので顔全体が陰に隠れている。ここにいた――捜している犯人が。輪郭のはっきりしない亡霊のように闇に溶けこんで。

「画像処理をして、コントラストをもう少しはっきりできないかやってみよう」とモランデルが言った。

「公開できるほどきれいな画《え》にできるか？」とクリッパン。

　モランデルは肩をすくめた。「やってはみるが、どうかな」

「この男が犯人だって、百パーセント確信がある？」とリーリャ。

「いいえ、でもその根拠はいくつもあるわ」とトゥーヴェソン。「もちろん、事実がすべてわかるまではなにも公開しない」

「だれであってもおかしくないわ」とリーリャ。

「どういう意味？」

「例えば、ヒッチハイカーとか」

「いまどきヒッチハイカーを拾うやつがいるか？」とクリッパンが口をはさんだ。「車を停める場所だってなかったはずだ」

「わたしは拾ってあげるわ。世界はこの部屋にいる人たちが思っているほどひどいところじゃないのよ」リーリャが答えた。

「犯人じゃないとしても、おそらくヨルゲンが生きているのを見た最後の人間よ。何者であろうと、この男を見つけ出したいわ」とトゥーヴェソン。「いまのところ写真のこの男が犯人だとしましょう。そうすると疑問が浮かぶ。なぜヨルゲン・ポルソンがこの男を乗せたのか？」

「そしてどこで？」

「約束をしていたとか？」とトゥーヴェソン。

「いや。リナによればいつもひとりで行っていたそうだ」ファビアンが口を開いた。

「彼女がそう思っているだけだ。だがそれが正しいとどうしてわかる？」とクリッパン。

「うちの女房だっておれのことをすべて知ってるわけじゃない」

「それは奥さん、めちゃくちゃラッキーだ」モランデルが小声でつぶやいた。

「だがこの殺しがいかに用意周到だったか考えると、犯人はヨルゲンが自分を拾うことを確信していたと考えるべきだ」ファビアンが話を続けると、みなが耳を傾けた。「それに、クリッパンも言ったとおり、ヨルゲンが通った道はほとんどハイウェイだから途中で停まるわけにはいかなかったはずだ。だから彼のクレジットカード番号を調べて、どこで使ったか突き止められないだろうか」

「いいアイデアね」とトゥーヴェソン。

クリッパンが言った。「残念ながら、それを突きとめるにはかなり時間がかかるだろう。銀行はこの手の情報をくれるのに時間をかけるのが好きだからな」

クリッパンの言うとおりだ。だがファビアンにはFRA（国防電波局）にニヴァ・エーケンイェルムという秘密兵器があった。彼女ならどんなに堅牢なファイアウォールでも突破することができる。前回の捜査で大いに助けてくれたが、ニヴァは高くつき、二度と連絡しないと誓ったのだった。

ファビアンはオーレスン橋の中央オフィスの女性に再び電話をかけた。彼女は彼の声をすぐに聞き分け、事件はどうなったか、犯人は見つかったかと尋ねてきた。ファビアンは言葉を濁し、捜査は進んでいて、できるかぎり早く解決するために全力を挙げていると答えた。

「なるほど。捜査に関することは漏らしちゃいけないんだね」南スウェーデン訛りの声で相手は言った。「でも助手席に映ってる男でしょ？」

「ご承知のとおり、われわれはすべてを明かすことはできないんですよ」ファビアンは、それだけ言えば充分だろうと思って言った。まだ彼女の協力が必要だったし、不愉快な態度は取りたくなかった。

「それはイエスと取っておこう。でも心配しないで、新聞には言わないから――ともかくいまのところはね」

少しは秘密を明かしていると思わせておいたほうがよさそうだ。

「あなたがそんなことするなんて思ってませんよ。声からして分別がありそうだし、われわれがどこまでつかんでいるか犯人に知られたくないでしょう？」

「ええ、それはもちろん」

「あなたはこの件にすでに関わっていることだし、もうひとつ頼みたいことがあるんですが」

「そう？」

「彼が料金を支払ったクレジットカードの番号はわからないかな？」

長い沈黙ののちに彼女が口を開いた。「その手の情報は明かせないって知ってるでしょ。検事の許可がなければ」

相手はばかじゃない、ファビアンはそう思ったが、検事の許可を待つ時間はなかった。

「でもあんたの頼みなら、ファビアン・リスク、あたしだけのヴァランダー、特別扱いにしてあげる。条件がひとつあるけど」

「というと？」

「今度ここに来たとき、立ち寄って顔を見せて」

ファビアンは電話をかけるために、コーヒーの自販機がある休憩室を捜した。カプチーノのボタンを押し、マシンが動きはじめる音を聞きながら、電話の向こうで呼び出し音が鳴るのを聞く。発信者が彼だと彼女にはわかっているはずだ。きっと鳴りつづけている携帯電話をじっとにらんでいることだろう。

「よくも電話してくる根性があったわね？」

ファビアンは思わずひるみ、言葉を探した。

「もしもし？　あなただってわからないと思った？　この、クソ――」

「ニヴァ、そういうつもりじゃ――」

「わたしたちは終わったのよ。もう忘れたの？」

「いや、忘れてない、そのことで電話したんじゃないんだ」

「さっさと逃げ出して、スコーネに移住したいまは幸せな核家族をやってるって言いたくて電話してきたわけ？」

「捜査にきみの力が必要で、一刻を争う事態だからだ」彼女が沈黙したのは明るい兆しと受けとった。「昔の同級生が殺された事件を捜査してるんだ、きみも新聞で読んだだろう——両手を切り落とされた技術科の教師の事件」

「ああ、あれ。いかにもスコーネ的だわ。あなたの学生時代の友だちだったの？」

「友だちというわけじゃない。同じクラスだっただけで。六月二十二日に彼がどこでクレジットカードを使ったか知りたいんだ」

「カード番号をメールして。折り返し連絡する」

「助かるよ。ほんとうにありがたい。ほんとうにそういうつもりじゃ——」

「プライベートのほうは？」

「まああだよ。引っ越したばかりだから、少しとっ散らかってはいるが。でも……そのうち落ち着くと思う。きみは？」

「相変わらず最低で孤独よ。セラピストが言うには、気持ちを切り替えるのにもう少しかかるって」

「すぐに元気になるさ。おれがいなくなったんだから、ストックホルムはきみのものだ」

「電話がしょっちゅうかかってくるんじゃ、それがなんの慰めになる？」

答えようとしたが、その時間はなかった。電話は切れていた。ファビアンはカプチーノをひと口飲んで、残りをシンクに捨てた。

7

「パパ、今日なにをしたか当ててみて！」ファビアンがドアを開けると、マティルダが駆け寄ってきた。「泳ぎに行ったの！　すごく大きい波が来て、超冷たかった！　明日も行くんだ！　ママが新しい水着を買ってくれるって！」そう言って、腕のなかに飛びこんでくる。「一緒に行けるよね？」

「パパには冷たすぎたらどうする？」ファビアンはマティルダを抱えたままキッチンまで歩いていった。

「お願い、パパ。一緒に行こうよ」

夕食の支度をしているソニアに近づいてキスをする。

「もうすぐできあがるわ」ソニアは笑顔で言った。「どうだった？　しなくちゃいけない用事は終わったの？」とエプロンを外しながらファビアンの目を覗きこんだ。

「ソニア――」

「いまのは忘れてちょうだい。ほんとうは休暇中だってことも忘れて」

「ソニア……」

「この話はやめましょう。テオを呼んできて」

「わかった。どこにいる？」

「自分の部屋よ」

「一日ずっといるんだよ」とマティルダ。

「一緒に泳ぎに行かなかったのか？」

「ええ。あなたにシュノーケルの道具を選ぶのを手伝ってほしがってたわ」

「パパ。明日は一緒に来てくれるよね？　お願い……約束して」

「約束しよう。絶対に絶対に……」

「パパ変なの！」マティルダは身をよじってファビアンの腕から抜け出した。

階段に向かって歩き出すと電話が鳴り出した。「もう取りつけたのか？」

「そうよ」ソニアは電話機に歩みより、受話器を取りあげた。「はい、リスクです……ええ、います。あなたによ」

ソニアのそっけない口調で相手がだれかすぐにわかった。この裏切り者の密告屋め、と思いながら受話器を受けとる。

「はい、ファビアン・リスクです」格式ばった口調で言った。

「どうも、色男さん」とニヴァ。「怪しまれないように、携帯じゃなくて自宅にかけたほうがいいと思ったの。結局のところ、この会話に隠すところなんてないじゃない？」

「ああ、まったくない」ファビアンはソニアに向かって肩をすくめてみせ、リビングルームに入っていった。「なにかわかったか?」

「相変わらずせっかちね。率直に言って、ソニアはよく我慢してるわ。始まってもないのに全部終わってるんだもの」

「ニヴァ、これから夕食なんだ」

「まあすてき。あなたが送ってきた番号のカードは、午後十時二十二分にレリンゲの〈OKガスステーション〉で七百三十九クローネ使われているわ。それからドイツのプットガルデンにある〈ボーダーショップ〉でも使用されてる、オクトーバーフェストをまかなえるほどのビールを買ったみたいね」

「助かったよ」

「気にしないで」

ファビアンは電話を切り、席について夕食を食べた。なんの電話だったのか、ソニアは気にしているはずだ。彼女にはそれを尋ねる資格が充分にある。

だがその日の夜遅くに再び家に帰るまで、ソニアには待っていてもらわねばならない。

十時を過ぎたころファビアンはなんとか家を抜け出した。車に乗りこみ、コペンハーゲンの約四十キロ南西にあるレリンゲのOKガスステーションに向かう。十二時少し前には着けるだろう。

家を出るときテオドルはドアを開けるのを拒み、マティルダとソニアは腹を立てていたが、どうしても今日じゅうに行くつもりだった。せっかくニヴァから買った時間を、ひと晩先延ばしにして無駄にするつもりはない。

車を走らせながら、これまでにわかった事実について考えをめぐらせた。ヨルゲンがどこで、何度車を停めるか正確に予測することは不可能だが、犯人は少なくとも一度はガソリンを入れるはずだと踏んだのだろう。モランデルによれば、学校で見つかったシェヴィのガソリンタンクには八十八リットルのガソリンが残っていた。容量百二十リットルのタンクだから、ヨルゲンは三十二リットル分走ったことになる。彼がガソリンを入れたガソリンスタンドは、橋の距離も含め、学校から百四十四キロ離れた場所にある。百四十四キロで三十二リットル消費したということは、満タンのシェヴィは十キロ当たり二・二リットルで走ることになる――これは妥当な計算だろう。ヨルゲンは余計な回り道をせず、まっすぐ学校に向かったと考えるのが自然だ。

ヨルゲン・ポルソンがデンマークでカードを使ったのは一度だけ、午後十時二十二分にOKガスステーションで。七百三十九クローネはガソリン約七十五リットル分に相当する。満タンでエードオークラの自宅を出て、三百八十キロ走ったのちレリングゲで七十五リットル追加したとすればほぼ計算どおりといえる。彼はリエルナッケンの料金所を五十六分後の午後十一時十八分に通過しているが、本来なら四十分以上はかからないはずだ。これは彼がガソリンスタンドで十五分か二十分ほどとどまっていたことを示している。

そして、助手席に何者かを乗せて橋を渡ったのだ。

オーレスン橋の料金所でクレジットカードを受け取ると、目の前のバーが持ちあがった。ファビアンはアクセルペダルを踏みこみ、ラジオから流れるお気に入りの曲に耳を傾けた。ボリュームをあげると、恋人と立場を交換するために神と取引することを歌うケイト・ブッシュの声が車内に響きわたった。サビの〝ランニング・アップ・ザット・ヒル〟のところにくると一緒に口ずさんだ。

橋を渡ったのはこれが初めてで、そこからの眺めは魔法のようにすばらしかった。濃紺の空に半月が輝き、はるか眼下にはオーレスン海峡の穏やかな水面が巨大な鏡のように広がっていた。

8

グレン・グランクヴィストはキッチンのテーブルにすわり、ガラス瓶のふたを開け、どろりとした液体に漬かったニシンを見つめた。アンキが残していったものだ。グレンはあまりニシンが好きではない。食感がどうも苦手で、食べるときには冷たいビールで一気に流しこんで逆流してこないようにしていた。

だがいまはビールがない。グレンが好きだったものはほとんどなくなってしまい、最近は賞味期限がとっくに過ぎた瓶詰の中身を空けるという作業を繰り返している――オリーブ、ピクルス、マスタード、そしてアンキのいまいましいニシンだ。もう一匹つまんで口のなかに放りこみ、パイナップルジュースで流しこんだ。

ヨルゲンが死んだことを聞いてから気が休まることはなかった。じっとしていることが難しく、絶えず動いていなければ気がすまなかった。不安で仕方なく、心臓が倍の速さで脈打っている感じがした。親友が死んだ。悲劇的な事故でも、あっという間に病で命を落としたわけでもなく、だれかに綿密な計画のもと、身も凍るほどの恐ろしいやり方で惨殺されたのだ。

三十七年にわたって一緒に過ごした楽しい時間のことを考えた。ほとんど物心ついたときからのつき合いだ。出会ったのは一年生のとき。その数分後に喧嘩になったが、それ以来親友同士で、どんなときもお互いを支え合ってきた。

とはいえ、いくつか愚かなこともした。よく考えれば数えきれないほど。たいていのことは忘れてきた。恥じるようなことはなにもしていないと自分に言い聞かせ、それでうまくいっていた。夜はぐっすりと、良心の咎めを感じることなく眠れていた。一週間ほど前、リナが電話をかけてきてヨルゲンが帰ってこないと聞かされるまでは。グレンは初めからいやな予感がしていた。以来、絶え間なく昔の光景が浮かびあがるようになった。硬い殻の下に押しこめ、二度と陽の目を見ないように何重にも覆ってきたはずの昔の記憶が。

考えずにはいられなかった。

ヨルゲンが死んだと聞いて、グレンは少しも驚かなかった。殺されたと聞いても。死ぬほど脅えたのは手が切断されていたという点だ。それさえなければ、いまも安眠できていただろう。だがヨルゲンの死を嘆き悲しんだり、リナのそばにいてやることはできそうにない――連絡をとることすら難しかった。

手がヨルゲンの専門だった。どれほどくたびれて血まみれになろうと、相手を痛めつけるのに彼は拳だけしか使わなかった。メリケンサックを使いはじめたのは九年生になってからだ。グレン自身の専門は、スチールトゥの赤いドクター・マーチンで蹴ることだった。なぜあれほど長いあいだ続けていたのかわからない。学生時代はわかる――退屈で時間をやり過ごすものが必要だったし、自分が強くなったように思わせてくれた。被害者たちはグレンとヨルゲンの姿を見るとガタガタ震え、命じたことをなんでもやった。だがなぜそれを続けたのだろう？　中毒になっていて、ヨルゲンが死ぬまでやめられなかったのだろうか。それに最後の〝会合〟ではあいつを殺したと思っていた。

その会合は五時間以上続いた。九年生を終えてから十一年後のことだ。基礎学校を卒業してからはあいつのことは放っておき、ほかの人間にちょっかいを出していた。実際は、飽きて忘れていたというのがほんとうのところだ。ところがコペンハーゲンで酔っぱらった夜、突如ヨルゲンがあいつと最後の会合を持ちたいと言い出したのだ。

走ったりセックスしたり眠ったりするときに消費するカロリーの計算式は存在する。だが、喧嘩で消費するカロリーの方程式はない。三時間後、ヨルゲンもグレンも疲労困憊していたからかなりの消費量になったはずだ。あいつは叫び、泣き、慈悲を乞うた。金をやる、やめてくれるならなんでもすると懇願した。だがヨルゲンとグレンはあいつにあきらめて死んでもらいたかった。

だが、あのいまいましい男は死ぬのを拒んだ。もちろんナイフを突き刺すこともできたが、それでは反則になる。ふたりは手と足しか使わない――それ以外のものはだめだ。

ふたりはアパートを出て、レストランでステーキとポテトのベアネーズソース添えとコーラのラージサイズで休憩した。どれほどうまかったか、グレンはいまでも覚えている。身体が糖を求めて泣き叫んでいるかのようだった。食後はピンボールをやった。何度かマルチボールになり、台さえ傾いていなければ最高記録になったはずだ。ゲーム中は暴行についてひと言も話さなかったが、ふたりのあいだには暗黙の了解があった。あいつがあきらめるまで続ける――絶対に。

アパートに戻ると、あいつは廊下まで這い出し、テーブルから電話を引き下ろしていた。電話線が切られていたことは知る由もなかっただろう。

二時間後、あきらめたのはふたりのほうだった。だれかをぶちのめすのに飽きたのは、あれが初めてだった。最後の三十分は単調でほとんど刺激を感じられず、どうせ二、三時間後にはひとりでに死ぬだろうからやめたのだと言い聞かせたことを思い出した。

それから数週間、ふたりは死亡記事や殺人事件に関する記事を探しつづけたが、なにも見つからなかった。警察発表もなかった。二か月後、あいつのアパートに行ってみてそこが空っぽなのを知った。あいつは消えてしまったのだ。

ふたりは不安になり、その気持ちはしだいに高まっていった。あいつはどこに行ってしまったのだろう? 復讐を計画しているのだろうか。何度か話し合ったが、あまり心配する必要はないという結論に達した。それから数年が過ぎると、もはや思い出すこともなくなった。

だがそんなとき、両手を切断されたヨルゲンの死体が見つかったのだ。

次は自分の番ということだろうか? 足を切り落とされる?

キッチンのベンチに横になり、目を閉じた。内側から喰いつくされるような疲労感を覚えていたが、眠りたくはなかった。この一週間は二、三時間の睡眠でやっているが、寝ているあいだは起きている時間よりひどかった。見る夢はどんどんおかしくなっていく——抑圧していた記憶が浮かびあがり、ホラー映画の監督が見る悪夢のように変容した。

続けて十一日間眠らずに過ごした研究者について書かれた記事を思い出した。四日たつと幻覚が見えはじめ、自分がアルゼンチンのサッカー選手、ディアゴ・マラドーナだと思いこむようになったそうだ。だがそれから六日後には正常に戻り、再びふつうに睡眠を取りはじめる前にピンボールで助手たちに勝っている。

だが自分は十一日間も持ちこたえられそうにない。

思考を明晰にして、焦点を失ってはならない。グレンは起きあがり、目を擦って覚ますと、もうひと切れニシンを口に放り込んだ。飲みこもうとしたが、喉をとおらなかった。パイナップルジュースはなくなってしまい、どうしても飲み下せないので覚悟を決めて咀嚼しはじめた。いざというときに備えて体力をつけておかなければならない。自分を守らざるをえなくなるのはわかっていた。果敢に立ち向かうのだ。

少なくとも怠け者となじられることはないはずだ。準備はほとんどすませている。武器を持ち、すべての窓に錠を取りつけ、家じゅうの電気をスイッチひとつで切れるように配線し直してそのリモコンを持ち歩いている。さらに、裏庭の芝生に螺旋《らせん》状の有刺鉄線を張りめぐらせ、そこに釣り糸を結んで二階の窓に吊るした風鈴につなげ、だれかが裏庭に侵入してきたときにすぐにわかるようにしている。

あとひとつ残っている仕事は、玄関扉に覗き穴を取りつけることだが、明日外が明るくなるのを待たなければならない。古いドアには覗き穴があったのだが、ドアをつけ替えることになったとき、無駄な出費だと考えたのだ。その数週間後、気が変わって自分で取りつけることにした。それが三年半前のこと。だが明日は必ずやらなければならない。

アンキが去ったいまもこの家に住んでいるなんてほんとうにばかげている。彼女に対する嫌がらせのためだけに住み続けているのだ。この家が好きですらなかった。安普請で、まだ築十年なのに薄いしっくいの壁はカビ臭い、それに一度ドアもつけ替えなければならなかった……。

ドアベルが鳴り、不満だらけの家に対するもの思いが中断された。夜の十一時三十分だ。

こんな時間にいったいだれだ？

再びベルが鳴る。

襲撃者が来るとすれば表からは見えない裏庭からだろう。有刺鉄線をめぐらせてあるからそれにひっかかり、その隙に飛びかかってなかに引きずりこめるはずだ。予想に反して家まで近づかれてしまえば、大きなガラスのドアは簡単に破られてしまう。だがグレンはそれにも備えていた。侵入者を作業室まで追いこめば、そこから出られないはずだ――少なくとも冷静に鍵をかけて閉じこめ、警察を呼ぶまでは。すでに自分が殺人犯を捕まえたヒーローとして新聞に載っているところが目に浮かんだ。きっとアンキも見るだろう。

だが、正面玄関のベルが鳴ることは計画のうちに入っていなかった。人殺しは玄関まで歩いてきてベルを鳴らしたりはしない。そんなことはありえない。ではいったいだれが？

前日初めて風鈴が誤報を鳴らした。電気をすべて消してすぐに裏庭に飛びだしてみると、迷いこんだ犬が有刺鉄線にからまっていた。グレンが手を貸す前に、犬は自分で身を振りほどいて逃げていった。

きっとあの犬の飼い主だろう。自分の家の裏庭に有刺鉄線を張ることは法に触れるのだろうか。曲がりなりにも自分の土地なのだ。

野球バットをつかみ、慎重に廊下を歩いていく。再びベルが鳴った。

なぜあのいまいましい覗き穴を取りつけておかなかったのだろう？　グレンは錠を外してドアを開けた。

9

午後十一時三十分をまわる前には、レリンゲの目的地近くに来ていることをGPSが告げていた。思ったよりも早く到着した。ほかに走っている車はほとんどなく、〝ランニング・アップ・ザット・ヒル〟をラジオで聞いたあとは、アルバム『ハウンズ・オブ・ラブ』をすべて聞き直した。おかげで学生時代の思い出がまざまざとよみがえってきた。

ヨルゲン・ポルソンのことは好きではなかったし、できるだけ近寄らないようにしていた。怖かったからというより、関わりたくなかったからだ。そうすればだれかがいじめられているところを目撃したり、どちらかの側につくことを強制されなくてすむ。記憶がこれほど曖昧だったのもそれが理由かもしれない。自分で自分がいやになる。

ヨルゲン・ポルソンとグレン・グランクヴィストがクラス中に恐怖をまき散らしていたことはまちがいなかったが、ターゲットに選んだのはクラース・メルヴィークだった。メルヴィークは一年生のとき初めて名前が読みあげられて以来、卒業するまでずっといじめられていた。クラスの全員がそれに気づいていたし、教師も同じだった。だが目をそらす以外のことをした者はひとりもいなかった。

ファビアンがどうしても無視できないできごとがあった。これまで抑圧されていた記憶が、シャワー室に残された切断された手を見てよみがえった。無関心はヨルゲンやグレンと同罪だと痛感した。

体育の授業を終え、ロッカールームに向かっているときだった。クラースが決してシャワーを浴びないことに気づいた体育の教師が、シャワーを浴びなければ落第させると脅したのだ。体育の授業のあとシャワーを浴びることは、自分だけでなく周囲の人間にとっても衛生上大切な問題だと言って。こういう脅しがクラースにどう影響するか、教師はわかっていなかったのだろう。

白いタイル貼りのシャワー室には二面の壁に八個のシャワーが並んでいた。だれもが不穏な空気を察してシャワーに急いだ——ヨルゲンとグレンを除いただれもが。〝なにを見てやがる？　おまえオカマか？　いや、こいつはニューハーフだ！　こいつのチンポコを見ろよ！　小っちゃくて女みたいだ！〟

クラースがすがるような目で自分を見ていたことをファビアンはいまでも覚えている。そして自分が石鹸が目に入ったふりをして目をそらしたことも。それから最初の一撃が聞こえた。目を開けると、股間を狙うグレンの蹴りと頭を狙うヨルゲンの拳から身を守ろうと、クラースが胎児のように丸くなって硬く白いタイルの上に横たわっていた。

臆病者のファビアンは、ほかの少年たちとともにシャワー室から逃げだした。クラースはまったく声をあげなかった。泣きもせずひと言も口をきかなかった。やめてくれとすら言わなかった。ただ黙って拳や蹴りを受け入れていた。ヨルゲンたちがシャワーの温度を最大にしたとき、クラースは初めて叫び声をあげた。

それから三十年以上たったいま、切り落とされたヨルゲンの手があのときと同じシャワー室に置かれている。

強い動機を持つ者がいるとすれば、それはクラース・メルヴィークだ。

〈OKガスステーション〉は建物ひとつだけのガソリンスタンドだった。ファビアンはひとまわりしたあとゴミ捨て場の隣に車を停め、車外に出た。濃密で暖かい夜気を吸いこみながら、この陽気が続けば、この百年でもっとも暑い七月だったとじきに新聞で読むことになるだろうと考えた。

少しあたりを歩きまわった。なにを捜せばいいのかわからないことに気づいたが、近くに手がかりがあるという気がしてならなかった。すぐにでも見つけなければならないものだ。周囲を調べているうちに、その感覚はしだいに強くなっていった。根拠はなかったが、犯人はここで被害者と接触したにちがいない。

ヨルゲン・ポルソンがこのガソリンスタンドでガソリンを入れるはずだと、犯人はどうしてわかったのだろう？　あてにできるのは、帰りにどこかでガソリンを入れるはずだという推測だけのはずだ。おそらく自分の車でヨルゲンのあとをつけ、その車は置き去りにしたにちがいない。まだ取りに来ていなければ、ここにある可能性はある。

ガソリンスタンドの裏手にまわりながら、クラース・メルヴィークの姿を心に思い浮かべようとした。記憶にある彼は、授業中に手をあげることなどほとんどない、ひどく恥ずかしがり屋で慎重な少年だった。あの少年が凄惨きわまりないやり方で、自分をいじめた相手を殺害するような怪物に変わったのだろうか？　ファビアンはどう考えていいかわからなかった。暴力と精神的虐待がどこまで人を変えるかはわからない。おそらくそれこそがモンスターを作りだす装置なのだろう。

裏には五台の車が停められていたが、どれも利用客のものには見えなかった。そのうちの三台は従業員用の駐車スペースに停められているが、あとの二台にはなんの印もなかった。ファビアンは端に停まっているプジョー・２０６に近づき、じっと観察した。スウェーデンのナンバープレートがついていて、うっすら積もった埃がしばらくここに置かれたままであることを示していた――最長で一週間くらい。

トゥーヴェソンに電話すべきだったが、勝手に行動したことで叱責される可能性が高い。そこでリーリヤに電話した。

「ファビアン・リスクだ、新しい――」

「だれかはわかってる」

「起こしたんじゃなければいいんだが」

「全然。まだオフィスにいて、クリッパンとあなたのクラスの名簿を手に入れようとしてるの、どうやら不可能みたいなんだけど。９Ｃ組だったわよね？」

「ああ、だが運がよければそれは必要ないかもしれない。実はいまデンマークにいて、犯人の車を見つけたかもしれないんだ」

「えっ？　どうしてそんなことできたわけ？　トゥーヴェソンは知ってるの？」

「あとで説明する。まだ確実じゃないんだ、まちがってるかもしれない。だがＪＯＳ６５２というナンバーを調べてくれないか——」

「折り返し電話する」

ファビアンはため息をついて携帯電話をポケットに突っ込み、ガソリンスタンドに併設されている二十四時間営業のコンビニへ歩いていった。もしプジョーの持ち主がクラース・メルヴィークだったらファビアンの疑いが現実のものとなり、捜査は最終局面——容疑者の居所を突きとめ、逮捕する——に入る。ある程度の時間はかかるだろうが、自分の仕事を終え、すっきりした気持ちで休暇に戻れるだろう。テオドルをショッピングモールに連れていってシュノーケルセットを買い、家族全員でミューレのビーチに行き、日光浴やシュノーケリングを楽しもう。そしてミューレの代名詞のグランドホテルで贅沢なディナーを奮発しよう。

店に入り、マシンで淹れたラテとチョコレートバー、ラムローサのミネラルウォーターをレジに持っていった。カウンターには若い女性の店員がいた。せいぜい二十歳くらいで下唇にピアスをしている。ひとりで夜のシフトをこなすには若すぎるな、と思いながら品物をカウンターに置いた。

「あれ、あなたの車?」店員はプジョーを指しながらデンマーク語で尋ねた。

「いや、だがどれくらいここにあるか知ってるかい?」

「一週間くらいかな」

「先週の火曜はここにあった?」

「さあ」彼女は肩をすくめて商品をスキャンしはじめた。「火曜と水曜は休みだから。あたしが初めて見たのは木曜日。お会計は七十八クローネになります」

ファビアンはクレジットカードを差し出しながら、プジョーが先週の火曜からずっとあった可能性もあると考えた。

店を出ようとしたところで携帯が鳴った。

「ファビアン、イレイエン・リーリャよ。さっきの車はルーヌ・シュメッケルという名前で登録されてるわ」

「なんだって? いまなんて言った?」ファビアンはシューッと音をたてている空気ポンプの隣で立ち止まった。彼女はクラース・メルヴィークと言ったのに、自分が聞きちがえたのだと思った。

「ルーヌ・シュメッケル。小さいペニスなんて、気の毒なラストネームね」

ファビアンはみるみる意気消沈するのを感じた。せめてレンタカーかなにかであれば、そこからたどることができたのに。9C組にルーヌ・シュメッケルなる人物がいなかったことは断言できた。

「盗難届は？」

「ないわ。わたしも最初にそう考えた」

くそ、ファビアンは心のなかで毒づいた。犯人の車なんかではなかったのだ。完全にまちがった方向に進んでいるのかもしれない。だが、この事件がだれかの復讐劇以外のものであることなど考えられるだろうか？

「ファビアン、聞いてる？」

「ああ。期待していた答えとちがったものだから」

「自宅住所はルンドのアーデル通り5番地よ。そこの病院で働いてる」

「切らないと。あとで話そう」

そして電話を切った。これ以上しゃべりたくなかった。考える時間が必要だ――すべてを考え直す時間が。

10

午前二時を過ぎたばかりなのに、空はすでに明るくなりはじめていた。スウェーデン側を望むオーレスン橋の眺めは行きよりも美しかったが、今回は真の喜びは得られなかった。

音楽を聴く気にさえならず、クラース・メルヴィークと学生時代彼が受けていたいじめについて思いをめぐらさずにはいられなかった。次々と記憶がよみがえってきたが、ひどいものばかりでクラースの動機を補強するだけに思われた。けれども彼が犯人であることを示す確かな証拠はない。いまファビアンの手にあるのは遠い昔の曖昧な記憶だけなのだ。

リエルナッケンの料金所が近づいてきて、ファビアンはスピードを落とした。係員にクレジットカードを渡しながらソニアのことを思い出した。帰ったときにはもう寝ていてくれればいいのだが。でなければニヴァからの電話について説明しているあいだに夜が明けてしまうだろう。

「バックしてそっちの建物のほうに車をつけてもらえますか」係の男性がクレジットカードを差し出しながら、バラックのような建物を指した。

「なにか問題が？　使えないなら、もう一枚カードがあるが」

相手は首を振った。ファビアンはわけがわからず、太りすぎの女性が近づいてきても困惑が増すばかりだった。

「ファビアン・リスク、あんた、あたしの横をすり抜けられると思ってたの？　次ここを通るときに顔を見せるって約束したじゃない」

ファビアンは車を降りて彼女と握手をしながら、ここから消えたいと願った。女性はキッカンと名乗り、ファビアンを小さな事務所に引きずりこんだ。古いコーヒーを捨て、新しく淹れはじめる。彼女が何杯もすくってフィルターに入れる粉の量を見て、今夜は一睡もできないことを覚悟した。ソニアが起きていようがもはや関係ないだろう。

「やっぱりあんたいい男だね——想像よりずっといい男じゃないの！」キッカンはふたつのカップにブラックコーヒーを注いだ。「あんた独身？　それとも望みすぎかい？　あたしは長い散歩とロマンティックなディナーが好きなんだ。どちらかと言うと、ディナーのほうが好きだけど」

「申し訳ないが結婚してる」こんな目にあうなんて、自分はなにをしてしまったのだろう。

「謝る必要なんてないよ。でもよいことは求める者にやって来るって言うじゃないか」

「それを言うなら〝求める〟じゃなくて〝待っている〟じゃなかったかな」

「なんだって？」

「よいことは〝待っている〟者にやって来る」

「それが言いたかったの！　クッキーはいかが？」

「いや、けっこう」ファビアンはコーヒーを飲み干した。「そろそろ行かなくちゃならないが、お会いできてよかった。コーヒーごちそうさま」

「気にしないで。電話でベラベラしゃべって怖がらせたんじゃなければいいんだけど。このブースにいると寂しくなることがあってね、だれもちっちゃい箱のなかにいるあたしたちのことなんかこれっぽっちも気にかけない。みんなどこかに向かっていく——あたしたちをおいてみんなが」

「寂しくなる気持ちはわかりますよ。では、よい夜を」ファビアンはドアのほうに向かいかけた。

「ねえ、あんたの調べてる事件に関係することを思いついたんだけど」

「ほんとうに?」あくびが思わず出てしまった。

「犯人が写真に写ってる助手席の男だとしよう。そしてスウェーデン人だとしよう。そいつはこの橋を渡ってデンマークに行ったときはちがう車で行ったはずだ、つまりその車はデンマークに置き去りにされてるってことだろう?」

「そのとおりだが、残念ながらいまのところ不明点が多すぎてはっきりしたことはなにもわかってないんだ」これ以上はなにも言えないと匂わせながらも、内心彼女の推理力に舌を巻いていた。

「帰る前にもうひとつだけ……。もしそうだとしたら、犯人は被害者と同じくらいの時刻にこの料金所を通ったんじゃない?」

ファビアンはそのもっともな道理を見逃していたことに気づいた。「それは思いつかなかったが、あなたの言うとおりだ。彼の前後に通った車の写真はあるだろうか?」

キッカンはにやりと笑って茶封筒を持ちあげた。なかから白黒の衛星写真を取りだしてテーブルに広げる。「最初、被害者のすぐうしろを通ったんじゃないかと思ったんだ、同じ車線の。でもそれらしい車は見つからなかった。そこで別の車線を見てみたら、一台の車が目に留まって……。勘違いかもしれないけど、どう思う?」そう言って最後の写真を引きだした。プレートナンバーJOS652のプジョーだ。

「なぜこの車だと思ったんです？」

「ほら、顔を伏せているだろう？　こういう人間はめったにいない。ふつうは写真を撮られていることに気づかないんだ、でもこの男はそれをすごく気にして、なるべく写真に写らないようにしてる。もちろん支払いは現金だったしね」

ファビアンはその写真をじっと見つめた。この車の運転手はたしかに顔を隠している。キッカンの言うとおりだ。彼女は大いに役立ってくれた。ファビアンは礼を言い、写真を受けとって、次に通ったときは忘れずにコーヒーを飲みに立ち寄ると約束した。

「コーヒー？　冗談でしょ。次は二度目のデートだよ、それよりもうちょっとだけ進んでもいいでしょうよ！」彼女は大げさにウインクして笑った。

どこまで冗談なのか判断がつきかねたまま、ファビアンは車に乗りこみ再び橋を渡ってデンマーク側に戻った。


午前二時三十分だったにもかかわらず、トゥーヴェソンは二回目のコールで電話に出た。

「なぜデンマークにソロツアーに出かけるって言わなかったの？」

「すみません、でもあなたを無用に起こしたくなかったんです」

「無用に？」

「有力な手がかりかどうかわからなかったもので」われながらばかげた言い訳に聞こえた。

「リーリャから車の持ち主について聞きました？　ルーヌ・シュメッケル、ルンドに住んでいます」

「ええ、聞いたわ。ルンドの警察がすでに現地に向かったけど、だれもいなかった」そこで煙草を吸う音が聞こえた。

「病院に電話は？　勤務中かもしれない」

「休暇中だったわ。ファビアン、いまどこにいるか知りたいんだけど」

「自宅に向かってます」ファビアンは嘘をついた。「ルーヌの車はどうします？　まだガソリンスタンドにあるので調べたほうがいい。モランデルにはもう話しましたか？」

「デンマーク側からゴーサインが出るまでこっちはなにもできないわ。こういう大きい事件になると、たいてい向こうは二、三日じらしてわたしたちを焦らせるのよ。兄貴が弟に頼みごとをするとどうなるかわかるでしょ」

「そのころには手遅れになっているかもしれない」

「もう一週間置きっぱなしなんでしょう？　取りに戻るつもりはないのかもしれないわ」

「シュメッケルの家はどうです？　いつなかを調べます？」

「いまは夏のまっ盛りよ、でも検事にプレッシャーをかけるわ」

「わかりました。では明日」

「ねえ、ファビアン、この前も言ったけど……休暇中なのに、捜査に加わってくれたことは感謝してる。でも、わたしたちがチームだってことは忘れないでって言ったでしょ！」

答える前に電話が切れる音がした。

四十分後、ファビアンはレリンゲの〈OKガスステーション〉の手前で再度道を曲がり、一周してだれも――ピアスをした店員以外はだれもいないことを確かめた。これからしようとしていることを考え抜き、利点と欠点をはかりにかけた。あらゆる規則に違反していることは承知の上だ。やっかいな事態に追いこまれるかもしれないが、これは正しいことだと確信していた。

プジョーの隣に車を停めると、トランクからジャッキを取り出し、その車の下に置いて後部車輪が浮くまでクランクをまわした。それから四角レンチを使って耳付きナットを四つ緩め、タイヤを取り外した。

ファビアンが店に入っていくと、カウンターにいた店員が雑誌から顔をあげた。

「また来たよ。わたしはファビアン・リスク、ヘルシンボリ警察の者だ」と身分証明書を示す。

「それで……？」彼女の目はたちまち興味深そうに輝いたが、同時に不安の色も見せた。

どんな状況であれ、自分の訪問が予期しないものであることがいちばん肝心だった。必要なのは、こちらが身分を名乗って〝あたし、なにかした？〟という顔を見ることなのだ。

「スウェーデンのナンバープレートがついたプジョーのことなんだが。スウェーデンで起きた殺人事件の捜査のために移動させる必要があるんだ、こっちの警察との手続きが片付いたらすぐに」

「かまわないわ」彼女はデンマーク語で言い、こわばった笑みを浮かべて肩をすくめた。

「だがそれまできみの助けがいる」ファビアンがそう言うと、相手の笑顔が消え、不安そうな表情が戻ってきた。「おそらく持ち主はここに置き去りにしたんだと思う。取りに戻ってくるとは思えないが、もし来たらすぐわたしに連絡してほしいんだ。いいかな?」と言って紙切れに名前と電話番号を書いた。

彼女は紙に目を落として唇につけたピアスを吸った。「その人だってどうしてわかるの? 黙って持っていってしまったら?」

「うしろのタイヤを外したからそうはならない」ファビアンはいったん外に出てタイヤを運び入れた。彼女は渋々ながらもタイヤを受けとり、カウンターの奥に転がして置いた。

「店長に電話しなきゃ」

「わかった。もし説明しろって言うならわたしに電話をかけてくれ」

ファビアンはデンマーク語で書いたメモを透明の袋に入れ、プジョーのワイパーの下に挟んだ。それから車に乗りこみ、帰途についた。

〝この車両は私有地に停められています。
持ち主はレジまでお越しください〟

八月二十日

学校なんかきらいだ。大きらいだ! なにが起きてるかみんな知ってるのに、だれもなにもしてくれない。笑って目を背けるだけだ。休憩時間は教室に残りたいと言ったのに、先生はだめだと言った。みんな外に出て新鮮な空気を吸いなさいって。ぼくがやつらはバカだと言うと、先生はけんか両成敗だって。ちがう、そうじゃない。ぼくはトイレに隠れて、やつらがぼくを捜しまわって、出てこなければおまえはゲイだって叫ぶのを聞いていた。自分でゲイじゃないってわかってるから、出ていかなかった。女の子が好きだ。つき合ったことはないけど、わかってる。カミングアウトした人はみんな子どものころから自分がゲイだとわかってたって言うから、ぼくももうわかってるはずだ。だから絶対にゲイじゃない。

帰り道、やつらが運動場に立っていた。相手の思うつぼだから走っちゃだめだとハンプスはいつも言っていた。ぼくは走り出したかったけどふつうに歩いていった。行く手をさえぎられたから避けようとしたのに、どうしても通してくれない。どいてよと言ったら、ぼくは不細工すぎて臭いと言われた。やつらの鞄を持てって。ぼくは勇気を出してぼくは臭くないと言った。そしたらお腹を殴られ、全部ぼくのせいだと言われた。ぼくが気取ってるから。

約束する。

1　二度と気取った態度をとらない。

2　学校のだれにもなにも言わない。

3　二度と。

P.S.ラバンは一度も回し車を使わない。バカでムカつくハムスターだ。

11

横幅百メートル以上ある大型店舗に哀れな悲鳴が響きわたった。その声は背の高い棚の合間をかいくぐり、反対側の隅にいる彼のもとに届いた。さながら刺された豚のような金切り声だ。

彼は悲鳴が嫌いだった。特に男のものは。弱さと自制心のなさの表れだ。ここまでくればすべては終わっていて、叫んでもなんの役にも立たないことにあの男も気づくべきなのに。どうせ死ぬのだから、なぜ威厳をもって受け入れない?

金曜の午前三時三十分。オーストルプ建材店は休暇中で、月曜までだれも来ない。彼は棚で区切られたスペースを見つけ、毛布を敷きマクドナルドの袋とともに腰をおろした。

この二十四時間、寝ても食べてもいなかった。食欲がなかったとか眠れなかったというのではなく、ただ時間がなかったのだ。それでもスケジュールが一日遅れている。些細なハプニングで狂いが生じ、計画全体が危機にさらされた。だがさまざまな角度から状況を見直して、計画を断念するほどの危機的状況ではないと判断した。運は彼の側にあり、明日には秩序を取り戻せるだろう。

明日になったらレリンゲに車を取りにいき、イスホ港に泊めておこう。何日も、おそらくすべてが終わったあとも当分は見つからないはずだ。だが彼は慎重に慎重を重ねたかったので、これも余剰の安全措置だと考えていた。すべては計画のうちだ。

一週間もすればすべて片付いているはずだ。その後はほかの人間に後始末をさせればいい。彼らがピースをかき集めて理解しようとするのを眺めるのだ。きっと彼の才能に舌を巻くだろう――理解するのに何年もかかるだろう。だれもがいつまでも自分のことを話題にするにちがいない。

マクドナルドの湿った紙袋を開け、ふにゃふにゃした冷たいハンバーガーとほとんど塩気のないポテトを貪るようにして食べた。アップルパイは残しておき、明日の朝食にしよう。指先についた油を舐め、四時間後にアラームをセットした。アラームが鳴る前にだれかが来たらその音で目覚めるだろうし、毛布を丸めて窓から逃げだすのに少なくとも一分はあるはずだ。窓は上向きに開くタイプで脱出には不利になるが、すでに留め金を外して棒を挟んで少し開けてある。あとで外から簡単に取り除けるものだ。

彼はきわめて用意周到だった。あらゆるシナリオを繰り返し考え抜き、大きな試合に挑むテニス選手ビョルン・ボルグのように集中していた。成功は綿密な計画と絶対的な集中力にかかっている。だからこそ三年という月日を準備に費やしたのだ。

計画を実行に移すことに決めたのは二〇〇七年の春だったが、アイデアはそれよりもずっと長く頭のなかにあった。記憶にあるかぎりずっと彼は怒りに震えて生きてきた。癒えない傷は日に日に痛みを増していった。内側に感情を抱えこみ、いつ爆発するかわからない圧力鍋になった気がした。周囲には気さくに接し、自分を好きになってもらうためにできることはなんでもした。だが最近は他人に媚びへつらうことに嫌気がさし、なぜこれほど長いあいだ笑顔を貼りつけていられたのかわからなくなった。

だがそれもすべてじきに終わる。ついに傷口が開き、膿を出しきったあとは、責めを負うべき人間に責任をとらせる。自らに恥じるところはないと惰眠《だみん》を貪ってきたやつら全員に代償を払ってもらう。

そろそろ報いを受けさせるころだ。

思いはこの計画に闖入《ちんにゅう》してきたファビアン・リスクに舞い戻った。リスクは昔から女々しい男で、行儀よくはあったがずるいところがあった。胸に計略を秘めながら、常に人を喜ばせようとしている。自分の信念をはっきり表明しない男だったから、警官になったことも驚きではなかった。驚いたのは再び故郷に戻ってきたことで、それはさすがに予期できなかった。計画の核心部分はなにも変わらないとはいえ、最初のほうに修正を加えなければならなくなった。だがむしろ、彼にとっては思いがけないボーナスになった。

リスクのストックホルムでの経歴を調べたあと、少し残っていた不安はすべて解消された。リスクは殺人事件を数件、武装トラックでの強盗事件を数件担当し、小児性愛者のネットワークを検挙しようとしたが、容疑者は証拠不十分で全員釈放された。ごく最近の話としては去年の冬、イスラエル大使館に不法侵入して事実上解雇されている。違法な行為であると同時に不可解なことだ。だが結局のところ、彼にとってもこれから始めることに対してもファビアン・リスクはたいした脅威ではないことがわかった。さらなるボーナスは、リスクがヘルシンボリに戻ってきたおかげで、ストックホルムに出向くための二日間が節約できたことだ。

一方、ヨルゲン・ポルソンは実に予測しやすい男だった。この三年間、夏至祭の週になると決まってドイツにビールの買いだしに出かけていて、今年も同じことをした。計画はこのうえなく順調に運んだ。マルメまでヨルゲンの派手なピックアップトラックのあとをつけ、橋を渡ってデンマークのロドビーまで行き、帰りにガソリンスタンドに立ち寄った彼と偶然会ったふりをしただけだ。

心配だったのは、ヨルゲンの体格だけだった。初めて向かい合って立ったとき、彼の身体はほんの少し触れただけではちきれそうに見えたが、計画を中止するには遅すぎる段階にきていた。それに、ボディビルダーは見かけほど強くないものだ。

ヨルゲンは彼のことがわからないようだったが、あえて記憶を呼び起こすようなことはしなかった。そこで車が故障したのだが、ヘルシンボリに帰らなければならないと話すと、ヨルゲンはすぐに餌に喰いつき、彼に乗っていくように促した。

最大の問題はヨルゲンの際限のない自慢話をずっと聞かされたことだ。終わりの見えない試練で、何度か濡らした布を顔に押し当てて黙らせたくなった。けれども自分を抑えてしかるべきときまでじっと耐えた。

ヨルゲンは自分がずっと運転すると言った。目的地に到着してようやく布を取りだすと、あとはスムーズに運んだ。ヨルゲンはそのあいだずっと眠っていた。新聞に書かれていたとおりだとすれば、ヨルゲンは予定された時刻に起きたものの脱出に失敗したらしい。鍵穴に仕込んだ瞬間接着剤はいちばん気に入っている趣向だった――それを考えるといまでも興奮する。

グレン・グランクヴィストはそれほど簡単にはいかなかった。ヨルゲンが殺されたことを聞いて、次は自分の番だと身構えるであろうことは予想していたが――あの両手をほかにどう解釈しようがあるだろう？――あそこまで対策を講じるとはまったくの予想外で、もう少しで計画がすべて頓挫しそうになった。グレンを見くびっていたために、まんまと罠にはまったことは認めなければなるまい。

もともとはグレンの家の裏庭のドアから入り、二階の寝室に忍び込むつもりだった。襲撃そのものは簡単なはずだったが、そこまでたどりつけなかった。裏庭に張りめぐらされていた有刺鉄線に引っかかってしまったのだ。それがなんらかの警報装置につながっていたのだろう。

十五秒もたたずにグレンが野球バットを手に飛びだしてきたため、彼は身をかがめてスグリの茂みに隠れるほかなかった。有刺鉄線が喉にからみついたまま、どうにかして悲鳴を抑えこんだ。その瞬間、万事休す、三年に及んだ準備が水の泡になると観念した。もしあのときどこからともなく犬が迷いこんできて、同じように有刺鉄線に引っかからなければそうなっていたはずだ。グレンが助けようと駆けよったところ、犬は自分で身を振りほどいて自由になり、クンクン泣きながら走り去っていった。

五分後、グレンは家のなかに戻っていった。ようやく彼は喉元から有刺鉄線を引き剥がしたが、出血がひどく、その場は撤退せざるをえなかった。家に帰ると傷口がかなり深く縫う必要があることがわかり、自分で手当てした。仕上がりは完璧とはいかなかったが、ともかく血は止まった。でこぼこした縫い目は、まちがいなく痕として残るだろうが、二度と敵を見くびってはいけないという戒めになるはずだ。

彼は毛布の上に横になり、悲鳴がついにやんだことに気づいた。いまは万事うまくコントロールされている。明日プジョーを移動させれば秩序は回復し、心おきなく次のステップに進むことができる。

目を閉じて、このパズルを解こうとしているすべての人間に思いをめぐらせた。どうつながっているのだろうと考えているはずだ。まだ気づいていないのは、これがほんの始まりにすぎないということだ。

眠りに落ちる前に思いついたその考えは、穏やかな温かい波のように身体のなかを流れていった。じきに、クラス全員が眠れない夜を過ごすことになるだろう。

12

ファビアンはできるだけ音をたてずにドアを閉めてコンバースの靴を脱ぎ、リビングルームに入っていった。まるで爆弾が爆発したあとのようなありさまだった。黒いビニール袋があちこちに散乱し、ふたが開けられ半分空になった段ボール箱がいたるところにある。そろそろ午前四時になろうとしているところで、夜明けが近くかなり明るくなっている。

みなを起こさないようにキッチンで歯を磨き、顔を洗った。しばらくタオルを捜したが、あきらめてシャツで顔をぬぐい、階段を上っていった。

ソニアはベッドの自分の側の端で、彼に背を向けて眠っていた。悪いサインだ。眠りについたとき、まだ腹を立てていたのだ。ファビアンがそっと上掛けの下にもぐりこむと、ソニアは仰向けになって深いため息をついた。これは手を差し出したのと同じことで、受け入れるかどうかは彼しだいだった。

ファビアンは片手を彼女の脚に滑らせ、そっと太ももを探っていった。ソニアは反応しなかった。まだ深い眠りのなかにいる。手をさらに上に滑らせヒップに近づけていくと、彼女がパンティをはいていないことがわかった。反応を正しく読みとったことを確信して上掛けをはぎとり、脚を広げる。ソニアは手を貸しはしなかったが、抗いもしなかった。ファビアンは頭を下げてできるかぎり優しく内腿に舌を這わせ、片方ずつ舐めていった。そして少しずつ近づいていく。

ソニアの息づかいが変わりはじめた。ファビアンが陰唇を舐めると、彼の顔に下腹部を押しつけてきた。ファビアンは舌で悦ばせつづけ、同時に指を差しいれて彼女の興奮に応えた。ソニアは身体をよじってもだえ、数分後枕に顔をうずめ、あえぎ声をあげながらオーガズムを迎えた。

呼吸がもとに戻るとソニアはファビアンの頭を押しのけた。やがてなにごともなかったかのように、寝息を立てはじめた。ファビアンはフラストレーションが沸き立つのを感じたが、試してみても無駄だとわかっていたので仕方なく目を閉じた。

長いあいだ抑圧してきた光景がバレーボールのようにまっすぐ飛んできた。体育の授業中のことだ。飛びあがってボールを打つようみなが彼の名前を叫んでいた。ファビアンができるだけ強くボールを叩くと、相手チームのクラースにぶつかり、彼の眼鏡が壊れた。鼻血が噴きだし、みなが笑った。体育教師までも。ファビアンも笑った。ヨルゲンが近づいてきてハイタッチをした。「よかったぞ、ファッベ！」彼もそれに応じた。クラースは泣きだして家に帰ろうとしたが、教師が止めた。「授業のあとは全員シャワーを浴びるんだ！」みんな白いタイル貼りのシャワー室に向かった。「なにを見てやがるんだよ？」クラースのすがるような目、そして石鹸が目に入ったふりをして見捨てた自分。

「パパ！　パパは超疲れてて、眠らないといけないってママが言ってた！」

ファビアンは階段を降りて、マティルダを抱き上げた。夜じゅう過去の記憶に苦しめられた。脈絡なく切り取られ、意味不明な悪夢に変換されていった。汗まみれで目を覚ますと、すでに九時三十分だった。

「マティルダ、出かける前に歯を磨いてきなさい」ソニアが言った。

「これからデンマークに行くの！」

マティルダを降ろすと、脇をすり抜けて階段を上っていった。ファビアンはキッチンに向かい、朝食の後片付けをしているソニアに近づいた。

「おはよう。よく眠れた？」

ファビアンはうなずいた。

「聞いたと思うけど、今日はコペンハーゲンのルイジアナ美術館に行くつもりよ」

「そうか――それはいいな。なにか展覧会をやってるのか？」

「テオは行きたくないって」

「なぜ？」

ソニアは肩をすくめた。「あなたがいないとなにもしたくないみたいね」

「ソニア、おれだってだれよりも――」

「わかってる。仕事だものね」ソニアはそこで彼の目をまっすぐに見つめた。「でもニヴァがまた電話をかけてくるようなら、あなたにはここにひとりで住んでもらわないと」

「ソニア、きみが思っているようなことじゃないんだ」ファビアンはソニアに歩みより両手を包みこんだ。「彼女が電話してきたのは――」

「わたしがなにを考えてるかどうしてわかるの？」ソニアは手を引っこめて、食器を食洗器のなかに入れはじめた。

ファビアンは彼女がなにを考えているかわかっていたし、それを決して変えられないことも承知していた。何度かやってみたあと、実際に起きたことを説明するのをあきらめたのだ。もっと正確に言うならば、起こらなかったことをだ。

「ソフィー・カルよ」

「えっ……？」

「ルイジアナの展覧会がなにか聞いたでしょ。ソフィー・カルはフランスの女性アーティストで、恋人が送ってきた別れを告げるEメールでアートをつくったの」

ファビアンが到着すると、トゥーヴェソン、モランデル、リーリヤ、そしてクリッパンはすでに集まって事件の詳細を検討していた。ほとんど空になったフルーツボウルから察するに、もうかなりの時間ここにいるのだろう。空いた椅子に腰をおろすとすぐに、空気が重く深刻であることに気づいた――なにか起きたようだ。

「ついにわたしたちに加わってくれることにしたようだから、順を追って説明してもらえる？」トゥーヴェソンが口を開いた。

みんなが興味津々といった顔でファビアンを振り返った。なにかというのは自分のことだったらしい。

「すみません、どういうことだか」

「ゆうべのあなたの単独行動のことよ。この件についていくつか考えがあるようだけど、なぜかわたしたちには内緒にしておくことを選んだのよね？」

「確信が持てるまで、少し時間がほしかったもので」

「ファビアン、何度も言ったように、ストックホルムでの仕事のやり方は知らないわ」トゥーヴェソンはくしゃくしゃのケースからニコチンガムを二枚取りだした。「でもここではチームで動いてるの。望もうと望むまいと」そこでガムを口に入れ、ニコチンの効き目が表れるのが待ちきれないというように勢いよく噛みはじめた。

ファビアンはクラス全員の前で叱られているような気分になった。「確かな動機をつかんだと思ったんですが、残念ながらそうではなかった」

「そうじゃないかもしれないわ」

「ほかにたどる線もないんだし……」とリーリャが口をはさんだ。

ここから逃げるのは無理だと観念し、ファビアンは立ちあがってホワイトボードの壁に歩みより、ヨルゲンの顔のまわりに丸を描いた。「ヨルゲン・ポルソンはある意味で報いを受けたと思っています」ほかのメンバーが視線を交わし合うのを目の端でとらえる。

「大人になってからのことはわかりませんが、学生時代、彼は最低のいじめの加害者でした。得意なのは手で殴ること——というより拳で」

「なぜもっと早く言わなかったの？」とトゥーヴェソン。

「おれは被害者ではなかった。ほかの生徒たちと同じことをしていたんです。見て見ぬふりを。そんなことがあったことすらほとんど忘れていた——でもヨルゲンがまさにこのシャワー室でだれかを叩きのめしていたことをゆうべ思い出したんです」と言って矢印を描き、床のタイルに置かれた手が写っている写真まで引っ張った。

「被害者は？」トゥーヴェソンが尋ねた。

「クラース・メルヴィークです」ファビアンが集合写真のなかのクラースを丸で囲むと、ほかのメンバーが集まってきた。

「この子だけ眼鏡をしてるわね」とリーリヤ。

「理由はそれだけだったんだろうな」クリッパンがフルーツボウルに手を伸ばし、最後の洋梨を取った。

「じゃあこの殺人は復讐劇だと言っているのね？」トゥーヴェソンの問いにファビアンはうなずいた。

「ヨルゲンは手あたりしだい襲ってたの？」

「最初やつらは数人の生徒を標的にしていましたが、最終的にメルヴィークに落ち着きました」

「やつら？　ヨルゲン・ポルソンだけじゃないの？」とトゥーヴェソン。

「ええ。グレン・グランクヴィストもです」ファビアンはグレンの写真を丸で囲んだ。

「ふたりは常につるんでいて、グレンはヨルゲンに言われたとおりに動いていた」

「そいつにも得意技があるのか？」モランデルが尋ねた。

「蹴りだ」

「じゃあ、あんたの推理が正しければ、やつも危険な状況にあるというわけだ」

ファビアンはうなずいた。「デンマークで見つかったプジョーがメルヴィークのものだと思ったんだが」

「でもそうじゃなかった」とモランデル。

「ああ、登録名義人はルーヌ・シュメッケルという人物だった。クラスにはシュメッケルというやつはいなかった」

「新しい手がかりとして調べる必要がありそうね」トゥーヴェソンはマグカップに少し残っていたコーヒーを飲み干した。「イレイエン、メルヴィークとシュメッケルについてわかることをすべて洗ってちょうだい。クリッパン、クラスのほかの人物についてはどうなってる？」

「まああといったところだ。国じゅうが休暇で日光浴に出かけていて、正式なクラス名簿もまだ入手できてない」

「ファビアンが持ってるはず……」とトゥーヴェソン。

「残念ながら、見つかったのはイヤーブックだけでした。リナ・ポルソンが持ってないか聞いてみましょう」

クリッパンが笑ってファビアンの肩をつかんだ。「せっかくだがすでに聞いたよ」

「なんと言ってた？」

「持ってないとさ。だがいくつかの名前と電話番号は聞きだした。ほとんどが大昔の知り合いのようだが」

「ほかにはなにか言ってなかったか？」

「いや……例えば？」

「おれと話したあとなにか思い出したんじゃないかと思って」ファビアンは自分で自分を窮地に追いこんでいることに気がついた。「学校はクラス名簿を持っているはずでは？」

「そう思うだろ」とクリッパン。「だが担当者によれば、記録は一九八八年までしか遡れないそうだ――少なくともクラス名簿とかそういったものについてはだが」

「どうして一九八八年？」リーリャが尋ねた。

「その年にコンピュータシステムを導入したんだ。一九八八年以前のクラス名簿は、紙の形で保管されていた」

「それはもう存在しないのよね」

「それがあるんだ。紙類はずいぶん前に市の保管庫に移されている」

「そこにはもう行ったの?」トゥーヴェソンが尋ねた。

「いや、でも行くつもりだ」

「よかった」そこでトゥーヴェソンはファビアンのほうを向いて言った。「五分後、オフィスに来てちょうだい」


トゥーヴェソンのオフィスは予想とはまるでちがっていた。あの煙草の臭いのしみついた車に乗ったあとでは、この最小限の家具しかない部屋が意外に思えた。真ん中に整理の行き届いた大きなデスク、隅に革のソファセットがあるほかは、白い壁にルンド美術館の作品の額入りポスターが飾られているだけだった。

ファビアンは本棚に並んだ背表紙を見ていった。膨大な参考書籍に加え、犯罪小説もかなりそろっていた――ジョセフィン・テイの『時の娘』から、グレアム・グリーンの『第三の男』まで。

窓辺に立って外を眺める。高速道路の向こうに『ヘルシンボリ・ダグブラード』の社屋が見え、その二、三キロ先にフレドリクスダール校があった。いくつか見える赤い煉瓦造りの建物がなにか見きわめようとしたが、あまりに遠かったし近くの建物に隠れて見えなかった。壁にかかった時計を見ると、トゥーヴェソンは一分半遅れている。これは意図してのことなのだろうか。それから三十秒後、彼女は買ったばかりのカフェラテをふたつ持って現れ、それをデスクの上に置いた。

トゥーヴェソンの身体からは煙草の臭いがして、ファビアンは自分のデンマーク行きのせいで彼女のニコチンへの依存度が増したのかと気になった。

「ここのコーヒーはもう試した？」

「ええ、残念ながら」ファビアンはそう言って、来客用の椅子に腰をおろした。

「あの機械、お金がかかってるのよ。ボタンが三十個もあって、ディスプレイやらなんやらくっついて。ただひとつ足りないのは、おいしいコーヒー。それにありつくにはベリヤ通りの〈カフェ・バー・スコーネ〉まで行かなくちゃならないわ」

ファビアンはカップに口をつけ、熱すぎずミルクが多すぎずで、完璧なラテに近いことを認めないわけにはいかなかった。

「ファビアン、昨日の会議でなにが理解できなかったの？」トゥーヴェソンの顔から笑みが消えていた。

「え？　どういうことか――」

「〝チームワーク〟のどの部分がわからなかった？」

「なにも」

「なにかあったはずよ、いまだにわかってないようだから」トゥーヴェソンは言葉を切って、ファビアンに返答させようとしたが、なにを言っていいかわからなかった。「あなたがろくな説明もなしにこの事件に飛びこんでくれたことは感謝してる。お互いほとんど知らない間柄だってこともわかってるわ、それでかなりの部分が許されることも。でも今日の会議で知っていることをすべて説明してくれると思ってた、というか期待していたわ。でもあなたはしてくれなかった。ゆうべ電話で話したときだって、あなたはこれから家に帰ると言ってたけど、そうじゃなかったわね？」

なぜ知っている？

「ガソリンスタンドに戻った。どうして？」

「あの車と犯人につながりがあると信じる理由が見つかり、犯人が車を動かせないようにしておきたかったからです」

「どうやって？」

「うしろのタイヤをひとつ取って、店に預けてきました」

トゥーヴェソンはファビアンが言ったことを理解するのにしばらくかかったようだった。

「タイヤを外してガソリンスタンドの店員に渡したって言ってるの？」

「はい。店員の女性は、だれかがタイヤを捜しに現れたら電話をくれると約束してくれました」

彼女はどう反応していいか決めかねていた。ふたりは岐路に立っていた。どちらの道を選ぼうと、のちのちの関係に影響を与えるだろう。「わかった。デンマーク人が目を覚ますまで、犯人が置きっぱなしにすることを祈りましょう」

「先方とはもう連絡をとったんですか？」

トゥーヴェソンはうなずいた。「忘れる前に、通行証を渡しておくわ」とテーブルの向こうからプラスチックのカードを滑らせた。「暗証番号は5618よ。わかった？」

ファビアンはうなずいてカードを受けとり、部屋を出た。


「お灸を据えられた？」

ファビアンはイレイェン・リーリャのオフィスの前で立ち止まり、ドアの横から顔を突き出した。「少しな」

「自業自得ね。ほんとうは女のボスって好きじゃないんだけど――彼女はいい上司よ。わたしが彼女だったら、あなたをこの捜査に近寄らせせないけど」

「でも幸いなことにきみは彼女じゃない」

「そうね、ちがう。入って、あなたにプレゼントがあるの」

リーリャのオフィスはトゥーヴェソンのところとは正反対だった。狭い部屋にさまざまなものがうず高く積まれていて、倒れないよう糊付けされているのかと思ったほどだ。窓には金の象と小さい鏡が縫いつけられた、インド素材のオレンジ色のカーテンがかかっている。片隅のマットには丸めた寝袋が置かれ、壁は巨大な掲示板だ。テープで留めた写真やメモが奇妙な印やさまざまな方向に走る矢印で結ばれている。リーリャは部屋の真ん中にある小ぶりのデスクにすわっていた。

「どうしておれに捜査させたくないんだ？」

リーリャが笑った。

「当然じゃない？　トゥーヴエソンが許してるのは、あなたが重要な情報を握ってると思ってるからよ。でもあなたもクラスのほかの人と同じように容疑者であることには変わらない――あなたの推理によれば、メルヴィークは別格としても」

「まったくそのとおりだ」ファビアンは視線をさまよわせた。「プレゼントがあるって？」

リーリャはパッと笑顔になってマウスをクリックした。プリンターがただちに動きはじめる。

「そこ」彼女は本やバインダーに埋もれているプリンターのほうに顎をしゃくった。

ファビアンはものの山を避けながら、出てきた紙を慎重に引き抜いた。さっとその書類に目を通す。「グレン・グランクヴィスト？」

「ヨルゲン・ポルソンの右腕でしょ。その名前の人物は三人しか見つからなかったわ。ひとりはエルブスビュン在住、もうひとりはエレブルー、だから最後のエードオークラに希望をかけたわけ。彼は神にもっとも愛された創造物じゃなさそうね。最後に宿題をしたのは九年生のとき。兵役を終えたあと、オーストルプにある建材店でトラック運転手として働き、もうじき勤続二十五周年を迎えるわ」

「それを聞いてなぜおれはちっとも驚かないんだ？」ファビアンはドアのほうへ向かった。

「連絡してみる。あとでランチでもどうだ？」

「そうね、いいわ」

「もしルーヌ・シュメッケルについてなにかわかったら、ごちそうしてもいい」

笑顔になったリーリャを見て、ファビアンは彼女が考えていることがはっきりわかった。

「いいんだ。犯人はおれだと疑っていてくれて」


ファビアンはフーゴ・エルヴィンの近未来的で風変わりな椅子にすわり——実はとてもすわり心地がよくなった——グレンの電話番号に電話をかけ始めた。

「すっかり慣れたみたいだな」

振り向くと、ファビアンの当座のオフィスにモランデルが立っていた。

「今夜あんたたち家族をバーベキューに招きたいんだが」

「今日？」

「急だってことはわかってるが、もし予定がないならどうかと思って。みんなも来るんだ。空に雲ひとつない気持ちいい金曜日……」

「それはよさそうだ。妻に確認させてもらえるかな」

「もちろん。あとで会えることを願ってる」彼はそう言って立ち去った。自分は被害妄想に陥っているのか、それとも実際にモランデルから見ても容疑者なのだろうか、とファビアンは考えた。誘われたほんとうの理由はそれなのだろうか。モランデルの意図はわからないが、バーベキューには行ったほうがいいだろう。

五分後、モランデルはコーヒーを手に戻ってきた。「で？　奥方からＯＫは出たか？」

「まだだが、人数に入れておいてくれ」

「そりゃよかった」と言って立ち去りかけた。

「ちょっと待ってくれ……。フーゴ・エルヴィンってどんな人なんだ？　おれがいま使ってるオフィスの持ち主の」

「フーゴか……」モランデルはくっと笑った。「……いわくいいがたいやつだな。直接確かめてもらうしかないが、おれがあんたならやつのものはあまりいじらないな、特に椅子の設定は。よほどのことがなければフーゴを怒らせたいとは思わない。それじゃあ、今夜」そして彼は出ていった。

ファビアンはすでに動かしてしまった椅子の調節レバーを見下ろし、手遅れだと気がついた。エルヴィンが戻ってきたら、彼の怒りに対処しなければならない。

再び受話器を持ちあげて、グレンに電話をかけた。呼び出し音が六回鳴ったのち、『タクシー・ドライバー』のときのロバート・デ・ニーロの声が聞こえてきた。

「〝おれに用か？〟」

13

アラームに起こされるまで、彼は毛布の上で四時間の睡眠をあますことなく堪能した。

意図していたよりもずっと深い眠り。つまり不安を感じずリラックスしていたのだ。おそらく安心しすぎていたのだろう。五分後、荷物を片付けていてようやく気づいた。訪問者がいたことに。

アップルパイの包みが引き裂かれ、ほんの小さなかけらを残して中身がすべて消え、代わりにネズミの糞が残されていた。思っていたよりやつらは腹を空かせていたらしい。ここでもまた運が味方してくれたが、それをあてにしてはいけないと自分を戒めた。

窓から店の外に出て、道路の向こう側の茂みに隠した車に近づいていった。人影はどこにも見当たらない。自分と朝があるだけだ。静かな空気のなか、彼はブーツと黒っぽい作業着を脱いだ。トランクに積んであった水で身体を洗うと、大きなサイドポケットのついたベージュの短パンとライトブルーのポロシャツを身につけ、黄色い野球帽をかぶり、緑色のクロックスをはいた。

新しい服に身を包んだ彼は道化になったような気がしたが、肝心なのはデンマークにビールを飲みにいく典型的なスウェーデン人に見えることだった。バックパックには予備のピンクのシャツ、ミネラルウォーターのボトル、手袋、カメラ、ロープ、プジョーのキー、懐中電灯、万能ナイフ、麻酔薬プロポフォールが入った注射器が入っている。最後の品はいざというときの備えで使うつもりはなかった。

ヘルシンボリの総合ターミナル駅、クヌートプンクテンへは予定より早く到着した。オーレスン海峡を渡るあいだ、ビールとマヨネーズをかけすぎたボリュームたっぷりのエビのサンドイッチを食べた。量が多すぎたが、次に食べられるまでかなり時間が空きそうだったからしかたがない。対岸のヘルシンオアを一〇時五五分に出る列車に乗り、コペンハーゲンへは一一時四二分に着いた。駅のトイレがすさまじく汚かったせいで、危うくリングステズ行きの近郊列車エストーに乗り遅れるところだった。だが三十四分後、無事にリングステズ駅に到着し、歩いてバス停まで移動した。

　太陽が威力を発揮し、気温を三十五度まで押し上げていた。薄着をしてきて正解だった。クロックスがこれほど楽だということも知らなかった。一三時にバスに乗り、できるだけ前のほうにすわった。暑い日は汗臭い乗客でいっぱいになるため、後部座席は避けるようにしている。

　一三時二八分、目的の場所でバスを降り、ようやくムッとする汗の臭いから解放されて何度か深呼吸した。十日前に車を停めたガソリンスタンドは、ここから三百メートル足らずのところにあるので歩いて二分程度だろう。だが彼は脇道をいくつも通ってガソリンスタンドの周囲をぐるりと回り、警官が張りこんでいないことを確認した。

はじめはほっとしたものの、数分後には不安に襲われた。なぜだれにも会わないのだろう？　なぜこの一帯は不自然なまでにひと気がないのか？　なにか見逃している？

　窓の開いた家の横を通りすぎたとき、なかからテレビの音が聞こえてきてようやく合点がいった。スウェーデンとはちがい、デンマークのサッカー代表チームはワールドカップに駒を進め、今日は南アフリカと対戦しているのだ。言いかえれば、これは車を取りにいくのに絶好のチャンスと言える。ガーデン・ノームが所狭しと置かれている庭の脇を通りすぎ、木の陰に隠れてカメラを取りだした。五十メートル先にあるガソリンスタンドをズームして見てみる。人影は見当たらず、プジョーは停めたときのまま置かれていた。ひとつちがうのはワイパーの下に紙が挟まれていることだが、それは意外ではなかった。

カメラをしまい、車に向かってまっすぐ歩いていった。一歩進むごとに脈拍が速まったが、イグニッションに入れてキーをまわし、その場をあとにすればまた元に戻るだろう。身体をアドレナリンが駆けめぐり、神経を集中させた。

だが近づくにつれ、どこかおかしいという感覚が強くなっていった。車体が妙な具合に傾いている。車のそばまで来てメモをつかむまで、どういうことなのかわからなかった。

〝この車両は私有地に停められています。
持ち主はレジまでお越しください〟

14

イレイエン・リーリャから一時すぎに〈オルソンズ・スカフェリー〉でランチを食べよ

うと提案があった。ファビアンもその店は知っていたし、ストックホルムに引っ越す前に何度か行ったこともあった。当時はできたばかりのおしゃれな店だったが、いまでは老舗と呼べるほどになっている。

そこに向かう途中でソニアに電話を入れると、彼女はルイジアナ美術館のオープンテラスのカフェでマティルダとランチを食べているところだった。そこからの眺めだけでわざわざ行く価値があると言われている場所だ。モランデルにバーベキューに誘われたことを話すと、驚いたことにソニアはいい考えねと言った。新しい人と知り合うのは大切なことだと思っている。すてきな同僚ができたなら、そこから始めればいいのでは？

ファビアンははじめ、妻が皮肉を言っているのではないかと思った。ソニアはこれまで彼の同僚はおろか、友人に会うことにすら興味を示したことはなかったからだ。だが、おそらくふたりで話し合ったことをやろうとしているのだろう――新しい生活に公正なチャンスを与えること。ソニアとは家で五時に落ち合うことにし、ワインを選んでいくと約束した。

酒専売公社システムボラーゲットの向かいに駐車スペースを見つけ、そこでおもしろそうなワインを探すことにした。ふだんは少し高級なものが並んでいる棚から適当に選んでリオハ・ワインに落ち着くことが多い。

数年前までワインについて無知なことがどうも引っかかっていた。ワインリストがまわってくると、適切なものを選ばなくてはと焦ってしまうので、テイスティングクラブに入って知識をつけようとした。何度か出席した会合でワインをがぶ飲みしたり、等級やブドウの種類について話し合う情熱をかき集めようとしたものの、人に自慢できるほど詳しくはなれないだろうと早々にあきらめたのだった。

オルソンズに入ると、リーリャがすでに窓際の隅のテーブルで待っていた。

「スコーネ産ノロジカとアンズダケのバターソテー添えにパースニップのピューレ、ジャガイモのブリニ、コケモモ風味のグレービーソースがけはどう？」

ファビアンはうなずいて腰をおろした。

「よかった、それをふたり分頼んじゃったから——いちばん高いメニューなの」彼女はそう言って、テーブルの上にファイルを置いた。

「シュメッケル？」

リーリャはうなずいた。

「それで？」

「まだオンラインで調べただけだけど、たしかに興味深い人物で、秘密がいくつもあるようね。あなたと同じ一九六六年生まれ。独身で子どもはいない、ルンドの病院で働いている——ここからおもしろくなってくるんだけど、外科医としてね」

「外科医？　専門分野はあるのか？」

リーリャはうなずいてパンをひと口かじった。「一九九七年にルンド病院で働きはじめてすぐに国内で有数の前立腺がんの名医になってるわ。でも二〇〇四年に事故があって十二カ月間執刀を禁じられた」

「事故って？」

「患者の体内にプラスチックの外科手術用クリップをふたつ置き忘れたの」

「体内に……」

リーリャはうなずいてミネラルウォーターを飲んだ。「膀胱《ぼうこう》のなかよ。患者のトニー・セルメダールはおしっこのときに出したわけだけど、人生で最悪の経験だったと言ったらしいわ。ルーヌの名字を考えれば皮肉なことよね？」

「それで終わったのか？」

「いいえ。大規模な調査が開始され、大きな騒ぎになった。結局、ルーヌは睡眠障害に苦しんでいて、仕事をこなすためにマイケル・ジャクソン並みの薬物を摂取していたことがわかったんだけど、効き目はなかったみたいね。病院側は彼を全面的にバックアップし、一年後メスを手に復帰したんだけど、最近はヘルニアや盲腸ばっかりやってるらしいわ」

「ほかに事故は？」

「見つからなかった」

「子ども時代については？」

「ほとんどなにも。だからおかしいのよ。一九九四年以降出てくるのは型どおりのことばかり。学歴、職歴、自宅の住所に電話番号、所有車、その他もろもろ。たとえば、彼はヘルシンボリで毎年春に行われるマラソン大会に出場しているわ」

「いつから？」

「記録上は一九九四年から。でもそこがおかしくて――一九九四年以前についての情報はほとんどなにもないの。子ども時代の情報が唯一見つかったのはよりによってウィキペディアでよ。〝ルーヌ・シュメッケルはマルメで生まれ育ち、高校は自然科学系の課程に進み、トップクラスの成績で卒業した。その後クリシャンスタードで下士官として兵役に就いた〟。これが彼の前半生のすべて。この二行以外、一九九四年以前は存在していないようなものよ」

「じゃあ、その情報は信じてない？」

「そうね、ひとつには、わたしが自分で記録をあたったけど、彼はクリシャンスタードで兵役に就いていなかった。聞こえをよくするために、でっちあげた感じよね」

「なぜそんなことを？」

リーリャの顔がパッと輝いて、身を乗りだしてきた。「なにもないということを隠すために」

彼女の考えには一理あった。一九九〇年代はまだインターネットの黎明期であったが、ある人間の人物像を描くのに必要な情報は集めることができた。穴は自然と埋められるようになっていったが、ルーヌ・シュメッケルの場合はそうはいかないようだ。

「写真は見つかったか？」

「三ページ目に」リーリャがファイルを差し出した。ルーヌ・シュメッケルの写真を目にしたとき、ファビアンは内側でなにかがはじけた気がした。この男に会ったことはないはずなのに、どこか見覚えがある気がしてならなかった。どこでだったか思い出そうとしたが、そのとき料理が来てあきらめた。

数分後、リーリャが沈黙を破った。「ご家族とヘルシンボリに移ってきたのは気分を変えるため、それともストックホルムから逃げてきたの？」

ファビアンは口に入れたばかりのスコーネ産のノロジカを噛みくだいてから口を開いた。

「よくわからないな。どういう意味だ？」

「あなたと奥さんよ」

「ソニアだ。妻の名前はソニア」

「ソニアとの仲は大丈夫？　それとも、あなたたちもたいていの夫婦と一緒？」

この質問に対する答えはわかっていたが、どう伝えればいいかが問題だ。

「ごめんなさい、立ち入ったことを聞いて」とリーリャ。

「いや、いいんだ、ただちょっと不意をつかれただけで。ヘルシンボリに移ってきたのは気分転換のためだが、たいていの夫婦と一緒で、おれとソニアにも浮き沈みがある。きみはどうなんだ？　いつからオフィスに住んでる？」

「先週から。ほんとうにバカみたい。彼が出ていくのを拒否したのよ、わたしのアパートなのに」

「きみが戻ってきてくれると思ってるんじゃないかな」

リーリャは鼻を鳴らした。「それは忘れたほうがいいわね。あの男がどれだけ最低か、あなたにはわからないわ。今度こそ終わりよ、この夏ずっとオフィスで眠らなければならなくなったとしてもね」しばらく黙って食事を続けたあと、ファビアンのほうをうかがって言った。「去年の冬、イスラエル大使館の事件に関わっていたのはあなたの同僚じゃなかった？」

この質問が来ることは予期していた。こっくりとうなずく。

「なにがあったの？」

「きみが教えてくれよ。おれはほんとうに知らないんだ」

「まだ捜査中なんだと思うけど、新聞にほとんど載らないって変だと思わない？　だって、警察官がふたり死んだのよ。おかしいでしょう？」

「わからない」ファビアンは肩をすくめた。「ところで、グレン・グランクヴィストに連絡しようとしてるんだが——」

「すべてが覆い隠されてるって気がしない？」

「さっきも言ったが、おれにはわからないよ」

「ごめんなさい。わたしには関係ないことなのに。きっとあなたは話してはいけないのね。忘れて……コーヒーは？」

ファビアンがうなずくと、リーリャは席を立ってカウンターに向かった。彼女が興味を持つのは理解できる。もし自分が彼女の立場だったら同じ疑問を持つだろう。ただし口には出さないだろうが。だがリーリャは答えを望んでいて、求めることをためらわない。怒ったスズメバチのようにつきまとう――ファビアンは彼女のことが気に入った。

「グランクヴィストに連絡をとろうとしたって?」リーリャはコーヒーをふたつ持って腰をおろした。

「電話したが出なかった、だから自宅に行ってみようと思う」

「わたしはシュメッケルについてなにかわからないか登録局に問い合わせてみるつもり」

リーリャはそう言って、コーヒーをひと息に飲んだ。

「できるだけ早くシュメッケルの自宅にも行ってみたほうがいいと思う」

「そうね。トゥーヴェソンもできることはやってくれると言ってたけど、休暇シーズンだからいろいろ支障が出るでしょうね。最悪だと、来週の後半にならないと無理かも」

「それより早くなることを祈ろう」

「祈るってどういう意味?」リーリャは立ちあがった。

警察官は祈らない。警察官は行動を起こし、有罪にできる証拠とともに犯人を逮捕するまで徹底的に捜査する。祈るのは被害者家族の仕事であって、警察のではない。だがファビアンは祈ると言ってしまった。リーリャの質問について考えながら車を発進させ、ドロットニング通りに入った。

自分はすでにあきらめてしまったのだろうか。闘いに敗れたと?　結果を覆すことはできないと感じているのだろうか。残されたカードは、最後はすべてうまくいくというはかない希望しかないのだろうか。実のところ、この事件がどのような終わりを迎えるのか見当もつかなかった。わかっているのは、ずいぶん久しぶりにこの事件のなにかにおびえていることだけだ。先がまったく見とおせず、もしまた失敗したらどんな事態が待ち受けているのか考えるのが怖かった。

ファビアンはアクセルペダルを踏みこみ、ヘルソバッケンからずっと続いている青信号を走り抜けた。時速百四十五キロで警察署の脇を通りすぎる。ヴァラに入ったところでトゥーヴェソンから電話がかかってきた。

「検事とシュメッケルの自宅の捜索令状のことで話をしたわ」

「それで？」

「残念ながら充分な根拠があるとは言えないと言われた。驚いてはいないけど。こっちにあるのは被害者と同時刻にオーレスン橋を渡った車がデンマークのガソリンスタンドに停められているということだけだもの。もっと確固としたものが必要よ」

トゥーヴェソンの言うとおりだ。だが問題は、もっと確固としたものはシュメッケルの自宅で見つかるだろうということだった。

ファビアンはレディオヘッドの『ヘイル・トゥ・ザ・シーフ』をCDプレイヤーに入れ、ボリュームをあげた。〝2＋2＝5〟が終わるころ、エードオークラで曲がる。ユピテル通りに入るとスピードを落としてグレン・グランクヴィストの自宅の前で停まった。車を出て周囲を見まわす。まるで原発事故に襲われた町のように、あたりには人っ子ひとりいなかった。

グレンの家はそのブロックのほかの家とまったく同じ造りだった。二階建て、白い漆喰のファサード、勾配屋根、別棟のガレージ。家は敷地の手前ぎりぎりに建っている。

玄関に近づいていくと、まだ陽が高いのに外灯がついていることに気がついた。リビングルームのシーリングライトもついている。遅すぎたということだろうか。グレンはすでに罰を受けた？　それともいじめの復讐劇という仮説が行き詰まったのだろうか。

ボタンを長押ししてベルを鳴らした。腕時計の長針を目で追い、六十秒待つことにする。グレンがドアに現れぴんぴんしていることを証明してくれるのを願ってはいたが、心のどこかで反対の結果を望んでいることも否定できなかった。動機が消えてしまうからだ。

ドアは閉まったままだ。

再びベルを鳴らし、今度はもっと長いあいだ押しつづけた。そのときベビーカーを押した女性が通りすぎ、不審な顔を向けてきた。ファビアンは笑顔を返した。

「すみません！　ここに住んでいるグレン・グランクヴィストですが……。いま家にいるかどうかご存じないですよね？」

女性は首を振った。

「明かりがついてるんです。この二、三日彼をここで見ませんでしたか？」

彼女は再び首を振り、先を急いだ。

「そうですか、じゃあ」ファビアンは携帯電話を取りだし、グレンの自宅の番号にかけた。家のなかで鳴っているのがはっきり聞こえてくる。

「〝おれに用か？〟」

今回ファビアンは名前を名乗り、至急電話がほしいとメッセージを残した。続けてグレンの携帯のほうにかけ直し、家の裏手にまわりながら同じメッセージを残した。

裏庭は広い芝生で高さ一メートルほどの生垣に囲まれていた。生垣が切れるところで野原とつながっている。不意の訪問をするにはうってつけだ。だがファビアンが注意を引かれたのはそこではなかった――有刺鉄線だ。

わけがわからなかった。自宅の裏庭に有刺鉄線をめぐらせる人間がどこにいる？　ファビアンはしゃがんで芝生の上でくるくると螺旋を描いている鋭いワイヤーに触れた。遠くでコツコツという音がして振り返ったが、なんの音かわかる前にやんでしまった。

次に人差し指と親指で有刺鉄線をはさみ、引っぱってみる。すると再びコツコツいう音が聞こえた――今度はさっきよりも大きく、二階のわずかに開いた窓から聞こえるのだとわかった。立ちあがり、家のほうに寄ってみると、有刺鉄線のあいだに通してあった釣り糸に引っかかった。それが窓の内側に吊るされている風鈴のようなものにつながっているのだ。

つまりグレンはファビアンと同じ結論に至ったわけだ。ヨルゲンが始末されたいま、次は自分の番だと。だがグレンは用心を怠らなかったようだ。彼の不安は的中したのだろうか。もしそうなら自分の身を守れたのだろうか。

そのとき携帯電話が鳴って、もの思いから引き戻された。ポケットから取り出して画面をチェックする。0765-261110。表示された番号をつぶやき、さっきかけたばかりのものだと気づいた。

「ファビアン・リスクだ」できるだけ落ち着いた声を出したが、反応はなかった。こちらをうかがうような沈黙が返ってくる。相手の息づかいだけが聞こえてきた。

「もしもし？　どなた？」ファビアンは言った。

「そっちが電話してきたはずだが」

「グレン・グランクヴィストか？」

「ああ」

「覚えているかわからないが、おれたちは学校で同じクラスだった」

「ファッベか？　おまえなのか？」

「ああ、そうだ。元気か？」

「まあまあだな。おまえは？　警官になってストックホルムに引っ越したって聞いたが」

「ああ、そうなんだ。だが最近こっちに戻ってきて、ヘルシンボリ警察で働いている」

「これは驚いた！　おれも行儀よくしてないとな」

ファビアンは笑い、用件を切り出した。「なぜおまえに連絡をとろうとしたかわかってると思うが」

「ヨルゲン」

「そうだ」

「ひどい話だ。新聞で読んで……くそ。だれがやったのかわかったのか？」

「いまのところ……複数の線を追ってる」ファビアンはさらに具体的に答えようとして、慌てて口をつぐんだ。なぜかわからないが、用心したほうがいいと思ったのだ。

「おれもそのうちのひとりか？」

「言ってみれば。おまえたちは仲が良かっただろ、少なくとも学校に通っていたころは。いまでもつき合いがあったのか？」

「ヨルゲンはおれの親友だった」

「気の毒に、辛いだろうな。だが会えないか？　おまえならこっちの疑問に答えてくれるかもしれない」

「もちろん会えるが、いまは無理だ。おまえがこっちに来てくれないかぎり」

「こっちというのは？」

「ブルガリアのサニー・ビーチだ。めちゃくちゃいいところだぞ。こんなにエロいお姉ちゃんがたくさんいるところは初めてだ」

　休暇シーズンに仕事をすることは不可能だ。自分も予定どおり休暇に入り、ほとんどの人が仕事に戻ってくる八月十六日まで捜査は棚上げにしたほうがいいのかもしれない。その一方で、サニー・ビーチに出かけたおかげでグレンの命は救われたとも言える。

「いつ出発したんだ？」

「昨日だ――七月一日。十五日まで二週間の予定で」

ヨルゲンが殺されたことが新聞に載ったのは昨日のことだ。もしグレンが彼の言うように新聞で事件を知ったのなら、裏庭に有刺鉄線を張りめぐらせる時間などなかったはずだ。

「ヨルゲンが殺されたことを初めて聞いたのは？」

「リナから二日前に電話があった。なぜだ？」

「それを聞いて怖気づいたのか？　だから海外のビーチに？」

「なぜおれが怖気づくんだ？」

グレンが嘘をついているか、いま話している相手が別人であるかだ、とファビアンは確信した。「事件の性質と場所を考えるとおまえも不安になったんじゃないかと思ってさ」

言いすぎていたが、やむを得ない。電話の相手がだれにせよ、反応を引きだし本性をあらわにさせる必要がある。

「いったいなにを言ってやがるんだ？」

ファビアンはさらに圧力をかけた。

「じゃあなぜ裏庭に有刺鉄線をめぐらせ、それを二階の風鈴につなげてるんだ？」

ためらいがちな沈黙が流れ、ファビアンのなかで疑惑が確信に変わっていった。通話は切れていた。

十月十八日

今日は先生の口の動きを見ているだけで話はほとんど聞いていなかった。ヨーナスがうしろにすわって肩を叩いてきた。最初は振り向かずに気づかないふりをしていたけど、ふだんはいいやつだから結局は振り向いた。けどぼくの顔に唾を吐いて、これは「あいつ」からだと言った。彼の目を見てほんとうはやりたくないのがわかった。ぼくでも同じことをしていただろう。

今日母さんになぜ痣があるのか訊かれ、ぼくは体育のときに転んだと答えた。たぶん母さんは信じたはずだ。

でも今日また休憩時間にやられた。告げ口したと言って。そんなことしてないのに。鼻血が出て、帽子を取りあげられておしっこをかけられ、それをもう一度かぶらされた。家に帰ってシャワーを浴びながら、帽子を洗って母さんのドライヤーで乾かした。たぶん気づいてないと思う。そうだといい。

ほんとうは殴り返すべきなんだけど怖くてできない。向こうはふたりでぼくはひとり。それに、ほんとうはいけないのに拳で殴ってくる。映画ではうまくいくけど、現実はそうじゃないんだ。

ぼくのこと

1　意気地なし

2　役立たず
3　弱虫
4　不細工

P.S.もしぼくが同じクラスにいたら、きっとぼくもいじめると思う。ぼくは下の下の存在。気持ち悪いモンスター。自分が死ぬほどいやになる。

15

ファビアンは三十分前にいったん自宅に戻り、ソニアと子どもたちを連れてモランデル宅で行われるバーベキューに行くつもりだった。だがまだ帰れない。無駄にする時間はないのだ。トゥーヴェソンに電話をかけて犯人らしき男と交わした会話について短い伝言を残した。おそらく彼女はガソリンスタンドに停まっているプジョーを回収するため、デンマーク側と激しくやりあっているのだろう。ファビアンがつかんだこの情報があれば、それがずっと簡単になることは知る由もない。

折り返しの電話を待つあいだ、裏口からグレンの家に入ってなかを調べてみたものの、目を引くものは見つからなかった。

　家のなかで手がかりは見つからなかったが、クラース・メルヴィークに動機があるのはまちがいないだろう。グレン・グランクヴィストはブルガリアのサニー・ビーチなんかにいるのではない。彼は死んでいる。また、電話で話した男が犯人にちがいないということも確信していた。お互いなにが起きているかはっきり認識していながら、それぞれの役まわりをうまく演じていたのだ。

　ファビアンは署の外に車を停め、なかに急いだ。ロビーは空っぽだったので、初めて通行証を使った。暗証番号を覚えていたことに自分でも驚き、エレベーターのなかから自宅に電話をかけた。

「もしもし、パパ？　三十分前に帰ってるはずなのにってママが言ってたよ」

「ああ、完全にママの言うとおりだ」そこでエレベーターを出る。「仕事で問題が持ちあがって、その後始末をしなくちゃならないんだ」

「ママもそっくり同じことを言ってた。そのときこの電話が鳴って、きっとパパからで今夜はバーベキューには行けないわねって」

「ママが？　どうしてわかったんだ？」

「知らない。でもうちの新しい番号を知ってるのは、パパとうちに電話してきちゃいけない女の人だけだよ。もしほんとにママと話したいんなら、携帯に電話しないと。家にかけてきたってことは、あたしかテオが出ることを期待してたんでしょ」

この子は優秀な警察官になる。ファビアンは、モランデルも署で夜通し仕事をしなければならないからバーベキューは中止になると伝えてくれないかと頼んだ。

ところがオフィスに入っていくと、人っ子ひとりいなかった。みんなどこに行ったんだ？　今日は金曜だが、ヘルシンボリ警察始まって以来の凶悪事件になるかもしれない事件の真っ最中だ。トゥーヴェソンのオフィスのドアを開けると、部署全体と同じでそこも空だった。パノラマ窓に近づき、再び電話をかけようと携帯電話を取りだした。と同時に手のなかで鳴りはじめた。モランデルだった。

「もしもし。いまどこにいる？」

「はあ？　署にいるよ」

「そんなとこでなにやってんだ？」

「いくつかのことが明らかになった、だから今夜はキャンセルせざるを──」

「どういう意味だ、キャンセルって？　バーベキューは火を入れたぞ。こっちにはキャンセルの要素なんてないね」モランデルは新たにわかった事実に少しの興味も見せなかった。

「残念だが、イングヴァル、仕事をしなきゃならない。また別の機会にお邪魔させてもらうよ。ところで、トゥーヴェソンがどこにいるか知らないか？」

「ここだ。ほかにどこにいるっていうんだ？」

ファビアンは耳から電話を離し、ほかの惑星から来たのではないかというようにまじまじと見つめた。

「あら、いらっしゃい、どうぞ！　あなたたちが新しく来た人たちね」日焼けした肌が自慢らしい女性が言った。「あなたたちが最後よ。わたしはイェルトルド・モランデル。さあ入って！　なにをお飲みになる？」

ソニアと子どもたちが彼女のあとに続くのを見て、ファビアンはたちまち胸を撫で下ろした。ここまでは車でわずか十五分で着いたが、気づまりな沈黙が続き耐えられなくなっていた。彼はルイジアナ美術館について、みんなが言うほど美しいのか、また行きたいと思うかなどと質問した。

ソニアは彼の問いにひとつとして答えようとしなかった。だがいまは家族そろって同じ場にいて、妻の機嫌がよくなったのがわかる。イェルトルドのような人間こそいまのソニアに必要なのだ。

家のなかを歩いていると、イングヴァル・モランデルが本物のコレクターと結婚したことがわかった。リビングルームの壁には見たこともないほど多くの皿がかけられ、ライトの当たった飾り棚にはありとあらゆる形、大きさ、色のクリスタルのフクロウが並んでいる。

「きれいでしょう？」イェルトルドが言った。

うなずいたものの、ファビアンはクリスタルの装飾品に夢中になる気持ちがよくわからなかった。「あなたが集めてらっしゃるんですか？」

「いいえ、でも初めてヨーロッパの周遊旅行に行ったときに買いはじめたの」

「ではイングヴァルのコレクション?」

「イングヴァル? あの人がクリスタルを集めると思う?」彼女はこんなにばかげたことは聞いたことがないという口調で言った。「実を言うと、わたしひとりで集めてるんじゃなくて、友人たちが貢献してくれてるの。ときどき不意に新しいフクロウたちが現れるのよ」

「あなたになにも言わずに買ってきてそこに置いていく?」

「まあ、いいじゃない。さあ、飲んでちょうだい」

イェルトルドに続いて出た裏庭は、まさに家のなかを見たときに想像したとおりだった。芝生は隅々まで手入れされ、まるでコンピュータグラフィックのようだった。ガーデン・ノームや小さな風車、奥には噴水が配されている。橋のかかった小さな池まであり、マティルダは本物のパラダイスだと思ったらしい。同時にすべての場所にいたいというようにあちこち駆けまわっている。

「パパ! 池のなかにお魚がいっぱい! 見て!」

「いまは無理だ! テオに見せたらどうだ?」大声で返すと、テオドルからうんざりした視線をちらりと向けられた。彼は目下、携帯電話から目を離すことができないでいるらしい。

署の全員がそろっていた。受付係のフロリアン・ニルソンもいて、この夕べに敬意を表し、赤いシャツのボタンを袖口まで留めてドレスアップしている。

モランデルは、いま取り組んでいる仕事は生死にかかわる問題だという顔をしてグリルの脇に立っている。

「ファビアン、来たのね！　こっちへいらっしゃいよ」イレイェン・リーリャが声をかけてきた。すり切れたジーンズにピンクのシャツを着た、坊主頭でがっちりした男が横に立っている。無煙たばこのスヌースを口のなかに入れているせいで上唇が膨らんでいた。ファビアンは近づいて挨拶した。

「あなたになにかあったのかしら、って心配しはじめたところだったのよ」とリーリャ。

「ハンパン、こちらファビアン。新しい同僚よ」

「きみも警察官？」ファビアンは握手をしながら尋ねた。

「いや、彼氏だ」口を開けて大きく笑ったため、スヌースの袋が半分以上見えた。

「ああ、なるほど」リーリャのほうを見たが、助け舟は得られなかった。

「彼女に手を出すなよ、さもないとこれを味わうことになるぞ」ハンパンは腕を突き出して二頭筋を収縮させた。

「おっと」ファビアンはそう言って作り笑いをしたが、いかにもうつろに響いた。「ちょっと飲みものを探してこよう」テーブルに近づいてビールを開けながら、これで充分行きわたるのだろうかと心配になった。ソニアはすでに二杯目の赤ワインを飲んでいて、イェルトルドと自分の作品について話しこんでいる。ファビアンはこの機をとらえてジントニックを飲んでいるトゥーヴェソンとクリッパンのもとに行き、犯人と思われる人物との電話について報告した。

「どうしてそいつが犯人だと思うんだ？」クリッパンが尋ねた。

「グレン・グランクヴィストの携帯電話から電話してきたんだ、おれはグレンは死んでいると思ってる」

「殺されたということ？」トゥーヴェソンはそう尋ねてぐっとグラスをあおった。

ファビアンはうなずいた。「彼の自宅の裏庭には有刺鉄線と警報装置が張りめぐらされていた。まるでだれかに命を狙われていることを恐れていたように。そしてまさにそのとおりのことが起こったとおれは考えてます」

「なんてこと。電話がかかってきたときなんて言ってたの？」とトゥーヴェソン。

「先におれが電話したんです、そのあと向こうからかかってきた」

「グレンの携帯から？」とクリッパン。

ファビアンはうなずいた。

「休暇でブルガリアのサニー・ビーチに来ている、昨日出発したと言ってました——ヨルゲン・ポルソンが殺害されたことが新聞で報じられた日に」

「わざわざ有刺鉄線を用意してからブルガリアに行くなんて意味がわからないな」とクリッパン。

「グレンは国を出ていないというあなたの推理について、航空会社に裏をとらないと」

「明日の朝いちばんにやろう」とクリッパン。

「家宅捜索もするべきでは？」ファビアンはそう言ってグラスを飲み干した。「検察官のヘーグセルに連絡して許可をとるわ」

「お代わりは？」クリッパンが空のグラスを掲げて尋ねた。

「ノーとは言えないわ」トゥーヴェソンは答え、一緒に歩いていった。

ファビアンは泣いていいのか笑っていいのかわからなかった。たどるべき手がかりがいくつもあるというのに、ここでは酒とバーベキューのほうが大切なのだ。

「ひとりで思索にふけってるの？」リーリャがビールを差し出しながら言った。「ねえ来て、見せたいものがあるの」

「それはどうかな」

「ハンパンのことなら気にしないで。ふざけてるだけだから。それに彼がグリルから離れることはないわ」

「それはともかく、きみたちはこの数時間のあいだによりを戻すことになったわけだ」

「それは深読みしすぎ。なぜだかモランデルが彼を招待していたのよ。わたしが来たときにはもういたわ。でもそのことはしばらく忘れましょう」リーリャはファビアンを家のなかに引き入れ、地下室に連れていった。「モランデルという人間を知らなかったら、わたしも心底怖いと思ったでしょうね」天井のライトがつくと、ファビアンは彼女の言った意味をすぐさま理解した。

ふたりがいるのは棚や陳列ケース、ガラスのカウンターがぎっしりと配置された部屋だった。博物館さながら、さまざまなものがグループ分けされて並んでいる。ファビアンはゴットランド島にある、ある個人が貯めこんだ品々でつくられた博物館のことを思い出した。片やモランデルのコレクションは、もっと贅沢で魅力的だった。魔法の杖からタイプライターまで雑多にそろっていたゴットランド島の博物館のように無秩序でもなく、ここには包括的なテーマがあった。殺人だ。と同時にいくつものサブカテゴリーを備えている。狩猟や釣り、毒物、さまざまな武器——銃器やナイフに加えきわめて一般的な道具まで。しばらく観察したのち、ファビアンは考えを変え、〝釣り〟を〝殺人〟と同じメインカテゴリーに格上げした。コレクションのおよそ半分は釣りに関係するものだった。スプーン型ルアーや釣り竿、さまざまな種類の網、剥製の魚。からからに干からびた蝿《はえ》がピンでクッションに留められて並んでいるケースもあった。

「彼が細部を見きわめる目を持っているのはたしかだな」ファビアンは外科用メスのコレクションを観察しながら言った。

「モランデルがトップクラスの鑑識官である理由がこれでわかったでしょ」リーリャが宝石を並べるような赤いベルベットで裏打ちされた引き出しを開けると、そこにはひとつひとつ数字が刻まれた銃弾が収められていた。「これは人を殺したものよ」それからまた銃弾が入っている別の引き出しを開ける。「こっちはけがをさせただけのやつ」

ファビアンはずらりと並ぶ、変形した銃弾を見つめた。最初の引き出しには三十八の奪われた命、そして悲しみとともにあとに残された想像もできない数の人々の思いが収められている。

「クラース・メルヴィークのことでなにかわかったかって聞かないの？」

「わかったのか？　月曜まで待ったほうがいいのかと思って。みんな週末を楽しんでいるようだから」

リーリャは意地悪そうな笑みを浮かべたが、そのとき彼女の携帯電話が鳴った。

「はい？　なんなの？　ファビアンと一緒よ、モランデルのコレクションを見せてあげてるの……。信じられないならここまで来たらいいじゃない」そこで電話を切って、あきれたように目を見開いた。「ごめんなさい、なんの話だった？」

「メルヴィーク」

「そうそう。基礎学校を卒業したあと、ティコ・ブラーエ・スクールで工学の学位をトップクラスの成績で取得した。その後ルンド大学の医学部に入り、一九九〇年からここヘルシンボリで一般医として働きはじめたの」

「ルーヌ・シュメッケルも医者じゃなかったか？」

「ええ、でもレベルがちがうわ。ルーヌは国内でも有数の専門医だもの。それはともかく、一九九三年になにかが起きた。クラースはヘルシンボリ病院の救急治療室に運びこまれたの、聞いてちょうだい……」リーリャはジーンズのポケットから折りたたんだ紙を取りだし、広げて読みはじめた。「〝下顎骨折、鈍器損傷による深刻な頭部外傷――おそらく蹴られたものによる。肋骨骨折五本、内部出血〟、さらにリストは続く。見てよこれ」と激しく暴行されて顔が腫れあがった、正視に堪えない写真を差し出した。

「だれかに暴行されたんだな」

「ここまでくると殺人未遂と呼びたいわね。彼は実に三十六回もの手術を受けたのよ。生き延びただけでちょっとした奇跡だわ」

「負傷の理由については？」

「医者が尋ねたけれど、答えるのを拒否したみたい」

「それからどうなった？」

「なにも」

「どういう意味だ、なにもって？」

「入院とその後の手術に関する記録が彼について手に入った最後の情報。もう少し掘り下げればなにかわかると思うけど、いまのところはこれだけよ」

「死んだとか？」

リーリャは肩をすくめた。「かもね。それか国を離れたか」

肉にかぶりついたファビアンは、どれほど空腹だったかを思い出した。

「こんなにおいしいヒレ肉初めて」とソニアは言い、ほかの客からの同意を促した。

「ありがとう、ソニア」とモランデル。「だが念のために言うと、ヒレ肉じゃないんだ」

「ちがうの？」

「ああ、これは尻肉だ」

「イングヴァル、またそんなこと言って」とイェルトルド。

「だがこれは尻肉だ。なぜ正しい名前で呼ばない？」

「おいしそうに聞こえないから」イェルトルドがソニアのほうを向いて言った。「この人のことは気にしないで。でも彼のつくる漬けダレがおいしさの秘密よ。この人ほどおいしい漬けダレをつくれる人はいないわ。あなたは漬けダレだけの料理本を書くべきよ！」とグラスを掲げた。「乾杯、みなさん来てくれてありがとう！」

　みなでグラスを合わせ、食事は進んでいった。飲めば飲むほど場が盛り上がり、議論が白熱した。マイケル・ジャクソンの急死の責任はどこまで専属医にあるかという話から、スウェーデンは出場すらできなかったワールドカップの決勝戦まで話題はつきなかった。

　ソニアも楽しんでいるようだった。テーブルの向こうから何度も笑いかけてくれる。

「どんな絵を描いてらっしゃるの？」トゥーヴェソンが彼女に尋ねた。

「魚の群れやカニなんかの水中画がほとんどです」

「魚は大好きだ」モランデルがグラスを掲げて言った。

「ちがうわ、あなたは魚を殺すのが好きなのよ」とイェルトルド。

「売れるの？」とトゥーヴェソンが重ねて聞く。興味津々のようだった。

「実を言うとちょっと売れすぎるくらいに。新しいものを描く余裕もなくて。みんな魚の絵ばっかりほしがるものだから」

「同じような状況に陥ったアーティストの友人がいるわ」とトゥーヴェソン。「数年前、真ん中に〝嘘つきのベンチ〟っていう文字を入れたコンクリートのベンチを作ったら、それが大当たりして。いまじゃほとんどの時間を注文ベンチの製作に当ててるわ――お客さんが自分の好きな文字を入れられるのよ。すごく頭のいいやり方よね、それで家賃が払えるんですって。たしかヴィクトリア王女とダニエル王子の結婚式用にも作ったのよ。彼はいまでもアーティストなのかしら、それともコンクリート職人?」

「その質問に答えるにはゆっくりランチをとる必要がありそうだわ」ソニアは空のグラスワインを持ちあげた。「お代わりをいただこうかしら」

「そうこなくちゃ」トゥーヴェソンがソニアのグラスにワインを注いだ。

「どうしてこっちに移ってきたの?」とリーリャが尋ねた。「ストックホルムってすてきじゃない」

「おれに言わせりゃ、ストックホルムはゴミみたいな街だ」ハンパンが口をはさんだ。「おれは三回行ったことがあるが、あそこに住みたいと思う理由なんてひとつも思いつかないね。ストックホルム人はめちゃくちゃストレスがたまってるから、エスカレーターでもじっとしてられないんだ。地下鉄に乗ろうとするやつらに何度も突き飛ばされたよ、次のが一、二分後には来るってのに」

「ねえ、ハンパン、あんたに聞いたんじゃないわ——わたしはソニアに聞いたのよ」

ハンパンはビールをあおった。簡潔にして充分な答えを期待するようにみながソニアの顔を見たが、ファビアンは彼女がそんなものを持ち合わせているはずがないことを知っていた。引っ越しを迫ったのは自分で、彼女はそれに屈した側だ。

ファビアンが直接答えようとしたところ、リーリャに押しとどめられた。彼女はソニアの口から聞きたいのだ。

「もともとスコーネ地方は好きだったの。一か月早く春がやって来て、一か月遅く秋が訪れる。それにまわりの風景が変わるのも、絵にプラスになるんじゃないかと思って。ファビアンにこの仕事のオファーがあって、すぐにわたしたちの心は決まったわ」そこでグラスを掲げた。「スコーネに乾杯！」

みなもグラスを掲げ、ファビアンは妻に投げキスをした。いい答えだった——よすぎて彼自身、信じてしまいそうになる。

「そう簡単にはだまされないわよ」リーリャが笑いながら言い、ソニアはけげんそうな顔をした。「正直に言うと、ここにいる全員そう思ってるはずよ。わたしたちは警察官で、言い訳を聞くのには慣れてるの——だんだん突飛な話になっていくから」

「いまのはかなり控えめだと思ったけど」とトゥーヴェソン。

「そうね、特に風景の変化の部分はよかったわ。もし彼女がその瞬間に目をそらさなければ十点満点をあげていたかも。でも七点で我慢してもらわないと」

みんなが笑った。

「わかった、わかったわ！」ソニアがさえぎるように言った。酔っているようだ。「ほんとうのことを聞きたい？」

「もちろん！」全員がいっせいに答えた。

「こういうことよ。この数年、ファビアンとわたしの関係はだんだんと遠距離恋愛みたいになってきていた、ベッドを共にしていてもね」ソニアがさっとようすをうかがうと、みな大人しくすわったまま話の続きを待っていた。「でもわたしたちはまだなによりもお互いを愛していたから、生活を大きく変えることにしたの。もう一度やり直して元どおりになろうって……乾杯！」ソニアがグラスを掲げると、拍手と歓声に包まれた。

「いまのは十五点をあげるわ」とリーリャ。

いまのソニアの言葉には少なくともひとつ正しいことがあった。どれほどファビアンが妻を愛しているかということだ。

携帯電話が鳴ったとき、ファビアンは複雑な事件の渦中にいることをすっかり忘れていた。最初は出ないでおこうと思ったほどだったが、番号がデンマークのものだと気づき、慌てて応答した。

「メデ・ルイーセ・リースゴーよ……ガソリンスタンドの」電話の向こうの声がそう告げた。「例の男が来てるわ」そう言うと、突然電話が切れた。

16

キム・スライズナーはポケットのなかで携帯電話が震えるのを感じたが、出たくはなかった。タイミングが悪かった。この一週間ずっとこの瞬間を待っていたのだ。たった一本のくだらない電話にぶち壊しにされるつもりはない。

この瞬間はあまりに貴重で、人生はあまりに短い。電波の届かないトンネルやエレベーターのなかにいたと言えばいい。ここは安全地帯だ――だれにも邪魔できない彼だけの夢の世界だ。

妻のヴィヴェカのことを思った。良心の呵責は考えないことにする。彼女が気にかけているのはヨガと銀行口座に預金があるかどうかということだけ。最近食卓にのぼる食事の量を考えれば、朝ベッドから起きだせているのが不思議なくらいだ。彼が満ち足りて元気に働けることを望むのは、ヴィヴェカだけではない――すべてのデンマーク市民がそうなのだ。

さもなければ待っているのは混乱だ。彼は力を抜いて、自分自身に与えたご褒美を楽しむことにした。

17

モーデン・スティーンストロプはデンマークの町キョーゲの警察署にすわっていた。制服のシャツをズボンのなかに入れ、ベルトを調節する。ベルトはいつもより身体になじんでいる気がした。ピストルや懐中電灯、無線がしかるべきところに収まっているかはすでに確かめてある。

なにが気がかりなのか、自分でもよくわかっている。エルセと別れてからちょうど一か月、どれだけ望もうが、吹っ切れたと思いこむことはできなかった。実際は正反対で、胸のしめつけがやわらぐことはなく、常に息切れしながら歩くことに慣れてしまった。

医者からは悩みを打ち明けられる友人を探すよう言われていたが、理解してくれそうな親しい人はだれもいなかった。ニルスに相談すると、彼は娼婦のところに行こうと提案し、見物していてもいいのなら勘定を払ってやると言う始末だった。

エルセを取り戻せないだろうかとぼんやり考えていたが、うまくいくはずがないと思い直した。まったくの不釣合いだったことは、はじめからお互い気づいていた。それでも目をつぶって対等なふりをし、それでうまくいくこともあった。そういうときモーデンは世界でいちばん幸せな男になった気がしたが、たいていはほんのわずかな時間しか続かなかった。そのたびに実は対等な関係などではなかったことを思い知らされるのだが、それは遠くで鳴っている雷鳴のような脅威として常に背景に潜んでいた。最後にはそういう状況に慣れはじめ、考えることをすっかりやめてしまうところだった。脅威などない、自分たちは対等なのだと信じこむようになっていた。愛し合っているのだと。

　だが別れたあとのいまの生活に幸せはなかった。すべては試練で、苦しい闘いだった。息をすることすら意思の力が必要だった。別の相手を見つけることはできそうにない。エルセはソウルメイトだった。彼の口唇裂やザラザラした肌も気にしなかった。ひび割れていたり皮むけしていたりする彼の身体を、まるで赤ん坊の肌であるかのように優しく撫でた。ほしいのはモーデンだけだというようにキスをしてくれた。

　椅子にもたれ、コーヒーか紅茶を飲もうと考えた。コーヒーに決めてキチネットに向かい、洗っていないカップにコーヒーを注いだ。テーブルではニルスがまだワールドカップでデンマークが決勝トーナメントに進めなかったことを嘆いている。立ち直るまでは話しかけても無駄だ。モーデン自身はサッカーに興味がなく、ましてやデンマークの代表チームにはなんの思い入れもなかった。唯一心配なのは敗戦がけんか騒ぎに発展する可能性があることだ。統計によればスポーツで敗北すると、人は必要以上に冷静になるかアルコールの消費量が増えるという。後者の場合は家庭内暴力や破壊行為につながりやすい。案に相違して、勝利は前者をもたらすことが多い。

モーデンはコーヒーカップを手にデスクにすわったが、エルセのことを考えずにはいられなかった。彼女はモーデンのことを、対決を恐れすぎる、気弱すぎる男だと思っていた。臆病者のように言われたのだ。たぶん彼女の意見にも一理あったのだろう。対決を避けるのをやめようとしてみたこともあったが、それは彼という人間の根幹をなす部分だった。言い争いは好きでなかったし、自分の意見がそれほど重要だと思ったこともなかった。なぜ毎朝ベッドから起きだし、シャワーを浴び、服を着替え、仕事に行っているのだろう？　なにが自分を待っている？　ホルスターのスナップを外してピストルを取りだし、手のなかで重みを確かめた。きっと拍子抜けするほど簡単だろう――人差し指に少し力をこめればこの苦しみは終わる。孤独、悲しみ、息切れが永遠に取り除かれるのだ。だがどう見ても哀れな人生の哀れな終わりにすぎない――だれもが肩をすくめるだけだろう。
電話が鳴りはじめた。スウェーデンからの番号だ。電話に出てすぐ、この瞬間こそ待ちわびていたものだとわかった。

七分後、モーデン・スティーンストロプはシートベルトを締め、イグニッションに入れたキーをまわした。エンジンが息を吹き返し、サイレンを鳴らすべきかどうか迷ったが、署を充分離れてからにすることにした。ニルスが飛びだしてきて、何事かと聞かれるのはいやだった。「警察の存在を知らしめる」ためにちょっと出かけてくるとしか言わなかったからだ。『四季』のなかでいちばん好きな録音のCDをプレイヤーに入れ、ボリュームをあげた。カルロ・キアラッパほど見事にこの曲を振れる指揮者はいない。特に〝春〟の第一楽章、アレグロを聴くといつも前向きなエネルギーに満たされる。

電話の女性はヘルシンボリからかけていると言った。モーデンはもともとスウェーデン語が苦手だったし、南部のスコーネ訛りはさらに理解しづらかった。どうにか彼女の名前がアストリッド・トゥーヴェソンで、ヘルシンボリ警察犯罪捜査課の警視であることがわかった。彼女が言うには、コペンハーゲン警察のキム・スライズナー警視に連絡が取れなかったので、キョーゲの所轄署に直接かけてきたということだった。その後はいっそう理解するのが難しくなっていった。どうやらレリンゲのガソリンスタンドに停まっている車が、いまスウェーデン警察が追っている容疑者のものらしい。そのガソリンスタンドの店員であるメデ・ルイーセ・リースゴーから電話があって、その男がいま車を取りに来たと教えてくれたそうなのだ。

その後なにを話したか覚えていないが、それはどうでもよかった。それ以上聞かなくても、これこそ自分が注目を浴びるチャンスだということはわかった。しかもモーデンはメデ・ルイーセを知っている。そのガソリンスタンドでよくガソリンを入れていたし、夜行くとたいてい彼女が働いていた。一年前に彼女が下唇にピアスを入れたときは、勇気を出してなぜそんなことをしたのかと聞いてみた。せっかくの美しい唇が台無しじゃないか、と。いまでも彼女の不快そうな表情を覚えている。以来、彼のほうをろくに見もしなくなった。新しい髪の色を褒めたときですら。

そしていま、その彼女が危険にさらされているかもしれないのだ。なぜ彼女が自分ではなく、スウェーデン警察に電話をかけたのかわからない。署の直通電話を知らせるために一度名刺を渡したこともある。スウェーデン警察がその男を捜していることをなぜ知っていたのだろうか。

署から充分離れたところでサイレンをつけ、スピードをあげた。アドレナリンがほとばしる。ついにエルセに自分は臆病者などではないことを知らしめるチャンスが訪れたのだ。ちょうど〝春〟のラルゴに入ったばかりのCDのボリュームを落とす。レリンゲのガソリンスタンドに着いたところ、特別変わったようすはなくいつもどおりひっそりしていた。死んだようにと形容する向きもあるかもしれないが、モーデンは平穏という言葉を好んだ。とはいえ、騒ぎなどなにも起きていないことに少々失望したことは事実だ。建物の周囲をゆっくりまわり、まったくもめごとなどないことを確認した。目に入ったのは、ジャッキアップされたプジョーの横にひざまずいている男だけだ。砂色の短パンとライトブルーのポロシャツ姿で手にラグレンチを持ち、かたわらにはタイヤが置かれていた。

これが車を取りにきて、メデ・ルイーセを危険に陥れたという男だろうか。彼女の姿は見えなかったが、彼が特別危険な人物には見えなかった。むしろ間抜けな観光客に見える。だがモーデンが長年にわたる警察官人生のなかで学んだことがあるとすれば、念には念を入れろということだ。

男が作業を終えるには少なくともあと五分はあると見て、先にメデ・ルイーセのようすを見にいくことにした。そのまま車を走らせて、男に車を降りるところを見られないようガソリンスタンドの反対側に駐車する。ベルトを調節し、拳銃と警棒があることを確認してから、建物のほうに歩いていった。

店内に入ってすぐにどこかおかしいことに気づいた。だれもいない、レジ係もだれも。メデ・ルイーセの名を呼んだが答えはなく、カウンターの奥のスタッフルームに進んだ。そこに入ったのは初めてだが、思ったよりずっと狭かった。キチネットと読み古された雑誌が積まれたテーブル、椅子が数脚にミシュランの壁掛けカレンダー、そして鍵のかかったトイレがあった。ノックして、だれかいないか声をかける。

返事がなく、モーデンはいっそう危機感をかきたてられた。彼女はどこに行ってしまったのだ？　店内に戻り、トイレの鍵を開けるのに使える道具を探した。スクリュードライバーを見つけてドアをこじ開けたがなかは空だった。考えをまとめようとしたものの、舌が紙やすりに変わってしまったかのように急に喉の渇きを覚えた。冷蔵棚からコーラを取り、甘い炭酸飲料で口のなかを満たすと、エネルギーが戻ってくるのを感じた。

メデ・ルイーセがガソリンスタンドを無人にしてどこかに行くことなどありえない。つまりプジョーの横にいた男と一緒にいるはずだ。姿は見えなかったが、車に乗ったままちらりと見ただけだからわからない。店を出て、こちらに背中を向けたまいまもプジョーの横にすわっている男に近づいていく。レンチで耳付きナットを締めていて、モーデンに気づいている様子はまったくない。

「失礼。立ちあがってもらえるか。脚を開いて両手をあげて」モーデンはデンマーク語で話しかけた。

男はなんの反応も見せず、次の耳付きナットを締めはじめた。耳が聞こえないのか？おれの言っていることがわからないのか？

「おい！　警察だ！　いますぐ立ちあがるんだ！」テレビで聞いたスウェーデン語の発音を真似る。すぐそばまで近づき、男に重なるように立った。車内を覗きこんで、だれもいないのを確認する。メデ・ルイーセもいない。

二十八年の奉職中にモーデン・スティーンストロプが銃を抜いたのは三度しかない。発砲したのはただ一度、麻薬を使用して通行人にナイフを振りまわしている男に向かってだ。モーデンは男の脚を撃ち、背中で手錠をかけた。すべて教科書どおりだった。

これが四回目になるだろう。身体が自然に動き、自宅の鏡の前で何度となく練習した手順を再現する。右手を腰にまわして目の前の男から目を離すことなくホルスターを開ける。銃を引き抜き、左手で安全装置を外す。

「警察だ！　いますぐ立ちあがれ！」今度は英語で怒鳴った。

その後、すべてはあっという間に起きた。あとになってなにがあったのか順序立てて説明することはできそうにない。

男が突然立ちあがって、右腕を伸ばしたまま半回転した。レンチを思いきり叩きつけられて右耳がつぶれる音がするまで、モーデンはなにが起きたのかわからなかった。目の前が暗くなり、鋭い痛みを覚えると同時に耳をつんざくような大きな音がした。頭を舗道に打ちつける前に思ったのは、二度と『四季』を楽しめないだろうということだった。

耳鳴りがやまず、自分の鼓動が聞こえる。つまりまだ生きているということだ。手で耳を触ってみると、濡れてべたべたしている。ゆっくりと視力が戻ってきたが、すべてが九十度傾いているので、自分が見ているものがなにか判別するのにもう数秒かかった。二十センチほど先にタイヤの内側と、クロックスのサンダルをはいた男がしゃがんでいる姿が目に入った。

目の端に、男の腕がぐるぐる回されているところが映った。すぐにジャッキを下げている最中なのだと悟る。レンチが放り投げられ、クロックスが視界から消えた。それから間もなくマフラーが震えはじめ、ぶるんという音が聞こえた。

車がバックしはじめるのを見て、モーデンは頭を守れ、頭を守れと何度もつぶやいた。後部タイヤが最初だった。

モーデンは胸と背中の筋肉にできるかぎり力をこめたが、肋骨が一本ずつ折れ、熱い溶岩のように上半身から下半身へ痛みが広がるのを感じた。

それから前輪だ。

プジョーが遠ざかり、左折してリングステ通りに入っていくのを見届けた。少なくとも頭は守れたようだ。まだ死んではいない。目が見えて考えることができれば、情報を処理して判断を下すことができる。胸の痛みをこらえて膝立ちになり、レンチの隣に放りだされたままの銃に手を伸ばす。立ちあがって自分の車に向かいはじめた。

左脚が言うことをきかず、両手を使って動かさなければならなかった。燃えるようだった胸の痛みは多少治まって鈍い痛みに変わっていたが、制服のシャツから血がどんどんあふれてくるのが見えた。ほんとうはニルスに連絡し、あとを頼んで救急車を待てばいいのだが、それではスウェーデン人が逃げてしまうだけでなく、エルセが正しかったことになってしまう。

最後の力を振り絞って車を発進させ、バックで駐車場を出るとリングステ通りを目指した。アクセルペダルを踏みこみ、これがオートマ車であることに感謝した。でなければ左脚が使えずに運転できなかっただろう。胸の痛みはほとんど消え去り、鈍く脈打つだけだった。シャツは血で真っ赤に染まり、べたついていた。もう下を見るのはやめよう。前だけに集中し、スウェーデン人がどっちに向かったか考えるのだ。二分足らずしか差はなかったはずだが、すでに跡形もなかった。キョーゲへ向かう理由はない、E55号線を北へ、つまりコペンハーゲンとその先のスウェーデンへ渡る橋を目指すはずだと考えた。

全身の感覚が失われていくようだった。サイレンを鳴らして眠気を防ぐ。途端に前を走る車のスピードが落ち、内側のレーンに寄りはじめた。モーデンはアクセルペダルを思いきり踏みこみ、速度計が二百キロを超え、二百二十キロに近づくのを確認した。まるでレリンゲに置いてきたように、少しも恐怖を感じない。なにが起きようと対処できる自信があった。あらゆる人に自分が勇敢だということを知らせたかった。いまはただ意識を失ってはならない。

赤い針が二百三十キロを指していた。このスピードで走りつづければ、数分以内に追いつくだろう。十キロ走ったあと、プジョーが見えたところで屋根のライトを消した。

だが遅かった。スウェーデン人に気づかれ、相手はスピードをあげて次の出口で降りた。モーデンもあとを追う。これがじきに終わると思うと、全身に冷たい汗が噴き出した。目の前の車が横滑りするように右に折れてセメント通りに入っていく。モーデンはもう少しゆっくり曲がった。ここまで来て側溝に突っこむのだけはいやだ。

だしぬけに現れたプジョーが左側にそれ、砂利道に乗り上げた。モーデンはGPSを見て、その道が野原と林に続いていて、周囲を一周するだけだということを確認した。スウェーデン人は墓穴を掘ったと思っているのか、それとも自身のGPSで確認して待ち伏せを計画している？

モーデンはエンジンを切って窓を下ろした。木立の向こう側からプジョーのエンジン音がはっきり聞こえてくる。目を閉じて眠りに落ちたいという衝動と闘い、車外に出て、枝を杖代わりに足を引きずりながら砂利道を歩いていった。シャツが胸と腹に貼りついていたが、下を見たいという思いに抗った。

およそ五十メートル先にプジョーが見えた。エンジンがかかったまま、茂みのあいだに乗り捨てられているようだ。モーデンは銃を手に近づいていった。途中でうしろを振り返ったが、木々と野原以外なにも見えなかった。車までたどりつくと、手を丸めて目の上に当てなかを覗きこんだ。車内は空だった。それからすべてが暗転した。

18

ファビアンがメデ・ルイーセ・リースゴーからの一報を受けたあと、陽気な空気は一変し、モランデル宅でのバーベキューはたちどころにいつもの捜査会議に変わった。ちがったのはそれぞれの家族がいて、かなりのアルコールが血管を流れていることだった。

トゥーヴェソンはただちにコペンハーゲン警察のキム・スライズナーに電話した。応答がなかったため、留守番電話に状況の説明と、キョーゲの所轄署に連絡を入れるつもりだという伝言を残した。それからスウェーデン警察の警視総監、ベッティル・クリムソンに電話し、彼からデンマーク警察の警視総監ヘンリク・ハマステンに連絡してもらうことになった。警視総監に電話したのは他国の警察の協力を仰ぐことになるからだ。

できることはやった。あとは食事を続け、成り行きを見守ることしかできない。ソニアはなにも言わなかったが、がっかりしているのは明らかだった。気持ちはよくわかった。

ファビアンは新しい話題をいくつか振ってみたが、喰いついてくるのはイェルトルド・モランデルだけだった。ほかはみなトゥーヴェソンの電話が鳴るのをひたすら待っていた。

一時間後、待ち時間は終わった。

キム・スライズナーから電話が入り、トゥーヴェソンは全員が会話を聞けるようにスピーカーをオンにした。

「ヘンリク・ハマステンからあなたがわたしに連絡を取ろうとしていると聞きましたが、残念ながらあなたからの着信はありませんでした」とデンマーク訛りの声で言った。

「一時間前にたしかに電話しましたよ」とトゥーヴェソン。「応答がなかったので、伝言を残しましたが」

「もしそうなら着信履歴があって、伝言があるはずですね？　ところがそうじゃないんです。最初につける国番号を忘れたのでは？　わたしにはわかりませんが」

トゥーヴェソンはみなの顔を見て、首を振った。

「ですが、キョーゲのわたしの部隊のモーデン・スティーンストロプが容疑者の追跡にあたったそうで」とスライズナーは続けた。

わたしの部隊か、とファビアンは思った。スライズナーは自分の部下を所有物のように思っているタイプの男だ。

「重傷を負い、大量に出血しながらも彼は任務を遂行しました。わたしが状況を聞いてただちに車を手配していなければ死んでいたかもしれません」

スライズナーの話はこれで終わりなのか、それともトゥーヴェソンが詳しく教えてくれと頼むのを待っているのかどちらだろうとファビアンは考えた。トゥーヴェソンに沈黙を破るつもりはないらしく、根負けしたスライズナーが自分から続きを話しはじめた。モーデン・スティーンストロプは犯人に車で轢かれ、いま集中治療室で生死をさまよっている。彼は真のヒーローだ。自らの命を省みず、プジョーを警察の手に確保したのだから。一方、犯人は逃亡した。車以外に残されたのは、一組のクロックスだけだった。デンマーク警察が車を手に入れたのはたしかな成果であり、犯人にとって大きな痛手となるが、ファビアンはメデ・ルイーセがどうなったか気になってしかたがなかった。いまのところ彼女の行方はわかっていない。人質として連れ去られたのだろうか。もしそうなら、なぜ?

リスク家が帰宅したのは真夜中を過ぎてからだった。ほとんどの時間、隅でスマホをいじっていたテオドルはさっさと自分の部屋に消え、すっかり目の冴えたマティルダはまだ眠くないと言った。ハリー・ポッターを三章分読んでもまだ眠れないようだった。

「パパ、パパたちが捜しているのは連続殺人犯、それともふつうの殺人犯?」娘のきらきらした油断のない目にじっと見つめられ、ファビアンはなんのことだかわからないふりをしたかったが、誠実に答えるべきだと思った。

「わからないよ、マティルダ。いまのところひとりの死体しか見つかっていないが、パパは少なくとも二件の殺人があったと思ってる」

「どうしてわかるの？」

「それがパパの仕事だからだ」

「じゃあ、連続殺人犯？」

「いや、連続殺人というのは少なくとも三人を殺した場合なんだ。でもパパなら連続殺人犯とは呼ばないな」

「どうして？」

「連続殺人犯は殺人のために人を殺す。だがこの犯人の動機はまったくちがっているんだ」ファビアンはこの事件について説明した。もともとの動機は自分をいじめた相手に対する復讐だと考えていたが、いまでは確信が持てなくなっていた。ふとマティルダのほうを見ると、いつの間にかぐっすり眠りこんでいる。娘をそのままにしてキッチンに向かい、モランデルに渡すのを忘れたワインの栓を開けた。


ソニアはアトリエで制作中の作品の梱包を解いていた。ファビアンがワインと二脚のグラス、iPodを持って入っていってもこちらを見なかった。話をする必要があったが、ふたりとも疲れすぎていたし、おまけにまだ言っていないことはなにもなかった。そこでファビアンは床に座り、ワインを注いでふたりの歌、プリンスの〝ダイ・フォー・ユー〟をかけた。初めて会ったときに踊った曲だ。ふたりはその夜アトリエで愛し合った。

翌朝トゥーヴェソンから電話があり、週末は携帯電話を手元に置いておくならば自宅にいてもかまわないと許可を得た。緊急でないかぎり電話はしないということだった。

ファビアンたちは土曜の午前中を心穏やかに過ごした——段ボール箱を開け、最後のビニール袋を空にし、棚を取りつけた。テオドルに手伝ってもらってどうにかステレオも組み立てると、みんなでデッキに出てパラソルの下で遅い昼食を取り、午後は外出した。テオドルのためにシュノーケルセットを買い、カフェでコーヒーを飲んだあと、新しくできたマリーナ沿いを散策しトロピカル・ビーチで休憩した。

日曜は絵を飾り、本をアルファベット順に並べてから、マティルダの部屋の整理を手伝った。テオドルが大喜びしたことに、無線ルーターも設置した。みなで協力し、ようやく新しい家に引っ越したという実感がわいてきた。夜は〈ポールシェー・クローグ〉に行ってお祝いのディナーを食べた。

週末のあいだファビアンの携帯は一度も鳴らなかったし、メールも一通も来なかった。だがメデ・ルイーセの安否と、モランデルがプジョーでなにを見つけるかということが気になって仕方なかった。まだ電話のないリナ・ポルソンのことを思い、こちらから連絡を取って謝ったほうがいいのだろうかと考えた。十二歳の誕生日パーティで彼女と〝バビロンの河〟に合わせて踊ったことを思い出した。ふたりはこの先ずっと一緒にいると思っていたのだ。

沈黙は月曜の朝になって破られた。

「来てちょうだい。急いで……」

19

グステン・パーションは早朝を愛しており、今朝も例外ではなかった。朝日が決して陰ることのない勢いで輝いてはいるが、グステンはすでに不機嫌だった。グルーヴ通りに折れてオーストルプ建材店の従業員用駐車場に入っていく。

休暇は終わった。週末はずっとベランダの修理に費やしたが、妻のインガからは笑顔すらもらえなかった。〝奥方からキスもない〟という昔よく言っていたジョークはもうずいぶん前に通じなくなっていた。更年期障害は女性によってはひどく辛いものだと友人たちから聞いてはいたが、男にとってもどれほど苦しいかはだれも教えてくれなかった。

グステンは店の鍵を開け、なかに入って再びドアの鍵をかけた。二週間の休みのあと、店が正式にオープンするまであと一時間以上ある。鍵をかけておかないと、開店の十五分前に客でいっぱいになってしまう恐れがあった。

タイのことを考えはじめた。グレンから今年の冬一緒に行かないかと誘われていた。どうやら簡単に――さらに重要なのは安く――させてくれる女の子がたくさんいるという。セックスを金で買うことに嫌悪を感じ、グステンはその誘いを断っていた。これまでにしたことはなかったし、これから始めるつもりもなかった。

だがこの週末が過ぎたあと、もはや確信がもてなくなっていた。たまにセックスしてないが悪い？　自分の衝動はインガの更年期障害と同じくらい自然なものだ。もし事情が逆だったら——男が更年期障害に苦しむ一方で、女がどんどんいやらしくなっていったら売春は容認されていただろう。ヨガの週末はセックスの週末に、ゴシップ雑誌はポルノ雑誌に変わるだろう。インガの問題がほんとうに更年期障害と関係あるのかどうかもわからなかった。最近ではそれを言い訳に使っているのではないかという気さえしていた。グレンにまだ一緒に行ってもいいか聞いてみようと思いながら、アラームを解除しにいった。

従業員はドアを開けてから四十五秒以内にアラームを解除しなければならない。その時間内に行なわなければ、警報が鳴り響き、何本もの電話がかかってきて、やっかいなコードを入力しなければならなくなる。そんなことになったらどれほど面倒か考えたくもなかった。入社したばかりのころは、時間内にボックスにたどり着けるか心配で、ドアを開けるとすぐに走っていた。だがやがて四十五秒がどれくらいの長さか直感的にわかるようになり、いまではゆっくりボックスまで歩いている。ほとんどゲーム感覚になっていて、四十五秒ぴったりの時間にどれほど近づけるか試しているくらいだ。

だが今朝はすでにアラームが解除されていた。こんなことはめったにない。休暇に入る前、アラームをセットし忘れたのだろうか、それともだれかがすでに来ていて先にドアを開けたのだろうか。だが駐車場でほかの車は見なかった。それに朝のシフトは人気がなく、ここ何年もずっとグステンが担当している。代わりを頼まなければならなかったのは、バイパス手術のあと一か月間休んでいたときだけだ。

グステンは店の奥に進み、いつもの朝の見まわりを行なった。天井の電気をつけ、PR用のビデオを流し、商品を元の場所に戻す。客がなぜ元あった場所に商品を戻せないのか不思議でならなかった。インガの不機嫌と同じくらい不可解なことだ。

ふと足を止めて窓を見つめた。閉まってはいるが掛け金が外れている。近づいて窓に触れてみると、上向きに開いた。アラームのセンサーにつながっているケーブルは問題ないように見える。数年前まで店は多くの窃盗被害に悩まされていたが、およそ三年前に数十万クローナかけて新しい警報システムを導入してからは一件も起きていない。当時グステンはたまに泥棒にやられたとしてもそのほうが安上がりじゃないかと懐疑的だったが、去年の春でかかったコストは回収され、それ以来、黒字が続いている。

見回りを中断してオフィスに向かった。コーヒーメーカーをセットしてコンピュータが立ちあがるのを待つ。パスワードを入力してサインインし、ログをチェックする。先週木曜の深夜午前二時三十三分にグレン・グランクヴィストがアラームを解除していた。グステンは困惑した。よりによってグレンが？　受話器を持ちあげてグレンに電話する。ロバート・デ・ニーロの声が応じるのを聞いたが、伝言は残さなかった。彼はきっとまだ寝ているだろうから、呼び出し音を鳴らしつづけなければ起きないだろう。もう一度かけたが六回鳴らしたところで切った。ちがう番号にかけてしまったのだろうか？

グレンの番号は携帯電話に登録してあったが、グステンは店の固定電話からかけていた。なんといっても仕事の電話なのだから、自分が金を払ういわれはない。もう一度、今度はひとけたずつ番号を確認しながらかけていった。だが最後までいかなかった。防犯カメラの映像を映しはじめたモニターに目が吸い寄せられたからだ。

ドアと窓を扱うコーナーの真ん中にフォークリフトがあり、通路全体をふさいでいる。なぜあんなところにあるのだろう？　ほんとうはC通路にあるはずだ。どこがどうとは言えないが、アングルもおかしかった。モニターに顔を近づけてもっとよく見ようとしたが、すぐにほかのカメラに切り替わった。

最後に走ったのがいつだったかグステンは思い出せなかった。店には移動用のスクーターもあるが、バランスを取るのが苦手で歩くほうが好きだった。それに運動にもなる。だがいまは簡単にあきらめなければよかったと思っていた。ドアと窓コーナーは店の反対側にあり、すでに息切れしている。

ネズミがセメントの床を走り、彼を追い越していった。ネズミがたくさんいることは知っていたが、ふだんは目につかないところにいる。だがすぐに石膏ボードの下から次のネズミが現れて、グステンと同じ方向に走っていくではないか。なにが起きたんだ？　一瞬〝ドッキリカメラ〟ではないかと疑ったが、すぐにその考えを打ち消した。これは手のこんだ悪ふざけなんかではない。

心臓がマシンガンのように早鐘を打ち、四十三度の酷暑のなかにいる犬よろしく息を切らしていた。ついに角を曲がり、フォークリフトが目に入った。たしかに通路の真ん中をふさいでいる。泥棒はこれを狙っていたのだろう。おかしくはない。この店ではドアや三重窓ガラスがもっとも高価なものなのだ。

さらに四匹のネズミが別々の方向から現れ、フォークリフトの向こう側に消えた。オフィスで思ったとおりだった。フォークリフトの前輪が浮き、床から十五センチほど離れたところにある。フォークは下がっていて、車輪と床の隙間にグレンのつぶれたブーツが見えた。彼のかっこいいスチールトゥのドクター・マーチンはどこにいてもわかる。だがいくらドクター・マーチンであっても、これだけの圧力には耐えられなかったようだ。グステンの頭はこんがらがっていた。北極に置いたコンパスのように混乱していた。

物音がして、注意を取り戻した。フォークリフトの向こう側から聞こえてくる。最初はなんの音だかわからなかった。なにかがきしむ音、それとも砕ける音？　次の瞬間、床がネズミだらけであることに気がついた。フォークリフトの向こうのなにかに向かってあちこちからいっせいに集まっている。グステンは気を取りなおしてそこまで進んでいった。そのとき見た光景は一生忘れないだろう。心のどこかでグレンはもう生きてはいないとわかってはいたが、ああ、なんということだ。

十一月二十六日

体育の授業のあとシャワーを浴びていると、あいつらがぼくはゲイでやつらのチンポコ

のチンポコを吸いたいんだろうと言ってきた。ぼくはなにも言い返さなかったけど、あいつらはおれたちをじろじろ見たと言ってきた。ロッカールームからやつらの笑い声が聞こえてきて、いなくなるまでシャワー室から出るのが怖かった。ロッカールームに行ってみるとコートがなくなっていた。買ってもらったばかりの新しいコートで、母さんはすごく高かったと言っていた。結局トイレで見つけた。でもとても着られない。

ショッピングモールに行って同じコートを見つけた。レジに持っていって、アラームタグを外し袋に入れてもらう。お金を請求されたけど、ぼくはそのまま店から逃げた。

ここ二、三日学校には行っていない。今夜バカ教師が電話をかけてきて、そのことを告げ口した。父さんは家にいなかったけど、母さんは激怒した。ぼくはなんて言っていいかわからなかったから黙っていた。なぜ黙ってるのと聞かれたけど、なにも答えなかった。黙りこくっているのがすごく得意になってきた。

母さんは来週ぼくと一緒に学校に行って、授業のあいだ見ていると言いだした。ぼくは来ないでくれと頼みこんだ。すると口をきかないのは母さんのほうになった。もし母さんが来たらあいつらはぼくが告げ口したと考えて、ぼくを死ぬほど殴るだろう。わかってる。

今夜の夕食はロールキャベツだった。ぼくがロールキャベツが大きらいなことを、母さんも知ってるはずなのに。でも母さんは全部食べなさいと言った。それから父さんが帰ってきて、学校に行くのがどれほど大切なことかと大声で怒鳴りはじめた。ふたりとも大っきらいだ。なんにもわかってない。

P.S. ラバンの給水ボトルにぼくのおしっこを入れた。最初ラバンは飲もうとしなかったけど、やがて飲みはじめた。気持ち悪い。

20

ファビアンがオーストルプ建材店に到着すると、すでに立入禁止のテープが張られていた。おそらく従業員であろう野次馬たちが固まって成り行きを見守っている。ドアと窓コーナーで目にしたもののショックからまだ立ち直っていないグステン・パーションにクリッパンが話を聞いている。

「どうやら彼が毎朝店を開けていたようだ」モランデルがファビアンを呼んでテープの下をくぐり抜けさせた。

「トゥーヴェソンは？　来てないのか？」

「マルメに行った」

「マルメ？」

「デンマーク側との対立を処理するための緊急会議だ。おれたちがお偉方の頭を通り越して勝手に警官を派遣したっておかんむりらしい」

「電話したじゃないか。あっちが出なかったんだ」

「向こうにとってはそうじゃないようだ」モランデルは肩をすくめて店のなかに入っていった。ファビアンもあとに続いて、天井まで高さのある棚のあいだを進んでいく。店全体を貫いている長い中央通路にやって来ると、モランデルは足を止め、通路の先に向かってうなずいた。「ほら、あそこだ」

十メートルほど先に前輪を浮かせたフォークリフトがあった。モランデルの助手たちが青いつなぎ服姿で歩きまわり、写真を撮ったり証拠を採取したりしている。グレンは仰向けの姿勢で横たわり、足がフォークリフトのフォークの下に挟まれている。検視官とその助手たちの陰に隠れて、ほかの部分はよく見えなかった。

「進捗状況は？」

「順調だが、正式に本人確認できるまでしばらく時間がかかるだろう」

「おれが確認できる」最近の写真は見ていないが、グレンの顔くらい見ればわかるはずだ。

「それはどうかな」モランデルはファビアンの肩に手を置いた。「いずれにしてもおれの助手と〝三つ編み〟の仕事が終わるまで、必要以上にこの場にはいてほしくないんだ。ネズミどもがもう充分めちゃくちゃにしてくれたから」

「ネズミ？」

モランデルはうなずいた。「だがやつらはひとつ役立つこともしてくれた。こっちだ」

ファビアンはモランデルのあとについて殺害現場から店の反対側へと移動した。

「ネズミは食べものに引き寄せられる、だからそのあとをたどればお宝にありつけるかもしれない」モランデルは中央通路から離れて棚と棚のあいだに入っていき、突き当たりの鍵のかかっていない窓の下で立ち止まった。「犯人はここで夜を明かしたんだと思う、そして──さらに重要なことに──なにか食ったんだ」

ファビアンはコンクリートの床を見下ろしたが、食べものの痕跡は見当たらなかった。

「ネズミが食べかすも全部食っちまった？」

「ひとつ残していった」モランデルはマクドナルドの包み紙が入った証拠品袋を取りだした。「おそらくこれはチリ・マックフェスト・デラックスだ──マックにしてはかなりいけるぞ。週に一度、限られた店舗でしか売っていない。運よく近くの店で買ったんだろう」

「おい、のろまども！　さっさとしろ！」突然モランデルの無線機からひび割れた声が聞こえてきた。ファビアンたちはフォークリフトのほうを振り返った。

「何者だ？　あの検視官……」

「エイナル・グレイデ？　マリファナ漬けのヒッピーみたいな見てくれだが、国内でも指折りの病理学者だ。おれたちが遺体を動かす前にどうしてもここに来たいと言ってきたことからしても……」

グレイデがこちらに歩いてくるのに気づいて、モランデルが口をつぐんだ。グレイデの長い銀髪は二本、顎髭は一本の三つ編みに編まれている。首には何種類ものお守りをぶら下げ、保護用のビニールのスモックの下にはカラフルなニットのズボンをはいている。

「まあ、とにかく優秀な検視官にはちがいない」モランデルは助手のひとりとともに立ち去った。

「やあ！　わたしはエイナル・グレイデ。きみがファビアン・リスクだな」グレイデは一本の指に少なくともひとつは指輪のはまった手を差し出し、ファビアンと握手をした。

「これから楽しい時間が待ってるぞ」と顎髭の三つ編みを引っぱりながら言う。「この犯人は自分のやってることがよくわかっている」

「なにかわかりましたか？」

「ひとつずつつぶしていこう、これがリストの一番目だ」グレイデはくしゃくしゃになったブルーの靴カバーとヘアキャップを差し出した。ファビアンはコンバースの上にカバーをつけ、フォークリフトの向こう側へ、ピクリとも動かない仰向けの遺体が横たわっている場所へ検視官を追っていった。

グレンの両腕はともにひもで太ももに縛りつけられていた。むこうずねはフォークリフトのフォークの下に消えていて、コンクリートの床にたまって固まった大量の血痕以外に見るべきものはなかった。

ファビアンは遺体に目を走らせ、モランデルがネズミについて何度も口にしたこと、おまえには遺体の特定はできないと言ったことの理由がわかった。

つぶれているのは足だけではなかった――顔もだ。ネズミに食べられたのだ。なにもかもが消え失せていた。目、鼻、唇。残っているのはぐちゃぐちゃの赤い固まりだけ。髪やとがった鼻骨、頬骨、歯がなければこれが人間だとはわからなかったかもしれない。人の顔とはかけ離れていて、気持ち悪ささえ感じないほどだ。

だがどんな状態であれ、これがグレンだということにファビアンは確信を持っていた。断言はできなくても手がかりがいくつもある。ここがグレンの職場だということ、行方がわからなくなっていたこと、そしてヨルゲンとともにクラースを攻撃するときはいつも足を使っていたことだ。

エイナル・グレイデが合図すると、助手たちは慎重に遺体を横向きにさせた。グレイデは脇に膝をついて、後頭部にある傷を示した。

「ご覧のとおり、遺体は後頭部に強烈な一撃を受けている。通常、大量の出血を伴うものだ」と傷のそばの血で固まった髪のあたりを指した。「だが頭の下の床を見ると、血痕はまったくない」

「ではもっと早い時点で殴られたということですか？」

グレイデはパッと顔を輝かせた。「筋がいいじゃないか、この新入りは」と近くにいる人間に呼びかけ、助手に死体袋に遺体を移すよう手振りで指示した。「ついてこい。医者が言うにはわたしは運動不足らしい」

ファビアンはグレイデのあとから、美しいマイホームをつくるための夢が詰まった棚が並ぶ店内を歩いていった。

「ここに来る前に死んでいた可能性もあるわけですね？」

「いや、もっと早い段階で頭に一撃を受けたというだけだ」グレイデはペンキコーナーのカウンターにあった皿からキャンディをこっそりつかんだ。「だが彼が死んだのは三日か四日前のことだろう」

「先週の木曜か金曜あたり？」

グレイデはうなずいた。「まだ確定事項とは言えないが、死因は顔からの失血によるものだろう」とキャンディの包みを剥がして口のなかに放りこんだ。「もしネズミが傷口を開きつづけなければ、彼はまだ生きていたはずだ」

「では苦しみから解放されて感謝すべきだと？」

「それは見方次第だな」

「犯人が被害者の死を願っていたとすれば、ネズミは偶然じゃない？」

「もっと調べる時間が必要だが、顔がなにかネズミを引きつけるものに覆われていたとしても驚かないね」

「例えば？」

「はちみつとか、カレス・キャビア、レバーペースト。やつらはなんでも食うからな」

ファビアンの電話が鳴った。トゥーヴェソンだ。

「女の子が見つかったわ」

21

〝理由？　ファッベに聞け〟

ファビアンはトゥーヴェソンのオフィスで彼女の向かいにすわり、その手書きのメモを見つめていた。

もっともな質問だった。なぜこんなに愚かなことをしたのだろう。なんの関係もない若い女性を捜査に引きずりこみ、危機的状況に陥れた。その結果彼女は死に、犯人はこれ以上なくはっきりと語っている。メデ・ルイーセ・リースゴーは計画のうちに入っていなかったと。

「デンマーク警察が車のトランクのなかで彼女を見つけたわ」トゥーヴェソンは憤懣《ふんまん》やるかたないという口調で言った。

「メモは？」

「口のなかに押しこまれていた」

ファビアンは目を閉じ、自分の判断の結果が重くのしかかるのを感じた。週末のあいだ恐れていた事態がいま現実になったのだ。

「ファビアン。これでこの事件が大きく前進したのはまちがいないわ。でもそのコストは……測りしれないものよ。いまデンマーク側には生死をさまよっている警官と殺された若い女性がいる。彼らはわたしたちのせいにしているわ──スウェーデン警察の」

「スウェーデン警察？　おれの責任です」

「そのとおりだけど、わたしはチームを守る」トゥーヴェソンはファビアンの目を見て言った。「許可を得ずに単独行動をしたり、それを報告しなかったとしてもね。でも、そう、彼女が殺されたことはあなたの責任よ、あなたが一生背負っていかなければならないこと」

ファビアンはうなずいた。同意するほかなかった。自分はこうなることをほんとうに予測できなかったのだろうか。

「マルメから帰ってきたところなんだけど、デンマーク側から苦情が来たそうなの。マルメ警察とともに、こちらの対応に落ち度はないと主張することにしたわ。なんといっても、わたしたちはスライズナーに連絡を取ろうとしたんだもの。それにモーデン・スティーンストロプが単独行動したのも、彼が規則に反して自分で決めたことよ、それはわたしたちが責任を負うべきことじゃない」

トゥーヴェソンの話がどこに向かっているかわかった──ファビアンのバッジと通行証を取りあげ、捜査から外すつもりだろう。もちろんそれは合理的な判断だ。しかし、もう止まることはできなかった。もはやただの事件ではなくなっている。個人的な問題だ。あのメモがいうとおりだ……〝理由？　ファッベに聞け〟。

「捜査からあなたを外して、休暇に戻らせるべきなんだけど……」トゥーヴェソンはもう一度考える必要があるというように口をつぐんだ。「残念ながらこの事件にはあなたが必要よ」そこで立ちあがった。「ほかのみんなが待ってるわ」


クリッパン、モランデル、そしてリーリャはすでに会議室に集まっていた。だれもなにも言わなかったが、三人目の被害者が出たことは知っている。事件との関わりはファビアンだけだったデンマーク人の若い女性。

「みんなそろったから、ファビアンには引き続きこの件に取り組んでもらうことを知らせておくわ」

クリッパンとモランデルはうなずいて、ファビアンのほうに笑顔を向けた。だがリーリャの表情は変わらなかった。

「イレイエン？　なにか問題が？」トゥーヴェソンが尋ねたが、リーリャは首を振った。

「よかった、今後はこれまで以上にチームとしてお互いを支え合わなければならないから」とひとりひとりの目を見ていった。ファビアンとは目を合わせなかったが、言いたいことははっきりと伝わった。いまの言葉はほかのだれでもなくファビアンに向けて言ったものだ。「いいわ、始めましょう」

直近の動きを、グレン・グランクヴィストの大人になってからの写真と殺害現場の写真、ふたりの容疑者クラース・メルヴィークとルーヌ・シュメッケルの写真とともに検証していった。

「イングヴァル、まだ作業の途中だと思うけど、マクドナルドの包み以外になにか見つかった?」とトゥーヴェソン。

「ああ、実は」モランデルは太字の黒いマーカーが入った証拠品袋を持ちあげた。「残念ながらきわめてきれいなものだった。犯人にユーモアのセンスがあるか、被害者ひとりひとりに新しく写真を印刷したのでは環境に負荷がかかりすぎると考えていることの証拠になるだろう」袋からマーカーを取りだすと、ホワイトボードに貼ってある集合写真に近づいてグレンの顔を×印で消した。

トゥーヴェソンはため息をついて首を振った。「わたしたちをおちょくってるわね」

「プジョーのほうは?」ファビアンが尋ねた。「こっちに向かってるんですか?」

「しばらくかかるでしょうね」とトゥーヴェソン。「スライズナーという男は自分たちだけで解決できるように、あらゆる手を使って引き延ばしにかかるはずよ」

「なんだって? これはおれたちの事件だぞ!」とクリッパン。

「向こうから見れば、事件はあちらの管轄で起きてるわ。若い女の子が殺されて、警官が瀕死の重傷を負った。『エクストラ・ブラデット』紙は彼をすでにこの十年におけるヒーローと呼んでいるらしいし」

「どの十年？　二〇一〇年代は始まったばかりだ」とモランデル。

「そこに深入りするつもりはないわ……時間があり余ってるわけじゃないんだから。マクドナルドのほうはどうだった？」

「オーストルプの半径二十キロ以内に八店舗あった」とクリッパン。「だが日替わりメニューをやっている店は六軒だけ。エンゲルホルムに一軒、ヘルシンボリに三軒、エードオークラに一軒、ヒッリンゲに一軒だ」

「チリ・マックフェスト・デラックスは何曜日に売ってるんだ？」とモランデル。

「木曜だ、だから一致する」

「店員がメルヴィークかシュメッケルを覚えていないか聞きこみをする必要があるわね。やってくれる、クリッパン？」とトゥーヴェソン。

「了解」

それからリーリャに書類を手渡した。「あなたとファビアンで、これを担当してほしいの」

「なんですか？」

「シュメッケルの自宅の捜索令状よ」

「どうやったんだ？」クリッパンが言った。「明確な動機も物証もない。いまのところ、あいつを指し示しているのは車だけだ」

「それだって盗まれた可能性もある」とモランデル。

「ならなぜ届けないの?」とトゥーヴェソン。

「それだけじゃあ法廷では通用しない」とクリッパン。「主任検事のスティナ・ヘーグセルという女は、まさにそう言ったよ」

「そうね、でも彼女の元夫はデンマーク人らしいのよ」


フーゴ・エルヴィンの椅子にすわったファビアンは、途方に暮れていた。探しあてたものがどこにもつながらない。グレンが殺されていたこと、彼の足が砕かれていたことは予想どおりだった。あらゆる兆候はクラース・メルヴィークを指し示している。動機をもつ者がいるとすれば、それはクラースだ。だがクラースはどこに消えた? リーリャは一九九三年以降の足取りをつかめていない。煙のごとく消えてしまったようなものだ。

それにルーヌ・シュメッケルとは何者だろう。彼の車はほんとうに休暇中に盗まれたのだろうか、それともヨルゲンやグレンとなんらかのつながりが――教室以外でのつながりがあったのだろうか。ふたりが殺されたことは学校時代のこととはなんの関係もないのかもしれない。クラス写真は捜査をかく乱するために置かれたのだとしたら? ファビアンは椅子にもたれ、どうつながっているか解き明かそうとすればするほど、答えから遠ざかっていくのを感じた。

ひと息入れることにして、フーゴ・エルヴィンのデスクのいちばん上の引き出しを開けた。空だった。なにも入っていないことに戸惑って、次の引き出しも開けた。その引き出しも空だった。三番目も。最後の四段目には鍵がかかっていた——だれにも覗き見されたくないというエルヴィンからのメッセージだ。ファビアンは携帯電話を取りだして自宅に電話した。

「はい、リスクです。あたしはマティルダ」

「やあ、マティルダ。パパだよ。そっちはどうかなと思って電話してみたんだ」

「地下室に幽霊が出たの」マティルダは生死に関わる問題だというような口ぶりで言った。「ママと一緒にママの絵筆を探しに行ったら、電球が切れたの。交換したんだけど、それも切れちゃったんだよ」

「ショートしただけさ」

「ううん、ヒューズもチェックしたんだけど、どこもおかしくなかった。ママも絶対幽霊がいるって」

「もしいるとしても、いい幽霊だと思うな。ママはいるか？」

「ママーーーー！　パパだよ！　幽霊なんていないって！」

「もしもし？」

ファビアンはソニアの声音を聞きとろうとしたが、なんの感情もあらわになっていなかった。電話したのは捜査が進展せずいらだっているうえ、若い女性の死という責任がのしかかっていることを話したかったからだ。自分の気持ちをだれかに聞いてもらいたかったのだが、いまのソニアに話すのはやめたほうがよさそうだった。

「地下室に幽霊を訪ねたんだって？　人懐こかったかい？」

「あなたが超常現象なんて信じてないのはわかってるわ。でもここの地下室は狭すぎる」

「狭すぎるってどういう意味だ？」

「本来あるべき広さより狭いってこと。隠し部屋があるのに、そのドアがないっていう感じ」

「隣の家のものになってるんじゃないか？」

「かもね、でもオーブンも見つけたの。ここにあったって知ってた？」

「いや。どんなオーブンだ？」

「パンを焼く薪オーブンよ、つくりつけの。かなり大きいわ。マティルダと使えるかどうか試してみましょうって言ってるの」

「それはどうかな。うろ覚えだが、不動産業者が煙突がふさがれているとか言っていた気がする」

「あら、残念ね」

ソニアが言っているオーブンがどんなものかはわかっていた。ヴェルムランドの祖父母の家にも同じようなものがあったからだ。それに火がついているところを見るのは楽しかった。パンやピザを焼くと、リビングルームにある大きな石のベンチも温まった。煙が煙突に吸いこまれる前に熱がベンチに伝わるように、祖父が自分で設計して作ったものだった。彼の大きな誇りであり喜びだった。

ファビアンは一度姉とかくれんぼをしていたときに、そのオーブンのなかにもぐりこんだことがある。姉は探すのをあきらめ、ファビアンは前日の温かさが残っている庫内が気持ちよくてそのまま眠ってしまった。一時間後、祖母が火を入れようとして彼が寝ているのに気づいたのだ。大人になるまでそれがどれほど危険なことか、ファビアンはわかっていなかった。

「ところで今日テオと話した？」ソニアが尋ねた。

「時間がなくて。また犠牲者が出たんだ」

「クラスの人？」

「ああ。グレン・グランクヴィスト。ヨルゲン・ポルソンの親友だった」

「なんてこと。もしかしてもっと――」

「ソニア、それはまだわからない。いまはどの方向に転んでもおかしくないと思ってる」

「わかったわ」ソニアはため息をついた。「あなたが解決してくれるのを願ってる」

「きっとそうするよ」

「そうね。今日は忙しいでしょうけれど、テオに電話する時間をつくってほしいの。インターネットがつながったら、部屋に閉じこもって出てこないのよ。パソコンの前に釘で打ちつけられたみたい」

「今日中に話してみるよ」

「愛してるわ」

「おれも愛してるよ」

電話を切ったあと、ファビアンは息子の振る舞いについて考えた。ソニアの言うとおり、テオドルはあまりしゃべらないし、大半は自分の部屋に閉じこもっている。昨日ビーチに行ったときもひとり離れたところですわっているか、シュノーケルをやっていた。だが十四歳の少年としてはまったくふつうの行動ではないか？　自分も両親に対し同じような態度で接していたのではなかったか？

ソニアの意見はまったく逆だった。テオドルにはもっと父親と過ごす時間と、男性のロールモデル――夜十時前に帰ってくる男性の――が必要なのだと考えていた。彼女の言い分は正しかったが、ファビアンが留守がちなことだけでテオドルの振る舞いを説明できるとは思っていなかった。息子は引っ越しをきっかけにいっそう内に閉じこもるようになったのではないだろうか。

テオドルの携帯電話に電話をかけながら、家から持ってきたイヤーブックをパラパラめくっていった。なんの実験だと言いたくなるような髪形をしたニキビ面の生徒たちの顔が延々と続いている。

「はい」うんざりした声が聞こえた。

「やあ、テオ。なにしてるんだ？」

「なにも。〈コール・オブ・デューティ〉をやってた」最近のテオはそれしかやっていない。爆撃を受けた街でプレイヤーを操り、敵の兵士たちを狩る。ほとんどの子どもがビデオゲームと現実の区別をつけていることはわかっているが、息子はパソコンの前であまりにも長い時間を過ごしている。心配せずにはいられなかった。

「なあ、友だちがみんなストックホルムにいて辛いのはわかるが、八月に学校が始まったらきっと……」

「母さんから電話するように言われたの？」

「いや、だが母さんはおまえが部屋に閉じこもって、なにもしたくないと言ってると心配していた」

「だって、ここじゃなにもすることないし」

「あるじゃないか！　ヘルシンボリは広場にホットドッグの屋台が一軒しかない田舎町じゃないんだぞ」

「じゃあ、なにをしろっての？」

ファビアンは十代の息子がヘルシンボリでなにをすれば楽しめるのかさっぱりわからなかった。自分が若かったころと比べて街は劇的に変わった。ヘルシンボリは古い殻を脱ぎ捨て、灰色のありふれたスウェーデンの街から、美しい海岸通りやカフェ、ボードウォークのある魅力的な都市に変貌している。だがテオドルはカフェやボードウォークにはなんの関心も持っていない。もしかすると、自分とソニアがスウェーデン・ロック・フェスティバルに行くのを許さなかったことをまだ根に持っているのではないだろうか。

「今夜ふたりで出かけないか？　おれたちだけで」その言葉が口から出た瞬間、ファビアンはパラシュートを持たずに崖から飛び降りたような気持ちになった。

「例えば？」

「外で飯を食って映画でも見にいこう。それともいいコンサートでもやってるかな？」

「チェックしたよ。このへんでコンサートがあるのはソフィエロ城だけだった」

「だれが出るんだ？」

「だれも。ていうかザ・アークとか、ケントとか、ロビンとか……そういう人たち」

「ケントにしよう。けっこうハードな曲もやってるし」自分の言葉がいかにばかげて聞こえるかに気づいて、ファビアンは舌を噛みたくなった。

リーリャが部屋に来て、ついてくるよう合図した。

「なあ、そろそろ行かなくちゃ。考えておいてくれ、あとで話そう」

「わかった」テオが言ったのはそれだけだった。

ファビアンは電話を切った。

22

その錠前のシリンダーには鍛鋼《たんこう》のロック機構が用いられ、侵入を難しくしていた。ばね仕掛けのピンは硬質のクロームメッキが施されており、ふつうのチャブ錠とはちがって、高い防犯性を有している。このドアを開けるには鍵で内部のピンを正しい位置に持ちあげ、正確な角度でまわさなければならない。ところがその鍵がなかった。代わりに錠前師は水冷式の六ミリのダイヤモンドドリルを使って、百分の一ミリという精度でピンを次々切断していった。

数分後、錠前師はシリンダーからドリルを引き抜くと、穴にフックを差し入れて回し、ドアを開けることに成功した。ファビアンとリーリャが狭い玄関ホールに足を踏み入れると、床には郵便やチラシ、雑誌の山が築かれていた。いちばん上にあるのは、〝四百万歳の女性〟という見出しとともに、ところどころ欠けた頭蓋骨の写真が載っている七月号の『ナショナル・ジオグラフィック』誌だった。

右側にリビングルーム、左手にキッチンのあるゆったりした間取りの家だった。目の前に階段があり、二階に続いている。ルンドの古い地区にあるこの家は一七〇〇年代に建てられたものだが、入念な改築がなされ、モダンな雰囲気に生まれ変わっている。

被害者――この場合は容疑者だが――の家を初めて訪ねるとき、ファビアンはひとりのほうがやりやすいと思っていた。別の人間の声ではなく、部屋の声に耳を澄ませたいからだ。捜査に役立つ手がかりを見逃すわけにはいかない。ほんの些細なことが事件の全体像を示す重要なピースになることがままあるのだ。

リーリャも同じ考えの持ち主のようだった。彼女はなにも言わずに階段を上って二階に姿を消した。

クリッパンが指摘したとおり、ルーヌ・シュメッケルが犯人だという確固とした証拠はなにもなかった。シュメッケルのリビングルームの真ん中に立ったいま、ファビアンはあることが気になってしかたがなかった。どうしても腑に落ちないことだ——ルーヌ・シュメッケルとは何者なのだ？

部屋にはほとんど家具がなく、ビンテージものの〈ニューポート〉の薄茶色のソファと、使いこまれた〈ブルーノ・マットソン〉のチェアとオットマンが窓辺に置かれているだけだった。テレビは見当たらず、〈バング・アンド・オルフセン〉のステレオがあった。壁には額に入った田園風景や旧市街の家並みのモノクロ写真がかけられている。これらの写真はスペインやイタリア、ポルトガルあたりで撮られたものだろう——どこかはわからないがスウェーデンやデンマークでないことはまちがいない。窓辺には鉢植えのたぐいはなく、ペットもいないようだ。うっすら積もった埃を別にすれば、この部屋は清潔で片付いており、すべてがしかるべき場所に納まっているように見えた。シュメッケルが姿を消したのは計画の上でのことだったのだろうか、それとも休暇に出かける前はきちんと掃除をしていくタイプなのだろうか？

壁際に設置されたステレオに歩みより、電源を入れた。ＣＤがまわりはじめ、すぐに小さなスピーカーからクラシック音楽が流れはじめた。クラシックに関する知識はゼロに等しい——試してみようと思うたび、ゴルフや狩猟、ビンテージワインと同じように、自分には向いていないと思うのだった。ステレオの上に置かれていた空のケースを見て、それがベルリオーズの『幻想交響曲』だと知った。〈ブルーノ・マットソン〉のチェアにそろそろと腰をおろして背中を預けると、奥行きと深みのある音に圧倒された。これは小さなサテライトスピーカーの音じゃないとあたりを見まわすと、ソファの裏に大型のサブウーファーがあった。

オットマンに足をのせて目を閉じる。クラシック音楽はこうして楽しむものなのだ。ゆったりした椅子、よいステレオ、そしてなによりも、完全な孤独。目を開けたとき、この部屋にいると世界から切り離された感覚になることに気がついた。シュメッケルには親しい親族や友人はいないかもしれないが、自由な時間は本を読んだり音楽を聞いたりして自己を高めていたのだろう。

椅子から立ちあがり、造りつけの本棚がある反対側の壁に近づいた。床から天井まで、およそ七、八段の棚がある。一角にはCDもあるが――大半はオペラやクラシック、少しジャズも交じっている――ほとんどが本で占められている。かなりの読書家のようだ。二段は文学作品、あとはノンフィクションが並んでいて、いくつかのカテゴリーに分けられている。〝医学〟〝自衛と護身術〟〝物理学と生物学〟――すべて細かくラベルが貼られている。

心理学のコーナーにいくつか気になるものがあった。『死にたくない、生きていたくない』、『わたしのせいではありません――責任の取りかた』、『攻撃と寛容』、『アンガー・マネージメント――医療関係者のための完全診療ガイドブック』。

最初この家に入ったとき、シュメッケルは孤独だが調和のとれた人物、生活に上質なものを取りいれて楽しむことのできる人物だと思った。ところが本棚を見ていると、まったく異なるイメージが浮かびあがってくる。自己評価の低い人間――いじめの被害者だった可能性もある。

棚からアルバムを引き抜いた。最初の数ページは南ヨーロッパへ旅行に行ったときのものだった。それからルンド病院でのハロウィン・パーティのもの。そのうちの一枚で、シュメッケルは血まみれの扮装をして、マジパンらしきものでできた、ちぎれた指を噛んでいた。患者の体内に医療用クリップを置き忘れたという不祥事を考えれば、これを世間に見てもらいたかったかどうかファビアンは疑問に思った。残りのページをめくったが、それ以上写真はなかった。

新たなテクノロジーの問題点は、みな写真を現像しなくなったことだ。代わりにハードディスクに保存する。見つかるものといえば、手書きのコメントが添えられた大昔の写真ばかりだ。

そのときファビアンははっとした。部屋を見まわして、ここには彼の子ども時代や十代の頃のものがなにひとつないことに気づいた――KISSやザ・フーなどの懐かしいレコードが一枚もない。ファビアンの場合はデュラン・デュランだが。ここにあるのは趣味のよい成熟した聴き手のための〝大人〟の音楽ばかり。同じことは本棚にも言える。ＳＦの

『銀河ヒッチハイク・ガイド』や青春小説『モール君のおとなはわかってくれない』もない。まるでシュメッケルに青春時代が存在しなかったかのようにまるごと消されている。

リビングルームからキッチンへ移動した。ワインクーラーには地域と年代ごとに並べたフランスワインが詰まっていた。ルーヌ・シュメッケルは徹底的な趣味人だ。が、ステンレス製の冷蔵庫を開けると、いきなり悪臭に襲われ、吐きそうになった。冷蔵庫のなかも清潔で空っぽだと決めこんでいたが、そうではなかった。腐った野菜や古い牛乳に加え、カニが半分皿に残っていた。死んでいるにもかかわらず、カニは人を殺せそうなほど鋭い爪を持っていた。これまで見たことから判断して、冷蔵庫のなかに生のカニを放置して腐らせるのはシュメッケルの流儀ではない。言いかえれば、彼は意図して家を離れたのではないということだ。

腐った食べものがほんとうになにかを意味するのか、それとも誤った手がかりとしてわざと置かれたものなのか確信がもてず、ほかにヒントはないかキッチンを調べつづけた。食器棚やパントリー、冷凍庫にはなにもおかしなものはなく、最後に引き出しを調べた。一段目にはカトラリー、二段目はさまざまなキッチン道具、三段目は雑多なものがごちゃごちゃに詰め込まれていた。ペン、消しゴム、昔のコイン、輪ゴム、セロテープ、なにも書かれていないノート、鍵数本。そのうちの一本は車のキーのようだった。手に取って目を凝らすと、頭のところに〝プジョー〟と刻印してあった。

あることを思いつき、ファビアンはそのキーをポケットにしまった。

23

身体の左側が冷たい鋼鉄の壁に押しつけられている。反対側はせいぜい三、四センチの隙間しかない。彼女が寝ているスペースは狭く、暗く、そして寒かった――正確に言うと氷点下二十二度だ。電気をつけても明るくならないだろう。だが極寒の薄暗い場所に裸で横たわっていても、彼女は少しも寒くなかった。

ドゥニヤ・ホウゴーは遅刻する人間が嫌いだった。他人の時間を無駄にするのは無礼の極みだと考えていた。自分の時間ほど大切ではないと言っているのと同じことだ。オスカ・ピーダスンはいつもどおり遅れていたので、壁際に並ぶ保冷ストレージからメデ・ルイーセ・リースゴーと書かれたものを引きだした。黒っぽい髪が扇のように広がった若い裸の女性を見つめる。彼女は美しく、唇のピアスと右肩に入れたダイヤモンドのタトゥーを別にすれば、どこも損なわれていなかった。人生はまだ彼女を蝕んではおらず、その痕跡も残していない。死に先を越されたのだ。メデ・ルイーセは生きているように見えた。ただぐっすり眠っているだけのように。なんてもったいない、とドゥニヤは思った。こちらへの連絡を怠るなんて、スウェーデン警察はなにを考えていたのだろう。危険な殺人犯がガソリンスタンドに来るかもしれないということはわかっていたはずだ。

背後のドアが開いて、オスカ・ピーダスンがいつもの人を見下すような笑顔を浮かべて入ってきた。遅刻のことなど少しも気にしていない笑顔だ。

「やあ、べっぴんさん。どうやらお行儀よく待っていられなかったようだね。なにか見つかったかい？」

「今日はわたしの意見を聞く日ではありません。あなたの意見が聞きたいわ」

「ほんとうにもったいない。彼女はまちがいなく十点満点だよ、そう思わないか？　この子が振りまくはずだった喜びを考えてごらんよ」彼は自分のジョークに笑った。

ドゥニヤはピーダスンが好きではなかった。彼が検視官になったのは、絶対に不純な動機からに決まっている。女性の被害者、特に若い女性が台に乗せられると途端に上機嫌になるが、不幸にして、彼がデンマークでも有数の病理学者であることは否定できない事実だった。この職に就いて三十年、手がかりを見逃したり死因を特定できなかったことはただの一度もない。

「犯人は人の殺し方というものを心得ている。ここを見てごらん」ピーダスンは被害者の頭をうしろに傾けて首をあらわにすると、頭を左右にひねった。「わかったかい？」

ドゥニヤはうなずいた。喉の両脇に小さな痣がひとつずつある。

「犯人は親指と人差し指だけで被害者の首を絞めている。やって見せよう」と自分の指を使って実演を始めた。「人の首を絞めるのにもっとも効率的なやり方のひとつだよ」ドゥニヤはピーダスンの鉤爪のような手から後ずさらないように身を硬くした。「素人がやるように両手を使って首全体を絞めるよりずっといいんだ。その場合は死に至るのに少なくとも十五分はかかるからね。この犯人のように予習をしてきてくれたら、世界の苦しみをかなり少なくすることができるんだがね」

冗談なのかどうか判然としなかったが、ドゥニヤは彼の言葉を真面目にとらえることにした。「犯人はさまざまな殺人の方法について訓練を受けているかもしれないということですか?」

「そうかもしれないが、基礎的な解剖学の知識と非情ささえあれば充分さ」

ドゥニヤはエレベーターに乗りこみ、緑のボタンを押した。身体が上昇するのを感じ、すぐに呼吸が楽になった。地下は苦手で、なぜ遺体安置所がいつも地下にあるのか理解できなかった。死者にとってはどちらでも変わりないかもしれないが、上の階に移せば病院で働く人々の生活は向上するはずだと信じていた。一度に三十分以上いることは耐えられない。

もう何階かあがってモーデン・スティーンストロプと話がしたかったが、彼はいまも手術台の上で意識不明のまま眠っている。医師たちはまだ今後の見通しについてなにも明らかにしていない。ドゥニヤにできるのは祈ることだけ——彼のためだけでなく、捜査のためにも。レリンゲのガソリンスタンドでなにが起きたのか、正確に証言できるのはいまのところモーデンだけなのだ。

売店の横を通りすぎると、モーデンの顔がどの新聞にも載っているのが目に入った。この週末で彼は偉大なヒーローになった。キョーゲのしがない警察官が重傷を負いながらもあきらめずにたったひとりで殺人犯と格闘したのだ。ドゥニヤに言わせれば、彼のとった行動は愚の骨頂だった。警察学校で習ったことすべてに反するだけでなく、常識にも反しているからだ。だが世間はヒーローを望んでおり、彼が生死をさまよっているという事実はそれに拍車をかけるだけだった。彼がカバの赤ちゃんだったらもっと大きなニュースになっていたわね、と考えながら正面玄関から外に出た。

自転車でラヴンスボー通りを走ってノアブロ劇場を過ぎ、左折してノエブロー通りに入ったところで電話が鳴った。止まらずに応答する。

「電話をもらったようだが」鑑識のケル・リイタだった。

「ええ。プジョーのほうはどうなってる？」ドゥニヤは尋ねた。

「問題ないはずだ。もうそろそろ署に到着するだろう。プジョー社に連絡してキーの複製を頼んだが、休暇シーズンだから少なくとも二週間はかかると言われた」

「まだ調べはじめてないの？」

「そんな時間どこにある？　おれはまだレリンゲだ。ここに来たことがあるか？　クソみたいな場所だぞ。週末は子どもたちが胃腸炎にかかって、ソフィーイを手伝わなきゃならなかったんだ」

「いいのよ。気にしないで」ドゥニヤは子どもがいなくてよかったと思いながら、ルイーセ女王橋を渡った。この橋を一度渡るだけで煙草半箱分の排気ガスを吸うことになるのに、大勢の人がジョギングをしている。「あなたに時間がないならスウェーデン側に引き渡すことを考えてもいいんじゃない？　向こうは調べたくてうずうずしてるって聞いたけど」

「おれもスライズナーにそう言ったんだが、スウェーデンとのごたごたが解決しないかぎり、あっちにはなにも渡さないだろう。スライズナーがあのムードになったらどんなだかわかるだろ」

〝あのムード〟がどんなものかドゥニヤにもよくわかった。スライズナーを敵にまわしたら、もうそこにはいられない。彼ほどやっかいな男はいなかった。怒ったアナグマのように骨が折れる音を聞くまで獲物を離さないのだ。警察学校時代から彼の噂は耳にしていたが、大げさな話だと思っていた。だがスライズナーが上司となったいまは、それが事実だと思い知っている。

「でも二週間も手をつけずにただすわっているわけにはいかないわ。スウェーデン人に来てもらって調べてもらったほうがいいんじゃない？」

「巻きこまれるのは勘弁だ。スライズナーを刺激したいなら自由にやってくれ。だが面倒な事態になってもおれの協力はあてにするなよ」

電話を切ったころには、もともと悪かったドゥニヤの機嫌はさらに悪くなっていた。スライズナーの強情な性格以外にスウェーデン警察と協力しない理由などあるのだろうか。クルトルヴを走りながら、署に着いたらすぐにヘルシンボリ警察に連絡してみようと決めた。向こうにも自分と同じように考えている人間がいるはずだ。

24

「おもしろいものは見つかったか？」ファビアンは二階の寝室に入っていった。リーリャはベッドの向こうで、サイドテーブルに積まれた本の背表紙をチェックしていた。ここにも〈バング・アンド・オルフセン〉のステレオがあり、リビングルームの壁にかかっていたのと同じ田園風景の写真が大きく引き伸ばされて飾られていた。

「どうかしら」リーリャは両手をあげた。「正直言って、この男が理解できないわ。一方では――なんと言うか――きちんと人生をコントロールしている分別のある人に見える。趣味がよくて読書家だけれど、几帳面すぎて人格障害すれすれなんじゃないかとも思う」

ファビアンはうなずいた。リーリャも自分と同じ混乱した結論に至ったようだ。

「でもこんなものを見つけると、それまでの評価があっけなく崩れるけど」と〝睡眠日記〟と手書きされた青いノートを差し出した。

めた。

「睡眠日記？　なんだそれ？」

「自分で読んでみて」

ファビアンはノートを開いた。どのページも手書きの文字でびっしりと書きこまれ、各ページの右上の隅に日付と時間が記されていた。ファビアンは一節を声に出して読みはじめた。

「〝一九九四年三月二十日、午前三時十二分。できるかぎり早く走っているのに、スローモーションでしか進まない。やつらはどんどん近づいてくる。鋭い牙をした狼ども。エレベーターにたどり着いてボタンを押したのになにも起こらない。できるだけ強く叩くと、やっとドアが開いた。死にたくなるほどゆっくりと。やつらに追いつかれた。わたしはなにもしなかった。したかったが動けなかった。身体が麻痺してしまったかのようにただその場に立ちすくんで受け入れた。やつらの顔に唾を吐きかけたかったが、そうはせずにいた。するといちばん小さい、八歳くらいの子どもが近づいてきてわたしを押した。まったく予期していなかったせいでバランスを失い、崖から転がり落ちた……〟」ファビアンは読むのをやめて顔をあげた。「夢日記か？」

リーリヤはうなずいてノートを受けとり、最後のページを開いた。「〝二〇〇一年九月十二日、午前五時三十八分のところを聞いて……　〝彼は倒れた。わたしは白いナイキが真っ赤になるまで彼を蹴りつづけ、その顔がもはや顔でなくなるまでやめなかった〟」そこでファビアンの顔を見た。「聞いたでしょ。健全な精神状態とは言いがたいわ」

ファビアンもその意見に賛同し、リビングルームで見つけた自己啓発本のことを話した。ふたりはモランデルにあとを任せ、なにか見過ごしている手がかりがないか家じゅうを徹底的に調べてもらうことにした。二階の廊下を歩いていて、ファビアンはふと足を止めた。

「屋根裏部屋は確認したか？」

「いいえ、それらしきものはなかったわ。部屋は全部確認したけど」

「じゃあこれはなんのために必要なんだ？」と言って、戸口の釘にぶら下がっている細長いスチール製の棒を持ちあげた。白く塗られて片方の端にフックがついている。

リーリャは肩をすくめ、ファビアンは天井を見あげながら歩きはじめた。リーリャの言うとおり、どの部屋にも屋根裏部屋へのハッチらしきものは見当たらない。自分でもなにを探しているかわからないまま、椅子に乗って傘を逆さまにしたような天井の照明を調べはじめた。フックをかけて力を入れると手ごたえがあって、急な階段が引き下ろされた。

階段を上った先にあった暗い屋根裏部屋は、天井が低くて身をかがめなければならなかった。リーリャが明かりをつけたとき、ファビアンは自分の抱いたシュメッケルに対する第一印象がまったくの見当違いだったとわかった。屋根裏部屋はファビアンの自宅と同じようにアトリエとして使われていたが、こちらはかなり狭く、天窓もない。絵筆はきれいで、先を上にして瓶に立てられていた。絵の具は色ごとに並んでいて、ソニアの芸術家的なカオスの空間とはまるでちがっている。

「うそ。ちょっとこれ見て」リーリャが一枚のカンバスを持ちあげてイーゼルに乗せた。

大胆な色と筆遣いの抽象画ではあったが、描かれているのはつぶれた人間の頭だという
ことに疑問はなかった。ソニアならシュメッケルには才能があり、この絵も興味深いと言ったろうが、ファビアンは嫌悪しか感じなかった。白い背景に肩から切り離された頭がふわふわと浮かび、腱《けん》や血管は首にぶら下がっている。鼻はつぶれ、顔の左半分が切りとられ、腱や骨、眼窩があらわになっている。

「なんとも言いがたい絵だけど、才能はあるようね」リーリャはほかのカンバスもいくつか掲げてみせた。どれも痛めつけられた身体の一部分が描かれている。一枚は血まみれの斧とともに切断された足が描かれていて、また別の一枚ではおよそ二十か所の刺し傷のある上半身にナイフが突き刺さったまま身体を四五度ひねったところをとらえている。

「あなたがどう考えているかわからないけど、こういうものを創造したいと思う人間はわたしたちが追っている犯人像と合致すると思うわ」とリーリャが言った。

「同じ人間だとどうして言える？」ファビアンが尋ねた。

「どういうこと？」

「おれもよくわからない。下の部屋に住む男は精神的な調和がとれた人間そのもののように見えるが、この家は表面的すぎて彼の本心が見えるものがなにもなく、ほんとうはどんな人間なのだろうと思わずにはいられない。ところがこの屋根裏部屋に来てみると、個性があふれるまるでちがう男が住んでいるように思わされる」

「もしかして下宿人？　車も借りてるとか？」

「寝室は二階にひとつしかなかっただろ」

リーリャはうなずいた。

ふたりは黙りこんで別々に屋根裏部屋を見てまわった。ふたりとも考えて理解する時間が必要だった。絵の具のチューブやイーゼル、風変わりな絵をくまなく調べた。絵筆が差してある瓶の向こうに、縁の青いペンキが剥げた金属の箱があった。ファビアンは慎重にその箱を持ち上げてふたを開けた。五十枚ほどのポラロイド写真が入っている。その殴られて腫れあがった顔を見た瞬間、すべてがつながった。

十二月十六日

昨日病院に行った。

あいつらが中庭で待ち伏せしていた。逃げたけど、捕まって遊び場まで連れていかれた。自分を守ろうとしたけど転んでしまい、繰り返し蹴られた。最初はすごく痛かったけど、そのうちなにも感じなくなった。気にするのをやめたみたいに。あいつらは笑いながらいろんな種類の蹴りを見せ合ってた。そのうち男の人が近づいてきて、あいつらを怒鳴りつけると逃げていった。

起きあがろうとしたけどできなかった。まわりがぐるぐるまわっていた。男の人が助けてくれて名前を聞かれた。頭から血が出ているから病院に行かないとだめだと言われた。何度も聞かれたけど名前は教えなかった。やっとその人がいなくなったから家に帰ったけど、痛くて時間がかかった。

家に帰ると母さんが泣きだした。これまで母さんが泣いたところを見たのは一度だけ、父さんとけんかしたときだ。でもこんな感じじゃなかった。ぼくはけんかに巻きこまれたと言った。自分が悪かったんだと。同じクラスの友だちかと聞かれたから、知らないやつだと答えた。たぶん信じたはずだ。

いいこともあった。肋骨が二本折れていて、脳しんとうを起こし、深い切り傷がふたつあったから、クリスマス休暇まで家にいられることになった！

P.S. 家に帰るとラバンが眠ってるみたいにケージのなかで横になっていた。でも眠ってはいない。ぼくは背中に針を刺してラバンを起こした。最初はキーキー鳴いて逃げようとしたけど、ぼくは思いっきり強くラバンをつかんだ。そしたらラバンはケージのなかをだれかに追われているみたいにぐるぐるまわりはじめた。最高におもしろかった。

25

「たしかなの？」トゥーヴェソンはテーブルに広げられた、殴られた顔が写ったポラロイド写真を見つめた。

「はい」ファビアンはきっぱりと答えた。ルンドの屋根裏部屋でこの写真を見た瞬間、思い至ったのだ――クラース・メルヴィークとルーヌ・シュメッケルは同一人物だと。「明確な動機があるだけでなく、ヨルゲン及びグレンの殺害とプジョーともつながります。なぜもっと早く気づかなかったのか不思議なくらいだ」

ミーティングはふたりだけで行なわれた。詳細を検討したあと、トゥーヴェソンからほかのメンバーに伝えてもらうことになった。

「なぜクラース・メルヴィークは名前をルーヌ・シュメッケルに変えたの？」トゥーヴェソンは写真から顔をあげ、ファビアンの目を見た。

「もう二度とあんな目にあわないよう、自分をいじめるやつらから永遠に逃げるため。彼は一九九三年ヘルシンボリ病院に、記録によれば瀕死の状態で運びこまれてます。三十六回の手術を経てようやく助かったが、それには整形手術は含まれていません」

「そのいじめっ子というのが、ヨルゲンとグレンね」

ファビアンはうなずいて、クラース・メルヴィークとルーヌ・シュメッケルの写真が貼ってあるホワイトボードに歩み寄った。いま見れば、ふたりが同一人物であることははっきりわかる。もちろんシュメッケルは整形手術を受けて顔が変わっているが、一度気づけば見間違えることはない。

「警察には届けなかったのよね？」とトゥーヴェソン。

「はい、被害届を出すのではなく地下に潜って身元を変え、邪魔されることなく復讐劇を練っていたんです」

「たしかに強い動機になるわ。でもこれで終わりなの？　それとももっと多くの同級生が危険な状況にあるの？」

「もっと多くの人間が彼をいじめていたかどうかということですか？」

トゥーヴェソンがうなずいた。ファビアンは、ヨルゲンとグレンの顔が×印で消された集合写真を見つめながら考えた。当時ファビアンは顔をそむけ、見て見ぬふりをする以外、なにもしなかった。トゥーヴェソンにはクラースをいじめた者はほかにはいないと答えた。

トゥーヴェソンはパノラマ窓からヘルシンボリの街並みを見渡した。「記者会見をするわ。容疑者の写真を公表する」

ファビアンは九年生のときのイヤーブックを持ってエルヴィンのデスクにすわり、何回目になるかわからないが、なにか見落としていることはないかとクラス写真を見直した。クラースをいじめていたのはほんとうにヨルゲンとグレンだけだっただろうか。クラスじゅうが、もちろん教師もある意味で責任がある。それを止めずに放置していたのだから。

写真のなかのリナに目が留まった。まだ彼女から連絡はなく、おそらく今後もしてこないだろう。ふたりがダルヘムス通りに住んでいたころのことを考えた——ファビアンは1

43C号室、彼女の家は141B号室、中庭を隔てたアパートだった。

初めて会ったときのことを思い出す。一年生に上がる前の夏だった。ファビアンは駐車場でテニスのコーチとともに、ラケットの片面でできるだけ多い回数ボールを弾ませる遊びをしていた。はじめは気づかなかったが、リナが縁石の上にすわってこちらを見ていた。長い金髪を三つ編みにし、グリーンのスカートとニーソックスをはいた彼女は絵画から抜け出してきたようだった。テニスラケットまで持っていた。

どちらもなにも言わなかった。ファビアンは振り向かないようにしていた。彼女がいることに気づいていないように思わせたかったのだ。一緒に遊ぼうとは思いつきもしなかった。記録を更新することが突然つまらないことに思え、できるだけ強くボールを叩いて力を見せつけたくなった。

実際に力をこめて打ったところ、ボールとラケットを結んでいた青いゴムひもが切れてボールは大きなカーブを描いて見えないところに飛んでいった。ふたりはしばらくのあいだ、ひと言も口をきくことなく立ちすくんでいた。

ファビアンは自分のばかさ加減にあきれて、身動きできなかった。まだ彼女がいることに気づいていないふりをしていたから、この状況からどう抜けだせばいいか見当もつかなかった。

「ボールさがすの手伝ってあげようか?」リナが話しかけてきた。

ファビアンはいまでもその言葉をそっくり覚えている。高額の宝くじが当たった当選番号のように。沈黙が破られた。

「いい。どうせ新しいの買うつもりだったから」ファビアンはそう答えてリナとコーチの両方に背を向けて歩き去った。数時間後にこっそり戻って捜しにきたが、ボールは見つからなかった。

電話が鳴り、はっとわれに返った。うっかりグラスの水をデスクにこぼしてしまい、慌ててイヤーブックと書類を脇によけて応答した。

「リスクだ」

デンマーク人の話し方だった。「わたしはドゥニヤ・ホウゴー、コペンハーゲン警察の犯罪捜査課の者です。メデ・ルイーセ・リースゴーの殺害及びモーデン・スティーンストロプの殺人未遂の件で電話しました。わたしの理解では、われわれは同じ犯人を捜しているはずです」

「ドゥニヤ、電話をありがとう。だが上司のアストリッド・トゥーヴェソンと話してもらうのがベストだと思う」

「それこそわたしが避けたいことなの」

すでにファビアンは書類の大半を水たまりから救いだしていたが、デスクの端から水滴がポタポタと落ちていた。

「それはどうして?」デスクの下にもぐりこみ、本日の『ヘルシンボリ・ダグブラード』紙を救出した。

「理由は聞かないで。でもわたしの上司のキム・スライズナーは、あなたたちに連絡を取ることをはっきりと禁じているの」

「じゃあ、言いかえれば、これは非公式の会話ということだね」ファビアンは水に濡れてにじんだオーストルプ建材店のフォークリフトの写真を見つめながら言った。

「そのとおりよ。わたしとしてはお互い協力できればいいと思ったんだけど」

「車のほうはどうなってる？　車内からなにか見つかったのか？」そう言って立ちあがろうとしたとき、デスクの裏側にテープで鍵が貼りつけられているのが目に入った。

「電話で話さないほうがいいと思う。直接会ったほうがいいわ」

「ちょっと考えさせてもらって、折り返し連絡する」

「わかったわ。わたしの番号はわかるわね」

ファビアンは電話を切り、ドゥニヤの言ったことを考えた。トゥーヴェソンに話を通さずにまた勝手に行動したらどうなるか慎重に考えなければならない。彼女は一度チャンスをくれ、これが最後だとはっきり告げられていた。

テープをそっと剥がし、手で鍵の重さを確かめる。立ちあがってだれも見ていないことを確認したあと、鍵のかかった引き出しの鍵穴に差し入れた。鍵はするりと入った。もう一度周囲を見まわしてから、慎重に引き出しを開ける。ものが縁までいっぱいに詰まっていた。

いちばん上にはカレンダーとペンシルボックスがあった。ボックスをどけてその下を見ようとして、その重さに驚いた。なかになにが入っているのかふたを開けてみたい誘惑にかられたが、やめておいた。再び引き出しを閉めて鍵をかけ、デスクの裏に鍵をテープで貼っておいた。

26

満席の会場にカメラのシャッター音が響きわたり、演壇のテーブルについたアストリッド・トゥーヴェソンと主任検事スティナ・ヘーグセルに何本ものマイクが向けられている。ファビアンは側面の壁にもたれながら、アイロンのかかった白いシャツ、手早く塗った口紅、さっと当てたヘアブラシ、目の下のクマを隠すために塗ったパウダーが、女性をこんなにも変えることに目を見張った。男だったらこう簡単に変身することはできない。

「落ち着いて！　みなさん入れますから！」すでにあふれかえりそうな会場に守衛の声が響いた。この記者会見のためにスウェーデンのみならず、近隣諸国からも記者やカメラマンが押し寄せていた。全国テレビ局のＴＶ４とＳＶＴはもちろん、デンマークからはＤＲとＴＶ２、ノルウェーからもＮＲＫが来ていた。この事件に対する並々ならぬ関心がうかがわれる。これは前代未聞の事件だ。これほど用意周到で狡猾な犯罪はめったにあるものではない。

「まずはお集まりいただいたことに感謝します」トゥーヴェソンが大きな声で口火を切ると、ガヤガヤしていた声はたちまち静かになった。「わたしはアストリッド・トゥーヴェソン、ヘルシンボリ警察犯罪捜査課の警視です。隣にいるのは主任検事のスティナ・ヘーグセル」

「あなたの部下が被害者ふたりの同級生だというのはほんとうですか?」聴衆のなかのひとりが大声で言った。

「のちほど質疑応答の時間を設けます」とトゥーヴェソンが答えた。「ヨルゲン・ポルソンの殺害とその直後に起きたグレン・グランクヴィストの殺害事件を受け、われわれは確かな動機と犯人の発見に全力を注いできました。当初は複数の線を調べていましたが、現在ひとりの人物に関心が絞られています。本日はその氏名を公表いたします」トゥーヴェソンはリモコンを手に取り、天井に取りつけられたプロジェクターに向けた。背後に大きなルーヌ・シュメッケルの写真が映しだされる。「この写真はヘルシンボリ警察のウェブサイトでも見ることができます。この記者会見が終わりしだい、二十四時間態勢のホットラインを開設し、市民からの情報を募ります。被疑者の名前はルーヌ・シュメッケル、ただしこの名前を使いはじめたのは一九九三年以降です。それまではクラース・メルヴィークという名前でした。彼は被害者二名と同級生で、学校時代ずっとふたりからいじめを受けていたとされています。大人になってからも長年にわたって暴行が続いていたとする複数の記録もあります」

「いじめられていたことへの報復殺人ということですか?」

「可能性のひとつとしてそう考えています」

「さらに殺すつもりだと思いますか?」

「その質問にはお答えできませんが、いまのところ犯人の目的は達成され、どこかに隠れているものと考えられます。すでにスウェーデンを出国している可能性もありますので、この写真を国際手配します。それから被疑者がきわめて危険な人物であること、デンマークで起きたように、逃亡にあたってさらに人命を奪う恐れがあることも強調しておきたいと思います」

「ですが、デンマークでの事案があああう結末になったのはあなたたちの責任ではありませんか?」デンマーク人記者が言った。「犯人がデンマークにいることをコペンハーゲン警察に知らせなかったのはあなたたちの落ち度では?」

「その点についてのわれわれの対応が誤りだったとは考えていませんが、現在も捜査中であることから、これ以上のコメントは差し控えます。われわれは現在総力を挙げて犯人逮捕に取り組んでいます。それこそがこの記者会見の目的です」

場を掌握し、デンマークでの事件から話を逸らすトゥーヴェソンの手腕にファビアンは舌を巻いた。さらに名前を出さずにファビアンを擁護してくれている。

「ファビアン・リスク刑事について質問です。彼は被疑者のことをどれぐらい知っているんですか？」

「ファビアン・リスクはこの場におりませんので、その質問には――」

「いるぞ、ここにいる！」人混みのなかのだれかがファビアンを指さした。

トゥーヴェソンがファビアンのほうを見たので、彼はうなずいて手を振った。「ええ、ここにいます！　でも犯人のことはよく知りませんでした」

「彼がいじめの被害者だということは知ってたんですか？」

ファビアンは一瞬考えてからうなずいた。「知ってました。おそらくクラスじゅうの人間が気づいていたと思います」

「でもあなたはなにもしなかったんですね？　あなたは――」

「詳細をお話しすることはできません、ご理解いただけるでしょうが」トゥーヴェソンが割って入った。「けれどもわれわれには有力な被疑者がいます、彼は現在――」

「いいんです。答えますよ」ファビアンはさえぎった。

トゥーヴェソンは椅子の背にもたれた。

「もちろんわたしたちはみななんらかの行動を起こすべきでしたが、首を突っこめば自分が次の被害者になるんじゃないかと恐れていました。多くの人が学生時代にそういう経験をしているのではないでしょうか。もちろん誇りに思っているわけではありません。それどころかわたしが警官になったのはまさにそれが理由なんです。自分が不正に背を向けて目をつむっているような人間だと思いたくなかったから」

トゥーヴェソンはファビアンのその言葉が浸透するのを待ってからマイクにかがみこんだ。「ほかに質問は？」

「デンマークで見つかった車両について質問があります」訛りのあるスウェーデン語でだれかが言った。スウェーデン語で話そうと努力しているデンマーク人であることは明らかだ。

「その車両は現在デンマーク警察が押収しています、現地で起きた別の事案に関連して調査されているはずです。コメントはできません」

「お答えいただけるかわかりませんが、いずれにしてもおうかがいします。ファビアン・リスク刑事がその車両のタイヤのひとつを取り外し、のちに殺されたガソリンスタンドの若い女性店員に渡したのはあなたの指示によるものですか？」

ファビアンはその質問をした記者を探そうとしたが、人が多すぎてわからなかった。トゥーヴェソンのほうを見ると、困惑の表情を浮かべている。

「すみません、いま質問をしたのはどなたですか」

「わたしだ！」ひとりの男が手を振りながら立ちあがった。「『シェランスケ』のスヴェン・ムーラーです」と顎ひげを生やした金髪の男が言った。ベージュのアウトドア服姿で丸眼鏡をかけている。

「質問はなんでした？」

「容疑者の車の後部タイヤが外され、フロントガラスにガソリンスタンドのレジまで取りにくるようにというメモが残されていたという情報を得ています」男はデンマーク語とスウェーデン語を交えながら言った。「犯人を店員に接触させる計画だったのでしょう。彼女は犯人が来たら警察に連絡するよう命じられていたのです。したがって、あなたがこれを認可したのかどうかと思いまして。罪のないデンマーク人女性の命が犠牲になったのですから」

沈黙はほんの数秒しか続かなかった。トゥーヴェソンに答えようがないのは明らかだった。記者がなぜそこまで知っている？　警察内からリークがあった？　状況が手に負えなくなりつつあると気づき、ファビアンは場の掌握に急いだ。

「すみません、その情報はどこで？」

顎ひげの記者は勝ち誇ったような顔をしてファビアンのほうを向いた。

「メデ・ルイーセ・リースゴーのふたりの同僚からです。七月一日木曜日から犯人が戻ってきた七月二日金曜まで、倉庫にタイヤがあったと話しています。証拠としてこれをくれました」とプラスチックのケースに入ったメモを取りだし、みなに見えるように掲げた。

〝この車両は私有地に停められています。
持ち主はレジまでお越しください〟

全員の関心がいっせいに集まったメモを、彼は誇らしげにカメラに向け、次の『シェランスケ』紙を読んでくださいとつけ加えながら質問に答えていた。

『ヘルシンボリ・ダグブラード』紙の記者がトゥーヴェソンに向かって言った。「いまの話を認めますか？」

「現在進行中の捜査に関わる詳細についてはなにも認められません。われわれの捜査に関係すると同時に、デンマークで行なわれている捜査にも関係することだからです。部下の取った行動の責任はすべてわたしにあることをここで強調しておきます。ただそのおかげで被疑者の特定ができたことは事実です。罪のない女性の命が犠牲になったことは痛恨の極みですが、彼女の命を奪ったのは警察ではなく犯人であることを忘れてはなりません」

「犯人は、メデ・ルイーセ・リースゴーの死はファビアン・リスクのせいだというメモを残したのでは？」

犯人がファビアンの名前をあげていたというニュースに会場は蜂の巣をつついたような騒ぎになった。全員が血の臭いを嗅ぎつけ、トゥーヴェソンを質問攻めにした。

「ノーコメント！」トゥーヴェソンは何度も繰り返し、記者会見の終わりを告げた。

ファビアンは口々に質問を叫んでいる記者たちにもみくちゃにされながら、あのデンマーク人記者が立っていた場所に向かっていった。だがたどりつくと、そこにはだれもいなかった。男の姿はどこにもない。彼がすわっていた椅子の上に立って周囲を見まわした。いつの間に出ていったのだろう。演壇のほうを振り返ると、トゥーヴェソンも姿を消していた。

27

ドゥニヤ・ホウゴーはエレベーターが来るのを待っていた。心臓が早鐘を打ち、毛穴から汗が吹き出して背中にシャツが貼りつくのを感じる。また必死に自転車を漕ぎすぎるというミスをしてしまった。自転車に乗るとついなにかに追い立てられるようにペダルを漕いでしまうのだ。

今日はモーデン・スティーンストロプに会いにきた。いまやその病状は国民的関心事になり、メディアは彼が王室の一員であるかのように逐一状況を伝えている。優秀な医師がドイツやイギリスから集められ、何度も複雑な手術を重ねた結果、内出血を止めることに成功した。病状はいまのところ〝やや安定〟しているとされている。これはドゥニヤにとって、モーデンが次の手術を受ける前に話を聞けるかもしれないチャンスだった。

到着したエレベーターに乗りこみ、四階のボタンを押す。すぐに動きはじめたものの二階で止まり、首にマスクをぶら下げた緑の手術着姿のふたりの男性が入ってきた。そのうちのひとりが三階のボタンを押した。

「彼女、何歳だって？」

「四十二」

「子どもは？」

「三人。ふだんはそういうことには反応しないんだが、彼女の年齢と三人子どもがいるって聞いたとき、なんて完璧なんだろうと思った」

「ほんとうに？」

「たぶん」

「たぶん？」

「わかりっこない」

「いつもわかるじゃないか」

「信じてくれ、ちゃんと観察したんだ」

「やることはひとつだけだ」彼は両手で空気をつかむ仕草をした。「何号室にいるって言った？」

ふたりは笑いだし、三階で降りていった。

ドゥニヤはあとを追って名前を突きとめたかったが、自分を抑えて四階まで移動した。すでに時間に遅れている。

ドアが開いてエレベーターを降りた。もしモーデンにヒーローの地位がなかったらいまと同じ治療を受けられていただろうかというネガティブな疑問が浮かんだが、すぐに打ち消した。集中して時間を有効に使わなければならない。何度も頼みこんで、ようやく担当医が三分間の面会を認めてくれたのだ。二度目はない。彼は目を覚ましたばかりで長い聴取に耐えられる状況にはない。自分がどこにいるかわかっているかも怪しいし、ましてや自分が引き起こした熱狂についてはまるで知らないのだと医者は言った。だがドゥニヤにとってそれは問題ではなかった——聞きたいことはわかっていたし、三十秒とかからないだろう。

長い廊下を歩いていくと、記者たちが集まっている待合室に通じていた。ノートパソコンで原稿を書いているのはほんの数人で、あとはチェスに興じている。『ユランズ・ポステン』紙の記者と『ポリティケン』紙の記者が対決していたが、『ユランズ・ポステン』が勝っているのを見てがっかりした。

記者のひとりが彼女に気づき、矢継ぎ早に質問を浴びせながら近づいてきたせいで、ほかの記者たちもわれに返った。まるでドゥニヤが犯人であるかのようにシャッターが押され、質問が飛び交い、湿った雪玉のように命中した。現時点ではなにもコメントできないと言ってもだれも聞いていないようだった。

記者たちの懇願を受け、しかたなくドゥニヤは目を覚ましたばかりのモーデン・スティーンストロプから初めて話を聞くことになっていることを明かした。護衛の警察官にバッジを見せ、集中治療ユニットに入っていく。うしろでドアが閉まってから大きく息を吐きだした。

「ドゥニヤ・ホウゴー？」担当医が尋ね、顔色ひとつ変えることなくこちらを見る。

ドゥニヤはうなずいた。

「わたしが終わりと言ったらやめること。それ以上は続けないでください。いいですね？」

ドゥニヤは早くもこの医者が嫌いになり、返事もせずに廊下を歩いていった。

「あなたのために特別な例外を認めていることを認識されているといいんですがね。患者の命に対する責任はわたしにあるんです、ほかのだれでもなく」医者はしゃべり続け、廊下を左に折れた。「わたしはその責任を果たすつもりだ」そしてふたりの制服警官が立っているドアの前で立ち止まり、ドゥニヤをじっと見た。「この状況の重要性を理解し、無関係な話をして患者に負担をかけることのないようお願いしますよ」

「彼がアルツハイマーになる前にドアを開けていただけますか」

突き当たりに置かれたベッドにいるモーデン・スティーンストロプは、とてもヒーローには見えなかった。両脚ともギプスをはめられ、首には固定具が装着されたうえ、髪もほとんど剃られている。点滴につながれて、バイタルサインを測定する機械がいくつも音をたてている。

モーデンは口を半分開け、天井をまっすぐ見つめていた。ドゥニヤが部屋に入っていっても反応しない。彼は死んでいるのではないか。自分が部屋に入る直前に死んでしまったのではないか、監視するために部屋のなかまでついてきたあのイラつく医者のせいで彼と話すチャンスを逃してしまったのではないかと考えずにはいられなかった。椅子を引き寄せてベッドの隣に腰をおろした。

「こんにちは、モーデン。わたしはドゥニヤ・ホウゴー、コペンハーゲン警察の犯罪捜査課の刑事よ」ドゥニヤは反応を待った。咳払いをして、ありもしない腕時計を指さして時間が過ぎていくことを告げている医者は無視する。

「ほんの数分しか時間をとらせないし、疲れさせたくないの。わたしが知りたいのはあなたを襲ったのがこの男かどうかということだけ」と言ってルーヌ・シュメッケルの手配写真を取りだし、モーデンの顔の前に差し出した。だが、反応はなにもなかった。

「モーデン。写真の男が見える？」

「ああ」モーデンはややしわがれた声で答えた。

「あなたを襲ったのはこの男？」

「いいや」

その答えはまったくの予想外だった。ドゥニヤは彼が犯人を認識できないかもしれないとは考えてもいなかった。

「ほんとうにまちがいない？　もう一度写真を見てもらえる？　ゆっくり時間をかけて」

「この男じゃないことはまちがいない」

「いまはプレッシャーをかけたくないから、また二、三日したらあらためて来るわ。そしたら——」

「こいつじゃない」

「わかったわ、モーデン。どこがちがうか教えてくれる？　髪とか簡単に変えられるもの？　好きなだけ時間をかけていいのよ。答えを強要しても意味ないもの」

医者が再び咳払いして、空想上の腕時計を示した。

「全部だ」モーデンが小声で言った。

「全部ってどういうこと？　どういう意味かわからないわ」

「なにからなにまでちがう。人違いだよ」

28

新聞各紙の一面にはルーヌ・シュメッケルの写真が大きく掲載されていた。

〝指名手配犯！〟

ファビアンはエスプレッソをひと息で飲み干し、クリームたっぷりのケーキを食べ、スマホで新聞各社のホームページをチェックした。街を歩いて〈ファーマンズ・コンディトリ〉で隅の席を見つけて入り、屋外の混みあうテラス席を眺めながら、店内でゆったり過ごしていた。

記者会見が終わったあと、まっすぐトゥーヴェソンのオフィスに向かった。彼女はいなかったが、自分を捜査から外したがっているだろうと思い、待つことにした。しばらく待ってから、署を出て散歩に出かけ、新たな新聞の宣伝広告を見て、事態がどんどん魔女狩りの様相を呈してきていることに気がついた。ファビアンのミスそのものが犯人の身元と同じくらいの重大さで取り扱われている。何紙かは彼の写真を載せ、人殺しと糾弾していた。驚いてはいない。記者会見場は大混乱に陥り、すべての注目が自分に向けられたのだから。

事件を外されたらなにをしようかと考えた。予定どおり休暇に戻るか、独自に調査を続けるか。休暇を取ることにしようと決めたものの、心の奥では事件を追い続けることになるだろうとわかっていた。

『キュヴェルスポステン』紙がもっとも多くファビアンに紙面を割いていた。驚くほど短い時間で昔の写真を捜しだし、以前の知り合いにインタビューして彼の過去を綿密に描き出している。この記事を読んで、警察は記者を雇うべきだと常々考えていたことをあらためて思い出した。彼らは昔ファビアンを教えていたという引退したサッカーコーチまで捜し当てていた。そのコーチは『キュヴェルスポステン』紙にファビアンはチームプレーに向いていなかったと語っていた。いつもひとりでボールをゴールまで持っていこうとしていたと。

ファビアンは長期間サッカーをやっていた記憶はなかった。ボールゲームにそれほどの興味を持ったことはないのだが、チームプレーに向いていないという点は否定できなかった。昔から過程よりもゴールが大切だと信じていた。

〝被害者の妻に夢中〟

『アフトンブラーデット』紙の見出しに鞭で打たれたような衝撃を受けた。記事によればリナ・ポルソンはファビアンの学生時代の恋人であり、彼女への気持ちがまだ消えておらず、それが判断を鈍らせる原因になったのではないかとされていた。なぜそんなことを知っている？　ファビアンはリナに抱いていた思いをだれかに話したことなど一度もない。自分自身、数日前までもう何年も忘れていたのだから。

記者はリナに話を聞いたのにちがいなかった。そうとしか説明がつかない。彼女に対する気持ちを本人に話したことがあったかどうかも思い出せなかった。リナがヨルゲンを選んで以降、ファビアンは自分の感情を奥深くに押しこめてだれにも見せないようにしていた。それなのにその思いは白日のもとにさらされ、彼の手には負えなくなっている。たしかにセンセーショナルな話で、『アフトンブラーデット』が飛びつきそうなニュースだ。リナとの関係が捜査に影響を与えただろうか。被害者の妻が初恋の人だということに、少しも気持ちが揺らがないでいられることなどできるだろうか。携帯を取りだしリナの番号にかけたが、最初の呼び出し音を聞いてすぐに切った。なにを言えばいいのかわからない。

新聞をチェックし終わると、散歩を再開してヘルシンボリ市劇場を過ぎ、北に向かってボードウォークを歩きつづけた。風の強い日で、岸壁に打ちつける波が冷たく塩辛い水しぶきとなって顔にかかった。ファビアンはどれほどこの街が恋しかったかを思い出した。

岸沿いを歩いて家に帰るまでに、全身がすっかり濡れてしまった。玄関ホールに入って濡れた服を脱ぐと、どっと疲れを覚えた。グレンの遺体発見の知らせに始まり、大混乱の記者会見を経て、最後は新聞に袋叩きにされた。一週間にも感じられるほどなのにまだ夜の七時だ。家のなかはしんとしていて、カウンターに空のピザの箱が三つ乗っている。自分を待つことなく食べたのかと思ったが、責めているわけではない。彼の予定は予測できないし、自分が空腹かどうかすらわからなかった。さっき食べたケーキがレンガの塊のように腹のなかにどっしりと居すわっていて、気持ちが外に出るのを阻んでいた。

階段を上り、マティルダの部屋を覗くと、部屋がすっかり片付いていて驚いた。映画の『グリース』、『ハイスクール・ミュージカル』、『ダーティ・ダンシング』のポスターが壁に貼られ、本棚には本や娘が集めた小物が並べられている。机の上の鉛筆入れや消しゴムもきちんと整頓され、八月の新学期を待つばかりになっている。ベッドもメイクされ、天井にはマティルダの星座であるうお座が蛍光塗料の星の飾りで形作られていた。

欠けているのはマティルダ本人だけだ。ファビアンは自分の寝室を覗いたが、そこも空だった。乾いた服に着替え、テオドルの部屋のドアをノックしたが、返事はなかった。ドアを開けるとテオがベッドにうつ伏せになっていた。ピクリとも動かないが、部屋のどこかから耳障りな音が聞こえてくる。

「テオ？　おい、テオ？　聞こえるか？」ファビアンはあまり声を張りあげずに話しかけた。息子はなんの反応も見せない。「おい！　テオドル？」ベッドに近づき、肩に手をかけた。テオドルは驚いた様子で仰向けになり、イヤホンを片方外した。部屋のなかにメタリカの音楽が流れだした。

「なに？」

「おれが呼んだのが聞こえなかったのか？」

「うん」

テオは肩をすくめてイヤホンを入れ直した。ファビアンは再びそれを外し、もう片方も同じようにした。

怒れる歌詞がイヤホンからさらに流れ出した。

「なんなんだよ？」

「みんなはどこだ？」

「知らないよ」

十代の少年がやっかいなのはわかっていたが、それはもっと怒鳴ったり、ドアをバタンと閉めたり、夜遅くまで帰ってこないようなことだと思っていた。このだんまりというのはそれとはまったく異なる獣のようなもので、どう扱えばいいのかさっぱりわからない。

「おい……どうなんだ、調子は？」

テオドルはため息をついて音楽を止めた。〝エンター・サンドマン〟の歌詞がファビアンの耳に残っている。

「ストックホルムの友だちに会いたいのか？　もしそういうことなら――」

「友だちって？」

「さあ。一緒に遊んでた子とか？」

テオドルはあきれたように目を見開いた。

「つるんでた子、なんていうのか知らないが」ファビアンは目隠しをして綱渡りをしているような気分だった。「だがここでも新しい友だちが作れるはずだ。まあ、ここにいたらだめだが。まずはこの部屋を出て――」

「話は終わり？」

自分のような父親だったら同じように反応するだろうと思い、ファビアンはうなずいた。部屋を出たとき、肩の荷が下りた気がしたのは否定できなかった。

ソニアはアトリエで新しい作品に取り組んでいた。線の太い、アグレッシブな筆遣いだ。描いている最中に人に見られるのが好きでないことは知っていたが、ファビアンは戸口に立って妻を見ていた。このときの彼女がいちばん美しい――ノーメイクで、顔に絵の具が飛び、周囲のことは一切遮断して完全に集中している。

両手にそれぞれ絵筆を持ち、さらに髪にも差して、色とりどりの絵の具が飛んでそれ自体がアート作品に見えるオーバーオールを着ている。二年前のクリスマスに贈った赤いブラをつけているのがわかった。

「ただいま」

「お帰りなさい」ソニアは笑顔を浮かべて言ったが、その瞳がすべてを語っていた。すぐに絵の具をキャンバスに広げる作業に戻る。

「入ってもいいかな?」

返事がなかったので、ファビアンは部屋に入り、彼女のうしろに立った。「きみがまた絵に戻って嬉しいよ」

いま描いているのはこれまでとはまるでちがう作品だった。彼女が何年も魚のモチーフを描きつづけたあと、新しい表現方法を模索していることをファビアンは知っていた。魚の絵は商業的に成功し、ソニアの稼ぎはどんなに残業代が多いときでもファビアンの給料を軽く上まわった。だれもが魚やタコ、カニの群れが描かれた現実逃避の水中画をほしがった。あらゆる芸術家の夢なのに、それがソニアにとっては悪夢となった。ピーク時には一年間の順番待ちリストができるまでになったが、顧客たちは自宅の内装に合わせて大きさや色を注文するようになり、ソニアは自分が芸術家だとは思えなくなってやがて壁にぶつかった。

それが半年と少し前のことで、以来彼女は少しずつほかのことを試していた。しばらくのあいだは魚にとってかわったのは鳥だったようで、ソニアは巣や卵、空に羽ばたく群れを描いていた。だがいま目にしているものはそれとはまったく異なる暴力的な抽象画だった。赤色がどんどん激しくなっていく。

「お願い。いま描いているのよ」

「新聞を読んだんだな」

「書かれていることをすべて信じるわけじゃないわ」

「若い女性のことはおれの責任でおれのミスだ」

「リナ・ポルソンのことは？」

　この質問が来ることは予期していた。ソニアを責めることはできない。ニヴァとのことがあったあとは、ファビアンの信頼は失墜し、きわどいところでぶら下がっている状態だ。

「たしかに彼女が好きだった。たしかに彼女と一緒になりたいと思った。だけど、ソニア、それは昔の話だ、学生時代の。それに、一緒にはならなかったんだ。それでよかったと思ってる」

　ソニアは振り向いて彼の目を見た。絵筆から床に絵の具が滴り落ちている。「じゃあ、いまはなんの意味もない？」

「夫がむごたらしく殺された昔の同級生以上の存在じゃない」

「わかったわ」ソニアはカンバスに戻った。ファビアンがその場に立ったまま、妻を抱きしめるべきかどうか迷っていると、携帯電話が鳴った。

「もしもし？」

「元気？」イレイエン・リーリャだった。

「まあ、おれのおふくろなら自業自得と言うだろうな」絵の具が飛んでくるのを避けるため、数歩うしろに下がった。「いまちょっと都合が悪いんだ。かけ直していいか？」

「ちょっと待って。これはほんとうなの？」彼女はぶっきらぼうに尋ねた。「リナ・ポルソンの部分だけど」

「ああ」

電話の向こうで沈黙が広がった。彼女が自分と同じことを考えているのがわかる――リナに対する気持ちが捜査に影響したのか？　ファビアンはアトリエを出て階段を下りていった。

「ひとこと言っておくと、最初は自分の気持ちにまったく気づかなかった。自分の子ども時代を抑圧していたらしい」真意を説明し、理解してもらおうとした。「だからなにも言わなかったんだが……」

「ねえ、その話はトゥーヴェソンにしたほうがいいわ。よほどの理由があるんでしょうから」その声に皮肉を感じないわけにはいかなかった。「でもそのことで電話したんじゃないの。またひとり死人が出たわ」

ファビアンはだれだろうととっさに頭を働かせた。だれを見逃していた？

「同級生じゃないわ」

「ちがうのか？　じゃあだれ……」

「モニカ・クルセンスティエナ。クラスの担任よ」

ファビアンがモニカ・クルセンスティエナのことで覚えているのは、いつもひざ丈の、たいていはチェック柄のスカートをはき、決して笑わないことだった。授業はただスケジュールどおりにこなすためにあった。数学の問題は解かなければならず、地図は見出しをつけ、本は声を出して章ごとに読まなければならないものだった。議論や熟考は望むべくもなかった。考えれば考えるほど、モニカ・クルセンスティエナと過ごした年月は長い語彙試験だったような気がしてくる。

「在宅介護の介護士が自宅アパートのアームチェアにすわっているモニカを見つけたの。彼女が死んでるって気づくのにしばらく時間がかかったそうよ、身体には目立った傷はなかったから」

「死因は特定されたのか？」

「心不全よ。〝三つ編み〟がいま電話で教えてくれた。血管が古いコーヒーメーカーみたいに詰まってたんですって」

「じゃあ、殺人ではない？」

「そうよ。新聞で読む前に耳に入れておいたほうがいいと思って。どんなふうにねじ曲げられるかわかるでしょ。おいしい情報をあとひとつ教えてあげる。彼女は膝の上に『キュヴェルスポステン』の最新版を乗せていたそうよ」

「何ページ？」

「すべてが悪いほうに転がっていったっていう話のところ」

リーリャがどの記事のことを言っているかすぐにわかった。〝教師は見て見ぬふり？〟。記事にはクラース・メルヴィークがヨルゲンとグレンによって徹底的にいじめ抜かれていたのに、だれもなにも手を打たなかったと書かれていた。大人でさえ気に留めなかったと。記者はモニカ・クルセンスティエナがなぜ警鐘を鳴らさなかったのか、クラスのようすがおかしかったことに気づかないはずがないと述べていた。ファビアンは彼女を気の毒に思った。この歳になって自分に対する非難を読むのは辛かっただろう――これが間接的に死をひき起こしたにちがいない。

「電話ありがとう」

「いいのよ。また明日ね、色男さん」

29

ファビアン・リスクを見くびっていたことに気づいたときにはすでに手遅れだった。グレンの裏庭での一件のせいで一日を無駄にし、リスクにはデンマークで車を見つける時間まで与えてしまった。何度も繰り返しあのときのことを振り返り、細部にいたるまで考え直したが、どうしてああなったのかいまでもわからなかった。リスクにタイヤを一本外されていたことはまったくの予想外だった。彼は思っていたよりずっと大きな脅威になっていた。本心では感心したと認めなければならない。

車を移動させることにも失敗した。置いて逃げざるを得なかった。デンマーク警察に押収されたが、スウェーデン警察よりはましだ。デンマーク人はさほど興味を持っていないだろう。唯一の問題はいつまで彼らのもとにあるかだ。

計画を放棄し、ローオスの港に用意してあるボートで逃げようかと真剣に考えた。けれども計画の一部を変更するだけにした。少なくとも丸一日遅れてしまうが、それはしかたがない。放棄は決定的な敗北であり、この先それを背負って生きていける自信はなかった。

最初のプランではリスクの役割はほんの小さなものにすぎなかった。ただの死体のひとつだ。だが彼が家族とともに帰ってきたことを知って、少しだけ意味のある役割を当てた。ところが状況が手に負えなくなったいま、リスクは本来あるべきよりもずっと存在感を示している。計画が完全に頓挫する前にリスクを元の位置に戻さなければならない。どうやればいいかまだわからなかったが、弱点を力に変えたことはこれまでにもあるし、今回もうまくいくはずだ。

この数時間はほとんど思いどおりに進んだ。デンマーク人記者としてゲスト出演したことは予想以上の成果を上げた。みなの関心をリスクに集めたことにより、警察の捜査を妨害し、遅らせることにもつながるだろう。さらなるボーナスとして、デンマーク警察の失態でスウェーデン警察とのあいだに軋轢が生じたことも好都合だ。いま目の前にいた車が発進し、リスクの住むテラスハウスの向かいの駐車スペースが空いたこともその延長だ。

サイド・ウインドウの内側に吸着ホルダーで小さなウェブカメラを固定し、アンテナをねじで留め、電源コードをカーバッテリーから伸ばしたケーブルにつないだ。電源を入れると、盗難警報器のようにダイオードランプが点滅しはじめた。携帯電話を取りだし、ある番号宛てに六けたの暗証番号をメールで送る。十秒後、電話の画面に画像が映しだされた。カメラをリスクの家の玄関に向け、ピントを調節する。

レンタカーを降りてドアをロックした。車にいるあいだもずっと手袋をはめていた。もう一度同じミスをするつもりはない。歩道を左に歩きはじめ、四つドアを数えたところで角を右に折れてブロンマ通りに入った。高級物件ばかり扱っている〈スカンディナ不動産〉のイルミネーションに照らされた窓の前を過ぎ、すぐに右に折れて砂利道に入り、ゴミ容器と、居住者以外は立入禁止という貼り紙を横目に侵入していく。

テラスハウスの裏には狭い庭がひしめきあっていた。数をかぞえてリスクの家の庭まで来ると、前の所有者は庭を飾り立てるレースから長く撤退していたことがわかった。半分腐ったフェンスをよじ登り、物置小屋の裏に隠れた。ここからなら家のなかがはっきりと見える。

ファビアンは目を開けているのが辛くなってきたが、眠れないことはわかっていた。これまでの努力が無駄になるのではないかという思いを振り払うことができなかった。ノートパソコンをキッチンのテーブルに置いてメデ・ルイーセ・リースゴーのブログを読んでいる。日常生活に関するありきたりな短い記事ばかりで、はじめはたいしたことが書かれていないと思った。彼女の思いや考えがつづられるのはほんの時たまだった。

だがガソリンスタンドでの仕事や友人と会ったときのこと、新しいタトゥーを入れようかと考えていること、観たＤＶＤの感想などを読んでいくうちに、彼女の生活に引きこまれ、聡明な若い女性の像ができあがっていった。アイデアや考えをたくさん持ちながら、育ったうらぶれた町でどうすることもできなかった女性。メデ・ルイーセ・リースゴーはレリンゲをなによりも憎んでいて、そこで年をとるくらいなら死んだほうがましだと考えていた。

ブログからは彼女に恋人がいたかどうかはわからなかったが、ファビアンは自分自身について書かれた記事を読むことになった。タイヤを預けていったスウェーデン人はその週に起きたもっとも刺激的なできごとだった。その後の書きこみは二件しかない。壊れたコーヒーメーカーのことと、ポルノビデオを買いに来た隣人のことだ。その後に起きたことを知らなければ、ブログが途絶えたことに気づくのはあと数日先になるだろう。彼女は死んだのだ。

別のウェブサイトで、彼女の葬儀が二日後の午後一時にレリンゲ教会でとりおこなわれることを知った。事件から外されるかどうかはともかく、出席するつもりだった。せめてそれくらいはしたい。

パソコンを閉じ、来客用のバスルームで歯を磨いているとドアベルが鳴った。腕時計を見て――夜中の十二時を回ったところだ――水道の蛇口を閉めた。きっと空耳だったのだろう。口をゆすいでいると再びベルが鳴った。今度はまちがいない。だれかが玄関に立って、ベルを鳴らしている。

顔を拭いて玄関に向かった。途中でだれだろうと考えたが、こんな時間に訪ねてくる人間はだれも思い浮かばなかった。時間ができたらすぐに覗き穴をつけようと思いながら鍵を開けてドアを開いた。

30

どういうことか理解するまで彼はその記事を何度か読まなければならなかった。最初読んだときはそのまま受けとることができず、平行世界《パラレルワールド》から届いたニュースのように感じられた。だが二回読んだあとで、今度はバケツいっぱいの氷水を浴びせられたような衝撃に襲われた。そんなことがあり得るだろうか？　ほかのニュースサイトを見ると、さらに大きな扱いで報じられていた。ほんとうだったのだ。モニカ・クルセンスティエナは死んだ。

「くそ」彼は小声でつぶやいた。リスクのほうはすべて計画どおりにいった。二台目のレンタカーを借りてモニカを迎えにいく途中、スマホで最新ニュースをチェックしたのだった。路肩に車を停め、三度目に記事を読んだ。別のモニカ・クルセンスティエナではないのか？　個人別検索サービスでその名を探したとき、ヒットしたのは一件だけだった。ヘルシンボリの住所であることを突きとめてはいたが、またしてもリスクによる罠ではないことを確認するために自分の目で確かめることにした。

モニカ・クルセンスティエナが住んでいたのはダルヘムス通り69番地にある高層住宅の五階だった。外壁は新しいスチール製の羽目板で、黄色から灰色の塗装に変わっている。彼は近所の学校の脇に車を停め、最後は歩いていった。ダルヘムス通りにかかる歩道橋の上から見ると、駐車場はパトカーでいっぱいで、点滅するブルーの光が建物のファサードに反射していた。まちがいなく彼のモニカだ。

かつての担任教師のために時間と金をかけてスペースを用意しただけではない。本来彼女は計画の最後を飾る華になるはずだった。すべての意味がわかる最後のピース。それが頓挫したいま、もう一度振り出しに戻らなければならないのだ。

時間がいちばんの問題だ。すでに予備時間は使い果たしており、これ以上調整のために使うことは許されない。明日のスケジュールはすでにいっぱいだ――デンマークに戻り、やりかけの仕事を終わらせなければならない。そもそもなぜ手をつけてしまったのだろう。無関係の第三者の命を奪うつもりはまったくなく、不意をつかれたというのがほんとうだ。最初はあの娘に、次は警官に。躊躇して、仕事を終えるのではなく逃げるほうを選んでしまった。同じミスは犯さない。これから先、何者にも邪魔はさせない。

携帯電話が鳴り、画面が明るくなった。レンタカーに仕掛けたカメラの画像が映しだされる。そばを通った者全員ではなく、だれかが玄関前の階段を上がっていったときだけ反応するよう設定しておいた。暗証番号を入力し、しばらく待つ。

リスクが玄関扉を開け、訪問者を招き入れている。突然、すべてが納まるところに納まった。モニカ・クルセンスティエナの代わりにファビアン・リスクに主役の座を進呈しよう。いずれシナリオ全体でもっとも重要な役割を演じてもらおう。解決策はシンプルであるのと同時にすばらしかった。いったん思いつくと、なぜ最初からそうしなかったのか理解できないほどに。

31

リナ・ポルソンは、ソファでファビアンの隣にすわっていた。顔が腫れて目も赤い。フファビアンはハンカチを渡し、熱い紅茶を淹れた。玄関にいるのがリナだとわかったとき、新聞記事に対するソニアの反応を思い家に入れることをためらったが、リナが入りたがったのだ。

ファビアンは二度ここでなにをしているのかと尋ねた。リナはごめんなさいと言って泣きだしたため、ファビアンは彼女を抱きしめるほかなかった。

午前一時半過ぎ、ふたりはリビングルームで紅茶を飲んでいた。部屋は沈黙に包まれていたが、それを破るかどうかはリナしだいだとファビアンは思っていた。三十分前、ソニアが降りてくる音が聞こえたが、階段の途中で足を止め、また戻っていった。二十分後、彼が好きだと知っている日本風のローブだけを羽織って下りてきた。リナに挨拶し、お悔やみを述べ、ファビアンにお休みのキスをしてまた階段を上っていった。ファビアンが自分もすぐに寝ると声をかけると、彼女は気にしないでと答えた。

「ほんと言うと、なぜ泣いているのかわからないの。彼を愛していたかどうかすらわからないのに」

「ある時点では愛していたはずだろ」ファビアンは言ったとたんに後悔した。こんな会話をするべきではない。

リナは首を振った。

「正直言って、なぜヨルゲンと一緒になったのかほんとうにわからないの。もっと言うと、あなたとわたしだったはずって、ずっと思ってた」リナは笑って熱い紅茶をひと口飲んだ。

「じゃあなぜヨルゲンと?」聞くべきではなかったが、ファビアンは自分を抑えられなかった。

「あのクラスのパーティを覚えてる？　わたしたちが住んでいた場所の近くで、七年生のはじめにあったパーティ」

ファビアンははっきり覚えていた。仮装パーティだったため、ファビアンとステファン・ムンテは自分たちで囚人服を作ることにした。古いシーツにスプレーペンキとマスキングテープを使って何時間もかけて作ったのだ。放課後の時間と土曜日を丸一日使った。まるで命に関わる問題であるかのように、最高の衣装を作ろうと必死だった。またファビアンはリナを誘おうと決意していた。気持ちを伝えるのにぴったりの機会だと思ったのだ。だが会場に着いてみると、仮装しているのは自分たちだけで、みながくすくす笑っているのに気づいた。どうにも居心地が悪く、結局自転車で家に帰ってふつうの服に着替え、十五分後戻ってきたのだった。

「あの晩ヨルゲンにキスされたの」リナは続けた。「それでわたしたちはカップルだってことになって。わたしはずっとあなただといいと思ってたんだけど、あなたはわたしに興味ないみたいだった。あなたはどこかに行っちゃって、だいぶたってから戻ってきた……それでヨルゲンと一緒になっちゃったのよ」リナは肩をすくめて話を終えた。

ファビアンは黙ってうなずいた。あのときの痛みを思い出して胸が詰まりそうだった。

「リナ、捜査に役立ちそうなことで話せることはないか？」

リナは最初その質問に反応せず、紅茶を飲み、時間をかけてゆっくりカップを下ろした。

「グレンとヨルゲンはバカなことばかりしてたわ。正直言うと、ときどきヨルゲンが怖くなった」

「きみを殴ったのか？」

「いいえ、でも乱暴になることがあった」

「どんなふうに？」

「セックスのときすごく荒っぽかった。何度か話し合おうとしたんだけど、彼は取りあってくれなかった。よかっただろ、おまえも気に入ったことはわかってるって言って。彼にとってはただのゲームみたいなものだった」リナはそこで黙りこんだ。

「リナ、そういう話をするのは必要なことだと思うが、相手はおれじゃないほうがいいと思う」

リナはうなずいて、コーヒーテーブルに真鍮製の鍵を置いた。「これはグレンの家にある金庫の鍵よ」

ファビアンは手に取って観察した。モランデルと助手たちはグレンの家をすでに調べている。特別目を引くものはなかったようで、さらなる捜査が行なわれる可能性は低い。もし鍵のかかった金庫が見つかっていたら、ファビアンも耳にしているはずだ。

「キッチンにあるはずだけど、正確な場所はわからない」リナはファビアンの目をまっすぐ見つめながら言った。「でもそこにあるはずよ」

「どうやってこの鍵を?」

「グレンが自分の家に置いておくのをいやがったの。金庫があるだけで危険だと思ってたみたい」

「どうしてそれを知ってるんだ? ヨルゲンが進んできみに話したとは思えないが」

「酔っ払って気が緩んでいるときもあったから。これはヨルゲンがやりすぎたときの保険だったの」

「なかになにが入ってるか知ってるのか?」

リナは疲れた笑みを浮かべて立ちあがった。「お茶ごちそうさま、話を聞いてくれてありがとう。出口はわかるわ」

「家まで送っていくよ」

「大丈夫よ。車で来たから」

「じゃあそこまで送っていく。それくらいさせてくれ」ファビアンは立ちあがって彼女のあとから玄関ホールに出た。

「ファッベ、ほんとうにいいの。遠くに停めたから」

「なら、なおさら——」

「正直に言うと、奥さんが気を悪くすると思うわ」

「たしかにそのとおりだな」ファビアンは苦笑して、ドアを開けてリナと一緒に外に出た。だれもいない歩道を歩くあいだ、ファビアンはリナの腕を取っていた。どちらも言葉を交わさず、沈黙が自然に感じられた。彼女の車まで来ると、リナは振り返ってファビアンの顔を見た。

「休み時間にビー玉で遊んだのを覚えてる？　あなたのが全部なくなっちゃってわたしの最後の玉を貸してあげたの」

ファビアンはうなずいた。人生で最初に味わった最高の瞬間だった。リナの最後のビー玉でファビアンはピラミッドを次々壊したのだ。

あの瞬間、手に魔法がかかったように感じた。クラスのほぼ全員が見物に集まってきた。すぐにほかのクラスの生徒たちもやって来て、彼の並はずれた技術を観察した——運だったのかもしれないが。技術か運かはともかく、ファビアンはビー玉を袋いっぱいに獲得し、それを全部リナにあげた。

「まだあのビー玉持ってるのよ」リナはファビアンにハグをし、頬にキスをしてから車に乗りこんだ。

ファビアンはソニアを起こさないようにそっとベッドにもぐりこんだが、ソニアは起きていた。彼のほうを向いて抱きしめる。彼女は裸で温かかった。ファビアンはどっと疲れを覚えた。

「ファビアン、わたしのこと愛してる？」

「もちろんだよ」

キスをしようとしたが、手で唇をふさがれた。

「ほんとうに？」

ファビアンは裸の身体を彼女に押しつけ、キスをしようとしたが、手で唇をふさがれた。


「ねえ、考えていたことがあるの」

ファビアンはため息をついて身体を横向きにした。「ソニア、これが——」

「最後まで聞いて。しばらくのあいだ子どもたちとストックホルムに戻ろうかと思うの。このままだとわたし、どんどんいやな女になっていく気がする。それがいちばんお互いによくないわ。いまの事件が終わるまで、わたしたちの再スタートは保留にしたほうがいいと思う」

ファビアンはさえぎって、ヘルシンボリに留まってくれるなら今後はすべてうまくいくと約束したかった。

「もうリーセンと話をして、ヴァルムドにゲストハウスを見つけてあるの。マティルダもいとこと遊べるしね」

ファビアンはうなずくほかなかった。

「事件が解決してわたしたちのための時間ができたら、ここに帰ってきてまた一から始めましょう——最初に計画していたように」

「一緒にどこか遠くへ行こう——ふたりだけで。すべてが終わったら」とファビアンは言った。

ソニアはうなずいた。

32

木の葉からぽたぽたと落ちる滴が、雨が降っていることを告げていた。先週の晴天が当たり前ではないことをあらためて気づかせてくれる。ヘルシンボリはふだん風が強く雨の多い街だ。それと同時に、先週起きたできごとはどれもふだんどおりのこととは到底考えられない、とファビアンはアストリッド・トゥーヴェソンと森のなかを歩きながら考えていた。

その朝、彼女から散歩をしようと電話がかかってきた。ふたりはいろいろなことを話し合ったが、いまこうして会っているほんとうの理由については触れないでいた。家族はヘルシンボリを気に入っているか、新しい学校に通うことを子どもたちはどう思っているかなどと聞かれ、ファビアンはできるだけ正直に答えながらも、必要以上のことは明かさないように気をつけた。

ポルシェー城に近づくとブナ林が広がっていた。しばらくどちらも口をきかないでいると、沈黙が形をとって歩いている気がしてきた。城の公園の反対側にまわって、迷路の脇を過ぎ、濡れた芝生を横切って木々が鬱蒼《うっそう》と長いトンネルを作っている散歩道に出た。子どものころここで鬼ごっこをしたことを思い出す。木々が複雑に絡み合ってトンネルを作っているなんてすごいと思っていたが、それもある日チェーンソーを持った庭師に出会うまでだった。

「ファビアン、あなたの抜け道がなければこの事件はまだまったく進んでなかったってことはよくわかってる。でも捜査責任者はわたしで、レリンゲで起きたことをかばいつづけることはできない、でないとわたしもこの事件から外される。そうすると全部マルメに持っていかれることになるわ。どうなるかはよくわかるわね」

彼女の言いたいことはよくわかった。マルメ警察は毎年〝最多の未解決事件数〟を誇っていることで有名だった。

「わたしもあなたと同じくらいこの事件を解決したいと思ってるわ、それもできるだけ早くね。でもこれ以上リスクの高いゲームを続ける余裕はないの」

「言いたいことはわかりますよ。スケープゴートが必要だ」

「この事件にかぎってはそれを見つけるのは難しくないわね」トゥーヴェソンは初めて笑顔を見せた。「十代のころの恋人について触れるまでもなくね」ファビアンは説明しようとしたが、トゥーヴェソンが片手をあげたのを見て思いとどまった。「ほんとうはこんなこと言いたくなかったんだけど」

木のトンネルを抜けると雨はやんでいて、空が明るくなっていた。トゥーヴェソンは見晴し台で足を止め、フェリーが行き交うオーレスン海峡を眺めわたした。光を浴びたクロンボー城が見える。

「あなたは休暇に戻って、最初の予定どおり八月十六日から始めてもらうのがいいと思う。わたしなら、家族サービスをするいいチャンスだと思って休暇を楽しむわ。この天気はあと二、三週間しか続かないわよ」

ファビアンがうなずくと、トゥーヴェソンは向きを変えて歩きはじめた。

「では、これはあなたに預けたほうがいいだろうな」ファビアンは小さな真鍮製の鍵を彼女に手渡した。「グレンの家にある金庫の鍵です」

トゥーヴェソンは戸惑ったようだった。

「おれが知ってるのは、キッチンのどこかにあるということだけです」

彼女は礼を言って歩き去った。

ファビアンはデンマークの方向を向き、美しい景色を眺めながらさっきの会話を思い返した。捜査から外されることは覚悟していた——この状況を考えればトゥーヴェソンに残された手はそれしかない。だがファビアンはこの事件を解決するには、通常の教科書どおりのやり方では不可能だとわかっていた。

十二月二十四日

こんにちは、日記さん、そしてメリー・クリスマス。

ずっとふつうに振る舞おうとしてきたけど、母さんも父さんもなにかおかしいと気づいたみたいだ。すごい嬉しいって言ったのに、プレゼントが気に入らないと思ったようだ。スタンドつきのキーボードをもらった。父さんが設置するのを手伝うと言ったけど、ぼくはそういう気分じゃなかった。まだ十一時にもなっていなかったけど、疲れていると言って自分の部屋に行った。

列車に飛びこんだ女の子の話を読んだ。ぼくと同い年の子で、同じようにいじめられていた。遺書に書かれていたことはぼくに起きたのと同じだった。

これはだれにも言ってないけど、何度か飛びこもうと思ったことがある。まだ実行するほどの勇気はない。でも怖がることにはもううんざりだ。もう半年も続いている。カフェテリアで食事をするのが怖い、休み時間が怖い、クラスでなにかバカなことをやるのが怖い、前は友だちだったやつらが怖い、家に帰るのが怖い、クリスマス休みのあとに起きることが怖い。

ひとりになりたいと言ったのに母さんが部屋に来て、なぜキーボードで遊ばないのかと聞いてきた。ぼくは答えたくなかったけど、母さんは何度も聞いてきた。ぼくは泣きはじめた。止めようとしたけどできなくて、みんなバカだから学校に戻りたくないと言った。だれかにいじめられたのかと聞かれたからちがうと答えた。母さんはぼくがいじめられてるんじゃないかと疑っていて、そのことで先生に会ったって言うんだ。先生はぼくがうわの空で大人しく、成績が下がったこと以外なにも気づいていないと言ったそうだ。そのあと口をきかないでいたら母さんは出ていった。ぼくの知らないところでこっそりぼくの話をしてたなんて信じられない。

二週間したら、バカバカしくてクソみたいな学校がまた始まる。最初はサボろうと思ってたけど、そうしないでほかのことをすることに決めた。ずっとそのことを考えていて、もう迷いはない。失うものはなにもない。いまより悪くなるはずがないから。

おやすみなさい。

P.S. ラバンにクリスマスプレゼントを買ってなかったけど、気にしてないみたいだ。毛がごっそり抜け落ちている。たぶんおしっこを飲んでいるせいだ。こいつはほんとにバカで、不細工で、ムカつく。大っきらいだ。

33

アストリッド・トゥーヴェソンが香り高いラテのトレーとクロワッサンを持って到着すると、リーリヤ、モランデル、そしてクリッパンはすでに会議室に集まっていた。疲れ切った顔が急に笑顔になり、この事件を早く解決しないと何キロ太るかわからないとクリッパンが軽口を叩いた。

「最初にファビアン・リスクがこの件から外れたことを報告するわ」トゥーヴェソンは全員にコーヒーを配りながら言った。

「それは残念だ。かなり優秀なやつだと思ったんだが」

「わたしもぜひ残ってほしかったけど、もうかばいきれなくなった」

「それは当然よ」とリーリャ。「そもそもクラスの一員なんだもの、特別扱いはできないわ」

「あいつが容疑者だと思ってるわけじゃないだろ？」モランデルが尋ねた。

「容疑者とは言わないけど――」

「もうそのへんでいいわ」トゥーヴェソンがさえぎり、リーリャの顔をじっと見た。「いいわね？」

リーリャをはじめ全員がうなずき、新たにわかった事実の検討を始めた。リーリャが片っ端から航空会社に問い合わせたものの、この二、三日でルーヌ・シュメッケルという名前で搭乗した乗客は見つからなかったと報告した――それを言うならクラース・メルヴィークもだが。

「別の車でデンマークに向かった可能性もあるぞ、その場合はすでにドイツに入ってるだろう」クリッパンがふたつ目のクロワッサンに手を伸ばした。

「国際広域手配は出したけど、さしあたり犯人がまだスウェーデン国内にいる前提で話を進めましょう。クラス全員の居所はわかった？」

「大方は終わったよな、イレイェン？」とクリッパンが言った。

「可能な範囲では」とリーリャ。「正式なクラス名簿とダブルチェックしたいんですが、それが手に入らなくて」

「どうして？　市の保管庫に紙のものがあるはずでしょ？」トゥーヴェソンがクリッパンに向かって尋ねた。

「たしかにそうだが、保管庫の電子目録がクラッシュしたらしい」

「どういうこと、クラッシュって？」

「五月に市役所がサイバー攻撃を受けたって新聞に載ってたが、覚えてるか？」

「もちろん。電子メールによる攻撃じゃなかった？」とリーリャ。

「そうだ、膨大なウィルスとトロイの木馬がばらまかれた。保管庫の目録が保存されていたサーバーもだめになったんだ」

「なんて好都合なの」トゥーヴェソンがため息をついた。

「おれに言わせれば、ちょっと好都合すぎる」

「どういうこと？　クラス名簿が実際の保管庫に保存されてるなら、取り寄せられるじゃない」とリーリャ。

「目録がなければ、保管番号がわからないんだ。保管番号がなければ干し草のなかから針を探すようなものだ、ただしもっと難しい。向こうは捜してみると約束はしてくれたが、数週間はかかるだろうな――運がよかったとして」

トゥーヴェソンは一瞬言葉を失ったが、すぐに首を振った。「そんなことしても無駄だわ」とリーリャに向き直る。「いまもスコーネに住んでいる人はどれくらい？」

「ひとりを除いて全員です、そのひとりというのはオスロ在住」

「ただし、ほとんどが休暇中だがな」とクリッパン。

「リストを作って、コンタクトを取りたい順に並べてちょうだい。優先すべきは危険な状況にあるかもしれない人よ」

「できてます。数人とコンタクトを取りました」リーリャが言った。

「それで？」

「これまでのところみんなお互いをキラキラ光る聖なる星のように言ってるわ、愛とぬくもりを振りまく以外のことはしたことがないって」

クリッパンは苦笑いし、首を振った。

「犠牲者はヨルゲンとグレンだけであることを願いましょう」トゥーヴェソンはモランデルのほうを向いた。「シュメッケルの自宅は調べ終わった？」

「だいたい。指紋いくつかを除いては特別興味を引かれるものはなかった。せめて車の合鍵でもないかと思ったが、見つからなかった」

「田舎に別荘があるとか？」とクリッパン。

「彼の名前ではないわ」とリーリャ。

「カントリーハウスと言えば」とモランデルはシュメッケルの家で見つかった白黒写真の

コピーを配った。「この写真はシュメッケルの家で見つかったものだ。これがやつが海外に持っている別荘だとしたら、スウェーデンで登録されているはずがない」

全員が丘陵地帯の風景や、密集した家並みの写真に目を落とした。

「撮られた場所はわかるか？」クリッパンが尋ねると、モランデルは顔を輝かせた。

「最初はカルカソンヌだと思ったんだ。昔からフランスのあのあたりに行ってみたかったからな。言うまでもないが、カルカソンヌはおれの大好きなゲームの名前でもある」

みなポカンとした顔をした。

「〈カルカソンヌ〉をやったことがないのか？」

全員が首を振った。

「なんてことだ、あんたたちはなにも知らないんだな」モランデルは憤慨したような口ぶりで言った。

「でもこれはカルカソンヌで撮られたわけじゃないんでしょ？」トゥーヴェソンが尋ねた。

「そのとおり。分析の結果、ここはグラースにまちがいないことがわかった、やはり南フランスだがもっと東側だ。ここには行ったことがある。だれか『パフューム』という映画を観たことが？」

「ある」とクリッパン。「あれは――」

「そうね、そのとおり、でもそれはまた別の機会に話し合いましょう」トゥーヴェソンが口をはさんだ。「それよりシュメッケルがグラースに別荘を持っているかどうかを突きとめましょう。それともうひとつ新たな手がかりができたの」とファビアンから受け取った鍵を掲げた。「リスクからもらったものよ、グレンの自宅のキッチンにある金庫の鍵ですって」

「キッチンは全部調べたが、金庫なんてなかったよ」とモランデル。

「念のため、あなたとイレイエンとでもう一度調べてちょうだい」トゥーヴェソンはテーブルの向こうからリーリャに向かって鍵を滑らせ、クリッパンのほうを向いた。「マクドナルドのほうはどうなってる？」

「近隣の店舗にはすべて当たったが、これまでのところやつを確認できた店員はいない」

「これまでのところ？」

「ああいう店はシフト制だから、全員に話が聞けたわけじゃないんだ」

「わかったわ。ほかにはどう？　写真を公表して以降、一般から寄せられた情報で興味深いものはなかった？」

「とは言えない」クリッパンが言った。

「どういうこと、とは言えないって？」

「早い話が、孫の代まで語りたいような話は出てきてないってことだ」クリッパンは最後のクロワッサンに目をやった。

「そうかもしれないけど、いまの時点では早くないバージョンの話も聞きたいわ」

「よくあるいたずら電話は別にして、シュメッケルのふたりの患者から電話があって、彼をファーシュタやボルモーラ、グルムスとかの僻地で見たということだった。シュメッケルに胃のなかにGPS装置を埋めこまれたって話してる、そいつが人肉を食べたらわかるように」

「すてき。もうひとりの患者は？」

「そっちはすごい笑える話なんだ。手術台で意識を失っているあいだにシュメッケルにレイプされたらしい」

「笑えるって言った？」リーリャが最後のクロワッサンをクリッパンの鼻先からかすめとった。

「話はまだ終わっていない」クリッパンは目でリーリャのクロワッサンを追った。「一九九八年のことだというから、かなり昔の話だな。なぜ当時届けなかったのかと聞いたら、そいつはレイプのあと痔を患い、恥ずかしくて警察に行けなかったんだと！」クリッパンはのけぞるように大笑いした。

リーリャはトゥーヴェソン、モランデルと視線を交わし、三人とも吹きださないようにこらえていた。

「なぜ急に名乗り出ようと思ったの？」トゥーヴェソンが尋ねた。

「ようやく痔が治りはじめたみたいだな」

「十二年も痔だったの？」とリーリャ。クリッパンがうなずくと、もはや笑いを抑えることができなくなった。

「リンケット・パーションから電話は？」モランデルが尋ねた。

「リンク？　いま話すところだった。犯人の居場所を知っているそうだ」

「ほんとう？」とリーリャ。

「どうしてわかったのか言ってたか？」

「言ってたが、いつものとおり彼ならではの独自な理論でね。クラースは学校時代に受けた仕打ちに対する復讐を実行したんだと信じている。学校の壁に書かれていた落書きを読んでわかったんだとさ。学校のトイレの落書きを全部自分に解読させろと言ってる」

　だれも言葉を思いつかなかった。ヘルシンボリ警察の者はだれしもリンケット・パーション、六十八歳のことを知っていた。頭文字で表される疾患をいくつも持っていて、ニックネームは〝リンク〟や〝パーション症候群〟。リンケット・パーションの最大の夢は刑事になることだったが、警察学校の試験に五回失敗したあとでフレドリクスダール校の管理人になった。しかしながら、女子シャワー室の壁に覗き穴を開けたことで性的虐待の罪に問われ失職した。検察は懲役刑を求刑したが、罰金とメンタルヘルスの治療を受ける判決が言い渡されただけだった。署のほぼ全員が治療にどれほどの効果があるかを知っていた。このところリンケットは探偵を自称し、自作の名刺を持ち歩いている。〝リンケット・パーション――難事件を解決〟

　この五年、トゥーヴェソンたちはリンケットから推理の提供を受けないことはなかった。回を追うごとに突飛でバカバカしいものになってきているが、みな彼のことが嫌いになれず、時にはコーヒーを飲みながら意見を聞くこともあった。

だが今日はだれも笑っていない。多くの意味でこれはリンクの典型的な仮説だ——ばかげていてありそうもない。だがはっきり否定する者はいなかった。おそらくこの件にかぎってはどんなことでも起こり得ると感じていたからだろう。犯人が落書きのなかに手がかりを残したかもしれないという仮説は、ほかの説と同様にあり得るのかもしれないと思えてくる。

「彼の望みは?」とトゥーヴェソン。

「いつもどおり、コーヒーとプンシュ・ロール」とクリッパン。

「いつもはアーモンド・タルトじゃなかったか?」モランデルが尋ねた。

「それはフェミニスト・イニシアティブ党が家父長制を打破するために、アーモンド・タルトに女性ホルモンを仕込んでいると思いこむようになる前の話だ」

「プンシュ・ロールでやればよかったのにな」

34

ヘルシンオアで列車に乗ったとき、その車両には彼ひとりしかいなかったが、コペンハーゲンに近づくにつれ乗客の数は増えていき、ヘレルプ駅に到着するころには座席はすべて埋まっていた。ほとんどの乗客はイヤホンをつけ、無料の新聞をめくっている。紙面にはデンマーク警察が彼を捜していることが書かれていた。

〝これがスウェーデンの殺人犯だ！

名前はルーヌ・シュメッケル〟

彼は捨てられた新聞を拾いあげ、記事を見ていった——ヨルゲンとグレン、そしてメデ・ルイーセ・リースゴーが殺された経緯がかなり詳しく記されている。デンマーク警察とスウェーデン警察のあいだの確執について二ページにわたって書かれている記事を読んで思わず大笑いすると、隣にすわっていた女性が不思議そうに顔を上げた。

デンマークのゴールドコースト沿いを走る最後の十五分で新しい計画を練り上げた。考えれば考えるほど、ピースがうまくはまっていった。新しいアイデアはリスクがリナ・ポルソンのためにドアを開けた瞬間に思いついた。このプランはリナとはまったく関係ないので、なぜこのタイミングだったのかわからない。あのときは、ふたつの動かしがたく思える障害で頭がいっぱいだった。モニカ・クルセンスティエナの突然の心臓発作とリスクのいらだたしい動きだ。問題がひとつよりふたつあるほうが好都合だと思うのは初めてではない。片方がもう片方の解決策をもたらすことがたまにではなく頻繁に起きるからだ。

オスターポート駅を出ると、コペンハーゲンの通りの広さに圧倒された。どの方向にも三、四車線ずつ走っていて、広い自転車用の道路と歩道もあった。ストックホルムの道路はこれほど広くないところがほとんどなのに、〝スカンディナビアの首都〟という称号をほしいままにしている。デンマークのやつらが怒るのも無理はない。

ウスタブロー地区に向かってダグ・ハマーショルド・アレーを歩いていくと、ほぼすべての新聞の見出しに警察が彼を追っていることや、リスクの不倫について書かれているのが目に入った。同時に自分が国際手配されていることも知った。悪くない、ちっとも悪くないぞ、と思いながら〈ダグ・H・カフェ〉の中庭のテーブルに腰をおろした。

チキンサラダを食べ終え、グラスの水を飲み干した。ウェイターが皿を片付けに来たタイミングでダブルのエスプレッソを注文する。文句は言えない。いまのところまずまずうまくいっている。中庭を見まわして耳を澄ませた。みんな彼のことを話しているのに、だれも気づいていない。昔ならほんの数日間注目を浴びれば満足していたかもしれないが、いまはちがう。もっとほしかった。すべてが終わったとき、二度と自分を見過ごしたり忘れたりできないはずだ。

エスプレッソを飲み干して時計を確認した。もうすぐ二時半になる。GPSによれば、徒歩で目的地に着くのに十五分かかる。気前のよいチップを置いて、リグスホスピタレット病院に向かった。

そろそろもうひとり、無関係の人間の命を奪う時間だ。

35

「お先にどうぞ」モランデルは立入禁止テープを持ち上げて、リーリャを先に通し、グレン・グランクヴィストの自宅に入っていった。

「百パーセント確実とは言えないが、犯人はここで被害者を捕まえたんだと思う」

リーリャは室内に続く狭い廊下を見まわした。「ここで?」

モランデルはうなずいた。「犯人はおそらくベルを鳴らし、被害者が出てくるのを待った。出てきたところを薬で気を失わせ――」

「ヨルゲンのときと同じね」

「そのとおり」モランデルは話をさえぎられて、見るからにいらだっていた。「とにかく、被害者は倒れてここで頭を打った」と鋳鉄《ちゅうてつ》製シューラックのとがった角を指さした。「これで後頭部の傷の説明がつく」

リーリャは身を乗りだしたが、シューラック以外のものは見えなかった。

「犯人はグレンを家のなかにひきずりこみ、人目につかない裏口から出たんだ」

「もし頭に傷を負って廊下を引きずられたんなら血痕が残ってるんじゃない?」リーリャ

は床に目を凝らしたが、血痕らしきものは見えなかった。

「ここを見ろ」モランデルがしゃがんで人差し指をシューラックの角に滑らせ、きれいな指先を掲げてみせた。リーリャはこのデモンストレーションにいらいらしはじめたが、モランデルはそれを無視してラックのほかの部分に触れた。埃のついた指先を再びリーリャに示す。「わかったか？　犯人が自分で拭いたんだ。この家はどこも埃が積もっている、廊下以外は」と廊下の床を指して立ちあがり、奥に進んでいった。リーリャもあとを追う。

「でも犯行現場には大量に残ってたわ。なぜわざわざ少しの血痕を掃除していったの？」

　モランデルはリーリャを振り返ってにやりと笑った。

「おれもまさに同じことを考えた。思いついた唯一の答えは、グレンを殺すのに計画どおりにはいかなかったってことだ。犯人はグレンが倒れてシューラックに頭をぶつけるなんて思ってなかったんだ。それにこの男はなにがあっても計画に固執するタイプだ。だがおもしろいのは、ここで血痕が見つかっても捜査にはたいして役立たないのに、犯人はその結果を分析する時間がなかったため、できるだけ手早く血を拭き取ったってところだ」

「なにで拭き取ったのかしら？　それは見つかった？」

「雑巾を使ったんだと思う」モランデルは階段の下にある小さな掃除道具入れの扉を開けた。「そのあとゆすいで絞ったみたいだな」

　リーリャがなかを覗きこむと、掃除機、バケツ、洗剤のボトル数本、そしてステンレス製の低いシンクがあった。フックにかかっている雑巾を触り、その真下の床を観察した。

たしかに水が滴るほど濡れていたという痕跡はなかった。

「トゥーヴェソンから電話がある前に取りかかったほうがいいぞ」モランデルはキッチンのほうへ移動したが、リーリャはあとに残った。このままこの道具入れを徹底的に調べたほうがいいという声が聞こえた気がした。意識を集中する。

「イレイエン！」

あきらめてモランデルのあとを追った。

「グレンが家庭科の授業をさぼっていたことは賭けてもいいぞ」と言ってモランデルはキッチンの扉を開けた。「お先にどうぞ……」

キッチンに足を踏み入れたリーリャは、すぐにモランデルが正しかったことを知った。カウンターには汚れた皿が積みあげられ、テーブルにはピザの箱の山と食べかけのピザが残っている。コンロには鍋がふたつあった。ひとつにはけば立った緑色のパスタが、もうひとつには蛆が湧いた古いミートソースが入っていた。まるでどこからパーティを始めればいいかわからないというように、蠅の一団がぶんぶん嬉しそうに飛びまわっている。ムッとする空気を吸うたびに死に近づくような気がして、リーリャは息を詰めて急いで窓に向かった。

「この混乱に秩序をもたらそう」モランデルはそう言って部屋を見まわした。リーリャはおそるおそる冷蔵庫を開けて、すぐにまた閉めた。

「一見してわかる金庫はないから、どこかに隠されていると言っていいだろう」

「ほんとうに？」リーリャは皮肉を込めて言った。

「まだ話は終わっていない。金庫が隠されているとして、近づくのが面倒すぎる場所には置かないだろう？」

「そうね。始めましょう」リーリャは冷蔵庫を引きずって壁から離し、裏に懐中電灯を当てたが興味を引くものはなにもなかった。

「少なくとも冷蔵庫の裏にはないことがわかった」とモランデル。「もしそこだったらリノリウムの床に跡が残っていただろうから」

リーリャは床を見下ろして、自分がつけたばかりの跡を見て深いため息をついた。モランデルはだてに国内有数の鑑識官と言われているわけではない。リーリャが知るかぎり彼が手がかりを見逃したことはなかった。彼独特のほくそ笑みの意味も理解できるようになっていた。いままさに彼の顔に浮かんでいる笑みだ。モランデルにとってすべてはただのゲームだ。彼が得意としているゲーム。リーリャは彼にその喜びを味わわせるのになんのためらいもなかった。

「で、どこにあるの？　知ってるんでしょう？」

「見当もつかないね」モランデルは両手をあげてわざとらしく動きを止めた。「だがいまおれが言ったことを忘れるな。近づくのが面倒なところには隠されていないはずだ」

リーリャは周囲を見まわした。裏になにかありそうな絵はかかっておらず、美しいビーチの写真を使ったタイ航空のポスターがあるだけだ。それを引き剥がしてみたが、やはり金庫はなかった。それからあることを思いついて、食器棚に向かった。

「当然だ」とモランデル。リーリャは隅にあるターンテーブルの前に立ち、二段の回転棚から鍋やフライパン、オーブン皿などを取りだした。それからしゃがんで懐中電灯を当てる。自分がなにを捜しているかわからなかったが、やがて壁と同じ白に塗られた小さな扉を見つけた。黒い鍵穴もある。リーリャは回転棚のあいだに手を伸ばして鍵を差しこみ、小さいながらも分厚い扉を開けた。

なかはほとんど空で、黒っぽい四角い箱が入っているだけだった。リーリャは手袋をはめて慎重にその箱を取り出し、明かりにかざした。モランデルがきっちりと閉まっていたふたを外す。

なかには自作と思われるDVDがぎっしり入っていた。リーリャは一枚ずつ手に取り、手書きのラベルを読んでいった。〝97年タイ〟、〝01年酔っぱらい女〟。

「これを見ろ」モランデルが一枚のディスクを掲げた。〝93年フケ野郎を訪問〟。

36

「どうだった?」ファビアンは席を離れてすぐに尋ねたが、即座に後悔した。映画を見た直後に感想を聞かれるのは自分も好きではなかった。ストックホルム映画祭でクエンティン・タランティーノの『レザボア・ドッグス』を字幕のないプレミア上映で見た直後、TV4のレポーターにマイクを突きつけられたことを思い出すといまでも顔が赤くなる。ファビアンは早口の会話がほとんど理解できなかったが、少なくとも音楽は気に入ったと答え、映画で使われていた曲を真似て「ウガ・チャカ・ウガ・チャカ」と節までつけたのだ。

「まあまあ」テオドルは肩をすくめて答えた。テオドルが映画を楽しんでいたのはまちがいなかったが、ファビアンはなにも言わなかった。自分も『インセプション』は気に入っていて、一年以上前から楽しみにしていたのだ。

昔からアクション映画に目がなかったが、ただ興奮を煽るだけのものより、深みのある作品が好きだった。お気に入りの作品はそういう部類のものだ——たとえば『スター・ウォーズ』。初めて観たとき、宇宙船が画面からはみ出すほど大写しになるオープニングシーンに息をのんだのを覚えている。そんなものを目にしたのは初めてで、その後はおもしろくなるばかりだった。デス・スターでの最後の戦いが終わったとき、十二歳のファビアンはよろけるように劇場をあとにし、そこから世界が変わったのだ。

ファビアンは混乱してあたりを見まわし、セーデル通りに面した正面入口ではなく、裏口のスメディエ通りのほうに出てきたことに気がついた。

「ひと乗りしないか?」

テオドルは怪訝そうな顔で父親を見返した。これこそ期待していた反応だった。ひと乗りというのはヘルシンボリが世界でもっともすばらしい街のひとつとされる由縁となっている遊びだと説明した。片道切符でヘルシンオアに向かうフェリーに乗り、そのままどっちの国にいるかわからなくなるまで無税で飲み食いする。テオドルはべつにかまわないというように肩をすくめた。

ふたりはレストランエリアの、白いテーブルクロスとキャンドルが用意された窓際のテーブルに案内された。ファビアンはなんでも好きなものを頼むように言い、ふたりともハンバーガーとフライドポテト、コーラのラージサイズを注文した。ファビアンは新しい街に引っ越してきた感想を尋ねたが、素っ気ない返事しか返ってこなかった。ふたりの関係がもう修復不可能なところまで来ている気がしてならなかった。

食べ終えてしまうと、空気中の酸素を吸いつくす濡れた毛布のような沈黙がテーブルを覆った。ウェイトレスがやって来て、食事はすんだかと尋ねたあと、皿を片づけはじめた。

「デザートはいかがですか？」

「テオ？　どうだ？」

「いらない。お腹いっぱいだから」

「飲みものは？　もう一杯コーラは？」

「いい」

「わたしはビールをもらおう」

ウェイトレスはうなずいて去っていった。彼女にはわかっただろうな、と思いながら窓の外を眺めた。〈ヘルシンオア・ハーバー〉のフェリーは遅々として進まない。おまけに帰りの道のりもあるのだ。

テオドルを連れ出してくれというソニアからのプレッシャーに負けたことを後悔した。これはすべて彼女のアイデアだった――なにか楽しいことを日課にする。しかし、もともとうまくいくはずがなかった。

自分がテオドルの立場でも、きっと黙りこんでいただろう。

「スウェーデン・ロックのことでまだ怒ってるわけじゃないよな？」

テオドルはあきれたように目を見開いた。どこか逃げる場所を探しているように見えた。

「念のために言っておくと、おれたちは心配だからだめだと言ったんだ。来年か再来年は行けるだろう」

「わかった」テオドルは空になったコーラのグラスをじっと見つめていた。

「それで、どんな気分だ？」

「なにが？」

「だから……引っ越しとかそういうことだ」

「それはもう聞いただろ」

「そうだが、あまり答えをもらっていない。自分の部屋には満足してるのか？」

テオドルは黙って肩をすくめた。

「まあ、このところずっと引きこもって長い時間過ごしてるようだから、それほどひどくはないんだろう」ファビアンはため息をついてほかに言うことはないか考えた。「友だちやなんかのことで大変なのはわかるが、絶対に――」

「いいかげん、同じことばっかり聞くのはやめてくれよ！　ぼくが大変だっていつ言った？　え？　いつ言った？」

「テオ、落ち着け。そういう意味で言ったんじゃない」

「じゃあどういう意味だったんだよ？　大変なのは父さんと母さんだろ、だから引っ越したんだろ。ぼくがわからないとでも思った？」

三分後にビールが運ばれてきて沈黙が破られたが、顔を平手打ちされたような気がした。父親として失敗作だというまぎれもない証拠を突きつけられたように思えた。アルコールがないとうまく対処できない役割。ファビアンはビールには手をつけないことにして家までの長い旅路に備えた。

37

死ぬのを拒んだ警官、モーデン・スティーンストロプを見つけるのは思っていたより簡単だった。『ポリティケン』の記者が一階の受付でモーデンの病室を尋ねているのを立ち聞きしたのだ。

そのあとをつけ、ほかのメディアの記者たちが集まっている待合室にすわり、チャンスをうかがった。三時間後、任務遂行に必要な情報はすべてそろっていた。モーデンの部屋番号、容体と治療方法、そして――もっとも重要な――警護がついているという事実。

女の警察官がやって来て、記者たちの関心が引きつけられた。彼がずっと読むふりをしていた健康雑誌を置いて、『ポリティケン』の記者と入れ違いにトイレに入っていっても目を留めた者はいなかった。個室に入って鍵を閉めると、さっきの記者が腸に問題を抱えていることがわかった。

この機に膀胱を空にして、水筒に冷たい水を入れた。スウェーデンを一歩出ると、水道水がとても飲めたものではないことに驚く。ズボンのすそを靴下のなかにたくしこみ、靴ひもを結び直してバックパックから片端にフックがついているロープを取りだした。それから薄い手袋をはめ、もう一枚の皮膚のように感じるまでなじませた。

準備が整った。

壁に立てかけてあったトイレ用ブラシをつかみ、片足で便器のふたを閉め、手すりの上にのぼって脚を広げてバランスを取る。ブラシで天井のタイルを一枚外し、ダクトにフックをしっかり固定したあと、床に飛び降りてブラシを戻し、ドアの鍵を開けた。危険は承知の上だった。だがトイレの個室に長時間鍵をかけておくのは不要な関心を引き、鍵をかけないでいるより結果として大きな危険を招くことになると判断したのだ。

この二年厳しいトレーニングを積んだおかげで、ロープを登るのはなんの問題もなかった。天井裏の隙間に身体を押しこむほうが難しかった。ダクトスペースは思っていたより狭く、エアダクトの上に納まるにはバックパックを外さなければならなかった。ロープを引きあげてバックパックのポケットにしまい、タイルを元に戻してマスクを着け、両手を使ってダクトの上を這い進んでいった。ダクトは彼の体重がかかっても壊れるようすはなかった。

待合室の上までやって来た。このあたりはだいぶゆったりしていたので、身体を起こしてダクトの上に四つんばいになり、うなりをあげる空調機器の脇を這っていった。下から記者たちの不満げな声が聞こえてくる。女の警官からほんの少ししか情報が得られなかったため文句を言っているのだ。彼女は上司の言葉を繰り返しただけだった。「捜査中の事件であることに鑑み、現在コメントできることはありませんが、記者会見を開く予定です……」それがなにを意味するか彼は正確に知っていた。

やつらはなにもわかっていない。

埃っぽいダクトの上を這い進んで左右に分かれる地点に来た。世界一明るいという触れ込みの懐中電灯、ネオファブ・レジオンⅡを取り出す。光に照らされて埃が舞い散るなか、右側六十メートル、左側三十メートルの範囲を見わたすことができた。言いかえれば右に行けば出口に、左に行けば警備つきの病棟に続く廊下の地点に来たのだ。

病棟に向かうダクトを進み、入口の真上で、五十センチごとにテープで印をつけておいた釣り糸を取りだす。糸の端をドアの上のあたりに結びつけていると、ちょうど下を歩いているふたりの警察官の話し声が聞こえてきた。

「おい、いったいどこにいるんだよ?」

「うるせえな、いまそっちに向かってるよ」無線機からひび割れた声が聞こえてくる。

警察官は放っておいて、病棟のほうへ急いだ。ところどころ身をよじって狭い場所を通ったり、うなりをあげている空調機を乗り越えたりしなければならなかった。テープの印を気にしながら釣り糸を伸ばしていく。二十三メートルのところで止まって懐中電灯をつけると、もつれたケーブルや管、さまざまな大きさのパイプがつる性の植物のように縦横無尽に伸びていた。これが目的地に到着した印なのかどうかわからない。エアダクトはこれ以上左に分かれていなかった。もし別の通路や検査室があれば分かれているはずだ。待合室でガラスのドア越しに見えたのは警官や医者たちがこのあたりで左に曲がっていったところだけだ。彼は病棟に入るドアから歩数を数えはじめ、曲がり角が二十三メートル先のところにあると計算したのだが、誤っていたらしい。

大きくため息をつくと、マスクのなかで湿気が滴となり、顎に伝い落ちた。ほかの手段を考える必要がある。ダクトの上に戻って仰向けに横たわり、目を閉じた。

下から警察官の話し声が聞こえてはっと目を覚ました。彼らしくないことだ。声のしたほうへ進むと、左に曲がるところを二メートルか三メートル距離を見誤っていたことに気づいた。ここでダクトはまた枝分かれしていたが、警官たちの声に従って十メートルほど進んだ。途中で彼らがモーデン・スティーンストロプの英雄的行為について話しているのが聞こえた。ふたりはそれが向こう見ずで愚かな行為だとして意見の一致をみていた。

「だが復帰したら、女に不自由しないだろうな。くそ、きっとよりどりみどりだぜ」

まずまちがいなく、この警察官たちはモーデン・スティーンストロプの病室で警護に当たるのだろうが、付近にはいくつか部屋があり、どこがモーデンの部屋か正確に知ることはできなかった。ダクトはいくつもの方向に分かれている。彼にできるのは手がかりを待つことだけだった。

先ほど部屋の外にいた女の警官の声が聞こえてきた。医師の要請を振り切り、モーデンの部屋に行こうとしているようだ。警護の警官たちは彼女にＩＤを求め、鍵を開けると、彼女と医師を部屋に通した。自分たちがたったいま同僚の死刑執行令状にサインをしたことに気づかないまま。

38

イレイェン・リーリャは同僚たちが待つ会議室に入る前に涙をぬぐった。自分たちはだれを追っているのだろう――犯人なのか、それとも被害者のほうなのか？　リーリャは物か人を殴るか、それとも喉に指を突っこんで吐きたい気分だった。だが涙を拭き、感情は脇においてプロらしく振る舞わなければならない。自分の書いたメモに素早く目をとおし、チームのみんなに向かってかいつまんで説明した。

ビデオ1：一九八〇年代半ば
――ビデオテープからのダビング、低品質。ハンドカメラ。

――グレンとヨルゲンが様々な女たちとふつうのセックスをしている。相手が恋人なのか売春婦なのかは不明。全員ポルノ映画の俳優のような振る舞い。

――グレン、ヨルゲン、そしてヨルゲンの妻リナとのグループセックス。

――全員酔っ払ってクスクス笑っている。

――さまざまな体位を試している。

――ヨルゲンがリナの口にペニスを押しこみ、彼女が喘いでいる。ヨルゲンがリナの顔を殴る。グレンが笑い、マスターベーションをする。

ビデオ2：一九九〇年代半ば
――さらにセックスと暴力。
――三脚を使った性能のいいカメラ。

――場所はタイあたりで、女の子たちは未成年のもよう。

――アナル。

――尿。

――朦朧《もうろう》とした若い女性が鎖で縛られている。頭に袋をかぶせられ、乳首に煙草を押しつけられている。


「これはほんの始まりにすぎません」リーリャがメモから目をあげて言った。

「じゃあグレンとヨルゲンは女性たちをレイプし虐待していたの?」トゥーヴェソンが尋ねた。

リーリャはうなずいた。

「どういう女たちだ?」クリッパンが尋ねた。「娼婦?」

「わからないわ。九〇年代前半のものにはヨルゲンの妻のリナも加わっていたけれど、顔を殴られてカメラの前でオーラルセックスを強要されてからは映っていない。だれかを家に連れこんで麻薬をのませ、あとは目が覚めるまでどこかに放置していたみたいね」

「一部始終を撮っていたのか?」クリッパンが尋ねると、リーリャがうなずいた。

「そのビデオテープをあとからDVDに移したのよ」

「まったく胸クソが悪い」クリッパンが首を振りながら言った。

「どこが?」とモランデル。「イベントを記録し思い返すための手段にすぎない。このビデオはやつらにとってトロフィーを集めるようなものだ」

クリッパンはうんざりしたようにモランデルを見た。「イングヴァル、この事件のすべてが胸クソ悪いんだよ」

「とにかく、このテープの一部を見てほしいの」リーリャはとりなすように一枚のＤＶＤを掲げた。「ほかのものとはちがってるから」

「どんなふうに？」とトゥーヴェソン。

「まず、女性は出てきません。被害者だけ……というか犯人だけ」ＤＶＤをセットし、プレイボタンを押した。白い壁にハンドカメラで撮影された粒子の荒い映像が映しだされる。最初のショットは階段と、天井に取りつけられた点滅するむき出しの照明、壁に書かれた落書きだった。右下の隅に日時が表示されている。

〝一九九三年四月十三日午後六時十七分〟

ヨルゲンがフレームのなかに入ってくる。ジーンズとフード付きのスウェットシャツを着て、見るからに酔っ払っている。片手に持ったビールをカメラに向かって掲げたあとアパートのひとつの部屋のベルを鳴らす。唇が動いているが、ビデオレコーダーの音は消されていてなにを言っているかはわからない。ヨルゲンはビールを飲んだあと床を指さす。カメラは彼の指を追い、ヨルゲンがズボンのファスナーを開けペニスを出すところがぼんやり映しだされる。ボトルのラベルと、そこに排尿しているヨルゲンのペニスが交互に映しだされる……


「このブタ野郎」トゥーヴェソンが頭を振りながら言った。

「残念ですが、まだ始まってもいません」

「なんで音がないんだ？」モランデルが尋ねた。

「オンにするのを忘れていたみたいだけど、すぐに気づいたようよ」

ビデオの続きに戻った。


……ヨルゲンがカメラに向かってボトルを掲げ、にやりと笑っている。グレンの手がフレームに入ってくる。ヨルゲンがメリケンサックをはめてもう一度ベルを鳴らすあいだ、グレンがボトルを持っている。ヨルゲンは長いあいだベルを押していた。数秒後、クラース・メルヴィークがドアを開けた。彼はなにか言いながらヨルゲンとカメラを交互に見ている。怖がっているようすだ。再び口が動く。ヨルゲンは彼の顔にげっぷをすることでそれに答え、アパートのなかに押し入っていった。ぐらつくカメラがふたりを追い、あちこち動いたあとドアが閉まって鍵がかけられた。その後カメラは廊下の鏡に向けられた。自分を撮影しているグレンの全身が映っている。不適な笑みを浮かべてボトルを掲げ、廊下のテーブルに置く。カメラのボタンが押されると音声が入りはじめた……

この時点でトゥーヴェソンとほかのメンバーたちとのあいだにあった感情的な隔たりは、完全に消え失せていた。いま彼らはグレン、ヨルゲン、そしてクラースと同じ場所にいる。ハンマーでスイカをつぶすかのごとくヨルゲンの拳が振りだされる音がする。その合い間に聞こえる、やめてくれと懇願するクラースの声がだんだん弱々しくなっていく。

……グレンはカメラを持ってアパートの奥に進み、静かになったクラースの姿を捜している。ヨルゲンのメリケンサックを何度もくらい、クラースはぐったりと床に横たわっている。顔は血と粘液で真っ赤に染まっていて、大きなひとつの傷口に見えてくる。ヨルゲンは息を切らし、汗をかいている。いったん手を止めてクラースのシャツで手についた血を拭う。「くそ、こんなに簡単にくたばりやがって」ヨルゲンがあざ笑うように言う。「きっと喉が渇いてるぞ。飲みものをやれ！」カメラが下に移動し、クラースの血まみれの顔と同じ高さになる。ビールのボトルを持ったグレンの手がフレームに入ってくる。グレンがクラースの口に尿をかけるとクラースが目を覚まして咳きこむ。かなりの量が顔にかけられた。「ほら起きろ。お利口さんよ。いいから飲むんだ」とクラースの口元にボトルを押しつけ、空にする。「もっと飲め」

〝一九九三年四月十三日午後八時〇三分〟

クラースは、腕を頭上に伸ばし天井の照明用フックにサンドバッグのようにぶら下がっている。手首はダクトテープで縛られ、そのダクトテープはフックに巻きつけられている。つぶれた頭をなんとか持ちあげようとしているが、重力に負け何度も何度もがっくりと胸まで落ちる。その前でグレンが空手の試合中でもあるかのように跳ねながら足を踏みかえている。ときどき飛びあがって蹴りを入れると、クラースの顔が真横を向く。「頭をちゃんとあげてろと言っただろ!」ヨルゲンがカメラのうしろから叫ぶ。そしてクラースのもとに近づいて耳を何度か叩いた。「ムカつく野郎だ! この女々しい負け犬め!」クラースは頭を持ちあげようとするができなかった。口が動くものの、なかなか言葉が出てこない。やがて声が聞こえてきた。「お願いだ……殺してくれ……頼む」と蚊の鳴くような声で言う。グレンが画面に入ってくる。「行こうぜ。飯を食いに行こう」

〝一九九三年四月十三日午後一〇時二八分〟

クラースは廊下の床で固定電話を抱えてぐったりと横たわっている。手首はテープが巻かれたままだ。「どうやってここまで来たんだ?」カメラがズームするとヨルゲンが肩をすくめる。「さあな、どうでもいいさ。線は切れてるんだから」と切断された電話線を持ちあげた。「こいつが切られているのは知らなかっただろ? このいまいましい野郎め!」

ヨルゲンは電話をつかんでクラースの頭に何度も何度も叩きつける。「おい！　使うのは手と足だけだろ！」カメラの外からグレンが言う。ヨルゲンは電話を放り投げてクラースの足をつかみ、部屋のなかに引きずっていった。

リーリャは停止ボタンを押してほかのメンバーたちの顔を見た。「これがあと一時間続きます」

だれも口を開かなかった。

「なんてこった」クリッパンが声を絞りだすように言った。「自分がどっちの側にいるのかわからなくなってきた」

「よく生き延びたわね」トゥーヴェソンが立ちあがった。「悪いけど、休憩を取らせて」

「何時に再開するか決めますか？」リーリャが尋ねた。

「いいえ」トゥーヴェソンはそれだけ言うと、部屋をあとにした。

39

ギザギザのあるナイフで胸をえぐられるような痛みで目を覚ました。モルヒネの量を増やそうと手を伸ばしてボタンを押す――なにも起こらない。そこでもう一度押した。おそらく医者だろうが白衣を着た男たちの記憶がかすかにある。彼の容体について話し合っていた。わかったのは、自分は生き延びられるだろうが、再び歩けるようになるまで数年のリハビリをする必要があるということだった。いや、逆かもしれない――いくらリハビリをしても自分の足で立てるようにはならないかも。

目覚めてから何日たったのか考えようとしたが、難しかった。日数や看護師、検査、食事などすべての事柄が交じりあって溶けていくような感覚だった。重傷を負って病院にいることは理解できた。けがの程度からしておそらくコペンハーゲンのリグスホスピタレット病院。

あの夜なにが起きたのか、断片的な記憶はいくつかある。プジョーのタイヤを取り換えている男に近づいていったこと、ピストルを握ったものの発砲するまでには至らなかったこと、ラグレンチで耳を殴られて倒れたこと。だがそれらの記憶も途切れ途切れのイメージにすぎない。

今日女性が訪ねてきた。エルセだといいと思っていたが、こちらに近づいてくるとそれは望んでいた相手ではないことに気づいた――美人とはほど遠い。エルセほど美しい女性はいない。病院で毎朝目を覚ますたびにまず思うのが彼女のことだ。彼になにがあったか知っているのだろうか、そして寂しいと思っている？　彼がいなくなって寂しいとだれか思っているだろうか？

その女性は警察官だったが、私服だった。二日前にも来たと言った。彼にけがを負わせた犯人を追っていて、身元もわかっているという。写真も見せられたがその男ではなかった。少なくともその男ではないと思った。だが彼女が帰ったいま、急に確信がもてなくなった――自分が言ったことと見たことに。

はっきりわかっていることをなんとか思い出そうとした。些細な事実が全体の記憶をよみがえらせてくれるかもしれない。だが、これだけははっきりしていると言い切れることがなにひとつなかった。

実際にはなにも起きてないとしたら？　すべてはただの夢で、目覚ましが鳴って終わりになるとしたら？　彼の目覚ましはすさまじい音をたてる。これがただの夢だとわかったら、アラームつきラジオを買いにいこう。

再びモルヒネのボタンを押した。刺すような鋭い痛みはたちどころに消えたが、脈を伴う鈍い痛みは全身にあった。頭のなかに形のはっきりしない疑問がいくつも浮かんでくる。長く息を止めていれば呼吸は止まるだろうか。そんなことは可能だろうか。エルセ、愛するエルセ、彼女は知っているのだろうか。彼を捨てたことを申し訳ないと思っている？　彼のことを考えているだろうか。少しでも気にかけただろうか。

ふと見上げると、天井のタイルが一枚動いて穴が現れた。いや、もともとタイルはなかったのかもしれない。思いは同僚たちのことに移った。みんなの前で恥をさらしたのだろうか。深くため息をつくと、再び胸をナイフでえぐられたような痛みが走った。黒ずくめの人間が天井穴からロープを伝って降りてきて、こちらに近づいてくる。意識が戻って初めてすべての疑問が消えた。男の顔を見る必要はなかった。いま注射器を使って点滴袋になにかを注入している男こそラグレンチで彼を殴り、スウェーデンのナンバープレートがついたプジョーで彼を轢いた男だと確信した。登録ナンバーはなんだった？　男は注射器を抜き、点滴袋を揉んだ。

ＪＯＳ６５２だ、とモーデンは思った。次の瞬間、陶酔感の波に洗われた。最後の記憶は医療機器から発せられるけたたましい警告音だ。狭い檻に押しこめられた猿たちの絶叫のようにあたりに響きわたった。

40

ファビアンがレリンゲ教会に到着したとき、すでにすべてが終わったことを告げる鐘が鳴っていた。黒いスーツが見つからなかったため、ブラックジーンズといまの時期には暑すぎるダークグレーのウールのジャケットで代用した。教会は人があふれていて、人を押しのけてどうにか脇の通路に立つ場所を確保した。メデ・ルイーセはほんとうに自分には友だちがいないと思っていたのだろうか。

礼拝を行なう牧師は、メデ・ルイーセ・リースゴーの洗礼式と堅信式の両方をとりおこなった人物だった。多くの人が人目をはばからずに泣き、牧師でさえも涙を抑えるのに苦労しているようすだった。彼は洗礼式のあいだメデ・ルイーセがどれほど泣き、というより叫んでいたかを語った。あまりに大きな声で、オルガンの音がかき消されそうなほどだったという。ところが聖水をその小さな頭につけたとたん、彼女は大人しくなり、北極の氷をも解かすような天使の微笑みを信徒たちに向けたのだった。

牧師はメデ・ルイーセが神の御許にいることを確信していると話し、それをお互い助け合って悲しみを乗り越えることに役立ててほしいと語りかけた。

「神の御業には、この悲劇にさえすべて目的があります。常にわたしたちにそれが理解できるわけではありませんが、それが存在することを知るだけでも、支えになることがあります」

その目的がファビアンの喉のつかえを大きくすることだとしたら、神は成功した、とファビアンは思った。犯人の言うとおりだ。メデ・ルイーセの死に責任がある人間はファビアンひとりしかいない。

礼拝のあと、教区委員が参列者に隣のホールでコーヒーとクッキーを食べていくよう案内していた。ほとんどが知り合い同士のようで、十五分もしないうちにホール内はおしゃべりでさざめきあっていた。ファビアンはコーヒーカップを持って立ちつくし、早くここから帰りたいと思ったが、罪の意識から逃げださずに踏みとどまるのが重要だとなにかが告げていた。

じっとしているのに耐えられなくなり、弔問客のあいだを歩きはじめた。携帯電話を取り囲んでいる子どもたちもいれば、丸テーブルにすわっているスーツ姿の年配の紳士たちもいる。彼らは異常な暑さについて話し合っていたが、そのうちのひとりが一九三〇年代の夏とは比べものにならないと言っている。

少し離れたグループにファビアンと同じ年回りの背が低くぽっちゃりした女性がいた。彼女の視線に気づいたファビアンは会釈と微笑を返したが、相手は好意的な反応を示さなかった。というより正反対で、グループのほかの人たちと会話を続けながら、どんどん腹を立てていくようだった。

メデ・ルイーセ・リースゴーの母親にちがいない。そばに行って挨拶しようかと思ったが、そう考えているうちに相手がつかつかと歩みよってきた。ファビアンは手を差し出したが彼女はそれを握らなかった。名前を聞かれて名乗り、犯人を捕まえるために全力を尽くすと約束した。

「犯人？　あなたが犯人でしょ！　あなたのせいよ！」女性が大声で言った。「あの子を殺したのはあなたよ、あの子に死をもたらしたのは！」とファビアンの胸を拳で叩き、この人殺し、地獄で火に焼かれるがいいと繰り返し叫んだ。

ファビアンは抵抗しなかった。弔問客たちは話をやめ、振り返ってドラマを見物している。そこにサスペンダーをつけた短髪の男が近づいてきた。

「いったいなにごとだ？　あんたスウェーデンの警官か？」

ファビアンがうなずくと、次の瞬間、男に突き飛ばされた。バランスを失い、コーヒーを白いシャツにぶちまけて床に倒れた。男は馬乗りになってもう一度殴ろうと拳を引いたが、ファビアンのほうが素早かった。腕をつかんで引きずり倒すと、身体を起こして相手の腕を背中にまわし、抑えこんだ。

「落ち着いてくれ、いいな？」ファビアンは力をこめて本気だとわからせた。三人の男に引き離され、早くここから出ていくよう言われ、ファビアンはホールをあとにした。デンマークをきれいにしておくためには、スウェーデンのクソ野郎は国境に押し戻さなければならないと口々に叫んでいるのが聞こえてきた。

　運転席にすわりドアをロックしてからイグニッションにキーを差しこもうとしたが、手が震えてうまくいかなかった。何度か深呼吸したあと両手を使いようやくキーを差し入れてまわした。全身が震えていた。

　教会の駐車場から出る途中、牧師の説教を思い出した。もしメデ・ルイーセの死になにか意味があるとすれば、それはこれ以上無関係の市民の命が奪われる前に犯人を見つけるのに役立てることだ。

　なぜかはわからないが、どれほど新しい同僚たちががんばろうが、この事件は自分の肩にかかっていると感じていた。ギアを入れ、クラッチペダルを離し、コペンハーゲンに向かった。

41

ドゥニヤ・ホウゴーはトイレを流す音で目覚めた。自分がコペンハーゲン警察署の犯罪捜査課のトイレにいることに気づくのにしばらく時間がかかった。この二十四時間ずっと働きづめで、ひと息つける場所が職場のトイレしかなかったのだ。

モーデン・スティーンストロプの死ですべてがひっくり返った。一報を受けたのは今朝の二時半だ。毎週火曜の夜は遊びに出かけていて――一週間で唯一の息抜きの日だ――ゆうべもそうだった。およそ七か月前の火曜日に彼氏と別れて以来、それが儀式のようになっていた。

会社の研修でストックホルムに出かけた彼を驚かせにいった。ところがそこで同棲中の彼氏兼婚約者兼未来の子どもたちの父親が出来の悪い映画のように、スウェーデン人の女の同僚とベッドに入っているところを見つけてしまったのだ。ドゥニヤはなにも言わずにきびすを返し、復讐したい気持ちをたぎらせたままストックホルムの街に出た。やがてセーデルマルムにある老舗のビアホール〈クヴァルネン〉に行きついた。火遊びする相手は簡単に見つかった。名前も覚えていないし、そもそも名乗らなかったのかもしれない。記憶にあるのは赤毛でカーステンより大きかったということだけだ。一週間もすると、カーステンのことはほとんど吹っ切れた気持ちになっていた。わたしの立場に立てば男ならみんな同じことをする、とドゥニヤは思い、それはうまくいった。ずいぶん久しぶりに心が軽くなった気がして、これを習慣にしようと決めた。以来、毎週火曜日は街に出かけて効果の検証を重ねている。

出かけられなかったのは三日間だけだった。そのうちの二日は風邪のせいだが、あと一日は父の再婚相手が肺がんにかかり長い闘病のすえ亡くなったからだ。父から電話があったのはすでに着替えて二、三杯ひっかけたあとだった。相手がだれか気づいた瞬間、電話に出たことを後悔したが、切る気にはなれなかった。彼女とは一度も会ったことがなかったし、父とも何年も前から口をきいていなかった。それでも付き添うことに同意し、電話を切って二十分後、ドゥニヤは父がいるリグスホスピタレット病院に到着した。父の隣にすわって手を握った。ひと晩じゅうどちらも口をきかなかった。夜が明けると、父は手を引っこめてもう行きなさい、もう大丈夫だと言った。以来父とは話をしていない。まだ生きているのは知っているし、どこに住んでいるかも知っている。ときどき父が死んだら自分はどう反応するだろうと思うことがある。自分としては素知らぬ顔で肩をすくめたいと思っているが、心の底では悲しみから逃げることはできないとわかっていた――解決する時間のなかったすべてのこと、口に出せなかったすべてのこと。

ゆうべはクドビューウンで出会ったアフリカ系アメリカ人のCMディレクターと過ごし

ていた。一生懸命デンマーク語をしゃべろうとする彼といいムードになり、モヒートを何杯か飲んでいるうちに、仕事での問題はグラスに残ったミントの葉のように取るに足らないものと思えてきた。そのアメリカ人がドゥニヤのブラを外し、乳房にキスしはじめたときに職場から電話があったのだ。

二十分後に到着すると病院は完全なカオスに陥っていた。なにが起きたのか、だれにもわかっていなかった。死因は？　自殺したのか、それともだれかに殺された？　もしそうならだれに――そしてどうやって？　病棟全体が厳重な警備下に置かれていたはずだ。おまけに、白状すればドゥニヤはまだ少し酔っていた。

携帯を見て、四十七分眠っていたことがわかった。便座から立ちあがり、髪を整えて口紅を塗ってから化粧室を出た。犯人はどうやったのだろうと考えながらデスクに向かった。いまのところなんの手がかりも見つかっていない。リイタはまだ助手たちと現場にいる。これで二回目になるが、ドゥニヤはなにか見つかるまで捜索を続けるよう念を押した。

ようやく酔いが抜けてきて、いまは頭が痛いだけだった。口元に手を当てて自分の息を嗅いでみる。今日はだれとも話すのをやめておこうと思ったとき、ヤン・ヘスクが近づいてきて、検視官がたったいま電話でモーデンの死因を知らせてきたと教えてくれた。

「窒息死だ」

「窒息死？　どうやって？　身体にはなんの兆候もなかったわ」

「目に見えるものはなかったが、血中から高濃度のボツリヌス菌が検出された」

ボツリヌス毒素のことならよく知っていた。基本的にしわ取りのボトックスに使われる神経毒と同じだが、大量に摂取すると胸の筋肉が麻痺し窒息をひき起こす。

「点滴袋は調べたの？」

ヘスクはうなずいた。「デンマークの人口半分を殺せるくらいの量が入っていたようだ。そう言えば……」彼はにやりと笑ってミントを差し出した。ムッとした顔をすべきなのだろうが、ドゥニヤはおとなしくひとつ取った。

「もうひとつ取れよ。やっぱりふたつ」

ドゥニヤはあとふたつ取ってオフィスに向かった。

「箱ごと渡したほうがよかったかもな」ヤンが背後から言った。ドゥニヤは振り返ることなく肩越しに中指を突きたてた。

一気にミントを口のなかに放りこみ、デスクに向かっていく。来客用の椅子にだれかがすわっていた。見たことのない男だったが、それがだれかはすぐにわかった。

42

トゥーヴェソン、リーリヤ、そしてモランデルは楕円形のテーブルを囲んでテイクアウトのチキンサラダを食べながら、このミーティングを招集したクリッパンを待っていた。トゥーヴェソンは目の前のちっぽけなチキンが三本と干からびたレタス、缶詰のコーンちょっぴり、オリーブ数粒の代物が〝グルメ・チキンサラダ〟と呼ばれていることが理解できなかった。このわびしいランチはのちほど煙草で埋め合わせる必要がある。

「だれかリスクから連絡があったか？」モランデルが尋ねた。

トゥーヴェソンが首を振った。「いいえ、当然でしょ。休暇中なんだから」

モランデルは黙ってうなずいた。

「イングヴァル、どうすればよかったって言うの？　ほかに選択肢はなかったわ」とトゥーヴェソンは言った。

「わかってる。ただ少し……残念だ」

「そう思ってるのはあなただけじゃない」とトゥーヴェソン。

「話はちがうけど、リスクについてちょっと調べてみたの」リーリャが言った。「彼がストックホルムで前の職場を首になってたことを知ってた人はいる？」

モランデルが首を振る。

トゥーヴェソンがため息をついた。「この事件の捜査だけで手一杯なんじゃない？」

「彼のバックグラウンドを少し知りたかっただけです。一緒に働くんならそのほうがいいと思って」

「イレイェン、なにが言いたいの？　そうよ、彼は判断を誤って、行き過ぎた行動をとったけれど、彼と同じ立場だったらあなたも同じことをしたと思わない？」

「被害者の妻と恋に落ちていたらということですか？」リーリャが言い返した。

「それは十代のころの話でしょう。いまリスクがどう思っているかわからないわ」

「そこが問題なんです――わたしたちにはわからない。それに初めてのことじゃないみたい。去年の冬リスクにストックホルム警察の捜査が入ったときの資料を見たんだけど、行間を読むと、彼はそこでもチームに従わないタイプだったようよ」

「なにをしたんだ？」モランデルが尋ねた。

「ひとつには――」

「イレイェン、やめて」トゥーヴェソンは言った。少なくとも二本は吸わなければならない。

「でも――」

「よし、みんなそろってるな」クリッパンが入ってきた。

トゥーヴェソンはクリッパンが話題を変えてくれたことにひそかに感謝した。リーリャの言うことは正しい。リスクの行動は、最初彼のことを問い合わせたときにストックホルムから警告されていたとおりのものだった。同僚の意見はおおむね一致していた。リスクは優秀な警察官だが、ひとりで突っ走るところがあり、なにを考えているか、その結果どうなるか予測がつかないということだった。だがトゥーヴェソンが警察官に求めているのはまさにそういう資質だった。口に出して言ったことはなかったが、部下たちが現状に甘んじている気がしてならなかった。彼らはみなプロフェッショナルで頼りがいがあるが、もはやなにかを証明しようとは思っていないように見える。楽なほうに流れ、枠にとらわれずに考えることをやめてしまった。そこにリスクがやって来たのだ。ほとんどミスのないことは報告書では見栄えがいいかもしれないが、現実はまた別の話だ――事件によっては、危険を顧みずに限界を押し広げなければならないこともあるのだ。ときにはその境界のまちがった側に着地する場合もあるが。

クリッパンはオーストルプのマクドナルドの女性店員から、犯人ではないかと思われる人物について連絡があったと報告した。彼女の証言から起こした似顔絵をまわす。「彼女は先週木曜の夜に店に出ていたが、シュメッケルのこともメルヴィークのことも確認できなかった」

自分たちはシュメッケルとメルヴィークをあたかもふたりの異なる人物、ふたりの殺人犯のように考えている、とトゥーヴェソンは思った。そして今度は三人目の犯人の似顔絵がテーブルをまわっている。事件が解決するまでに何人の容疑者が現れるのだろう。

「これはだれだ?」モランデルが似顔絵を掲げて言った。

「この男は先週木曜の午前零時すぎにマックに行き、木曜にしか販売されていないチリ・マックフェスト・デラックスを注文した。ところがその時点で金曜になっていた」

「じゃあ、チリ・マックフェストは断られたのね?」リーリャが尋ねると、クリッパンがうなずいた。

「ああいう店じゃ客の言うことを聞くんだと思ってたよ」とモランデル。

「だがこの男はノーという返事を受け入れなかった」クリッパンは続けた。「自分が列に並んだときは木曜だったから、まだ注文できるはずだと言い張ったんだ。レジの彼女は自分がルールを決めているわけじゃないと説明した。次の客の対応を始めたところ、男が警告を発した」

「警告って？」トゥーヴェソンが尋ねた。

「自分を無視するなと」

みなが視線を交わし合った。

「彼女が自分を飛ばして次の客の注文を取りはじめたから腹を立てた？」

クリッパンがうなずいた。

「それからどうなった？」

「チリ・マックフェストを手に入れた」

「そうこなくちゃ」モランデルがにやりと笑った。

「彼女は口先だけの脅しだとは思わなかった。男が本気で言っているのは明らかだった」

トゥーヴェソンは似顔絵を手に取ってじっと目を凝らした。いつもどおりクリッパンは、車椅子に乗った片目の見えない元美術教師ギュードゥルン・シェーレに似顔絵を依頼していた。彼女は十五年前に教師を引退し、クリッパンの母親と同じ高齢者向け住宅に住んで肖像画を描いている。あるとき彼女の作品を見たクリッパンは、ポルシェー森でジョギング中の女性を狙った連続レイプ犯の似顔絵を描いてくれないかと頼んだ。ギュードゥルンの描いた似顔絵を公開して三時間後に犯人が特定され、その後まもなく逮捕された。以来、ヘルシンボリ警察では彼女に仕事を頼んでいるが、彼女がいつ死んでもおかしくないという事実には目を向けないようにしている。

ギュードゥルンはいつも木炭を使っていたが、今回も例外ではなかった。トゥーヴェソンはあらためて彼女の才能に感銘を受けた。あの震える手では鉛筆を握ることもできないだろうに、木炭を何度か動かすだけで曖昧きわまりない目撃者の証言から個性を生みだすのだ。だがこの絵はこれまでのものとはどこかちがっていた。まっすぐに見返してくる目は恐ろしいほど威嚇的だが、それ以外の部分にははっきりした個性が感じられない。平凡すぎて、目の前にすわっていても気づかないだろう——それが似顔絵によくある問題だ。だがギュードゥルンの絵でそう感じたのは初めてのことだった。

漠然としているあまり、そうしようと思えばだれもがその人間に見えてしまう。

「これを公開するつもりか?」モランデルがトゥーヴェソンに尋ねた。

「ヘーグセルに確認してみる。でもしないほうに傾いてるわ。特徴がなくてだれにでも当てはまりそうだもの。それに不確定要素も多すぎるし。レジの子はシュメッケルもメルヴィークも確認できず、たまたま威嚇的に見えたまったく別の人間をあげた。これでは意味がないわ」

「別の人間じゃないかもしれない」とモランデル。「やつは前に外見を変えている、これもそうだった？」

テーブルは静まりかえった。数分後、トゥーヴェソンはこの似顔絵が犯人に対して抱いているイメージに完全に一致することに気がついた。自分たちが捜しているのは亡霊だ。手を伸ばした先にいると思ったら、次の瞬間煙となって消えてしまう、つかみどころのない存在。だれであってもおかしくなかった。クラースでもルーヌでも、あるいはほかのどんな名前を名乗っていようと。

43

「天井裏は捜索《スコープ》したか？」

「スコープ？」デンマーク人のドゥニヤはスウェーデンの方言を理解できなかった。

「ああ――捜索《インスペクト》したか？」

「犯人がエアダクトの上を移動して、モーデンの部屋の天井から侵入したと言ってるの？」

「ドア以外にほかにどこから入るっていうんだ？」

ドゥニヤは頭を振り、なぜこれほど明白な点を見逃していたのだろうと自分にあきれ、穴があったら入りたくなった。なにか気のきいたことを言おうとしたが、頭が働かない。これ以上ぶざまなところをさらすわけにはいかなかった。たしかに彼は格好いいが既婚者だし、まだ評価も定まっていない。

はじめはファビアン・リスクに対し、ほとんどのスウェーデン人に対するようにネガティブなイメージを抱いた。彼はまるでこの世界全体の、特にこの捜査の権限を持っているかのように振る舞った。正式に事件から外されたというのに、捜査を続けるつもりでいる。彼女が協力してくれるなら自分も手助けすることを考えようと言ってきたのだ。

「もしかして二日酔いなのか？　ちょっとなにか食べたほうがいいんじゃないか？」とリスクは言った。そのときドゥニヤは、彼がそれほど悪い人間ではないのかもしれないと気づいた。「すぐに食べものを見つけられなければおれが次の犠牲者になりそうだからな」

ドゥニヤは笑って言った。「まずは新しいシャツを買ったほうがいいわね、コーヒーのしみが新しい流行っていうんなら別だけど」

外の空気を吸ってドゥニヤは少し気分がよくなった。デパートの〈イルム〉でリスクがサービス過剰な店員からひどく高価なシャツを買うはめになったあと、ガンメル・ストランドの〈カフェ・ディアマンテン〉に彼を連れていった。歩いてすぐだし、メイン・ストリートのストロイエからほんの数ブロックの場所なのにそれほど混んでいない。なぜか観光客は、日当たりがよく飲食店が軒を連ねているガンメル・ストランドへの道を見つけられないらしかった。ディアマンテンは気取ったところがみじんもなく、ドゥニヤのお気に入りの店だった。

ふたりはパラソルの陰のテーブルについた。リスクはシーザーサラダとミネラルウォーター、彼女はハンバーガーとコーラのエクストララージを注文した。何口か飲むと、身体が生き返るのを感じた。ふたりは天気やデンマークのワールドカップでの惨敗や、デンマーク人はなぜスコーネ訛りのスウェーデン語を理解できないのかという世間話に終始した。ほんとうに話し合うべきことは避けていたが、ドゥニヤが口火を切ることにした。

「こうしてあなたと会っていることがわたしにとって大きなリスクだってことわかってくれてればいいんだけど。スウェーデン警察とはこの捜査ではなるべく距離をおくように厳命されてるのよ」

「じゃあおれがこの捜査から外れていて、ただの休暇中だってことはめちゃくちゃラッキーだな」ふたりはグラスを掲げて乾杯した。ドゥニヤは思わず笑みを誘われた。なぜかわからないがリスクは不思議なやり方でいい気分にさせてくれる。

「おたくのボスのスライズナーは、なぜ協力できないのかその理由を説明したのか？」

「キムは説明にエネルギーを費やす人じゃないの。わたしの想像だとあなたたちが彼をないがしろにしたことでお灸をすえてるのよ。彼には世界でなによりも嫌いなものがふたつあって、ひとつが自分を飛ばして話を進められること。もうひとつがスウェーデン人よ。キョーゲの警察署に連絡する前にキムに電話すべきだったのよ」

「したぞ。トゥーヴェソンが電話したときおれもその場にいた。おたくのボスが出なかったんだ」

「彼が嘘をついてるって言うの？」

「おれたちは彼に電話したが出なかったんで、留守番電話にメッセージを残した。それ以外のことは言っていない。緊急を要する事態で時間を無駄にするわけにはいかなかったんだ」

ドゥニヤはどう考えるべきかわからなかった。キムは内部的にもメディアに対しても、自分にはなんの連絡もなかったと言い張り、メデ・ルイーセ・リースゴーの死をスウェーデン警察のせいにしていた。それが彼の言い分だった。

「これがアストリッド・トゥーヴェソンの携帯番号だ」ファビアンはナプキンに番号を書きつけた。

ドゥニヤはスウェーデンの携帯電話番号を見下ろした。「これをどうしろって言うの？彼女に電話したってあなたがいま言ったばかりのことを言うに決まってるじゃない」フレンチフライをケチャップに浸しながら言った。

「彼女に電話するんじゃない。電話をつないだオペレーターに話を聞いてくれ」

当たり前じゃない、とドゥニヤは思い、今日はいつになく頭のめぐりが悪いことに戸惑った。この番号があれば、スウェーデン側がほんとうにスライズナーに電話したのかどうかが、正確な時刻と通話時間の長さとともに明らかになる。いまのところたいした成果は得られていない。それどころか若い女の子に続き、今度は警官が亡くなった。犯人を捕まえるには二国間の警察が協力したほうがいいに決まっている。

「要望は？」

「車を調べたい」

「だめよ、問題外だわ。まだ調べてる最中なんだから」

「ちょっと見るだけだ。せいぜい五分」

「わたしの見返りは？」

「うちのボスの番号以外に？」

ドゥニヤがうなずくと、ファビアンは笑った。

「コーラをもう一杯、それとおれが知ってることのすべて」

ドゥニヤは一瞬考えるふりをして笑顔を浮かべた。「犯人について知ってることって？」

「おれたちはずっと同じクラスだった。当時、彼の名はクラース・メルヴィークといい、ひどいいじめを受けていた」

「みんながいじめていたの？」

「おれはやってないが、ほかの連中は。ふたりが特に」

「被害者のふたり？」

「ああ、だがおれも大差はない。ほかのみんなと同じように気づかないふりをしていた」

「どうしてクラースはいじめられていたの？」

「正直言って、わからない。眼鏡をかけ、苗字がバカにされやすいものだったが、おれは理由なんてなかったと思う。やつらはただだれかをいじめたくて、それがたまたまクラースだったんだ」

「彼が犯人だと確信が？」

「ほかにだれがいる？」

ドゥニヤは肩をすくめた。「でもモーデン・スティーンストロプは、あなたたちが公表した写真を見てもわからなかったわ」

「彼がクラースを確認できなかった理由はいくつもある。モルヒネを投与されていたんだろう？　そもそも犯人の顔を見ていたのか？　車に轢かれて記憶があいまいになったとか？」

「はっきり断言したわ」

「犯人の特徴を言えたのか？」

「残念ながら。疲れすぎていて。今日聞こうと思ってたんだけど」

「つまり犯人はまた顔を変えた可能性もある」

「そうするとまた別のことが言える」

ファビアンは彼女の目を見た。

「まだ終わりじゃないということよ。リストにはほかにも名前がある」ドゥニヤは立ちあがった。

ファビアンは彼女がカフェのなかに入っていくのを目で追いながら、彼女がいま言ったことを考えていた。この数日間ずっとなにかが引っかかっていた。何度も振り払おうとしたのに、しつこく居座っている。だがドゥニヤ・ホウゴーがたったいまはっきり言ったように、疑問の余地はなくなった。ルーヌ、クラース、あるいはどんな名前を使っていようが、あいつの仕事はまだ終わっていない――終わりとはほど遠い。

ヨルゲンとグレン、ふたつの明白な標的は消えた。だがだれが残っている？　ほかにクラースをいじめていた者がいただろうか。職場の人間？　子どものころいじめられていた者は、大人になってもいじめにあいやすいと聞いたことがある。周囲の人間が彼らの弱さやどうしてもぬぐい去れない特徴を嗅ぎとるのだ。ファビアンはトゥーヴェソンに電話して、シュメッケルの同僚にルンド病院でのようすを尋ねてもらうおうと決めた。特に彼が患者の膀胱にクリップを置き忘れたという不祥事のあとのことを。その患者にも話を聞かなければならない。だがまずは、プジョーを見るのが先だ。

ドゥニヤはスウェーデンの警官と一緒にいるところを見られないほうがいいと言って裏口から署内に入ることにした。プジョーは地下四階に保管されている。保管エリアはワンフロアをまるごと占めていて、これから調べる予定のものや裁判で証拠として使われるものなど押収された品々でいっぱいだった。車から破れた下着まであらゆるものがそろっていた。

顔の高さのあたりにいくつか穴が開いたアクリル樹脂の窓の向こうで、車椅子に乗った年配の男性が黒っぽいプラスチックでできたものをいじっていた。奥の壁には一九八〇年代前半の裸の女の子のポスターが貼ってあり、彼が日光を避けてここに何年隠れているかを如実に示していた。ドゥニヤが窓を叩いたが、彼は顔をあげなかった。もう一度、今度は窓枠が揺れるほど強く叩き、ＩＤを隙間から差し入れた。

「ちょっと！　時間があり余ってるわけじゃないのよ――二、三日前に来たプジョーを見にきたの」

「スウェーデンの車か」と男が答えた。「いまカテーテルを直してる最中なんだ」

ドゥニヤはうなずいた。

「そっちは？」と彼はファビアンを指さした。

「ファビアン・リスクだ」ＩＤを示そうと財布に手を伸ばした。

「目撃者かもしれない人よ。彼が車を特定できるか確かめにきたの」ドゥニヤが慌てて言い、ファビアンがＩＤを出そうとするのを押しとどめた。

男はポーカーでオールインするかどうか考えているように、ドゥニヤとファビアンに交互に視線をやった。やがて彼は長く重いため息をついた。

ふたりは広大な保管庫のなかを彼のあとから歩いていった。男は電動車椅子を巧みに操り、ときどき止まってゲートを開けた。ふたりは小走りでついていかなければならなかったが、ファビアンは彼が迷路のような通路や背の高い棚の合間を縫うように進み、どの鍵がどの錠のものか把握していることに感心した。やがて車が何台も停まっているガレージに行きついた。そのなかにはスクラップと大差ないものもあったが、新車同様の車もあり、プジョーはそのいちばん奥にあった。

ファビアンはビニールの手袋をつけて運転席にすわり、ドアを閉めた。ひとりになりたかった。ドゥニヤはわかってくれたらしく、離れたところにいた。この車は現在調査中だと言っていたが、ファビアンが見るかぎり、表面を調べたり指紋や毛髪を採取した形跡はなかった。ひとつ考えられる説明はまだ調査を始めていないということだ。ファビアンはイングヴァル・モランデルのことをよく知っているとは言えなかったが、ひとつ言えるのは彼がデンマークの鑑識官であればとっくに調べ終えているだろうということだ。

グラブコンパートメントを開けて中身を取りだした。ルンド病院のロゴが入ったボールペンと単4電池数本、ヘッドライトの予備の電球、マニュアル、所有者名がルーヌ・シュメッケルと明記された保険の書類などが入っていた。いまのところおかしな点はない。整備記録を見ていると、ルーヌがメンテナンスのスケジュールをきっちり守っていることに気がついた。彼は几帳面な性格で、軽はずみな行動をとったり、行き当たりばったりに動くことはないようだ。ファビアンが車を整備工場に持っていくのは、新たに警告音がしたときだけで、そのときにはたいていは手遅れだった――少なくとも彼の財布にとっては。

バックミラーでドゥニヤが時計に目をやり、いらだたしげに周囲を見まわしているのが見えた。しかし、車椅子の男の姿はなかった。そろそろここに来たほんとうの目的を達成するとしよう。

頭痛がやわらぎ、身体の緊張がほぐれていくのを感じる。キム・スライズナーはオフィスの窓辺に立ち、眼下に広がる風景を見わたした。運河の向こうにハーバーフロントでもっとも目立つ建物、ジェミニ・レジデンスが見える。巨大な飼料用サイロをふたつ使って住居につくり変えたもので、結合双生児のようにくっついている。内階段の吹き抜けを見るといつも『時計仕掛けのオレンジ』を思い出した。彼はこの高級アパートに妻と娘とともに暮らしている──それもいちばん広い部屋に。

だがこの二十四時間はあまり楽しめなかった。昔患った潰瘍がストレスで再び開きそうなほどだ。もし辞職せざるを得なくなったらこのアパートは維持できなくなる。だがそれは一時《いっとき》のことだった。いまは不安が消え、潰瘍のことは気にならなくなった。首と肩からも力が抜けはじめている。

モーデン・スティーンストロプが殺されたことは彼の有利に働いた。メデ・ルイーセ・リースゴーの死の責任を追及する声が一気に弱まり、犯人はだれかということに焦点が向けられたからだ。スライズナーはなんとしてもスウェーデン人より早くこの事件を解決したかった。

突然M・C・ハマーの〝U・キャント・タッチ・ディス〟が部屋じゅうに響きわたった。デスクから携帯電話を取りあげる。娘が勝手にこの曲を着信音に設定し、ほかのものを消してしまったのだ。大嫌いな曲のひとつだったが、どうすれば変更できるのかわからなかった。スライズナーはほぼ一年この仕打ちに耐えていた。

あのイラつく〝ウー・オ・オー〟が始まる前になるべく出るようにしている。「もしもし？」

「どうも、ニルス・ピーダスンです」

「どなた？」ニルス・ピーダスンという名前は初耳だったが、それがだれか知りたいとも思わなかった。

「地下の保管室で働いています」

「申し訳ないが、いま会議の――」

「すぐにすみます。正しい情報かどうか確認したくて」

「なんのことだ？」スライズナーはなじるように言い、潰瘍がうずくのを感じた。

「プジョーに関することはあなたの許可がないかぎり、スウェーデン警察に話してはいけないとおっしゃってましたよね？」

「ちょっと待て。きみはだれだ？」

「証拠保管室のニルス・ピーダスンです。二〇〇三年のクリスマスディナーのときに向かいの席でした」

「だれかが接触してきたのか？」

「はい。いまここにいます」

「くそ、だれだ？　スウェーデン人か？」くそったれ。おれに気づかれずにそこまで来るとは。スライズナーは心のなかでつぶやいた。

「名前はファビアン・リスク、ドゥニヤ・ホウゴーと一緒です」

ドゥニヤか。もちろんドゥニヤに決まっている。彼の指示に従わなかったのはこれが初めてではない。犯罪捜査課の長になったとき、彼女には自分によくしてくれればこちらもよくしてあげようとはっきり伝えてあった。きわめて率直に。ドゥニヤ・ホウゴーのような女は、彼が共生関係をほのめかしていることをまちがいなく理解していたはずだ。

五年前に会ったとき、ドゥニヤがどういうタイプの女かはすぐにわかった。目を見れば一目瞭然だったが、彼が差し出した手はなんの果実も生みださなかった。当時ドゥニヤは品行方正な顔をしていたが、恋人と別れてから別人のように変わった。署内の全員が新しいドゥニヤを知っていた。噂はウィルスのように隅々まで広がった。彼女が次々と男を引っかけて、ウサギのようにファックしまくっていると。

だが彼女はこの前のクリスマスパーティでスライズナーをはねつけた。彼が週に三回ジムに通って三十五歳当時の肉体を維持し、稼ぎもよく、彼女のキャリアを押しあげる――あるいはその場に押しとどめる力を持っていることを考えれば、きわめてばかげたことだ。スライズナーは彼女を追い払う方法を長いあいだ探していた。どことも知れない僻地に飛ばしたかったが、どんなに手を尽くそうと、抜群に優秀な警察官であるため彼女の転勤を主張することはできなかった。

「ふたりを止めましょうか？」ピーダスンが尋ねた。
「いや、続けさせろ」スライズナーはそう答えて運河を進むタグボートの動きを目で追った。「だが目を離すなよ、特にやつらがなにか興味深いものを見つけたかどうか気をつけるんだ」

ファビアンは自動的に点灯しないようヘッドライトを消してから、新品同然のキーをイグニッションに入れ、ゆっくりとまわした。エンジンをふかすつもりはなかった。ダッシュボードのパネルが光り、カーナビの起動画面が現れた――これこそ見たかったものだ。画面に地図が現れるまでの数秒が途方もなく長く感じられた。キョーゲの北約十キロの地点で、セメント通りと小道が交わる交差点が拡大表示された。小道は野原と林に続いている。ここがカーチェイスが終わった場所か、とファビアンは思った。無関係のふたりの人命を奪うことになった場所。だがモーデンが追跡を終えた場所を知るためにわざわざ来たわけではない。メインメニューに戻って〝お気に入り地点〟を押した。三つの住所がスクリーン上に現れた。

自宅――ルンド、アーデル通り5番地
職場――ルンド、クリンク通り20番地
その他――グラース、トロン通り15番地

グラースでなにか興味深いものは見つかったか、あとでトゥーヴェソンに聞いてみようと心に留め、画面の左上にある〝最近の目的地〟を押した。この記録のためにコペンハーゲンまで来たのだ。さまざまな住所と時刻のリストが表示される。ざっと目を通し、六月十九日以前はときどき食料品を買いに寄るくらいで、ほとんどが家と職場の往復だったことを確認した。

このパターンが破られたのは六月二十一日月曜日で、ここからおもしろくなってくる。ヨルゲン・ポルソンが殺された六月二十二日、この車はオーレスン橋の料金所を通過してドイツに渡り、停止したのはレリンゲのガソリンスタンドだけだということがわかった。六月二十二日の情報についてはすでに知っていたことが裏付けられたにすぎなかったが、ファビアンの興味を引いたのは六月二十一日の動きだ。

六月二十一日午前十時二十三分、この車は名前のない通りで停まっている。GPSが地図上で位置を示しているが、車はふつうとると思われるルートではなくかなりの迂回路をとっていて、ヘルシンボリの三十キロ東、スティエネスタードの一キロ北にあるセーデルオーセンまで行っている。

プジョーが停まった道の先はどこにも通じていないようだ。数時間後、車はその辺鄙な場所を離れてヨルゲン・ポルソンの住んでいたテー通りまで移動している。ファビアンは名前のない道の座標値を書きつけた。56.084298、13.09021。これで望んでいたものが手に入った。

ドゥニヤは同僚に見られていないか周囲を確認して、二年前に作られたもののだれも使っていない仮眠室にこっそり入っていった。簡易ベッドに横になって目を閉じる。別れたときリスクは、興味深いものはなにも見つからなかったと言いながら、実に満足そうな顔をしていた。なにか見つけたにちがいない。

スウェーデンに戻って手がかりを追うつもりでしょうと言うと、もし興味深いことがわかったら連絡すると約束してくれた。

リスクのなかなか口を割らない態度にイラつくべきなのだろうかと考えたものの、自分が彼の立場だったらきっと同じことをしたはずだ。ドゥニヤも先走ってものごとを明かすのは避け、たしかな情報だと確信できるまで口を閉ざしておくほうだった。それを快く思っていない同僚がいることも知っている。彼らの完璧な世界では、あらゆる情報はチーム全体で共有し、原型をとどめないほどこねくりまわすべきなのだ。

携帯電話が震えだした。画面に〝ゲス野郎《スリーズボール》〟と表示されている。

「ドゥニヤ・ホウゴーです」

「だれからの電話だかわからないふりをするのはやめろ」

「あら、キム。あなたの声を聞けるのはいつだって嬉しいわ。なにか用でした?」

「こっちに来い。話がある」

「いまちょっと――」

「いますぐだ」

ドゥニヤはドアを閉め、キム・スライズナーの整然としたデスクに向かい合うかたちで腰をおろした。彼の笑顔は不吉の前兆だった。怒っていたり不機嫌だったりしたほうがずっと安心できた。ひとりよがりの笑みを浮かべているときはたいていなにか自分がすばらしいと考えるプランを思いついたときで、それを実行してくれないかと部下に頼んでくるのだ。以前の例では迷宮事件を再捜査させられたり、新しいところでは毎日だれかがコーヒーに合うデザートを持ってこなければならなかった――もちろん〝ゲス野郎《スリーズボール》〟以外のだれかだ。

「ちょっと疲れてるようだな。ゆうべは遅かったのか？」

「思ったほどでは。ご承知のとおり、もう一件殺しが起きてしまいましたから」ドゥニヤはなるべく無関心な顔を装った。

「そうだな。捜査のほうは進んでいるか？　なにか進展は？」

「まだです。でもリヒタが病院で天井裏を調べています。犯人はそこから侵入した形跡がありますので」

「では言いかえれば、まだなにも見つかっていないということだな？」

「そのとおりです」

「ほかに報告することは？」

リスクと会ったことをスライズナーが知っている可能性はあるだろうか。それはないと考え、ドゥニヤは首を振った。

「半日スウェーデンの警官と一緒に過ごし、押収した車を調べさせたこともわたしには報告するまでもないと言うのか？」

どうして知ってるの？

「ちょっとおかしいと思わないか？」スライズナーは口をつぐんで反応を待ったが、ドゥニヤには答えようがなかった。「こう言いかえてみよう。この捜査に関することは、特にスウェーデン警察に対しては、わたしの許可なく公表してはならないという指示のどこがわからなかったのかね？」

あのじじいにちがいない。告げ口をしたのはあの男しかいない。ドゥニヤはあいつのカテーテルを引き抜いて、口に突っこんでやりたくなった。「キム、あなたの指示は理解していましたが、いまいちばん大切なのは犯人を見つけることだと――」

「きみの意見など聞いていない。きみには失望したが、きみの越権行為を必要以上に広める理由もない」

「越権行為なんてしていません。わたしが思うに――」

「黙れ！　きみがどう思おうがどうでもいいんだ。きみは契約書に書かれた機密条項を破ったのだぞ！」

スライズナーがなんの契約書のことを言っているのか、警察に入ったときにサインした書類が机の上に置かれるまでドゥニヤにはわからなかった。彼はニコチンのしみついた爪で問題の条項を叩いて示し、読みあげた。「〝職員は機密情報の公表、開示、利用をしてはならない。これは当該職員が雇用されている公的機関の長に適用されるのと同じ限度において適用される〟」契約書から顔をあげてドゥニヤの目をじっと見据える。「きみを解雇するのに充分すぎる根拠なのはわかってるだろうな」

冗談に決まってる、とドゥニヤは思ったが、同時にそうではないこともわかっていた。

「解雇なんてできないわ」哀れな声に自分を罵りたくなった。強気な見せかけがはがれ落ちていく。「そんなこと――」

「わたしはなんでもやりたいことができる。もしトイレットペーパーが切れていれば、きみをその代わりに使うこともできる。チーム内に信用できない密告者をおいておけないことはきみにもわかるはずだ」

「わたしはただ同じ犯人を追っているスウェーデン警察の――」

「きみがしたことはわかっている！　真の動機もわからないのに、許可もない人間に物的証拠を調べさせたのだ」

「信じられない、彼はただわたしたちと同じようにこの事件を解決したいだけよ！　少なくともわたしと同じようにね！」

「この件に関して言うと、犯人はファビアン・リスクである可能性も充分にあるのだ。なんといっても同じクラスだったのだからな」

「冗談ですよね」

「はっきりしているのは、モーデン・スティーンストロプが手配写真を確認できなかったことだ、その写真は他ならぬリスク自身が公表を迫ったと聞いている。スティーンストロプはその直後に殺された、リスクがたまたまこの街に来た日にだ。それに彼はかつて――いまもかもしれないが――最初の被害者の妻に恋をしていた。ただの偶然かもしれないが、そうでなかったら？　いずれにしても、きみは屁とも思わないのだろうな。リスクを手引きして、われわれが調べる前に車を見せてやった。彼が車のなかでなにをしていたのか知っているのかね？　証拠を持ち去ったかもしれないんだぞ！」

　これ以上この男と話し合っても無駄だ。ドゥニヤは自分が流砂にはまったのがわかった。もがけばもがくほど深く沈んでいく。ふたりは黙ったままじっとにらみ合った。お互いスライズナーの言い分はたわごとだとわかっている。彼ほどでたらめを論理的で意味があるように語れる人間はいない。だからこそここまで出世できたのだろう。いい警察官であったからではない。

　スライズナーは雇用契約書をしまって勝ち誇ったような笑みを浮かべた。「幸いなことに、わたしはそういう男ではない。このちょっとした行き違いはしばらく脇において、成り行きを見守ろうではないか。それと引き換えに、わたしに対してなにかできることがあるのではないかね？」

44

ファビアンはE6号線を降りて、ハイウェイ110号線を東に向かい、サクストルプを通過した。プジョーに残っていた座標値をGPSにプログラムし、スコーネの田園地方を案内してもらう。

マルクヘーグス通りにある大きな農場をいくつか過ぎた。カーナビの女性の声にエスレーヴス通りを右に折れて、数百メートル走ったあとヒエド通りを右に曲がるように指示された。すんなりと最終目的地に到着しそうだったが、そこでなにが待ち受けているのだろう。地図で見ればそのあたりはほぼ森林地帯だ。

グーグルマップで調べたところ、そこには建物がふたつある農場があることがわかった。持ち主の名前がわからなかったので、リーリャに電話した。すると、なぜ休暇に入ってないのか、この農場にどうして興味を持ったのかと聞かれた。ファビアンは正直に答えた。ルーヌ・シュメッケルの家に行った際にプジョーの合鍵を見つけ、コペンハーゲンに車を調べにいった。GPSに残っていたデータによればヨルゲンが殺された前日、その車はまさにこの農場にあったことがわかったのだと。

電話の向こう側は完全に沈黙し、ファビアンは聞いているかと確認するはめになった。
「これが休暇なの？」リーリャはあきれたように言い、ひとりで人里離れた場所にある農場へ行くなんてばかげているにもほどがあると指摘した。ファビアンはきっとだれもいない、打ち捨てられた農場だろうから大丈夫だととりなそうとしたが、リーリャは彼の考えを見抜いていた。「怖いんでしょう、だから自分がどこにいるかわたしたちに知らせておきたいのね。それが電話してきたほんとうの理由でしょ？」

ファビアンは農場でなにを見つけることになるのか予想がつかなかった。

コーゲレードを過ぎると風景が一変した。木立がなくなって広い空が広がり、道幅が狭くなってセーデルオーセンの尾根に続いている。すぐに脇道もない一車線ほどの道幅になったが、この十五分で一台の車にも行きあわなかったからべつにかまわない。

曲がりくねった道を進んで別の農場に行きついた。迷ったのではないかとGPSをチェックする。地図によれば、目的地に行くにはこの農場を突っ切らなければならないようだ。招かれざる客になった気分を打ち消して、車のなかから周囲を見まわしながら建物のあいだを進んでいった。

納屋の扉が開け放されていたが、人の姿は見えなかった。だれも住んでいないようだ。錆びついた芝刈り機や古いトラクターのタイヤ、バスタブ、そして汚れた裸のマネキンが何体も散らばっていた。ファビアンは有名なローリー・アンダーソンの言葉を思い出した――世界じゅうの大都市に住む者同士は、自身の国の田舎に住む者とより理解しあえるものだ。これは自分にも当てはまる。スウェーデンの田舎の生活や、そこに住む人々についてほとんどなにも知らなかった。

再びゆっくりアクセルを踏みこむと、右側でなにか動くものがミラーに映った。大型のジャーマンシェパードが吠えながら十メートルほど車の横を走ってきて、突然車の下に消えた。慌ててブレーキを踏むと、車はスリップして停まった。ファビアンはとっさにドアをロックして犬が出てくるのを待った。しばらくして数メートルバックしたが、犬の姿はどこにもなかった。狐につままれたような気分だった。

ほんとうはここがプジョーの座標位置ではないかと考えたが、カーナビはあと一キロほど先だと告げている。再び慎重に車を走らせはじめると、電話が鳴った。バックミラーに目をやりながら応答する。犬はどこに行ったのだ？

「ウルス・ブルンナー」リーリャが電話の向こうで言った。

「それはだれだ？」

「あなたが向かってる農場の持ち主」

「ドイツ人か？」

「そうみたいね。二〇〇一年にそこを買ってるわ。シュメッケルのいくつもある名前のひとつだと思う？」リーリャの声が途切れて聞きとりにくくなった。

「かもな」ファビアンは建物の角をゆっくりまわった。「そいつはドイツに実際の住所があるのか、それとも私書箱だけ？　イレイエン、聞こえるか？」

「それとトゥーヴェソンから捜査をやめるよう……わたしたちが……」

とうとう電話が途切れた。ファビアンは携帯を助手席に放り投げ、犬がいようがいまいが運転を続けた。道路の右側には森が、反対側には開けた野原が広がっていた。

「三百メートル直進したあと、左折してください」カーナビの声が告げた。ファビアンは最後の道のりに入った。

だがその道は百メートル進んだところで終わっていた。ファビアンは車を降りて周囲を見まわした。雲で太陽が隠れて秋のように感じられた。三羽の白鳥が飛び立って沈黙を破り、その巨大な羽で空気をうならせた。だがすぐにあたりは元どおりの静けさに包まれた。車の音も、遠くでざわめく音もなく、木を揺らす風すらなかった。落ち着かなくなるほどの静寂だった。

木立の向こうに小さな湖がきらめいていた。農家は見えない。伸びすぎたライラックの陰に立っている郵便受けに近づくと、ふたが苔に覆われていた。枝を拾ってこそげ落とす。薄くなったブルーのラベルに〝ブルンナー〟と書かれていた。

ライラックに覆われた郵便受けの向こうに小道が続いている。茂みを抜けると、木の上でなにかが光るのが目に入った。近づいてみると、大きな丸いレンズがポールに取りつけられ、それが離れの建物の屋根にくくりつけられている。

レンズがなんのためにあるのか深く考えないことにして、雑草の茂った小道を農家に向かって歩きながら、こんな辺鄙な場所に住むのはどういう感じだろうと思いをめぐらせていた。自分だったら都会の空気が恋しくなるのに数日もかからないだろう。だがだれにも邪魔されずにひっそりと暮らしたい向きには、ここはうってつけの場所だ。見わたすかぎりほかに家もなく、連絡道路も詮索好きな隣人もいない。ウルス・ブルンナーが求めていたのはそれだったのだろうか。

いずれにしても、ウルスが最後にここに来てからかなりの時間がたっているのは明らかだ。ひょっとすると数年かもしれない。ファビアンは腰の高さまで伸びた雑草のあいだを分け入って、ファイバー・セメント製の羽目板の建物に向かっていった。建物の角を曲がったところ、目にしたものを理解しようとして思わず足が止まった。自分は夢を見ているのだろうか、それとも自分たちの追っている犯人は、想像もできないほど深い謎なのだろうか。

二十メートルほど先に、いま脇に立っている建物と同じ形の建物があった。だがふたつの建物に挟まれたエリアはまったく不可解だった。ゴルフ場のグリーンのようにきれいな芝生が広がっていて、その真ん中には柵があり、砂利を敷いた長方形の地面を囲っている。まるで墓地のようだ。広さは縦三メートル横四メートルくらいだろう。

芝生を歩いてその墓地のようなエリアに近づいていった。だがそこで目にしたのはこれまでの捜査を根底から覆してしまう光景だった。これまでに調べたことはたったいま水泡に帰し、また一から始めなければならなくなった。しかもここからどこに向かえばいいのか見当もつかなかった。

太陽が雲のあいだから顔を出し、たちまち気温が数度上がった。ファビアンは柵をまたいで砂利の上に立ち、四本の金属の脚で支えられた三センチもの厚さのあるガラスの板を見下ろした。そのガラス板の上にルーヌ・シュメッケルが仰向けに横たわっている。彼は裸で、四隅に向かって広げられた手足を縛りつけられていた。

この数日間行方を追っていた男がいままさにここにいた——無防備な姿で野ざらしにされ、焦げている。髪は残っておらず、地肌にひどい火傷を負っているうえ、ところどころ頭蓋骨が覗いている。なにが起きたのか考えをまとめようとしたが、混乱するばかりだった。シュメッケルの顔と全身にはだれかが溶接バーナーで拷問したかのように細長い火傷の痕が残っていたが、ブレがなくまっすぐすぎて手で行なわれたようには見えなかった。

死体に群がる蠅のように、ぶんぶんと耳鳴りがしてめまいを感じ、気分が悪くなった。額に浮かんだ汗が目のなかに滴り落ち、塩気でひりひりした。なぜ水を持ってこなかったのだろう。粘つく唾を飲みこもうとしたが、余計に気持ち悪くなっただけだった。水を飲まなければ。たぶんどこかに井戸があるはずだ。あたりを見まわしていると、すぐうしろでなにかがパチパチとはじける音がした。煙の臭いがして、だんだん熱くなってくる。慌てて振り向いたが、臭いのもとらしきものはなにもなかった。ほんとうは夢を見ているのだろうか。家のベッドで眠りながら夢を見ている？　だが今度は耳元でパチパチいう音がして、突然鋭い痛みに襲われた。そのときようやく自分に火がついているのだとわかった。

第2部

2010年 7月7日～7月11日

〝死に際し、わたしたちが恐れるのは
死そのものではなく、忘れ去られることである〟

――I. M.

一月八日

いつものとおり、ぼくが校庭に入っていくとみんなが見て笑う。あれがミトンに擦れるのを感じる。こんなに緊張して震えていなければいいのに、実際は緊張している。学期の始まりに、ぼくをいじめる新しい方法を考えついたんじゃないかと思って怖かった。まわりのバカなやつらがみんな笑うような、ひどいいたずらなんだ。

でもいつもどおり、やつらはぼくがゲイだとか小便臭いとかわめき始めた。ぼくはなにも言い返さなかったけど、逃げだしもしなかった。ただくるっと振り返って、ふたりのうちのひとりに近づいてミトンの下にメリケンサックをはめた手で顔を殴った。思ってたより痛かったけど、一回じゃ足りないと思ったからもう一度殴った。あいつも殴りかかってきたけど、命中しなかった。ぼくはあいつのフードをつかんで引きずり倒し、あいつの頭を何度も歩道に打ちつけた。叫んでいるのがあいつだったかぼくだったか覚えていない。たぶん両方ともだったと思う。

これまでにぼくがした最高のことだ。いや、初めてレゴランドに行って以来かな。あいつの目に恐怖が見えて、それでぼくはどんどん自分が自分じゃなくなっていくのがわかった。でも同時に強くなった気もした。あいつはぼくの下にただ横たわって、なすがままになっていたから。だれもぼくを止めようとしなかった、あいつの相棒ですら。あいつの頭蓋骨が割れるまで続けることだってできた。絶対に。

P. S. 家に帰ったらラバンが死んでいた。なぜかわからないけど、ぼくは泣きだした。

45

ファリード・チェルクリはずっとそうではないかと考えていたが、いまは確信していた。自分の仕事はまちがいなく、世界でもっとも退屈な仕事のひとつだと。もしチャンスがあれば、チェルノブイリの後始末を手伝っていただろう。このデンマーク最大の通信事業者、TDCのカスタマーサービスセンターで、〝どうしてうちのインターネットはつながらないの？〟とか〝グーグルってどうやって使うの？〟とかいうくだらない質問に答えるよりずっとましだ。

自分には簡単すぎる仕事だったが、金が必要なのでしかたがない。チェルクリのようなラストネームを持っていれば、デンマークのような国でまともな仕事を探すのはほぼ不可能だ。最初の勤務査定のときに昇進の可能性があると言われた。〝優秀なプログラマーの需要は常にある〟ということだったが、三年がたったいまも彼はこのブースにすわって重いヘッドセットをつけている。〝携帯をトイレに落としてしまって電話がかけられないんだけど、どうしたらいい？〟

だが今日は初めて退屈から目覚めさせてくれる質問を受けた。話しはじめてすぐに背筋が伸びるのを感じた。興奮していた。

相手の女性はドゥニヤ・ホウゴーと名乗った。コペンハーゲン警察犯罪捜査課の刑事だ。本来ならＴＤＣの特別部門に電話すべきだが手続きが煩雑すぎるため、もし可能であれば捜査が始まったばかりの忙しいときなのでそのような手間を省ければありがたいということだった。

彼の仕事は顧客対応であって、盗聴ではない。彼女本人がＴＤＣとの契約で問題を抱えているのでないかぎり、助けることはできない。いくらそうしたくても彼女が望んでいる情報を探す権限はなかった。少なくとも雇用契約書上は。

実を言えば、この三年ファリードはＴＤＣのシステムをハッキングすることによって、頭脳とプログラミング技術に磨きをかけていた。ファイアウォールを次々と突破し、通話やメール、データ通信の傍受といった〝聖杯〟にまで到達した。この一年はＴＤＣのネットワークを使用するものならどんな電話でも盗聴できるようになっていた。マルグレーテ女王だろうが、有名司会者カスパ・クリステンセンだろうが、国会議員のソアン・ピンだろうが関係なかった。

見知らぬ他人の通話を盗み聞きすることはしばらくのあいだ格好の憂さ晴らしになっていたが、すぐにもとの退屈のもやのなかに取りこまれた。なにかおいしいスキャンダルでもないかと期待していたのに、驚くようなものはなにも発見できなかった。みんな話を聞かれていることを知っているのではないかと思うほどだったが、今日はちがう。

その警官に聞かれたのは、七月二日金曜日の夕方、スウェーデンのある番号からデンマークのある番号に電話がかけられたかどうかということだった。ファリードはだれの電話番号か尋ねたが、名前は教えてもらえなかった。できるかどうか検討してみる、なるべく早く連絡すると約束して電話を切った。

彼はただちにスウェーデンの番号がヘルシンボリ警察犯罪捜査課の警視、アストリッド・トゥーヴェソン、デンマークの番号がコペンハーゲン警察のキム・スライズナーのものであることを突きとめた。彼女がこの問い合わせを記録に残したくなかった理由がわかった。

どんどんおもしろくなっていく。スライズナーはある種の有名人だ。警察が声明を出すときは必ずキム・スライズナーがその任につく。難なく調査を終えたファリードは、わずか数分後ドゥニヤ・ホウゴーに折り返しの電話をかけた。

「先週金曜の午後五時三十三分、スウェーデンの番号からデンマークの番号に電話がかけられています」

「デンマークの番号は応答したの？」

「いいえ、でも留守番電話に伝言が残されていました。聞きますか？」ファリードは相手のためらいを感じとった。上司の伝言を聞くどんな権利が彼女にあるというのだろう？

「お願い」

ファリードは再生ボタンを押した。

〝こちらはヘルシンボリ警察のアストリッド・トゥーヴェソンです。そちらの管轄内で緊急事態が発生しました。きわめて危険な犯罪者がレリンゲのガソリンスタンドにいて、その従業員を人質に取ることが危惧されます。その男はスウェーデンで少なくとも二件の殺人を犯していて、これ以上の犠牲者が出る前に止める必要があります。このメッセージを聞いたらただちに電話をください。そのあいだにキョーゲの警察署に連絡を取るつもりです〟

ファビアン・リスクの言っていたとおりだった。

「デンマークの番号はスウェーデンの番号にかけ直している？」

「いいえ。彼が伝言を聞いたのは翌日になってからで、その後消去しています」

「消去した？」

「ええ、でも音声ファイルは一年間保存されますので」

〝彼〟と言った、とドゥニヤは思った。相手が契約者の名前を調べたのだとわかったが、それには触れなかった。疑問に対する答えを得たのだ。今度はこれをどうするか考えなければならない。

「ほかにもわかったことがあります」ドゥニヤが礼を言って電話を切ろうとしたところ、相手が言った。

「そう？」

「着信があったときにこの電話があった場所です」

「それで？」

「彼がいたのはリル・イーステ通りとハルムトルヴが交差するあたりです」

その住所ならドゥニヤはよく知っていた。娼婦がたむろする界隈だ。「きっとただの偶然よ」そう答えると、ありがとうと言って電話を切った。

46

強烈な日光が男の裸の腹、へそのすぐ下あたりを直撃している。そこからうっすらした煙が上がり、だれかが目玉焼きを作っているかのようなブツブツという音がする。すでに午後六時を過ぎているが、昼間のような強烈な日射しだ。空気が震え、焦げた臭いがする。

人間の皮膚が焼けるとこういう臭いがするのか、とファビアンは思い、屋根に取りつけられたレンズを見あげた。皮膚が焼けるというより豚を焼く臭いに近い。さっき自分のジャケットに続き、髪に火がついたときに嗅いだ臭いだ。

自分の身体に火がついていると気づいたときには、すでに貴重な数秒間が過ぎていた。地面に身体を投げ出して炎を消そうとしたが、すぐには消えなかった。後頭部の髪についた火が消そうにも消せなかったときはパニックに陥る寸前だった。ようやく消火できたいまも、悪臭は痛みと同じくらい耐え難いものだった。火はジャケットを頭にかぶるまで消えなかった。

それからおよそ一時間が過ぎた。ルーヌ・シュメッケルの腹がまた一センチ焼けている。遺体を動かそうかとも思ったが、背中の痛みがひどくて動けそうになかった。それにモンデルたちが来るまでなににも触れたくなかった。リーリヤに疑われる理由をこれ以上増やしたくない。そこで痛みをこらえて柵から出ると、靴と靴下を脱いでおそるおそる芝生に横になった。

現実とは思えない静けさだった。遠くで鳴く鳥の声も木々のざわめきも聞こえてこない。この土地のすべてが息を止め、生きているのは自分だけのような気がしてきた。これ以上目を開けていられず、眠りに身体を明け渡し、夢を見る余地もない暗い穴のなかに引きずりこまれていった。

47

ドゥニヤ・ホウゴーはエレベーターに乗りこみ、三階のボタンを押した。三十分指圧マットで寝たおかげで背中がほぐれていた。TDCのオペレーターから得た情報はまだ公表しないことにした。今回ばかりは早まった行動をとるつもりはない。ことを起こす前にこの情報が正確かどうか確認しておく必要があった。

スウェーデン警察がキム・スライズナーに電話をかけていたことに疑いの余地はなくなったが、電話のあった時間にスライズナーがほんとうにリル・イーステ通り界隈にいたのかどうかはまだ確信がもてなかった――そしてそれが事実だとして、彼はなにをしていたのだろう。ゲス野郎《スリーズボール》が娼婦を訪ねていてもなにも驚かないが、それが勤務時間中だったのならば、大変なことになる。

エレベーターのドアが開いて交通課のエリアに入っていったが、目指しているのはそこではなく、その奥のIT部門だ。帰る前にひとつ確認しておきたいことがあったのだ。

「あら、べっぴん！　身体を売って買ったドラッグをなくしちゃったたって顔してるわね」

ミケール・ラニングが言った。今日の装いはぴったりしたホワイトジーンズに、シルバーのキラキラした飾りのついた襟ぐりの深いTシャツだ。

「まあ、そんなところよ」

「今日はなに？　あんまりポルノを見すぎて、またパソコンがヘルペスに感染した？」

「言ってみればね」ドゥニヤは彼のデスクに寄りかかった。ミケールがストレートの男性だったらその言葉に激怒していただろうが、ゲイの男にはなぜかずっと寛容でいられる。ミケールには言いたいことを言われているが、不思議と気にならなかった──彼はそれを大いに利用し、いつもドゥニヤのあら探しをした。服でなければ髪形だったり、息だったりした。〝また歯を磨くのを忘れたの？　フェラチオのあとは歯を磨けって何度言わせるのよ。どこに突っこんでるかわかったものじゃ……〟

「七月二日の入出館記録のプリントアウトがほしいの」

「先週の金曜？」

ドゥニヤはこれ以上は言いたくないとうかがわせる顔でうなずいた。

「理由を聞いてもいい？」

「聞いてもいいけど、答えは期待しないで」

ミケールはなにごとかつぶやくとパソコンの前にすわり、いくつかキーを押した。すぐにプリンターがこの建物に出入したすべての職員の記録を吐きだしはじめる。ドゥニヤはインクが乾くのを待たずに手に取り、素早く目をとおしていった。

四ページ目にスライズナーの出勤時刻が記されていた。午前十一時四十三分、彼は駐車場と直結している南の職員用入口でカードキーをかざして暗証番号を入力している。そこから犯罪捜査課に上がっていって、コンピュータにログインしている。その後午後十時四十六分にログアウトして署を出るまでなにも記録はない。

TDCのオペレーターによれば、スライズナーは午後五時三十三分に警察署から遠くないリル・イーステ通りにいたという。だがこの記録によれば彼はこの建物を出ていない。情報がまちがっているか、スライズナーは記録を残すことなくここから出たということになる。


「家に持って帰るわ」ドゥニヤは言って先を急いだ。

「これは貸しだからね！」ミケール・ラニングが叫ぶように言った。

「いつでもわたしをベッドに引きずりこんでいいのよ！　遠慮しないで！」ドゥニヤは自分のお尻を叩いてからドアの外に消えた。ミケールは笑いながら、もし隠れゲイに戻るのと同じくらい愚かなことをすることがあれば、相手はドゥニヤだろうと思った。

48

彼は制御室の〝心臓部《ハート》〟にすわっていた。名前としては〝脳《ブレイン》〟のほうがふさわしいのだろうが〝ハート〟のほうがしっくりくる気がする。〝ハート〟はこの数年かけて、ひそかに平屋建ての家の地下を二・五メートル掘って作った部屋のうちのひとつだ。地下の空間を住居に作りかえるのにほぼ二か月かかりきりになり、上の家に上がっていくのはほんの数回だけだった。必要とあらば地下で一年以上暮らせるはずだ。

水道と、缶詰や非常用食品を備蓄したパントリーのあるキッチンを作った。寝室にはふつうのベッドより心地よい温かいウォーターベッドがある。窓がなかったため、採光には満足するまでかなりの時間をかけた。完成すると、曇りの日でも外より地下のほうが明るいと言い触らしたくなった。

最大の問題は換気だった。いちばん簡単な解決法は庭のどこかに通風口を設けることだが、ファンの音で気づかれてしまうだろう。その代わりに上の階に空気を逃がして新たに煙突を作ろうとしたが、いくら防音を施そうがブーンという音はごまかせず、ただの平屋建ての家でないことが知れてしまう。そこで結局、〝水漏れを直す〟ために家の外で道路工事を行なうふりをして、換気装置を敷地の隅にある配電盤の隣に移した。たしかに大変だったが、それだけの成果はあった。

〝ハート〟については心から満足していた。直径二メートル程度の半球型で、コックピットのように機能し、手を伸ばせば届くところに必要なものがすべてそろっている。コンクリートの壁を赤く塗り、半円形のコントロールパネルと椅子にはゴールドのスプレー塗料を使った。右手に埋めこまれたキャビネットには三台の特注コンピュータが設置されている。これに比べれば市場で売られているもっとも高価なコンピュータでも、昔流行《はや》ったコモドール64と同程度の性能に見えるだろう。また、８テラバイトのＮＡＳサーバーも二台用意した。すべての機器には冷却装置と防音装置が備えられ、どのコンピュータにも上下速度とも秒速百メガバイトの専用回線がついている。インターネットにつなぐときはほんとうのＩＰアドレスをたどられないよう複数のプロキシサーバーを経由している。

目の前にある六台のモニターのひとつに、ルーヌ・シュメッケルの遺体を見下ろしている刑事たちの姿が映っている。火傷の治療を受けるために病院に運ばれたファビアン・リスク以外全員がそろっていた。リスクの身体に火がついたのを見たときは笑いが止まらなかった。話ができすぎで信じられなかった。もし神を信じていれば、このミッションを遂行するにあたって神がともにいることの証左だと確信していただろう。だが、彼に関するかぎり、偶然はただ喜ぶべきものだ。偶然は完璧だ。

予定より数日早くリスクがルーヌ・シュメッケルを見つけたことが偶然なのかどうか、彼にはわからなかった。だが偶然などではなく、リスクがきわめて危険な敵であることを虫の知らせが告げていた。

プジョーを置いていかなければならなくなったとき、彼はまさにこのとおりのことが起きるのではないかと恐れていた。それにルーヌは始まりに過ぎない。もしほんとうに運が尽きてきたのなら、車の件は思っているよりずっと大きな問題になるだろう。だがどんな問題にも解決策はあるものだ。問題を事前に予測しさえすればいい――そして彼にとって、解決策の名前はリスクなのだ。

　いまリスクを殺してしまえばいちばん簡単だ。だが簡単なのがいいとだれが言った？　長い年月と莫大な金を費やしてきたのだから、中途半端な結果に甘んじるわけにはいかない。すでに計画には大きな変化を加えている。リスクがプランBの目玉なのだから、もう少し生きていてもらわねばなるまい。あとは最後のピースを手に入れる必要がある。今夜リスクが病院にいるあいだに片づけるつもりだ。

　音量のつまみをあげ、ルーヌ・シュメッケルを囲んでいる刑事たちの話を聞いた。

「このことはできるだけ長く伏せておきたいわ。シュメッケルが見つかったことを犯人が知るまでに時間があればあるほど都合がいい」女のチーフが言った。

「じゃあシュメッケルが犯人じゃないっていうことですか？」かわいいほうの女が死体を見下ろしながら言った。

「彼が自殺したとでも言いたいの？」

「おかしくはないわ。華々しい自殺。見てくださいよ――砂利まできれいに敷かれて。すべてはわたしたちに見せつけたくてやってるんだわ」

「ええ、でも彼の計画より早くわたしたちがここに来たことはたしかよ。リスクがこれほど早くこの場所を嗅ぎつけるとは思っていなかったはずだわ。正直に言うと、わたしもどうやったのかまったくわからない」

「言うまでもないが、こんなふうに自分を縛ることは不可能だ」鑑識官が膝をついて、シユメッケルの手首に喰いこんでいるストラップを指さした。「この痕を見てくれ。ここから逃れようとしたまぎれもない証拠だ」

「ここにどれくらいいたんだ?」太った刑事が尋ねた。

「いま答えるのは難しいが、火傷の痕が教えてくれるだろう」

「どうして?」

「火傷の線が何本もあるのは地球の自転のせいだ。つまり火傷は毎日新しい場所で始まってゆっくり身体の上を移動していった」

彼はこの鑑識官の冷徹な思考力に感銘を受けた。だれもが感情を脇におくことができるわけではないが、この男は目の前の裸の男に動揺していないらしい——死に痛みを取り去ってもらうまで言語に絶する苦しみを受けた男。この瞬間まで、自分たちが行方を追っていた男。殺人犯が被害者に変わった瞬間だ。

この鑑識官はこれらのことにまったく影響を受けていないように見えた。それどころか、火傷のようすを正しく読みとり、シュメッケルがガラス板の上にどれほど長く縛りつけられていたのかを正確に見きわめようと没頭している。感動的だ、と彼は思った。自分も優秀な鑑識捜査官になっただろう。きっと楽しかったはずだ。実際にそうしようかと考えたこともあったが、それは来世まで待たなければならない。

彼は自分で事業を興すことを選び、仕事が生きがいになった。職場で過ごす時間がなによりも好きで、新たに革新的な解決策を考え出すことが楽しかった。ときどき何日間も、食事や睡眠もとらずにぶっ続けで働いた。仕事をしていると時間と場所の感覚がなくなってしまうのだ。自分がほんとうは哀れな男であることを忘れられた。いま画面で見ている鑑識官もきっと同じだろう。


「例えばここを見てくれ」モランデルは左の腰から始まり、胸から顔に続いている線状の火傷を指さした。ところどころ間隔が空いている。「これが一日分だ」

「でもそうならなぜこことここは焼けてないの？」リーリャが線上にある隙間を指さした。

「そこはおそらく木や雲で太陽がさえぎられていたせいだ」モランデルはいらだたしいほどうぬぼれた顔をしている、とリーリャは思った。

「じゃあ、線が何本あるか数えればいいわけ？」

「そのとおり」

「でもあなたはもう数え終わってるんでしょ？」

モランデルはうなずいて眼鏡を調節した。「十七本」

「十七日間？　彼はここに二週間以上寝ていたってこと？」トゥーヴェソンが叫ぶように言った。

「そんなはずない」クリッパンが言った。「だったら腐敗がもっと進んでいるはずだ、特にこの暑さだと」

モランデルは眼鏡をはずしてゆっくりと芝居がかった仕草で拭った。「十七日間ここに寝ていたと言ったからって、十七日間死んでいたわけじゃない。人間は食べものがなくても数週間、水がなくても十日間は生き延びられる」

「そうだ、でもこの暑さじゃ無理だ」

「そのとおり。おそらくなんらかの方法で水を飲んでいたんだろう」モランデルはしゃがんでガラス板の下を覗きこんだ。「思ったとおりだ」と空っぽのドラム缶を引きだした。透明のチューブがシュメッケルの首の下の板に空いた小さな穴に通されている。

「じゃあ、彼はいつ死んだの？」とトゥーヴェソン。

「〝三つ編み〟に見てもらわなければならないが、せいぜい二日か三日前だと思う」

トゥーヴェソンたちは静かに焼け焦げた遺体を見つめていた。人生の最後の数日間、ルーヌ・シュメッケルがどれほどの痛みに耐えていたか、いま初めて理解した気がする。予想をはるかに超えた事件だ。彼らはこれまで以上に困惑していた。

ストレッチャーを持った救急隊員が到着し、死体を収容してもいいかと尋ねた。トゥーヴェソンが黙ってうなずくと、彼らはハサミでストラップを切り、遺体を持ちあげた。ガラス板の下には苔のようなものが生えていて、くっきりと人の形を描いていた。シュメッケルの身体の陰になっていたところにはびっしり茂っている一方、太陽が届いたところはしなびたり枯れたりしている。ルーヌ・シュメッケルは遺体袋のなかに入って救急車に向かっているのに、まるでいまでも苔の上に寝ているかのようだった。

「これはいったいなにを意味するんだ?」クリッパンが言った。

それにはだれも、モランデルでさえ答えられなかった。

49

男の背中と首から上がる炎を見て、ファビアンはそれが絵のなかの自分なのだと気づいた。黒ずくめの男が身体には不釣り合いなほど大きい銃を握っている。銃弾が宙を飛んでいるが、最初の一発ではなさそうだ。向かいにいる男はすでに撃たれて倒れている。腹に開いた穴から血が流れ、地面に大きな血だまりを作っていた。

「これが殺人犯」マティルダが血を流している男を指さした。「それでこっちがパパ」

「でもおれにはまだ火がついてるな。どうやって――」

「ほら」マティルダがさえぎった。「走っていって飛びこめばいいの。簡単じゃん」と絵の隅に描かれた深く青い海を指さした。

「簡単じゃん」ファビアンは繰り返して、絵を置いた。ベッドの傍らの椅子にすわっているソニアに視線を移す。

「気分はどう?」彼女が聞いた。

「状況を考えれば悪くない。医者によれば第二度火傷だから皮膚移植なんかはする必要がないってさ」

「よかった」

「痛い？」マティルダが尋ねた。

「そうでもないさ」ファビアンは嘘をつき、ソニアと視線を合わせた。

「まえ火傷したとき、すっごい痛かった。見て、ここ」マティルダはシャツをめくってお腹に残った痕を見せた。

ファビアンはその傷が時とともに消えてほしいと願っていたが、マティルダとともに育っているかのようだった。娘が二歳のころだ。ファビアンはマティルダと家でふたりきりでいて、おしゃぶりを煮沸消毒していた。マティルダはそれを片時も離せなかった。バクテリアのことなど気にするようすもなく、おしゃぶり――彼女は〝チュッチュ〟と呼んでいた――がほしいと泣きわめいた。〝チュッチュ……チュッチュがほしい……パパ……パパ、チュッチュ！　いますぐ！〟

ファビアンはそれ以上娘の泣き声に耐えられなくなり、寝室のドアを閉めて心静かにベッドメイクを始めた。マティルダがスツールを動かし、その上に乗り、お湯が煮え立つ鍋に手を伸ばすことができるとはまったく予想もしていなかった。

「医者の話では、明日か明後日には家に帰れるらしい」

「それはよかった」

「だから休暇を再開できると――」

「やめて、お願い」

「ソニア、おれは事件を外れたんだ」妻の目をじっと見る。「まだ話してなかったが、昨日トゥーヴェソンに外された」

「それなのに病院にいるわけ？」

彼女の言うとおりだ。だが捜査から外されようと、ひどい火傷を負おうと関係なかった。犯人を捕まえるまで放ってはおけないだろう。たとえ事件解決からはほど遠い場所にいるのだとしても。

「テオは？」

「来たくないって。そういえば昨日あの子と出かけたでしょう、どうだった？」

ファビアンは首を振った。「あの子が望んでいたのは、パソコンの前に戻って部屋に引きこもっていたいということだったよ」

ソニアは病院へ来て初めて笑顔を見せた。「あなたはこれまでいくつもの難事件を解決してきたわ。きっとこの謎も解けると思う」

ファビアンも笑った。「それはどうかな」

彼女の笑顔が消えた。「マティルダとわたしは今夜ストックホルムに発つ夜行列車に乗るつもりよ」

「テオはどうするんだ？　なんて言ってる？」

ソニアは肩をすくめた。「あなたが聞いてよ。一緒に来るかどうか聞いたけど、あの子のいまのブームはわたしの質問に答えないってことみたいだから」そう言ってため息をつき、頭を振った。

「メールしてみたか？　あいつはたいていヘッドホンをしてるから、きみがわめいたって聞こえないんだ。だがスマホは肌身離さず持ってる。ソニア、あいつはティーンエージャーだ。テオやあれくらいの年の子どもたちは、この世でいちばんいらだたしくて恥ずかしい人間は両親だと思ってる。おれたちと話すわけがないさ」

「もしあの子がほんとうに一緒に来たくないんなら、ヘルシンボリにいたっていいわ、そうすればあなたはふたつのことを同時に解決できるかもしれないでしょ」ソニアは立ちあがり、かがみこんでキスをした。どんな危機にあっても、キスをすればお互いをまだ深く愛していることを思い出すことができる。

「それじゃあまたね」耳元で囁くと、ソニアはマティルダのほうを向いた。「パパにさよならを言いなさい」

「バイバイ」

「なんだ、ハグはないのか？」

「ないよ」マティルダは言って、ソニアと手をつないだ。「なにをすればいいかわからなくなったら、あの絵を見てね」

ドアをノックすると、制服姿の警官がドアを開け、ふたりは外に出ていった。

50

ドゥニヤは窓の外に目をやり、羽のような金色の雲が浮かぶ茜色の空を眺めた。ブロゴーズ・プラッスのブロゴーズ薬局の上にある二寝室のアパートのソファに寝転んでいる。窓辺のこの場所、このアパートの、祖母から譲り受けたボロボロのこのソファの上こそ世界でもっともすばらしい場所だとあらためて確信した。晴れた日には陽光が射しこみ、雨の日には窓を叩く雨粒の音が聞こえる。

ドゥニヤはもう一度時間をかけて入出館記録を見直していた。入館記録と退館記録が確認できた人の名前はマーカーで印をつけていった。スライズナーが他人のIDを使っていればそれがわかるはずだったが、これまでのところ不審な点は見つかっていない。スライズナーは午前十一時四十三分に到着し、午後十時四十六分に退出している。金曜にしては帰りが遅いが、特別おかしなことはない。残念ながら。

紙の束を置いて窓の外を眺める。空高く飛んでいる飛行機を見て、スカイダイビングをしたらどんな感じだろうと考えた。飛行機のドアを開けて未知の世界に身を投げる。三十歳の誕生日の記念にやってみようと決めていたのだから、そのうち絶対に試してみるつもりだ。もうじき三十五になる。

空想からはっとわれに返った。スライズナーは非常口を使ったのでは？　再び紙の束をつかみ、リル・イーステ通りにいたとされる午後五時三十三分より前の時間を調べていく。リストに目を通すのは三度目になったが、ついに目当てのものを見つけた。

時刻：午後四時二十七分——非常口23Ａ
時刻：午後四時二十八分——非常口11Ａ

ゲス野郎《スリーズボール》はＡ階段の非常口を使ったのだ。ドアが完全に閉まらないようにしておいて、同じように戻ってきたあと午後十時四十六分にカードを使って退館したのだ。ドゥニヤはいま、彼がリル・イーステ通りでの用事のために署を抜け出したことを確信した。ほとんどの人が知らず、そのせいで電話に出なかった用事のために。

携帯電話が鳴りだした。知らない番号が表示されている。

「はい、もしもし……？」

「おれだ。そっちに行ってきみをベッドに引きずりこみたいんだがいいかい？」ミケール・ラニングがとっておきのヘテロセクシャルの声で言った。

ドゥニヤは思わず爆笑した。「もちろんよ！　アレを勃たせられるんならね」

「問題ない。つけひげとハゲのかぶりもの、野球帽を持っていく」

「すっかりくつろぐつもりね」

「ところで、『エクストラ・ブラーデット』のサイトを見た?」

「いいえ、なぜ?」

「自分で見てみなさい」

ドゥニヤはiPadを開いて『エクストラ・ブラーデット』のウェブサイトに行った。

〝コペンハーゲン警察の警視、うそ発覚!〟

キム・スライズナーは、スウェーデン警察から電話を受けていないとうその主張をしていたことが明らかになった。本紙は、スウェーデン警察が連絡を取ろうとしていたとき、彼がなんとリル・イーステ通りにいたという情報を入取した。情報筋によれば、スウェーデン警察が午後五時三十三分にキム・スライズナー警視に電話をしたところ、留守番電話が応答したという。これは電話はなかったというスライズナー氏の主張と真っ向から対立するものだ。本紙の情報筋はさらにスライズナー氏が問題の時刻にリル・イーステ通りとハルムトルヴの交わる地点にいたという証拠があると語っている。キム・スライズナー氏にコメントを求めたものの、まだ連絡が取れていない。

くそ。

「読んだ?」

「あー、ええ……」

「探していたのはそれでしょ?」

「そうよ」

「でも『エクストラ・ブラーデット』に持ちこむのはあまり賢いやり方じゃないわね」

「わたしじゃないわ」

「じゃあだれ?」

「わからない」そうは言ったが、もちろんわかっていた。TDCのオペレーターに決まっている。だがドゥニヤもこの情報を使ってどうやってスライズナーをやっかいな事態に追いこみ、メデ・ルイーセ・リースゴーとモーデン・スティーンストロプの死の責任は彼にあると暗に訴えようかと考えていたのだ。そしてミケール・ラニングが思ったように、ゲス野郎《スリーズボール》もこれが全部彼女の仕業だと考えるだろうとわかっていた。

51

その夜十時十三分にファビアン・リスクの妻と娘が家を出るのを、彼はレンタカーに仕掛けた無線カメラを通じて眺めていた。ふたりはそれぞれスーツケースを持ってタクシーに乗りこんだ。いまは十二時をまわったところだが、息子の部屋にはまだ明かりがついている。ふたりがどこに行ったのかは知らないが、息子は残ることにしたようだ。

リスクの家に行くのは息子が寝てからにしようと思っていたが、これ以上待てなくなった。これからいろいろと用意しなければならないことがあるし、失敗は許されない。ギアをトップに入れるときが来たのだ。ペースを速め、混乱のレベルを引きあげたかった。

餌をまくつもりだった——ハイエナのようなマスコミなら喰いつかずにはいられないおいしいふたつの餌。それが間接的に彼の行為を一国の問題から世界的な重要事件に変えてくれるのだ。

角を曲がって、テラスハウスの裏に通じる細い砂利道に入っていく。リスクの家のフェンスを乗り越え、狭い庭のかなりの部分を占めているトランポリンの脇を過ぎる。姿を隠したりこそこそ近づく必要はない。家には息子ひとりしかおらず、その息子は通りに面した自室でパソコンに張りついているからだ。

デッキに立ってキッチンの窓を覗きこむ。コンロのランプ以外は真っ暗だ。予想どおり裏口のドアは閉まっていたが、彼のピッキング技術にかかればなにほどのものでもなく、三十秒後、彼は家のなかにいた。デスメタルというのか知らないが、二階から轟音が降ってくるので音をたてる心配はしなくてよかった。男の声で自分自身になれない動物について叫んでいるのがかろうじて聞き取れた。

ビデオカメラを取りだし、撮影を始めた。なにを探しているかまだはっきりしていないため、すべてを記録しておきたかった。たしかにわかっているのはそれが最後のピースになること、彼の望む場所にリスクをおびき寄せるための弱点だ。キッチンが終わるとリビングルームに移動した。まだ開けていない段ボール箱がいくつかある。そのうちのひとつを開けて中身を撮影したあと、カメラをオンにしたまま二階へ移動した。階段を上れば上るほど、ギターとドラムの爆音が激しくなっていく。ようやく歌詞がはっきり聞きとれるようになってきた。手に棒を刺した犠牲者に関することだ。

主寝室のドアが少し開いていた。つま先で開け、肘で天井のむき出しの照明をつける。ベッドがメイクされておらず、壁際に半分開けた段ボール箱が並んでいて、服があちこちに散らばっている。あまりの乱雑さに吐きそうになった。

一方、娘の部屋はきちんと整っていた。ベッドはきれいにメイクされ、赤いハート型の枕が乗っている。机の上には同じ場面をちがう角度から描いた絵が何枚かあった。身体が燃えている男が別の男を銃で撃っている。彼はいちばん気に入った絵を選んで、机のライトをつけ、写真を撮った。

廊下に戻り、あとふたつ残ったドアを調べることにした。ひとつはバスルーム、もうひとつは息子の部屋だ――わずかに開いている。

そこから漏れ出す音楽は、レイプする者をレイプし、憎む者を憎めと大声で歌っていた。

彼はドアに近づき、全開にした。

息子はこちらに背を向けて窓に面した机にすわっていた。床に置かれたスピーカーを見ると、この音量にも納得するほどの大きさだった。小遣いをすべてオーディオにつぎこんでいるようだ。一歩部屋のなかに踏みこみ、あたりを見まわす。

一週間前に引っ越してきたばかりなのに、何年も掃除されていないかのようなありさまだ。壁にはメタリカ、スリップノット、マリリン・マンソンのポスターが貼られている。ベッドは整えられておらず、汚い靴下からダンベル、ピザの切れ端などのゴミ捨て場になっている。両親はしつけにうるさくないらしい。大人の厳しい目が行き届いていないようだ――これまでは。

全身に満足感が広がった。高揚を感じる。最後のピースがはまったのだ。

なにやら必死にノートに書きつけながら、音楽に合わせて感情たっぷりに歌っている息子のほうに近づいた。だれかがやって来てペンをひったくられる前に書き終えなければならないと思っているかのようだ。

一連の卑猥な言葉とともに曲が最高潮に達した。

ペンが止まり、インクが大きなしみになった。テオドルは歌うのをやめた。ノートから顔をあげて、真っ暗な窓を見ると、背後から忍び寄る人影が映っている。だれかが部屋にいる。

テオドルははっと振り向いた。

52

ファビアンは退屈で落ち着かなかった。体調を崩したときはいつもひどく不機嫌になる。熱は家にいる理由にならない。何度かウイルス性胃腸炎にかかってベッドから出られなかったときは、あまりに文句を言ったのでソニアに離婚するわよと脅される始末だった。病棟のほかの患者たちと同じように休息をとればいいのだろうが、どうしても眠れなかった。モランデルと話すまではいつまでも落ち着かないだろう。チームが自分と同じ結論に至ったかどうか確かめたかった。犯行現場についてのみんなの意見を聞く前に救急車で運ばれてしまったからだ。

夜中の十二時を少し過ぎていたが、モランデルに電話しようと決めた。携帯を引っぱりだしてみると、バッテリーが切れていた。病室を見まわすと、手の届きそうなところに壁掛けの電話があったが、使えるとしても院内専用だろう。痛みを無視して思いきり手を伸ばしたが届かなかった。

ファビアンは壁に立てかけられていた松葉杖を使ってベッドのストッパーを解除すると、ベッドごと電話のほうへ引きずっていった。

受話器を耳に当てると発信音が聞こえたが、予想は正しかったことがわかった。０を押し、病院のオペレーターにつながると、驚いたことになにも聞かずに外線に切り替えてくれた。番号案内に電話して、ヘルシンボリ在住のイングヴァル・モランデルの携帯電話番号を尋ねると、すぐにつながった。「こちらはイングヴァル・モランデルの留守番電話です。発信音のあとお名前とご用件を残してもらえれば、のちほどかけ直します。またはメールに伝言をどうぞ。よろしく」

ファビアンは電話を切った。かなり遅い時間だったが、モランデルがもう休んでいるとは思えなかった。セーデルオーセンの現場では夜通し作業が続くだろうし、明日までかかるかもしれない。ファビアンは目を閉じ、これ以上疲労には勝てないと観念した。

目覚めるとトゥーヴェソンがベッドの横に立っていた。はっと身を起こすと、痛みのレベルがゼロから百に跳ね上がった。「ごめんなさい、起こすつもりはなかったの。でも眠れてるとは思ってなかった」

「眠れませんでしたよ……いま何時です？」

「まだ早いわ――七時半。朝食を持ってきたわ。病院の食事っておいしくないでしょ」とセブン‐イレブンの袋をサイドテーブルに置いた。「具合はどうかと思って」

「大丈夫ですよ。日焼け止めを忘れたこと以外、文句はありません」

トゥーヴェソンは笑った。「太陽の威力はいつも思っているより強いのよ」

「で、捜査のほうは?」

「調べるべき物証がないの。そういえば、モランデルに電話したって?」

「ええ、でもつながらなかった。彼はどこに?」

「昨日は結婚記念日だったの。ヘルシンボリのマリエンリュスト・ホテルに泊まってたわ」

結婚記念日。ファビアンはその言葉を噛みしめた。ふたりだけで祝うのをやめてからずいぶん時間がたっている。最初の数年は年に一度の記念日をだれにも邪魔させなかった。ベビーシッターを雇い、ドレスアップして出かける。毎回どちらかが驚くことを計画していた。劇場やレストランへ行ったり、ピクニックをしたり熱気球に乗ったり。この事件が終わったら、これまでの記念日を埋め合わせるようなサプライズを計画しよう。

「なにか見つかりましたか?」

セブン‐イレブンの袋を開け、ブラウニー、ロールサンドイッチを見つけて嬉しくなった。おまけにうまいコーヒーもあった。

トゥーヴェソンは椅子を引き寄せてベッドの横に腰をおろした。「代わりに質問するのを許してちょうだい。理由があってあなたを事件から外したことを思い出してほしいの。あなたはわたしたちに任せて休暇を取っていたはずよ」

「おれが外されたのは見せしめが必要だったからでしょう。休暇中になにをしようがおれの自由だ――少なくとも違法なことはしていない」

トゥーヴェソンは深いため息をついて両手を上げた。「正直言うと、たいしたことは見つかってないわ。シュメッケルの復讐だというあなたの説が崩れたいま、混乱して振りだしに戻った感じよ」

「ほかに仮説は？」

「あるとは言えないわ。だれであってもおかしくない――ほかのクラスメートや同じ学年のほかのクラスの人、あなたたちが寄ってたかっていやがらせした教師、あるいは親」

トゥーヴェソンは煙草を一本取りだし、鼻の下に持っていった。

「火はつけないわ、約束する。クリッパンとリーリャが休暇に出かけていないクラスの全員に電話したけど、クラース・メルヴィーク以外に心当たりがあるという人はいなかった。そこであなたに聞きたいのは……。なんらかの方法でクラスに接触してきた人がいなかったか覚えてない――」

「ちょっと待って。理解できないな」ファビアンがさえぎった。「なにも見つかってないってどういうことですか？」

「わたしの質問に答えてくれない？」

「セーデルオーセンの現場では新しい手がかりがいくつか見つかったはずです。なにか見つけたはずだ！」

トゥーヴェソンはポケットに手を入れてライターがあることを確かめた。「はっきりわかってるのは、ルーヌ・シュメッケルが二週間以上そこに横たわったまま太陽に焼かれて、数日前まで生きていたことよ。ガラス板の下には水の入ったドラム缶が置かれていて、ストローで水を飲めるようになっていたわ」そこで言葉を切り、首を振った。「彼がどれほど苦しんだか想像もできない。かわいそうに」

ファビアンはトゥーヴェソンがたったいま言ったことを考え、自分の仮説が強まったことを確信した。彼女の目を見て言う。「犯人は自分自身と動機を誇示するためにあの場所を用意したんです」

「わからないわ。どういうこと？」

「あの場所それ自体――それをおれたちに見つけさせたかったんです。いますぐじゃなかったかもしれないが、そのうちに。犯人は膨大な時間とエネルギーをこのプレゼンテーションにかけている。シュメッケルの命を奪うだけじゃない。もっと言いたいことがあるんだ」

「でもヨルゲンとグレンが殺されたのは彼らの悪行を罰するためよ」

「そうです、おそらく同じことがここで起きている」

「でもシュメッケルは――クラース・メルヴィークは――ヨルゲンとグレンの被害者だったこと以外になんの罪を犯したの？」

「わかりません。だからモランデルになにか見つかったか聞きたかったんです」

「あなたがすでに目にした以上のものはほとんどないわ……。ただ、ひとつある。ガラスの板から遺体を持ちあげたときに気づいたことなの。ガラスのまわりにあった苔はみんな枯れていたんだけど、彼の陰になっていたところに生えていたものは元気で青々としていた。人の形をしていて、だれかがガラスの下に寝ているように見えたんだけど、実際はただの苔だった。意味わかる？　説明が難しいんだけど」

ファビアンはうなずき、理解した。「それが彼にちがいない」

「だれ？　犯人？」

「彼は自画像を描いたんです。そういうふうに見られたがっている」

53

頭が割れるように痛かった。片頭痛というのはこういう感じなのだろうか。彼女は片頭痛を経験したことはなかったが、きっと辛いのだろうと思っていた。だがこの痛みは想像よりもっとひどいものだ——ずっとひどいにちがいない。

今日はモナやシーラと出かけるのをほんとうに楽しみにしていた。最近は義務のように感じていたが、時間つぶしにはなっていた。健康的とは言えないけれど、ほんとうは家でテレビを見ているほうが好きだ。今夜はなぜ出かけたい気分になったのかわからない。ただ酔っ払って、明日のことを忘れたかったのだ。

いつもどおり最後は〝王様の広場《クングストリエット》〟にある船上レストラン〈スヴェア号〉に落ち着いた。ダンスフロアで男たちのグループがこちらを見ていたが、やがてモナがそのうちのひとりと消えた。夫と子どもがいるモナ――彼女が夢見ていながら、決して手に入れることができないとわかっているものをすべて持っているモナが。それからまもなくシーラもだれかとソファにしけこんだ。ちょうどそのとき男が彼女の気を引こうとしてきたが、すでに気分が悪くなりはじめていて、一刻も早く家に帰りたかった。

その後のことは、友人たちを見つけようとしたものの、結局あきらめたという断片的な記憶しか残っていない。すべてがぐるぐるまわっていて、出口を見つけるのにも苦労した。最後に覚えているのは、だれかの手を借りて車に乗ったことだ。

そしていま、がんがんする頭を抱えながら、どこかわからない場所に横たわっている。目を開けようとしたが、言うことをきいたのは左のまぶただけだった。もう片方は顔の右側に押しつけられているなにか湿ったもののせいで開けられなかった。それがなにか考えて、濡れた地面だと気がついた。外にいるのかもしれない――公園か森のなか?

仰向けになろうと身体をひねりかけたが、下腹部に鋭い痛みが走ってとてもできなかった。思わず哀れっぽい声が出る。

なにが起きたのだろう？　片手でそろそろと身体に手を伸ばすと服を身につけておらず、下半身がどこかおかしいことがわかった。

彼女は思いきり大きく息を吸って悲鳴をあげた。

54

クリッパン、リーリャ、そしてモランデルはテーブルにつき、沈黙のうちにトゥーヴェソンを待っていた。捜査が始まって一週間以上たち、睡眠不足がこたえはじめている。言葉に費やすエネルギーは残っておらず、少しの時間があれば目を閉じて身体を休めることに使った。やがてクリッパンの携帯電話が鳴って沈黙が破られたが、彼はちらりと視線をやっただけで、再び目を閉じた。

「出ないのか？」モランデルが尋ねたが、クリッパンはそちらを見もしなかった。

しばらくして呼び出し音が止んだ。その数秒後、モランデルの携帯が鳴りはじめた。

「はい、イングヴァル・モランデルです。はい……ええ、もちろん」クリッパンに電話を差し出した。「ベリトだ」

クリッパンは大きなため息をついて電話を受けとった。「もしもし……。職場で会議の最中だからだ……。ああ、彼も仕事中だが、おまえだとわかってたら出なかっただろうな」クリッパンはモランデルをにらみつけた。「だめだ、いまは時間がない。ヒューズが飛んだだけじゃないと確認したか？」

トゥーヴェソンがマグボトルを手に入ってきた。

「いや、全然難しくない」クリッパンはあきれたように目を見開いて言った。「小さい赤い金属盤がそこにあるかどうか確認するだけだ。ない？　とにかく切らないと……モランデルが電話を使いたいって」

「いや、けっこうだ」モランデルが言うと、クリッパンが威嚇するような顔を向けた。

「隣の家に聞くとかできないか？　じゃあ」電話を切ったクリッパンは安堵のため息をついてモランデルに携帯を返した。「どうもありがとう」

「どういたしまして」

「始めましょうか？」トゥーヴェソンが言った。「知ってのとおり、またひとり被害者が出たわ」

「身元はわかったんですか？」リーリャが尋ねた。

「名前はインゲラ・プログヘード、現在四十四歳よ」

「現在？　まだ生きている？」モランデルが聞き返した。

トゥーヴェソンはうなずき、コーヒーをひと口飲んだ。「当面のあいだ鎮痛剤を投与されてるわ。話を聞くかぎり、危険な状況よ。今朝八時頃、ラムローサ・ブルンスパルクで見つかったわ、着衣はなし。深刻な低体温症で、大量に出血していた」

「刺されたのか？」とクリッパン。

「いいえ、そこが変なのよ。目立った外傷はなく——出血は性器から」

「原因は？」とモランデル。

「まだわかってないけど、これが終わりしだい医者の話を聞くことになってる」

「プログヘード……。あのクラスにいた人じゃないですか？」リーリャが尋ねた。

トゥーヴェソンはひとつうなずくと、壁に貼られた集合写真に歩みよってひとりの少女を指さした。「彼女よ」

「もっと最近の写真はないのか？」とクリッパン。

「あなたが捜してくれると思ってた」

「彼女についてわかってることは？」とリーリャ。

「いまのところたいしてないな、ひとり暮らしだってこと以外は——夫も子どももなし」クリッパンが手帳をめくりながら言った。「二〇〇二年、睡眠薬を大量に飲んで自殺を図り、胃洗浄を受けてる」

「もし彼女が回復したら、わたしたちが必要としている初めての目撃者ということになるわね」トゥーヴェソンがインゲラ・プログヘードの顔を丸で囲み、疑問符をつけた。生徒の顔をひとりずつ見ていって、ファビアンのところで止まった。「今朝リスクのところに寄ってきたの」

「私立探偵の具合は？」クリッパンが尋ねた。

「もうしばらくはベッドに縛りつけられているでしょうね」

「聞いたのか、彼が……」

「ええ、クラース・メルヴィーク以外の容疑者は思いつかないと言ってたけど、ひとつ仮説があるって」トゥーヴェソンはみなのほうを振り向いた。「あの犯行現場は、犯人自身とその動機を表すためにつくられたものだと言っていたわ」そこでガラス板の下にあった人形《ひとがた》の苔の写真を取りだし、みなに見えるように掲げた。「リスクはこれを犯人の自画像だと考えてる」

クリッパンがいきなり笑いだした。「いやはや！　どんな薬を盛られたんだろうな？　鎮静剤《タイレノール》より強いやつにちがいない」

ほかにだれも笑わなかったので、クリッパンもすぐに静かになった。気まずい沈黙が続く。犯人が数歩先を行っているどころの状況ではないことはみな承知していた——周回遅れだ。トゥーヴェソンはあてどなく壁の写真に視線をさまよわせた。シャワー室に残されたヨルゲンの切り落とされた手から、人の形の苔に向けられた直径五十センチのレンズまで。疲れて憔悴していることがはた目にも明らかなことはわかっていたが、気にする余裕もなくなっていた。心配なのはただ、自分が敗北を受け入れたことを悟られてしまうことだった。心の底ではすでにこの事件を解決するという希望を失っていた。希望を失うことは自分のような仕事をするうえでは致命的な罪であり、それを認めるつもりはなかったが。トゥーヴェソンは常にチームを信じ、最後には解決に導くことを疑ったことはなかった。なんといっても、これまでほとんどの事件を解決してきているのだ。だがいまは自分自身と部下たちの能力に対する信頼を失っていた——信頼の欠如は、それを表に出せば今後の捜査に破壊をもたらすことになる。

署に来る途中、いずれこの捜査を終わらせる決断を迫られる日が来るだろうという思いにとらわれた。きっと将来この事件のことは、自分のキャリアにおける屈辱的な敗北として振り返ることになるだろう。みなの目標を達成できなかったことは彼女の責任になるだろう。ファビアン・リスクを事件から外すという致命的な誤りを犯したのは自分なのだ。彼を呼び戻そうかとも考えたが、それはいまのチームが無能だと言っていることに等しい。いまできるのは現実を受け入れ、最善を望むことだけだ。

「みんながどう思ってるかわからないけど」主に沈黙を破るためだけに言った。「これはわたしが関わったなかでもっとも難しくて恐ろしい事件よ、解決にはまだほど遠い位置にいるように感じる。でもそんなに遠くにいるとは思わない。犯人を追いつめているはず」

リーリヤ、モランデル、クリッパンの目を順に見ていった。「でもこの事件を解決するつもりなら、これまでとはまったくちがった視点で考えることが必要だわ。ばかげたアイデアなんてない。苔が自画像なんじゃないかというファビアンの説は、犯人を理解し彼の動機を発見する鍵になるかもしれない」そこで言葉を切り、浸透するのを待った。

「男だというのはたしかなんですか？」リーリャが尋ねた。

「いいえ。現状では女性であってもおかしくないわ」

「ちがう視点で考えると言えば」とモランデル。「だれかフレドリクスダール校の落書きっていう、リンクのアイデアを調べたか？」

ているはずだわ」

「待ってよ、三十年近く前の話よ！」とリーリャ。「校舎だってあれから何度か改築され

「そうでもないようだ」とクリッパン。「リンクによれば、来年の夏、初めて大がかりな改築をするそうだ。だから彼の説が正しい可能性もある。どうやって確かめる？」

「学校へ行って見てきてちょうだい」トゥーヴェソンが命じた。「失うものはなにもないから」

クリッパンは黙ったままうなずいた。

「イレイェン、一緒に来てちょうだい。イングヴァル、ラムローサ・ブルンスパルクに行って新しい現場を調べてきて」

全員がマグに残ったコーヒーを飲み干してから立ちあがった。

「ひとつ話し合ってないことがあるわ」リーリャが切りだした。「ヨルゲンとグレン、ふたりのいじめっ子が最初の被害者だった。でもそれにクラースとこのインゲラという人が加わった。それはどういうこと？　クラスの全員が狙われているということなの？」

トゥーヴェソンはどう答えればいいかわからなかった。同じことは自分も考えたが、打ち消していたのだ。答えなどないのと同じくらい怖かったからだ。それともただ疲れすぎていたからかもしれない。

「全員に警察の保護をつけたほうがいいんじゃないか」クリッパンが言った。

「そんな人手はないわ」トゥーヴェソンは答えた。「病院にいるリスクとインゲラのため

にすでに四人使ってるのよ。二十四時間態勢だから次のシフトにまた四人必要になる。マルメに電話して、応援を頼めるか確認してみるけど」先方にもそんな余裕はないだろう。自分たちでとれる防御策はただひとつだけ――犯人を捕まえることだ。

55

終わりがないように思える廊下を可能なかぎりゆっくりと歩いたつもりだが、少し動かすだけでファビアンの背中は千本の針に刺されたように痛んだ。夜のあいだ病室の外に立っていたふたりの制服警官は別のふたりと交代し、彼らが渋々ながらも救急病棟へ付き添ってくれた。インゲラ・プログヘードに会えるかもしれないと思ったのだ。長い移動のあいだ警官はどちらもひと言も口をきかなかった。ふたりはだんまりゲームをしているのか、それとも喧嘩しているだけなのだろうか。

四十分前に目覚めると、〝邪悪のクラスで新たな犠牲者〟という新聞の見出しが目に入った。おれもその邪悪のクラスの一員だ、とファビアンは思った。もう一度口には出さずに繰り返し、頭にひっかかっていることを見きわめようとした。犯人が被害者を殺しそこなったのはこれが初めてだ。これは意図してのことなのだろうか？　それにインゲラ・プログヘードはクラスでもいちばん親切な生徒のひとりだったはずだ。彼女がだれかの悪口を言っているのは聞いたことがなかったし、それどころか、クラースをかばった唯一の人間だったはずだ。

なにかの授業のとき将来の夢の仕事について発表したことがあり、インゲラは弱い人たちを助けるために弁護士になりたいと言っていた。彼女が意思を貫徹したのかどうかは知らないが、ひどいうつ病に苦しみ、自殺を図ったことは噂に聞いていた。

エレベーターのところまで来ると、ファビアンはようやく沈黙を破り、どっちかボタンを押してくれないかと頼んだ。ほんとうは自分でやりたかったのだが。

子どものころ、こういうエレベーターで遊ぶのが大好きだった。病院は十字型のつくりで真ん中に四基配されている。円形のエレベーターホールの中央に大きなコントロールパネルがあり、宇宙船〈エンタープライズ〉号の指令室に信号を送っているような気分になれた。エレベーターのボタンはすべてこの真ん中のパネルにそろっていて、行きたい階を選ぶのもここだ。

ファビアンは全体をさっと見まわし、いまもまた同じ感動を覚えた。『スター・トレック』に通じるようなどこか安っぽい威厳とともに古びている。一階の緑色のボタンを押すとすぐにドアが開いた。

「もう大丈夫なの?」ファビアンが足を引きずって救急科に現れるとリーリャが尋ねた。

「どうかな」

「火傷の具合を見せて」リーリャはファビアンのうしろにまわり、ガウンの隙間から背中を覗いた。「うわ、ひどい」

「どうも。まさに聞きたかった言葉だよ」

「あなたがここにいるのはわたしたちと同じ理由からだと思うんだけど。休暇中にもかかわらず」とトゥーヴェソン。ファビアンはなにも言わずに彼女の顔を見返した。

医師が現れて、マスクを下ろしてからトゥーヴェソンと握手を交わした。

「インゲラ・プログヘードのことでいらしたんですね？」

「彼女の具合は？」

「状況を考えればまずまずです。なんとか出血を抑えることができました。実際になにが起きたのか突きとめるにはもうしばらくかかるでしょう」医者はそこで言葉を切り、周囲に視線をやってほかにだれも聞いていないことを確かめた。「医療技術のない何者かが子宮摘出手術を施そうとしたのです」

「どういう意味ですか？」

「その人間は彼女の子宮を摘出しました」

トゥーヴェソンはなにか言葉を期待するようにファビアンの顔を見たが、彼はインゲラ・プログヘードに子宮摘出手術を——なんであれこれほど残酷なことができる人間がいるとは信じられなかった。

「医者じゃないとどうしてわかるんですか?」リーリャが尋ねた。

「切開部分が本来あるべき箇所から離れているし、傷口を縫合もしていない。患者の尿からは高濃度のベンゾジアゼピンが検出されました。不安神経症や不眠症の治療に使われる薬です」

「何者かが薬をのませて、彼女が意識を失っているあいだに手術をしたということですか?」

「ええ、でもまずレイプしています」

「なんですって?」

「のちほど診断書を送りますが、回診の続きがありますので」補足の質問をする前に医者は立ち去った。トゥーヴェソンは頭を振り、ふたりのほうを向いた。レイプのニュースが拷問のような手術を一瞬忘れさせた。ファビアンにしてみれば、これまでの疑念が晴れ、すべてがはっきりした瞬間だった。

「少なくとも犯人の性別はわかったわね」トゥーヴェソンが言った。

「それにおそらく決定的な証拠を手に入れた」リーリャが続けた。

トゥーヴェソンもうなずいた。

「これはおれたちの犯人の仕業じゃない」とファビアンは言った。「別の人間だ」

「別の犯人ってどういうこと?」とトゥーヴェソンは聞き返した。

「これまでのパターンと一致しない」とファビアンは言い、カフェで話そうと提案した。

「わたしはいくつも類似点があると思うけど」リーリャがテーブルに置かれたままのコーヒーカップとソーサーを片付けて、ナプキンでこびりついた汚れを拭き取った。「ほかの被害者と同じクラスの一員であるという明らかな点以外にも、慎重に計画された犯行ということがあげられる。タイミングも言うまでもないし。犯人はもうやり終えたのかと思いはじめていたところだったのに」

「そう。わたしたちの多くがそう願ってた」トゥーヴェソンが飲みものの乗ったトレーを置いた。

ファビアンは病院がカプチーノと呼ぶものをひと口飲んで、紅茶を頼んだリーリャとトゥーヴェソンは正しかったと気づいた。「おれたちの犯人は被害者をレイプしない」

「そうとは言い切れないわ。インゲラは初めての女性の被害者だもの」とトゥーヴェソン。

「メデ・ルイーセ・リースゴーを別にすればね、でもそのとおりだわ」とリーリャ。

「インゲラ・プログヘードはおれの知るかぎりもっとも善良な人間のひとりだ」ファビアンは続けた。「彼女はうちのクラスでクラースの味方をした唯一の人間と言っていい。なぜ彼女を傷つけたいと思う人間がいるんだ？　それに子宮がなんの関係がある？」

「でもクラース・メルヴィークはもう容疑者じゃない——彼は死んだのよ」とトゥーヴェソン。

「犯人はクラスの全員をひとりずつ殺すことにしてるんじゃない？　ひどいこと言うようだけど、可能性として」とリーリャ。

ファビアンはうなずいた。彼女の言う意味はよくわかった。この数時間同じことを考えていたからだ――自分自身を含めてクラスのだれが次の犠牲者になってもおかしくない。

「でもなぜ彼女を殺さなかった？　これまでの犯人だったら生かしておかなかったはずだ」

「たまたましくじったのかも」

「可能性はあるが、失敗するタイプには見えない。やつはなにかをつくりあげようとしている、おれはそう思ってる」

「そうね、クラースの遺体の下に生えていた苔が犯人の自画像だっていうあなたの仮説を聞いたわ」リーリャが言った。

「というよりセルフイメージかな」ファビアンは茶色い液体をもうひと口飲んでみたが、あきらめてカップを遠ざけた。

「子宮の摘出は計画の一部じゃなかったと思う？　わたしたちにはまだつながりが見えていないわ」とトゥーヴェソン。

彼女の言うことにも一理ある。たしかに同じ犯人の犯行で、やがてすべては説明できるという可能性もあるが、ファビアンにはそうは思えなかった。トゥーヴェソンとはちがい、これまでのパターンと一致しないという強い疑い以外に根拠はなかったが、インゲラにこんなことをしたのはまったく別の人間だという気がしてならなかった。一方で、絶対にクラースが犯人だと考えていたので、もはやなんについても確信が持てなくなった。わかっているのは、犯人がだれであろうと間もなくまただれかが襲われるということだった。

56

キム・スライズナーはあのニュースが爆弾のように落とされて以来、一睡もしていなかった。あのとき彼は妻のヴィヴェカとともに、バルコニーで運河の向こうのイスランズ・ブリュッゲの人混みを見下ろしながらワインを飲んでいた。今年の冬はタイ以外の場所に旅行することを話し合っていて、ヴィヴェカがベトナムはどう？　と言った。観光地化されていないタイのようなところらしい。スライズナーは最高の気分だったので妻の提案をすべて受け入れた。なにしろついにドゥニヤの弱みを握ったのだ。それにスウェーデン警察との軋轢《あつれき》もニュース価値を失いはじめていた。すぐに記録的な暑さについての話題が再び新聞の見出しに戻るだろう。だがド・サン・ガール・ブリュット・ロゼを開けようと決めたとき、娘のナンナが飛びだしてきた。

「パパ、パパが『エクストラ・ブラーデット』に出てる！　嘘つきだって！」

最初スライズナーはなんのことだかわからなかった。なぜ自分が『エクストラ・ブラーデット』に出るんだ？　嘘つきとはなんのことだ？

数秒後、パニックが毛穴から忍びこんできた。ボトルをヴィヴェカに渡すと、ナンナのパソコンを見にいった。

記事を読んだあと彼はバスルームに閉じこもって顔を洗い、心を落ち着かせた。この状況から抜け出す方法を考え出さなければならない。バルコニーに戻ると、ヴィヴェカが椅子にすわってまっすぐ暗闇を見つめていた。片手に半分になったサン・ガールのボトルを、もう片方に携帯電話を持って。

「おや、シャンパンがほしいなら急がなけりゃならないみたいだな」スライズナーは冗談だということを強調するためにハハハと笑った。だがその声はあまりにあやふやで、なにが起きたかわかっていることをはっきり示していた。

「この最低男。出ていって」ヴィヴェカは言った。その声に刺々しさや怒りはなかった。ただの静かな声明で、食料品店の店員が合計金額を告げているように響いた。「明日わたしが仕事に行っているあいだに荷物を取りにきてちょうだい」

彼女がこういう事態を予期していたことがわかった。ほんとうはこの手の問題が表面化するのを待っていたのだ。ずっと気づいていたのにひと言も口にしたことはなかった。夫が恥をさらすのを待っていたのだ。まずい現場を見つかるのを。

スライズナーはなにも言わずに家を出て、ホテル・コング・フレデリックにチェックインした。ベッドに横になり、話がどこまで大きくなっているか気になって、テレビのニュースが始まるのを待った。だが彼の話やリル・イーステ通りでなにがあったかという報道はなかった。『エクストラ・ブラーデット』以外にはまだ広がっていないようだったが、まったく安心はできなかった。地獄の窯《かま》が開いたような騒ぎになるのは時間の問題だ。明かりを消して眠ろうとしたが、結局起きあがってミニバーを開けた。

翌朝床の上でがんがん痛む頭を抱えて目覚めたが、最後に残っていたガンメル・ダンスクの小瓶を飲むとようやく頭痛が治まった。手早くシャワーを浴びたあと、チェックアウトしてホテルを出た。車に向かう途中、この話がすでに広まっているのに気づいた――自分の名前があらゆる新聞に載っている。『ポリティケン』はメデ・ルイーセ・リースゴーの死の責任は完全にスライズナーにあると書きたて、『エクストラ・ブラーデット』は彼のリル・イーステ通りでの行動に注目し、その時間になにをしていたか明らかにできる人に五万クローネの報奨金を出すと呼びかけていた。

運転ができる状態ではなかったが、イスランズ・ブリュッゲの自宅アパートまではなんとか帰ることができた。おしゃべりな運転手に顔を見破られないようにタクシーは避けたのだ。家に帰るとまっすぐ書斎に行き、ノートパソコンを開いて最新の情報を確認した。いちばん新しい記事は二時間ほど前のもので、こうした状況ではかなり長い間隔と言える。

帰宅する途中、このますべてに背を向けて空港に直行し、どこか暖かい国への片道切符を買おうかと考えていた。すぐに銀行口座を空にすることができたら――ヴィヴェカより早くということだ――タイでかなりの期間過ごすことができる。スキューバダイビングのライセンスを持っているので、インストラクターになってもいいかもしれない。

深いため息をついて『エクストラ・ブラーデット』のウェブサイトを見ると、すでに五万クローネの報奨金が支払われたことがわかった。ジェニー・ニルスンが名乗り出て、スライズナーが問題の時間にリル・イーステ通りの彼女のアパートにいたと暴露したのだ。もっとも彼女は顧客に対する配慮から、そのときなにをしていたか詳細を明らかにするのは控えたいとしながらも、彼が常連客であることは認めていた。

これはすべてあのいまいましいメス犬、ドゥニヤの仕業に決まっている。ほかにだれがいる？　上司の警告を深刻にとらえるのではなく、公然と彼の顔に唾を吐きかけ宣戦布告したのだ。こっちから闘いをしかけてやる——彼女が膝をついて許しを求めても決して許してやるまい。

だがまずは、心を落ち着けてこの状況をじっくり考えなければならない。さまざまな選択肢を並べ、それぞれの結果を天秤にかけた。すでに先手は打たれている。今後は再び状況を掌握し、だれよりも先に一歩抜きんでていかなければならない。そのとき電話が鳴り、静けさが破られた——相手はヘンリク・ハマステン警視総監だった。

ドゥニヤはデスクにすわり、パソコンを立ち上げた。コペンハーゲン警察にいられるのも長くはないのだから、素早く行動しなければならない。ゲス野郎《スリーズボール》はもうしばらく傷口を舐めながら隠れているはずだ。だが手負いのライオンほど恐ろしいものはなく、檻から出てきたとたん彼女を血眼になって捜すだろう。

ドゥニヤはことの重要性を認識し覚悟を決めていた。この事件は自分のキャリアよりも重大なものだ。昨夜はひと晩じゅうまんじりともせず、いろいろな案を検討したが、結局この答えがもっともシンプルでわかりやすいと思い至った。そもそもこういう捜査をしたくて警察官になったのだった。もう後戻りはできない。

名前とパスワードを入力して警察のネットワークにログインし、〝フォーム〟というタブをクリックする。H3‐49U——物的証拠を特別に移送するための申請書を使ったことはなかったが、どこにあるかはわかっていた。PDFのアイコンをクリックすると画面に書式が現れた。必要な情報を入力する。〝プジョー、スウェーデン国の登録車両、JOS652、保管番号100705‐B39Cを技術的調査のためスウェーデンのヘルシンボリ警察当局に移送する〟。〝キム・スライズナー〟と入力して印刷ボタンを押した。それからそのプリントアウトを雇用契約書の上に置き、スライズナーのサインのところまでずらした。いちばんいいペンを選んで試し書きをしたあと、書類の偽造を始めた。

すべてを失うことになるが、手はまったく震えなかった。不安はみじんも感じない。息を吹きかけてインクを乾かし、書類を折りたたんでオフィスを出た。これが最後かも、と思いながら廊下を歩いていった。

ボタンを押すとすぐにエレベーターのドアが開いた。なかに入り、セキュリティカードをかざして地下四階のボタンを押す。ドアが閉まって動きはじめたが、いつもは急降下するように感じるのに今日はやけに遅く感じられた。まるで彼女をおちょくるようにじりじりと落ちていく。何度か深呼吸したがリラックスできなかった。エレベーターはゆっくり下降し、一階で止まった。ドアが開き、スライズナーが乗ってきた。

「お疲れさまです」ドゥニヤはできるだけ落ち着いた声で言った。

彼は返事をせず、ドゥニヤをにらみつけると六階のボタンを押した。ドアが閉まり、エレベーターは下降を続けた。

壁が迫ってくるようだった。ドゥニヤはどこか一点を見つめていようと思い、ドアの小さな引っかき傷を見つめることにした。なにか言うべきだろうか？　いや、ふつうにしているのがいちばんだ。でもこういう場合なにが自然なのだろう。汗が噴きだし、身体がべたべたしてきた。唾を飲みこもうとしたが、喉のつかえがとれなかった。ドアの引っかき傷から目を離しちゃだめ。これに集中してこのいつ終わるとも知れない時間を耐えるのよ。スライズナーは一メートルと離れていないところに立って、ドゥニヤの横顔をじっと見ていた。わたしがなにをしたかわかってしまったのだろうか？　彼はガムを噛んでいたが、なんの効果もなく、すえたアルコールの臭いがしてきてこの閉ざされた空間がますます狭く感じられた。

息が詰まるような空気のなかドアがようやく開いたとき、ドゥニヤは走りださないようにするのがやっとだった。

「またな」とスライズナーが言った。振り返るとドアが閉まる瞬間、彼が笑っているのがちらりと見えた。

一方、エレベーターのなかの折りたたみ式の椅子に崩れ落ちて頭を両手で抱えこんだとき、キム・スライズナーの身体からパンクしたタイヤのように空気が抜けた。よりによっていちばん会いたくないドゥニヤに会ってしまったが、彼は堂々たる態度を崩さず先制攻撃に変えた。これまで上司として過ごしてきた経験がものを言った。ただちに攻勢に出て、彼女の挨拶にも答えず、ためらいは少しも見せなかった。横顔を見据えたまま。

ドゥニヤのほうはそうはいかなかった。彼女は明らかにうろたえて、やましそうだった。これまでタブロイド紙に漏らした人間がだれだったか確信がもてなかったとしても、これで疑いの余地はなくなった。スライズナーは新たなエネルギーを得て立ちあがり、髪を撫でつけると、エレベーターを出てまっすぐヘンリク・ハマステンの部屋に向かった。

「とんだ混乱だな」ハマステンはそう言って彼を迎え入れた。警視総監室に来るといつもスライズナーは百年、時を遡ったように感じる。最近改装されたばかりだが、ハマステンは背の高いダークウッドの羽目板、天井の手書きの装飾、ゆったりしたチェスターフィールドチェア、地球儀型のカクテルキャビネットを使うことにこだわった。

「かけてくれ」ハマステンは、オークションで五万五千クローネで買った大きなマホガニーのデスクの向かいにある来客用の椅子に向かってうなずいた。

今回はそれほどすわり心地はよくないだろうな、とスライズナーは難しいミーティングに身構えた。この密会で仕事を失わずにすむチャンスがわずかでもあるなら、正しいカードを切る必要がある。両手を上げて腰をおろした。「さて、ヘンリク、なんと言えばいいんです？　裏口から用事をすませに外に出たら、突然みんなに囲まれていたんです」

ハマステンはうなずいてキャビネットに歩みより、グラスふたつとガンメル・ダンスクのボトルを取りだした。回りくどい言い方ではなく、単刀直入に切り出してよかったとスライズナーは胸を撫で下ろした。ハマステンはもちろんときどき用事をすませることの意味を知っている——そもそもジェニー・ニルスンと、彼女の比類なき才能を教えてくれたのは彼なのだ。だがそれを指摘するつもりはなかった。あからさますぎる。

「新聞にリークしたのはだれかわかってるのか？」ハマステンはグラスの縁まで琥珀色の液体を注ぎながら尋ねた。

「ホウゴーです。ほかにだれがいます？　彼女はここで働きはじめたその日からわたしに敵対していました」

ハマステンはうなずいて、乾杯の印にグラスを掲げた。スライズナーはひと息で飲み干し、まずは食道に、続いて胃に火がついたのを感じた。これこそが必要なものだった。ハマステンのグラスがまだいっぱいなのに気づいたがもう遅かった。くそ。

ハマステンはスライズナーのグラスを再び満たした。スライズナーはせっかちにグラスをつかんだため、デスクに数滴酒がこぼれた。

「すみません、ほとんど寝てないもので」

「気にするな」ハマステンがすぐに布巾を取ってきたので、スライズナーは自分が酒をこぼすことを彼が予期していたのではないかと不安になった。くそ。だから縁まで注いだの

「ホウゴーのことは残念だな」ハマステンが言った。「彼女は優秀な警察官だ」

「たしかに」スライズナーはグラスに手をつけずに言った。「ですが彼女は問題を抱えています。まあ、そうでない人間はいませんが」

「どんな問題を？」

「まずは命令に従わないこと。それに飲酒の問題もあると思います。昨日などひどい二日酔いでしたよ」

ハマステンはうなずいてゆっくりグラスを傾けた。「仕事をしているのであればしかたがない」

「でもそこに問題があります」スライズナーはグラスを手に取り、ほんの少し口をつけるのにとどめたが、身体はもっと叫んでいた。

「ヴィヴェカはなんと？」

彼は首を振った。「追い出されましたよ。彼女を責められませんが。正直言って」

「いまわれわれに必要なのはそれだ」ハマステンは彼の目をじっと見て言った。「正直さだ」

「われわれはいつも――」

「キム」ハマステンがさえぎった。「残念だが、わたしも同じことをしなければならない」

「どういうことでしょうか」

「きみのことも、きみのこれまでの貢献も高く評価しているが、状況は急速に悪化し、警察全体の汚点になる危険をはらんでいる。率直に言って、わたしには選択肢がないのだ」

すべて茶番だったのだ。自分たちは同じ船に乗っていると思いこませておきながら、この古だぬきは実際はすでに腹を決めていた。自分にはもう失うものはない。グラスを干し、マホガニーのデスクに叩きつけた。「いったいなにを言ってるんですか？　選択肢がないとはどういう意味です？　あんたじゃなければだれが決めるっていうんだ？」

「キム、動揺するのはわかるが――」

「ほんとうに？」

ハマステンはため息をついた。「キム、問題はなにかわかっているはずだ。もし警察に対する信頼が失われたら、われわれ全員が苦境に立たされるのだよ」

「ヘンリク、これはメディアによる根拠のない魔女裁判にすぎません。いいでしょう、たしかにわたしはあのいまいましい電話に出なかった。だからなんです？　あの娘は結局死んでいたはずだ。わたしが電話に出ていたらどうだった？　どうだったたっていうんです？　支援チームを送っていたって間に合わなかっただろうし、キョーゲのあの制服警官はやはりひとりで犯人を追っていたでしょう。でもけっこう、わたしが責めを負いましょう、それでみんなが満足ならね。かまいませんよ」

ハマステンはスライズナーの意見を黙って聞いていた。

「ヘンリク、お願いです。一日か二日もらえればこの船を立て直してみせます、約束します」スライズナーは最後の最後でもっとも効果的なボタンを押すのを踏みとどまった——ハマステンの弱点だ。それは赤いカーペットのように広げられていて、踏まれるのを待っている。だがスライズナーにはそうする必要はなかった。ふたりともそのことを考えていたのだ。

「明日までだ」

57

彼はほぼ二時間車内にすわってその瞬間が訪れるのを待っていた。リアウィンドウに取りつけた小さなカメラを通じ、園庭で遊んでいる子どもたちが見える。自転車をめぐって喧嘩していたり、小石を投げたり鼻を垂らして泣いたりしている。

彼に子どもはいなかった。好きではなかったし、自分が子どものころから嫌いだった。当時はまわりに溶けこむためにあらゆることをした。しかるべき服を着、しかるべきことを言ったが彼の必死の小さな努力はだれにも気づいてもらえず、ふつうになりたいという望みはやがて同年齢の者たちに対する蔑みに変わっていった。最近では、子どもはただうんざりさせられるだけの存在だった。やつらが抱える問題のリストは留まるところを知らない。鼻水、ニキビ、いぼ、シラミ、湿疹。子どもは小さく、どうしようもない病原巣で、卑劣だという以外、生存する意味がない。子どもの残酷さを痛感したのは大人になってからだ。教えられ、育むことのできる親切心とちがって、邪悪な心は生まれながらに存在し、成長するにつれますます狡猾になっていく。

午後四時七分、彼はふたりを迎えるために車を降りた。親の姿が増えてきて、職員も特に注意を向けないだろう。ロヴィーサとマルク、三歳と五歳の顔はフェイスブックを見て知っていた。すぐに遊び場にいるのを見つけると、ふたりは彼の説明をすんなりと信じた。自分はお母さんの同僚で、彼女は保育園が終わる時間までに会議を抜けられなかったのだと。マクドナルドに連れていくと約束すると彼に対する信用性が増した。

職員のほうはそう簡単にはいかなかった。太った職員は不審な顔をし、どなたですかとぶっきらぼうに尋ねてきて、他人に引き渡すわけにはいかないと言った。彼は憮然とした口調で、子どもたちが近くにいなくてよかったと思いながら他人ではなく父親だと答えた。太った職員はうろたえて決まり悪そうな顔をした。

彼は出張が多く、ふだんは迎えに来られないのだと説明した。今日はサプライズだった。しまいにデブ女は彼の説明を受け入れたが、またサプライズをするつもりなら今度は事前に連絡を入れるようにと指摘した。

いまふたりは後部座席で薬の力を借りてぐっすり眠っている。彼は母親が来るのを待っている。やがてリアウィンドウのカメラに、カミラ・リンデンが車のドアを叩きつけて保育園に走っていくのが映った。いつものように遅れて。三分後、彼女は慌てて戻ってくると電話を操作しはじめた。この番号は現在使われておりませんというアナウンスを聞くことになるとも知らずに。

彼女がもう一度番号を押し、同じメッセージを聞いているようすを眺める。ハンドバッグを助手席に放りこむと、運転席に乗りタイヤをきしませて走り去った。彼は落ち着いてイグニッションキーをまわし、あとをつけはじめた。カメラの自動顔認識機能をオンにする。彼自身がプログラムしたアルゴリズムを使って、回転式の台に取りつけたレーザーを誘導させる。

すべてが計画どおりに進めば、警察にはなにが起きたのか決してわからないだろう。

58

アストリッド・トゥーヴェソンのほうをにらみながら、看護師は携帯電話に×印がしてある注意書きを指さした。

「わかった、そうしてちょうだい。切らなくちゃ」トゥーヴェソンは通話を終わらせるとリーリャのほうを向いた。「モランデルだったわ。ラムローサ・ブルンスパルクではなにも見つからなかったって」

「なにも？」

「被害者が見つかった茂みから本人の毛髪が数本だけ、でもこちらの目的に役立つものはなにも――服も足跡もタイヤ痕も。モランデルにはクラースの遺体が見つかった現場を調べるよう言っておいたわ」

「でもいつもなにかあるじゃないですか。モランデルがなにも見つけられなかったことなんてあります？」

トゥーヴェソンは首を振った。「犯人は後始末を完璧にしている。これまで見つかった手がかりはすべて犯人がわざと残したもの、そうよね？」反応を見るためにファビアンのほうを向いたところで、ちょうど医者が現れた。

「ついてきてください」

廊下を歩きながら医者はインゲラのいまの容態について説明した。「かなり回復しましたが、まだ完全ではありません。言いかえれば、面会の時間は長くは取れない」ふたりの制服警官が立っているドアを示した。「十分で戻ります」

医者が歩き去るのを見て、トゥーヴェソンがドアを開けた。

「ちょっと待って」とリーリャ。「ファビアンが入るのはどうかしら？　彼は事件から外れたと思ってましたけど」

トゥーヴェソンがファビアンのほうを振り返った。「そのとおりね。休暇中になにをしようとあなたの勝手だけど、インゲラに会いたいならわたしたちが終わってからにして」

「わかりました」ファビアンはそう答えて無口な警官たちとエレベーターのほうへ戻っていった。すでに必要な答えは手に入れた。

トゥーヴェソンとリーリャはベッドの上になかば起こされたインゲラのもとに歩みよった。不安そうな目の下に濃いクマができていて、顔面は蒼白だった。べたついた髪はくしゃくしゃで、毛布に置かれた手は老女のように震えている。アマチュアの外科医による暴力的な手術を受けて大量の血を失った人間になにが期待できる？　トゥーヴェソンはそう思いながら椅子を引き寄せてベッドの横に腰をおろした。

「こんにちは、インゲラ。わたしはアストリッド・トゥーヴェソン、ヘルシンボリ警察の警視よ。こちらはイレイエン・リーリャ刑事」

リーリャは手を振って挨拶した。

「いくつかの質問に答えてもらいたいの」

インゲラは首を振った。顎が震え、泣きだす寸前だった。「答えなんてないわ。申し訳ないけれど、なにも覚えてないんです」

「インゲラ、あなたの身に起きたことはとてもお気の毒だと思っているわ。ほんとうにひどい。でもほかの被害者とちがってあなたはいまも生きている」

「生きてる？　これを生きてるって呼ぶの？　選べるんなら死んだほうがましよ。だれかがわたしのなかに……ナイフで……そして……」彼女の顔がゆがみ、涙があふれ出した。

トゥーヴェソンが彼女の手を取った。「辛いのはわかるわ。でもわたしたちはあなたにこんなことをした人間を捕まえたいだけなの。あなたが情報を与えてくれればその目的に近づけるのよ」

インゲラはうなずいた。落ち着きを取り戻し、涙を拭いてリーリャが手渡したグラスの水を飲んだ。

「水曜の夜でいちばん最後に覚えていることはなに?」

「モナとシーラと出かけていたわ」

「それはだれ?」

「友だちです。たいてい毎月第一週の水曜日は一緒に出かけるんです」

「おとといはどこに行ったの?」

「〈ハーケット〉で食事をして……それから〈スヴェア号〉に行って何杯か飲んだわ」

「それからどうなった?」

インゲラは首を振って肩をすくめた。

「なにを飲んだか覚えてる?」リーリャが尋ねた。

「カイピリーニャとホワイトルシアンよ」

「そのお店、〈スヴェア号〉だけど、踊れる場所?」

インゲラはうなずいた。「急にめまいがしたのを覚えてるわ、二杯か三杯しか飲んでなかったのに。レディ・ガガがかかったと思ったら、まわりがぐるぐるまわりはじめて」

トゥーヴェソンとリーリャは顔を見合わせた。

「お友だちにも同じことが起こったのかしら？」

「わかりません。ふたりを見つけられなかったの。すごく混んでて、まわりがぐるぐるまわってて――早く外に出たくなったんだけど、ドアさえ見つけられなかった。すごく狭いお店なのに巨大な迷路のように感じたわ」

「じゃあ店を出たことは覚えてない？」

インゲラは冷静でいるためにひどく苦労しているように見えた。医者が戻ってきて腕時計を指さす。

トゥーヴェソンは片手をあげて待ってくれと伝えた。「もう少しで終わります。まわりがぐるぐるまわって出口を見つけようと思ったけどできなかった。次に覚えてるのは？」

インゲラはしばらく考えたが、やがて肩をすくめた。「目が覚めたとき、なにが起きたのかさっぱりわからなかったんです。どこにいるのかも、自分がだれなのかも」下唇が震えはじめ、トゥーヴェソンは彼女の手を握りしめた。

「痛みは感じた？」

インゲラは首を振った。「わからない。感じなかったと思う」

「目が覚めたときどういうふうに倒れていたか覚えてる？　うつ伏せだった、それとも仰向け――」

「わからない。お願い、わからないんです。まだ終わらないの？」

「インゲラ、大切なことなの。よく思い出してちょうだい、あなたが――」

「わからないわ！　言ったでしょ、わからないって！」インゲラは泣きはじめた。「お願いだから放っておいて。帰ってください」

「インゲラ――」

「帰って！　早く！」インゲラは泣き叫び、自分の腹を叩きはじめた。

医者が駆けより、彼女が自分を叩き、シーツを引き裂こうとするのを止めようとした。

「わたしのことは放っておいて！」

医者がインゲラの太ももに注射を打つあいだ、リーリャとトゥーヴェソンは片方ずつ彼女の腕をつかみ抑えこんでいた。やがて彼女は抵抗をやめ、医者と警官を生気のない目で交互に見つめた。

「お願い……わたしを……消えさせて……」インゲラのまぶたがだんだん重くなっていく。

「これで終わりだと思いますが？」医者がドアを開けた。

「次はいつ彼女に会えます？」廊下を歩きながらトゥーヴェソンは尋ねた。

「あなたも見たように、彼女は深刻な外傷を経験し、まだショック状態にあります。休息が必要です」

トゥーヴェソンは立ち止まって彼のほうを向いた。「ではもう一度お尋ねします。いつ彼女に会えますか？」

医者は長く、わざとらしいため息をついた。「正直言って、わたしにはそうする意味がわかりません。彼女は覚えていることをすべて話したように見えましたがね」

「それを判断するのはわたしです。いつ歩けるようになりますか？」

彼は肩をすくめた。「明日には、少なくとも身体を起こせるようになっていると思いますよ」

「よかった。迎えに来ます。車で連れ出すつもりですが、病院のどなたかが同行するというなら異存はまったくありません」

医者は抗議しかけたが、トゥーヴェソンとリーリャはすでに出口を出ていた。

59

前回こうなったのはいつだったか、カミラ・リンデンは覚えていなかった。たぶん二、三年、いや四年前かもしれない。二度と繰り返さないと厳粛な誓いを立てはしたが、ハンドバッグにはいつもひと箱入れていた。途方もない衝動を感じて我慢できなくなったときのために。

いまそれが必要だと言ったとして、だれがわたしを責められるだろう。彼女はそう思いながら右手で助手席に置いたバッグのなかを探った。口紅、鍵、携帯電話、つまようじ、タンポンのあいだのどこかにあるはずだ。ついに指先がくしゃくしゃの箱に触れ、それを口元に持っていった。フィルムを歯で噛み切り、一本くわえて引き抜く。ライターはすでに点いていて、すぐに深々と吸いこんだ。

いつもなら最初のひと口を吸ったとたん、気分が落ち着いたものだった。だが今回はいつもの効果は訪れない。くそ、もう二度とやらない、と思いながら左の車線に移ってアクセルペダルを踏みこみ、目の前をのろのろ走っていたワインレッドのボルボを追い越した。あらためて毛細血管の隅々まで行きわたるように煙草を深く吸いこむと、E6号線が3Dゲームの風景のように目の前に広がって見えた。ばかばかしいほどスピードを出していたが、まったく気にならなかった。捕まったってかまいやしない、とカミラは思った。少なくとも警察が来れば手を貸してもらえる。

ビョルンがなんの連絡もなく突然迎えにきて、子どもたちをどこかへ連れ出してしまうのはこれが初めてではなかった。一度はコペンハーゲンのチボリ公園へ連れていき、また別のときにはヴェン島に連れ出したこともあったが、電話の着信を拒否したのはこれが初めてだった。最初で最後にしてやるわ、とカミラは決意した。

もう充分だった。少し怒ったあとは放っておくというこれまでのやりかたはもうやめにしなければ。今度はとことんまでやるつもりだ——裁判、面会権の剥奪《はくだつ》、ありとあらゆることを。徹底的に戦ってやる——痛い目にあえば、二度と子どもたちに近づかなくなるだろう。

カミラは左車線を走りつづけ、速度計を見てすでに百五十キロを超えているのに気がついた。スピードは気にならなかったが、とにかく彼が——あのバカが——住んでいるストレーヴェルストルプの出口を見逃さないよう気をつけていた。最後に煙草をひと口吸ったあと、窓から投げ捨て、もう一本新たに火をつけた。

どうしてこれほど甘かったのだろう。前兆はいろいろあったのに。逃げるチャンスも何度もあったのに。それなのに自分はそれを無視することを選び、反対の頬を差し出していた。なにも問題はないというふりをして。酒を飲みはじめてもまたすぐやめられる、彼の不機嫌は自分のせいなのだと思いこむことで。これはすべて子どもたちが生まれる前から始まっていた。愚かさを競う大会があれば、自分は簡単に優勝するだろう。

煙を盛大に吐きだすと、喉に引っかかって老婆のような咳が出た。ワインレッドのボルボが右車線を追い越していった。速度計を見ると百四十キロに落ちていたので、右車線に移動してボルボのうしろについた。

十年以上前になるが、最初に殴られた日は昨日のことのように覚えていた。ふたりは子どものころからの友人のエルサの家に夕食に招かれていた。エルサはイェルケル・ハリーンと結婚してエルサ・ハリーンになっていた。夫妻は地下室を整理していたらフォンデュセットが見つかったのでフォンデュをしようと招いてくれたのだ。食事のあいだ、こんなにおいしい料理が何年も地下室に埋もれていたなんてもったいないと話し合った。その後一九八〇年代で好きだったものの話になり、気がつくとビョルンが黙りこんでいた。

ボルボのテールランプが点滅し、カミラは追突しないようブレーキを強く踏んだ。追い越せるかどうかうしろを振り返ったが、トラックが自分を追い越そうとしていた。

ビョルンは八〇年代に関わることをすべて憎んでいた。底なし沼みたいにフォンデユをほとんどひとりでたいらげたことも関係なかった。彼は八〇年代が嫌いだった――それで終わり。ほかの三人は当時の服や髪形のことを話題にし、九〇年代よりずっと楽しかったと盛り上がった。エルサは九〇年代のお約束の服装――漂白した破れたデニム、Tシャツ、フランネルシャツはイケてないと言った。彼女はビョルンが白いTシャツの上にチェックのシャツを羽織っていたことに気づいていなかったらしい。それとも完全にわかっていてのことだったのか？　議論を引き起こしたがるのはいかにもエルサらしかった。

カミラはチェックのシャツはセクシーになりうると言って話を変えようとした。そこでビョルンが二十分で初めて口を開いた。「八〇年代は肩パッドが好きなオカマとホモの時代だった」イェルケルがオカマとホモのちがいはなんだろうと言い、冷笑を浮かべてグラスを掲げた。

ボルボのブレーキランプが再び点灯し、カミラはスピードを落とした。速度は百二十五キロに下がっていた。

ビョルンを除く全員がグラスを掲げた。あらゆる点から見て、彼の機嫌はレッドゾーンに入っていた。カミラが話題を仕事のことに向けようとすると、エルサがそれに気づいて、上司がいつも児童文学を低く扱うと文句を言った。

「じゃあんたたちは、ほんとうに当時はやっていたクソ音楽が好きだって言うんだな？」ビョルンがなじるように言った。「ソフト・セルやあのヒューマン・リーグのやつらは本物の楽器さえ使ってなかった。あいつらは歌うことさえできなかったんだ！」

　そのときなにかできることがあるとすれば、それは歌うことくらいだった。カミラは前にいるボルボのリアウィンドウに緑色の光が灯っているのに気づいたが、すぐに思いはあのときのディナーのことに戻った。ビョルンを挑発したのだからイェルケルは完全に酔っ払っていたにちがいない。「そういうのは隠れゲイの言うことだ」イェルケルはそう言って歌いはじめた。「〝おれがほしくないのか、ベイビー。おれがほしくないのか？　オー！〟」立ちあがってビョルンの前にひざまずき、自分の太ももを擦りはじめた。「〝初めて会ったとき、きみはバーでウェイトレスをしていた。おれがきみを選び、磨きをかけ、変身させた……〟」カミラがもっと詳しく思いだそうとしているあいだに、前の車の小さなカメラが彼女の顔を認識し、緑色の光線を彼女のフロントガラスに向かって誘導した。

　エルサは爆笑し、カミラも必死に笑いをこらえていた。イェルケルはビョルンの足元で歌いつづけた。「〝きみを別人にしたんだ〟」カミラたちは腹がよじれるほど笑ったが、ビョルンの顔が完全に固まっていることに気づいたときにはもう手遅れだった。彼が勢いよく立ちあがったせいで椅子がうしろに倒れ、もう帰ると宣言した。そしてカミラは彼に従うほどに愚かだった。

　家に帰ると彼は安全錠と鍵でドアを施錠した。鍵をポケットに入れ、ひとつ深呼吸するとこちらを振り返った。

カミラは焼けるような痛みに左目を貫かれ、悲鳴をあげた。酸をかけられたか針を突き刺されたかのような痛みだった。両目を閉じて手で顔を覆ったものの、異物はなにも見当たらない。感じたのはただ、眼窩にまで達する強烈な痛みだけだ。車は道をそれたが、手遅れになる前にどうにか立て直した。叫ぶのをやめ、落ち着こうとした。いったいどうなってるの？ 脳卒中でも起こした？ それとも血栓だろうか。目はまだ痛んだが、我慢できるほどになってきた。汗をびっしょりかいているのに寒かった。身体がこわばり、べたついているように感じる。左手でハンドルを握り、空いたほうの手で右目を覆って左目が見えるかどうか試してみた——見えなかった。これはどういう悪夢なのだろう？ 一刻も早く覚めたかった。

再びボルボのリアウィンドウから彼女のフロントガラスに向かって緑色の光が放たれた。これは夢ではない。細い光がカミラの胸まで到達した。いったいなんなの？ 再び激痛に襲われ、それ以上のことは考えられなくなった。さっきと同じ針で刺されたような痛みだが、今度は右目だ。すべてがぼやけて網膜に色とりどりの球体が浮かんだ。カミラはあらんかぎりの声で悲鳴をあげ、必死で車をコントロールしようとしたが、ハンドルが自分の意思を持ち始めたかのように言うことをきかなくなった。

カミラのＢＭＷはトラックの側面に突っこんだあと、もとの車線に押し返され、芝生に乗り上げた。〝ストレーヴェルストルプまで五百メートル〟の標識にぶつかり、右のヘッドライトが壊れた。その反動で再び道路に跳ね返され、セミトレーラーの前に放りだされると、車体の後部が空き缶のように踏みつぶされた。カミラのＢＭＷは一回転したあと逆さまになって横滑りし、やがて完全に止まった。

周囲にいた車もすべて停まり、瞬く間に長い渋滞ができた。トラックのドライバーをはじめ数人が車から降りてカミラの大破したＢＭＷのまわりに集まってきた。車輪はひっくり返ったカブトムシのように空中で回転している。数人が携帯電話を取りだして救急車を呼んだ。ほかの人は家族に電話して愛していると伝えている。そのうちのひとりがＢＭＷに歩みより、運転席のドアを開けてカミラの首筋に手を伸ばしたが、脈拍は感じられなかった。彼はワインレッドのボルボに乗って走り去った。

60

ファビアンは二十四時間以上ベッドに縛りつけられ、もうこれ以上は耐えられないと思った。あと数時間したら退屈のあまり死ぬだろう。病院のスタッフから休息の重要性をどれだけ聞かされようと関係なかった。クラース・メルヴィークが殺されたという予想外の展開は一瞬の平穏ももたらしてはくれなかった。

トゥーヴェソンのことも気になってしかたがなかった。無力感を隠そうと努力してはいたが、その目は本心を物語っていた。心の奥底でこの事件を解決する望みを失っているのがわかった。そんなときに表向きは事件を外されたとか、病院に閉じこめられているとか言っている場合ではない。すべてがどうつながっているか――つながっているとしてだが――解明できるのは自分しかいないのだ。

病院を出たくてたまらなかったが、背中の痛みは耐えがたく、ベッドから出ることもできない。無理して救急科に行ったつけが回ってきた。降参して痛み止めを飲むと、途端に身体じゅうの痛みがおさまった。運がよければ仕事に集中できるだろう――痛みがあろうがなかろうが仕事をするつもりだ。

使いの警官が自宅に行ってパソコンや携帯の充電器、替えの下着を取ってきてくれた。それから署の受付係、フロリアン・ニルソンに頼みこみ、デスクにあるものを届けてもらうことにした。看護師が電源タップ、キャスター付きの整理棚、電気スタンド、ベッド上のデスクになる折りたたみ式のトレーテーブルを用意してくれた。

まずは充電器のプラグを差し、携帯の電源を入れると、ソニアからメッセージが入っていた。〝列車のなか。テオは来たくないって。五百クローナあげたからあなたが病院にいるあいだも餓死はしないわ。電話して大丈夫かどうか確認して。ソニア〟

ファビアンはすぐに電話したが、息子は出なかった。次にソニアにかけ、いまの気持ちを話そうとしたが、彼女に興味があるのはテオに電話したかどうかということだけだった。

ファビアンは充電器が届いたばかりで、この電話が終わったらすぐにもう一度かけてみると約束した。「じゃあいますぐ切ったほうがいいわね」と彼女は言った。

切りたくなかったファビアンは、彼女とマティルダのようすを尋ねた。ソニアは妹やその子どもたちとグローナルンド遊園地に行ってとても楽しかったと答えた。「ねえ、切らなくちゃ。テオに電話して」

「愛してるよ」ファビアンは言い、答えを待った。

「あの子と話したらすぐにわたしに電話して」

ファビアンは新しい自宅の番号に電話をかけ、呼び出し音にじっと耳を傾けた。再びテオドルの携帯電話にかけてみたが、三回呼び出し音が鳴ったあと留守番電話につながった。きっと自分の部屋でビデオゲームをしているのだろう。もっと息子を部屋から出し、想像上の殺人以外のことをするよう働きかけてみようと誓った。

少なくとも二サイズは小さい制服を着た警官がドアを開けた。

「お届けものです――署からこれを」

彼はバインダーや書類が詰まった箱を持って入ってくると、書類を差しだして署名を求めた。

「一時間くらい前におれの自宅にパソコンやなんかを取りにいってくれたきみの同僚の携帯番号は知らないかな？」ファビアンは書類にサインしながら尋ねた。

「ポルシェー通り17番地？」

ファビアンはうなずいた。

「確認します」と警官は言って書類をめくった。「ヨッケですね」携帯電話で番号を見つけると、ファビアンに見せ、彼はそれを自分の携帯に打ちこんで電話をかけた。

「もしもし？」

「ヨッケか？」

「はい。用件は？」

「こちらはファビアン・リスクだ。さっきおれの家にパソコンや充電器を取りにいってくれただろう……ポルシェー通り17番地だが」

「今日の仕事は終わったんだが」

「ちょっと聞きたいことがあるだけだ」

大げさなため息が聞こえた。

「きみが行ったときうちの息子は家にいたか？　十四歳で、黒い髪が肩まである」

「さあ。だがマリリン・マンソンの曲が大音量でかかってたな」

「助かった、それだけ聞きたかった」電話を切ったとたん、ファビアンはほっと安堵した。最大デシベルのマリリン・マンソンがそれをもたらしてくれるとは、予想もしていなかったが。

二十分後、携帯が光って新しいメールが届いたことを知らせた。〝父さん。電話くれたみたいだね。ケバブを買いに出かけていてちょうどお金を払うところだったんだ。いつ帰ってくるの？〟

すぐに返事を打った。〝医者がいいと言ったらすぐに。電話が使えるようになったから、なにかあればすぐ連絡をくれ、それか見舞いに来てくれないか：）〟。送信ボタンを押すと、もう一通メールを打ちはじめた。〝ソニア、いまテオから連絡があった。ケバブを食べていたようだ。キスを送る。F〟

ファビアンは電話を置いた。ようやく仕事に取りかかれる。

61

危ないところだった、トゥーヴェソンはそう思いながらピザの代金を支払い、リーリャ、モランデル、クリッパンに食事が届いたと知らせた。集中力は血糖値とともに減少し、いますぐ食べなければ活動が停止してしまうだろう。チームは昼も夜もなくずっと働きどおしで、睡眠不足はとうの昔に限界を超えていた。無力感を追い払うため、トゥーヴェソンは捜査が大きく前進するまでだれも家に帰らせないことを決めた。ピザが本来の役目を果たしてくれたら、元気が回復するだろう。なにがあってもそのあいだにあらゆる力を振り絞って事件に取り組まなければならない。ほかのことはすべてあとまわしだ。いまはお互いが家族だった。子どものころ親友の家に泊まりに行き、お医者さんごっこやレゴで遊んだことを思い出す。着替える時間も惜しんでずっとパジャマで過ごした。食事の時間さえほとんどなかった――大切なのは遊ぶことだけだった。

リーリャとモランデルが駆けつけ、二リットル入りのコーラのボトルを開けた。それぞれのグラスに注ぎ分ける。「もしこの先ワインかコーラのどちらかしか飲めないと言われたら、わたしは絶対コーラを選ぶわ」リーリャはそう言って一気飲みした。

「なんの種類がある？」モランデルが箱をつつきながら尋ねた。

「どんなのがいいの？」

「あー……えーと……ケバブピザとか？」

「仰せのままに」トゥーヴェソンは箱のひとつを差し出した。

決して進んで認めることはなかったが、モランデルは十回のうち九回はケバブピザを少なくとも半分は食べたがる。ところがたいていは二、三切れ食べると飽きてほかの人のピザをほしがるのだった。トゥーヴェソンは念のため六種類のピザを頼んでおいた。「クリッパンはどこ？　食べたくないって？」

「会議室に閉じこもってます。あの落書きの分析が終わったらすぐに出てくると思うわ」リーリャが答えた。

「ああ……あの説ね」モランデルが蔑むように言った。

「たしかに見込みは高くないわ」とトゥーヴェソン。「でもクリッパンは多くの時間とエネルギーをそれに注ぎこんでいるの、だからチャンスをあげてちょうだい。いいわね？」

モランデルとリーリャはうなずいて腰をおろすと、猛然と食べはじめた。ケバブピザを三分の一食べたところでモランデルが沈黙を破った。

「インゲラ・プログヘードについてほかにわかったことは？」

「いろいろあるわ」とトゥーヴェソン。「医者から診断書が届いたんだけど、基本的にはさっき聞いたことの繰り返しね」

「なんて書かれてた？」

「処置を行なったのは本物の医者ではない」

「なぜわかる？」

「ひとつには、ふつうのメスが使われている。子宮摘出手術には使われないそうよ——しかも消毒もされてなかった」

「なんてこと」とリーリャ。

「犯人は腹部を切開するのではなく、膣からメスを入れてるの。ふつうは腹部からの切開のほうが簡単だと考えられてるわ」

「ちょっと待ってくれ……。膣から摘出するほうが難しいのか？」とモランデルが尋ねた。

「ええ、でも初心者にしては見事な処置だったようね」

モランデルはケバブピザをひと切れ差し出した。「だれか交換したい人？」

トゥーヴェソンとリーリャは首を振った。

「あなたはどう、リーリャ？　なにか見つかった？」

リーリャはうなずいてコーラでピザを流しこんだ。「正直言って、インゲラのことが理解できないんです。彼女はフレドリクスダールを完璧な成績で卒業した。高校も自然科学のコースに入ってクラストップの成績で卒業。それからルンドのロースクールに二年半通ったんだけど、突然やめてしまっている」

「そのあとは？」

「なにも――そこがおかしいんです。食料品店でレジ係として働きはじめるんですが、ずっと同じ仕事をしてる。これこそ才能の無駄づかいだわ」

「ほかにはなにかある？」

「はい。一九九二年に中絶手術を受けています。十年後、両親を一年以内に相次いでがんで亡くしてます」

「犯人は彼女が中絶したから子宮を取ったのか？」モランデルがケバブピザを押しやりながら言った。「パターンを考えてみよう。犯人は殴るのが好きだったヨルゲンから手を取り、蹴るのが好きだったグレンから足を取った。だったら中絶した人間から子宮を取ってもおかしくないんじゃないか？」

「その説だと同一犯ということね」とトゥーヴェソン。

モランデルは噛むのをやめ、困惑した顔でトゥーヴェソンを見返した。「もちろん同一犯に決まってる」

「リスクによるとそうじゃないわ」とリーリャ。「彼はインゲラによってパターンが破られたと考えている」

「パターンを破る？　なんであいつはそんなこと考えてるんだ？　犯人はまず手を、それから足、そして今度は子宮を奪った。被害者はすべて同じクラスの人間だ。これがパターンでなかったら、おれはこの仕事を辞めるね」

「でもインゲラは生きてるわ――それにレイプされてる」

「だから？　彼女は初めての女性の被害者だ。あの予定外のはずのデンマーク人の女の子を除いては」

「たしかに。でもリスクによればインゲラはクラースに味方した唯一の生徒だったそうよ」

「犯人はクラースじゃないと明らかになったはずだ。だれかほかの……」モランデルは言葉を切って、リーリャとトゥーヴェソンの顔を交互に見た。「ほんとうに別の人間だと思ってるのか？」

「正直言って、どう考えていいかわからない」とトゥーヴェソン。

「わたしも」リーリャもうなずいた。

「でもすべての犯行は同じ人間の仕業だという考えに傾いている。ただ、いまの段階ではどんな可能性も排除したくないの。だれであってもおかしくないんだから」

「ダブル・カルゾーネはあるか？」廊下からクリッパンの声が聞こえた。

「みなさんを会議室にご招待したい」と満足げに片腕を広げた。

クリッパンが咳払いして宣言した。

「もちろん」トゥーヴェソンがいちばん分厚い箱を差しだした。


トゥーヴェソンたちは会議室に移動し、部屋を見まわした。クリッパンは壁という壁に落書きを写した写真のプリントアウトを貼っていた。床から二メートルの高さまで埋めつくされている。それぞれの写真には付箋が貼ってあり、どこで撮られたのか記されていた。

「すごい!」リーリャが叫んだ。「これ全部フレドリクスダール校のもの?」

クリッパンがうなずいた。「全貌を見るのにこれがいちばんいいかと思ってさ」

「巨大な公衆トイレに入った気分だよ」とモランデル。

「なにか興味深いものは見つかった?」とトゥーヴェソン。

「まだ見てないんだ」クリッパンはみんなが壁を見まわしているあいだにピザの箱を開けて食べはじめた。「一緒にやったほうがいいと思って。ひとりひとつの壁を見ていけばそんなに時間はかからないと思う」

クリッパンが食べ終えると、それぞれ散らばって作業を始めた。

「〝マンコのなかにチンコ〟は全部でいくつあった?」モランデルが尋ねた。

「もう三つ見つかったわ」とリーリャ。

「〝チンコ舐めろ〟も入るか?」クリッパンが聞いた。

「いや——そのふたつはまったくの別ものだ」とモランデル。「片方は挿入、もう片方はオーラルだ。ここで肝心なのは外観の秩序だ」

「オーラルをふたつ見つけたわ」とトゥーヴェソン。

十五分後、部屋は沈黙に包まれていた。全員が手がかりになりそうなものを探しだすことに必死になっていた。途方もない仕事をしたクリッパンの苦労を無駄にするわけにはいかない。壁やロッカーに書かれたわかりやすいものだけでなく、机の下や椅子の裏といった場所に隠れているメッセージまで写真に収めていたのだ。

〝プランBになりますように〟と書かれていたのはトイレットペーパーのホルダーだ。〝ゲイはほかのやつらと同じようにクソだが、少しだけ楽しみかたを知っている〟は便座の裏だった。あとは大半が〝セシーリアは娼婦〟〝HIF最高、ほかはゴミ〟〝スリップノット最高――ヘルストロームはクソ〟〝ヨルゲン♡リナ〟〝ロックは死んだ！　シンセよ永遠に！〟といったたぐいのものだった。

ざっと目を通していくうちに、トゥーヴェソンは過去と現在両方の十代の若者の心のなかに迷いこんだ気分になっていった。まるで年輪のようにいくつもの落書きが重なっているものもあり、いちばん下に埋もれたものを読みとるには集中力がいった。

トゥーヴェソンは〝死ね、フケ野郎〟のところで目を留めた。付箋によると男子ロッカールームにあるベンチの裏に書かれていたらしい。震えが走り、近くに寄って観察した。文字はナイフで刻まれているらしく、角ばった形をしている。彫りあとは滑らかだから、三十年近く前のものであったとしてもおかしくない。でもだれがこれほど敵意に満ちた言葉を書くだろう？　ヨルゲン、グレン、それとも犯人？

「おもしろいものを見つけたわ」リーリャが声に出して読みはじめた。「〝ぼくはしゃべる。だれも聞いていない。ぼくは尋ねる。だれも答えない。透明人間〟。どう思う？」

「どこにあった？」とモランデル。

「南廊下の消火器の裏」

「こっちにも似たようなのがある」とクリッパン。「〝このバカなやつらがみんな嫌いだ。でもだれが気にかける？　透明人間〟」

「彼だと思う？」リーリャが全員に尋ねた。

「おかしくないわね」とトゥーヴェソン。

四人は数歩下がってその落書きを見つめた。犯人が壁の向こうから姿を現すのではないかと期待するように。

三十分後、モランデルがおもむろに壁に近づき、一枚の写真をはがしてテーブルにすわると、拡大鏡で調べはじめた。ほかのメンバーは自分の担当の壁を確認し終えてから、モランデルの背後に集まった。

彼が調べている落書きは判読不能だった。時の経過とともに文字がすり減り、いくつかの点とさまざまな長さと角度の線にしか見えない。モランデルはそれをどうにか文字に修復しようとしていた。付箋によれば三百四十九番のロッカーのなかで見つかったものだ。

「まさか、ロッカーの鍵を全部こじ開けたなんて言わないわよね？」リーリャがクリッパンに尋ねた。

「すでに開いてたんだよ――夏休みのあいだに空にして掃除するんだろう」

トゥーヴェソンはモランデルの肩越しに覗きこんだ。〝だれもぼくを見ない……だれも……〟最後の数文字は読めなかった。モランデルの手で隠れていたためだが、邪魔はしたくなかった。彼がここまで集中しているときは、捜査が大きく前進するときなのだ。

ひそかにケバブピザに感謝して、トゥーヴェソンはパノラマ窓越しにヘルシンボリの美しい夜景を見わたした。珍しく雲のない夜で、オーレスン海峡の対岸のヘルシンオアまで見通せる。クロンボー城の塔が点滅して光っているのさえわかった。ヘルシンボリの住人の大半と同じで一度も行ったことはないがヴェン島も遠くにはっきり見える。だがやはり、ヴェン島の光だと思ったものも船の灯りかもしれないと思い直した。

「これだ！」モランデルが突然叫んだ。

トゥーヴェソンははっと振り向いた。「ほんとう？」

「これが犯人が書いたものじゃなかったら、おれはタオルを投げ入れて仕事を変えるね」

「なんて書いてあるの？」リーリャが尋ね、ボトルに残ったコーラをグラスに注ぎ入れた。

モランデルは全員の目を見ながらその落書きを読みあげた。「〝だれもぼくを見ない。だれもぼくの言うことを聞かない。ぼくをいじめることすらしない。I．M．〟」

「彼は自分を透明人間と呼んでいる。だれも自分に気づかないから。それが彼のすべての動機ね」とトゥーヴェソンは言った。「ずっと無視されたり仲間外れにされることがなによりも辛いと言うわ。からかわれたりすらしない。きっと自分は存在しないも同然の気持ちだったでしょうね」

「これが彼の狙いだったのね」とリーリャ。「自分を知らしめたかった。有名になりたかったんだわ」

トゥーヴェソンがうなずいた。

「これまでのところ、やつは見えない存在でいつづけるためにあらゆることをしているようだがな」とクリッパン。

「どっちにしても犯人はまずまちがいなく同じクラスにいた人間だな」とモランデル。

トゥーヴェソンは拡大された集合写真に歩み寄った。そのうちの四人が消されている。ヨルゲン、グレン、クラース、そして担任のモニカ・クルセンスティエナ。インゲラ・プログヘードの上には疑問符が記されていた。トゥーヴェソンは心臓が高鳴るのを感じた。ようやく事件が動き出し、容疑者がクラスで残っている生徒のだれかに絞られた。「生きている全員に連絡してアリバイを確認する必要があるわ」

「リーリャとおれでやったよ」とクリッパン。「少なくとも休暇で留守中の人間以外は」

「それで?」

「残念ながら、全員水も漏らさぬアリバイがあった」

「ひとり残らず?」

「ああ。おれが担当した分は」クリッパンは言って、リーリャのほうを見た。

「わたしのほうも」

「休暇中のやつらはどうなんだ？」モランデルが尋ねた。「ほんとうに出かけていると確認できたか？」

「いえ、それはまだ」リーリャが答えた。

「じゃあすぐに確認して、ほかの人のアリバイももう一度確かめてちょうだい」とトゥーヴェソンは指示を出した。「もし犯人の署名が〝透明人間《インヴィジブル・マン》〟だとして、犯人は男だと確信できる？」

「もちろん男に決まってる」とモランデルが言った。「インゲラ・プログヘードをレイプしたんだから」

「そうなると、容疑者は七人に絞られるわね」

「リスクも入れて？」とリーリャ。

トゥーヴェソンは目を細めて集合写真のなかのファビアンを見た。髪を真ん中で分け、ポロシャツにウールのカーディガンというほかの生徒たちと同じ格好をしている。リーリャの質問について考えているとドアが開き、見覚えのない男性が入ってきた。

「同級生殺人を捜査しているのはこちらですか？」

「失礼ですが、あなたは？　どうやってここまで来たんですか？」トゥーヴェソンが尋ねると、ふたりの夜間警備担当の警官が慌ててやって来て、男を取り押さえた。

「すみません、隙をつかれてエレベーターでここまで来てしまったんです」片方の警官がそう言って、彼を部屋の外に連れ出そうとした。

「離してくれ！　わたしはただ――」

「奥さんの失踪を届けにきたんだろ、わかってるさ」と警官は言った。「でもここではできない。緊急電話番号に電話する必要があるんだ。喜んでお手伝いしますよ……下でね」

ふたりの警官は忍耐が切れたのか、男を床に突き飛ばし、腕を背中にまわして彼がうめき声をあげるまで締め上げた。

「大人しくしないと手錠をかけることになるぞ！」と男の耳元で叫ぶ。

「ちょっと待って、放してあげて」トゥーヴェソンが割って入った。

ふたりの警官はいぶかしげに彼女のほうを見た。

「いいのよ。わたしが話してみる」

ふたりは顔を見合わせて肩をすくめた。「ではお任せします」手を離すと、男は立ちあがり、くしゃくしゃになった服と髪を直した。またいつ逮捕されるかわからないというような不安そうな顔をしている。

トゥーヴェソンは彼に歩みより、握手を交わした。「わたしはアストリッド・トゥーヴェソン、この捜査の責任者です。どうなさったんですか？」

「妻が、彼女が……いなくなったんです。どうすればいいかわからない。わたしはどうすれば……」男は泣きはじめた。リーリャとクリッパンが手を貸して椅子にすわらせた。

「ひとつずつ片づけていきましょう。お名前は？」

「イェルケル……イェルケル・ハリーンです」

「奥さんのお名前は？」

「エルサ・ハリーン」

「ハリーン……彼女の旧姓は？」

「パヴリーン」

「エルサ・パヴリーン。同じクラスだったのね……」

イェルケルはうなずいた。「だからここに来たんです。今日は妻が夕食の担当だったんでぼくはジムに出かけたんです。トレーニングを終えると娘から電話やメールがたくさん入ってました。なぜ家にだれもいないのかって」

「もちろん奥さんに電話してみたんですよね？」

「すぐに留守電につながりました」

「どこで働いているんですか？」

「ダウンタウンにある中央図書館で。職場の人にも聞きました。でもいないって」

「いつ図書館を出たかわかりますか？」

イェルケルはガタガタと身体を震わせ、その質問には答えなかった。「お願いです……写真を公開したり捜索隊を出してくれますよね？」

「もちろんです」トゥーヴェソンは答えたが、もう手遅れだとわかっていた。

62

ドゥニヤ・ホウゴーは水面から片足をあげてむこうずねにカミソリを走らせた。脚を小刻みに動かし、この数か月ピラティスに励んだおかげで脚が何歳分も若返っているのを見て嬉しくなった。これ以上望んでは罰が当たる。まず実年齢には見られない。実は三十五歳だと明かすとたいてい冗談だと思われる。けれどもしかたがない――いまの自分はこれまでにないほどきれいなのだ。

この半年間でドゥニヤは劇的な変化を遂げた。昔の友人が彼女だとわからなかったほどだ。髪形を変え、H&Mで買い物するのをやめ、エクササイズの習慣を増やした。そのおかげで死ぬまで消えないと思っていた子どものころからの脂肪がついに落ちたのだ。

カミソリを置いて頭をお湯の下にくぐらせ、トリートメントを流す。ようやくリラックスしはじめていた。温かいお風呂はこの日ずっと頭を占めていた仕事を忘れさせてくれた。頭が混乱してどうにかなりそうだったので、トレーニングを途中で切り上げて家に帰り、ゆっくりすることにしたのだ。正しいことをしたと思った次の瞬間、やはりばかなことをしたのではないかという思いに取りつかれた。だがようやく心が決まった。自分は正しい選択をしたのだ。もし首にするというならそれまでだ。ドゥニヤが望んでいるのは捜査を前に進めることだけ。あの車がスウェーデン警察の役に立つなら、自分のキャリアなど安いものだ。

立ちあがり、つま先でバスタブの栓を抜いてからシャワーをひねった。身体を流したあとバスマットの上に乗り、洗濯済みの棚からタオルを取って、バスタブの水が排水溝に流れる音を聞きながら身体をふいた。ローションを塗ったとき、さっき剃ったばかりのところがひどくしみた。

いつまでも続いているゴボゴボという音に耳を澄ませた。排水管が助けを求めている音で、掃除が必要だと訴えている。しばらく前からやろうと思っていたのだが、毎回なにかしらの邪魔が入った。水があふれて最近床を張り替えたばかりのリビングルームに達する事態になるまでは、きっとなにもしないように思えてきた。

アパートの保険はそういう損害もカバーしているのだろうかと考えているとドアベルが鳴った。カウンターに置いた腕時計によれば午後十一時四十分。だれか部屋を間違えたのだろうか？　再びベルが鳴る――今度は長く執拗だった。ドゥニヤはキモノを羽織ってウエストのところでひもを結びながら廊下を歩いていった。最近つき合った男のだれかだろうか？　家には連れこまないようにしていたし、ラストネームも教えていないのに、それでも三人に家を突きとめられた。最初のふたりはなんの問題もなく、むしろ喜んでなかに入れた。三人目はプロポーズに来て、ドゥニヤが優しくだがきっぱりノーと言うと泣き崩れた。お茶を二ポット分飲んだあと、ようやくタクシーで帰ってくれた。心のどこかでいまドアの外にいるのが最初のふたりのどちらかだったらいいと思っていることに、ドゥニヤは気がついた。

覗き穴を覗いたが、廊下は真っ暗でなにも見えなかった。再びベルが鳴る。今度は差し迫った爆発を警告するブザーのように続けて何度も。ドゥニヤはしかたなく鍵をまわしてドアを開けた。

「んん……シャワーを浴びたところか？　いいね」キム・スライズナーはそう言うと、手に持った半分空になったウィスキーの瓶をあおった。

「ちょっと、もう真夜中ですよ。なんの用ですか？」

スライズナーは警告するように指を立て、にやりと笑った。「きみとわたし……ふたりで……おしゃべりをしないか」と言って部屋のなかに押し入り、ドゥニヤはアルコールの臭いとともに取り残された。

ドゥニヤがリビングルームに入っていくと、スライズナーはｉＰｏｄステレオの前に立ち、シャーデーの〝ユア・ラブ・イズ・キング〟のボリュームをあげた。それからソファに沈みこみ、脚を大きく広げてもうひと口ウィスキーを飲んだ。「なぜわたしがここにいるのか不思議に思ってるんだろうな？　もしきみの立場ならわたしもそうだ。ところでそのキモノ、よく似合ってるぞ。セクシーだ」

「キム、なにが言いたいんだかわからないし、知りたいとも思わない。いいから早く出ていって――いますぐに！」

「きみの負けは決まっているのによくもそんな口がきけるものだ。ほんとうなら腹を立ててしかるべきだが、そういう気の強いところが魅力的だ、特にそのキモノを着ていると」さらにウィスキーをあおり、手の甲で口を拭う。「さて、わたしが知りたいのは『エクストラ・ブラーデット』に余計なことをしゃべったのはきみなのかどうかということだ」

では、そのためにここにいるのだ。ドゥニヤが彼のサインを偽造したこと、プジョーがスウェーデン側に渡ろうとしていることはまだ知らないのだ。もし運が味方すれば、彼が辞職するまで車のことはわからないかもしれない。〝ブロウゲート〟事件――フェラチオ《ブロウジョブ》とウォーターゲート事件をもじった『エクストラ・ブラーデット』がつけた名前だ――の結果、だれもがスライズナーの辞職は免れないと思っていた。

ドゥニヤはコーヒーテーブルのほうへ数歩近寄り、スライズナーを見下ろした。すわっちゃだめ、会話をしてもだめ、そして絶対に弱さのかけらも見せないこと、と自分に言い聞かせた。

「キム、わたしたちはいつもうまくいってたわけじゃないし、捜査の進め方について意見が食い違うことも少なくなかった。それは否定しないわ。でもあなたの不倫について新聞社にタレこむようなレベルの低い真似はするはずがない」

スライズナーはドゥニヤの言葉をしばらく考えていたが、やがてソファから立ちあがった。彼女の脇を過ぎて廊下に出る。「それが公式声明か？　きみじゃない？　おもしろいじゃないか」立ち止まって振り返り、じっとドゥニヤの目を覗きこんだ。「ではきみはなんの関係もないと言うのか？」

スライズナーは一瞬の躊躇を感じとったにちがいない。どう答えようか迷い、ほんの一瞬反応が遅かったのだろう。「ねえ、キム――」

耳を思いきりひっぱたかれ、ドゥニヤは首が折れたと思った。彼がなにか叫んでいるのが聞こえたが、言葉はさっぱり聞き取れない。頬が焼けるように痛み、心臓が激しく動悸を打ちはじめた。キモノをつかまれ、引き寄せられる。ドゥニヤは彼のツンとする息の臭いに覆われる感じがした。そのときだれかが再びボリュームをあげたかのように聴覚が戻ってきた。

「嘘だとわからないと思ったか？　おまえに決まっている！」

スライズナーは脚を引っかけてドゥニヤを床に倒した。最近張り替えたばかりの木の床はまだワニスの匂いがした。スライズナーは馬乗りになり、片手で彼女の両腕を頭上でつかんで、もう片方の手で下着のなかを探った。「うーん……滑らかで剃ってある。すばらしい。わたしのためかね？」と耳障りな声で囁いた。「きっとわたしが来るのがわかっていたんだろう。おまえが望んでいるのはわかっていた。認めればいいのに。最初に会ったときから、おまえがどんな女かすぐにわかったが、上司と寝て恩恵を受けたいと思うようなタイプではなかった。仕事は仕事、そうだろ？」スライズナーの中指がドゥニヤのクリトリスをもてあそんだ。「だがいいことを教えよう。たしかにわたしはおまえの上司だが、なんの恩恵も与えない」そう言って、三本の指を彼女のなかに押しこんだ。「覚えておけ。これからヒルのように喰いついてやる」スライズナーは指をさらに押し入れ、手のひら全体で彼女の恥骨を握りしめた。ドゥニヤはあまりの痛さに必死で逃れようとしたがさらに強くつかまれた。

「しゃぶりつくすまでおまえを逃がすつもりはない」そう言ってスライズナーは指を引き抜いた。「近くにいないときでも、おれがいつ姿を現すかおびえて過ごすことだ――おまえがいちばん油断しているときに現れてやる」そして指を舐め、ドゥニヤの頬でそれをぬぐった。それから立ちあがり、部屋を出ていった。

63

ファビアンが時計を見ると午前三時十八分だった。病院はとっくに静まりかえっていて、空調器からブーンというかすかなうなり声が聞こえるだけだ。遠くでサイレンの音が三回聞こえたが、それでもいつになく静かな夜に入るだろう。

机代わりに使っているテーブルに置いたイヤーブックに目を転じる。うとうとしていた数分を除き、ファビアンはこの三時間ずっとイヤーブックを隅々まで調べていた。最初から最後まで、クラスごとに、生徒一人一人にいたるまで、冷静に念入りに見ていった。新しい顔に移るたびにその人のイメージを呼び起こそうとした。たいていの相手はすぐに思い出せたが、何人かはかなり時間がかかった。あまり接点のなかった者たちは、彼の記憶の周辺をさまよう亡霊のような存在でしかなかった。

けれども容疑者は見つからなかった。どれかひとつの顔が突出して浮かびあがってくるわけではない。ほんの数時間前、犯人はこのイヤーブックのなかにいると確信していたのに、いまではそれも怪しくなっている。まちがった道を進んでいるのだろうか？

最後にもう一度めくってみて、なにも見つからなければ電気を消して眠ることにしよう。アルバムは自然と9C組のページが開くようになっていた。この一週間で何度この写真を見たかわからないが、なにか見落としている気がしてならなかった。この写真のどこかに秘密が隠されているように思えるのだ。でなければ犯人はなぜヨルゲン・ポルソンの遺体にこの写真を残していったりしたのだろう？　なにか意味があるにちがいない。ほかにはなにも残していないのだからなおさらだ。

もう一度顔とその下にある名前を見ていったが、どんなに考えてもクラース・メルヴィーク以外に容疑者として可能性のある人間を思いつくことはできなかった。だが、そのクラースもいまは死んでいる。ファビアンはイヤーブックを置いてこめかみを擦った。なにを見落としている？

クラースの遺体が見つかった、まるでいけにえを捧げるような場所を思い出した。ほかのメンバーが到着するまで一時間以上そこにいたというのに、よくも遺体の下にあった苔に気づかなかったものだ。人の形の苔という真のメッセージ、全体の装置のなかのもっとも重要な部分を見落としていたのだ。ファビアンはこれこそがクラースの陰にいた犯人を明らかにしてくれると信じていた。

クラースの陰、ファビアンはもう一度繰り返した。

いままでの写真の見方はまちがっていた。ファビアンもほかのメンバーもやみくもに写真に写っているものばかりを見ていた。ほんとうはそこに写っていないものを見なければならなかったのだ。ファビアンは力がよみがえってくるのを感じながらオトスコープに手を伸ばした。耳を調べるための器具だが、拡大鏡としても使える。付属のライトをつけて写真に近づけた。今度はどこを見ればいいかはっきりわかっていた。絶対にそこにいる。犯人はクラース・メルヴィークの陰に立っている。

彼はクラースのうしろにほぼ隠れていて、顔はまったく見えなかった。髪の房だけがその存在を表している。ファビアンたちはクラースの髪だと思いこんでいたが、オトスコープを通して見ると、クラースのうしろにいる人物のものだとはっきりわかる。だがだれなんだ？

クラスにだれかほかの生徒がいた記憶はない。もうひとりいたことをほんとうに忘れてしまったのだろうか。写真の下にある名前をもう一度チェックする。二十人の名前があり、〝写真なし〟と記されたものはない。クラスの人数は二十人だと思っていたが、この写真には実際に二十一人写っている。だれかが紛れこんでいるのに、だれも気づいていない。名前さえ書かれていない。こんなことがありうるだろうか、それとも目の錯覚なのだろうか？

64

アストリッド・トゥーヴェソンは病院の廊下を急ぎ足で歩きながら、うるさい蝿《はえ》のようについてくる医者が急患で呼びだされて、自分をひとりにしてくれないだろうかと願っていた。

「いい考えとは言えません」彼は何回目かわからないくらいに言った。「昨日起きたことを考えればなおさらです」

「焦らずにやると約束します」

「わかりました、でもわたしの見立てではまだ彼女は充分に回復しているとは言えない。したがってわたしの責任――」

トゥーヴェソンは立ち止まって医者を振り返った。「もしかしてあなたはご存じないのかもしれませんが、わたしたちはいま死体が次々積み重なっていく事件を捜査している最中なんです。被害者が生きていたのは初めてのことで、彼女の記憶をよみがえらせることができるかどうかがわたしの責任なんです」

「でも待てないんですか、彼女が――」

「新たな被害者がいつ死体安置所に運ばれてくるかわからない状況なんですよ。そうなったら責任を取っていただけるんですか？」

医者はため息をついて言った。「あなたに質問させてもいいか彼女に確認します。もしいやだと言ったらそのときはなしにしてもらいますよ、いいですね？」

トゥーヴェソンは返事をしないで廊下を歩きつづけた。忍耐も限界に達していて、数時間睡眠をとったにもかかわらずくたくたに疲れ切っていた。そのあいだにクリッパンとリーリャは、休暇中だと証言していた人たちがほんとうに街にいなかったのかを調べ、ひとりを除いて全員が国を離れていたことが裏づけられた。あとのひとりセス・コールヘーデンはスペインにいるらしいが、まだ携帯電話がつながっていない。離婚していて世捨て人のようなところがあるらしい。それで犯人だと決めつけるのは早計だが、どちらにしても容疑者であることには変わりない。

トゥーヴェソンは病室の入口にすわっているふたりの制服警官の前で立ち止まった。彼らに向かってうなずくと、ひとりが立ちあがってドアを開けてくれた。インゲラ・プログヘードがベッドに身を起こして雑誌を読んでいた。

「こんにちは、インゲラ、わたしを覚えてる？　昨日会ったんだけど」

インゲラは雑誌から顔をあげずにうなずいた。トゥーヴェソンはベッドの隣にある椅子に腰をおろした。

「今日はだいぶ調子がよさそうね」

インゲラは肩をすくめた。

「昨日話したことは覚えてる？」

こっくりとうなずく。

「あなたはお友だちと出かけていて、〈スヴェア号〉でお酒を飲んでいたら急に薬物みたいなものの影響を受けたようになったと言っていたわね。ほかになにか思い出した？」

彼女は首を振ったが、目は雑誌の編み物のパターン図から動かさなかった。

「わたしの車で外に出てみない？　なにか思い出すかもしれないわ」

インゲラは顔をあげてトゥーヴェソンの目を見た。「どうかしら」今度は医者のほうに目をやり、それからまたトゥーヴェソンに戻した。

「インゲラ、あなたはいまわたしたちにとって、唯一ではないけれど最高の手がかりなの、あなたにこんなひどいことをした男を見つけて捕まえられる」

「クラスのほかの人を殺したのと同じ人なの？」

「まだわからないわ。同一人物の仕業だということを示すものがたくさんあるんだけど、そうではないことを示すものもあるの。あなたの協力があれば、答えがつかめるかもしれない」

インゲラは下を向いて編み物の世界に戻ってしまったように見えた。だが雑誌を閉じると顔をあげた。

トゥーヴェソンは広場に入り、埠頭に係留されている船上レストラン、〈スヴェア号〉の向かいに駐車スペースを見つけた。インゲラは助手席にすわったまま無表情な顔で船を見つめている。

「大丈夫？」

インゲラはうなずいた。トゥーヴェソンは車を降りてトランクから車椅子を出して広げ、彼女をすわらせた。

「ここは来たことなかったわ。いいお店？」

「ええ、そうね……たぶん」

「よく来てたの？」

「いいえ、女友だちと出かけるときだけ。なんとなく行きつけのお店になって」

トゥーヴェソンはタラップの上を、車椅子を押しあげて船のなかに入っていった。コック服を着た男性にいまは営業していないと言われたため、バッジを見せてちょっと見たいだけだと説明した。男はさっさとすませてくれとぶつぶつ言い、キッチンのほうへ消えた。

インゲラは自分で車椅子を動かして店内を見てまわった。壁はマホガニーの羽目板で、真鍮の縁で囲まれた丸い舷窓がついている。天井には色とりどりのスポットライトとスピーカーが取り付けられている。ふたりがいるのはダンスフロアで、バーカウンターの背後の棚には酒瓶が並び、片隅には覆いがかけられたブラックジャックのテーブルが置かれていた。昼間のナイトクラブみたいにしょぼくれて惨めだわ、とトゥーヴェソンは思った。

「あの夜のことで、思い出したことはなにかないかしら?」

「覚えてることは全部話しました」

「そうね、でももう一度話してもらえない?」

「飲みものをオーダーしてしばらくしたら、急に気持ちが悪くなってめまいがしたの」

「ここに来てほかに思い出したことはない? 小さなことでいいの。どんな小さなことでも役に立つわ。ほんの些細なことが全体の記憶を呼び起こすきっかけになるのよ。たとえばどんな服を着ていた?」

「ブラックジーンズに白いブラウス、ウエストのところで結ぶタイプの」

「靴はどう? ハイヒールだった?」

「ヒールの靴ははきません。どうやって歩けばいいかわからないもの。いつもの古いサンダルをはいていたわ、いつもどおりね」インゲラはそう言って、また周囲を見まわした。

トゥーヴェソンは少し離れた場所から彼女を観察した。リスクは彼女がクラスでいちばん好かれていた生徒のひとりだったと言っていた。そしてクラースの味方をした唯一の生徒だったとも。とてつもない勇気と気力がいったことだろう——いま目の前にいる人物とはまったくそぐわないイメージだ。暴行を受けたばかりという事実を抜きにしても、彼女には暗くどんよりした雰囲気がある。顔立ちは悪くないのに、くしゃくしゃのくすんだ色の髪や野暮ったい靴、化粧っ気のない顔はインゲラを人生をあきらめた人間に見せていた。

「楽しかった？　あんなことが起きる前のことだけど」

「楽しいと言うのかわからないわ」インゲラは肩をすくめた。「ただ友だちが行きたいって言うから、一緒に行くだけで。少ししか残っていなければ、しがみつかなくちゃならないもの」

「友だちを多く失ったの？」

「失ったわけじゃないわ。でもどういうものかわかるでしょう。ちがう生活を送るようになっていつの間にか疎遠になり、気がついたときには元気？　って電話するのに手遅れになってるの」

トゥーヴェソンはうなずいた。その問題にはなじみがある。インゲラが言っていることはよくわかった。ちがいはたいていの人の人生には新しい友人が現れることだ。

「もう帰りたいわ。ほかにはなにも思い出せない」インゲラはドアへ向かい、トゥーヴェソンはタラップを降りるのに手を貸した。

「お店を出るときのことはなにか覚えてない？」

「いいえ、前に言ったとおり……ちょっと待って」インゲラはタラップの途中で車椅子を止め、下を覗きこんだ。「海のなかに落ちる気がして両手で手すりをつかんだわ」

「こんなふうに？」トゥーヴェソンが手すりをつかむとインゲラがうなずいた。「それから？　それからどうなったの？」

インゲラはしばらく考えてから口を開いた。「青だった。青い車だった。あれよりも少し濃い色」と近くを通りすぎた青い車を指さした。

「じゃあ、青い車がここに停まったのね？」

「いいえ、すでに停まっていて、だれかが近くに来て助けてくれたの。最初は力強くて安心した。海のなかに落ちるんじゃないかって怖かったから。でもそのあとその男が怖くなった」

「どうして？」

「わたしを強くつかんだから。逃げようとしたけれど、力が強くて車に押しこまれた」

「どんな男だった？」

「顔は見てないわ」

「身体は？　長身、太目、それとも――」

「わからない。ふつうだった」

「年齢は？」

インゲラは考えた。「中年、それとも……わからないわ。でも青い車は覚えてる」

「車種は覚えてない？」

「いいえ――最近の車はみんな同じに見える」

トゥーヴェソンは携帯電話を取りだし、インターネットで見つけた比較的最近撮られたとおぼしきセス・コールヘーデンの写真を呼びだし、インゲラに見せた。「この人？」

「これはセス・コールヘーデンよ」

「そうよ、でも彼があなたを車に乗せたんじゃない？」

「わかるわけないわ。顔は見なかったんだもの」

トゥーヴェソンはあきらめて車まで車椅子を押していった。次の段階に進むころだ。

65

性器がまだ痛み、恥骨の上にはスライズナーの指が残した大きな痣があった。これは肉体的な痛みにすぎない。ほんものの痛みは屈辱から来るものだ。因習に縛られたボス猿による粗野な威嚇行為にすぎないとわかっていても、ドゥニヤの心の奥深くをえぐった。

これからとるべき行動を検討する。性的暴行で通報すればスライズナーはドゥニヤが誘ったと反論するだろう。彼女が自分から部屋に招き入れたと言って。別件で筆跡を偽造したことも彼女の信頼性を高めることにはならない。残る手段は復讐だ。スライズナーの奥さんか『エクストラ・ブラーデット』に事の次第を話すか、彼を罠にかけるかだ。

だがどちらの案も捨て、堂々と顔をあげて好機が来るのを待つことにした。スライズナーの狙いはドゥニヤを抑えこみ、身の程をわきまえさせることなのだから、もっとも効果的な戦略は、それが成功しなかったとわからせることなのだ。ドゥニヤはそれよりも強い――彼よりも強いことを示す必要があった。

問題は、スライズナーが成功したことだ。ドゥニヤは傷つき、弱り、顔をあげることを考えるだけで疲れ果ててしまった。

ケトルがヒューっと音をたてた。お湯をティーポットに入れてリビングルームに持っていき、ソファにすわってタブレットの電源を入れた。最初に目に飛びこんできたのがあの男の顔だった。こちらをじっと見返してくる。まだ部屋のなかにいる気がする。

〝キム・スライズナー、激白〟

つまり屈辱を舐めることにしたわけね、あのゴマスリ野郎。記事へのリンクをクリックすると、スライズナーはまずは家族にそしてデンマーク国民に謝罪したいと語っていた。自分の過ちは仕事の負担が大きすぎたためだとし、その結果家族をないがしろにしてよそに癒しを求めることになってしまったと釈明している。辞職の意向を問われ、彼はこう答えていた。

もしみなさんに望まれるのなら、この職にとどまりたいと考えていますが、同時に小休止も必要です。この件で困難な状況にあるのはわたしだけではない。わたしの家族のほうが辛いのです。互いをいたわれるよう、みなさんがわたしたちをそっとしておいてくれることを望みます。だれもがあらゆることを解決できるスーパーヒーローになりたいと願いながらも、一日の終わりになると自分たちは欠点も弱点もあるただの人間にすぎないと気づくのです。すべての指導者はこれを肝に銘じておくべきですが、多くが忘れてしまうのです。

ドゥニヤはタブレットの電源を切った。吐き気がこみあげてきた。

66

「きっとあの男にうんざりして逃げ出しただけだぜ」木漏れ日の射す公園を歩いて中央図書館に向かいながら、クリッパンはリーリャに言った。「片道切符を買って姿を消したいと考えてる、不満を抱えた女はさぞ多いんだろうな。それもできるだけ遠くに逃げたいって。もちろん多くの男も不満を抱えてるが」

「娘のことは？　娘も置いて逃げるかしら？」

「それはどれほどせっぱつまってたかによるな」

一歩なかに入ると、そこは圧倒的な秩序に支配されていた。リーリャは深呼吸してまぎれもない本の匂いを吸いこんだ。図書館にしかない独特の匂い。昔に戻り、家に帰ってきたような気持ちになった。子どものころリーリャはまさにこの図書館で時を過ごすのが大好きだった。毎週土曜日、母が高級ブティックの〈リフレックス〉で働いているあいだ、ここで何時間も過ごしたものだ。子ども向けのコーナーに行き、そこにある本は片っ端から読みつくした。時間は飛ぶように過ぎていき、一瞬も退屈しなかった。

ときどき広い館内を探検した。図書館はいくつかの建物がつながっていて、予想もしなかった場所に、それまで存在を知らなかった部屋のドアが見つかったりした。あるとき書棚の真ん中にドアを見つけた――何度もその前を通っていたのにまったく気づかなかった。鍵はかかっておらず、開けると自習室になっていて、なかにはふたりの大人がいたが、忙しそうでリーリャには気づかなかった。実際に見たのはそれが初めてだった。一度母さんがチャールズ・ディケンズ・パブで酔っぱらったあとしているのを聞いたことがあった。だが見るのは全然ちがった。

ふたりとも顔は知っていた。パンティを膝まで下ろし、テーブルに手をついている女性はふだんは貸出デスクにすわっている。その背後に立って股間を押しつけ、激しくリズミカルに動いている男は図書館の管理人だった。ひと突きするごとに鍵束がジャラジャラ音をたてた。リーリャは気持ち悪いとも怖いとも思わなかった――ただ目が離せなくなり、もっとよく見ようとこっそり部屋の奥に入っていった。そのとき男が振り返って彼女に気がついた。リーリャは逃げるべきなのかどうかわからなかった。男はにやりとし、女性に向かっていっそう激しく腰を振りはじめ、彼女の叫び声はますます大きくなっていった。

しばらくすると、男のほうもうめきはじめた。女性から一物を引き抜くと、ずっしりした肉の塊のように手の上で休ませた。そのあいだずっとリーリャから目を離すことはなかった。頭のなかでここから逃げなさいという声が聞こえるのに、どうしても見るのをやめられなかった。今日にいたるまで、彼のペニスはなんて大きいんだろうと思ったのを覚えている。硬く静脈が浮き、愛液で光っていた。空いているほうの手で女性を振り向かせると、膝をつかせて口のなかに押しこんだ。リーリャに視線を向けたまま。

「ご用件は？」

現実に引き戻されたリーリャは、いま目の前の貸出デスクにいる図書館員が秘密の部屋の女性であることに気づいた。ただし二十五年分歳をとり、たぶん同じだけのキロ数体重が増えている。クリッパンが用件を説明するのを聞きながら、あの管理人もまだ働いているのだろうかと考えていた。

「エルサ・ハリーン」図書館員は繰り返した。「ええ、昨日は来ていましたが、今日はまだ見ていません」

「昨日は何時ごろまでいましたか？」

「ええと……昨日は木曜日ね。木曜は四時半までだからそのころ帰ったと思います。彼女のシフトは火曜と木曜は早く終わるので、たぶんいつもどおり家にまっすぐ帰ったと思うわ。待って……たしか家に帰って夕食の支度をする前にエステの予約があるって言ってました。彼女とご主人はきっちり家事を分担しているんです」

「どうやらゆうべは家に帰って夕食を作ってないようなんです」とクリッパンが言った。

「彼女が帰るところをはっきり見たわけじゃないんですよね？」リーリャが尋ねた。

「ええ、すみません」

「最後に彼女を見たのはいつです？」

「昨日の三時頃です、たしか。ふたりとも休憩中でした」

「いつもとちがうようすはなかったですか？」

「どういう意味ですか？」

「ひどく不安がっていたとか、ピリピリしていたとか？　脅されてるとか言ってませんでした？　なにかふつうとちがうことは？」

相手はそれについて考えた。口を開こうとしたときひとりの男性が近づいてきた。「英文学はどこですか？」

「階段を上がって右側です」男性がいなくなると、デスクに身を乗りだし低い声で言った。「エルサはあのクラスの出身でしょう、実を言うとわたしたち、心配じゃないのかしらって不思議に思ってたんです。でも彼女は話したくないみたいで、自分には関係ないって感じで取り合わなかった。新聞で言ってることがほんとうだったら——あのヨルゲンとグレンという男たちがいじめをしていたのなら――わたしだったら不安になったでしょうね」

「それはどうして？」

「なんて言えばいいか。彼女に恨みはなにもないわ、むしろその逆よ」と言ってうしろを振り返った。「でもここにはそう思わない人もいて――彼女と深刻な問題を抱えている人もいるんです。数人がエルサのせいで辞めています」

「どんな問題ですか？」

「なんて言ったらいいか……彼女には毒舌なところがあって、ときには職場でのいじめすれすれのこともあるんです。でもわたしに対してはそんなことなくて。わたしを悪く言ったことはないんです――まあ知ってるかぎりではということですけど」

リーリヤとクリッパンは顔を見合わせ、同じことを考えているのがわかった。

「職員の休憩室とかそんな場所はありますか？」

「ええ。ご案内しましょう。こちらです」彼女は〝離席中〟という札を置いて図書館のなかを案内してくれた。リーリヤにはすべてが懐かしかった。新しくコンピュータが何台も置かれている部屋ができたり、吹き抜けの庭園に大きなガラス屋根がつけられたことを除いては、この二十数年なにも変わっていなかった。

「ここがわたしたちのささやかな隠れ家よ」図書館員はスタッフルームのドアを開けた。

リーリヤが想像していたより小さい部屋だった。グリーンのストライプのソファが隅にあり、コーヒーメーカーとシンクのついたキチネットがもう片方にある。イージーチェアとそれに合うフロアランプがいくつか点々と置かれ、片側の壁に沿って二台の机が並べられていた。

「彼女は私物はどこにしまってますか？」

図書館員は遠いほうの机に近づいて引き出しを開けた。リーリャは中身を調べていった。口紅数本、デンタルフロス、無煙たばこスヌースの缶、ガムひと袋、ペン数本、携帯電話の充電器。まったく進展がない気がしてリーリャはため息をついた。ここからどうやって捜査を進めていけばいいか見当もつかない。あまりにも疲れていた。前の晩は二時間しか寝ていない。いまはただこの見苦しいグリーンのソファに横になって目を閉じたかった。

「エルサのものはありますか？」クリッパンがコートラックの前に立って尋ねた。

図書館員はラックに歩みより、コートを調べてベージュのジャケットを手に取った。

「これ、彼女のです」

「昨日これを着ていたかわかりますか？」

「ええ、着ていたと思います。それにこれは彼女の外用の靴だわ」と手でゴールドのサンダルを指し、反対の手で口を覆った。「なんてこと！　つまり、犯人に捕まったってこと？」

「それはまだわかりません」クリッパンは言って、イージーチェアにすわらせた。「彼女が落ち着くと、携帯電話を取りだしてセス・コールヘーデンの写真を見せた。「昨日この男を見ませんでしたか？」

図書館員はなにも言わずに写真をじっと見つめていた。三十秒後、ようやくクリッパンを見あげた。「これがそうなの？　殺人犯？」

「わかりません。ただ、この男を昨日ここで見たかどうかを教えてほしいんです」

「わからない。見たかも。でもどうかしら」彼女は肩をすくめた。「ここには毎日それは大勢の人が来るんです」

クリッパンはうなずいて、コートラックの脇でベージュのジャケットを調べているリーリャのもとに近づいた。ポケットには財布が入っていて、紙幣が数枚とバスカード、クレジットカード二枚、さまざまな店のポイントカードの束が見つかった。クリッパンは反対のポケットから古いノキアの携帯電話を取りだした。

「これは彼女の？」クリッパンがその電話を掲げると、図書館員はうなずき、ますます不安そうな顔をした。

それを受けとったリーリャがボタンを押すと、画面がパッと光った。十八件の着信と六件の留守番電話が入っている。履歴を表示させるのに暗証番号は必要なかった。十三件は〝イェルケル〟、二件は〝ハリウッド〟、あとは〝家〟からだった。

「外に出たほうがいいみたい」リーリャはそう言って、ちらりと図書館員のほうに視線をやった。ふたりはスタッフルームを出て、222をダイヤルし、スピーカー機能をオンにした。

「〝こちらは留守番電話サービスです。六件の新しいメッセージがあります〟……」

七月八日午後四時五十四分受信。「〝サロン・ハリウッドのフレヤです。こちらに向かっているかどうか確認したくてお電話しました〟」

七月八日午後五時十三分受信。「〝フレヤです。上司に確認したところ、今回のキャンセル料をお支払いいただくようにとのことでした。念のためのお知らせです〟」

七月八日午後六時七分受信。「〝ママ。あたし。ベア。どうして家にいないの？　ひとりでいるのは怖いよ。それにお腹すいた。すぐに帰ってくるよね？　じゃあね。チューーーーー〟」

七月八日午後六時十一分受信。「〝もしもし、どこにいる？　ベアから電話があってひとりでいるみたいだぞ。ぼくはまだジムにいる。これを聞いたらすぐに電話をくれ〟」

七月八日午後六時三十六分受信。「〝ママ、どこなの？（泣きだす）もしもし？　ママ……〟」

七月八日午後九時四十六分受信。「〝さっき帰った。ピザを食べてベアはやっと寝たよ……（ため息をつき、嗚咽を漏らしそうになる）エルサ、いったいどうしたんだ？〟」

七月九日午前一時三分受信。（音声はなし、喘ぐような息づかい、そしてついにむせび泣く）

「〝メッセージは以上です〟」

クリッパンはリーリャの顔を見た。「犯人は彼女を図書館の外の森に誘い出したか、抵抗できない状態にしてだれにも気づかれずに連れだしたかどちらかだな」

「まだここにいるのでなければね」

67

ドゥニヤはソファで毛布にくるまって、ザ・キュアーの『ウィッシュ』をリピートにして聴いていた。いちばん好きな曲〝ハイ〟の途中で電話が鳴った。だれとも話をしたくなくて呼び出し音はオフにしてあったが、画面にケル・リイタの顔が映しだされた。しかたなく音楽を止めて電話に出た。

「どこにいるんだ？　もういい時間だぞ」

「ちょっと手が離せない用事ができて。明日までに終わるかわからないの。なにか重要なこと？」

「現場検証が終わったことを知らせたかった、きみの言うとおりだった。おれたちが相手にしているのは冷徹な野郎だ」

ドゥニヤは必死に頭を働かせようとしたが、彼がなにを言っているのかさっぱり理解できなかった。

「犯人は天井裏から侵入していたが、残念ながら痕跡はなにも残っていなかった。もちろん、埃の上を這ったあとはあったが。マスクかなにかしてたんだろうな」

リスクはここでも正しかった。眉ひとつ動かすことなく、犯人が天井裏から侵入したことを言い当てたのだ。

「わかった、でも犯人はどこから天井に上がったのかしら？」

「待合室の隣のトイレだ。さっきも言ったように冷徹な野郎だよ。ドアに鍵もかけてなかった。おそらく必要以上に注意を引かないように」

「注意を引きたくなかったんなら、記者たちと一緒に待合室にすわっていたはずよ」ドゥニヤは考えを声に出して言った。

「たぶんな」

ひとつ思いついた。「運がよければ、彼の写真が見つかるかもしれない」

「おれもそう思ったが、待合室には防犯カメラがないんだ。あそこでどんなクソが起きてるか考えればつけるべきだ――泥棒をはじめなにがあるかわかったもんじゃない。あの部屋でよくセックスしてるの知ってたか？」

「知らない」

「おれもだが、みんなが考えてるよりよくあることだと思う」

「わたしが考えてたのはだれか記者のなかで写真を持ってる人がいないかっていうことよ。山ほど撮ってるんだもの、そのなかに写りこんでいるかもしれない」

「そうだな。たしかに」

「あとでまた話しましょう。午後から出勤するわ」

68

アストリッド・トゥーヴェソンはインゲラ・プログヘードの車椅子を押し、ラムローサ・ブルンスパルクの砂利道を歩いていた。インゲラは手を貸すわけでもなくただすわっているだけなので、トゥーヴェソンは急な坂で彼女を押しあげているように感じていた。全身から汗が噴きだし、空腹で喉も渇いていた。頭痛も遠からずやって来るにちがいない。

犯行現場に戻ればインゲラの記憶が呼び起こされるかもしれないと期待したのだが、いまのところ成果はなかった。彼女はただ車椅子にすわって首を振るだけで、ここが意識を取り戻した場所だということも思い出せなかった。犯人が青い車に乗っていたことを思い出した以外、このフィールドトリップは空振りに終わっている。それどころかもっとも大切な資源を失っていた。時間だ。秒が分になり、分が時間になる。じきにまた一日が指のあいだからこぼれ落ちるだろう。そしてトゥーヴェソンは煙草を切らしていた。

車に戻ったときには、どちらも数分間言葉を発していなかった。トゥーヴェソンはドアのロックを解除し、インゲラを助手席に乗せた。車椅子をたたんでしまったあと車に乗りこんだ。

「怒ってませんよね？」インゲラが聞いた。

「まさか、怒ってなんかないわ。ただちょっと疲れただけ」トゥーヴェソンはイグニッション・キーをまわし、ギアを入れた。

「役に立つようなことをなにも思い出せなくてごめんなさい」

「インゲラ、いいのよ。あなたのせいじゃない。でもなにか思い出したら、どんな些細なことでもかまわないから電話をちょうだい。いいわね？」

インゲラはうなずいて、窓越しに古い木造の建物を眺めた。かつてはラムローサ・ヴァルツフスというすてきなレストランだったが、いまはオフィスに作りかえられている。トゥーヴェソンはカーラジオをつけたものの、いい局が見つからなかったのですぐに消した。

携帯電話の呼び出し音が沈黙を破った。モランデルからで、彼の笑顔が画面に現れた。去年のクリスマスディナーのときに撮ったもので、明らかに飲みすぎている。トゥーヴェソンはスピーカーボタンを押し、電話を膝に乗せた。

「イングヴァル。調子はどう？」

「まあまあだ。いま大丈夫か？」

「いま車のなかでインゲラと一緒なの。でもちょっと待って、ヘッドセットを探すわ」とインゲラの前に身を乗りだす。「ごめんなさい」と断ってグラブコンパートメントを開けた。「いまどこ？」

「セーデルオーセン」

「そこは終わったと思ってたわ」

「おれもだ。だがここにいる。ヘッドセットは大丈夫か？」

「ちょっと待って……」トゥーヴェソンは片手でハンドルを握りながら、もう片方の手でグラブコンパートメントのなかを探った。「このあたりにあるはずなんだけど。待って、やっぱり停まらないと」減速して道の端に車を停め、もう一度インゲラの前に身を乗りだした。彼女はひどく緊張して身を縮こまらせている。「ごめんなさい、インゲラ、ちょっとここの……。あったわ」もつれたコードを引っぱりだし、こんがらがった結び目をほどきはじめた。モランデルがわざといびきをかく音が聞こえてくる。「わかった、わかったわよ！　どうせわたしはこういうのが苦手よ」

「ああ、それこそ――」

そのとき道路と平行に走る線路を列車が通過し、モランデルの声がかき消された。

「なんて言ったの？　聞こえないわ！」

「ああ、なんでもない。ただ世界が終わるまでにそのヘッドセットをつけてくれ」

「もう、ちょっと待ってよ！　寛容って言葉を知らないの？」インゲラのほうを向くと、彼女は突然途切れ途切れの喘ぐような息をしていた。橋に向かう列車に目が釘付けになっている。

「どうしたの？　インゲラ、大丈夫？」

インゲラは息を吐きだし、落ち着きを取り戻したように見えた。

「ヒューストン？　問題が発生したか？」モランデルの声が聞こえた。

「そうよ！」トゥーヴェソンは再びヘッドセットに取りかかって、ようやく接続した。

「もしもし？　聞こえる？」

「はっきりと」

「状況を教えてちょうだい」

「ええと、このエリアは全部調べ終えたと思ってた」

「でもそうじゃなかった？」

「ああ、だがなにを捜しているかわからないのにそれにどんな意味がある？」

「なにか新しいものが見つかったの？」

「そのとおり。電波を測ってみたんだ。周辺にはほかにだれもいなくて、携帯も電源を切ってあったのに、二・二ギガヘルツでの動作が確認された」

「それはどういう意味？」

「付近になんらかの持ち運び可能な3G端末があるということだ」

「見つけたの？」

「ああ。芝生のあたりから五メートルほど離れたところにある巣箱のなかに、マイク付きの無線ピンホールカメラが隠されていた」

「なんてこと」頭痛が始まった。「つまりわれわれがシュメッケルを見つけたことを知っているわけね」

「おそらくそうだろう。なぜやつが常におれたちの一歩先を行っているかもこれではっきりした。セーデルオーセンにカメラを仕掛けていたなら、あらゆるところに仕掛けているはずだ。捜査の進展具合も正確に把握しているだろう。たとえばおれがカメラを見つけたことも――」今度は反対側から列車が来て、モランデルの声が聞こえなくなった。

「ちょっと待って、聞こえなかったわ」そう言った瞬間、インゲラが線路を凝視して泣いているのに気がついた。「インゲラ、大丈夫？　なにかあったの？　列車のせい？　そのせいで……」と言ってインゲラの脚に手を置いた。

「やめて！　触らないでって言ったでしょ！」インゲラはトゥーヴェソンの手を死病にかかっている相手でもあるかのように振り払い、できるだけ遠ざかろうと身体を離した。

「大丈夫よ。なにもしないわ。触ったりしない。約束する」トゥーヴェソンは両手でハンドルを握ったが、インゲラのパニックは収まらなかった。涙があふれた目で開いたグラブコンパートメントからトゥーヴェソンのヘッドセット、携帯画面に写ったモランデルの陽気な顔を追っている。「イングヴァル、切らなくちゃ。あとで電話する」ヘッドセットを外してインゲラのほうを見ると、汗をかいて荒い息をしていた。

「病院に戻りたい」

「もちろんよ、インゲラ。なにがあったのか話してくれたらすぐに送っていくわ」

インゲラは首を振り、わっと泣きだした。「お願い、病院に連れていって。お願いよ」

「列車のせい？ それでびっくりしたの？」トゥーヴェソンが尋ねると、また列車が轟音をあげて通りすぎた。

「走って！ 止まらないで！」インゲラは叫び、ダッシュボートを叩いた。

これ以上なにを聞いても無駄だと思い、トゥーヴェソンはイグニッション・キーをまわした。

69

懐中電灯の明かりがずんぐりしたモニターやプリンター、キーボードとともに埃をかぶった古いコンピュータを照らしだした。リーリャは壁の窪みにかかっていた布を元に戻した。横幅数メートルほどのこのスペースはもともとボイラー用のオイルタンクを置くための空間だったが、地域暖房が普及してオイルタンクは不要になり、最近ではMS・DOSしか理解できないコンピュータの墓場として使われていた。いずれにしてもここにエルサ・ハリーンはいない。

エルサはまだ図書館のどこかにいると確信していたが、地下室はほぼ捜索し終わったのにリーリャもクリッパンもその仮説を裏づける証拠を少しも見つけられなかった。やはり犯人はエルサを館内に放置するのは危険すぎると判断したのだろう。なんといっても一日千人以上の人が訪れる公共施設なのだから。その一方で、この犯人にできないことなどなにもないという気もしてくる。リーリャはこれほど不安になり攪乱された事件があったかどうか思い出せなかった。

そのときはっとした。

リーリャとクリッパンは急いで貸出デスクの前を通りすぎた。

「終わりました？」図書館員が声をかけた。

「もう少しです」リーリャは答え、クリッパンを従えてメインの建物に急いだ。

「イレイェン、どういうことか説明してくれないか？　もうここは見たじゃないか」クリッパンは文句を言った。彼のすべてのボディランゲージが血糖値が低下しきっていることを示している。だがリーリャは気にも留めず、階段を上って二階に行き、ノンフィクションコーナーに入っていった。鼓動が速まるのを感じる。今度こそはあっていますように。

記憶にあるとおりだった。知らない人にはほぼ目につかないドアが、技術マニア向けの本が並んだ書棚の真ん中にある。うしろからクリッパンのぜいぜいいう音が聞こえてくる。

リーリャは冷たいハンドルに手をかけ、一瞬おいてから押し下げた。子どものころと同様に鍵はかかっておらず、ドアは音もなくひとりでに開いた。

自習室は少しも変わっていなかった。窓にはあのときと同じグリーンのストライプのカーテンがかかっていて、二十五年前とまったく同じ場所に同じ机が置かれている。足りないものはつがっている男と女だけだ。

　代わりにひとり椅子にすわっている女性がいた。頭が胸に垂れ、長い黒髪が白いブラウスの大半を覆っている。ふたりは、手足を椅子に縛りつけられたその女性にゆっくり近づいていった。椅子の下にはどす黒い血だまりが直径一メートルにわたって広がっていた。

　リーリャは血だまりの際まで近づいた。そこで足を止めてしゃがみこみ、凝固した表面に指で触れた。すると輪っかがいくつもできて広がっていき、黒光りした表面に皺が寄った。クリッパンは壁に立てかけられていた箒をつかみ、持ち手のほうを女性の額に当て、ゆっくりと持ちあげて顔をあらわにした。

　この女性がエルサ・ハリーンであることに疑いはなかったが、リーリャが思わず目を背けたのはそれだけが理由ではなかった。彼女の顎の下から胸元までが深く切り裂かれていたからだ。その裂け目から、なにかが赤く染まった白いブラウスの上に垂れ下がっている——血まみれの肉の切り身に見えるなにかが。

「あの野郎、舌を切ったんだ」クリッパンがようやく言葉を絞りだした。

　リーリャはその言葉を理解しようとしたが、まともに考えられなかった。

「コロンビアン・ネクタイだ」クリッパンが続ける。「実際に見るのは初めてだが。あの図書館員の言っていたことと一致しないか？」

「どういうこと？」

「エルサは毒舌だったって」

そのとおりだ、とリーリャは思った。犯人は毒舌だったエルサ・ハリーンの喉から舌を引っぱりだし、いまそれは血まみれの幅の広いネクタイのように胸に垂れている。クリッパンによると、コロンビアン・ネクタイとはコロンビアの内戦時代に行なわれていた処刑方法なのだそうだ。主な目的は犠牲者を見つけた人間を怯えさせて沈黙させること。やり方は相手がまだ生きているうちに喉元を垂直に切り裂いて、舌を胸まで引っぱりだす。失血死するか窒息死するかで死ぬまでに一時間かかる場合もあるという。

「じゃあ彼女はここにすわって、まるまる一時間も助けを求めて叫んでいたかもしれないということ?」

クリッパンは肩をすくめた。「いまの時点ではどれくらい生きていたのかはなんとも言えないが、どんなに叫んでも声帯がズタズタになってるんだからその声は届かなかっただろうな」

リーリャは立ちあがった。今後は、クラス全員が死ぬまで犯人は殺しをやめないだろうという前提に立って、動かなければならない。そのとき電話が鳴った。トゥーヴェソンだった。

「また犠牲者が出たわ」

「エルサ・ハリーンのこと?」とリーリャは尋ねた。

「いいえ。カミラ・リンデンよ。でも待って、エルサが見つかったの?」

リーリャは平衡感覚が失われていくのを感じた。

一月九日

新しい人生の初めての日。担任の先生と校長との面談に行かされた。母さんと父さんも一緒に。ぼくはすべてを告白し、悪いと思っていると言ったけれど、ほんとうはそんなことは思ってなかった。これっぽっちも。調子を合わせて、ぼくが前と同じ人間だと思わせておいたほうがいいと思っただけだ。すごくすまながっているように見せたけど、ほんとうは目の前で笑いだしたかった。唾を吐きかけたかった。やつは脳しんとうを起こして来週はずっと家で休んでいなければならないと言われた。どうして脳しんとうなんて起こせるんだ? 脳みそなんてないのに!

ランチのときに何人かがこっちを見ていたけれど、なにかしてくる勇気のあるやつはいなかった。ぼくが見返すとさっと顔をそむけた。臆病者め。やつの相棒もそこにいて、ぼくをにらみつけていた。なにか企んでいる顔だった。ぼくは近づいていってそいつの耳を殴った。やつが反撃しようとしたけれど、ぼくはフォークで脅した。すぐにぼくのトレーを持つのはあいつの役目になるだろう。

学校が終わったあと、昔友だちだったやつらが近づいてきて話しかけてきたけれど、ぼくは地獄へ行けと言った。もう友だちはいらない。代わりにヨーナスにけんかを吹っかけた。あいつのみっともない服にいつもイライラしてたから。ぼくは彼が倒れるまで腹を殴った。その目には恐怖が浮かんでいた。最高だ。

やるべきこと

1　身体を鍛えはじめる。

2　飛びだしナイフを手に入れる。

3　脳しんとう野郎を訪ねる。

70

ファビアンは砂利道を必死に走っていた。うしろから「テオ！　テオ！　テオ！」と叫ぶ声が聞こえてくる。振り向くとリナ、ヨルゲン、さらにほかのクラスメートたち数人が追いかけてくるのが目に入った。みんな十五歳くらいの姿に見えた。

ファビアンはどことも知れぬ場所にいた。上半身裸で、うなじに太陽がじりじりと照りつけている。自分の鼓動の音と自分が水を飲もうとするピシャっという音が聞こえたが、もう水は残っていなかった。もうじき動けなくなるだろう。うしろから聞こえる声はどんどん大きくなってくる。「テオドル！」

もしあきらめたらどうなるだろう？　いや、そんなことはできない。あってはならない。なにがあってもあきらめてはならない。岩の壁に近づくと、ほかの声が聞こえてきた。命乞いをする声だ。ファビアンは壁を登りはじめた。どんどん上へ、できるだけ早く。登れば登るほど壁は急になっていく。下を見下ろすと、ストックホルム時代のふたりの同僚、トマスとヤルモが壁を登りはじめていた。ふたりは叫んでいた。もしファビアンがバランスを崩したら真っ逆さまに落ちてすべてが失われるだろう。

そのときどこからともなく手が差し伸べられ、身体が引き上げられてそのまま大きな洞窟に導かれた。あちこちに衣装を着た人たちがいて、大きなボールのような頭飾りをつけている。ファビアンは膝をついて、琥珀色の肌をした少年に同じような頭飾りをつけてもらった。そのあいだにだれかが白いくしゃくしゃの布を肩にかけてくれた。ひんやりとして心地よかった。

年老いた男が近づいてきて、ファビアンの目を見てなにか言った――言葉は理解できなかったが、なにをすべきかははっきりわかった。左手を差しだすと、老人はなにか道具を使って手の甲に光を当てた。その光は皮膚を貫き、血管を泡立たせた。ちょうどそのとき数センチの大きさのクジャクがファビアンの腕に登ってきた……

ファビアンは目を開けた。すべてが明るくなったが、視界ははっきりしなかった。天井に細長いライトが二本ついている。保護ケースがなくなっていて、ケーブルやコンデンサがむき出しになっている。むき出しの照明が投げかける光は醜いだけでなく、見るのも醜いものだなと思いながら身体を起こそうとした。背中の痛みが途端に増し、首へと広がっていった。

時間を確かめようと携帯電話に手を伸ばしたが、見当たらなかった。どこにもない。パソコンとイヤーブックもだ。いったいどういうことだろう。クラースのうしろに隠れていた犯人を見つけたのではなかったか？　あれも夢だったのだろうか。ファビアンは呼び出しボタンに手を伸ばし、何度か立て続けに押した。最初に押したときに廊下で鳴っているのが聞こえたのだが。

ドアが開き、さほど友好的でもなさそうな黒髪の看護師が現れた。

「また起きたんですか？」

「わたしの私物は？　電話とかパソコン……」

「今朝五時まで仕事をしていたみたいですね」

ほんとうか？

「それにこの状態は安静とは言えません。もし医師の指示に従っていたら、いまごろは家に帰れたかもしれないんですよ」

「でも電話を――」

「いいえ、安静が必要です」彼女はファビアンの身体をベッドに押し戻した。「いまこの瞬間にもあなたの身体は回復するために必死でフル稼働しているんです、それにはすべての力が必要なの。ところで、朝食には紅茶とコーヒーどちらがいいですか？」

「いま何時か知りたいだけなんだ」

「午後二時をまわったところですよ。もう一度聞きます。コーヒー、紅茶?」

どちらもほしくなかった。コーヒーは紅茶のように薄く、紅茶用のお湯はコーヒーメーカーで沸かしているにちがいない。「ジュースを……代わりにジュースを二杯ください。それからトーストとゆで卵があればなにも言うことはない」

看護師はゆがんだ笑みを浮かべた。「いまの政府のもとでは、卵は忘れてもらうしかないけれど、トーストなら用意してあげられる」

ファビアンはセーデルオーセンの現場とイヤーブックの写真とのあいだに見つけた関連は夢ではないと確信した。看護師が部屋を出ていくとすぐに痛みを無視して起きあがった。最長で五分ある——彼女が厨房で食事を用意し、廊下を見わたせる受付デスクに戻るまで。

ファビアンはベッドから降りて、背中をまっすぐ伸ばした。ズボン、ソックス、靴は黒焦げになったシャツとジャケットとともにクローゼットのなかにしまわれていた。ハンガーにかける時間とエネルギーがある人はいなかったのか?

ドアを開けると無口な警官が車雑誌を読んでいた。

「受付デスクにちょっとものを取りにいってくる」とファビアンは声をかけた。

警官はうなずいて改造車の記事に戻った。

いつもどおりナースステーションにはだれもいなかった。バインダーや書類の合間を探したが、彼の私物は見つからなかった。ここになければ、ほかにどこを探せばいいのか当てはまったくない。

　黒髪の看護師が食事のトレーを持って、向こうから歩いてきた。ファビアンはデスクの下に身をかがめ、歯を食いしばった。背中に激痛が走り、額に汗が噴きだす。あたりに目を凝らすと、彼のノートパソコンのケース、携帯電話と書類の入った袋が隅に押しやられているのが目に入った。看護師が通りすぎるのを待って、その袋をつかむとエレベーターに向かった。

71

〝邪悪のクラスで新たな被害者〟


　トゥーヴェソン、リーリヤ、クリッパン、そしてモランデルはテーブルのまわりに立ち、『キュヴェルスポステン』紙を見下ろしていた。E6号線で横転して大破した車の写真が一面を飾っている。

「どうしてこれを知らなかったの？」トゥーヴェソンは受付のフロリアンに煙草を買いにやらせてもいいだろうかと考えながら言った。

「記事によれば、ただの交通事故として入ってきたそうだ」とクリッパンが答えた。

「彼女がこのクラスの出身者だったってだれも見抜けなかったの?」リーリャが言った。

「まあ、それを突きとめるのは交通課の仕事じゃない——おれたちの仕事だ。だがおれたちは彼女が死んだことすら知らなかったんだから……」

「『キュヴェルスポステン』はどうやって嗅ぎつけたんだ?」モランデルがページをめくりながら言った。

「犯人が自分でチクったか、彼らがちゃんと仕事をして結論を引きだしたか」とリーリャ。

「でもいまのところ、これが事故かそうじゃないかはまだ確証がない」トゥーヴェソンは続けた。「車はこっちに向かってるから、モランデルがなにか見つけてくれるのを待つつもりだけど、それまでは犯人の仕業だとして話を進めましょう」

「昨日殺しを二件やったって言っているのか?」とクリッパン。「それもありふれた殺人じゃないぞ。E6号線でなにがあったのかまだ詳細はわからないが、図書館のほうだって単純なものじゃない。だれにも気づかれずに被害者をあの部屋に連れていくのだってやっかいだ。あの儀式めいた……」彼は言葉に詰まって首を振った。「血も涙もないやつだ」

「ほかにわかってることは? これはリスクの〝ふたりの異なる殺人犯〟説を裏付ける事件かもしれない」とトゥーヴェソン。

「ちょっと待ってくれ、論理的に考えよう」とモランデル。「交通事故の件で確実にわかってるのは、昨日の午後五時三十八分にE6号線で起きているということだ。おれが調べれば犯人がその場にいたのか、車に細工したのかがわかるだろう。図書館のほうだが、〝三つ編み〟から死亡推定時刻の連絡は来たか？」

「昨日の午後三時から五時のあいだですって」とトゥーヴェソン。

「犯人が一時から一時半のあいだに被害者の喉を切り裂いて、彼女が一時間か一時間半後に死んだとしたら、もう片方の殺人を行なう時間は充分にあったことになる」

「いずれにしても犯人がまた殺しを始めたわけね――一件だけにとどまらず」とトゥーヴェソン。「この二件をヨルゲンとグレンの場合と比べてみましょう。たとえばエルサ・ハリーンはどんな罪を犯した？」

「同僚によれば、毒舌家だったそうです」とリーリャが答えた。

「彼女もいじめに加担してたんじゃないかしら？　言葉によるいじめに。だとしたら舌を引き抜かれていたことの説明がつく」トゥーヴェソンがクリッパンのほうを向いた。「同級生はなにか言ってなかった？」

「みんなではないが」クリッパンは手帳をめくった。「何人かが彼女はかなり横柄だったと証言している」

「だれがそう言ったの？」

「カミラ・リンデン」

トゥーヴェソンはため息をついた。「典型的ね。エルサ・ハリーンもカミラのことをなにか悪く言っていたの？」

「ああ――エルサは、ヨルゲンとグレンがクラースをいじめるのをカミラはただ見ていたと言っていた」

「じゃあ交通事故につながりそうなものはないのね？」

「いまのところ」

「そしてセス・コールヘーデンからの連絡も？」トゥーヴェソンは尋ね、マグボトルにコーヒーが残っていないかチェックした。

「まだです」リーリヤが答えた。「でも彼が六月十五日にスペインのパンプロナ空港行きの飛行機に乗っていたこと、今夜遅くにサンティアゴ・デ・コンポステーラから帰ってくる便を予約していることがわかりました」

「サンティアゴの巡礼の道を歩いてるのか？」クリッパンが尋ねた。

「そう思わせたがっているだけかもしれない」とモランデル。「だがここまでなら簡単に車で往復できる」

「あのロッカーにはなんて書かれていたかしら？」とトゥーヴェソン。

「だれもぼくを見ない。だれもぼくの言うことを聞かない。ぼくをいじめさえしない」

「〝ぼくをいじめさえしない〟……苔についてのリスクの仮説に一致するわね」トゥーヴェソンは言葉を切って全員の顔を見た。「あれはクラース・メルヴィークの陰であった犯人自身のイメージだっていう。少なくともいじめられはしていたクラースの」

「ああ、どんな人間でも立場を交換したいと言ってくる者がいるんだな」とクリッパン。

「そう言うのは簡単よ。でも実際はどちらがひどいかしら。いじめられるのと、完全に無視されて存在しないように扱われるのと？」

「犯人はそれを変えたかったって言うんですか？」とリーリャ。

「そうよ、それが彼のすべての行動のポイントだと思う。犯人は簡単に無視できない人間になりたかった、忘れられない人間に。だれの記憶にも残るような」

「じゃあなぜ身元を明らかにしない？」とクリッパン。「だれも自分のことを知らなければ有名になってなんの意味がある？」

「それはどれくらい有名になりたいかによるな」とモランデル。「いまおれたちがやつの身元を暴くか、やつが自分で明らかにしたとする。確実に新聞の見出しは飾れるが、二、三年もすれば騒ぎは収まってやつの名前は忘れ去られる。刑期を終えるころにはだれも覚えていない、だから殺しつづけるんだ」

「納得」トゥーヴェソンが言った。「犯人は自分自身で伝説をつくりあげている、自分がいかに頭がよくて無敵の存在であるか。だれも――警察でさえ――自分を止めることはできない」

「自分を不滅の存在にするために昔のクラスメートを殺してるのね」リーリャが言うと、ほかのメンバーはうなずいた。「目的達成のためにあと何人殺すつもりだと思う？」

「みんなコロンバイン事件は覚えてるだろ」とモランデルが言った。「十二人の生徒と教師ひとりが死んだ」

「じゃあ十三人にしないといけないと思ってる？」

モランデルは首を振った。「残念ながらそれで歴史に名が残るとは思えない。コロンバインは学校での銃乱射事件としては史上最悪だった。そのあとに起きた似たような事件は、半年後には忘れられている。今回は殺害方法はまったくちがうわけだが、やはり以前見たことのある大量殺人であることに変わりない。だが十八人とか二十人まで行ったらまったく話は別になる」

「そこまで行くにはクラス全員を殺す必要があるわ」

モランデルがうなずくと、テーブルが重い沈黙に包まれた。

「ずいぶん盛り上がってるな」

全員がいっせいに振り向くと、戸口にファビアン・リスクが立っていた。少し前かがみの姿勢でドア枠に手をかけて身体を支えている。

「ファビアン？　ここでなにしてるの？　護衛の警官はどこ？」トゥーヴェソンが歩み寄ったが、ファビアンは片手で制した。

「犯人がわかった」数歩進んだところで、壁じゅうに落書きの写真が貼ってあるのに気づいた。「うわ、だれか頑張ったな」

「ファビアン、なにを――」

「やつを見つけた。こいつだ」ファビアンは壁の集合写真に写っているクラースのすぐ上を指した。「ここにずっといたんだ、おれたちの目の前に」

みなが集まってきて、写真を覗きこんだ。

「でもそいつはクラースだろ」クリッパンがファビアンのほうを向いた。「ファビアン、クラースは死んだぞ」

「いや、クラースじゃない――この真後ろに立ってるやつがいる。よく見てくれ、これはクラースの髪じゃない」

「どれどれ」モランデルが拡大鏡を持って写真の前に立った。その直後、振り返ってうなずく。「そのとおりだ」

「名簿にそいつの名前を加えるのを忘れたんだ」とファビアン。

「そんなに驚くことじゃないと思うけど」とリーリャ。「見過ごされやすい感じだもの」

「それでも写真のない生徒として名前を載せるべきじゃないか？」とクリッパン。

「そうね」

「論理的に言えばそうじゃない」とモランデル。「彼はまちがいなくそこにいたんだから、いなかったとはされなかったんだ」

「つまり、ほかの年のイヤーブックに載っているはずね」とトゥーヴェソン。

ファビアンはうなずいた。「だからここに来たんだ」と言ってクリッパンのほうを向くと、彼は両手を上げた。

「これまでに連絡を取った連中はイヤーブックを全部見直すと約束してくれたが、いまのところなにもあがってきていない」

「たぶんほかのところにまちがって名前が載ってるんじゃない?」リーリャがアルバムをめくりはじめた。

「一度おれにもそういうことがあったんだ。というか、クラス全体に」とクリッパン。「五年生のときだったと思う——クラス全員の名前が全部三年生のクラスの生徒と入れ替わっちまった。突然おれの名前はランナル・ブルームになり、それからずっと〝お花ちゃん〟と呼ばれたよ」と言って笑った。「ほかのやつにはグレタという女の名前がついていた。以来ずっとその名前だ」

「ファビアン、大丈夫?」彼がバランスを崩し、いまにも気絶しそうな顔をしているのを見てトゥーヴェソンが身体をつかんだ。モランデルもさっと手を出し、椅子にすわらせた。

ファビアンの全身に疲労が広がり、冷や汗と吐き気がそのあとに続いた。「大丈夫……水をもらえれば」

トゥーヴェソンは大きなグラスに入った水をテーブルに置いた。「大丈夫じゃないわ。あなたはひどい火傷を負って、病院にいなければいけないのよ。医者の話ではあさってまでは安静にしてなくちゃならないはずでしょ」

「家に帰らないと……テオが、息子が家にひとりなんだ」ファビアンはグラスを手に取ってひと口飲んだ。ひんやりした愛撫のように身体全体に水分が行きわたるのを感じる。

「病院では仕事をさせてもらえないから、ここに来るしかなかった」

トゥーヴェソンはファビアンが水を飲み終えるのを待ってから腰をおろして彼の目をじ

っと見つめた。「ファビアン、よく聞いてちょうだい。この事件を捜査しているのはわたしたちよ。あなたじゃなくて、わたしたち。いい？」

「学校に電話してクラースのうしろに立っている生徒の名前を聞くだけです」

「だめよ、ファビアン。あなたはもうこの捜査には関わっていない。あなたは休暇中よ、もちろん病気休暇でもある。あなたが気にしなくちゃいけないのは休むことだけ。同級生の名前はどこかで見つかるわ。そんなに難しいことじゃないはずだもの。重要なのは医者の指示に従うこと。さらに言うと、あなたとほかのクラスメートたちは危険な状況にあるわ、だから病院に戻って――」

「三百四十九番？　そいつはロッカー番号か？」ファビアンはロッカー内の落書きを写した写真の横に貼ってある付箋を指さした。クリッパンがうなずく。

「ファビアン、わたしの言ったことが聞こえた？」とトゥーヴェソン。

「これを書いたのは犯人かもしれないと考えている」モランデルが言った。

ファビアンは写真を掲げて文字を読みとろうとした。

「だれもぼくを見ない。だれもぼくの言葉を聞かない。ぼくをいじめさえしない。I.M.」モランデルが言った。

ファビアンはモランデルの顔を見た。「I．M．？」

「透明人間《インヴィジブル・マン》。この署名はほかのところでも使われている」

「もう透明ではいたくなくなった透明人間か――やつは前に出て姿を見られたがってい

る」

トゥーヴェソンがうなずいた。「でももっと殺してからでないと身元を明かさないんじゃないかと思うの」

「何人ですか？　クラス全員？」

「そう考えてる」

トゥーヴェソンの言うとおりだ。永遠に名を残したいと思えば、何件か警察を手こずらせる殺人事件を起こしたところで充分とは言えないだろう。メディア疲れした一般大衆は、少なくとも二けた殺していなければ忘れがたい殺人犯の称号は与えない。犯人はクラス全員を皆殺しにするつもりだ。結局のところ、全員が彼を透明人間たらしめていたのであり、だからこそ犯人は殺しをやめられず、ファビアンが素早く動かなければ、早晩すべては終わってしまうだろう。

ファビアンは新たなエネルギーを得て立ちあがった。ある考えを思いついたが、いまは明らかにできない。

「ファビアン、わたしたちに任せてくれないと」

「わかりました」彼は言って、会議室をあとにした。

その考えは後回しにできないものだった。

トゥーヴェソンは集合写真の前に立ってクラース・メルヴィークの背後に写っている、

だれも存在を覚えていない少年の髪を見つめた。必要なのは名前だ――ただひとつの名前だけ。

この少年の身元がわかれば、あとは自然と明らかになるはずだ。クロスワードパズルの最後のカギを解くように。事件の最終局面に入ることになるから、すべての手続きが正しく行なわれることがきわめて重要になる。規則に従い、一か所でも条項を見落としたり、書類に署名が抜けていたり、決定的証拠が不法に集められたものであってはならない――不備がひとつでもあれば裁判の妨げになり、自分たちが代休を取っているあいだに人殺しは自由の身になっている。

リスクは前に同じような経験をしている。トゥーヴェソンはすべて知っていた。ストックホルムでここまで大きくはなくても、同じくらい重要な事件を捜査していたときのことだ。だがリスクは彼女が知っていることを知らないはずだから、それを持ちだすつもりはなかった。

「イレイエンにクリッパン、もう一度クラスの全員と連絡を取ってちょうだい。だれかが名前を覚えているかもしれないわ。それからほかの年のイヤーブックを探すようにとも」

「警護のほうはどうなった?」クリッパンが尋ねた。「マルメには話したのか?」

「いいえ、時間がなくて。でもすぐにやるわ」

リーリャとクリッパンはドアに向かった。トゥーヴェソンが携帯を取りだし、電話をかけようとしたとき、まだ残っているモランデルに気がついた。「事故車の調査に取りかかってていわ、カミラになにがあったか調べて」

モランデルはうなずいて立ち去りかけたが、再び振り返った。「そういえば、インゲラ・プログヘードとのフィールドトリップはどうだった？」

「ああ、今日のことだったわね」トゥーヴェソンはリーリャとクリッパンを呼び戻した。「ごめんなさい、すっかり忘れてたわ。今朝インゲラを連れだしたの」

「どうでした？」とリーリャ。

「正直言って、わからないわ。船上レストランに連れていったんだけど、彼女が思い出したのは男に青い車に乗せられたことだけ」

「青い車？」とクリッパン。「車種は覚えてないのか？　古いとか新しいとかは？」

「いいえ。ただ青だったというだけ」

「青い車を持ってないやつがいるか？」とモランデル。

リーリャがモランデルのほうを向いて、「あなたの車も青じゃなかった？」と聞くと、彼はうなずいた。

「わかったのはそれだけ？」

「そうよ。そのあとラムローサ・ブルンスパルクにも行ったんだけど、そこでもなにも思い出さなかった。車椅子に乗せて砂利道を歩きまわったんだけどね。町に戻ってくる途中で……」トゥーヴェソンは言葉を切り、窓辺に寄ってヘルシンボリの街並みを見渡した。

「車を停めなければならなかった。イングヴァル、あなたがセーデルオーセンで見つけたカメラのことで電話をくれたときよ。わたしたちは線路の脇に停まってたの、列車が通ったとき……」そこで再び言葉を切る。

「どうしたんですか？」とリーリャ。

「インゲラはひどく興奮して、パニック発作みたいなのを起こしたの。腕を振りまわしてわたしに早く車を出してって叫んだ。落ち着かせようとしたけど無理だった」トゥーヴェソンはため息をついた。

「列車の音でなにか記憶が呼び起こされたのかもな」とクリッパン。

「列車のなかで襲われたとか？」とリーリャ。

「いや、それはない——面倒すぎる。だが線路の近くだったのかもしれない」

「摘出のあいだ、彼女は薬をのまされて意識がなかったんだろう？」モランデルが言った。

「たぶん意識下で聞いていたんだろう」とクリッパン。

モランデルが鼻を鳴らして頭を振った。

「なんだよ？　ありうることだぞ！　あのあたりを走る列車の音はほんとうに大きいからな」クリッパンは続けた。「ラムローサの南を走る線路の近くでマッシュルーム狩りをやったことがあるが、列車が通るときは耳を塞がないといけないくらいだった」

「言ってもいいか？」とモランデル。「まちがった方向だと思う」

「なぜ？」とトゥーヴェソン。

「彼女は音ではなく、車のなかに閉じこめられたことに反応していたら？」

「もちろん、その可能性はあるわ。子宮を摘出するのがどれだけやっかいか考えると、おそらく邪魔が入らない場所に連れていかれたんでしょうね」

リーリャとクリッパンはうなずいた。

「ぽつんと建っている一軒家とか」トゥーヴェソンが続けた。

「あるいは作業所のようなところ」とクリッパン。

「線路の近くで」とリーリャ。

トゥーヴェソンが考えこんだようすでつけ加えた。「そうね、全部可能性がある。ラムローサの周辺を調べてみるわ。なんといっても失うものはないんだもの」

「いや、あるね——時間だ。失うのは時間だ。あなたがどう考えているかわからないが、これ以上の殺人を阻むには時間が圧倒的に足りない」モランデルはそう言って出ていった。

リーリャは彼の背中を見送ってから口を開いた。「いったいどうしちゃったの？　すごく不機嫌でネガティブだわ」

「疲れてるだけよ」とトゥーヴェソン。「そうじゃない人がいる？」

「不機嫌なのはラムローサの周辺を調べることを自分で思いつかなかったからさ」クリッパンがそう言ったとき、トゥーヴェソンの携帯が鳴った。

「アストリッド・トゥーヴェソンです……ええ、そのとおりです……。え？　自殺？　あなたは……」リーリャとクリッパンに合図する。「どういうことですか？　どうやって？　どこって言いました？」

72

ドゥニヤ・ホウゴーはどうにか平然とした顔を貼りつけてエレベーターを降り、犯罪捜査課を目指した。ここに来たのは仕事を片づけるためだ。スライズナーの姿は見えなかったが、オフィスのドアが閉まっているのは、そこにいるという意味だ——例によって非常口から抜け出したのでなければ。

パソコンにログインして受信ボックスをチェックする。連絡したほとんどの新聞社から返事が届いていた。モーデン・スティーンストロプがいた病室の外の待合室で撮った写真をすべて送ってほしいと頼んでおいたところ、驚いたことにほぼなんの異議もなくすべての会社が応じてくれたのだ。大手の日刊紙のなかでは『ユランズ・ポステン』だけがもし自分たちの写真のなかに興味深いものが写っていたら、そのニュースを最初に報じる約束がほしいと注文をつけていた。そこでドゥニヤはまずその社の写真を見ていき、すべて知っている顔しか写っていなかったため胸を撫で下ろした——どの記者がどの新聞社で働いているかはすべて把握している。次に『ポリティケン』が送ってきた写真を見ていった。なかには自分自身のひどい写真も山のようにあった。汗まみれで化粧も落ち、目の下には絵の具を塗ったようにクマができていた。あらゆるお手入れが必要な女に見えた。

救いはこういう写真が一枚も世に出ていないことだ。たぶん記者たちにも情けの心があるのだろう。それともこういう写真を使ったら二度とインタビューに応じてもらえず、公表前の情報も教えてもらえないと思ったのかもしれない。

一時間半後、その男を見つけた。写真は上から撮られていた。カメラマンが頭上にカメラを持ち上げて適当にシャッターを切ったように。ニュースに使えるかどうかという点から見ればこの写真に価値はない――髪の薄い記者たちの頭ばかり写っているし、下のほうはピントが外れている。だがドゥニヤの目的にはこの写真は完璧だった。犯人の写真が見つかったのだ。

奥の壁際に並んだ椅子にピントが合っている。ひとりの男が雑誌を手にすわり、遠くから騒ぎを眺めている。拡大してみたところピントはほぼ完璧なのに、顔にはどこかはっきりしないところがあったが、この男にちがいないとドゥニヤは直感した。

たとえそれが正しいことであっても、スライズナーがこの写真をスウェーデン警察に送ることを許可しないのはわかりきっていた。彼らはこちらの協力なくやっていかなければならないのだ。キム・くそったれ・スライズナーは自分だけでこの事件を解決したがっていて、よそに手柄をとられるくらいなら未解決のままであることを望んでいる。

身体じゅうの細胞がスライズナーへの憎しみで煮えたぎり、この数年漠然と考えていたことがはっきりした決意に変わりはじめていた。ほかに道はない。あの男を排除しなければばならない——ドゥニヤ自身のためだけではなく、この事件のため、そしてデンマーク警察のためだ。彼を首にするためには自分の持つすべての力を使わなければならない。

決意が変わる前に受話器を取り上げてヘンリク・ハマステンに電話をかけた。警視総監はその日の午後内々に会うことをすぐに承諾してくれた。電話を切り、数回深呼吸をする。

「やあ、ドゥニヤ」うしろから声がした。いつからそこに立っていたのだろう？　振り向いて彼の目を見たが、その表情はうかがい知れなかった。

「わたしのオフィスで……ちょっとおしゃべりしないか？」

「ここではできない理由でも？」

「そうではないが、わたしがきみなら閉じたドアのなかで話したいと思うだろうな」

ドゥニヤはスライズナーのオフィスに入っていった。彼がうしろでドアを閉める。ドゥニヤはすべての警報を無視して来客用の椅子にすわった。ゲス野郎《スリーズボール》がデスクをまわって自分の椅子に腰を下ろす。驚いたことにいつもの人を見下したような冷笑はなかった。

「まずは昨晩のことを謝罪させてほしい」

これは夢なのか、それともこの男は冗談を言っているのか？

「正直に告白すると、昨日なにがあったかはっきり覚えてないんだ。おそらくそれがいちばんいいのだろうが。だがわずかながら覚えているのは、わたしの振る舞いになんの言い訳も許されないということだ。ひとつ言えるのは、飲みすぎてコントロールを失っていたということだけだ」そこで口をつぐんだ。「どれだけ自分を恥ずかしいと思っているか」

本心から言っているように見えた。ドゥニヤは自分もなにか言ったほうがいいのだろうかと思ったが、相手を楽にするつもりはない。

「ドゥニヤ、『エクストラ・ブラーデット』に密告したのはきみだと思いこんでいたのだが、そうではなかったことを知ったいま和解を申し出たいと思う。もしきみがゆうべのわたしの振る舞いを届け出ないというなら、わたしもきみが命令に従わなかったり書類を偽造したことを胸にしまっておこう」

車のことを知っているのだ。

「きみの考えていることはわかる」スライズナーは続けた。「そして答えがイエスだということも。この間《かん》にきみがしていたことにはずっと気づいていたが、すべてを水に流そうと思っている。それにこの件に関しては、きみの思いどおりに捜査できるよう完全な自由を与えよう」

本気なのだろうか？　残された手段は完全な撤退しかないと思っているのだろうか？　自分のエゴは押し隠してドゥニヤに仕事をさせるしかないと？　スライズナーという男のことは知り尽くしているから気を許してはならないが、ほんとうに彼女に捜査を続けさせるつもりならそれに水を差したくはなかった。事件より自分を優先させるのはドゥニヤの流儀ではなかったし、これからもそうではない。ドゥニヤはわずかにうなずいてみせた。

「よし。では話はついた」スライズナーは続けた。「捜査のほうはどうだね？　なにかわたしが知っておくべきことは？」

犯人の写真が手に入ったことを報告しないのは職務違反になるだろうが、この写真はすぐにスウェーデン警察に送るべきだと考えていた。スライズナーがこれまで接触を禁じていた相手だ。彼を試すことにした。「たぶん犯人の写真が手に入ったと思います」

スライズナーの表情が変わった。「ほんとうに？　どうやったんだね？」

ドゥニヤはケル・リイタの現場検証により、犯人が天井裏を伝ってモーデンの病室に侵入したことが裏付けられたと答えた。そして、その情報にもとづき、犯人が記者たちと同じ待合室にいたはずだと推理したと説明した。

「すばらしいぞ、ドゥニヤ。よくやった」

「次の行動に出る前に、この写真をスウェーデン警察に送って意見を聞きたいと思っています」

「きみがそうしたいのなら、わたしはその判断に文句はないよ」スライズナーは机をまわってきて、縁に腰を乗せた。彼女の目の前に。「ドゥニヤ、さっき言ったことはほんとうだ。われわれは最初からそりが合わなかったが、大部分はわたしのせいだ。きみはずっとすばらしい警察官だったし、これからはきみのいいところを伸ばしたいと思う。きみがスウェーデン警察に写真を送ったほうがいいと考えたなら、そうすべきだ」

ドゥニヤは立ちあがった。

「あとひとつだけ」

その言葉にドゥニヤは振り返った。

「わたしの理解が正しければ、きみはハマステン警視総監との面会を予約していたね。もしよければわたしも同席したいのだが」

ドゥニヤはどう答えていいかわからなかったが、気がつくとうなずいていた。

73

〝三十七……三十八〟立ち止まって心のなかで数をかぞえ、ひと休みする。すでに息が切れ、薄いブラウスが汗でぐっしょり濡れていた。松葉杖の助けを借りてはいるが、思っていたより大変だった。鎮痛剤のタイレノールを四錠飲んだからほとんど痛みは感じない。病院からは出血のリスクを減らすために最低一週間は安静にしていたほうがいいと言われていたが、その問題はおむつと生理用ナプキン三枚で解決していた。ふたりの護衛の警官は最初一緒に来ると言ったのだが、しばらく話し合って階段の下で入口を見張っていてもらうことになった。

引き続きらせん階段を上りながら、ストールトゲット広場近くのコンビニで買った最後のジュースを飲んだ。もっと大きいサイズを買えばよかった。大きいサイズがほしかったのだが、リットル当たりの値段は同じなのに小さいほうを選んだのはまったくの頑迷さからだ。でももう関係ない。すぐになにもかもがどうでもよくなる。

〝五十九……六十〟。てっぺんまであと八十六段だ。

〝六十一〟

シェールナン塔に登るのは人生でこれが二度目だ。最初は八年生のときの遠足で。まずはあちこちの部屋で絵画を見たり、十四世紀前半、デーン人がオーレスン入り江を監視し守るため、クロンボー城とともに三十五メートルもの塔をどうやって建てたのかという説明を聞かなければならなかった。だが彼女もクラスメートたちも気になっていたのは、階段の数をかぞえながらできるだけ早くてっぺんまで行くことだった。

いちばん乗りしたのはグレン・グランクヴィストで、百三十九段だったと言ったが、それはまちがいだった。まるで昨日のことのように覚えている――いちばん最初に正しい段数を言い当てたのは自分だったからだ。全部で百四十六段。それ以上でもなくそれ以下でもない。

〝七十四〟

高校時代が人生の花だった。いちばん輝いていた。すべての授業でトップの成績を取り、クラスでもっとも人気のある生徒のひとりでもあった。そのころのインゲラ・プログヘードはだれもが一目置く存在だった。国で最高の弁護士になって、すべてのエネルギーを社会の底辺でもがく人々を救うために費やしたかった。ルンドのロースクールにもなんなく入学を許可され、学生生活を満喫していた。

いま振り返ってみると、学校であれほどうまくやっていたことが信じられない。パーティに招待されない夜はなく、学生寮で踊り明かした翌日、丸太おばさんの恰好をしてツイン・ピークス・パーティに出かけたりした。だが二年半後、夢物語はあっけなく終わりを告げた。

〝百十三〟

ある晩、家に戻る途中、民法の講師イェルハルド・シェンペにばったり出会った。部屋まで送っていくと言われ、男性弁護士と女性弁護士にかなりの収入格差があることについて話しながら歩いていった。イェルハルドは、男性弁護士のほうが多く稼いでいるのは交渉がうまく、自分たちの価値を認識しているからだと言った。彼女はそれに対し、女性弁護士がどんなに交渉がうまくても受けとる報酬は男性より低いと反論した。だがいま考えてみると、彼が正しかったのだろう。

彼女が住んでいる学生寮に到着すると、イェルハルドは一杯飲ませてもらえないかと言ってきたが、今日はもう飲みすぎたからと言って断った。その後、すべてはあっという間に起きたため、断片的な記憶しか残っていない。

〝百二十六〟。顔を思いきり殴られて倒れた。

〝百二十七〟。アスファルトに頭を打ち、身体じゅうを触られた。

〝百二十八〟。悲鳴をあげ、身体をよじって逃げようとした。

〝百二十九〟。さらに殴られ、前歯がグラついた。血の味。

〝百三十〟。下着が破れる音。

〝百三十一〟。太い指がなかに入ってくる。

〝百三十二〟。あきらめて、好きにさせる。

〝百三十三〟。うつぶせにされる。

〝百三十四〟。髪を引っぱられる。肛門に痛み。

〝百三十五〟。だれにも言うなという警告。

〝百三十六〟。足早に遠ざかる足音。

彼女は最後の数段を駆けあがり、陽光のなかに出た。心地よい風が汗ばんだ身体を冷やしてくれる。

先客は夫婦と子どもふたりのオランダ人家族だけだった。言葉はわからなかったが、双眼鏡の隣に立った娘がお金をちょうだいと言い、息子のほうは手すりの向こうに行きたがっていることはわかった。

彼女はオランダ人家族からできるだけ離れた場所に立ち、目の前に広がる絶景に息をのんだ。遠足で来たときにこれほどの感動を覚えたか思い出せなかったが、それは不自然なことと言ってもいい。子どものころはすべてが大きく、壮大で、深く感じられるものだが、当時彼女には別の心配事があったのだ。

いつものとおり、ヨルゲンとグレンはクラースを放っておくことができなかった。クラースを壁の上に持ち上げ、向こう側へ突き落とすと脅していた。いまでもやめてくれと泣き叫ぶクラースの声が聞こえる。ほかのクラスメートたちがひとりずつ息切れしながら階段を上りきって現れ、全部で何段あったか答え合わせをしていた。しかしそこでクラースの姿を目にすると、反対側にまわって景色を楽しむふりをした。

彼女はヨルゲンとグレンに近づいて、クラースを降ろすように言った。「こいつはちゃんと下に降りるよ」ヨルゲンがにやりと笑って答えた。カミラとエルサもそこにいた。カミラはいつものように、ふたりがクラースをいじめるのをただ見ていた。彼が苦しむところを見るのが楽しいというように。予想どおり、エルサが口を開いた。「ちょっと！　さっさとしなさいよ！　風でそいつの汚らしいフケが雪みたいに舞ってるじゃない！　気持ち悪いったら！」

モニカ・クルセンスティエナが現れて、正しい段数を明らかにするまで永遠かと思う時間が流れた。彼女はクラースがまだ目を真っ赤にしてすすり泣いていることに目を留めるつもりはなさそうだった。

オランダ人家族が階段を下りていき、彼女はようやくひとりきりになった。

松葉杖を壁に立てかけ、サンダルを脱ぎ、腕時計、ヘアバンド、ネックレスと順に並べていく。壁に登って縁に腰かけると、痛みがぶり返してきたが、少しも気にならなかった。はるか下に屋根や木立を見下ろしながら、脚をぶらぶらさせた。気が遠くなって吐き気がするかと思ったが、感じたのは解放感だけだった。もうすぐなにもかも終わる。

最初にレイプされたときに命を絶とうと考え、実際に何度か試みたものの失敗に終わった。自殺に失敗する人はほんとうは死にたいのではなく、助けを求めているだけだという説を読んだことがあったが、彼女にとってそれは真実ではなかった。ルンドでの事件のあと、自己嫌悪に陥り死にたくてたまらなくなった。最後の数年間、自分の人生は失敗続きだったと言うのは誇張でもなんでもなかった。

今回自分を襲った犯人を名指ししたとしても、きっとまた大失敗に終わるだろう。あの男だとわかった。女性刑事の車に乗っていたとき記憶がよみがえったのだ。犯人の顔は見ていないと思っていたのに、そうではなかったらしい。でもなんの意味がある？　どうせだれも信じない。ほかの男だったらなにか言っていたかもしれない。でもあの男だったら――勝ち目はない。誹謗中傷だと言われてしまう。薬をのまされ朦朧とした女の……

インゲラ・プログヘードはその思いを振り払い、目を閉じて身を乗り出した。

74

ファビアンは家の向かいの駐車スペースが空いているのを見つけた。キーは、車は駐車場に停めてあるというメモとともにデスクに置かれていた。だれか親切な人がわざわざセーデルオーセンから運転してきてくれたのだ。

車のドアをロックし、テラスハウスに向かって歩きはじめる。わが家に帰ってきたという感じはしない――だれかの家を訪ねるという感覚だ。だがここに越してきてまだ十日で、ほとんど家にいなかったのだからそれも不思議はない。そのうえこの三日間はまるまる留守にしていた。おそらくテオドルはテイクアウトのピザ、コンピュータゲーム、メタルの聴き放題でさぞ満喫したことだろう。

正面の階段を上がってドアに鍵を差し入れた。すでに息子の愛するデスメタルが聞こえている。ファビアンはあの轟音のよさが理解できなかった。元気が出るというより不安をかきたてられる。だが子どもの音楽の趣味について文句は言うまいと誓っていた。すでに何度かその誓いを破りそうになってはいるが。ファビアン自身の両親は文句しか言わなかった。クラフトワーク、デペッシュ・モード、ヘヴン17の区別がつかなかった。これらはみんな〝ドンドンドン〟という音だけで〝本当の楽器も使っていない〟と言って。

「新しいお隣さんね」とうしろから声がした。

ファビアンが振り向くと、短パンにTシャツ、日よけ帽をかぶった洋梨型の体型の女性が立っていた。赤すぐり《レッドカラント》がいっぱい詰まった瓶を持っている。

「ウッラ・ステーンハンマルよ……15番地に住んでるわ」

ファビアンは階段を下りて女性と握手をした。「どうも。ファビアン・リスクです」

「それで、お仕事は？」

「仕事？」

「ええ。お仕事はなにをされてるの？」

「いまは休暇中で、仕事のことをなるべく考えないようにしていますよ」ファビアンはご近所づきあいのために無理に笑顔を浮かべ、ウッラ・ステーンハンマルに対する第一印象がまちがっていることを願った。

「引っ越しの歓迎をしたかったの」彼女はレッドカラントの瓶を差しだした。「ここにどんな人が越してくるのかみんなちょっと興味があって。ごくふつうのご家族だとわかって嬉しいわ」

「そうなんですか？　前の住人になにか問題でもあったんですか？」

「問題というわけじゃ……でもちょっとおかしなところがあって。春や秋のパーティにもまったく顔を出さなかったし……それに裏庭も荒れてるでしょ。ジャングルみたいで共有の中庭に陽が射さないのよ。あそこで育つのは苔だけよ、あまりすてきとは言えないわ」

残念ながら、彼女に対する第一印象が正しかったことがわかりはじめた。「時間ができたらすぐに庭の手入れをしますよ」

「あれこれ首を突っこむつもりはないんだけど」

沈黙が流れ、ファビアンはドアに引き返そうとした。

「このあたりの古い家は壁が厚いから隣には音が聞こえないと思うでしょうけど、そうでもないのよ。どうして聞こえるのかはわからないけど、抜け道があるのね」

「うちの息子が聴いてる音楽がうるさいですか？」

「あれを音楽と呼べるのかどうかわからないけど、夜はもう少し小さくしてくれたら問題はないでしょうね。でもあのパルディンスキーさんのところの音と比べたら……前のお隣さんですけどね」

「音楽がうるさかったんですか？」

「いえ。でも……そうね、クラシック音楽が少し。でも問題はそれじゃないの。喧嘩よ」

「喧嘩？」

ウッラはファビアンに近づいて、だれかに聞かれていないか確かめるようにうしろを振り返った。「あの怒鳴り合いはすごかったわ。ときどき『十三日の金曜日』を見ているんじゃないかと思うくらい。寝室にいるときに聞こえてきたときは、同じ部屋にいるんじゃないかと思ったほどよ。たしかなことは言えないけれど、ご主人が奥さんを叩いていたんだと思う」

ファビアンは最初の印象を改めなければならないことに気づいた。このご婦人は最初に疑ったよりはるかにひどい。

「結局奥さんが逃げたんだけど、だれが責められる？　言わせてもらえばいい出ていき方ではなかったけれど、わたしには関係ないことだわ。よそのお宅の問題に首を突っこむ隣人ほどいやなものはないもの」

「そうですね。カラントありがとうございました」ファビアンはそう言って、再び階段を上がろうとした。

「ご主人は週末留守にしていただけなのよ――たしかベルリンだったわ。変わった街よね？　一度休暇で行ったことがあるんだけど、疲れちゃって帰ってきたらすぐにまた別のところに行き直さなければならなかったわ。でもとにかくご主人が帰ってきたら、服もおもちゃもみんなななくなってた。奥さんは子どもたちとスーツケースを持って消えちゃったの、なんの前触れもなく。あまり愉快な話じゃないわね」

いまファビアンはようやく不動産業者の言っていた〝個人的事情〟の意味がわかった。

「そうですね、あまりいい話じゃない。どこに行ったのかわからないんですか？」

「そこが問題なの」彼女はこれがどんなに奇妙な状況であるかを強調するように人差し指を立てて眉を吊り上げた。「ご主人は気にも留めていないように見えたわ。ただ肩をすくめてこれまでの生活を続けていく感じ」

「捜そうとはしなかった？」

「わたしが知るかぎりでは。ほとんどほっとしているように見えたわ」と首を振った。

「わたしはびっくりしただけなの。まったく理解できないわ。家に帰ってきたら家族がみんないなくなっていたらどう思う？」

「ではだれも行き先を知らない？」

彼女は得意げな笑みを浮かべた。「わたし気になって気になって口を閉じていられなかったから、直接聞いてみたの。そしたら奥さんの居場所をちゃんと知ってたわ、あの人のちょっと変に見えた振る舞いもそれで納得がいった」

「なるほど」ファビアンは前の所有者についてさらに詳しい事情が明かされるのを待ったが、ウッラにそのつもりはないようだった。「どこにいるか言わなかったんですか？」

「ええ、居場所は知ってると言っただけ。それ以上は詮索できないでしょ。いくらわたしでも限度というものがあるわ」と言って笑いだした。「でも先週か先々週、13番地のヴィンゴーケルさんから奥さんはデンマークに引っ越したって聞いたの。どうやらほかの男と住んでるらしいわ。きっと前から親しかったのよ、これはわたしの推測だけど」

「それはいつのことですか？」

「数か月前、春のことよ。パルディンスキーさんが家を売る二、三週間前だったわ。当然よね。思い出がたくさんあるところにひとりでいたくないもの」

ファビアンはようやく最後まで階段を上った。ソニアが同じことをしたら、自分ならどうするだろう。鍵をまわしてドアを開けながら、心のどこかでほっとするのではないかと考えた。

二階から、激しいギターとドラムに乗せて、踊る死者について叫んでいる声が聞こえてきた。

この怒れる大騒音を聞かなくてすめばどんなに楽だろう。だが少なくとも息子は家にいたか、とファビアンは思った。家のなかは水曜日に葬儀のためデンマークへ出発したときのままだった。三日間が三週間に思える。

キッチンに入っていくとテオドルのいた痕跡がいくつかあったが、思ったほど多くはなかった。ケバブの食べ残しとまだ箱に入っている半分残ったピザ、手のついていないコールスローサラダ、空のコーラのボトルがある以外、キッチンはほとんど汚れていなかった。息子はついに後片づけを覚えたのだろうか。

マリリン・マンソンが今度はスターのために脚を広げる世界について叫んでいる。彼はテオドルのこの数年のお気に入りのアーティストで、しょっちゅうかかっている。隣人が抗議に来た理由はわかるが、まだ五時にもなっていないので二階に上がってボリュームを落としてくれと言いにいくのはやめにした。その代わりメールで帰宅したことを伝え、デッキでコーヒーでも飲まないかと誘った。

二分後、返事が来た。〝〈コール・オブ・デューティー〉の任務の最中なんだ。コーヒーはパスする。またあとで。T〟

予測していたとおりの反応であると同時に、実はファビアン自身が望んでいた反応でもあった。コーヒーを飲んでひと息つきたかったが、その時間はなかった。今日が終わる前に名前を手に入れなければならない。何度も目にしているはずなのにまったく記憶にない名前――いま止めなければ再びだれかを襲う可能性のある殺人犯の名前だ。

身元をどうやって特定するか、ファビアンには考えがあった。大きな賭けだし、うまくいくかわからなかったが、ほかに当てがないのだから試してみる価値はある。だがまずシャワーを浴び、清潔な服に着替えたかった。二階のバスルームに向かいながら、前回シャワーなしで三日間過ごしたのはいつだったろうかと考え、一九九五年のロスキルド・フェスティバルのときだったと思い出した。

まるで昨日のことのように覚えていた。ビールを浴びるように飲んで歩くのもやっとだったが、いま振り返ってみれば、オアシス、ブラー、ザ・キュアー、スウェードが出演していた最高の年のひとつだった。今年もプリンス、LCDサウンドシステム、ヴァンパイア・ウィークエンドといった顔ぶれでロスキルド・フェスの名に恥じないラインアップになっている。ファビアンはひどく惹かれ、ソニアにこのフェスに家族で参加して新しい生活を始めようと提案したが、中年の危機に苦しんでるのかと聞かれる始末だった。

バスルームのドアに鍵をかけ、上半身にきつく巻かれた包帯を慎重にほどいていく。この数時間、刺すような痛みのことは忘れていて、最後の数巻きまで来たとき、火傷がどれほどひどかったかを思い出した。血のにじむ膿で包帯が傷口に貼りつき、シャワーの下で少しずつ剥がしていかなければならなかった。痛みは限界を超え、悲鳴をかき消してくれたマリリン・マンソンに感謝した。

最後のガーゼを剥がし終わったあと、冷たい水を全開にして赤く腫れた傷口を洗い流した。数分間その感覚を楽しんだあと、石鹸を泡立てて髪を洗い、バスマットに立って自然乾燥させた。

鏡のなかの自分を見る。いつもは自分は若く見えると思っていた。四十三歳だが身体は十歳は若く見える。同年代の連中のように余分な肉はついていない。髪も薄くなっていないし、白髪もない。だがいま目の前にいる男はいつもより十歳は老けて見えた。顔に血の気がなく、重力が突然倍になったかのように頬がたるんでいる。反対を向いて傷口を見てみようかと思ったがやめておいた。

テオのプレイリストの次の曲が始まった。ファビアンはその騒音を無視しようと努めながら身体を拭いた。

服はまだベッドの隣の段ボール箱に入っていて、しばらく探ってからきれいな下着、ソックス、包帯代わりのゆったりした赤いリネンのシャツ、そして皺だらけのリネンのズボンを見つけた。

キッチンで携帯電話を充電し、ピザの残りを地下に持っていった。グリーンのキャビネットを調べるつもりだったが、最後に見た場所にはなかった。ソニアが動かしたのか、それとも記憶がまちがっていたのかはわからない。あらゆるものが動かされているような、妙な違和感を覚えた。

地下には、本来ならまっすぐゴミ捨て場に直行すべきものがあふれていた。ソニアはものを捨てることをいやがる。予想もしていなかったときに意外なものが必要になるのだと信じていた。彼女の両親はなんでも捨てるタイプで、いまならちょっとしたお宝になっていたようなキッチン道具も惜しげもなく捨て去っていた。いったんは流行遅れとなりながらも、あとになっておしゃれだともてはやされるものだ。だがファビアンはソニアが壊れた自転車やべたべたのカーシート、何箱にも入ったVHSテープでなにをするつもりなのかさっぱりわからなかった。

二十分後、茶色の古いソファの裏でグリーンのキャビネットを見つけた。真ん中の引き出しを開け、古いアルバムを取りだし、ソファにすわってめくりはじめた。写真の何枚かはテープが剥がれ、出しっぱなしにされたクリスマスツリーのオーナメントのようにぶら下がり、まちがった綴りで説明が添えられている。

写真は十歳の誕生日にもらったインスタマチックで撮ったものだ。色が変わり、鮮明さも薄れてはいたが、ファビアンが自作のスケートボードでだれよりも遠くまで滑ったときのことや、コペンハーゲンへ遠足に行き、チボリ公園の向かいのマクドナルドでチーズバーガーを三つ食べたこと、初雪で小山を作り、ミニスキーで遊んだ思い出をよみがえらせてくれた。

ほとんどの写真は四年生から六年生のときの休みのあいだに撮られている。七年生になるとカメラに興味を失ったが、八年生のある日、学校に持っていってフィルムを一本使ってしまった。同じ被写体を三十六枚撮っていた。

そのことは長いあいだずっと忘れていた。クリッパンが撮ったロッカーの扉の写真を見て思い出したのだ。三十六枚の写真は学校時代の何冊もあるアルバムの一冊にうまく隠してあった。それぞれの写真の下に同じ言葉が書かれている――ただひと言。

リナ。

彼女はすべての写真に写っていた。真ん中でなかったり、ピントが合っていなかったりしたが、どの写真も被写体は明らかに彼女だった。シャッターを切った者が彼女に恋をしているのはいやでも気がつく。

ヨルゲンが近くにいないときを狙っていたことを思い出した。リナに気づかれずにやっていたつもりだった。いちばん困るのはヨルゲンに知られることだったが、いま見てみると、リナはカメラをとても意識している。わざと目をそらし、なにも気づいていないというように笑っている。リナはこれを気に入って、ヨルゲンにはひと言も言わなかった。ふたりだけの秘密だった。

ふとファビアンはアルバムから顔をあげた。叫び声が聞こえた気がしたが、それを説明するようなものはなにも見当たらない。だが空耳ではないという確信があった。まちがいなくどこかで声がした。なんと言っていたかはわからない——ただ叫び声が聞こえたというだけだ。

立ちあがって声がした背後の煉瓦の壁のほうへ近づき、すぐにほっとした。壁は隣家と接している。したがっていまの声はさっき話をしたばかりの女性のものだ。ファビアンはアルバムに戻ってまもなく捜していた写真を見つけた。記憶にあるとおり、ロッカーに本をしまっているリナが写っている。その隣のロッカーの扉は閉まっているが、番号ははっきり読みとれた。三百四十九。

リナのロッカーは犯人のものと隣り合わせだったのだ。

75

シルバーグレーのＢＭＷ・１シリーズＭクーペは、最先端技術の粋からあっという間にスクラップの山に変わった。

イングヴァル・モランデルはドイツ車はどれも愛していたが、一九九〇年代後半以降ＢＭＷ以外の車を運転したことはなかった。したがって、このめちゃくちゃに壊れた車を調べるのはひどく辛い作業だった。おまけに事故の原因がまだつかめずにいる。しかたなく自分のメモを見返して、見落としはないか再びチェックした。

〝左側面：へこみと円形のひどい擦り傷〟。この車はトラックの側面に突っこみ、真ん中の車輪にぶつかった。すでにトラックの耳付きナットのシルバーのペンキが付着しているのを確認している。

〝四本のタイヤすべてに芝生と土が付着している。特に右の前輪と後輪に著しい〟。道路の向こうに跳ね返され、芝生に乗り上げた。〝右側のヘッドライトが破損〟。右のフロントバンパーが道路標識に衝突し、数回回転して再びハイウェイに乗り上げた。

〝車体のうしろ半分がほぼ押しつぶされている〟。トレーラーがその上に乗り上げたのだ。

〝主として屋根にひどい擦り傷とへこみがある〟。車体が横転して上下逆さまになって停まった。

　モランデルはいらだっていた。もう何度となく見返しているのに、これが殺人事件であることを示すものはなにも見つからない。ブレーキラインが切断されていたり、耳付きナットが緩んでいたということもなかった。ステアリングコラムロックやサーボ機構にも不具合はなく、ほかに同乗者がいたことを示すものや遠隔操作が行なわれた形跡もなかった。時速百四十キロで走っていてトレーラーに轢かれ、上下反転した車にしか見えなかった。

　調べはじめてからすでに三時間たっていた——三時間なんの成果もない。

　十五年前にやめて以来、煙草を吸うのは特別な機会にかぎられていた。これがその特別な機会に当たるかどうかわからなかったが、車内にかすかに煙草の臭いが漂っていたので、無残な敗北は一服に値すると確信した。

　作業台のいちばん上の引き出しを開けてフィッシャーマンズ・フレンドの缶を見つけ、ジョン・シルバーの箱から一本取りだし、ガレージの外に出て夕暮れのなか椅子に腰を下ろした。煙草に火をつけて思いきり深く吸い込み、敗北の喜びに身をゆだねる。

　電話が鳴りはじめたが、せっかくの煙草休憩の最中に出たくはなかった。次にいつ取れるかわからない。だが着信メロディはしつこく鳴りつづける。バッテリーの寿命が尽きても、第三次世界大戦が起きてもやまなそうな勢いだ。

「はい……もしもし？」

「お疲れ、イレイェンよ。車のほうはどうかと思って」

「よくない」

「まだ終わってないの？」

「終わった」

「でも……？」

「他殺を示すものはなにも見つけられなかった」

短い沈黙があった。モランデルはその隙に電話を離して煙草を吸った。そのときレッカー車が敷地に入ってきた。

電話の向こう側でリーリャがため息をつくのが聞こえた。「じゃあわたしがここに来たのはきっと意味があったのね」

「ここって？」

「検視官室。〝三つ編み〟がエルサ・ハリーンの遺体を見せてくれるの。ついでにカミラ・リンデンの遺体も視《み》てもらおうと思って」

「まだ検視がすんでないのか？」

「三つ編みのはね。カミラはふつうの自動車事故の被害者として来たから」

今度はモランデルがため息をつく番だった。

「彼が視てもなにも出ないと思ってる？」リーリャが尋ねた。

「どう考えればいいかもうわからないよ」

「カミラ・リンデンは殺されたんじゃないと言っているの？」

「自動車事故は起きるものだ。きっと犯人は事故のことを聞いてマスコミに自分がやったとタレこんだんだろう。おれたちが存在しない証拠を探そうと躍起になっているあいだにやつは次の殺人の準備ができる」

「エルサのこと？」

「かもしれない――それか別の人物だ。結局のところ、いまのおれたちの前提は、クラス全員がイワシの缶詰みたいに死体安置所に詰めこまれるまでやめないだろうということなんだから」

「そうかもしれないけど、状況は変わらないわ。わたしたちにできるのは捜査を続けることだけだもの。もう切らなくちゃ、三つ編みが来たわ」

モランデルはポケットに携帯をしまい、最後に深々と吸ってからアスファルトで煙草の火をもみ消した。レッカー車がバックで近づいてきて、ガレージの外に停まった。そのときようやく、それがデンマークのナンバープレートでプジョーを牽引していることに気がついた。

「モランデルさん？」デンマーク人の運転手が尋ねた。

モランデルはうなずき、受領書にサインした。

「これもあんたに」運転手は手書きのメモを差し出した。

イングヴァル・モランデル様
ファビアン・リスク刑事からあなたの評判を聞いています。この車からなにか決定的な証拠が見つかることを願っています。こちらデンマークではなにもできなかったので。

敬具
コペンハーゲン警察犯罪捜査課
ドゥニヤ・ホウゴー

ドゥニヤ・ホウゴーのことは知っていた。有能な巡査部長だが、証拠品をスウェーデンに送れるような権限はないはずだ。つまり彼女は大きな危険を冒していることになる。モランデルはレッカー車から降ろされたプジョーに目をやった。この車にはどんな秘密が隠されているのだろう。GPSに残っていた情報ですでにリスクはセーデルオーセンの現場を突きとめた。まだほかになにかあるのだろうか？
犯人はこの車を処分しようと必死になっていた。つまりもっとなにか隠されているということだ。GPSがあろうがなかろうが、犯行現場は発見されるようにつくられていた。リスクが予想より早く突き止めたのはまちがいないが、用意はすでにしてあった。犯人はしかるべきときが来たら、仕込んであった手がかりを見つけさせるつもりだったのだろう。セーデルオーセンは力の誇示のためにつくられた場所だ。いかに警察が遅れを取っているか、そしていかに無力であるかを見せつけるために。

だがそれでは犯人がモーデンとの追跡劇で大きな危険を冒したことの説明にはならない。この車にはそれ以上のものがあるはずだ。犯人がなんとしても守りたかったものが。

リーリャは口をはさまなかった。今日という日に敬意を表して髪を四本に編んでいるエイナル・グレイデは、微に入り細をうがって、エルサ・ハリーンの顎の下から胸骨までが外科医並みの手際で切開されているようすを説明した。犯人が可能なかぎり長く被害者を生かしておくために大動脈を避けたことを延々と聞かされたうえ、どうやってエルサの舌を引っぱりだし、胸の前に垂らしたかを実演するさまも黙って見守った。

それがすべて終わってから、ようやくリーリャは爆弾を落とした。

「エイナル、実はエルサ・ハリーンの話をしにきたんじゃないんです」

「失礼……いまなんと言った？」グレイデは最高の芸をしたのに、終わってからご褒美をもらえなかった犬のような顔をした。

「コロンビアン・ネクタイが被害者をできるだけひどく——そして長く——苦しめるのに効果的な方法だってことはわかりました。それにあなたがこんなものを目にしたのは初めてだってことも。ついでに言うとわたしもだけど。でもほかの人の話を聞きたいんです」

「いったいだれのことを話したいっていうんだね？」

「カミラ・リンデン」

「カミラ・リンデンとは何者だ？」今度は怒った雑種犬のように見えてきた。

「昨日、E6号線の事故で亡くなった女性です。われわれはこれも同じ犯人の仕業だと考えています」

「彼女も同じクラスだったのか？」

リーリャはうなずいた。グレイデは三つ編みの一本をいじりはじめた。これは人生が思うように進んでいないときだけにする彼の癖だ。いましてはならないのは彼に圧力をかけること。少しでもせかすような真似をすれば逆効果に終わる。かたくなになって指一本動かさないだろう。

二分後、リーリャは望んでいた反応を引きだした。グレイデは頭を振りながら大げさに芝居がかったため息をつき、部屋を出ていった。リーリャは小走りにあとに続き、長い地下のトンネルのなかを歩いていった。

「アーネが視たはずだ。彼のモットーは知っているだろう？」グレイデは吐き捨てるように言った。「〝なぜ必要以上にことを複雑にする？〟」と手で引用符をつける。「だがあの男の場合は実際はこういう意味だ。なぜ仕事をする？」

「エイナル、わたしたちもいまの段階ではほんとうにそうかどうかはっきりわからないんです。ただの事故の可能性もある」

グレイデは首を振った。「そうでないと、どうして言える？　アーネがなにかを見逃すのはこれが初めてじゃない。彼の休暇は来週からだが、二週間前からまともにものを考えられる状態ではなかった。ふつうなら彼が見た遺体はダブルチェックするんだが、今回は

「コロンビアン・ネクタイで手いっぱいだった」

「――」

グレイデはリーリャの顔を見て遺体安置所の前で立ち止まり、セキュリティカードをかざした。なかに入ると、リーリャはまっすぐ保冷ストレージが並んだ壁に進み、グレイデは検視報告書のコピーを捜した。

「あったぞ。なんとかかんとか……〝左後頭部を強打〟……なんとかかんとか……〝頭蓋骨骨折、髄膜出血、脳腫脹、脳出血、頭蓋内圧亢進の明らかな兆候〟……ふうむ」

「おかしくはないですよね？」リーリャはそう尋ねながら、〝カミラ・リンデン〟と書かれたラベルのついたボックスを引きだした。

「ああ、だがこれは頭部外傷の基礎だ。もしこういうひどい事故にあえば、ぐちゃぐちゃになるのを避けられたとしても、頭を強く打って脳出血で死ぬ可能性はきわめて高い。この報告書は遺体を調べもせずに書いたのかもしれないが、八割がた当たっているだろう。だが問題は、ほかにはなにもないことだ」グレイデは親指と人差し指でその書類をつまむと、軽蔑したように振った。

リーリャは裸体にかけられたシーツをめくった。

「この報告書には遺体に残された特徴的な傷などがなにひとつ記載されていない」グレイデは続けた。「自分自身の洞察や論拠などをなにひとつ示していない。明白なこと以外なんの観察もしていない」

「では実際は調べてないと思うんですか？」

「思うのではない、知っているのだ」と言って手を離すと、報告書は紙屑のように床に落ちた。彼は遺体をはさんでリーリャとは反対側に立った。

カミラの目は閉じられ、激しい衝突による傷痕がはっきりと顔に残っていた。グレイデはビニールの手袋をはめ、硬直した遺体を横向きにして後頭部を調べた。ひどい傷と血で固まったブロンドの髪が見える。彼は遺体から手を離すと再び三つ編みをいじりはじめた。

「アーネが見落としていたものは見つかりました？」リーリャは言ったとたんに後悔したが、ひびの入ったドアからネズミが抜け出すように口から滑り出てしまったのだ。どうしようもなかった。

グレイデは三つ編みを放してリーリャをにらみつけた。それから手をカミラの閉じた目の上に持っていき、まぶたを開いた。

彼女の両目はだれかに煙草を押しつけられたように見えた。

76

「六時半に球を打ちにいく予定だから、できるだけ短く効率的にすませよう」ヘンリク・

ハマステンがデスクにつきながら言った。

ドゥニヤはうなずいてスライズナーの隣の椅子に腰を下ろした。このミーティングをさっさと終わらせ、捜査を続行し、スウェーデン警察に連絡したくてたまらなかった。

「ドゥニヤ、きみの提案でこのミーティングがもたれたんだ。だからきみが始めてくれたまえ」

「わかりました」声がかすれて咳払いした。「総監にご連絡したのは、最近のキムの私生活に関するできごとで犯罪捜査課全体が暗い影に覆われ、彼が捜査を前に進めるような指揮がとれないでいると思ったからです」

ハマステンはうなずき、スライズナーを見やった。「キム？　なにか言いたいことは？ドゥニヤの指摘になにか言い分はあるかね？」

スライズナーはうなずいた。「もちろんです。この数日間は控えめに言っても大混乱にありました。私生活はめちゃくちゃにされ、わたしはさらし者にされました。妻は娘を連れて出ていった。実のところ、わたしに残っているのは仕事だけです、ですからできるだけのことをやるつもりです。ところで、しばらく一緒にまわっていませんね。最近のハンディは？」

「十八・七」

「なんと。ずいぶん練習されたんでしょうな」

スライズナーほど靴を舐めるのがうまい男はいない、とドゥニヤは思った。その靴がどんなクソのなかを歩きまわろうが、そこから利益を得られるのであれば彼は気にしない。

ハマステンはドゥニヤのほうを向いた。「どうかね？　まだ同じ気持ちか？」

ドゥニヤは考えた。うなずきたかったが、首を振った。さっさとこれを終わらせて、仕事に戻りたかった。

「それは前言を撤回するということかな？」

「仕事に集中できるのであれば」

「そしていまはそうできそうかね？」

「そう願ってます」

ハマステンはスライズナーに視線を向けた。「ではキム？　どう思う？　なにかつけ加えることがあるかね？　それともこれで終わりに？」

スライズナーはドゥニヤの沈黙を恵みと考え、ふたりの不和に幕を閉じて、これ以上ハマステンに内情をさらさずにおくことが最善の道だと理解すべきだった。それなのに彼は椅子の上で身じろぎをし、手をあげてこれから口を開くことを示した。

「残念ながら、ドゥニヤに対するわたしの信頼はなくなったも同然です」

「それはどうしてかね？」

「おそらく彼女が答えてくれるでしょう、率直に言ってわたしにも理解できないからです。わたしは昔から彼女のことを優秀な刑事だと思っていましたし、わが課にとって大切な人材であることはまちがいありません。でも残念ながらもはや彼女を信頼することはできないのです。同僚を信じられなければよい結果が生まれるはずがない。わたしは心からそう考えています」

「どうして彼女を信頼できないんだ?」

ドゥニヤにはわかっていた。いやな予感がした。警告のベルも聞こえていたのにまんまと罠にはまってしまったのだ。

スライズナーは息を吐きだした。「どこから始めればいいか。まずひとつに今回の騒動はほぼ彼女が引き起こしたものです。わたしの携帯電話の記録を調べ、それがリル・イーステ通り付近にあったことが判明すると、『エクストラ・ブラーデット』に電話をした。それを〝仕事に集中〟するとは言えないのではないでしょうか」

ドゥニヤは反論し怒鳴り返したかったが、そんなことをしても無駄だとわかっていた。印象を悪くし、哀れに映るだけだろう。

「さらに」とスライズナーは続けた。「仕事そのものについて言えば、彼女は何度もわたしの意向に背き、命令を完全に無視した行動に出たのです。わたしのサインを偽造しただけでなく、うちの鑑識が調べる時間がとれないでいるうちに大切な証拠をスウェーデンに送ってしまった。あげくのはてに、直近では、犯人の写真をつかんだことを黙っておこうとしたのです。これらのすべてを考え合わせると、彼女がわたしの課に留まることはもってのほかであると言わねばなりません」

「ドゥニヤ、キムのサインを偽造したというのはほんとうかね?」

ドゥニヤはうなずいた。

「なぜそんなことを?」

「もちろん、事件のためです。キムはスウェーデン警察の捜査を妨害するためにあらゆる手を尽くしていました」ハマステンが聞いていないのがわかった。彼はすでに態度を決めている。

「それに彼の電話の記録を調べたというのもほんとうかね?」

ドゥニヤは再びうなずいた。「でもキムが思っているような理由からではありません。わたしが調べたのは――」

「もういい」ハマステンは片手をあげて腕時計を見た。「ドゥニヤ、残念だ。きみのことはずっとすばらしい警察官だと思っていたが、率直に言って、きみがなにを考えてそんなことをしたのかわからない。キムの味方をせざるを得ないな」

ハマステンがスライズナーのほうを見ると、彼は満足げな顔で一枚の書類を机の上に置いた。

「きみの退職届だ。三か月分の解雇手当が支給される。あとはサインすればいいだけだ――できればきみ自身の手でね」

「もししなかったら?」

「フェロー諸島で人手を探しているそうだ」

ドゥニヤは点線の上に名前を書き、部屋を出ていった。

77

アストリッド・トゥーヴェソンはインゲラ・プログヘードがシェールナン塔から飛び降りたことを考えずにはいられなかった。疑問がいくつもありすぎて、ひとつのことに集中できなかった。わたしのせいだろうか？　彼女にプレッシャーをかけすぎた？　そもそもインゲラはほんとうに自分たちが追っている犯人の被害者なのだろうか。それともファビアンの説が正しいのかもしれない――まったく別の人間に襲われた？　こうしたことを考えていると、ますます真相を解明しなければならないという気持ちに掻きたてられた。

グーグルマップを使って、犯人がインゲラから子宮を摘出するのに使ったと思われる建物を調べていった。辺鄙で邪魔が入らないところ、それと同時に彼女の意識下に列車の音を植えつけるくらい線路に近いところ。見当をつけた二十七か所のうち、この数時間で十軒を訪ねていた。

すぐに候補から外した三軒の住宅を除くと、あとはオフィスや作業所が多く、そのほとんどが休暇中で閉まっていた。その結果、かなりの時間をかけてフェンスを登ったり、窓を覗きこんだり、ゴミ箱をあさったりしたものの、爪が汚れ、服が臭くなり、頭がかゆくなっただけだった。

モランデルの言うとおりだった。犯人はおそらくいまも狡猾な殺人を企んでいるか実行しているというのに、自分ときたら閉まっているオフィスの薄汚れた窓を覗きこんでいるのだ。

旧ラウス通りに入って左に折れた。この道は狭く、深い緑のなかに続いている。二台の車がすれちがうのは不可能だ。トゥーヴェソンは車を停め、閉まった門まで歩いていって敷地内を覗きこんだ。グーグルマップによれば、池がいくつかあり、建物が数軒立っているはずだが、個人の家なのかどこかの会社の所有地なのか判断がつかなかった。どちらにしても、ここにいてはいけない気がしていた。〝立入禁止〟の臭いがぷんぷんする。実際にフェンスの上には有刺鉄線が張られていて、鍵のかかった門には〝許可なき者立入禁止〟の表示がある。トゥーヴェソンはいったん車に戻り、できるだけ門に寄せて駐車し直した。それから車の屋根に乗ってフェンスを乗り越え、股関節を脱臼しないようにそっと着地した。

正面をまっすぐに走る砂利道の左側にスイミングプールほどの池が三つあり、右側にはその三つをすべて合わせたくらいの大きさの池があった。まるで小さい湖のようだ。地面に釣り船が打ち捨てられていて、古びた釣り竿や網、ルアーなどが散らばっている。建物が五棟あり、三つの池の先にあるいちばん奥のほうから見てみることにした。パソコンで見たときに最初に目についたからだ。敷地の端にあって、線路から三十メートルしか離れていない。近づいていくと二十平方メートルほどのバラックのような建物だった。緑色のドアに〝クリーグスハンマル〟と記されたエナメル地の白いプレートがかかっていた。プレートの周囲はドアのほかの部分ほど日焼けしておらず、古いねじ穴のあともあることからこのプレートが最近つけ替えられたことがわかる。おそらく真新しい鍵も同じ頃つけ替えられたのだろう。トゥーヴェソンは手袋をはめてドアのハンドルをまわし、鍵がかかっていることを確かめた。

建物の角をまわって床下に懐中電灯を当てると、バスルームとキッチンにそれぞれ上水管と下水管が備えつけられているのがわかった。裏の窓の下にサビだらけのヴェスパが立てかけられている。トゥーヴェソンはシートに登ってなかを覗きこんだ。

カーテンが引かれていたが、裾が短いので室内が見通せた。作業台らしきものの上には透明のビニール手袋、瓶が数本、一般家庭の工具箱にありそうな工具が置かれている。

ただし外科用メスは別だ。

携帯電話が鳴りだした。

「はい、わたしよ」

「クリッパンだ。帰ってきてもらったほうがいい」

「どうして？　なにかあったの？」

「そう言ってもいいだろう。まあ、そうでなければ電話しないが。クラスの八人と連絡がついた」

「犯人がだれかわかった人がいた？」

「いや、でもイヤーブックを捜してもらってる」

「まだ連絡がとれてない人は？」

「五人だ。リスクを入れなければ。いまリーリャが当たっている。それから彼女が三つ編みに頼んでカミラ・リンデンの遺体をもう一度視てもらった。カミラは最初あのアーネが視たようだ」

「それで？」トゥーヴェソンは自分の声にいらだちを聞きとったが、それを無視した。実際にいらだっていた。もし自分になにかあれば、チームを率いるのはクリッパンだ。それにはほぼ異存はない。クリッパンは有能で経験もある。慎重で論理的だし、彼にとって大きすぎる――あるいは小さすぎる――仕事ではない。だがそこに問題があった。クリッパンには細かいことにとらわれすぎる傾向があり、それで時間を浪費してしまうことがあるのだ。彼だけでなくほかの人の時間も。「クリッパン、時間がないの。アーネはなにを見逃していたの？」

「目だ。聞いた話では、完全に焼かれていたそうだ」

「焼かれていたってどういうこと？」

「わからない。リーリャがそう言った」

「火で？」

「わからないが、まだ三つ編みもわかってないいんじゃないかと思う。肝心なのは、おそらく目が見えなくなったせいで事故が起きたんだろうということだ」

「彼女ってクラースがいじめられているのを見るのが好きだった人？」

「そうだ」

「それで三つ編みは、その目の負傷は事故によるものじゃないと考えている？」

「そのとおり」

トゥーヴェソンはどう考えていいかわからなかった──この事件ではしょっちゅうこの感覚に襲われる。もし車に乗りこんだときカミラ・リンデンの目に異常がなかったのなら、犯人は走行中に彼女の目を焼いたことになる。自分自身は巻きこまれずに。考えれば考えるほど混乱してきた──犯人は説明のつかない超自然的な力でも持っているのだろうか。

「ほかに情報は？」

「もし時間があるなら」

「ないけど、話して」

「カミラ・リンデンはふたりの子どもの単独親権を持っていた、三歳と五歳の子どもの」

「子ども？　でも車に子どもなんて乗っていなかったわ」

「そのとおり」

「じゃあどこにいたの？」

「おれも同じ疑問を持って、保育園に問い合わせてみた。園長によれば、元夫のビョルン・ヘイアーツが事故が起きる三十分前に子どもたちを迎えにきたらしい」

「連絡はとれた？」

「電話が通じないんだが、彼は事故現場から数キロしか離れていないストレーヴェルストルプに住んでいる。警官をふたり送って、報告を待ってるところだ」

「わかった。ほかには？」

「まだ時間はあるのか？」

トゥーヴェソンは目を閉じて、すべてのエネルギーを叫びださないことに向けた。

「アストリッド？　聞こえるか？」

「ええ」

「デンマーク警察がついにプジョーを引き渡してきた。イングヴァルがいま調べているが、なにか見つかるまであきらめないだろう」

「よかった。そうなることを願いましょう」

「そっちのほうは？」

「はっきりとは言えないけど、インゲラ・プログヘードが子宮を失った場所を見つけたと思う」

「思う？」

「なかに入るまでわからないし、それには令状が必要よ。なにか見つかったとしても裁判で使えるものじゃないと」

「もちろん。じゃあなるべく早くこっちで会いたい。話し合わなければ」

「いましてるじゃない？」トゥーヴェソンの耳に深いため息が聞こえた。

「クラスの残りのメンバーをどうするか話し合う必要がある。電話ではやりたくない。できればイレイエンも一緒に」

「さっきも言ったけど、マルメに確認して――」

「アストリッド、マルメを待つ余裕はない。クラスメートたちと話をすると必ず聞かれるんだが、なんて答えたらいいかわからない、彼らが危機にあるのを知っているのに。問題は〝もし〟じゃない、〝いつ〟やつが再び襲うかなんだ。だれかを。あなたはどう思ってるかわからないが、おれは……」

突然耳を聾する轟音に襲われ、トゥーヴェソンは煉瓦で殴られたような衝撃を受けた。バランスを失い、ヴェスパから落ちたが、地面に落ちる直前に列車が通過していき、静けさが戻ってきた。携帯を耳に当てる。「もしもし？　クリッパン？」電話は切れていた。

78

リナ・ポルソンの家の前にはすでに車が何台か停まっていて、ファビアンはいったん通りすぎて二軒先の家の前に駐車しなければならなかった。最後にもう一度電話をかけてみたが、やはりこの番号は使われていないというアナウンスが流れた。番号案内に問い合わせると、おそらく公表しない番号に変えたのだろうということだった。

事前に知らせずに訪ねていくのはできれば避けたかったが、しかたがない。ファビアンは家の前に停まっている車のあいだをすり抜けてベルを鳴らした。コロンをたっぷりつけた、身だしなみのよいスーツ姿の男がドアを開けた。

「開いてます、お入りください。ただこれを忘れないで」と青い靴カバーを差し出した。

「なにかあったら大声で叫んでください」

ファビアンが反応する間もないうちにコロン男は家のなかに消えた。つまりリナは家を売りに出しているのだ。それは不思議なことではない。前に進むチャンスなのだ。彼女を責めることはできない。

ファビアン自身、エードオークラの一九八〇年代に建てられた家に住みつづけられるとは思わない。ちょっと訪ねていくだけでも気が滅入ってしまう。似たような分譲地が次々とできあがっているのに、田舎で暮らすことの意味がわからなかった。

ヨルゲンの死にあたって生命保険かなにかが下りたのだろう。もしローンがそれほど残っていなければ、リナは虐待癖のある夫なしに新しい生活を始められる。非公開の番号に変更したのはそのためだろうか、それとも殺人鬼から逃げるため？

ファビアンは靴カバーをはめて不動産業者を捜した。「すみません、実はリナ・ポルソンに会いにきたんだが。どこにいるか知りませんか？」

業者はしげしげとファビアンを見た。「ここに来るのは初めてですか？」

「いや、初めてでは……」

「なるほど、先週の水曜日にはお会いできませんでしたね。失礼しました。エド・パーシヨンです」

ふたりは握手を交わした。

「ファビアン・リスクだ。でも——」

「リスクさん。刺激的な値をつけそうなお名前ですね。でも忠告をさしあげましょう。いまのご時世、金利がどっちに転ぶかわかりませんよ」と言ってファビアンの肩を叩き、パンフレットを押しつけた。

「家を見にきたんじゃない。リナ・ポルソンに会いにきたんだ」ファビアンはパンフレットを突き返した。

「こういうことです。リナとわたしは相互契約を結んでいます。つまり、彼女はそうしたくても彼女の一存では決められないのです。ですから入札はわたしを通して行なわれることになります。いいですか？」

「さっきも言ったように、家にはまったく興味がない。彼女の新しい電話番号を知りたいだけなんだ」

「いらっしゃいませ」業者はファビアンのもとを離れ、中年カップルのほうに近づいていった。

「あの、この家は一九八〇年代前半に建てられていますよね。それで基礎はどういう状況ですか？　というのも、うちでは――」

「そういうことはすべて検査報告書に書かれていますが、基礎の状態はすばらしいものです。カビの臭いもしないでしょう？」

夫婦は顔を見合わせた。

「わたしはしません」と彼は続けた。「もしこの家からカビの臭いが嗅ぎとれたらストルップ空港の税関で仕事が見つかるでしょう」

ファビアンは業者と夫婦のあいだに割り込んだ。「失礼だが、その検査報告書にはここが同級生殺人の最初の被害者が住んでいた家だと記載されてるんですか？　ヨルゲン・ポルソン、たしかそういう名前だったな」

「えっ、ここに住んでたの？」女性が声をあげた。業者はファビアンを脇に引っぱり、手に紙切れを押しつけた。

79

もしイングヴァル・モランデルの人生に毎日ランクをつけるとしたら、この日はまちがいなく〝人生最悪〟の日にかなり近いだろう。問題は取引銀行が破産して、貯金をすべて失った日を超えていちばんになるかどうかだった。

この日モランデルは二台の車を受けとって調べた。証拠や手がかりが山のように残っているはずの二台の車。だがこれまでなんの成果もない。

リーリャからBMWの運転手の目が焼かれていたことを聞き、衝突の原因はわかった。しかし、どうやって彼女の目が焼かれたかの説明はついていない。それはプジョーも同じことだ。徹底的に調べたにもかかわらず、わずかな手がかりさえ見つからない。犯人がどれほどの危険を冒してこの車を取り返そうとしたか考えれば、ファビアンが見つけたGPSの座標以上のものが隠れているはずだ。もし警察の手に渡れば犯人の計画がすべてご破算になるような壊滅的な影響を与えるものが。

モランデルには最後に残しておいたものがあった。最後までとっておいた些細なもの。あまりにも当たり前で、なにか出るとは思っていなかったからだ。自分たちが追っている男は頭がよく、よもやそんな痕跡を残していくとは考えられない。ほんとうのところ、調べる理由はひとつしかなかった。調査済みとチェックボックスに×印をつけるため。あとでだれかに適切な調査をしなかったと批判されることのないように。

モランデルは運転席にすわってハンドルとダッシュボードに白い粉を振りかけはじめた。

「こっちの具合はどう？」アストリッド・トゥーヴェソンだった。

「最悪だ。話したくもないくらい」

「無理強いはしないわ。代わりにわたしの話を聞いてちょうだい」

モランデルはまっすぐトゥーヴェソンを見た。「なにか見つかったのか？」

トゥーヴェソンはうなずいた。「少なくともそう思ってる。でもそんなに心配した顔しないで。あなたのことを根に持ってるわけじゃないから」

「おれのこと？」

トゥーヴェソンは笑顔で応じた。「なにも見つからないって断言したのはあなたじゃなかった？　完全に時間の無駄だって」

モランデルは車を降りて、腰を伸ばした。「アストリッド、なにを見つけたんだ？」

「まだわからないけど――インゲラ・プログヘードの子宮が摘出された場所を見つけたと思うの。人里離れた辺鄙な場所で、線路から二十メートルか二十五メートルしか離れていない。列車が通りすぎたときはびっくりしてバランスを失ってしまったわ。線路の真上にいるみたいだった。インゲラが反応していたのはあれだったのよ」

モランデルは話を聞きながら無精ひげを掻いていた。この数日休みなく働いていたことの証しだった。「住所は？」

「旧ラウス通り。小さい池がいくつもあって、ほんとうに気味の悪い場所」

「どこかわかると思う。二、三年前に行ったことがある」

「ほんとうに？　なにしに行ったの？」

「釣りだ。養殖場があって、魚釣りができるんだ」

モランデルは黙りこみ、トゥーヴェソンは大破したBMWに視線を向けた。「目をつぶされていたそうね」

「ああ」

「どうしてそうなったかわかった？」

「まだだ。車のなかにそれを引き起こしたものはないし、犯人が一緒に乗っていたとも考えられない」

「じゃあ車外からということね？」

「まだわからない。だが、旧ラウス通りに話を戻そう……なかに入ったか？　なにか見えた？」

「窓から見ただけよ。令状なしに入りたくなかったから」

「週明けまで待つしかないだろうな」

「ところが」トゥーヴェソンは署名入りの捜索令状を顔の前でヒラヒラさせた。モランデルはひったくって目を通した。

「嘘だろ」

「これが最優先事項よ。マルメも鑑識班を出すと言ってくれたけど、わたしに必要なのはあなただけ。もし可能ならということだけど」

モランデルは笑った。「この数日ほとんど寝てないんだから、あと二、三時間寝なくたってなんのちがいがある？　あとひとつここで調べることが残ってるから、家に帰る途中でラウス通りに寄ることにしよう」

突然トゥーヴェソンに抱きつかれて、モランデルはどうすればいいかわからなかった。完全に不意を突かれ、カチカチに固まって立ちつくした。「ありがとう、イングヴァル。あなたがいなければ、わたしはどうすればいい？」

「さあ。でも早く離れてくれないと、セクハラを届け出なければならなくなる」

トゥーヴェソンは猫のようにシャッと声をあげ、大げさに腰を振りながらドアのほうに歩いていった。モランデルはプジョーの運転席にすわりなおし、だれかが指を触れた可能性のある場所に粉を振りかけていった。

たいていの鑑識官はゴールドかシルバーの色つきの粉と透明のゼラチンシートを使うが、モランデルは昔ながらの白い粉と黒いシートを好んだ。転写した指紋は写真に撮って反転させる必要があるが、すぐに使える点がメリットだ。

ハンドルやダッシュボードに指紋は見つからなかった。見つかったのはマイクロファイバークロスの繊維だけ。だがガソリンタンクのカバーやグラブコンパートメントのまわり、サンバイザー、窓を開閉するボタンには残っていた。犯人は慌てて掃除をして、やや目につきにくい部分を見逃してしまったのだ。だがモランデルの心臓が高鳴っているのはこのせいではない——まったく別の理由による。この予感を確実にするためには顕微鏡で確認しなければならないが。

ゼラチンシートから保護カバーを取り、どちらが上かわかるように両角をはさみで切ってから、浮き出た指紋にシートをかぶせて空気を抜き、ゆっくりと剥がす。そうして転写した指紋を保護するために再びカバーをつける。九十八分後、二十二の指紋を採取したあと、モランデルは車を降りた。椎間板ヘルニアになる寸前だった。

鑑識官として二十年近く指紋を見続けた経験から、一瞥してどの指の指紋か、右手か左手か、すべて同じ人間のものかどうかを見分けられるようになっていた。あるいはこのケースで言えば、ちがう人間のものかどうかをだ。

モランデルはふたりの異なる人物の指紋を発見していた。

顕微鏡でその疑問ははっきり確かめられた。採取した二十二の指紋のうち、二十はルーヌ・シュメッケルのものだったが、ほかのふたつ、親指と人差し指の指紋は両方とも右手でまずまちがいなく同じ人間、シュメッケルとは別の人物のものだった。

たったふたつの指紋のために、犯人はあれほどの危険を冒して車を取り返そうとしたのだろうか。それがほんとうに無関係な若い女性と警察官を殺す動機になった？　車と関連づけられたからといって、殺人に結びつけられるわけではない。だからほかの動機があるはずだ。

犯人の指紋はデータベースに載っているのだ。

モランデルは採取した指紋をホルダーに挟み、いつもの場所に置いた。それからリーリャにデータベースを調べてくれとメールを書いた。

彼にはいま、ほかにやることが多すぎた。

80

ファビアンはテー通りを離れてフロース通りに入った。何度か曲がったあとスピードをあげ、Ｅ4号線を南に向かう。不動産業者は正しい番号を教えてくれたらしい。リナが電話に出て、ファビアンは驚いた。自分はなにを予期していたのだろう？　一連の殺人は実はリナが犯人で、地下に隠れてしまったとでも？

なぜ番号を変えたのかと聞くと、彼女はしかたなかったのだと答えた。ヨルゲンが死んで以来、記者たちが昼夜を問わずインタビューやコメントを求めてやって来たそうだ。ノッラ・ハムネンに引っ越したので、時間ができたら立ち寄ってほしいと彼女は言った。ファビアンがいまなら都合がいいと言うと、リナは明らかに驚いたようすだったが、数秒ののち、いらっしゃいよ、着いたらベルを鳴らしてねと言った。

どこかおかしいという感覚がぬぐい去れなかった。急に連絡が取れなくなったと思ったら、今度は驚くほど温かく迎えてくれる。まるで彼が電話をして助けを求めてくるのを待っていたかのようだ。なにを求めているのか知っているように。彼女は住所と電話番号を変えた。彼女の居場所を知っているのはファビアンひとりで、罠に落ちようとしているのかもしれない。トゥーヴェソンたちに電話して知らせたほうがいいだろうか。

　だがリナであるはずがない。犯人はクラースのうしろに隠れていた少年だと確信していた。少なくとも、自分ではそう思っている。だがそうではないのかもしれない。なぜこの謎のクラスメートの記憶がないのだろう。もしかすると写真の少年もまた偽の手がかりなのかもしれない。写真が偽造されていたのかもしれない。だれかがファビアンのイヤーブックをほかのものと差し替えることなどありうるだろうか。引っ越し業者のひとりとか？

　ファビアンの思いはあちこちに飛び、ヘルソ通りに入ってからようやくコントロールを取り戻した。オブ・モントリオールの〝ディスコネクト・ザ・ドッツ〟を聴いたおかげで、この被害妄想的な思考は睡眠不足のせいだと思うことができた。市劇場の裏に駐車スペースを見つけ、古い映画館の前を横切った。十二歳のころ『ハロウィン』を観にきたが、終わったあとに母親に迎えに来てもらわなければならなかった。

　ロスキレ通りを渡って〈カフェリペット〉がまだそこにあるのを知り、嬉しくなった。このあたりはさほど変わっていない。だが一本道を隔てると、かつては街の裏側だったエリア――線路や崩れ落ちそうな倉庫、サビだらけのサイロで埋めつくされた工業地域が、ファビアンのいないあいだにボードウォークやレストラン、カフェが立ち並ぶ魅力的なマリーナに変貌を遂げていた。

　リナのアパートの入口にはカメラつきのインターコムがあり、ファビアンはさりげない風を装った。ドアがカチャッと開いて、なかに入るのを許された。部屋のドアは開いており、淹れたてのコーヒーの香りが外まで漂っていた。ひと声かけたが返事がなかったため、床を保護しているビニールの上に立ってドアを閉めた。ビニールが敷かれた廊下を進んでいくと、オープンキッチンのある、がらんとしたリビングルームにたどり着いた。

キッチンのコーヒーメーカーがゴボゴボと黒い泡をたてていた。バルコニーのドアが大きく開かれている。ファビアンはバルコニーに出てフェリーの行き交うオーレスン海峡を眺め、船や海にこれほど近い場所で暮らすことはできないだろうと考えた。車の姿などまったく見えない。このアパートはいくらぐらいするのだろう、この眺めには百万クローナ以上の価値があると思った。

「あら、そこにいたの」

ファビアンは少し性急すぎるほどにはっと振り返った。

「ごめんなさい、驚かせた?」リナはカップやコーヒーポットの乗ったトレーを置いた。

ファビアンは買ってきたコーヒーブレッドを手渡した。

「おいしそう……〈カフェリペット〉の?」

ファビアンはうなずいた。「すばらしい眺めだね」

「ありがとう。ここが開発されてからずっと引っ越してきたかったの。でもヨルゲンがエードオークラを離れるのをいやがって。〝おれの屍《しかばね》を越えていけ〟ってよく言ってたわ」と言ってカップにコーヒーを注いだ。「ミルクは?」

「ああ、ありがとう」ファビアンはひと口飲んで、ドリップコーヒーにしては珍しくうまいと思った。「リナ、ほんとうのところ調子はどうなんだ？」

リナは腰を下ろし、海峡を眺めわたした。「正直に打ち明けると、こんなに気分がいいのは久しぶりよ」

「犯人はまだ野放しになっていて、これからもまだ――」

「ええ、でもわたしはいじめる側にまわったことはないわ。エルサみたいにけしかけたり、カミラみたいに見物していたこともないもの」

「でも、リナ、もはや犯人の動機が――」

「ファッベ」リナは彼の言葉をさえぎった。「ヨルゲンが死んだことはわたしにとって最高の贈りものかもしれないわ――あんな目にあってほしかったとは思わないけど、やっとわたしの人生から消えてくれた。わたしがどれほど苦しんできたか想像もつかないでしょうね。何十年かぶりにやっと息がつけた感じよ。長いあいだ恐怖のなかを歩きまわっていて、もう手に負えなくなってきているところだった。わたしの言う意味がわかる？　これ以上おびえて暮らすのはまっぴらだった」

「どうして別れなかったんだ？」

リナは笑った。「ヨルゲン・ポルソンは簡単に別れられる男じゃないわ」とまるで他人の話をしているように頭を振った。「なにか聞きたいことがあるんでしょう？」

ファビアンはイヤーブックとアルバムを取りだした。「犯人がだれかわかったと思う」

リナの顔にはそれがまったく予期していない答えだったと書かれていた。ファビアンは九年生のページを開いてクラースの髪を指さした。

「クラースのうしろにだれかが立っているのがわかるか?」

リナはイヤーブックを手に取り、じっと目を凝らした。「やだ、ほんとだわ……だれなのこれ?」

ファビアンは肩をすくめた。「きみに助けてもらえたらと思って。イヤーブックは持ってないかな? これより前のものがいいんだが」

「ごめんなさい、そういうのは残ってないの。ヨルゲンが全部燃やしてしまって」

「燃やした?」

リナはうなずいた。「ずいぶん前、九〇年代前半のことよ。ヨルゲンはグレンとひと晩じゅう出かけていて明け方戻ってきた。はっきり覚えてるのはアンキから電話があって、ふたりがどこにいるか知らないかと聞かれたからなの。わたしはなにも知らなかったけど、どうせろくでもないことをしていたんでしょう。彼が帰ってきて、お酒を飲みながら本棚から物をなぎ倒す音が聞こえてきた。わたしはもうベッドに入っていて、わざわざ起きていくこともしなかった。そんなときは決して近づかないほうがいいってわかってたから。翌朝起きてみると、彼が学校時代のすべてのものを燃やしていたのがわかった。写真、成績表、ノート、イヤーブック。すべてがなくなっていて、暖炉のなかで灰になってたわ」

「なぜかわかるか?」

リナは首を振った。「聞かなかったから」イヤーブックに目を戻す。「じゃあ、彼はずっとここにいたのね」

「気づかなかったのはきみだけじゃない。おれだってゆうべまで彼に気づかなかったし、クラスのほかの連中も同じだと思う。このイヤーブックを編集した人でさえ気づいてないんだ。ほかのみんなの名前は載っているのに。見てくれ」

「あなたを信じるわ。彼が犯人だと思う？」

ファビアンはうなずいた。「あと必要なのは名前だけなんだ。協力してくれないか？」

「どうすればいいかわからないわ。クラスにもうひとりいたなんて知らなかったもの。ほんとうにそう思ってるの？」リナはコーヒーカップを手に取り、震える手で口に近づけた。

「リナ、彼のロッカーはきみの右隣だったんだ」

「え？　どうして――」

「彼のロッカーがどれだったかわかったんだ。この写真を見てくれ」ファビアンはアルバムを開いて、リナがカメラに背を向けてロッカーに本をしまっている写真を指さした。リナはその写真を見て、さらに同じページのほかの写真にも目をやった。さまざまな角度から撮られた彼女の写真があるが、どれも程度の差はあれ自分が撮られていることに気づいている。

「これ全部あなたが撮ったの？」

ファビアンはうなずいた。「念のために言うが、このアルバムを見せたのはきみが最初で願わくば最後の人だ」

リナは彼の目をじっと見た。「なんて言っていいかわからないわ、ファビアン。ごめんなさい」

「謝らなくていい。きみのためならなんでもするつもりだった時があったのはたしかだが、それは昔の話だ。いまおれは幸せな結婚をしていて——」

「そうじゃないの」リナがさえぎった。「隣のロッカーがだれのものだったか覚えてないのよ。一度も話したことがないと思う。ほんとうに同じクラスだった？」

「ああ」

「ごめんなさい、でもまったく記憶にないわ」

「ほんとうか？　ほんとうになにも思い出せない？」

リナはうなずいた。ファビアンは身体から力が抜けていくのを感じた。なにも自分がやって来た途端に彼女がすらすらと思い出すと期待していたわけではなかったが、なんらかのきっかけで記憶が刺激され、彼の名前が出てくるのではないかと考えていたのだ。だがなにも起こらなかった。リナの記憶は自分と同じで空っぽだったのだ。

「見てもいい？」

リナは黄ばんだ写真の並んだページを次々とめくっていった。「このときのことは一生忘れないわ」と言ってブレンボルの平らなバットでテニスボールを打とうとしている自分の写真を指さした。ヨルゲンが隣に立って、丸いバットを差しだしている。

「え？」

「覚えてない？　ヨルゲンがすごく怒ったのよ。彼はいつも丸いバットを使わせたがったんだけど、わたしはあの平らなバットでないとうまく打てなかったの。この写真が撮られてすぐに、わたしすごいヒットを飛ばしたのよ。信じられないほど遠くに飛んでいったわ。どうやったかはわからないけど、みんなホームに帰って、わたしは二塁までいったのよ」

「もちろん覚えてる」ファビアンはそう言ったが、まったく記憶になかった。

リナはほかの写真を見ていた。学校の机にすわって退屈そうにしているところ。「ああこれ、ドイツ語の授業ね。いちばん嫌いだったわ。アウス・アウサー・バイ・ミット……なんだったかしら？」

「ナッハ・ザイト・フォン・ツー」

「そうだった。ドイツ語はあなたの得意科目だったものね」

「さあ、どうかな。というより――」

「やめて。あなたはいちばん前にすわって、いつもこれ見よがしに手をあげていたのを覚えてる」

「これ見よがしになんてしてない。ただ興味があっただけだ。それに実際におもしろいと思ってた」

「ドイツ語が？　おもしろい？　冗談でしょ」

「ナイン、イッヒ・シューメン・ニヒト！　ファー・ミッヒ・ヴァー・ドイチェ・イマ・フィール・シュバース！　イマ！　イマ！（いや、恥ずかしくないぞ。おれにとってドイツ語はいつも楽しい授業だった）」

リナは大笑いした。「名前はなんだったかしら？」

「名前って？」

「ドイツ語の先生よ！」

「ヘルムートなんとかじゃなかったか？」

「そう、ヘルムート……クラル……？」

「ちがう……クロッペン……クロッペンハイム。そうだ！　ヘルムート・クロッペンハイムだ！」ファビアンはトリビアクイズに勝ったような気持ちになった。

だがリナは拍手も歓声もあげなかった。じっと窓の外を見つめている。「そうだ……」

「なにが？」

「ロッカーのまわりはいつもすごく混んでたわ。覚えてない？」

ファビアンはうなずいた。たしかにいつもひどく混雑していて、自分のロッカーを開けるのを待たなければならなかったことが思い出されたが、口にするのはやめておいた。これからなにが起きるのかがわかった。リナが集中して考えているのを絶対に邪魔したくなかった。まさにこのために来たのだから。

「何回か彼にぶつかったことがあったわ、うしろにいるのに気づかなくて。そして次の授業のあとも同じことをしてしまったの。よく考えればほんとにひどいわよね」リナは首を振ってそのまま遠くを見つめていた。

沈黙は数分も続かなかったはずだが、ファビアンには永遠にも思えた。彼女に再び口を開かせるためになにを言えばいいか考えはじめたところだった。

「そうだわ……彼、いつもクラースと一緒にすわってなかった？」突然ファビアンのほうを見て言った。「結局、だれもクラースとはすわりたがらなかったから」

ファビアンはうなずいたが、思い出したのはいつもクラースはできるだけ先生の机の近くにすわっていたことだけだった。隣にだれがいたかは覚えていない。だがリナの言うとおりだ。彼以外にありえない。

「待って、思い出した。トニー……そうじゃなかった？」リナはファビアンの目を見て言った。「トニー・セルメダール」

ファビアンはその名前を反芻し、捜査線上にこの名前があがったのは初めてではないことに気づいた。

81

クリッパンはごくふつうのハンバーガーとフレンチフライ、コーラをむしゃむしゃと食べていた。向かいにすわっているリーリャとトゥーヴェソンは、黙って彼が電話に向かって出すさまざまな「ふうむ」音を解釈しようとしていた。警察署からすぐの場所にあるグリルレストランの外のテーブルにいるのは彼ら三人だけだった。クリッパンの提案で屋外の席になった。セーデルオーセンに監視カメラが仕掛けられていたことを知ってからは、犯人に盗聴される危険を冒すわけにはいかないからだ。

「よかった。そうなったら電話する」クリッパンはシャツのポケットに携帯を押しこむと、思いきりハンバーガーにかぶりついた。トゥーヴェソンとリーリャは彼が咀嚼し飲みこむまでじっと待っていたが、クリッパンはすぐにもうひと口食べた。

「いまの電話の内容を教えてくれるわよね」待ちきれずにトゥーヴェソンが言った。

クリッパンはせわしなく動いている口を指した。「悪い、だがめちゃくちゃ腹がへってるんだ。カミラの子どもたちは父親のところにいるそうだ」

「ああ、よかった」

「ここまではな。問題は保育園に迎えにいったのが父親じゃないことだ」クリッパンはそう言うと、再びハンバーガーに歯を立てた。

トゥーヴェソンとリーリャは彼が食べ終わるのを待つほかなかった。「確認させて。子どもたちはビョルン・ヘイアーツのところにいたけれど、迎えにいったのは彼じゃない。でも保育園はそう言ってるんでしょ？」

クリッパンは頭をうなずかせてから、まだ飲みこんでいないのに話しだした。「父親は養育権を持っていないから、保育園に来たことはなかったんだと思う。あったとしてもせいぜい一、二度だったろうから犯人が父親のふりをするのは簡単だったはずだ。明日保育園にビョルンの写真を送るのを忘れないでくれ」

トゥーヴェソンとリーリャは顔を見合わせた。「子どもはどうやって父親のところに行ったの？」

「それが妙なんだ」クリッパンは口のなかをフレンチフライでいっぱいにしながら言った。「犯人が家に送り届けている」

「なんですって？　犯人が？」

クリッパンはうなずいた。「最初はかなり混乱があったようだ。ビョルンは子どもたちが来ることをまったく知らなかったから」

「犯人はどう説明したの？」

「Ｅ６号線の事故の話をして、自分は同じ保育園に通う子どもの父親だと名乗ったらしい。だから彼の子どもたちを送ってきたと」

「なぜ犯人は被害者の子どもを迎えにいって送り届けるなんて、そんな手のかかることをしたのかしら」トゥーヴェソンが言った。

「それに母親は保育園ではなく、なぜＥ６号線を北に向かっていたのか」リーリャがつけ加えた。

「保育園には行ったんだが、子どもたちがいなかったんだ。彼女はいま言ったことを――つまりもう父親が迎えにきたと職員に言われた」とクリッパン。「要するに、犯人は彼女が子どもたちを取り返すためにどこに向かうか知っていたことになる」

「じゃあ保育園から彼女をつけていったのね」とリーリャ。

「どうやって彼女の目を焼いたのか、その疑問はまだ残るわ」とトゥーヴェソン。みんな口をつぐんで食事に戻った。冷めてますます味気なくなっている。トゥーヴェソンは半分残っていたハンバーガーをあきらめて、脇にやった。「でも当面は死因のことを考えるのはやめて犯人確保に集中しましょう。ほかのクラスメートにはこれまで何人連絡がついた？」

「おれは八人」クリッパンが答えた。

「わたしは四人」とリーリャ。

「じゃあ、ひとりを除いて全員に連絡がついたのね」

「ああ、リスクを入れなければ」

「入れないわ。まだ捕まってないのは？」

「セス・コールヘーデン」とリーリャ。

「そうだ――あの巡礼男だな」とクリッパン。「たしか今夜コペンハーゲンのカストラップ空港に着くんじゃなかったか？」

リーリャはうなずいて残っていたコーラを飲み干した。

「これまでだれももうひとりの同級生を思い出してないの？」トゥーヴェソンが尋ねた。

クリッパンが首を振った。

「ステファン・ムンテとアンニカ・ニルソンはなんとなく記憶があると言ってました」とリーリャ。

「早く言ってよ。名前は？」

「残念ながら」

トゥーヴェソンはため息をついた。手がかりをあらゆる角度から検証し、あらゆる可能性を考慮し、だれもが見逃していた、存在するかわからないつながりを見つけることへの意欲が失われつつあった。それはすべてだれも覚えていない、けれどもすぐに永遠に忘れられなくなる犯人を捕まえるためなのだ。

「アストリッド、ここであきらめるわけにはいかないぞ」とクリッパンが言った。

「もちろんそうよ。だれがあきらめるなんて言った？」リーリャとクリッパンが視線を交わし合うのがわかった。「でもどうやって進めばいい？」

「おれたちはクラスの残ってる連中をなんらかの形で保護する義務があると思う。彼らが明らかに危険な状況にあるとわかっていて、面倒をみないのは無責任だ」クリッパンが言った。

「いま海外にいるのは何人？」とトゥーヴェソン。

「おれのところは四人だが、ふたりは明日戻ってくる」クリッパンが答えた。

「わたしのところは巡礼者だけだけど、彼ももうすぐ帰ってくるわ」とリーリャ。

「スウェーデン内で休暇に出ている人は？」

「クリスティーネ・ヴィンゴーケルが、リューセヒールで家族とサマーハウスを借りている」

「じゃあ、全部で十一人ということね。スコーネから四百キロ以上離れたところに引っ越した人は？」

「ロッタ・ティングはオスロ在住です」とリーリャ。

クリッパンは首を振った。「おれのグループにはいない」

「あと十人。二十四時間体制で二十人の人員が必要だわ。シフトを考えるなら少なくとも四十人」とトゥーヴェソン。「うちの署から何人確保できる？　五人？　問題が目に浮かぶようだわ」

「マルメはどうなった？」とクリッパン。「まだ話してないのか？」

「話したわ、でもせいぜい十人ですって。予想より多かったけど。月曜に来てくれることになってる」

クリッパンは深いため息をついた。「ひとりずつ殺されるのを待っているわけにはいかない。やつは続けるだろう、いまこの瞬間にも……くそ、彼らは格好の標的だ」

トゥーヴェソンはうなずくほかなかった。

「全員をひとつに集めたら？」リーリャが言った。「クラスの人たちをひとつのところに集めるの。そしたらうちの五人だけで充分じゃないかしら？」

クリッパンはうなずき、トゥーヴェソンは肩をすくめた。

「どんなところに集めるの？」

「さあ。ホテルの部屋とかはどうです？　あとはだれかの家とか……どこでもいいんじゃないですか？」

「わかったぞ！」クリッパンが突然叫び、トゥーヴェソンとリーリャは振り返った。彼はスクラブルで高得点を取ったような得意げな顔をしていた。「もっと早く思いつかなかったなんて信じられない。問題は連中を説得できるかどうかだ」

「どこなの、クリッパン？」トゥーヴェソンは尋ねたが、もう遅かった。彼は彼女の食べ残しのハンバーガーに思いきりかぶりついていた。

82

ファビアンは車をロックして急いで道を渡った。いつもよりずっと速く心臓が鼓動を打っている。ついにトンネルの先に光が見えた気がした。期待どおり、リナが犯人の名前を思い出してくれた。犯人を突き止めたのだから、同僚たちにその情報を伝え、あとは任せよう。トニー・セルメダールのような名前であれば、住所を割り出すのはさほど難しくないはずだ。

自宅の玄関ドアを開けたときは、すでに午後九時をまわっていた。静かで、マリリン・マンソンに出迎えられもしなかった。テオドルはついに部屋にひとりですわって耳をだめにするのに飽きたのだろうか。それとも、隣のご婦人がやって来て苦情を言い立てたのだろうか。

キッチンはさっき出かけたときと同じに見えた。つまりテオドルは数時間なにも食べていないということだ。おそらく〈コール・オブ・デューティ〉に夢中になるあまり、どれほど空腹かに気づいていないのだ。コンピュータゲームが十代の体重増加の一因とされているが、息子の場合は逆だ。帰ったぞと叫んだが返事はなかった。そこで携帯を取りだしてメールを送る。〝テオ、いま帰った。どこにいる？　三十分くらいしたら、〈ポルシェー・クローグ〉に夕食を食べにいかないか？〟

三十分後、休暇が始まる。ソニアに電話してマティルダと一緒に次の列車に乗ってくれと頼むのだ。それからテオドルを引きずりだして新しい故郷をよく知るよう命じる。こんなに気持ちのよい夏の夜、森を抜けて、夕飯を食べに行く以上によい過ごしかたがあるだろうか。

ノートパソコンを立ち上げたのと同時にテオドルから返信が届いた。〝家にいる。ヘッドホンをつけてCoDをやってた。でも〈ポルシェー・クローグ〉はよさそうだね。ハンバーガーはあるかな？〟

ファビアンは笑った。〝もちろんあるさ、マックより百倍うまいぞ〟

〝いいね〟と返信が来た。

ファビアンは再びパソコンに集中した。オンラインの住所氏名録〈エニロ〉を開き、検索ボックスに〝トニー・セルメダール〟と入力した。予想したとおり、その名前でヒットしたのはひとりだけだった。ヘルシンボリ在住――ヒューセンシェーのモータラ通り24番地。だが続けてグーグルで検索すると八百七十九件ヒットしたため、ファビアンは驚いた。〈エニロ〉へのリンクだけだと思っていたのだ。

グーグルの検索結果のいちばん上には有料リンクがあった。〝セルメダール・エンジニアリング株式会社――考案、設計、施工――技術に関する問題でわれわれに不可能はありません！〟

エンジニアリング会社をやっている？　クラースの殺害現場を思い出すとそれも不思議ではないな、と思いながら検索結果を下まで見ていった。小さな機械の部品から電子によるオペレーティングシステムまでほとんどがさまざまな特許に関することだった。さらにスクロールすると、興味を引くリンクが見つかった。〝代表者T・セルメダールのご紹介〟。クリックすると、さっきのセルメダール・エンジニアリング社のサイトに戻った。

〝トニー・セルメダールは一九六六年八月十二日にエクビーで生まれました。地上から百八十五センチの高さにあり、地球には七十二キロの負荷をかけています。手先が器用で、IQは131かテストによってはそれ以上あります。子どものころクリスマスに

〈メカノ〉の組み立てセットをもらって以来、ものを作るのが大好きです。一九八六年、彼はセルメダール・エンジニアリング社を設立しました。そのモットーは解決できない問題はない、です。彼の努力は経済的独立と同時に何件もの特許という結果になって表わました。この会社を経営しつづけているのは――彼自身の言葉で言えば――〝楽しい〟からです。

「楽しいからです、か」ファビアンはつぶやくように言った。泣いていいのか笑っていいのかわからなかった。続けて見ていくとある記事へのリンクに目が留まった。ルーヌ・シユメッケルが手術中に男性患者の膀胱に医療用クリップをふたつ置き忘れた件についてだった。〝患者のトニー・セルメダールさんはこの件に関し訴訟を行なう意向はないとしている〟。これが理由でクラース・メルヴィークを主たる犠牲者に選んだのだろうか？

まず学校ですべての注目を奪い、それからこの悲惨な経験をさせられた手術を行なったから？

二階から妙な音が漏れてきて思考が中断された。どんどん大きくなって、だれかがメガホンを使ってしゃべっているようだ。やがて観客の口笛や拍手の音が聞こえてきて、マリリン・マンソンが戻ってきたのだとわかった。その直後にドラムやギターの音が大音量でよみがえり、自分は典型的なアメリカ人だと訴えている。

午後九時十三分――それほど遅い時刻とは言えない。だが隣人からやんわりとではあるが苦情を受けており、マリリンはおそらく一日じゅう叫び続けていたのだろうからもう充分だろうと思い、階段を上がっていった。

罵り言葉が何度も何度も繰り返される。

二階に行くと耐えられないほどの音量に耳がおかしくなりそうだった。あのスピーカーと同じ部屋にいられるテオドルが信じられない。だからイヤホンを使っているのか？　どこかおかしい。ドアが少し開いていて、開けようとしたところでポケットのなかの携帯が振動しはじめた。ソニアだった。こちらのようすを尋ねる電話だろう。ファビアンも電話するつもりでいたがかけそびれていたので、音楽から逃れるために急いで階段を下りてデッキに出てから応答した。

「やあ、ソニア」

「遅かったわね――いま都合が悪い？」

「いや、大丈夫だ」

「具合はどうかと思って電話してみたの」

「そうか、どうかな。予想どおり、ってとこかな」ファビアンはこの数時間火傷のことをすっかり忘れていたことに気づいた。

「まだ病院なの？」

「いや、さっき家に帰ったところだ。ソニア――」

「じゃあテオに会ったのね。ひとりで大丈夫だった？」

「あー……たぶん。実を言うとまだメールでしかやり取りしてないんだが、返事は来た。ステレオの音がめちゃくちゃ大きくて耳が――」

「ファビアン、彼女に会ったわ」

「え？　なんだって？　だれに？」

「ニヴァ・エーケンイェルム。今日一緒にコーヒーを飲んだの。リーセンがマティルダを見ていてくれたからゆっくり話ができたわ」

ファビアンはなんと言えばいいかわからなかった。

「全部話してくれたわ。これまでの親密なあれこれを。それをあなたに言いたかったの」

彼女はあきらめていない、とファビアンは思った。ニヴァは自分たち家族を放っておいてくれないのだ。この前頼みごとをしたからか？　ニヴァが具体的になにを言ったのか、彼女の旺盛な想像力や希望的観測がどれだけ発揮されたのかが気になった。反論したかった――ニヴァは自分たちのあいだにくさびを打つために話を誇張しているのだと言いたかったが、そんなことをしても無駄だと気づき、自分を抑えた。ファビアンはこの闘いにずいぶん前に負けていた。

「気分は晴れたか？」

「どうかしら。たぶん？」

「話したいことは？」

「いまはないわ」

ファビアンは続きを待ったが、ソニアはなにも言わなかった。彼になにか言ってもらいたがっている。そこでこう言った。「愛してる。だからどうというわけじゃないが、きみを愛してる」

「終わったら電話して。それとテオに電話をもらったらかけ直しなさいと言っておいてくれる？」

「ソニア、帰りのチケットを――」

電話が切れる音がして、ファビアンは失望のにじむため息をついて携帯をポケットにしまい、家のなかに入った。

マリリン・マンソンはまだレイプ犯をレイプしろと歌い続けている。

再び階段を上りながら、なにかしっくりこないものを感じた――家に帰ったとき以来気になっていた違和感だ。テオドルの寝室の前に立ち、なにかがおかしい、恐ろしいほどおかしいと確信した。ドアを押し開け、室内に突進する。

ちょうど音楽が最高潮に達した。

ファビアンはステレオのボタンを次々と押していったが、卑猥な四文字言葉が執拗に耳に襲いかかった。

ようやくステレオ全体のケーブルを引き抜いて床に放り投げた。だが続いて訪れた静寂は決して平穏をもたらすものではなかった。無駄だと思いながらもベッドの下やカーテンの裏、洋服ダンスのなかを捜した。テオドルはどこにもいなかった。

息子の名前を何度も繰り返し、あらんかぎりの声で叫んだが返事を期待していたわけではない。やがて声が出なくなるとベッドの上に崩れ落ちた。考えをまとめようとしたができなかった。ファビアンのなかのなにかが、このまま泣き叫べと訴えていた。まるですべては失われてしまい、その責任は自分にあるとわかっているように。

目を閉じて、深呼吸をしようと努めた。数分後、目を開けて室内を見まわす。夕方帰ってきたとき、そもそもテオドルはいたのだろうか？　そのときもファビアンは同じアルバムの爆音に出迎えられた。最後にテオドルに会ったのは、映画を観にいってデンマーク行きのフェリーに乗ったとき――火曜日だ。今日は金曜日。三日間話していないことになる。ソニアからテオに電話してほしいと言われ、そうした。だが返事はメールしか来なかった。それだけで満足していた。声を聞いていなかったのに、文字による返事だけで満足していたのだ。

捜査のことしか頭になかったからだ。

両手で頭を抱え、家出しただけならいいのだがと考えた。それなら納得できる。自分でも同じことをするだろう。だがそうではないとわかっていた。ほかになにか起きている。はるかにひどいことが。

立ちあがり、手がかりを求めて部屋じゅうを探しまわった。テオドルの荷物はまだほとんどが段ボール箱に入っている。何枚かの服を除けば、まともに箱から出されているのはパソコンとステレオくらいだ。机の真ん中にこれまで見たことのない黒いノートが置かれていた。ノートにはひもがかけられ、ペンが差さっている。ファビアンはペンを外し、ひもをほどいてノートを開いた。

この日記の持ち主は以下のとおりです。

テオドル・ニルス・リスク

もしあなたが上記に書かれた以外の人で、上記に書かれた人から許可を得ていない場合は、すぐにこのノートを閉じてください。

息子はほんとうに日記をつけていたのか？　ファビアンはページをめくりはじめた。

母さんからクリスマスにきみをもらったのはもう二年も前のことだけど、こうして書くのは初めてだ。考えたことを忘れないように書いておくのはいいことだと母さんは言っている……ぼくは自分の体臭を嗅ぐようにしている。臭うとは思わない。でも不細工だ――みっともない……学校なんかきらいだ。大きらいだ！……やつらがぼくを捜しまわって、出てこなければおまえはゲイだって叫ぶのを聞いていた……お腹を殴られ、全部ぼくのせいだと言われた……顔に唾……ふたりとも大っきらいだ。なんにもわかってない……帽子を取りあげられておしっこをかけられ、それをもう一度かぶらされた……

自分が大っきらいだ！……ラバンが眠ってるみたいにケージのなかで横になっていた。でも眠ってはいない。ぼくは背中に針を刺してラバンを起こした。最初ラバンはキーキー鳴いて逃げようとしたけど、ぼくは思いっきり強くラバンをつかんだ……最高におもしろかった……近づいてミトンの下にメリケンサックをはめた手で顔を殴った……引きずり倒し、あいつの頭を歩道に何度も打ちつけた……これまでにぼくがした最高のことだ。いや、初めてレゴランドに行って以来かな。

七月七日

このクソ田舎に引っ越してきて一週間だ。父さんのいかれた考えで。こっちはなにもかもが超最高でイケてるって話だったのに、ここはクソ終わってる。父さんは約束が得意だ……ここは死ぬほど退屈な地獄……ぼくはここにただひとりですわって……ＣｏＤをやっている……父さんはぼくをクソつまらない映画に連れていき、話をしようとした。超イタくて泣けてくる……だれかを思いっきり殴りたい気分だ。引きずり倒して

最後の書きこみは、まるで途中で邪魔が入ったように唐突に終わっていた。ファビアンはこの日記をどう考えていいかわからなかった。テオドルが学校で大変な思いをしていて、

何度かけんかに巻きこまれたことがあるのは知っていた。だがこれはまったく性質がちがうものだ。ソニアは知っていたのだろうか？　ファビアンはこれ以上書きこみがないか確かめようとページをめくった。

〝もし愛する役立たずの息子にもう一度会いたいなら、左端の段ボール箱の上に乗っている野球帽をかぶってこちらの指示に従え。I．M．〟

ファビアンは息ができなかった。部屋に入った瞬間からうすうす感じていたものの、いまそれがはっきりした。周囲がぐるぐるまわって、バランスを失う前に再びベッドに腰を下ろした。犯人はここに——この家に——入って彼の息子を連れ去った。パターンは破られていた。このときまで犯人は同級生しか狙っていなかった——その子どもたちではなく。いままでと大きく異なる展開だ。ファビアンは携帯を取りだしてテオドルにメールを打った。〝降りてこい。出かけよう。バーガーが待ってるぞ……〟

手がぶるぶる震え、返事を待つあいだ携帯を置かなければならなかった。思っていたよりずっと早く返信が届いた。〝惜しいな、だがこっちの指示に従ったほうがいいぞ〟

ファビアンは観念し、部屋を見まわして帽子を捜した。すぐに見つかった。つばのついた黒い帽子で、似たようなものは見たことがあった。正面にLEDライトが五つついていて、ボタンを押せば光るようになっている。この前ホームセンターの〈クラース・オールソン〉に行ったときに買おうとしたが、頭のなかでソニアのからかう声がして断念したのだった。

帽子を手に取ると、つばについている真ん中のライトがカメラに換えられていることがわかった。ファビアンは躊躇し、ほかに選択肢がないか考えたが、なにもないことを悟って帽子をかぶった。まるであらかじめ彼のために調節されていたかのようにぴったりなじんだ。二通目のメールが来た。〝次のサイトにアクセスしろ。http://89.162.38.99:8099/cam12。パスワード：aLmosloVer〟

言われたとおりにすると、画面にどこか狭い場所でテオドルが手を縛られて仰向けになっている姿が映しだされた。どうにかして逃げようとしたのだろう、腕と手に血がにじんでいる。テオドルは頭をあげ、脅えきった表情でカメラを見つめている。助けてと叫んでいるようだ。

「テオ、どこにいる？　どこにいるか教えてくれ、助けにいく！」ファビアンは電話に向かって叫んだ。

〝おまえの声は聞こえない〟

「おまえはどうなんだ？　おれの声が聞こえるのか⁉」

〝酸素がどれだけもつかはだれにもわからない。ひとつわかっているのはいずれなくなることだ。明日かもしれないし、来週かもしれない、あるいは二時間後かも〟

「なぜ息子を巻きこんだ？　息子になんの関係がある？　代わりにおれを連れていけ！」

〝生きている息子にもう一度会いたければ仕事を終わらせろ〟

ファビアンは携帯を見つめた。テオの姿をもう一度見ようと思い、パスワードを再度入力した。ところが現れたのはウェブカメラの画像ではなく、次のメッセージだった。〝パスワードがちがいます！　権限のないアクセスは拒否されました〟。もう一度試したが結果は同じだった。

〝車で警察署まで行き、そこに停まってろ。だれにも姿を見られるな〟

なにが待ち受けているのだろうと考える間もなく、新しいメッセージが届いた。

〝チクタク、チクタク……〟

83

「いまのところたしかなのは、明朝十時に記者会見が開かれるということだけですが、どんな内容になるのかすでにさまざまな憶測が飛びかっています。なにかご意見はありますか？」ストライプのネクタイがもうひとりに尋ねた。

「ええ、これが最後のチャンスです。昨日明らかになったことを考えれば、キム・スライズナーはただちに記者会見を行なうべきでしたが、『エクストラ・ブラーデット』紙の単独インタビューに応じただけでした。警察への信頼を取り戻すにはまるで不充分と言わざるをえません。ですから明日の記者会見はきわめて重要な意味をもつのです」

ドゥニヤは少しも驚いていなかった。スライズナーのこととなれば、もうなにがあっても動揺しない。あの卑怯な行為を目の当たりにした瞬間、身体からすべてのエネルギーが抜け落ちた。リモコンのボタンを押すと、ネクタイの男たちは若いジュリア・ロバーツの姿に変わった。娼婦の友だちとともにハリウッド・ブルーヴァードに停めた真っ赤なフェラーリの隣に立っている。「それから忘れないで、生意気な口をきかないこと。男はそれが嫌いよ」ドゥニヤはこのシーンを百回は見ていた。テレビでいちばん数多く放送されている映画にちがいない。

そうしたくはなかったが、ニュースにチャンネルを戻した。

「ではどんな内容になると思いますか？」

「辞任を表明するか、自身の判断でそれを引き延ばそうとするかになりそうです」

「事実上の解雇では？」

「ええ、そう言えるでしょう。ただ、スライズナーほどの経験と実績があればどこでも職は見つかります。次の警視総監という声もありますので、切り札としてなにを出してくるかわかりません」

「辞任表明でなかったら？」

「そうなると、たしかな手がかりをつかんだということでしょう——捜査が進んでいることを示すもの、彼がまだ警察にとって必要な戦力であることを示すものです」

「でもそうではないと考えている?」

「ええ」

ドゥニヤはテレビを消し、またつけたくならないようにリモコンから電池を外して部屋の向こうに放り投げた。記者会見の内容はわかっている。犯人の写真だ。

ドゥニヤが苦労して手に入れた写真。

スライズナーは胸を張って、自分が指揮するかぎり警察はうまく機能し、スウェーデン警察ではなくデンマーク警察が事件を解決して犯人を逮捕するだろうと訴えるのだ。まるでキム・くそったれ・スライズナーがこの事件を気にかけているとでもいうように。

これは全部茶番劇だ、彼の個人的なスキャンダルから目をそらすための煙幕にすぎない。スライズナーはスウェーデン警察と手がかりや仮説を共有することにまったく興味をもっていない。この機会を利用してただ自分の名前を売りたいだけだ。記者会見は彼のこと、彼に関することだけに終始するだろう。その結果がどんなことになったとしても。

スライズナーはドゥニヤの顔をまっすぐに見て平然と嘘をつき、彼女と彼女の仕事を踏みにじった。退職届に書いたサインのインクが乾かないうちから鍵とバッジ、セキュリティカード、銃を引き渡すよう求めてきた。私物をまとめるのに二分しかもらえず、しかもうしろに立ってずっと見張っていた。

ドゥニヤはファビアン・リスクと同じように寒空の下に放りだされたが、彼と同じでこのまま引き下がるつもりはなかった。この事件が解決されないかぎり、関わらないでいることは考えられない。

翌朝の記者会見がどんな影響をもたらすのかわからないが、最悪に備えることにした。犯人が地下に潜れば見つけることはほぼ不可能になる。警察がどんな情報をつかんでいるか、長時間伏せられれば伏せられるほどいいのだ。その結果犯人が過信して不注意になり、致命的なミスをする可能性が高くなる。

なにか手を打たなければならない。スライズナーが写真を公表するのを止める手立てはないが、スウェーデン警察に先に渡すことはできる。携帯を取りだしてファビアン・リスクに電話をかけた。呼び出し音は鳴ったが応答はなかった。まだ午後九時二十分だから電話をするのに早すぎるとは言えないが、遅すぎるとも言えなかった。もう一度かけ直し、今度は見せたいものがあるのでこれからスウェーデンに向かうと短い伝言を残した。

だれかに聞かれる可能性もあるため、なにを見せたいかは具体的には言わなかった。最初はスウェーデンに行くつもりなどなかったが、考えてみると悪くないアイデアに思えた。メールで写真を送ることもできたが、電話と同じでほかにもアクセスできる人がいるかもしれない。

パソコンを開いてメールソフトを起動した。ところが受信トレーが表示されず、パスワードを求められた。〝shawarmapie55〟と入力する——あちこちで使っていて、時間ができしだい変えようと思っているパスワードだ。

〝パスワードがちがいます〟

もう一度試した。

〝パスワードがちがいます〟

あのクソ野郎はもうわたしのパスワードを変えたのだろうか。だとすれば手助けをした人間はひとりしかいない。

「わたしのEメールのパスワード変えた?」

「はい、ラニング……」

「あらまあ、べっぴんさん。ねえ、いまちょっと忙しいのよ」と囁き声で言った。「いまお客さんが来ててもうすぐスシを食べ終わる――」

「ミケール、お願いよ」ドゥニヤはさえぎった。「重要なことなの。あなたが変えたの?」

タイタニックのテーマが流れるなか、彼がため息をつくのが聞こえてきた。

「辞めたって聞いたけど」

「クソ野郎《スリーズボール》が有無を言わせなかったのよ、でもわたしのメールを見る必要があるの」

再びため息。

「あんたが帰ったあとすぐに彼が来て、パスワードを変更するように命じられたの。それに正確に言うと、法律上、これはあんたのメールじゃないわ」

「ミケール、どうしてもいまわたしのメールに入る必要があるの。あとじゃだめなの、いますぐでないと。わかった？」

「どうして？」

「知らないほうがいいわ、でもわたしを信用して。あなたはただ新しいパスワードをくればいいのよ」

「悪いわね、でも無理なの。スライズナーはいままさにあんたの受信トレーを調べていて、もしほかのＩＰアドレスから侵入があればすぐに気づく。それがあんただと気づくのと同時にわたしがあんたを助けたとわかってしまう」

そのとおりだ。なんていまいましい。

「でも……あんたが電話してくる予感がしたから、スライズナーに手をつけられる前にあんたのハードドライブを全部コピーしておいた。ドロップボックスのフォルダーに入れてあげる」

「最高、すぐにやってもらえるとありがたいわ」

「もちろん。でも話してるあいだに、お客さんとエクササイズボールが仲良くなっちゃったみたい」

二十五分後、ドゥニヤは犯人の写真をＵＳＢメモリーに移すことに成功した。それから十五分後、プリンターの詰まりを直して印刷した。十秒後、アパートを出てノアポート駅に急いだ。

84

「刑務所？」トゥーヴェソンが聞き返した。

「いいじゃないか。週末のあいだだけだ」とクリッパンが答えた。「すでに護衛がついているし、マルメが助っ人を送ってくるのを待つ必要もない。月曜になったらもっといい案がないか考えればいい」

三人はレストランを出てルンドゴンゲンを右に歩いていた。道の反対側に刑務所と警察署の両方が見える。トゥーヴェソンはクラスの残りの面々を刑務所に送りこむという案をどう判断したものか決めかねていた。たしかに抜本的な解決策だが、穏便とは言えない。けれども最終的にそれほどひどいアイデアとは思えなくなった。

「ここは正直にいこう。ほかにどんな選択肢がある？」クリッパンはトゥーヴェソンの心を読んだように言った。

「そんなことしたらどれだけの罵倒を受けると思う？」

「なにもしないでひとりずつ殺されていった場合に受ける罵倒と比べれば、なんでもないさ」

クリッパンの言うとおりだ。犯人がいつなんどき襲いかかってきてもおかしくないこと、クラスの全員が死ぬまでやめるつもりがないことを信じるのに充分な根拠があった。この計画の利点は時間だ。いま取りかかって万事がスムーズにいけば夜のあいだに全員を集められるだろう。一方、難点はこの計画そのものだ。

「リスクは車で帰らなかったのかしら?」リーリャが署の外に停まっているリスクの車を指さした。

「たぶんな」とクリッパン。「まだ運転ができる状態じゃないんだよ」

「わかったわ、やりましょう」とトゥーヴェソン。「クラスの残りの人たちを週末のあいだここに集めましょう。これを成功させるには、知らせる相手は最小限にしてできるだけ目立たないようにする必要がある。なにがあってもマスコミには知られないようにしなければ——すべてはそれにかかっている」

どこかで息子が手足を縛られて棺桶のような狭い場所に押しこまれている——酸素がいつ尽きるかもわからない。もしかするともうなくなっているかもしれない。あの部屋に閉じこめられているテオドルの姿が脳裡に焼きついて離れなかった。息子がどんなに辛い目にあっているか考えると、胸が締めつけられた。この瞬間だけではなく、学校生活全体のこともそうだ。なぜ気づかなかったのだろう。それほど自分のことしか考えていなかったということか。ソニアはどうなのだろう。もし気づいていたら、自分に話していたはずでは？

一度テオドルが肋骨を二本折って、脳しんとうを起こして帰ってきたとき、ソニアが息子が心配だと言っていたのを思い出した。ファビアンはそのとき過剰反応だと思った――テオの年頃の少年たちがけんかをするというのは、成長のごく自然な過程なのだから。さらには自分はひどい風邪をひいて咳きこんだとき、肋骨を一本折ったこともあると豪語さえした。

だがソニアは折れなかった。担任の教師と面会し、学校での息子のようすを把握するため授業に出席した。だがファビアンとテオドルが言っていたとおり、なにも問題はないように見えた。最終的にソニアはあきらめて、過剰反応だったと認めた。

ファビアンこそまちがっていた――完全に、救いようがないほどまちがっていた。

だがいまこそその罪を贖うときだ――それができるのは自分だけなのだから。どんな犠牲を払ってもやり遂げるつもりだった。息子を救うチャンスが少しでも残っているのであれば、すべてをなげうつ覚悟だった。捜査であろうと自分自身の命であろうとかまわない。手遅れになることだけは許されない。

すべての指示に厳密に従った――最短ルートで署に向かい、ほかの車から離れたところに車を停め、そのあいだずっと野球帽をかぶっていた。犯人、つまりトニー・セルメダールと判明した男はファビアンと同じものを見、同じ音を聞いている。だが向こうからの連絡は携帯メールにかぎられていた。デンマーク警察の女性刑事から着信があったが、電話に出るのは禁じられた。

署の入口は明るく照らされていて、ファビアンが入っていったとき同僚の姿はどこにも見えなかった。受付デスクにフロリアン・ニルソンもいなかったため、通行証をかざして暗証番号を入力し、なかに入っていった。

イングヴァル・モランデルのラボに行かなければならない。これまで行ったことはなかったが、一階のどこかにあるのは知っていた。もしモランデルがいたらどうするんだと尋ねると、短い返事が届いた。

〝始末しろ〟

〈科学捜査室１：モランデル〉という表示が閉じたドアの脇にあった。ファビアンはジャケットのポケットに手を入れて銃があることを確かめ、ドアを開けてなかに入っていった。広いガレージのような部屋で、床と壁はコンクリート造り、明るい照明のついた作業台がいくつも散らばっていた。モランデルの姿はなかった。

〝真ん中に立って一周しろ。ゆっくりと〟

指示に従いながら、犯人もなにを捜しているかわかっていないのだと思った。ただモランデルがなにか見つけたのではないかと疑っているのは明らかで、ファビアンはそれを突き止めるためにここに連れてこられたのだ。

〝布を持ってプジョーのそばに行け〟

ファビアンの目は大破したシルバーグレーのＢＭＷに釘付けになっていて、メールを読むまでプジョーがそこにあるのに気がつかなかった。デンマーク警察はようやく目を覚まして、こちらに引き渡すことにしたわけだ。近づいていくと、フロントガラスに手書きのメモが挟まれているのに気づいた。

イングヴァル・モランデル様
ファビアン・リスク刑事からあなたの評判を聞いています。この車からなにか決定的な証拠が見つかることを願っています。こちらデンマークではなにもできなかったので。

敬具
コペンハーゲン警察犯罪捜査課
ドゥニヤ・ホウゴー

つまりあのデンマーク人女性刑事が手をまわしてくれたのだ。この件が片付いたら――生きていたとしてだが――すぐに連絡を取って感謝を伝えなければならない。オーレスン海峡の反対側に有力なコネクションを持つことは計り知れない価値がある。

〝運転席に乗って左右を見まわせ〟

ファビアンはドアを開けて運転席におさまり、車内をさっと見まわした。ダッシュボードやグラブコンパートメント、ギアシフトに矢印や番号が書かれたテープが貼ってあり、モランデルが見つけて採取した指紋の場所が示されていた。この車が犯人にとってそれほど重要だったのはこのせいなのだろうか。

〝テープをはがして全部拭き取れ〟

ファビアンはテープをはがし、パネルを拭きはじめた。ときどきもっと丁寧に拭けとか、カメラをちがう方向に向けろという指示が飛んできた。二十二分後、ようやく車の外に出ることを許された。

〝指紋を取りにいけ〟

「残念ながらどこにあるのか知らない」

〝捜せ〟

たぶん九時から十時のあいだ、九時半になっているかもしれないが、絶対に四十五分にはなっていない、とアストリッド・トゥーヴェソンは思ったが、ほんとうはどうでもよかった。なにをしようが、自分たちが後手に回っていて、すべてはあらかじめ決まっていたのではないかという思いがぬぐえなかった。だがクリッパンの言うとおりだ。クラスの残りの人々に一時的にせよ安全な場所を提供しないのはきわめて無責任なことだ。

カーテンを引いて電気をすべて消し、ソファに横になった。残念ながら思っていたほど暗くならなかった——十五個ほどのダイオードランプがついている。なぜ電機メーカーはやたらとダイオードランプを使いたがるのだろうと考えたが、きっと子どものころにSF映画を見過ぎたのだろうと結論づけた。

さっき刑務所長のランナル・パルムに状況を説明したとき、提供できるのは独房ふたつだけだと言われた。それでは十人のうち四人分のスペースしか確保できない。雑居房があれば完璧だが、いまのスウェーデンには存在しないはずだ。パルムは代わりに拘留者の共有エリアの一部を提供してもいいと言ってくれた。そこなら問題なく十台のベッドが入る。テレビ室やキッチン、ちょっとした図書室も使えるので、さほど囚人のような気分にはならないだろうということだった。

リーリヤとクリッパンがこの計画について全員に電話して知らせてくれると言ったので、トゥーヴェソンはそのあいだに仮眠をとらせてもらうことにした。これが眠りにありつく最後のチャンスだという気がしていた。だが残念ながら、身体のほかの部分はブレーキをかけたがっているのに、脳だけは休むのをいやがって加速しようと決めたらしい。

インゲラ・プログヘードが頭のなかに入ってきた。あの弱々しい女性は回復しておらず、車に乗るのは気が進まないと言った。というより、断ろうとしていたのだが、トゥーヴェソンがインゲラの言うことにも医者の言うことにも耳を貸さなかったのだ。彼女を無理やり車に押しこみ、あちこち連れまわした。列車がそばを通ったときにインゲラの記憶が戻ってきたのがわかった。列車の音が彼女の潜在意識を刺激し、暗闇に明るいオレンジ色の光を灯したのだ。

太陽の熱で汗をかいていた。身体が熱を発して心拍数を上げ、周囲にオレンジ色のライトを点火させた。暑いのは好きでいくら暑くてもかまわなかった。三十度、三十五度は大歓迎だ。タイのビーチで波の音を聞きながらビーチチェアでくつろぐ。人生でそれ以上すばらしいものがあるだろうか。余裕ができたらすぐにでもスカンジナビアの暗闇とはおさらばするつもりだった。老後をどこで過ごすかはまだ決めていないが、食べ物がおいしく快適な気候であればどこでもかまわない。

だが夫のステンを説得することはできそうになかった。彼はあらゆることに反対する不機嫌なマンボウのようだった。トゥーヴェソンはボトルから直接酒をあおり、焦点の合わない目で、彼がまっすぐ向かってくるのを見ていた。あのろくでなしめ……厚かましくもボトルを置けと言っている。自分のことは棚に上げて。トゥーヴェソンはあんたなんか大嫌いだと叫んで深皿を投げつけ、それは壁に当たって粉々に砕けた。夫は止めようとしたが、トゥーヴェソンは彼に向かってボトルを振りまわした。割れる音が聞こえた。何度も繰り返し……

電話の音が深い眠りを突き破り、トゥーヴェソンはタイのビーチにいるのでも、自宅のキッチンに夫といるのでもなく、オフィスのソファにいるのだと気がついた。

「やっと出た。寝てたわけじゃないだろう？」モランデルだった。

「いえ、ちがうわ。お疲れさま、イングヴァル。なにか見つかった？」

「いろいろとな。だがおれたちに関係ありそうなものはなにもなかった」

トゥーヴェソンはすわり直した。「ほんとう?」

「アストリッド――」

「聞いてる……でもちゃんとあの建物を見てくれた?」

「門を入ったところから見て、いちばん左にあるやつだって言わなかったか? ドアに〝クリーグスハンマル〟って書いてある」

「それよ。メスがあったと思ったんだけど」

「あったよ。だが子宮を摘出するのに使われたんじゃない――〈ウォーハンマー〉のフィギュアを作るのに使われたんだ」

「ウォーハンマー? なんなのそれ?」

「存在するもっともオタクなゲームだが、それを理解するにはあなたはおっぱいが大きすぎてペニスが足りない。詳しく説明していると携帯のバッテリーがなくなるからまた別の機会にしよう」

「建物全体を調べた?」

受話器の向こう側でため息が聞こえた。「まあ、それほど広い建物でもないし」

「ほかの建物は?」

「この令状ではここしか見られない。もう一度検事と話し合う必要があるだろうな」

「わかったわ……いまいましいけど」

「ところでリーリャはデータベースをチェックしてくれただろうか?」

「え？　なんですって？」

再びため息が聞こえた。「車のなかで指紋を見つけたんで、リーリャにメールでデータベースを調べてくれって頼んでおいたんだ」

「メールをチェックする時間はなかったと思うわ。しばらく出かけていて、いまクリッパンと電話――」

「わかった、じゃあ、すぐにメールを読んでくれと伝えてくれないか？　二、三時間眠りたいから」

「ちょっと待って――どんな指紋なの？」

「メールに書いてある。お休み」

電話が切れる音がした。モランデルが途中で電話を切ったことに驚いていた。自分は何度もやったことがあるが、これまで彼が途中で切ったことなどなかったからだ。

オフィスを出ると、明るい蛍光灯の光に思わず目を細め、廊下を歩いてリーリャのオフィスに向かった。マットレスの上にすわって電話をかけている。

「ええ、よかった……いまはお答えできませんが、わかりしだいお知らせします。とりあえずこの番号で連絡がつくことを確認したかったので」リーリャは電話を切ってトゥーヴエソンを見あげた。

「何人連絡がついた？」

リーリャはこれ見よがしに二本の指をあげた。

「それだけ？」

リーリャはうなずいた。「ヤファール・ウマルとセシーリア・ホルムは電話に出ませんでした。ステファン・ムンテにかけようとしていたところですが、ニクラス・ベックストレームとヘレン・ナックマンソンにはつながりました。クリッパンのほうはどうです？」

「さあ。でもさっきモランデルと話したんだけど、あなたに重要なメールを送ったって言ってたわ」

リーリャはけげんな顔をして立ちあがった。いろいろなものが山積みになっている机に向かい、パソコンの電源を入れる。

発信者：ingvar.molander@polisen.se

件名：重要！

犯人のものと思われる指紋を車内で見つけて採取した。データベースに登録されているんじゃないかと思う。すぐに調べる必要がある。トゥーファーにラムローサに行かされることになったから、おまえをあてにしている。指紋はいつもの場所だ。I

「すぐに調べたほうがいいわね。ステファン・ムンテへの連絡はわたしがやるわ」とトゥーヴェソンは言った。

リーリャはうなずいてはき古したコンバースをはいた。「あとひとつ。セス・コールヘーデンがあと二十分で到着するので、彼が電源を入れるかどうか確認するつもりだったんです。もし入れなかったら家に帰って固定電話に出るまで少なくとも二時間はかかると思います」

トゥーヴェソンはうなずいた。「セシーリアとヤファールは？」

「映画かなにかに行ってるんならいいんですけど」

「わかったわ、もう少しようすを見てまたかけてみる」

「ヘレンは自分で刑務所まで運転していくのか、だれかが迎えに来てくれるのか知りたがってました」

「クリッパンとわたしで一台ずつ車を出して迎えにいけると思うわ。必要以上にほかの人を巻きこみたくないから」

リーリャはうなずいてドアに向かった。

「ねえ、ちょっと待って。トゥーファー？　わたしのことそう呼んでるの？」

リーリャはにやりと笑って消えた。

ファビアンは目についた箱を片っ端から調べていった。終了した昔の事件記録が詰まった保管用キャビネットもすべて目を通した。モランデルの作業服が入ったロッカーも、さまざまな器具が詰めこまれた大型の金属キャビネットのなかも調べた。だが指紋に似ているものすらなにも見つからなかった。

「ここにはない可能性がある。家に持って帰ったか、だれかに渡したのかもしれない」

携帯電話が震えた。

〝電話しろ。会いたいと言え〟

ファビアンはこの状況から抜け出す方法はないかと知恵を絞ったが、まわりを巨大なつき崩せない壁に囲まれているようだった。モランデルと面と向かって対決するよりほかないようだ。電話をかけようとしたそのときドアが開いた。

隠れる場所はないかあたりをさっと見まわしたがもう遅かった。リーリャに姿を見られてしまった。

「ファビアン？　こんなところでなにしてるの？」

なんと答えていいかわからず、そのまま黙っていた。

「駐車場であなたの車を見たと思ったの。家で休んでるはずじゃなかった？」

「事件が解決するまで休むなんてできそうもない。おれのことは知ってるだろ……。いや、知らないな、でもとにかくおれはそういう男なんだ」ファビアンはハハハと笑って力が抜けていることを示そうとしたが、リーリャの表情から察するにこの演技を買ってはいないようだった。

「ファビアン、正直に答えて。ほんとうはここでなにしてるの？」

携帯が再び震えた。

〝モランデルに指紋をデータベースにかけてくれと頼まれた〟

ファビアンはリーリャの目を見て数歩近づいた。「なぜかわからないが、モランデルがおれに電話をかけてきて、あることを頼まれた。たぶんきみたちはみんな忙しすぎるし、おれが家でじっとしていられないだろうと思ったんじゃないかな。わからないが」しゃべりすぎていることに気づいて口をつぐんだ。リーリャの反応を待ったがなにも返ってこなかった。大事なことを隠そうとするあまり言葉がぽろぽろと出てきてしまう。気まずい沈黙に耐えられなくなり、ファビアンは話を続けるほかなかった。「モランデルはプジョーからいくつか犯人のものと思われる指紋を採取した。それをデータベースにかけてくれと頼まれたんだ」

リーリャは疑いのまなざしを向けた。「変ね。わたしもまったく同じことを頼まれた」

ファビアンは肩をすくめた。「きっとまちがいなくやってほしかったんだ。問題は、それが見つからないことだ」

「いつもの場所にあるはずだけど、もちろんあなたにはわからないわよね」

「わかるわけないだろ？　ここで働きはじめて間もないんだから」

「そうね、そのとおり」

ファビアンの携帯が振動した。

〝Almost2oVer〟

携帯のブラウザを立ち上げ、新しいパスワードを入力する。再び狭い部屋に閉じこめられたテオドルの姿が映しだされた。今回息子は頭を上げていなかった。それだけの力がないように見えるが、少なくともまだ生きている。呼吸のたびに胸が上下している。だが、息づかいがさっきよりずっと速くなっている。

「ファビアン、どうして携帯をいじってるの？」リーリャが尋ねた。「家に帰ってもらって大丈夫よ。わたしがやっておくから」

ファビアンは首を振った。「いや、おれがやるほうがいい、きみは自分の仕事を続けてくれ。やることが死ぬほどあるんだろう」

「どうしたの？　なにかあったの？」

「いや、ただ単にモランデルがおれたちふたりに同じ仕事を頼んだというだけのことで、おれに任せてくれるのがいちばんだ」

「それはできないとお互いわかってるはずよ」

「なぜだ？」

ファビアンはできるだけ混乱している顔を装った。リーリャは優しい、ほぼ悲しげといっていい笑みを浮かべた。

「なぜならモランデルはあなたに連絡してないから。していたら、置き場所を知っているはずでしょ。そうじゃない？」

ファビアンはうなずいて誤りを認めるのと同時にポケットに右手を入れて銃をつかんだ。

リーリャは驚いてうしろに下がろうとしたが、背後には壁しかなかった。両腕を上げて自分を守ろうとしたリーリャを、ファビアンは抑えこもうとした。だが彼女の力の強さに驚き、脚になにか硬いものが当たるのを感じてバランスを失った。その隙にリーリャが馬乗りになって、落ち着きなさいというようなことを叫んでいた。

振りまわした拳銃が彼女の頭を直撃し、リーリャは彼の上に崩れ落ちた。傷口から流れ出した血がファビアンのシャツを染める。彼女を床に寝かせてファビアンは立ちあがった。今度はどこを探せばいいかわかった。リーリャは照明にちらりと視線を走らせてありかを漏らしてしまったからだ。椅子を引き寄せて上がると、照明に手を伸ばしてその上にフォルダーがあるのを発見した。

それをウェスト部分に挟み、椅子から降りたあとあたりを見まわしてなにも残していないか確かめた。

最後にリーリャのほうに顔を向け、カメラの視野の届かないところに右腕を伸ばし、封筒に走り書きした。すぐに携帯が震えた。

〝右手でなにをしているか見せろ！〟

ファビアンは指示に従い、封筒のほうを見た。〝すまない。息子を奪われた。犯人の名はトニー・セルメダール〟と汚い字で書かれている。

反応はただちに来た。

〝息子のことが心配なら、どうすればいいかわかっているはずだ〟

85

ほんとうに目が覚めているのかどうか自分でも確信がもてなかった。まだ夢のなかにいるようで、数分たってようやく眠っているのではなく、自分が見て感じているのはもっとも残酷な形での現実なのだと悟った。暗く、硬く、そしてなによりも狭い。身体を起こそうとして、頭を思いきりぶつけたせいで血が流れ、右目に入った。ぬぐいたくても両手が縛られているうえ、それが足を縛っているロープに結びつけられていた。

それからパニックに襲われた。一瞬にして体温が数度下がり、汗がにじんできた。暗闇に向かって大声で叫んだ。肺のなかの空気がなくなってからようやく考える余裕が出てきた。

部屋で机にすわって日記を書いていた。体内を駆けめぐり、身体を木っ端みじんにしそうな怒りをすべてノートに吐き出していた。マリリン・マンソンを大音量で聴きながら。どうせ父さんは家にいない。そのとき目の端がなにかをとらえたけれど、気にしなかった。続けて窓にかすかな動きが映った。影の影のようなものが。顔をあげると、だれかが部屋に入ってくるのが窓に映っていた。

最初に思ったのは、父さんが音楽を小さくしてまたイタい〝話し合い〟をしようと言いにきたのだということだった。でも服装がどこかおかしかった。夏、父さんは薄い色の服しか着ない。でもその男の服は黒っぽく、ほとんど軍人みたいだった。うしろを振り向いたときには、男はもうそこにいて、顔に布を押しつけられた。

何度かこの狭い部屋に、目を閉じなければならいほどの光が満ちあふれた。ハッチが開いたのだと思った。この監獄から解放されるしるしだ。でもだれもロープを外しにきてはくれず、何度か同じことがあって、なにも開いたりはしてないのだと思い知った。ただだれかが電気をつけたり消したりしているだけだ。

一度だけ近くで人の声がした——少なくとも聞こえたと思った。声は壁の向こう側から聞こえて、遠くくぐもっていた。できるだけ大声で叫び、わめきながら肘を打ちつけた。だれだか知らないが、その人は気づかなかったようだ。だれも助けにきてくれない。いまのは軍人のような恰好をした男だったのだろうか。

それ以降、自分自身の鼓動と呼吸以外になんの音も聞こえなくなった。生き埋めにされるのはこういう気分だろうか？　目を閉じて眠りにつくのならたいして苦しくないだろう。でももう眠らない。二度と。次になにか物音がしたら——次があったとしてだけれど——それが自由になる最後のチャンスだろう。

次はもっと準備しておこう。ただ叫んで石の壁に肘をぶつけても無駄だ。数時間前、身体をよじって少しだけ下に移動したとき、冷たい金属のようなものに足が触れた——ハッチだ。

身体のなかに希望があふれかえった。きっとここから出られるはずだ。足をハッチに叩きつけた。鍵がかかっていたが、バスドラムのような音がして、近くに人がいれば絶対に聞こえるはず。でもだれも来なかった。静寂が永遠に続くように思えてくる。酸素が薄くなるにつれ、希望も消えていった。

最初はわからなかった。なぜ考えを集中させるのがだんだん難しくなっているのか、なぜこれまでより短い間隔でうとうとしてしまうのか。でも、十キロ走った直後のように息切れしているのは、じわじわと窒息しているからだと気づいてしまった。

絶対に、これだけはしないと思っていたことをした。

テオドルは両手を組んで祈りを捧げた。

86

頭上の照明から放たれる、目をくらますようなまぶしい光から顔を背けた。頭を動かしたとき、左のこめかみに鈍い痛みを感じた。耳の上にできたこぶに指を当てると、髪が血で固まっているのがわかる。痛みはそれほどでもなかったが、同僚にやられたのはこれが初めてだった――リスクに殴られたのだ。

ストックホルムでの事件のことを知って以来、リスクには疑惑を抱いてきたが、殴られるとはまったく予想していなかった。

そして今度は指紋を持って消えた。

まさか彼じゃないはずだ。彼が犯人だなんてありえない――そうでしょう？

近くの作業台をつかんで立ちあがり、ラボを出た。オフィスに戻る途中、リスクに電話をかけてみたがすぐに留守番電話につながった。


「いいえ、ステファン、もちろん逮捕するわけではありません。これはみなさんを守るための唯一の方法なんです」トゥーヴェソンは言って、耳から電話を離した。少し離れた場所で同じように電話をかけているクリッパンに向かって目を見開いてみせる。

「よかった。もう少ししたら迎えにいきます。何時とは言えませんが、事前に電話します。それじゃあ」クリッパンは電話を切って、伸びをした。

「いいえ、あきらめてなんていません。捜査は進展していますが、みなさん全員が危険な状況にあるという判断なのです。ですから……ええ……そのとおりです。何時にそちらに行けるかわかりしだいご連絡します。では」トゥーヴェソンは電話を切ると、はあっと息を吐きだした。「なんてバカなの。守ってあげるって言ってるんだから感謝すべきよ」

「どんなところにもたちの悪い人間はいるものさ」クリッパンがそう言ってあくびをして

いると、リーリャが入ってきた。

「どうしたの！　イレイヴェン、なにがあったの？」トゥーヴェソンは近づいてこめかみの傷を見ようとした。

「モランデルのラボでリスクに鉢合わせしたんです」

「リスク？　そんなところでなにをしていたの？」

「わたしと同じ指紋を捜していました、モランデルにデータベースにかけろと頼まれたと言って」

「どういうこと？　モランデルがどうして？」

「わたしもそれを知りたいと思って。そしたらこんなことに」リーリャはこめかみを指し示した。

「殴られたの？」

「はい」

「でも……大丈夫？」

「ちょっと気を失いましたが、もう大丈夫です」

「わからないわ……あなたはどう？」クリッパンのほうを向くと、彼も首を振った。

「電話してみた？」

「出ませんでした」

「信じられないな」クリッパンが言った。「でもそれ以上のことは考えないようにしよう。

まさか……。あいつが……」

トゥーヴェソンとリーリャは顔を見合わせたが、なにも言わなかった。

「なにか理由があるはずよ。絶対に」トゥーヴェソンは再び腰を下ろした。

「わたしもそう思ったんですけど」とリーリャ。

「おい、ふたりとも、やめてくれよ」

「でも、もし最初の殺人現場にクラスの集合写真を置いたのがリスクだったらどう？　わたしたちが彼を捜査に引き込むことを読んでいたのよ。そうなれば捜査の進み具合がわかり、自分の好きなほうに動かすことができるわ。実際に彼は自分の考えをわたしたちに知らせようとはしなかったじゃない。事件から外されたあとも勝手に動いて、突然ルーヌ・シュメッケルを〝見つけて〟きたわ。まるで正しいものを嗅ぎ分ける魔法の力を持ってるみたいに」とリーリャは言った。

「写真の少年はどうなるんだ？」クリッパンが疑問を差しはさんだ。「あれはだれだ？」

「あの髪のこと？」リーリャは肩をすくめた。「わからないけど、あれを指摘したのはだれだった？　それに、あの写真はだれのイヤーブックからコピーした？　証拠はなにもないけど」

しばらくのあいだだれも口を開かなかった。それぞれ最初から事件を見直し、リーリャの疑いが妥当なものか確認するように。数分たったあと、トゥーヴェソンが顔をあげ、ふたりの目を見て言った。

「ううん、そんなことありえない」

「どうして?」とクリッパン。「少し前にどんな事態もありえないわけじゃないって決めたばかりじゃないか」

「クリッパン、犯人がだれかはわからないけど、リスクだとは信じられないわ。いつそんな時間があった? いつガソリンスタンドの女の子から電話があったか思い出して。リスクはモランデルの家にわたしたちと一緒にいたのよ」

「ああ。だが電話を受けたのはリスクだ。ほんとうにその娘が電話していたのかわからない、すでに死んでいたのかどうかも」

「リスクがわたしたちと一緒にいたあいだに、だれかがあのデンマーク人の警官を車で轢いたのよ。それは認めるでしょう?」

「共犯者がいたのかもしれない」とクリッパン。

「なにか理由があるはずよ。イレイェン、殴られたこと以外に、変だと思ったことはなかった?」

「リスクのことをそんなによく知っているわけじゃないけど、いつもの彼ではない気がしました。目がどこかおかしかった、恐怖とかパニックに襲われているみたいに。なんて言えばいいかわからないけど。それにずっと携帯をチェックしてました、まるで……」

「まるで、なに?」

「はっきり説明できないんですけど」

「きっと犯人と連絡を取っていたんだ」とクリッパン。「リスクが共犯じゃないとしても、犯人はなんらかの弱みを握っていて、やつに指紋を取りにいかせた」

「少なくともひとつ確信できることがあるわね」とトゥーヴェソン。「犯人はデータベースに登録されているのではないかというモランデルの疑いが正しかったことになるわ、でなければここまでするはずないもの。それに車にうっかり指紋を残していったのなら、ほかのところでも同じことをしているかもしれない」

「ほかにもミスをしているということか？」とクリッパン。

「完璧な人間はいない」

リーリャはトゥーヴェソンの言うとおりだと思った。少なくともあとひとつ犯人が指紋を残しているかもしれない場所がある。

そしてそれがどこだかリーリャは知っている。

87

七月は半分も過ぎていないのに、日ごとに日暮れが早くなっている。まだ心配するほどではないにしても、夏がもうじき遠い記憶になることを気に留めるには充分だった。

ファビアンはエンジンを切って時計を見た。午後十時十三分。指示はウストハンマシュ通りに車を停めることだった。この道路と交差するモータラ通りの24番地に、トニー・セルメダールは住んでいる。ファビアンはいま、二十世紀前半に建てられた家が大半を占めるヒューセンシェーの住宅街に来ていた。子どものころ名前を聞いたことはあったが、ここに住んでいる友人はいなかったから、来たのはこれが初めてだ。

助手席からフォルダーを取りあげるところが帽子のカメラに映るように、ファビアンは頭を右に向けた。途端に携帯に新しいメールが届く。だが今回は新たな命令ではなかった。ギフトだ――行動を起こすチャンスだ。

〝どこにいる？　カメラになにをした？〟

「いま着いた。車をロックしただけだよ」やはり、やつには見えていない。

〝命令に従わなければどうなるかわかってるだろうな〟

ファビアンはすぐに返信した。〝すぐにそっちに向かう。バッテリーが切れるかもしれない〟。帽子を取ってバックシートの床に置く。それからグラブコンパートメントを開いて、マニュアルの下に隠してあったシグ・ザウエルＰ２２８の弾倉をふたつ取りだした。

銃を持ち歩くのは嫌いで、できるだけ避けていた。これまで人に向かって発砲したことは一度もない。多くの人が思っているのとちがい、そうした状況はきわめて稀だった。前回そういう事態に陥ったのは、去年の冬のことだ。撃つべきだったのに撃てなかった――なぜなのかいまでもわからない。同僚がふたり死に、ファビアンが責められた。彼らの悲鳴はいまでも鮮やかによみがえる。ヘルシンボリに戻ってきたとき、それが消えたように思ったのだが、いままた居場所を嗅ぎつけたハイエナのように忍び寄ってくる。悲鳴、涙声、必死の命乞い。

それから地下室でひざまずかされている同僚たちの姿が脳裏に浮かんだ。犯人グループがファビアンの居場所を尋ねたが、同僚たちは口を割らなかった。だがファビアンがどれほど近くにいたか、撃っていれば結果がちがったかもしれないことを、彼らは知らなかった。だがファビアンはどうしても引き金を引けなかった。

おまえたちは多くを見過ぎたと犯人が英語で叫んでいるのが聞こえた。それから拳銃を構え、同僚たちに向けた。ファビアンも狙いを定め、撃とうとした――仲間を救いたかったのになぜかできなかった。そして銃声が響きわたった。同僚たちが磨きこまれたタイルの上に倒れ、あたりが赤く染まっていった。ヘルシンボリに来てからしばらくのあいだ彼らの悲鳴はやんでいたが、いままた聞こえるようになっていた――前よりも大きく。

今度もまた失敗するのだろうか？

ファビアンはそのときの記憶を追い払おうと自分の頭を叩いた。弾倉を一本拳銃に装填する。キーは差したまま車を降り、ウストハンマシュ通りを歩いてモータラ通りを右に折れ、偶数の番地がある側へ道を渡った。歩道を歩いていると、舗装がでこぼこしているところでつまずき、頭から転びそうになった。

「気をつけなさい。このあたりのガタつきはひどいものだよ」スウェットパンツをはいて犬の散歩をしている男性が言った。ファビアンは無理やり笑顔を作り、この一帯の舗装工事がきわめて不充分であることに気づいた。

「ええ、まったくですね」そう答えて先を急ごうとした。

「なぜか知らないが、市は継ぎを当てて修繕しただけなんだ。見習いがやったような仕事だよ」

携帯電話が振動した。

〝時間が尽きかけているのはこっちじゃない〟

「去年の冬、5番地に住んでるシェシュティンが転んで股関節を骨折したんだ。それをコストに加えれば、道路全体をやり直したほうが安くすんだはずだよ」

ファビアンは律儀にうなずいてから先を急いだ。26番地は草木が生えすぎて通りから全貌が見えなかった。鬱蒼とした植物の向こうに隠れている家をうかがうことはできない。セルメダールの家は24番地だが、隣の家ともファビアンの予想とも正反対だった。オープンで人を招いているように見える。まるで彼が不意の訪問者を歓迎するように。きれいに手入れされた芝生を低く白いフェンスが囲み、その向こうにはっきりと家が見える。右手にガレージがあり、左手には背の高いこんもりした生垣。

わけがわからなかった。ほんとうにあの男がここに住んでいるのだろうか。開放的で、両隣の家との距離もかなり近い。郵便ボックスには〝T・セルメダール〟と書かれていて、通りに面した窓に明かりが灯っている。ファビアンは立ち止まり靴ひもを直すふりをして、周囲のようすを頭に入れた。最初の印象を修正しなければならない。人を招き入れるような雰囲気は家の正面だけだとわかった——敷地のそれ以外の部分はまったくちがう。フェンスと背の高い生垣は覗きこまれるのを効果的に防いでいる。

立ちあがって歩きつづけ、左に曲がってヴェクシェー通りに入った。左手の最初の家には明かりが灯り、なかで影が動くのが見える。きっと金曜夜のディナーでゲストを交えてワインを楽しんでいるのだろう。次の家は暗く、私道も空っぽだった。その家の脇を通って裏庭に出ると、椅子やテーブルのほかにファビアンのひと月の給料分くらいしそうなバーベキューセットが並んでいた。芝生を斜めに横切りバラの壁に近づいた。手をジャケットの袖のなかに引っ込め、腕で枝をかき分けながら棘だらけの壁のあいだを進んでいく。セルメダールの家の敷地の端にやって来た。家ははじめ思ったより大きく、裏は増築が重ねられてもともとの広さの二倍程度になっているようだ。ファビアンはバラの茂みの陰に隠れて物置小屋まで移動した。汚い窓から芝刈り機、クロスカントリー用のスキー、巻かれた絨毯、歯科医用の機器などが見えた。

再びポケットのなかで携帯が震えた。だが今度はメールではなくリーリャからの電話だった。意識が回復したのだろう。なにが起きたのかトゥーヴェソンたちも知ることになる。留守番電話に任せて物置小屋に沿って移動した。角まで来て、家までの距離は五メートルほどだろうと判断した。

なにも遮るもののない芝生の上を五メートル。

これから百メートル走を走るかのようにアドレナリンが噴きだしてきた。なにが待っているかわからず、頭は躊躇していたが、身体のほうはすでに用意が整っていた。芝生の上を走って家の外壁に到達し、角をまわると、階段を上がった先にデッキチェアが置かれているテラスがあった。ファビアンは銃を抜き撃鉄を起こしてから階段を上っていった。

テラスに到達したときには心臓が激しく鼓動を打ち、血液が血管を流れる音が聞こえるほどだった。その音を聞いて自分がまだ生きていることを思い出した——まだ終わってはいないことを。

ガラスの引き戸のほうへ数歩進む。明かりがついているのでリビングルームが見とおせた。真ん中にグランドピアノがある。本棚は両親の家にあったものに似ていて、壁の一面を占めている。反対側の隅にはコーナーソファがあり、その前に大きな薄型テレビが置かれている。

そのとき物音がした——人生を変えるとは思えない控えめな音。かすかになにかがきしむような音。なんであってもおかしくないが、この場合はそうではない。ファビアンはデッキチェアのほうへさっと振り返った。

「待ちかねたよ。粋な遅刻《ファッショナブリー・レイト》は聞いたことがあるが、裏から忍びこむのもなかなか粋な《ファッショナブル》はからいだな。斬新だ」

「息子はどこだ？　返してくれ」椅子から立ち上がり、サイレンサーのついた銃らしきものをこちらに突きつける影に向かって、ファビアンはピストルを向けた。

「コーヒーが冷める前になかに入ろう」

「息子にいったいなにをした?」

「あとで話そう。さっきも言ったように、いますぐ片づけなければならない問題がいくつかある。それに時間を無駄にしているのはわたしじゃない」相手は空いたほうの手を出して近づいてきた。「だから文明的にやろうじゃないか。銃をくれ。終わったときに返してやろう」

ファビアンはためらった。目の前の暗がりにいる男から目が離せなかった。前に会ったことがあるのだろうか、それとも初対面なのか? ほんとうに同じクラスにいたのか、それともすべてはただのゲームなのか?

「いずれにしても、かわいいテオドルの居場所を突き止める前にわたしを撃ち殺したいとは思わないだろう?」

見たことのない男だった。あたりが暗すぎた。会うのは初めてのような気がするが、同時にどこか見覚えのある気もする。デジャヴのように。

記憶をたぐることをあきらめ、男にピストルを渡し、リビングルームのなかに入っていった。ワーグナーの『ワルキューレ』がかかっていた。廊下を歩いてキッチンに行くと、マグカップふたつとフレンチプレス、クッキーの乗った皿が用意されたテーブルがあった。

「どうぞ」

ファビアンは無理やり椅子に腰を下ろしたが、全身の筋肉が、目の前の男に襲いかかり、テーブルに頭を打ちつけて、テオドルをどこに隠しているか白状させろと叫んでいた。

トニー・セルメダールは向かいにすわって自分の銃を膝に置いたあと、ゆっくりとフレンチプレスのプランジャーを押し下げた。「なぜなんだと思っているだろうな」

「なにも思っていない。ただ息子を解放してほしいだけだ。あの子は一切関係ない」

「わたしの主たる目的ではなかったが、われわれのクラスメート数人を殺すことによって世界を少しだけよい場所にできた。そのささやかで有益な副作用はみんなで分かちあうべきだろう」笑いながらガラスの底にコーヒーの澱を押しつづけた。

「息子は！　どこにいるんだ？」

「計画を実行に移しはじめたとき、彼らの頭の悪さにうんざりしたよ。誇張だと思うだろうが、例えばヨルゲンと車に乗ったときのことだ。あれはわたしの人生で最悪の経験のひとつだったな。誓って言うが、アメーバのほうがまだＩＱが高い」

プランジャーがようやく底まで到達し、彼はマグカップにコーヒーを注いだ。

ファビアンは必死に自分を抑えながら、照明の下、トニー・セルメダールの顔を観察した。だれも彼のことがわからない理由がわかった。顔があまりにも平凡で特徴がなく、記憶に残る要素がひとつもないのだ。目、鼻、頬、口——細かいところまであらゆるものが平凡だった。

「さあ、よくわたしの顔を見てくれ。きみの記憶にはなにも残らないはずだ。一週間後、街なかですれちがっても、わたしのことはわからないだろう」

彼の言うことはおそらく正しいのだろうが、そんなことはどうでもよかった。いまは重要ではない。

ファビアンは指紋の入ったフォルダーを取りだし、テーブルの上に置いた。手が汗ばんでいて、フォルダーに黒っぽい汚れがついている。「これがおまえの指紋だ。さあ、息子を返せ」

トニー・セルメダールはフォルダーに目もくれなかった。「ミルクは？」

「なぜおれの子どもを巻きこんだのか説明してくれ」

「ミルクは、それともブラック？」

「答えろ！」テーブルに拳を叩きつけると、コーヒーがマグからこぼれた。

トニー・セルメダールはファビアンを一瞥すると、花柄のナプキンでテーブルを拭いた。「ブラックということだね」ブラックコーヒーを差し出し、クッキーを一枚取った。「残念ながら——まあそれほど残念に思ってはいないけれど——現れるのが遅すぎたな。最初から言っていたことだが、酸素がどれだけもつのかわからなかったんだ。あとの祭りだ。わたしの予想よりは長くもった。四十六時間三十三分はあれほど狭いスペースにしては悪くない。彼は十時十七分に力尽きたよ」とテーブルの向こうからタブレットを滑らせた。ファビアンがさっき見たのと同じ画像が映っていた。ちがいはテオドルが微動だにせず横たわっていることだ。

胸さえも動いていない。

88

　イングヴァル・モランデルは眠れないと思っていた。地下室の簡易ベッドに横たわり――妻を起こさないためだ――この数日間のできごとを何度も繰り返し反芻することになるだろうと思っていたのに、電話の鳴る音で目を覚ました。

　リーリャだったが、はじめは出る気になれなかった。聞こえなかったふりをしてそのまま寝ていたい。だが署の人間はみんな彼の眠りが浅く、ほんの小さな物音でも目を覚ましてしまうと知っている。どんなに疲れていようと。

「モランデルだ」

「イレイェンよ。起こしちゃった?」

「重要な用件だといいがな」

「あなたがプジョーで見つけた指紋がなくなったの。リスクが持ちだして、たぶん犯人に渡したんだと思う」

　モランデルははっと身を起こした。「いったいなんの話だ?」彼女の言葉ははっきりと聞こえていたが、それだけかろうじて言った。

「あとで説明する。重要なのは指紋が消えてしまった以上、わたしたちは――」

「ちょっと待て。犯人はデータベースに載っていたのか？」

「わからない。指紋が消える前にチェックする時間はなかった」

「だが消えるってどういうことだよ⁉」

「いま言ったように、リスクが持ちだしたの、でもいまそれはどうでもいいことよ。肝心なのは、できるだけ早くまた指紋を見つけること」

「いったいどうやって見つけるっていうんだ？」モランデルはいやな予感に襲われたが、それと闘うすべはなかった。やっととれた睡眠を奪われただけでなく、犯人の身元を特定できるはずだった指紋を失ってしまったのだ。デンマークの仲間が自分の首をかけてまで提供してくれた証拠だったのに。

「車のなかでへまをしたなら、ほかでもきっとへまをしてるってことでしょ？」

「ああ、だがそうとも言えない。もしそうだとしても、小さいが重要な問題がある。どこで、だ」

「グレンの家」

「なに？」

「グレン・グランクヴィスト。ほら、二番目の被害者の」

「ああ、もちろんわかってる。だがなぜ……」

「ほら、グレンはシューラックに頭をぶつけて、出血したでしょう？」

そのとおりだ。モランデルはようやく目が覚めてきた。

「犯人が雑巾で廊下の血を拭いて、水道で洗ってから絞って乾かしたって言ったのはあなたじゃない」

「ああ。だから？」

「洗って絞るときに手袋を外したと思わない？」

リーリャの言うとおりだ。犯人が手袋を外したときにうっかり指紋が掃除用具入れに付着したという可能性は高い。「すぐに向かう」

89

悪寒で震えているのに、服は汗でべとついていた。血管が収縮し、最重要臓器にしか血液がまわらなくなっている。ショック状態にあり、身体はそのとおりに反応している。さっきまで重要だと思っていたことがすべて遠ざかり、あやふやに感じられた。ボールのように丸くなって泣きたかったが、できなかった――いまはだめだ。

ファビアンはテーブルに手をついて立ちあがろうとしたが、それだけのエネルギーがないことに気づいてやめた。「息子はどこだ？」

「突然息子のことでそんなに質問しはじめるなんて皮肉なことだな」

「皮肉？」

「ああ、急に息子のことを気にかけるようになったじゃないか。わたしに子どもはいないが、きみの行動はちょっと遅すぎたんじゃないかな。少しは日記に目を通しただろう？あれを読んだ人はみな〝この子の両親はどこにいる？〟って思うだろうな。きみも同じことを聞くだろう、その両親というのがきみでなければ。だろう？」トニー・セルメダールは同意を求めてファビアンの顔をうかがったが、ファビアンは眉ひとつ動かさなかった。

「まあ、少なくともきみの愛する息子は三十分前まで思っていただろうな、父さんや母さんはどこにいるんだろうって」

ファビアンはテーブルの向こうにいる男に飛びかかり、嘲りの浮かんだ顔をぐちゃぐちゃになるまでぶちのめしたかったが、どうにか自分を抑えつけた。なにがあろうがいま冷静さを失ってはならない。

「代わりにそもそもなぜきみがここにいるのか話そうじゃないか。きみはもともとこの計画に入っていなかった。ストックホルムに住んでいたから、終わりのほうで死者の頭数に入るだけの存在だった。きみとロッタ・ティング以外、みんなここヘルシンボリに住んでいたからな。だがきみは戻ってきた。犯行現場に戻ることの意味がわたしにはわからなかったが、突然きみが現れたから、もう少し深くこの計画に引き入れてもいいと思った。包み隠さず言うと、きみのことは少しも心配していなかったよ。たいした実績があるようではなかったからね。重大な脅威とは思っていなかったのに、それが深刻な判断ミスだったことが判明した——これまでで最大のミスで、この計画全体が危機にさらされた。だからきみと、きみのなんと言うか〝警官の勘〟に乾杯だ」セルメダールはそこで言葉を切ってコーヒーを飲んだ。「車の件は実に感動的だった。どうやってきみが見つけたのか考えているんだが、いまだにわからない。でも言わないでくれよ、最後には突き止めるから。ところでコーヒーが冷めるよ」

「かまわない」

「じゃあ、お好きに。きみのいくつかのささやかな勝利でわたしは計画に変更を加えなければならなくなったが、率直に言って最後の栄光を飾るのがモニカ・クルセンスティエナでなく、きみになってずっとよかったと思ってるよ。モニカを覚えてるか？　いつもチェックのスカートをはいていたわれらの担任教師で、不愉快なことが起きるとすぐに顔をそむけるんだ。ちょっときみに似ているな。息子が期待どおりにいかないと、モニカみたいに背中を向けたんだろうな」

ファビアンはこれ以上自分を抑えることができなくなった。椅子から飛びだしてテーブルをひっくり返し、トニー・セルメダールに飛びかかった。セルメダールはバランスを失って床に倒れた。ファビアンの銃が床を滑っていき、片手でつかんだものの、身体が引きつるのを感じた。腹部から焼けつくような痛みが広がっていく。

トニー・セルメダールはテーザー銃のスイッチを切り、ファビアンの身体の下から這い出した。「文明的にやろうと言ったじゃないか？」

ファビアンは答えられなかった――痙攣をおこして床で震えていた。頭は働いているのに、運動能力が伴わない。目の端でセルメダールが銃を拾いあげてカウンターに置くのが見える。それからキッチンの引き出しを開けてはさみを取りだし、冷蔵庫から注射器を出してきた。ファビアンはなにか言おうと口を開いたが、弱々しいうめき声しか出てこなかった。

セルメダールはファビアンのシャツの襟ぐりからはさみを入れ、大きく布を切り裂いて首を露出させた。抵抗しようともがいたが、ファビアンの身体は言うことをきかなかった。

セルメダールは彼の頸動脈を探った。

90

リーリャは寝静まった住宅街を目覚めさせないようにゆっくりと車を走らせ、現場に先に到着した。モランデルを待つのはたぶんこれが初めてだ。彼はいつもみんなより一歩先を行き、答えを用意して待っている。

だが今日一歩先を行っているのはリーリャのほうだった。すばらしいアイデアを思いつき、翌日まで持ち越せなかった。なぜモランデルはこんなに時間がかかっているのだろう。先に行って指紋を採取してしまおうかと考えたが、あまりにもリスクが高いと考え直した。モランデルは気分を害し、本気で怒るはずだ。それにグレンの家の鍵を持っているのは彼なのだ。

エンジンを切るとワイパーがフロントガラスの真ん中で止まった。この車のイライラするところのひとつだ。エンジンを切る前にワイパーを止める癖をつけていたはずなのに、今回は忘れてしまった。きっと疲れすぎているのだ。イライラする気力すらない。

シートを少し倒して窓越しに雨を眺めた。数分前に降りはじめた雨は予想外ではあったが、待望の降雨だった。この夏は暑く雲もなかったから、リーリャは雨というものがあったことすら忘れそうになっていた。

フロントガラスに落ちた雨粒は小さくいびつな水たまりを作った。すぐに消えてしまうものの、外灯の明かりがゆがんだ光を投げかけ、見ていると眠気を誘われた。先週は何時間眠れただろうと考えていると、知らず知らずのうちに眠りに引きこまれていった。

十二分後、リーリャは目を開けた。あたりを見まわしたが、ボンネットに激しく打ちつける雨しか見えず、塗装に痕が残るのではないかと心配になるほどだった。だが目が覚めたのはそのせいではない。数秒前、窓を叩く音が聞こえたのだ。すると再び聞こえた。すぐ横で。だれかが外に立っているが、雨で視界が閉ざされ、それがだれかわからなかった。

窓を開けるとモランデルの濡れた顔が見返してきた。

「ここに立っておまえを待っているのが楽しいとでも思ったか?」

「あら、今度はあなたが待つほうになったの?」リーリャは言い返したが、モランデルはすでに家のほうに歩きはじめていた。降りしきる雨のなかに出て傘を開き、急いであとを追った。「どうして傘を持ってこなかったの?」

モランデルは次々と鍵を試しながらうなり声をあげた。「この鍵に印をつけたのはいったいだれだ?」

「ちょっと待って、わたしがやる」リーリャが引き継ぐと、モランデルは躊躇せずに傘を受けとって、彼女が濡れても気にせずに差していた。

「これよ。〝GG〟、グレン・グランクヴィスト」リーリャはそう言って鍵を開けた。

モランデルはひと言もなく傘を彼女に突き返し、家のなかに消えた。リーリャはドアマットの上で水滴を払いながら、彼は急いでいるのかそれとも機嫌が悪いのだろうかと考えたが、どちらでもかまわなかった。

掃除道具入れのところに来ると、すでにモランデルは電灯のスイッチに粉をかけてはたいていた。なんとか隠そうとはしているが、その顔にはうっすらと笑みが浮かんでいる。

「運がよかったな。指紋がいくつかあるぞ、蛇口にもスイッチにも」

「運がよかった? 〝正しかった〟でしょ?」リーリャは言ったが、冷たい沈黙しか返ってこなかった。「でもこれがグレンじゃなくて犯人のだっていう確信はある?」

モランデルはうんざりした顔をしてシートを取りだした。

91

彼は床にこぼれたコーヒーを拭いた。マグは割れていない。もうひとつのマグと一緒に洗って乾かし、食器棚にしまっておけばいい。クッキーを一枚口に入れ、あとはゴミ袋に入れて口を結んだ。戻るつもりがないとはいえ、家をきれいに片づけておくのは大切なことだと感じていた。冷蔵庫の電源を切り、トースターとコーヒーメーカーのプラグを抜き、最後に電気を消してキッチンを出た。ほかの部屋の片づけはもうすんでいる。あとはさよならを言うだけだ。

ここには十八年近く住んだ。いい家で、大半は楽しく過ごせたが、すでに人手に渡っている。一時代の終わりだ。新しい持ち主は十月の初めに越してくるが、そのころには警察の捜査も終わっているだろう。彼が念入りに仕込んだ証拠を採取しているようすが目に浮かぶ。

警察を迎えるのにぴったりのBGM『ワルキューレ』のボリュームをあげ、玄関を開けて外に出た。雨が降りだしていた。いまはまだ小雨だったが、ひどくなりそうだったので、傘を開き鍵をかけて歩き出した。

車は十四分歩いた先の、ショーピンゲ通りとマルメ通りの交差するあたりに停めてある。急ぐわけではないのでゆったりしたペースで歩いていった。この数時間はすべて思いどおりに進んだ。数日間で初めて計画どおりにいっている。歩みを速めたのは雨が激しくなってきたからだ。濡れるのはいやだった。車に着替えは置いてあるが、いま着ているのはわざわざ今夜のために選んだ服なので、すべて終わってボートに乗るまで替えたくなかった。

家の鍵を排水路に捨て、ヨンショーピン通りを右に曲がった。母校のティコ・ブラーエ・スクールのすぐ近くで、このあたりに来ると、成績平均点5・0というクラストップの完璧な成績で卒業したのに、奨学金は平均4・63しかないクラース・メルヴィークにいったことを思い出さずにはいられなくなる。いまでも腹が立ってしかたがない。みなクラースがひどいいじめにあってきたことに同情し、彼に奨学金を与えてしまったのだ。ヨルゲンやグレンのみならずエルサやカミラまでもが基礎学校で彼をそれはひどい目にあわせていたことは否定できないし、やつらが報いを受けたことは当然だが、それでもはじめからクラースのことが嫌いだったという事実は変えられない。彼は文字どおりすべての関心を奪ったのだ。

基礎学校では無意識だったのだろうが、高校になるとクラースはそれを利用するようになった――だれも彼には指一本触れなかったのだ。それなのにクラースは自分がどれほど辛い目にあったかをみなに知らしめ、自分を気の毒に思うように仕向けた。奨学金授与式は我慢の限界だった――そのとき二度とクラースの陰になるまいと心に決めたのだった。

その決意はほんの数週間後に結果となって表われた。彼はルンド大学の工学部に入学を許可されたが、その一、二日後クラースも同じ大学に進学するとわかったのだ。そこで彼は大学での計画を捨て、起業することにした。高校卒業レベルの工学の学位でやっていかなければならなかった。

発明家の作業場のようなところを作り、そこで特別な用途を持つ機器を開発することが目標だった。最初からひっきりなしに注文が舞いこんだわけではないが、家賃を払うことはできた。マイクロプロセッサが普及するようになると、関係する本を片っ端から読みあさり、一日十五時間働いた。それが楽しかった。その後いくつか特許を取得し――イケアが全世界で売っているナイフ砥ぎ器や、自動ボトル回収機の送り装置などだ――経済的に困ることはなくなった。

あとになってあのころほど幸せな時代はなかったと気がついた。クラースのことさえ頭のなかから消えていた。当時は数年後にクラースが再び姿を現し、思い出すだけですべての記憶が鮮やかによみがえるほど苦しめられることになるとは考えてもいなかった。そのころの問題はただひとつ、若いときからずっと苦しんできたことと同じものだった。

孤独だ。

雨はますます強くなり、両手で傘を握りしめて濡れないようにしなければならなかった。左に曲がってマルメ通りに入ると、車が見えてきた。腕時計を見て、まだ充分時間があることを確かめる。すべてが順調に進んでいて、インターネットのデートサイトでだれかに出会おうとしていたころのことを笑い飛ばせるほどのエネルギーが残っていた。死ぬほど惨めったらしい。

何人かの女性に会ったがコーヒーを飲む以上の関係には至らず、毎回彼女たちの早く帰らなければならないという言い訳を聞く屈辱を味わうはめになった。その手の嘘は相手を傷つけないためなのだろうが、余計惨めになるだけだった。

ひとり特別に立ち直るのに時間がかかった女性がいる。彼女は言い訳ということすら考えつかなかったのか、会話の途中でトイレに立ち、そのまま戻ってこなかった。彼はそのまま四十三分すわって待ったのち、ようやくなにが起きたか理解し、勘定を全額支払った。最近になって、なぜあれほど傷ついたのか、なぜ意固地なプライドを捨てて前に進まなかったのかと思うことがある。

気持ちの区切りをつけようと思い立ち、あの女にもう一度連絡して謝罪を要求した。だが連絡を絶たれたため、まったく新しいプロフィールを作成することにした。広告代理店でアートディレクターとして働き、同時にモデルもやっていると書いて、アパレルメーカーの広告に使われている写真を使った。時を置かずにあの女と再び連絡が取れ、高級フランス料理店で会う約束を取りつけた。

彼は約束の十五分前に到着し、出入口がよく見えるバーに席を取った。やがて彼女が入ってきて、店内をさっと見まわした。落ち着いたようすでテーブルに案内され、赤ワインを注文して時計を確認する。だがしだいにひとりでいるのが気まずくなっていくのがわかった。三度ウェイターにまだオーダーできないと答え、ワインのお代わりとナッツを注文した。彼は難破船から救いだされた高価なシャンパンを一滴ずつ楽しむように一秒一秒を心ゆくまで堪能した。

四十八分後、彼女は勘定をすませてレストランを出た。つけられていることも知らずに。カツカツといらだたしげに音を立ててクヌートプンクテンまで歩き、そこからバスに乗った。彼は真うしろに腰を下ろしたが、みながそうであるように、彼女も気づかなかった。彼女がバスを降りると、距離を置いて家までつけていった。五分後、ベルを鳴らした。

車に到着した。雨が叩きつけるように降りしきり、なかに入ってから傘を閉じた。助手席の床に置いてドアを閉める。それからイグニッションに入れたキーをまわし、靄《もや》が消えるまでしばらくアイドリングさせた。

彼女がドアを開けるまで一分以上かかったが、人生でもっとも長い時間に思えたのを覚えている。彼女はけげんな顔をした。無精ひげのせいか、それとも特徴のない顔のせいかわからない。どなたですか、なんの用ですかと問われ、ささやかなデートの話をした。

彼女はドアを閉めようとしたが、彼のほうが素早く、ドアをこじ開けてなかに押し入った。それからレイプした。廊下の絨毯の上で奪った――彼女がほしかったわけではなく、辱めるために。

彼を辱めたように。

彼女はもちろん通報し、彼は尋問に呼ばれた。指紋を取られ、自白を迫られたが、レイプなどしていないとかたくなに拒んだ。たしかにセックスはしたし、多少乱暴だったかもしれないが、同意がなかったということではない。数日間留置所で過ごしたあと、警察は釈放せざるを得なくなった。

カーナビに住所を入力し、ギアを入れると、マルメ通りに出て南スティエンボックス通りを目指した。十八分後には最初の家に到着するだろう。

92

「これ以上は無理だな」ランナル・パルムは、要望どおりに作りかえた刑務所の共有エリアに向かって腕を広げた。

トゥーヴェソンはさっと部屋を見まわした。「まだ刑務所っぽいわ」

「たぶんそれは、まさしくここがそうだからだよ」

彼女はため息をついた。「バスルームはいくつ使えるの?」

「ふたつ。男女の内訳は?」

「五人、五人」

十台の簡易ベッドが、壁の両側に数メートルの間隔を空けて五台ずつ並んでいる。ベッドのあいだにはサイドテーブル代わりに椅子が置かれていた。トゥーヴェソンはベッドの一台に腰を下ろし、一度の週末だけとはいえここで眠ることに自分なら同意するだろうかと考えた。ほんとうは、週末だけで終わるかどうかわからないのだが。

パルムも向かいのベッドに腰を下ろした。「うまくいくと思うか？」

「いかせなくちゃ。ほかに方法はないもの」

「もしこれが表に出たら――」

「ランナル、どんなことがあっても犯人が捕まるまでは表に出してはだめ。あなたのところでは何人が知ってるの？」

「知る必要のある人間だけだ。ボスと職員数名、うちの連中は大丈夫だ。守秘義務があるからな。囚人はちがうが」

トゥーヴェソンの電話が鳴りだした。クリッパンからだ。

「全員に電話して、これから迎えにいくところだ」

「みんな同意してるの？」

「ああ、だがおれには答えられない質問をいくつもぶつけられたよ。そっちの具合は？」

「いま刑務所にいるんだけど……それほど長くここにいるはめにならないことを祈りましょう」

「そっちは全員連絡がついたか？」

「セス・コールヘーデン以外はね。二時間半前にカストラップ空港に着いてるはずだから、もう家に帰ってるころなんだけど」

「まだ携帯の電源を入れてないのか？」

「そうみたい」

「住所は？」

「ドムスティエン。わたしもほかの人たちを迎えにいくわ、途中で電話してみる。それでも出なければ直接行くしかないわね」トゥーヴェソンは電話を切り、ベッドから立ちあがって出口に向かった。


ファビアンはほかのクラスメートと同様に死を覚悟していたが、ひどい頭痛はあるものの、目が覚めたところを見るとまだ彼の番ではないようだった。目覚めるのは死よりも辛い罰に感じられた。テオドルは死んだのに、自分は生きているという悪夢。

ブーンというかすかな音が聞こえ、わずかに頭に響くのを感じた。それから真空のような沈黙が戻ってきた。身体を動かそうとしたが、古い歯医者の椅子に縛りつけられていることに気がついた。両脚と両腕がストラップで留められ、頭は……なにで固定されているのかわからないが動かせず、こめかみの痛みが増してきた。どんな仕掛けか知らないが、顔の両側からなにかが突き出ている。馬の遮眼帯のように、正面以外見えないようになっていて、ファビアンに見えるのは正面の壁にかかった暗いスクリーンだけだった。

ブーンという音が戻ってきて、再び頭に振動を感じた。それと同時に目の前のスクリーンに幼いころのトニー・セルメダールの白黒写真が映しだされた。十歳くらいで、ちゃんとしたスタジオでプロのカメラマンが撮ったものだ。セルメダールは髪を真ん中で分け、いちばんいいと思われるシャツを着て背の高いスツールにすわり、にっこり笑ってカメラをまっすぐ見ている。

なぜ彼に気づかなかったのだろう？　ファビアンにはわからなかった。クラスのだれも、おそらく担任のモニカ・クルセンスティエナでさえも気づかなかった。そしていまファビアンは、彼女の代わりに窓のない小さな部屋に閉じこめられている。唯一の光はスクリーンから放たれるものだけだ。再びブーンという小さな音がした。だが今回は、視界がわずかに右にずれたのがわかった。

なにが起きているか、ファビアンにはわかっていた。トニー・セルメダールの言うとおりだ。自分もモニカと同罪だ。

だが犠牲になるのは彼の息子なのだ。

リーリャはモランデルのうしろにすわり、彼が指紋をスキャンして、データベースにかけるのを見守っていた。モランデルの不機嫌と同じように、彼女の疲労も消え失せていた。ふたりとも突破口に近づいているのを感じていたが、答えがわかるまで数分から数時間かかるかもしれない。

「スピードを速める方法はないの？」リーリャが尋ねた。

「あるぞ——一九六五年から一九六七年生まれの男性に限定する」

「それでどれくらいになる？」

「さあね」モランデルは答えて、床に枕を落とすとその上に横になって目を閉じた。

モランデルの行動は正しいと思ったが、リーリャは眠れそうになかった。あと少しというときに。画面から目が離せなかった。まるで永遠に終わらないかのように、データベースに蓄積された指紋が次々と表われては消えていく。だがリーリャにはわかった。肌で感じる。

まもなく、画面の動きが止まることを。

93

午前一時十五分に自宅に戻ってから五十分もしないうちに、電話が少なくとも五回か六回は鳴った。出るつもりはない。非通知番号は大嫌いだ。セス・コールヘーデンの考えは、自分の名前を明らかにしない者は答えを得られないというものだ。

そこで、シャワーを浴びてひげを剃った。休暇中はずっと伸ばしていたので、カミソリで剃る前に全体をざっとバリカンで処理した。口ひげがトレードマークだ。いつからか覚えていないほど昔から蓄えていて、大いに誇りに思っている。そのあいだにペンシル型からフルビアードまでさまざまな形を試してきたが、現在の形に落ち着いてからは週に二度の手入れをかかさなかった。

どうせシェシュティンに決まっている。非通知にしてかけてくるのは彼女だけだ。かけても出ないからだと言って、数年前からそうするようになった。彼女が電話してくるのをやめてさえくれれば、心安らかに家に帰れるのに。

シェシュティンのことは頭から振り払った。パジャマを着て暖炉まで歩いていき、丸めた古新聞とウッドチップの上に三本の薪を並べる。いつもどおり、一本のマッチで火がついた。

疲れは少しもなく、まもなく届くはずの『ヘルシンボリ・ダグブラード』を読むのが楽しみだった。旅のあいだいちばん恋しかったのはおそらくこれだ。世の人々が寝ているあいだに火の前にすわって朝刊を読む。シェシュティンはこの習慣を認めてくれなかった——というより自分がようやく起きてきたとき、〝古い〟新聞を読まなくてはならないのがいやだったのだ。

おそらく携帯にも電話しているはずだ。彼が処分してしまったことは知る由もないだろう。巡礼のあいだは電源を切っておくつもりだったが、意外なことに、電話がなくても少しも困らなかった。それどころか、だれからも連絡がないというのは圧倒的な喜びだった。ある日、ピレネー山脈の深い谷間を見下ろしていたとき、やったのだ——谷底に投げ入れた。その後は沈黙を唯一の道連れに旅を楽しんだ。

ほかの巡礼者が話しかけてきても反応しなかった。他人にどう思われようと気にならなかった。日ごとに大切になってくる静寂を破るつもりはなかった。そしてついに自分だけの考えというものが生まれたのだ。最後に自分の頭だけで考えたのがいつだったか思い出せない。上司やシェシュテインに邪魔されることなく……またベルが鳴った。だが今度は電話ではない。玄関だ。こんな夜中にいったいだれが？電話を無視するのは簡単だ。

彼は玄関まで歩いていってドアを開けた。これまで見たことのない男が傘を差して立っていた。

94

呼吸をしているのに、酸素を取りこんでいる感じはしなかった。それとも呼吸などしていないのだろうか。身体が働くのをやめたのに呼吸していると思うのは、脳が働きをやめる前の最後の名残なのだろうか。身体を引きちぎられた蜘蛛の足がピクピクと動いているように。

溺れ死ぬというのはこういう感覚だろうか。もっとも辛い死に方のひとつだと聞いたことがあるけれど、少しも苦しくなかった。なにも感じなかった。足元にある金属のハッチさえも。自分がゆっくりと消えていくという漠然とした感覚があるだけだ。

でもこの数日間、待っていたチャンスが訪れた——いやほんとうは数時間かもしれない。時間の感覚はとっくになくなっていた。壁越しに鈍い音が聞こえる。遠くのドアが開いて閉まり、だれかが叫んでいる。なにを言っているのかはわからなかったけれど、たしかにだれかが叫んでいた。ただし、現実を拒むあまり助けが向かっているという幻覚を抱いているのでなければだ。

どっちでもいいと思うことにした。もし死んでいるのならそれまでだし、そうでないのならこれが最後のチャンスだ。すべての力を振り絞って足を持ち上げた。少なくともそうしたはずだ。重要なのはそれをハッチに打ちつけ、できるだけ大きな音をたてること。叫ぼうとしたけれど、出てくるのは囁き声だけだった。足でハッチを叩くと、鈍いドラムのような音がした。

どうにか三度ハッチを叩いたが、それ以上はどんなにがんばっても無理だった。息が詰まるような沈黙が戻ってきて、長いあいだ息を止めていたような気がした。

息を止めていられる世界最長記録は七分間だと聞いたことがある。どれくらい我慢できるだろう？　何分もつだろう？　ほんとうは死にたくなかった、とにかくいまは。この数年はすっかり闘うのをやめ、あきらめて、消えてなくなればどんなにいいだろうと思っていたのに。

温かい毛布のように暗闇にくるまれていた。こんなに簡単だと知ってさえいたら。闘ったり、おびえたり、自分自身を血が出るまで叩いたりする必要もなかったのに。彼は深く深く沈んでいった、そして、そして……

そして、光が見えた。

95

画面全体にその顔が現れた。きちんと手入れされた顎ひげが顔を覆っているほか、特徴というものがまったくなく、みなが気づかないわけがようやくわかった。リーリャは瞬きも忘れてその写真に見入ったまま、なにか彼を覚えておくよすがを探そうとしたが、なにも見つからなかった。左右のバランスが崩れているところもなく、鼻も大きくも小さくもない。目でさえも何色と言っていいかわからない。顎ひげの向こうの顔を心に刻みつけようとしたが、記憶に残るのは目がふたつ、鼻がひとつ、口がひとつあるということだけだった。あまりに平凡で平均的な顔なので、ただ通りすぎて消えてしまうのだ。

この男が生きたまま被害者の手首を切り落としたり、喉を切り裂いてコロンビアン・ネクタイを作ったりするようには見えなかった。彼はもっと……いや、どんなふうに見えるというのだろう？　リーリャはあきらめた。結局のところ彼の人相を説明することはできそうになかった。少なくとも顎ひげがあって、信じられないほど平凡に見えるという以上には。

だが、トニー・セルメダールという名前にどこか聞き覚えがあった。絶対に以前耳にしている。

「どうしたんだ？　ヒットしたか？」モランデルが足元の床で寝ていたことをすっかり忘れていた。リーリャは黙ってうなずき、じっと考えて記憶を奥深くまで掘り下げ、ようやくつながりに気がついた。

そのあいだにモランデルが起きあがり、画面に現れた文字を読みあげた。「トニー・セルメダール。二〇〇五年、レイプ容疑で勾留……」

「でも証拠不十分で釈放されてる。それはともかく、すでにこの捜査で名前があがっていたわ。クラース・メルヴィーク、当時はルーヌ・シュメッケルは二〇〇四年にセルメダールの前立腺の手術を担当し、プラスチックのクリップをふたつ置き忘れた、その、あそこに……。新聞で大騒ぎになって、しばらくのあいだ仕事を休まなければならなくなった」

「ああ、あれか。思い出したよ。考えただけで縮みあがりそうだ」

アストリッド・トゥーヴェソンは降りしきる雨のなか、携帯を耳に当てながら、レーナ・オルソンに手を貸して後部座席に乗せた。「ほんとうにその男なの?」

「間違いありません」とリーリャ。「その名前の人物はひとりしかいませんし、ヒューセンシエーのモータラ通り24番地に住んでいます」

「ヘルシンボリの?」

「はい。モランデルと十分後に到着する予定です」

「SWATチームを連れていかないとだめよ」トゥーヴェソンはレーナのスーツケースをトランクに押しこみながら言った。「マルメに電話してチームを待って」

「アストリッド、勘弁してください。マルメなんて待ってられません、一時間半以上かかってしまいます。いますぐ行かないと」

イレイエンの言うとおりだ。トゥーヴェソンはスーツケースを引っぱりだして、トランクをバンと閉めながら考えたが、優秀な部下ふたりをみすみす危険にさらすわけにはいかなかった。

「もしもし? 聞こえますか?」

「わかったわ、あなたたちだけで行って。でも気をつけるのよ」雨に濡れたスーツケースを助手席の足元に押しこむと、ドアを閉めた。

「少しでも不確かな状況だったら退くこと、わかった?」

「はい、はい」

「イレイエン、これは冗談じゃないのよ!」

「わかった、わかりました。ところで、そっちはどうです？」

「いまレーナ・オルソンとステファン・ムンテを拾って、これからリナ・ポルソンを迎えにいくところ」

「孤高の巡礼者は？　電話はつながりました？」

「いいえ、もう一回かけてみるつもり。それでも出なければ直接行ってベルを鳴らすわ」

ふたりは電話を切った。トゥーヴェソンは車をまわってコールヘーデンの自宅の番号にかけた。呼び出し音が鳴る。運転席のドアを開けて乗りこもうとしたとき、相手が電話に出た。

「コールヘーデンです」

「もしもし、だれも出ないかと思ったわ。わたしはアストリッド・トゥーヴェソンです」

車内に入ろうか、それとも雨のなかで話そうかと考えたが、これ以上濡れても変わらないと思った。

「失礼ですが、どこかでお会いしました？」

「ごめんなさい。わたしはヘルシンボリ警察の警視です」

「え？」

「ずっとあなたに連絡を取ろうとしてたんですよ」

「そうですか、休暇先のスペインから戻ってきたばかりなんです」

「そのようですね。あなたの留守中に起きた事件のニュースは見ていましたか？」

「いえ、まったく。そのために休暇があるのでは？　でもカストラップ空港に着いてからはいやでもニュースの見出しが目に入った。あれはほんとうなんですか？　クラスの全員が狙われている？」

「確証はありませんが、残念ながらそうだと信じる理由があります」

「恐ろしいことだ。それで、犯人の身元に関する手がかりはまだつかめていないんですか？」

「つかんでいますが、詳しいことはお話しできません。お電話したのは、いまのところ保護の方法としてほかの同級生の方々と一緒に刑務所に入ってもらうしかないことを伝えるためです。そちらに迎えにいってもいいですか？」

「いまからですか？」

「ええ、三十分後くらいに」

長いため息が聞こえた。

「明日にできませんか？　一か月ぶりに帰ってきたばかりなんです」

「つまりですね、あなたが置かれている状況はきわめて危険だとわれわれは考えていますが、選択はあなたにお任せします。無理に来ていただくわけにはいきません」

沈黙が流れた。

「わかりました。しょうがない」

トゥーヴェソンは電話を切り、運転席に乗ってイグニッションキーをまわした。張りつめた空気が後部座席を覆っている。バックミラー越しにふたりが目を合わせないように雨を眺めているのが見えた。

その気持ちはよくわかった。

96

かすかな音がして、頭がまた少し動くのを感じた。九十度までは大丈夫だろう、もう少し先でも。視界の先に別のスクリーンが現れ、再びトニー・セルメダールの白黒写真が映しだされた。髪にきちんと櫛が入れられ、さっきの写真と同じように親しげな笑みを浮かべているが、これは大人になってからの写真だ。

彼はこういうふうに見られたかったのだ。すべてが終わったとき、この写真が世界中に広まるかもしれない――歯科医の椅子に頭を固定されたファビアンのように、だれも目を背けることは許されないのだ。

だがそのとき写真になにかが起きた。それとも目の錯覚だろうか？　いや、ちがう、なにか起きている。目のあいだが狭まり、鼻の形が変わっている。髪も黒っぽく、長くなり、セルメダールなのかだれか別の人間の顔を見ているのかわからなくなってきた。たしかに言えるのは、目の前にある顔が変化していることだ。

ブーンという音に続いて、再び頭がひねられた。首の筋がかなり伸びてきているが、さほど痛くはなかった。あと何度ぐらい耐えられるだろうか。突然首の骨がポキンと折れるのか、それとも耐えがたい苦しみを何度も味わうことになるのか見当もつかなかった。どちらがいいのかすらわからなかった。だが死ぬことを考えるのは生き残ることを考えるより楽だった。

スクリーンの顔はまだ変化していて、だんだんと息子に似てくるのがわかった。その写真を撮ったのはファビアン自身で、この春テオドルの誕生日に〈ハード・ロック・カフェ〉で食事をしたときのものだ。音楽がうるさかったということしか覚えていない。

また音がして、前と同じように頭が少しだけねじられた。だが今度はちがった——首の骨が鳴るのを聞き、そして感じた。

97

だれかが蛇口を閉めたかのように雨がついにやみ、ときおりポツポツ落ちてくるだけになったが、雨水が雨樋から勢いよく排水溝に流れ出していた。リーリャはブーツをはき、モランデルのそばに行って防弾チョッキを着るのを手伝った。彼はなにも言わなかったが、こんなところに来たくなかったと思っているのは明らかだった。

おれは鑑識官でＳＷＡＴなんかじゃねえんだよ、とその目は言っていた。彼が武器を使うのにいちばん近い経験をしたのはおそらく釣りに出かけたときだろう。モランデルの用意が整うと、リーリャは自分のチョッキを着た。

「いいわ、行きましょう」

車をロックし、モランデルの必要道具が入ったかばんをひとつずつ持って、モータラ通りを歩いていった。ひと気はなかったが、それも当然だ。真夜中だし、この一時間に降った雨のせいでだれもが家のなかにいるのだろう。24番地は同じ通りに並ぶ家々となんら変わったところがない家だった。なにを期待していたのだろう、とリーリャは思った。崩れ落ちそうな屋敷でイカれた男がオルガンで怪しげな音楽を弾いているとか？

「どう攻める？」モランデルが尋ねた。

リーリャは思案した。いくつか明かりは灯っているが、それ以外の兆候は彼が家にいないことを示している。と同時になにも確信はもてなかった。あまり時間がないこと以外は。

「いちばん速い道よ」リーリャは正面の階段を駆け上がり、ドアノブに触れて鍵がかかっていることを確かめると、場所を譲ってモランデルに開けてもらった。

ふたりとも拳銃の安全装置を外し、玄関ホールに入っていった。リビングルームから明かりが洩れ、クラシック音楽の旋律が聞こえてくる。

「ワーグナーだ」モランデルがリーリャのうしろで囁いた。「ワーグナーの『ワルキューレ』だ」

廊下を歩いてリビングルームにやって来ると、明かりがつけっぱなしで、音楽が大音量で流れていた。リーリャは部屋に足を踏み入れかけたが、モランデルに腕をつかまれた。

「やつはおれたちを誘いこんでいる、この明かりと音楽でわかるだろ。おれたちが何人いるか見たいんだ」

「この音楽止められない？　イライラする」

モランデルはうなずいてヒューズボックスを開けた。ヒューズは各部屋ごとに一本ずつあり、きれいな字で書かれたラベルが貼ってあった。リビングルームと書かれたものを引き抜いたが音楽はやまなかった。ほかのヒューズも何本か試してみたが、変化はなかった。

「ヒューズボックス全体をバイパスさせているようだな。音楽には慣れるしかないと思う。実際、これはワーグナーのなかでもいいほうの作品だぞ」

「犯人がわたしたちをこの部屋に寄せつけたくなくて、これを流していたとしたら？　音楽で隠したいものがあるのかもしれないわ。それにここにカメラがあったら、家じゅうにもあるはずよ」

モランデルはリビングルームに入ってまっすぐステレオに近づき、停止ボタンを押した。

「これでいいか？」

リーリャは彼のあとに続いて、ほとんど家具のない部屋を見まわした。革張りのソファ、ガラステーブル、ステレオしか入っていないキャビネット。モランデルの仕事が終わって隠しカメラも隠しマイクもないことがわかり、ほかの部屋の捜索を始めた。きれいに掃除され、ほとんどなにも残っていなかった。どこも細かいところまでピカピカに掃除されている。キッチンやバスルームでも指紋は見つからなかった。かろうじてキッチンの床に陶器のかけらが残っていたが、地下室や屋根裏部屋は空っぽでゴミひとつなかった。

モランデルはしだいにいらだってきた。ここは見切りをつけてセルメダールの仕事場のほうへ行くべきだと思ったが、リーリャはまだこの家を去りたくなかった。なにか見逃しているという気がしてならないのに、どこを捜せばいいかわからない。捜査を前進させる可能性のあるもっとも小さな手がかりさえ、この家から拭い去られているのだ。

もちろんセルメダールは警察がやって来ることを見越して準備していたのだから当然だ。リーリャはベッドに腰を下ろし、モランデルが聴診器で寝室の壁の音を聞くのを見守っていた。彼はこれがこの家でやる最後のことだと言い、リーリャもなにも怪しい音が聞こえなければ切り上げることに同意していた。

モランデルが振り返った。

「なにも聞こえない？」とリーリャ。

モランデルはうなずいた。「なにも。換気装置の音さえしない」

「じゃあ、あいつはどこにいるの？」

「リスクのことか、それともセルメダール？」

リーリャは肩をすくめた。「両方」

「絶対にどこかにいるはずだ、セルメダールの仕事場を調べにいこう」

リーリャはうなずいた。モランデルの言うとおり、すぐに調べに向かうべきだ。が、立ちあがってベッドの向かい側にあるタンスの扉を開けた。

「おい、あきらめろ」ハンガーにかかった平凡なベージュの服をざっと見ているリーリャにモランデルが声をかけた。

「わかった、仕事場に行きましょう。どこだったかしら？」

「フレイヤ通り2番地。ローオスの北側にある工業地域だ」

寝室を出て廊下を歩きはじめると、再び『ワルキューレ』が流れはじめた。ふたりは顔を見合わせたあと、家を出て車に向かった。リーリャはふつふつとフラストレーションが沸き上がるのを感じていた。これはじゃんけん遊びをしているようなものだ。ただし、セルメダールはこっちがなにを出すか知っている。こちらが紙《バー》を出せば向こうはハサミ《チョキ》を出す。毎回予期せぬ動きで不意をつくのだ。

彼が自宅や仕事場にいると期待していたわけではなかったが、こちらにできるのはそこに行ってなにか見つけることだけだ。もちろんそれは向こうもお見通しだ。こちらが石《グー》を出せば彼は紙《バー》を出せばいいが、今度はそれになにが書かれている？　別人の名前の別の住所？　ちがう、それではあからさますぎる。もしわたしたちを驚かすつもりなら、なにか別の手段のはずだ。なにか……。

モランデルがウストハンマシュ通りの交差点で急に立ち止まり、リーリャは思考を中断された。彼はじっとどこかの家の庭を見つめている。

「どうしたの？」

モランデルは答えず、歩道に突き出ている配電盤に歩み寄った。

「イングヴァル、どうしたのよ？　なにしてるの？」

「ここにあったんだ」彼は腰をかがめて配電盤の隣でブーンとなっている換気口に耳をつけた。

「なにをしてるか説明して――」

「家から音が漏れないようにここにもってきたんだ」モランデルは舗道を指さした。幅五十センチほどが新たに拡張されてセルメダールの家まで続いている。

やっぱりそうだ、わかってたわ、リーリャはそう思ってモランデルを見ると、彼はすでに引き返していた。

98

リナ・ポルソンはノッラ・ハムネンにある自宅の玄関前でトゥーヴェソンが迎えにくる

のを待っていた。

「こんばんは、アストリッドよ。うしろに乗ってくれる？　かばんは任せて」トゥーヴェソンは言って、トランクを開けた。

リナはスーツケースを渡した。「わたしたちを全員一か所に集めるっていうことは、まだ犯人は捕まってないんですね。でも身元がわかったのだから、捜査は進んでいるんでしょう？」

「ごめんなさい、でもどうしてそれを？」トゥーヴェソンは尋ねた。リナは午後ファビアンが訪ねてきて、忘れられた生徒の名前を思い出したいきさつを説明した。

トゥーヴェソンはどう考えていいかわからなかった。ファビアンがあんな妙な行動をとったのはそのせいだろうか。さまざまな可能性が頭を駈けめぐってめまいがしそうだった。それが外部に知れた場合の影響は計り知れないが、今はそこまで考えられない。トゥーヴェソンはさしあたってだれにも話さないでくれとリナに頼んだ。

十二分後、セス・コールヘーデンの自宅前の砂利道に車を停めた。三人の元クラスメートたちはそのあいだひと言も口をきかなかった。トゥーヴェソンは何度か沈黙に穴を開けようと試みたが、それは風船のように車のなかの空気を取りこんでますます大きくなっていった。クラス会を開いたことはあるかと尋ね、自分自身のマルメでのクラス会のことを話したが――クラスメートの多くは定期的に会っているらしい――否定的な言葉がいくつか返ってきただけだった。しかたなくラジオをつけてみたが、すぐに消した。ビージーズの〝ステイン・アライブ〟がこの場にふさわしいとは思えない。セス・コールヘーデンは足のあいだにかばんをはさみ、巡礼のあいだずっとかぶっていたにちがいない色褪せた帽子をかぶって待っていた。トゥーヴェソンは手を振って、空いている助手席を示した。

雨はやんでいたが、温まったシートがジーンズを乾かしてくれているので、車内にとどまった。コールヘーデンは車をまわり助手席のドアを開けて乗りこむと、足元に置かれているレーナ・オルソンの濡れた鞄にできるだけ触れないようにしてすわった。

「どうも。アストリッド・トゥーヴェソン警視ですね」

トゥーヴェソンは握手を交わしながら、インターネットで見つけた写真より実物のほうがずっといいと思った。このひどい口ひげがなければかなりのハンサムだ。彼は後部座席を振り返った。「待って、言わないでくれ。きみはレーナ・オルソンだね」

レーナはうなずいた。

「ずいぶん久しぶりだけど、きみがケンケンパがめちゃくちゃうまかったことは忘れてないよ。だれも勝てる見込みがなかったよね」

レーナが笑いだした。

トゥーヴェソンの携帯が鳴り、耳に当てながらバックで私道を出た。リーリャからで、モランデルが数軒先の歩道で換気口を見つけたので家に戻るということだった。それがどういう意味なのかよくわからなかったが、モランデルの直感には全幅の信頼を寄せている。

詳しく聞きたかったが、そのチャンスはなかった。

「切らなくちゃ」リーリヤが言った。「モランデルがなにか見つけたみたい」

「気をつけるのよ」電話が切れる前に言えたのはそれだけだった。

「そしてクラスのひょうきん者、ステファン！　元気かい？　最近ビジネスを始めたって聞いたけど」

ステファン・ムンテはうなずき、自身のコンサルティング会社について説明を始めた。さまざまな会社で社内のコミュニケーションを円滑にするのに役立っているという。

「おれは三週間、だれともコミュニケーションを取ってなかったものだから、ちょっと浮かれているのは勘弁してくれ。抑圧された衝動とかいうやつさ」

「わたしは？」リナ・ポルソンが言った。「わたしのことわからない？」

セス・コールヘーデンはリナのほうを向いて笑いかけた。「真打ちは最後に取っておいたのさ。クラスでいちばんかわいい子を忘れるわけがないだろう？」

リナはくすくす笑い、トゥーヴェソンはほっとしてほほ笑んだ。刑務所への移動の旅はさほどひどくなることはなさそうだ。市劇場のそばのドロットニング通りで赤信号で停まる。午前二時を過ぎているが、まだ通りは暗闇にすっぽり包まれている。

信号が青に変わり、ヘルソ通りを進んでエンゲルホルムス通りに入ると、数台のタクシーのほかに走っている車はほとんどなかった。信号が味方してくれたことに気をよくして、アクセルペダルを踏みこんだ。

トゥーヴェソンとクリッパンが到着したのはほぼ同時で、ランナル・パルムが出迎えに現れた。トゥーヴェソンはあたりを見まわしたが、記者たちも野次馬も見当たらない。またとないタイミングだ。

トゥーヴェソンはクリッパンの車のうしろにつけ、みなに外に出て荷物を持ち、前の人たちに続いてなかに入るように指示した。彼らは素直に従ったが、背の高いレーザーワイヤーのフェンスや、いまうしろで閉まりかけている電動ゲートを見て疑わしげな顔をした。さらにランナル・パルムの厳めしい顔や制服、銃を目の当たりにして。

その後ひとつひとつ手荷物検査を受けた保安検査場でも事態は変わらなかった。「だめです、この爪切りは持ちこめません。こちらにあるのを使ってください。このシャンプーは預からせてもらいます……だめです」そのあとにおざなりな「申し訳ありませんが」が続く。

看守たちは特別ゲストが来ることを知らされてはいたが、いつもの習慣を捨て去ることはできないようだった。「本人の安全のために」新たなゲストたちを古参の囚人たちと同じように扱い、隅々まで検査した。自分たちは犯罪者でないと抗議した者もいた。

手荒に扱われるのをもっとも声高に拒んだのはセス・コールへーデンだった。ここに来たのは保護を求めるためであって、罰を受けるためではないとはっきり表明し、それなら家に帰ると脅したのだ。それが功を奏したのか、刑務所付きの医師が不在であったにもかかわらず、インシュリンの入った注射器を持ちこむことが認められた。

トゥーヴェソンはクリッパンが自分と同じ気持ちを抱いていることがわかったが、彼も彼女と同様に、それを表に出すまいとしていた。これは考え抜いたうえでの計画であり、正当な理由があってのことだという顔をしている。

彼らが囚人のように閉じこめられていると思わせないようにする必要があった。

99

カチッというかすかな音に続き、ブーンとうなる音とともに首がひねられる。仕組みがわかったあとの数回は首の筋肉をこわばらせ、できるだけ抵抗しようとしたが、いまでは力を抜いていたほうがいいとわかるようになった。

すでに何カ所か首の骨にひびが入っている。思っていたよりずっと長くもっていたが、もうじき終わる――あと四回ブーンという音を聞けば確実に。一回ごとの間隔が三分ちょっとあり、五回ごとに強さが増して、角度が二、三度余計にひねられる。それがもう一回あったら終わりだろう。

目の前のスクリーンに再びテオドルの写真が現れた。目を閉じて新居の自室の床に寝ている。ストライプの絨毯は数年前イケアで買ったものだ。テオドルは真っ黒なのをほしがったが、ソニアがカラフルなストライプのものがいいと言い張ったのだ。この写真のテオは磔にされたキリストのように両腕をまっすぐ伸ばしている。おそらく気を失っているのだろう。

そしてファビアンはずっと前に気づくべきだったことに気づいた。テオドルは家を出ていない。ずっとそこにいたのだ。十代の少年を外に連れ出すのは簡単なことではないし、隣人や通行人たちに見られて質問される恐れがある。なぜ気づかなかったのだろう？　地下室で聞こえた音は隣人がたてたものではなかった——息子だったのだ。

テオドルは引っ越してきたときにソニアが見つけたオーブンに閉じこめられている。物音をたてようとしていたのに、父親は気づかなかった。いや、そうじゃない——聞こえたのに無視したのだ。ほかのことを考えていた、いつものように。

再びカチッというかすかな音がした。

すぐに残りはあと三回になる。

「ほら。見えるだろ？」モランデルは床と壁の境目の幅木を指さした。

リーリャはその茶色い板に目を凝らしたが、特別注意を引かれるものは見当たらなかった。「見えるのは茶色い幅木だけだけど」

「その上にあるのは？」

「ケーブル」

「そのとおり。それも茶色でタンスのなかに引き込まれている、だろ?」

リーリャはうなずいた。

「でもどこで終わってるんだ?」モランデルはベージュの服ばかり入っている衣装ダンスを開けた。「ここには明かりがないな」

「きっとベッドまで続いてるのよ」

モランデルは首を振った。「いや、この裏のどこかに消えてる。動かすのを手伝ってくれないか」

ふたりは両端を持って衣装ダンスを壁から引き離そうとしたが、びくともしなかった。

「床と壁に固定されてるんだな」モランデルは言って、背面を見ようとした。

一方リーリャはもう一度ベージュの服を調べていた。どこかひっかかっていた。どこがとは言えないが、再びこの場所に立って、最初にここを調べたときと同じ感覚を覚えていることに気づいた。服はベージュばかりで面白みがなかったが――コーデュロイのパンツが二本、チノパンが三本、シャツとポロシャツが数枚――問題はそこではなかった。

ボタンがふたつ入った小さなビニール袋がシャツの袖口についているのを見つけ、ようやく腑に落ちた。腹ばいになって、タンスの下に懐中電灯を当てているモランデルを見下ろす。

「ここにある服は新品よ」

「そうか……」

「全部がそうなの。一度も袖を通してないわ――ただ見せかけのために吊るしてある」リーリャは服をかき分けてタンスの背板に手を触れたが、なにも見つからなかった。

モランデルも一緒にタンスのなかに入り、懐中電灯を隅々に当てた。やがて小さな継ぎ目を見つけ、中身をすべて出して背板を押してみたものの、微動だにしなかった。モランデルはなかをあちこち叩きはじめた。どこを叩いても同じ鈍い音しか返ってこない。

「きっとリモコンかなにかがあるんだ」と言って外に出ると周囲を見まわした。

「ケーブルを切ってみれば」リーリャが言った。

モランデルはペンチでケーブルを切断した。

タンスのなかで背板に耳を押しつけていたリーリャは、すぐに空気が変わったのがわかった。かすかな風を感じる。モランデルが戻ってきて力を入れると引き戸のように横に動いた。すると一列に並んだ電球がパッとついて、地下に続く木製の階段が現れた。

ファビアンはほかのことを考えて気を紛らわせていた。ソニアとマティルダはいまなにをしているだろう。まだ起きているだろうか、それとももう寝てしまっただろうか。ストックホルムやあの容赦ない冬の寒さのことを思い出そうとした。とりわけ去年の冬について。三年前、タイに旅行に行ったときのことを考えたり、新居について想像を膨らませたりもした。が、なんの役にも立たなかった。考えることができるのは痛みについてだけ。痛みがすべての注意を引きつけた。

そして三分間待っていたカチリという音がした。一瞬おいてブーンという音。これが四度目で、あと一回で最後となる五回目がやってくる――長い三分が過ぎたとき、この痛みに終止符が打たれるだろう。

リーリャとモランデルは銃を抜いて急な階段を下りていった。いちばん下まで行くと、黴《かび》臭い地下室の空気はなくなり、一九六〇年代の宇宙船のなかにいるかのようだった。天井に弱々しい明かりが灯っていて、狭い通路に立っているのがわかった。わずかに下り坂になっていて、毛足の長い赤い絨毯が敷き詰められている。片側の壁にあるシューラックにはスリッパが置かれ、フックには白衣がかかっていた。

ふたりは天井に頭をぶつけないよう身をかがめながら通路を進んでいった。数メートル行くとT字に分かれていて、両方向とも五メートルほど延びていた。ここまで来るとふつうに立つことができる。通路の両側にはドアがふたつずつあって、全部で八つあることになる。

「おまえは左に行け。おれは右だ」モランデルは言って、右側の最初のドアを開けた。部屋は赤く塗られていて、天井にはダイオードランプが光り、床にはエクササイズ器具が置かれていた。埋め込み式のスピーカーからラウンジミュージックが流れてくる。

リーリャは左側の最初のドアを開けた。服がきれいに吊るされた衣裳部屋のような部屋で、一角には照明つきの鏡台があり、棚に並んだマネキンの頭にはさまざまな種類のかつらがかぶせてあった。ここで調べるべきものは山のようにあるが、細かいことはあとまわしだ。リーリャは通路に戻った。

モランデルは新しい部屋を探索していた。こぢんまりしたアパートメントのようで、片側にきちんとメイクされたベッドとサイドテーブルがあり、反対側にはソファとテレビがある。壁紙はクラシックなアールデコ調の模様で、壁全体を占める本棚には本やレコードがぎっしり詰まっている。

この部屋にはあとふたつドアがあった。ひとつはバスルームに続いている目に見えるドア、もうひとつは模様のある壁紙に同化していて、もし敷き詰められた絨毯に踏み跡がはっきり残っていなければ、気づかなかっただろう。小さな穴に指を入れてドアを横に開くと、そこから発せられた熱に思わずたじろいだ。暗闇のなかに無数のダイオードランプが光っているのを見て、これがなんのための部屋かすぐにわかった。

リーリャは次の部屋のハンドルをまわしたが、ドアには鍵がかかっていた。できるだけうしろに下がってから二回蹴りを入れても壊れず、三回目にしてようやくドアが破られたものの、そこは真っ暗な闇のなかだった。電灯のスイッチを探ったところ、三枚の分厚いカーテンがかかっていることに気づき、一枚ずつかき分けて半円形の部屋に入っていった。室内をさっと見わたし、こちらに背を向けてすわっている男に向かって銃を向ける。古い歯医者の椅子にすわっているようだ。

両手を頭のうしろで組んでゆっくりと立ち上がるように命じたが、なんの反応もなかった。死んでいるか、なんらかの理由で答えられないのだろう。椅子の向こうにまわってみると、なんとそこにいたのはファビアン・リスクだった。リーリャは半分彼の身を案じ、半分は彼こそが黒幕だったのではないかと不安に思ったが、目にした光景はまったく予想を超えるものだった。彼の頭は二枚の板で固定され、片側に思いきりひねられている。見ただけで吐き気がするほどだ。

彼の首に手を当てた――まだ脈がある。激痛で気を失っているのだろう。リーリャは大声でモランデルを呼んだが、ファビアンの頭を挟んでいる板からかすかな振動を感じて息をのんだ。この奇妙な装置がいままさに彼の頭をもぎ取ろうとしている。

リーリャは銃をウエストに挟むと、体重をアームレストに預け、板をつかんで動かないように力を込めた。だがしっかりつかめずに装置が回転を続けようとする。

激しい怒りに駆られて椅子を蹴飛ばしたくなったが、逆効果になるかもしれないと思いとどまった。

そのとき突然ブーンという音が止まって、すべての明かりが消えた。それと同時にこの珍妙な仕掛けも止まり、リーリャはファビアンの首をそっと元の位置に戻した。真っ暗闇のなか、震える指先でファビアンの脈を探る。聞きたいことが波のように押し寄せて、溺れそうになりながら。

揺れる光が壁を照らし、モランデルの声がした。

「ヒューズボックスを見つけたぞ」

100

ファビアンは首の激痛とひどい頭痛で目を覚ました。喉が渇いて汗をかいている。唾を飲みこみたかったが、口のなかが紙やすりのようだ。まわりが明るすぎて目を開けられない。考えをまとめようとしたが、なにが起きたのか、ここがどこなのかわからなかった。

できるだけ最近のできごとを思い出してみる。記録的なほど惨めな夏で、ぎりぎりになってどこか暖かいところへ旅行することにしたのだった。自分とソニアと子どもたちとで。行先はマヨルカ島で、最後に覚えているのはプールサイドのデッキチェアにいたことだ。

頭を動かそうとしたが、首がこわばって動かない。変な姿勢で寝ていたのだろう。それかひどい日焼けをしたのかもしれない。ひどく頭が混乱しているのもきっとそのせいだ。ほんとうはビーチでなんか休暇を過ごしたくなかった。いまいましい暑さは頭痛を悪化させるだけだし、子どもたちがそこらじゅうでわめいている。少なくともプールエリアには年齢制限を設けられないのだろうか。もし自分がホテルのオーナーだったら、子どもは全面的に禁止するだろう。

ひと泳ぎしてこようか。きっとそれが必要なのだ。そのあとビールを飲んでくつろごう。

そう思って目を開け、まぶしい光に目を細めた。みんなどこにいるのだろう？　デッキチェアに濡れたタオルが置かれている。ソニアの椅子にはシャスティン・エークマンの『白い沈黙』が開いたまま伏せられている。すでに半分くらい読み進めているところを見ると、自分はきっと何時間も寝ていたのだろう。

立ち上がり、立ちくらみがやむのを待って、プールに近づいていった。子どもたちが脇を通りすぎて、思いきり水しぶきをあげてプールに飛び込み、日光浴中の大人たちの邪魔をしている。今度は自分の番だ。

飛び込みは必死にやっているように見えるのはだめで、さらりと決めなければならない。きっとみんなが見ている。ファビアンは腹を引っ込め、両手を頭上にあげて飛びこんだ。脚をまっすぐそろえて。冷たい水にのみこまれ、手が硬いものにぶつかった。続けて額が。首がポキンと折れる音がして、水が赤く染まる。

ドイツ語を話す男性にプールから引きあげられ、横に寝かされた。だが、助けはいらなかった。水のなかで血を流したくもなかった。ただプールとどろりとした熱さから逃げたかった。ソニアや子どもたちから。すべてのものから。

口元に水の入ったグラスをあてがわれ、ファビアンは目を開けてまた閉じた。すべてが手に負えなくなっている。見覚えのある女性の顔が見えた。美人だ。前に会ったことがある。これはただの夢なのだろうか？　いや、たしかにプールに飛び込んで頭を打ち、ドイツ人に引き上げられて寝かされたとき、デッキチェアに血が滴って大きなしみができたのを覚えている。だが額に手をやっても、傷はなかった。

自分は生きているのだろうか？　首のまわりになにかある。そのとき声が聞こえた。前から聞こえていたが、それまで認識できなかったのだ。〝ファビアン……ファビアン……〟。再び目を開けると同じ女性が見えた。彼女のうしろのいろんなものが動いている。名前はなんだった？　リーリャ……イレイェン・リーリャ。つまり自分は生きているということだ。同時に死んでいないのなら。テオドル……家に帰ってあの子の面倒を見なければならない。起きあがろうとしたところを、リーリャに硬い担架に押し戻された。

「向こうに着くまで寝てなきゃだめよ」

「向こうって？」

「緊急治療室。もうすぐ着くわ。いまはリラックスしてるのがいちばん」

だがファビアンはリラックスなどしていたくなかったし、ましてや緊急治療室に行って何時間も助けを待つつもりも毛頭なかった。助けなどまったく必要ないのだ。

「おれは大丈夫だ。テオのところに行かないと」

「感覚が麻痺してるのね」リーリャはそう言って、ファビアンの額を優しく叩いた。「力を抜いて楽にして」

ファビアンは彼女に向かって罵声を浴びせ、きみはまちがっている、おれはテオのもとに、息子のもとに戻らなければならないのだと訴えたが、彼女は聞く耳を持たなかった。

鷹揚に笑い、力を抜いて、全部うまくいくから心配しないでと繰り返す。リーリャが救急車の運転席の窓を叩いているのを見て、ファビアンは彼女を殴った。二十四時間で二回、彼女の顔を殴った。

リーリャは静かになって赤くなった頬を押さえた。

ようやく彼女は話を聞いてくれた。


どうやって救急車を降り、玄関前の階段を上がったのか覚えていない。リーリャが止めようとしたのか、ドアに鍵がかかっていたのかどうかも。覚えているのは突然自宅の地下室に立っていて、床に倒れているテオドルを見下ろしていたことだ。

動かない息子を。

ひとりの女性が息子にまたがって、口に口を押しつけていた。この女は何者で、なにをしているんだ？　テオドルは死んだ。すると女は身体を起こして、両方の手を彼の胸骨に当ててリズミカルに押しはじめた。

「十五……十六……十七……」デンマーク語で数えている。

そのときようやく彼女がコペンハーゲン警察の刑事だとわかった。だがうちでなにをしている？　ファビアンは聞こうとしたが、答えはなかった。

「いまは話せないわ」うしろからリーリャが言った。

デンマークの女刑事が死んだ息子を生き返らせようとするのを、どのくらい見守っていたかわからない。

時が止まったようだった。そこに突然救急隊員たちが現れた。彼らが鞄を開けて器具を取りだし、さまざまなチューブやワイヤを取りつけるのを見守った。酸素バッグにつながったチューブをテオドルの口に入れ、服を切り裂き、胸にどろりとしたものを塗る。デンマーク人刑事は彼の隣で疲れ果てて横たわっている。リーリャが傍らにしゃがみ、飲みものを与えている。

二枚のパッドがテオドルの若々しい胸に当てられ、ビーッという大きな音がした。テオの背中が床から持ちあがり、また落ちた。ぐったりとして、脈もない。ひとりの救急隊員がきちんとワイヤが接続されているかを確かめ、もうひとりがバッグを絞った。

どれくらい続いただろう。ファビアンにはわからなかった。

ひとつわかっているのは、これが自分のせいだということだった。

101

アストリッド・トゥーヴェソンは、ランナル・パルムがあれから刑務所の雰囲気をやわらげるのに最善を尽くしてくれたことを認めないわけにはいかなかった。窓がないことを隠すためにカーテンを取りつけ、ルイジアナ美術館の額入りポスターがあちこちに飾ってある。おそらくパルムの私物だろう。彼が特別展を見逃さないことをトゥーヴェソンは知っている。

だが、その努力にもかかわらず、やはりここが刑務所であることはだれの目にも明らかだった。それが安心感を与えてくれればいいのだけれど、とトゥーヴェソンは思いながら一時的なゲストたちがベッドを選ぶのを眺めていた。

思ったとおり、男性陣が片側を、女性陣が反対側を選んだ。予期していなかったのは、彼らからの質問攻めだった。自分と同じくらい疲れているだろうから、すぐに眠りたがるだろうと考えたのは甘かった。それどころか彼女が答えようのない質問を山のように浴びせてきたのだった。「ここにはいつまでいないといけないんですか?」「Ｗｉ‐Ｆｉはありますか?」「子どもが日曜日に帰ってくるんだけど、あの子たちもここで過ごすことになるんですか?」「これはすべてを考え抜いたうえでの対応ですか?」

トゥーヴェソンはひとつ、大声で「ノ――――!」と叫びたかった。これは考え抜いた対応とは対極にある措置だ。パニック状態と表現するのがふさわしい状況のなか、土壇場で決められた。一分の遅れが被害者の増加につながり、メディアはより多くの収益をあげ、警察を混乱に陥れる無敵の犯人に伝説が加わっていくという状況のなかで。

だがその事態に対処する方法がほかに――あるいはよりよい方法が――ないと言い切れるだろうか。たぶん疲れすぎてまともに考えることができないのだ。

トゥーヴェソンはなぜみなの質問に答えることができないのか、少しでも筋の通った説明をしようとした。彼らの居場所を秘密にしておくことが肝心であることを指摘したが、その言葉が出たとたん、いかに虚しく響くかに気づいた。「なにを言ってるんですか？」「子どもを迎えにいかなくちゃならないんだけど」「仕事にいかなくては。ここには寝にきただけなんだから」

ついにクリッパンが椅子の上に立ちあがり、爆弾を落とした。「そろそろわかってもらいたいね。われわれの計画を成功させるには、当面のあいだここから出てもらうわけにはいかないんだ」

「出ていったらどうなるんです？」ステファン・ムンテが尋ねた。

「さっきも言ったように、当面のあいだだれもここから出られない！　あんたたちをここに集めたのは居所を秘密にしておくためだ、つまり携帯も預からせてもらう。これが終わったらすぐに返すが、明日必要な電話は何本かかけてもらってもいい。わかったか？」

クリッパンは椅子から降りて携帯電話を回収しはじめた。だれもひと言も口をはさまなかった。ある種のショック状態なのだろうか、それとも疲れすぎて抵抗する気もなくなったのだろうか。トゥーヴェソンは走っていって彼を止め、電話を返して家に帰らせなさいと言いたい気持ちに駆られた。だがクリッパンの言うとおりだ。彼らのうちのだれかが家族や友人、ひょっとすると記者に電話してこの計画を明かしてしまう恐れがある。

「おそらくこの質問に答えられないのはわかっていますが、どれくらいこの状況が続くとお考えですか？」セス・コールヘーデンが沈黙を破って尋ねた。

「そうよ、わたしも知りたい」セシーリア・ホルムが言った。「ここに永遠にわたしたちを閉じこめておくことはできないわ、それぞれの家で守る予算がないからといって」

「ええ、できません」トゥーヴェソンは言い、どう続けるべきか考えた。「この状況が長く続かないことを望んでいます」

「望んでいる?」

レーナ・オルソンの落胆した表情が目に入った。全員の抗議を合わせたより多くのことを物語っている。ここで餌を与えなければこの質問攻めから解放してもらえそうにない。彼らを安心させベッドに向かわせることを考えなければならなかった。

「ほんとうは明らかにしたくないんですが、みなさんはいま外の世界から切り離されている状況にあるので、われわれが事件解決からそれほど遠くないところにいると言ってもさしつかえないでしょう。ですから多くを約束できるわけではありませんが、長くて二、三日だと考えています。それ以上捜査が長引けば、自宅に戻りたいかたには個別に警護をつけることをお約束します」

驚いたことに大半がそれで納得したようだった。

「じゃあ、明らかになっていないことでわかっていることってなんですか?」コールヘーデンが重ねて尋ねた。人より餌に喰いつきにくいタイプのようだ。

「理由はおわかりでしょうが、いまお話しすることはできません。ここまでにしておきましょう。おやすみなさい、短い時間かもしれませんがゆっくりお休みください」トゥーヴェソンはこれ以上なにか聞かれないうちにさっさと出口に向かった。

102

テオドルは昔から美しい子どもだった。生まれたとき助産師でさえもこれまでに取りあげたなかでいちばん美しい赤ちゃんだと言ってくれた。ファビアンはそのときどれほど嬉しかったか覚えているが、みんなに言っているんだろうと思った。そう言うように教わるのだと。だが彼女が同僚を呼んできてテオを見せたとき、自分の息子はほんとうに特別なのだとわかった。そしてテオドルは大きくなっても美しいままだった。ブロンドの巻き毛はいつもあのミステリアスで内省的な青い瞳の上に垂れ、頬骨が高く、ファビアンの知るかぎりシミひとつないやわらかい肌をしている。

だがいまこの子の髪は黒く染められ、たいてい帽子の下に隠されている。眉には両方ともピアスがつけられ、およそ醜く見えることをすべてやっていたが、成功しているとは言えなかった。テオドルはファビアンが出会ったなかでもっとも美しい人間のひとりだ。

数年前、ソニアが小遣い稼ぎにモデル会社に連絡してみたらどうかと勧めたことがあったが、返ってきたのはうめき声だけだった。まるで世界でもっとも恥ずべきことだというように、美しくなることを嫌悪しているように見えた。

そしていまテオドルは目を閉じ、完全にリラックスした姿でベッドに横たわっている。ファビアンは自分が死を見つめているのではないかと思わずにはいられなかった——もっとも美しい死を。泣きたくてしかたがないのに、涙が出てこなかった。

幸いなことに息子は死んでいなかったが、かなり近いところまでいった。いったん死亡が宣告されたのち、数秒後に再び心臓が動きはじめたのだ。いまは薬で眠らされ、さまざまな機械につながれて見守られている。

もしドゥニヤ・ホウゴーがいなければ、テオは死んでいただろう。彼女の心臓マッサージのおかげでテオドルの血液に酸素が送りこまれ身体じゅうをめぐったのだ。ドゥニヤはスウェーデン警察に協力したために解雇されたが、オーレスン海峡を渡ってトニー・セルメダールの写真を届けにきたのだ。彼女がかけてきた電話にファビアンは出なかった。

家の鍵をかけ忘れていたのだろう。だから彼女はなかに入って彼の名前を呼んだ。真夜中だったので一瞬ためらったのち、再び名前を呼んだ——さっきよりも大きく、三度目はもっと。答えはなかったが地下室から物音が聞こえた。

ファビアンとちがい、ドゥニヤはその音が隣家からではなく、壁の内側から聞こえることに気がついた。オーブンから引きずり出したとき、テオドルは呼吸もしていなかったし、脈もなかった。だが彼女はあきらめなかった。心臓マッサージを開始し、救急隊員が到着するまでおよそ一時間近く続けていた。どうやって彼女に報いればいい？

ファビアンはベッドにぴったり椅子をくっつけてすわり、息子の手を握っていた。許されるならテオドルが起きるまで放さないつもりだった。だがファビアンの置かれている状況は重く受け止められ、病院にはいさせてもらえなくなった。ファビアンは抵抗し、首のけがを口実にしようとしたが、X線検査で骨は折れていないとわかり、首のギプスと痛み止めを渡されて帰された。

看護師がやってきて電話を差し出した。相手はだれかわかっていた。なんと言おうかずっと考えていたが、なにひとつ思いつかなかった。

「もしもし」

「もしもし」

「イレイエンから聞いたか？」

「ええ」

ファビアンはなにも言わなかった。彼女もだ。今回ばかりは沈黙が居心地の悪いものに感じられなかった。彼女の息づかいが聞こえ、それを聞いていると気持ちが落ち着いてきた。目を閉じ彼女が耳元で呼吸しているところを想像する。たまらなく会いたかった。

「ソニア、おれ……おれはなにも気づかなかった」

「明日帰るわ。これからのことを考えましょう」

「わかった」

通話が切れる音がして、電話を看護師に返すと、彼女はそれを入口にいるリーリャに渡した。

「用意はいい？」

ファビアンはうなずいて立ちあがった。息子の手にキスをして、リーリャのあとに従って部屋を出た。

103

バージニア工科大学、セイナヨキ応用科学大学、ブラッドキャニオン高校、モントリオール理科工科大学、キャンベル郡総合高校……学校内で起きた銃乱射事件は枚挙にいとまがない。どの事件もそれぞれ栄光の瞬間を味わいはしたが、すべて同じ運命をたどった。忘却の彼方に忘れ去られたのだ。いまではだれもこれらの事件を覚えていない——深い悲しみを背負わされた者以外は。

だが今回のこの事件はこれまでのものとはあらゆる点でちがい、永遠に忘れられないものになる。何百万人もの人々の記憶に刻まれ、彼の名前を忘れる者はいないだろう。そのプロセスはほぼ完成しつつある。壮大な殺人事件のニュースはすでにスウェーデンの国境を越え、この二十四時間ＣＮＮのトップニュースになっている。

まだ六人の死体しか見つかっていないのにだ。さらに五人死者が出たと知ったらどうなるだろう？　それがまもなく現実となるのだ。スコーネを離れオスロで暮らしている者や、たまたま休暇で海外にいた者たちも含め、だれも安全ではないと知ったとき、世界はどう反応するだろう？

これまで夢に見た以上にゴールに近づいていた。この数年、成功以外に道はないのだと自分に言い聞かせてきた。すべては入念な準備の賜物《たまもの》だ。これまでは実際に勝算がどれほどあるのか見極められなかったが、ここまで来ると完全な勝利が事実上与えられたも同然だった。最後の直線コースに入り、フィニッシュラインが間近に見えている。

あと九人だ。最初の計画によればひとりずつ夜間に訪問する予定だった。移動時間も含めて五時間と見積もっていたが、事態は突然急展開した。

いまその九人すべてが同じ部屋に閉じこめられている——彼とともに。

熟睡を装おうとしたが、こみ上げる笑いを押し殺すのに苦労した。話ができすぎて笑ってしまう。神に忍耐を試された結果、盛大に祝ってもらっている気分だった。

彼が名乗っているとおりの人間でないと疑っている者はいないようだ。口ひげが功を奏したらしく、凝固した血液と接着剤で思った以上にうまくくっついてくれた。演技もうまくいき、準備時間がなかったことを考えれば上出来にすぎた。

演技の極意は鳴りをひそめてできるだけ目立たないようにすることだ。これまでずっとしてきたように陰に潜み、他人に話をさせる。だが女警視の車に乗りこんだとたん、正反対のことをしたくなった。しゃべりたい気持ちにかられたのだ。そして初めて彼らは耳を傾けた。学校時代のすべてを合わせても、この数時間で元クラスメートたちと話した時間のほうが長かった。

昔は彼が話しかけても反応はめったに返ってこなかったが、いまはちがう。いまは嬉々として自分たちのことを語っている。子どもや結婚生活のこと。離婚や浮気のこと。エリクソン社の幹部にあと少しで手が届きそうになったのに、結局解雇されて再び履歴書の書き方を教わっていること。打ち砕かれた夢とうつ病。新しい屋外用のバスタブ。住宅ローンの金利。彼らは自分が話している相手が何者か知っていると思いこんでいるが、実際はなにもわかっていない。彼はそれを大いに楽しんだ。彼らの人生における些細な失敗は耳に心地よく響き、それを聞くことで彼の嫉妬は癒された――彼らの成功や、彼が決して参加できなかったすべてのことに対する嫉妬だ。

ほかの人間がみな自分の役割に疑問を抱いていないことをずっと不思議に思っていた。だがいまはなにもかもがちがう。役割は逆転した。彼らは彼の伝記映画のエキストラにすぎない負け犬の一団だ。退屈で精彩に欠ける連中。生きることはおろか、語ることさえつまらない生活を送っている。

人生を終わらせてやることで、彼らには計り知れない恩恵を与えることになる。数人は、もしできればだがあとで感謝するはずだ。少なくとも彼らの取るに足りない人生は意味のある最期を迎えることになる。歴史に残る大量殺人の被害者のひとりとなるのだ――クラス全員を殺した殺人犯というのはまだいない。

まだ。

あと九人、それで完了だ。

二十人中二十人。

ほとんどはなにも感じないだろう。一瞬ちくっとするだけで、数秒後には終わっている。何人かは抵抗するかもしれないが、だからといってなにも変わらない。結果は同じだ。

二十人中二十人。

最初の数時間は、殺されたのは二十人中十九人だと思われるだろう。ひとりはどうにか切り抜けて、犯人に注射器を刺して生き残った者がいると。その英雄の名はセス・コールヘーデンだ。だが警察が混とんとした状況をふるいにかけ、コールヘーデンも死んでいるとわかったとき、彼は遠くに行っている。犯人をだれにするかはまだ決めていない……

みんなサイドテーブルのスタンドを消していた。マウスピースのケースを開ける音、靴下を脱いでいる音が聞こえる。ＰＴＰシートから薬を出している者もいる。十五分以内に全員眠りにつくだろう。腕時計を見ると午前三時二十分を過ぎているが、秒針が動くたびに力がみなぎってくるのを感じる。

鍵がガチャガチャいう音がして、なにごとかと戸惑っていると、重い金属のドアが開く音がした。目を開けるとふたりの看守がもう一台ベッドを運び入れ、反対側の列に設置するのが見えた。だれかもうひとり来るのか？　彼は混乱した。もう全員そろっている。

看守がベッドを整え、隣に椅子を置くのを見守る。看守のどちらかがここで眠るのかと思ったが、べつにかまわない。少なくともあと三十分待てばいいだけだ。

だがそうではなかった。看守と入れ替わりに男がひとり入ってきたが、暗くて何者なのかわからなかった。ジャケットを脱ぎ、首にギプスをはめているのを見て、それがだれかわかった。ファビアン・リスクがベッドの端にすわって部屋を見まわしている？

自力で脱出できたはずがない。ひとつだけ考えられるのは、警察がリスクの居場所を見つけたということだ、つまり彼の身元も判明したことになる。なぜそんなことになったのかわからない。車の指紋は処分した。だがほかにもあったのだろう。

目を閉じて、心臓が二倍の速さで脈打っていることを必死に隠そうとした。ほんとうはいますぐ駆けよってあの男に注射器を突き立ててとどめを刺してやりたいのだが、できないことはわかっていた――いまはまだ。目を閉じたままほかに手段はないか検討する。フィニッシュラインで転ぶわけにはいかない。ここまで来たからには。

身元を突き止められたことは、数時間後に自分で明らかにするつもりだったことを考えるとさほど痛手になるとは言えなかった。そのプロセスはすでに始まっていて、少なくとも百人の人間が動いているのだから当然と言えば当然だ。したがって、あまり気に病む必要はない。

だがやはり、この不確定要素が気になった。いまもっともいらないものだ。警察はほかになにをつかんでいる？ 彼がここにいることを知っているのだろうか。もしそうなら、コールヘーデンを装っていることも知っているのだろうか。だからリスクがここに？　それともほかの連中と一緒にいることが、リスクにとってさえもっとも安全な対策だと考えたのだろうか。

警察は気づいていないはずだ。もしほかの同級生に交じって犯人が閉じこめられているのではないかと疑っていたら、とっくの昔にSWAT隊を送ってきて、ひとりひとり尋問しているにちがいない。考えれば考えるほどそう思えてきた。

警察は絶対に気づいていない。

少なくともトゥーヴェソンたちは気がついていないはずだ。だがリスクの頭のなかがどうなっているかはまったく別の問題だ。ファビアン・リスクは同僚たちとはまったくちがう自然の法則に従って存在している。

リスクは二時間前に死んでいるはずなのになぜかここにいる。向かい側のベッドに腰を下ろして、眠っている十人の同級生を見つめている。この男に関しては今後なにがあろうと驚くことはないだろう。彼がここにいることに、リスクが気づいていないという保証はない。なにが起きているか察知していて、ここで夜を明かそうと考えたとしても不思議はない。だが、もしそうなら仲間に話しているはずだ。重要なのは〝はず〟という言葉だ。そうすべきことをリスクがしなかったのはこれが初めてではないだろう。疑念をだれにも打ち明けていない可能性も同じくらいある。それともなにも疑ってなどいなくて、ただ単に安全な刑務所のなかで数時間眠ろうとしているだけなのかもしれない。

彼は寝返りを打つふりをして横向きになった。腕時計のタイマーをセットしたときに浮かんだ笑みはだれにも見られていないはずだ。

三十分後、それより一秒たりとも待つことはしない。

犯人は決まった。

104

写真はほぼ完璧だった。データベースに残っていたものとちがい、この写真の彼はもじゃもじゃの顎ひげも生やしていないし、特徴がほとんどないとはいえ目鼻立ちがはっきりわかる。これがいまのトニー・セルメダールだ。

「で、これをわたしたちに送ろうとして首になったの？」トゥーヴェソンが尋ねると、ドゥニヤ・ホウゴーはうなずいた。

「はい、それとプジョーを送ったことで」

トゥーヴェソンは首を振って、リーリャ、クリッパン、モランデルの顔を見た。なんと言っていいかわからなかった。キム・スライズナーには何度か会ったこともあり、高慢で、弱い者いじめが好きなタイプだとは前から思っていた。警察組織においてはデンマークもスウェーデンもいじめの問題とは無縁ではいられない。スライズナーの噂は耳にしてはいたが、ただの噂だと思っていた。だがスウェーデンの捜査を妨害していたのが自分自身のためだったのなら黙ってはいられない。

「あなたがこっちにいることは知らないのね？」

「ええ、わたしが写真を持っていることも知りません。あのイカれたクソ野郎は解雇した直後にわたしのメールをブロックしたんです」

トゥーヴェソンたちは顔を見合わせた。

「すみません」とドゥニヤ。「わたしが言いたかったのは、つまり――」

「わかるわ」とトゥーヴェソン。「でもどうやってこの写真を手に入れたの？」

「ＩＴ部門にいい友人がいるんです」

「そういう友だちは大切にしたほうがいいぞ」とクリッパン。

「念のために言っておくけど、わたしたちを友だちだと思ってくれていいのよ」とトゥーヴェソン。「あなたがいなければ、わたしたちは……。そのことは考えたくもないわ」

「なぜスライズナーはわたしたちに写真を渡したくなかったのかしら」リーリヤが言った。

「わたしの推測だと、数時間後に始まる記者会見で、自分自身で公表したかったんだと思うわ」とドゥニヤ。

「手柄を自分のものにしたくてしょうがないのね」

「それに自分のミスから関心をそらせる」クリッパンがつけ加えた。

トゥーヴェソンはしばらく黙っていたが、すでに心は決まっていた。スライズナーは怒り狂い、スウェーデン警察とデンマーク警察のあいだの緊張をいままで以上に高めるような騒動を起こすだろう――そんなことが可能であればだが。

「すぐに広域手配しましょう」

ドゥニヤは胸のつかえが溶けていく感じがした。ついに、事件を優先する捜査班に出会えたのだ。

「サーバーにアップする」モランデルが言って、姿を消した。

クリッパンとリーリャはすでに朝刊紙に電話をかけ始めていた。

「ドゥニヤ、もしお腹が空いてたらキッチンが向こうにあるわ。なんでも自由に食べてちょうだい」トゥーヴェソンは言った。「もし休みたければ――」

「手伝いたいと言ったら?」

105

六月十六日以来、あの家の前は通りすぎるだけだったので、毎回変な気がしていた。新聞を配達していない期間は三週間半になるが、コールへーデンさんに関していえば、それは永遠にも思えるあいだだ。十年近く担当しているけれど、彼がこれほど長いあいだ購読を止めたのは初めてだ。よく考えてみると、いままで止めたことなどなかった気がする。

正直に打ち明けると、彼がいないあいだは寂しかった。コールヘーデンさんのことなどなにも知らないし、どんな外見をしているかすらほとんど知らなかった。でもひとつ知っていることがある――彼女が配達する新聞を待ちわびていることだ。おそらくコールヘーデンさんの一日のハイライトなのだろう。

だが彼女の味気ない日々も終わった。また配達を始めれば、元の生活に戻れるだろう。

彼女は平台のついたモペットを降り、『ヘルシンボリ・ダグブラード』を一部とって家のほうへ歩いていった。夏の盛りだというのに、いつものように煙突から煙が上がっていた。ゆうべは激しい雨が降っていたし、古い家は湿っぽいのだろう。それにコールヘーデンさんは習慣にこだわる人だ。彼女はそう解釈した。

ドアまであと少しというところで、ふと思いついて引き返し、『ダーゲンス・ニュヘテル』と『スヴェンスカ・ダーグブラーデット』をお帰りなさいのささやかなプレゼントとしてつけ加えることにした。日頃の感謝を示すせめてもの心づかいだ。ドアの前で『スヴェンスカ』をふたつに折って、慎重に郵便受けの投入口に差し込んだ。彼はどんな反応をするだろう。間違いだと思ってとっさにドアを開けるだろうか、それとも好奇心から受け取り、今日のちょっとした冒険と思って楽しむ？

けれど、なにも起こらなかった。

新聞は玄関ホールの床にバサッと落ちてそのままだった。だれも気にしていないように。拾い上げる手はなかった。彼女は慌てて『ダーゲンス』を折ってそれも押しこんだ。

なんの反応もなし。

どういうことだろう？　家にいるのはわかっている。きっと寝ているだけだ。とっさの衝動でベルを鳴らし、『ヘルシンボリ・ダグブラード』を押しこんだ。それが落ちて前の新聞の上に重なる。なにかおかしいと思ったが、どうすればいいかわからなかった。ここから立ち去って、なにも気づかなかったというふりをすべきだろうか。

きっとそうすべきだったのだろうが、代わりにドアハンドルをまわした。鍵はかかっておらず、なかに入ると床の上に新聞が積み重なっていた。想像していたとおり、暖炉の前にはすわり心地のよさそうな読書用の椅子が置かれ、暖炉には火が入っていた。

コールヘーデンさんはどこだろう？　シャワーの音もしない。こんにちはと声をかけたが、答えはなかった。彼は家にいない。なぜいないのだろう、そして火を入れたのはだれだろう。そんなことはどうでもよかったし、なんであろうが彼女には関係ないことだった。いますぐここを出てモペットに乗り、配達を続けなさいという声が聞こえた。新聞を待っているのはコールヘーデンさんだけじゃないのだから。

リビングルームに入って周囲を見まわした。寝室に続いているらしいドアが開いている。きっと眠っているだけでは？　購読を止めていたあいだ彼がどこに行っていたのか知らないが、時差ぼけなのかもしれない。

頭はこの家から出るように言っているのに、足はさらに奥に進んでいく。足でドアを押し開けると、彼がパジャマを着てベッドに寝ているのが目に入った。いや、寝ているのではない。両手足をベッドのフレームに縛りつけられて死んでいる。

彼女は途方に暮れた。これまで読んだ本によれば、殺害現場には多くの手がかりが残されているという。いけないとは思いながら、近づいて見ないわけにはいかなかった。死んだ人を実際に見るのはこれが初めてなのだ。ハイウェイ111号線で横転した車のそばを通ったときのことを別にすれば。あのときは救急車がすでに到着していて、シーツのかかったストレッチャーをよく見るためにスピードを落としたのだった。だが今日はまったく話がちがう。

人差し指を彼の裸足の足に押しつけた。冷たくて、押した痕が白く残る。これで死亡推定時刻がわかるのだろうか。お気に入りの犯罪小説で読んだことを思い出そうとした。作家が書いていることはどれくらい事実にもとづいているのだろう？　死ぬとすぐに死後硬直が始まるのだろうか？

腕のほうに目をやった。パジャマの袖がまくり上げられていて、前腕に乾いた血がこびりついている。さらに近づくと、肘を曲げたところに小さな赤い点があるのがわかった。だれかが腕に注射をして、毒を盛ったのだ。心臓が早鐘を打ちはじめた。ほんとうは探偵に向いているのかもしれない。

けれども、顔のことはわけがわからなかった。最初に部屋を覗きこんだとき、コールへーデンさんは口ひげを生やしているのだと思ったが、近寄って見てみると、そうではないことがわかった。彼の口ひげは切り取られていた——皮膚もろとも——残っていたのは凝固した血の塊だった。

106

キム・スライズナーは冷や汗をかいて目を覚ました。シーツが湿っている。まだ朝の四時十分だ。あと二時間は眠れるし、記者会見の前にゆっくりシャワーを浴びて朝食も食べられる。

記者会見が待ちきれなかった。ついにスポットライトが真に重要なものに当たるのだ。本物の犯罪者に——六人のスウェーデン人とふたりのデンマーク人の命を奪った殺人鬼に。じきに新聞は彼の私生活ではなく、まともな内容の記事が書けるようになる。スライズナーは窓越しに東の方向を眺めた。七月にしてはいつになく暗いが、空はスウェーデンのほうほど曇ってはいない。なにがあろうと、今日は可能性にあふれた新しい一日になるはずだ。

ランゲブロ橋に向かって運河を進んでいる船を見つめながら、ガレージに走り、車で橋まで乗りつけて船のデッキに飛び乗りたいという空想に耽った。すべての混乱を放り出して新しい冒険に乗りだし、二度と帰らない。

心臓はまだドキドキしていたが、なぜだかわからなかった。昨日はコーヒーを一杯も飲んでいないし、すべては計画どおり進んでいる。ドゥニヤは追いだしたし、まもなく批判の声を一発で抑えこめるニュースを公表することになっている。自信を持っていいはずなのに、なぜか不安しか感じなかった。

何度か深呼吸をしてから思いきり前屈し、再び上体を起こしてまた深呼吸をした。頭上に両腕を上げ、円を描くように下ろす。テレビの前でヨガのポーズをとっていたヴィヴェカのように。もう一度やってみたが、彼にはなんの効果もないようだった。あきらめて机に向かい、ノートパソコンを立ち上げた。新しいメールが来ていないかチェックする。スパムフィルターをくぐり抜け、三通のメールが届いていた。

２０１０年7月10日ＡＭ２：12：40

Viveca.sleizner@gmail.com

不動産業者に連絡したわ。今日の午後一時に見にくる予定。片づけておいて。あなたはいないほうがいい。Ｖ

２０１０年7月10日ＡＭ３：32：51

Jens.duus@politi.dk
写真は印刷して額に入れ、サーバーにアップロードしました。
パスワードはKb48Grtda7です。
では！
イェンス

イェンスがなぜ毎回こんなに複雑なパスワードを使うのかスライズナーには理解できなかった。数時間後には国じゅうの記者がログインしてこの写真をダウンロードできるようになるのに。しかもそのうちの少なくとも三分の一は文字と数字の組み合わせをまちがえて入力するのだ。

２０１０年7月10日ＡＭ３：51：10
Niels.pedersen@politi.dk
http://politiken.dk/

メッセージ欄には『ポリティケン』へのこのリンク以外なにも書かれていなかった。スライズナーは時計を見て、このメールがさっき届いたばかりだと気づいた。送信者のニルス・ピーダスンとは何者だ？　そんな名前の人間に心当たりはなかったが、ともかくリンクをクリックする。途端に自分の目を疑った。面喰らった。完全に混乱した。彼が公表に備えて、額に入れて用意させている写真をやつらはすでに入手しているのだ。

〝この男だ！〟

スウェーデン警察は、同級生殺人の犯人、トニー・セルメダールの写真を公表した。現在全力を挙げてその行方を追っている。情報筋によれば「逮捕は時間の問題だ」。

次に『ベアリングスケ』のサイトを見ると、そこでも同じ写真が掲載されていた。

〝同級生殺人の犯人、トニー・セルメダールの逮捕に向け、スウェーデン警察大きな前進！〟

スウェーデン側は犯人の身元までつかんでいる！　ドゥニヤがリークしたのにちがいない――ほかにだれがいる？　だがどうやったのか？　ゴキブリよりしつこい女だ。どれほど強く踏みつぶそうと、いつまでもうろちょろしている。メールアカウントを凍結したはずなのに、それでも記者会見の目玉になるはずだったあの写真を手に入れた。彼が辞任を発表するという噂を一掃するはずだった写真を。

記者会見はキャンセルせざるをえないが、まちがいなく威信の失墜になるだろう。いったいどういうことだとハマステンはいぶかるだろうが、ほかに道はなかった。あの写真のほかに持っていけるものなどなく、のこのこと出ていけば辞任をめぐる話に終始するに決まっている。どう考えても同じ結論に達した。あの汚らわしい性悪女の勝ちで、自分はノックアウトされたのだ。

だがその前に立ちあがった。まだ終わったわけじゃない——絶対に。

107

「くれぐれも忘れないように……」

「なんです?」

「彼はきわめて危険な人物です」

カチッという音がして、通話が切れた。彼はコーヒーカップを手に取ったが、激しく震えていて両手で持たなければならなかった。コーヒーはとっくに冷めていたけれど、運がよければ砂糖がエネルギーを与えてくれるはずだ。とっさにこの場から逃げ出したくなったが、ほかに選択の余地はなかった。少しでもためらったら、もっと多くの犠牲者を出すことになる。トイレの水が流れる音がして、同僚が新聞を片手にバスルームから出てきた。

「どうしたんだ？　その顔……いったいなにがあった？」

「は、犯罪捜査課の、か、彼女が電話してきた。ほら、あのトゥ、トゥーヴェソンとかいう女性だ」

「それで？　いったいなんの用だったんだ？」

「あいつがここに。ど、ど、同級生殺しの」

「いったいなんの話だ？　どういう意味だ、ここって？」

「セ、セス・コールヘーデンが自宅で死んでいるのが見つかったそうだ」そう言葉にすると、ようやく声が落ち着いてきた。

「犯人がみんなに交じってあそこに寝ているっていうのか、セス・コールヘーデンのふりをして？」

ひとつうなずくと、気持ちも落ち着いてきたのを感じた。知っているのがふたりになると、ずっと安心できる。

「なんてこった」

「応援を手配するということだったが、被害が出る前におれたちで捕まえなきゃならない」

「わかった。行こう――おまえが大丈夫ならな」

「もちろん大丈夫さ。なぜそうじゃないと思う？」

同僚は軽く彼の肩をパンチした。「おい、これはめちゃくちゃクールだぞ。おまえとおれであのクソ野郎をやっつけよう」

ふたりは素早く装備をチェックし、部屋を出た。鍵のかかったドアの前まで来ると、足を止めて顔を見合わせる。

「いいか？」

彼はうなずいた。同僚がそっと鍵をまわして扉を押し開いた。

「起こさないように靴を脱いだほうがいいんじゃないか？」

「いい考えだ」

ふたりは靴を脱いで部屋に入り、ドアを閉めて暗闇に目が慣れるまで待った。どこを見ればいいかわかっている。犯人はここに連れてこられたとき、いちばんよくしゃべって文句を言っていた男だ。ずっと目の前にいたのだ。冷血なサディストとはまさにその男のことだ。だがすぐに拘束される。彼はもうまったく緊張していなかった。すべてうまくいく

――そう確信した。

数分後、ふたりは左側の奥から二番目のベッドに向かって歩きはじめた。同僚は手錠を手に持っている。部屋を横切っても足音が響かないので靴を脱いだのはすばらしいアイデアだった。

ベッドのそばまで来ると、犯人はうつ伏せになって眠っていた。頭を向こう側に向け、右手は枕の下、左手は身体の脇にある。寝心地がよさそうには見えないが、十七年間夜勤

の看守として働いてきて、もっと奇妙な寝相を間近に見てきている。

　ふたりは覚悟を決めた。

　彼は左膝を持ち上げ、寝ている男に襲いかかった。計画では膝を男の背中にめりこませ、両腕をうしろに引っ張り上げるつもりだった——看守なら身体に染みつき、数えきれないほどやっている動きだ。

　だが膝が着地する瞬間、男がさっと身体をかわしたと思ったら、左脚の腿に鋭い痛みを感じた。あっけにとられていると、男がベッドから飛びだして同僚の首をつかんだ。彼は音もなく崩れ落ちた。

　それから自分も床に倒れていることに気がついた。膝の力が抜けてしまったのだ。なぜなにも感じないのだろう。再び起きあがろうとしているのに脚が動かせない。腕を動かそうとしたがそれも動かない。

　息さえできなかった。

108

　ドアが閉まり、再び開いた。この時間にはよくあることだ。ドアが閉まらないようにそこに立ち続ける悪ガキのせいだ。プラットホームの柱にもたれかかっている友だちになにやら叫んでいる。

シーベルト・フェーダルは彼らと同じ年頃だった一九八〇年代半ば、同じような血中アルコール濃度でまさに同じ柱に寄りかかっていたことを思い出した。自分たちの時代のほうが楽しかったと思う。ルスタンス・ラケイエルがリッツで解散コンサートを行なった夜のことを思い出す。彼は最前列に陣取り、そのあとヨーアン・シンデからサインをもらったのだ。

あの晩彼は列車を待っていた。あのときと今日の駅の雰囲気はほとんど変わらない。ちがいは、いまは列車が出発するのを待っていることだ。バケツとブラシ、梯子を肩に担いで線路に飛び降りるために。

足元には気をつけなければならないが、この仕事は何年もやっているから、目隠しをしていてもすべての手順をこなすことができる。たとえ見えなくても失敗しないだろう。ポスター貼りの仕事は絶望的に退屈でばかばかしい。何百万人もいる地下鉄の乗客のうち注意を払っている人間はひとりもいないだろう。広告も一九八〇年代のほうがよかった。コーヒーブランド、ゲバリアの〝思いがけない訪問者〟シリーズや、ノキアのだれも理解できず、それでも話題になり続けたような広告だ。

だがいま貼っているポスターはこれまで見たことのないようなたぐいのもので、なんの宣伝なのか考えずにはいられなかった。どこにでもいるような男性の写真と、その下に赤字で書かれた短い文章。

やったのはわたしだ。

――トニー・セルメダール

109

ファビアンは自分自身の鼓動で目覚めた。息切れしていた。また夢を見ていたにちがいない。ふだんはまったく見ないのに、この数日は目を閉じるとすぐに映像が浮かぶようになっていた――実生活とはまったく関係ないような、気味の悪いゆがんだ内容だ。いまの夢の内容は覚えていないが、見ていたことはたしかだ。

それとも別の原因で目が覚めたのか？

ベッドの上に身を起こし、壁に沿って並ぶベッドを見わたした。昔の同級生たちとともに刑務所で寝ていたことを思い出し、椅子に置いてある腕時計を手に取った。午前四時二十三分。

ほんの数時間の睡眠では起きあがれないほど疲れていた。だがほかのベッドを見ると、みんなぐっすり眠っているようだ。なぜ目が覚めたのだろう? ふだんは夜中に目を覚ましたりしない。トイレに行きたかった。おそらく膀胱の圧迫で起こされたのだろう。

床に降りて部屋の反対側にあるバスルームに向かって歩きはじめた。できるだけ音をたてないようにドアを開け、壁に触れて電灯のスイッチを探したが、つけるのはやめておいた。暗がりに目が慣れていたほうが戻りやすくなる。

バスルームのなかは真っ暗で、両腕を伸ばし手探りで前に進んでいった。右側にビニールのカーテンがひかれていて、そのまま伝っていくと手が冷たく固いものに触れた――バスタブだ。明日は風呂に入れるだろう。

さらに奥に進んでシンクを過ぎ、トイレにやって来た。冷たくわずかにべとついた陶器に手が触れる。便座を上げ、用を足して水を流した。思っていたより大きな音がして、だれも目を覚まさなければいいがと思った。蛇口とソープディスペンサーを見つけ、手を洗った。

タオルが見当たらなかったので、振り向いてシャワーカーテンで代用した。そのとき足になにかが触れ、タイルの上を転がっていった。硬い金属のようだ。腰をかがめて手で探り、なんだったのか確かめる。

ようやく壁際で見つけた。直径一、二センチほどの金属製の球体。丸みをおびたほうに模様が浮き出ていて、反対側にはループ状の糸がついている。

ボタンだ。

制服のボタン。

突然、すべてが腑に落ちた。なぜ目が覚めたのか、なぜシャワーカーテンが閉じられているのか。

バスタブに近づいて手を入れる——疑いは一瞬にして確信に変わった。脚と手に触れた。足にも触れたが靴はない。ふたつの首とふたつの顔。

看守ふたり——ふたりとも死んでいる。

やつがここにいる。

トニー・セルメダールがここに。もちろんあいつに決まっている。ほかにだれがいる？　そんなことは思いもつかなかったし、もちろんだれも気づいていないだろう。

だがだれなんだ？　ヤファールや女性たちのだれかではないだろう。ステファン・A？　ステファン・M？　セス？　ニクラス？　このうちのだれかだ。

バスルームを出ると、疑いを招かないようにさっさと歩いて引き返した。自分のベッドを過ぎて出口に向かう。ドアには鍵がかけられ、非常ボタンは見つからなかった。携帯は持っていなかったし、おそらくみんなそうだろう。ファビアンはこめかみを擦った。疲れすぎていて対処できそうにない。犯人は看守の鍵を使ったのだろうか？　すでにこの場を去った？

ほかの人のようすを確かめながらベッドに戻った。自分のものを除いて、どのベッドにもだれか寝ている。セルメダールはまだここにいる。ファビアンは洗面道具入れを開けてふたについている鏡をそっと外し、向かいのベッドの列に近づいた。

いちばん右端のベッドでは、男性が口を開けて仰向けで寝ていた。かなり太っているが、すぐにヤファール・ウマルだとわかった。ベッドの横に腰をかがめ、学生時代どれほど彼が笑わせてくれたかを思い出した。ずっとコメディアンになりたいと言っていた。その口元に小さな鏡を当てながら、メディアで彼の名前を見たり聞いたりしたことがあったか思い出そうとしたが、一度も思い浮かばなかった。

鏡は曇らなかった。

念のため、ヤファールの頸動脈に触れた。

なにも感じられない。

ヤッフェはすでに死んでいる、けれどもファビアンは驚かなかった。ただひとつの疑問は、何人やられたかということだ。

次のベッドに移ると、ステファン・アンデションが横向きに寝ていた。彼の口元にも鏡をあてたが、やはり曇らなかった。くそ。遅すぎた。セス・コールヘーデンが寝ている次のベッドに移る。この口ひげにまちがいない。ファビアンの記憶にあるかぎり、彼はずっと口ひげを蓄えていた。鏡をあてたが結果は同じだった。ズボンでぬぐってから、もう一度試してみたが、やはり曇らなかった。

全員を殺す時間などあったのだろうか？　もしそうなら、なぜ自分はまだ生きている？目が覚めたのは、犯人がベッドからベッドへと移動していたから？　疲れすぎていてまともに考えられず、無力感がウィルスのように身体全体に広がっていくのを感じた。ほんとうはあきらめてしまいたかった。ベッドに戻って横になり、目を閉じて自分の番を待ちたかった。

セス・コールへーデンの頸動脈に触れてすでにわかっていることを確認したが、ほかにおかしなところがあった。

口ひげだ。

ゆがんでいる。まるで……。おそるおそる触れてみると、やはりまったくついていなかった。手に取ってよくよく観察したところ、つけひげにしては信じられないほどよくできていることがわかったが、実際それはつけひげではなかった。その瞬間、病原菌であるかのように取り落とし、コールへーデンを見返したが、ベッドで死んでいる男はセス・コールへーデンではなかった。

ニクラス・ベックストレームだ。

どういうことか理解しようとしたが、頭が働かなかった。そのときベッドの反対側でなにか動いた気配がした。直後、左脚のすねになにかが突き刺さった。逃げようとしたが動けない。ベッドの下から伸びた手に両足首をつかまれ、引き寄せられた。

ファビアンは倒れ、首のギプスがステファン・アンデションが死んでいるベッドの端にぶつかった。ベッドの下から両腕が触手のように突き出している。振り払おうとすると、すねに注射器が突き刺さっているのが目に入った。相手は注射器を取り返したいのだ。ファビアンにできるのは、足で蹴りつづけて抵抗することだけだった。

なにか硬いものに当たり、足をつかんでいた手が緩むのを感じた。両脚を身体に引きつけようとしたものの動かない。早く逃げなければまたやつの手に落ちることになる。腹ばいになって逃げようとしたが、脚が言うことをきかなかった。すぐに手が伸びてきて、薬物を打たれるだろう。

すぐそこにあるベッドの脚に手を伸ばしたが、どうしても届かない。あと数センチなのに……。身をよじると、うしろでベッドがひっくり返る音がした。ファビアンはベッドの脚を握り、渾身の力をこめて身体を引き寄せた。

背後にいる何者かから逃げるために両腕を使って床の上を這っていった。なにがあってもドアまでたどりつかなければ。だがしだいに感覚が失われていく。手遅れになる前に逃げ切れるとは思えなかったが、つるつるしたリノリウムの床を滑るように這いつづけた。残っているのは自分ひとりなのだろうか、それともまだだれか生きている？

思いきり息を吸って叫ぼうとしたが、その瞬間背中をつかまれて振り向かされた。トニー・セルメダールがファビアンの脚をまたぐように立って笑っている。そして空中に飛びあがった。ファビアンはなにが来るか察し、逃げようとしたが、もはや動けなかった。セルメダールはファビアンの胸に膝から着地した。

肋骨が数本折れる音が聞こえ、肺に激痛が走った。咳きこむと血の味がして、空気を求めて喘いだが、酸素はとりこめない。セルメダールの笑みが大きくゆがみ、こちらに身をよせて耳元で囁いた。「抵抗しても無駄だ。終わりだ」

　そのとおりだった。脚に刺さった注射器にセルメダールが手を伸ばすのをただ見守ることしかできない。なにを待っているのだろう。なぜさっさと打たない？　ファビアンはさらに血を吐いた。呼吸をするたびに胸がヒューと鳴る。

　注射器に手を伸ばすセルメダールの手が震えていた。もう片方の手を自分の首元にやり、強く締めつけるベルトを緩めようとしている。セルメダールの首を絞めているのはだれだ？　顔がしだいに白くなり、ほとんど青くなっていたが、まだ抗いつづけている。あとは時間の問題だという事実を拒むように。

　数秒で終わったのか、それとも数分だったのかファビアンにはわからなかった――永遠にも感じられたのはたしかだ。レーナ、セシーリア、アンニカがセルメダールの背後にいて、ベルトを引っぱっていた。何度か手が離れそうになって、助けを求めて叫んだが、だれも来る気配はない。そのあいだにセルメダールの顔に色が戻ってきて、注射器に手を伸ばした。ファビアンは最後の力を振り絞って脚を動かそうとしたが、もはやその力も残っていなかった。

　そのとき、どこからともなく別の手が現れ、彼の脚から注射器を引き抜いた。ファビアンは当惑したが、それはリナだった。次の瞬間、彼女はそれをセルメダールの首に突き立てた。

　ついに終わった。セルメダールは舌を突きだして倒れていた――息絶えて。

女性たちはみんなでファビアンの胸からセルメダールを引きずり降ろしてくれた。それと同時に天井の照明が点灯し、だれかが部屋のなかに駆けこんでくる音がした。光が針のように突き刺さってファビアンは思わず目を閉じた。血が見えて、互いに怒鳴りあう興奮した声が聞こえる。

トゥーヴェソン、リーリヤ、クリッパンがそこにいた。だれかがファビアンの喉に触れ、デンマーク語でなにか叫んだ。ファビアンには理解できなかったものの、深刻そうな声だった。彼女は再び叫んだが、だれも聞いていないようだった。

咳きこむと口のなかで血の味がして、喉に流れていくのがわかった。もうどこも痛くなかった。痛みは消えていった。まわりの声と同じように。

ついに静寂が訪れた——暗い静寂だ。

110

まだ朝早いうちから太陽はすでに高い位置にあり、二十度を超える気温に押しあげていた。また記録的な暑さの一日になりそうだ。

交通量はまだ少ないだろうと言われていたが、一分ごとに増えてきている。フェリーターミナルにはすでに休暇に向かう車の長い行列ができていた。

フリーア・バードのビーチにいちばん乗りした者たちは、すでに砂浜にブランケットを広げていちばんいい場所を確保し、最後の安らぎの時間を楽しんでいる。あと二、三時間もすればビーチはうるさい家族連れに占拠されてしまう。アイスクリームを落としたと泣く子どもや、疲れ切った両親たちで埋めつくされるのだ。

キュッラ通りに並ぶ店はもうしばらく開店しないが、角にあるカフェ、〈ファールマンズ・コンディトリ〉の女の子たちは忙しそうにテーブルや椅子を外に並べていた。

コンビニエンスストアの外にはまだ昨日の新聞の見出し広告が貼り出されていた。高速E6号線や図書館で起きた殺人事件のほかに、日焼け止めの実験や休暇中に喧嘩を避けるコツなどが書かれている。

全体として、七月半ばの土曜日としてはまったくふつうの朝だった。ただひとつの点を除いて。

国じゅうで、だれもが同じことを話題にしていたのだ。

その顔はまだ新聞の一面には載っていなかったが、家を出た瞬間にだれもが彼の顔を目にしていた――バスで、バス待合所で、街なかの広告で、通勤列車で。

すでにインターネットで見た人は、まだ事情を知らない人に解説することができた。風変わりな広告キャンペーンではない。その顔の持ち主はトニー・セルメダール。

やったのは彼だ。

111

悪寒を感じたファビアンは自分が目を閉じていることに気づいた。生きている。つま先を動かそうとしたが、動かせたのかどうかわからなかった。生きていることを喜び、安堵すべきなのだろうが、感じるのは心に大きな黒い穴が空いていることだけだった。再び数字について考える。彼に安らぎを与えることを拒む数字のことを。

分厚い毛布にくるまっているのに、寒さで震えていた。ほかのことを考えようとしても数字が頭を離れない。強迫観念のように何度も繰り返し戻ってくるのだ。

リナ、セシーリア、アンニカ、レーナが彼を救ってくれた。四人が生き残った。ファビアンも入れれば五人――二十一人のうち五人。自殺したインゲラ・プログヘードも入れれば十六人のクラスメートが命を落とした――担任の教師も含めれば十七人だ。前代未聞の殺人劇だ。スコーネを離れていた三人については疑問符がついていたが、ファビアンはあまり希望を持っていなかった。トニー・セルメダールは自分がやると決めたことをほぼ達成したといえる。

ファビアン自身は信じられないほど負けている。

デンマーク人警官とふたりの看守も入れれば二十人が死んだ。

そこにはメデ・ルイーセ・リースゴーは含まれていないのだ。

目を開けると、蛍光灯の照明とともに喫煙者の歯と同じ色のタイルが見えた。なじみのある光景だった。ごく最近来たことがある。痛みが許すかぎり顔を横に向けると、隣のベッドにテオドルがいた。息子は目を覚ましていて、ファビアンを見返し、アイコンタクトをした――どちらもなにも言わなかった。いまは沈黙がもっとも貴重なもので、どんなことがあっても決して壊してはいけないような気がした。まだ話していないことがたくさんあるが、いずれしかるべきときが訪れるだろう。意味のない謝罪。わざとらしい説明。決して果たされることのない約束。そんなものがあまりにも多すぎた。

テオドルが手を伸ばした。その手を取ると、ファビアンは指先から身体じゅうにぬくもりが広がるのを感じた。

エピローグ

アンデシュ・アンデションはヘルシンボリ刑務所で起きた事件から八日たったあとも、まだ家族とともにマヨルカ島のホテルに滞在していた。新聞は一度も読んでいなかったが、地元で起きた事件に関するニュースを聞かずにすますことは不可能だった。だれもがその話でもちきりで、彼がそのクラスの出身だということを知り、守護神がついているのねとか不幸中の幸いでしたねと話しかけてくるのに二日しかかからなかった。

アンデシュ自身はそうしたことは信じていなかったが、自分になにがわかる？　彼らの言うとおりかもしれない、と思いバーでもう一杯ビールを注文した。持参した無煙たばこ、スヌースの最後のパックを開ける。三週間前に注射器で穴が開けられていたことを知らないまま。

医者の必死の手当ても甲斐なく、それからまもなくアンデシュは息を引き取った。

ロッタ・ティングの休暇が公式に終わって三日後、彼女はオスロのコルビョーンセンス通り12番地にある自宅の屋根裏部屋の箱のなかから、両手足を縛られた状態で見つかった。鑑識によると、夏の暑さのため死に至るまでに五日はかからなかったということだ。

七月十一日日曜日、クリスティーネ・ヴィンゴーケルはリューセヒールに借りていたゲストハウスを出て帰宅した。一週間だけ仕事に戻り、その後は子どもたちとギリシャで島めぐりを楽しむことになっていた。月曜の朝クリスティーネはニッサン・マイクラに乗りこみ、ヘルシンボリのドロットニング通りにあるオフィスに出勤した。朝と夜、毎日飲んでいるサプリメントのボトルを持って。ほんとうなら高価で手が出ないのだが、それを飲むようになって以来、友人が請け合ったとおり風邪ひとつひかなくなっていた。この五年はきわめて健康だった。

運転手の姿の見えない車が総合ターミナル、クヌートプンクテンの地下駐車場のコンクリート柱に激突したとき、ほかにけが人はいなかった。

多くの人がトニー・セルメダールの広告を引き剥がしたり、汚い言葉をスプレーで書きつけたりした。このポスターを剥がし、別のものに変えてくれという声は日増しに強くなっていったが、バカンスシーズン真っ最中のこと、実行するのは簡単なことではなかった。したがって、夏の盛りのその後二週間、セルメダールの顔はスウェーデンのありとあらゆる場所を飾ることになった。

謝辞

ミー
きみの協力とさまざまな意見に。絶対にできるというきみの信念がなければここまで来ることはできなかった。そのことだけでなくこれまでのすべてに愛と感謝を捧げる。
カスペル、フィリッパ、サンデル
この数年がまんしてくれたことに。
ペータルとミカエル
きみたちの時間とアドバイスに。きみたちが思っている以上に意味があった。
ヨーナス、ユリー、アダム、アンドレア、サーラ
きみたちの素晴らしいエネルギーと、詳細に徹底的にこだわるプロ意識に。
〈カフェ・ストリング〉と〈リッラ・キャフィエット・イン・セーデル〉
いつもの場所にすわらせてくれて、紅茶が冷め切ったあともいさせてくれたことに。

解説

ミステリ評論家　千街晶之

　スティーグ・ラーソンの『ミレニアム』三部作（二〇〇五〜〇七年）の世界的ヒットを機に盛り上がりを見せ、日本でもすっかり定着した北欧ミステリだが、ここにまた一作、北欧から新鮮なミステリ小説が届いた。本書『刑事ファビアン・リスク　顔のない男』（原題 *OFFER UTAN ANSIKTE*、英題 *VICTIM WITHOUT A FACE*）は、二〇一四年、スウェーデンの作家ステファン・アーンヘムのデビュー作として刊行された。アーンヘムは一九六六年にストックホルムで生まれ、作家デビュー前は映画やＴＶドラマの脚本家として活躍していた経歴を持つ。

　近年の北欧ミステリ・ブームの中でも、最も目立っているのはヘニング・マンケル、スティーグ・ラーソン、ヨハン・テオリン、アンデシュ・ルースルンドらスウェーデンの作家たちの活躍だ。今回初紹介のステファン・アーンヘムも、彼らに続く大物となるかも知れない。本書はスウェーデンで現在十三万部を突破し、二〇一四年デビューの新人では一番売れた作家となった（アメリカ、イギリス、カナダなどでも翻訳されている）。また、二〇一五年刊の第二作 *DEN NIONDE GRAVEN*（英題 *THE NINTH GRAVE*）も第一作同様のペースで売れており、隣国デンマークでは発売と同時に売り上げトップテン入りを果たし、本書がペーパーバック部門のベストセラー一位をマークするなど好調な成績である。本国はともかく、何故お隣のデンマークでそこまで話題になったかという点については、あとで述べる通り、明らかに本書の内容が関係しているものと思われる。

本書の主人公ファビアン・リスクは、ある事情で首都ストックホルムの警察を去り、故郷であるスウェーデン南部の港町ヘルシンボリに引っ越してきた刑事である。妻と二人の子供とともに新居に到着し、新生活を満喫しようとしたリスクだが、そのリラックスした時間はあっという間に終わってしまう。本来なら数週間後に彼の上司になる筈《はず》だったアストリッド・トゥーヴェソン警視がわざわざ新居までやってきて、発生した殺人事件の被害者がリスクの基礎学校九年生（日本の中学校三年生に相当）時代の同級生だと告げたのだ。リスクは早速、ヘルシンボリ警察に赴き、トゥーヴェソンが率いる捜査本部に入る。

被害者の名はヨルゲン・ポルソン、自分が勤務する学校で惨殺死体となって発見された。ヨルゲンは両手首を切断され、密閉状態の技術室に監禁された状態で苦しみながら死んでいったらしい。そして遺体の上には九年生時代のクラス写真があり、ヨルゲンの顔には×印が記されていた。リスクの記憶にある彼は嫌われ者のいじめっ子だ。

ヨルゲンは一週間前、ドイツでビールを買うために、スウェーデンとデンマークを繋ぐオーレスン橋を車で渡っており、その時に料金所で撮影された写真には、自分の車を運転するヨルゲンと、その助手席にいる帽子を目深に被った男の姿が写っていた。この男が犯人なのだろうか。リスクは、ヨルゲンといつもつるんでいたグレン・グランクヴィストといういじめっ子がいたこと、そして二人にいつもいじめられていた同級生クラース・メルヴィークのことを思い出す。今回の事件が少年時代のいじめに対する報復だとすれば、最有力容疑者はクラースということになる。一方、ヨルゲンが立ち寄ったらしいガソリンスタンドの近くでは、一週間ほど放置されたままの車が発見された。持ち主はルーヌ・シュメッケル、有名な外科医だが、若い頃の経歴は謎に包まれているという。リスクは、次に狙われる危険性が高いグレンに連絡を取ろうとするが……。

本書の主な舞台であるヘルシンボリについてはネットで検索していただくなどすればすぐにわかると思うが、デンマークのヘルシンオア（シェイクスピア『ハムレット』の舞台となったクロンボー城がある）とは海を隔てて四キロほどしか離れておらず、酒税の安いデンマークにスウェーデン人が買い出しに来るなどの理由で、フェリーが頻繁に行き来している。この隣国に近い地理関係が、実は本書で描かれる事件を複雑なものとしているのだ。

中盤から登場して重要な役割を果たす人物が、デンマークのコペンハーゲン警察犯罪捜査課に勤務する女性刑事、ドゥニヤ・ホウゴーである。ドゥニヤの上司であるキム・スライズナー警視はトゥーヴェソンからの電話に出ようとせず、そのため犯人の顔を目撃した可能性がある証人は殺害され、警察官からも負傷者を出してしまう。スライズナーは自らの過失を隠蔽するため全責任をスウェーデン警察になすりつけるが、ドゥニヤは上司に不信感を覚え、デンマークとスウェーデンの警察は犯人を捕まえるため協力すべきだという正当な考え方のもと、独自の捜査をスタートするのだ。そんなドゥニヤの動きに対し、もともと彼女を煙たく感じていたスライズナーはパワハラにセクハラと、あらゆる卑劣な手段で妨害を繰り広げる。本書は犯人とリスクの攻防戦と並行して、上司を敵に廻したドゥニヤの孤独な戦いが後半の大きな読みどころとなり、サスペンスを盛り上げてゆくのである。

本書で被害者や犯人や捜査官が行き来するオーレスン橋は、スウェーデン、デンマーク両国の制作によるドラマ『THE BRIDGE／ブリッジ』（二〇一一〜一五年）で、国境ラインの真上に置かれた死体が発見される現場としてミステリファンにはお馴染みである。両国の警察が協力・対立のもと捜査を展開する本書の構想は、恐らくこのドラマから影響を受けたのではないだろうか。本書が本国のみならずデンマークでも話題を呼んだ理由のひとつはここにある筈だ。

さて、残忍ではあるが比較的シンプルに見えた事件の構図は、中盤にある事実が発覚することで様相を一変させる。無関係な人間まで巻き込んで犯人の行動は更にエスカレートし、事件は拡大する一方である。スウェーデン、デンマーク両国の警察は果たして神出鬼没の犯人に辿りつき、とめどなく続く凶行を食いとめることが出来るのか、最後の最後まで予断を許さない。

本書は、捜査の手順などは基本的にリアリティを重視した小説作法で書かれているものの、真犯人の設定はある意味超人的であり、終盤にかけての事件のエスカレートぶりもリアリズムを超越したデモーニッシュさを漂わせる。そのため作品全体としては、『悲しみのイレーヌ』（二〇〇六年）『その女アレックス』（二〇一一年）などで知られるフランスのミステリ作家、ピエール・ルメートルの小説に幾分近いテイストも感じられる。

本書一作を読んだだけでは著者の方向性ははっきりしないものの、疾走感の高いエンタテインメント性重視の作風であるように思える。かなり長い小説でありながら、次から次へと新事実を提示したり事件を新たな局面を投じるなどして、読者の興味を途切れさせることなく最後まで一気に読ませる手腕は、恐らく脚本家時代に培われたものだろう。なお著者は、スウェーデンで制作されたヘニング・マンケル原作の映像化シリーズ*WALLANDER*（二〇〇五〜〇九年）の脚本に参加しており（同じスウェーデン制作のTVドラマ『スウェーデン警察 クルト・ヴァランダー』とも、イギリスBBC制作の『刑事ヴァランダー』とも別作品であり、大部分がオリジナル・ストーリーだという）、本書にクルト・ヴァランダーの名前が出てくるのは、そのあたりを踏まえた楽屋落ち的な意味合いも含まれているに違いない。

ドラマ化といえば、古い歴史を持つデンマークの映画会社ノルディスク・フィルムが、既にシリーズ四冊の映像化を著者と契約しており、各シーズン十話の連続TVドラマシリーズを制作予定だという（二〇一七年にワールドプレミア予定）。ヘニング・マンケル、スティーグ・ラーソン、カミラ・レックバリ、ユッシ・エーズラ・オールスンといった北欧作家たちのミステリ小説が次々と映画化・ドラマ化されている中、著者の小説がそのブームにどのくらい食い込めるかも注目される。

二〇一六年九月

こう見えて、世紀の大泥棒——

ジョニー&ルー

掟破りの男たち
ジャック・ソレン 仁嶋いずる 訳

絶海のミッション
ジャック・ソレン 入間 眞 訳

【君主】くんーしゅ
悪党をターゲットに盗まれた美術品を盗み返し、
莫大な手数料と引き替えに美術館に返還する国際的な大泥棒。

元スパイ×元特殊部隊員のワケあり相棒《バディ》が贈る、
痛快クライム・アクション!

ジョニー &ルー 掟破りの男たち 定価:本体944円+税
ISBN978-4-596-55005-7
ジョニー &ルー 絶海のミッション 定価:本体972円+税
ISBN978-4-596-55023-1

訳者紹介　堤 朝子

東京都出身。英米文学翻訳家。主な訳書にスローター『プリティ・ガールズ』(ハーパーBOOKS)、デラニー『冷酷』、ヒル『タブー』、ヘミングス『ファミリー・ツリー』(すべてヴィレッジブックス)、ミッチェル『踊るドルイド』(原書房)など。

ハーパーBOOKS

刑事ファビアン・リスク
顔のない男

2016年10月25日発行　第1刷

著　者　ステファン・アーンヘム
訳　者　堤《つつみ》 朝子《あさこ》
発行人　グレアム・ジョウェット
発行所　株式会社ハーパーコリンズ・ジャパン
東京都千代田区外神田3-16-8
03-5295-8091(営業)
0570-008091(読者サービス係)
印刷・製本　大日本印刷株式会社

ISBN978-4-596-55037-8